『월든』 초판본(1854)의 표지 삽화

월든 · 시민 불복종

헨리 데이비드 소로(1854년경, 37세)
(Henry David Thoreau, 1817-1862)

현대지성 클래식 41

월든 · 시민 불복종

WALDEN · CIVIL DISOBEDIENCE

헨리 데이비드 소로 | 허버트 웬델 글리슨 사진 | 이종인 옮김

현대
지성

일러두기

1. 이 책에 실린 66장의 사진은 미국의 전문 사진 작가 허버트 웬델 글리슨(Herbert Wendell Gleason, 1855-1937)이 1899-1920년 사이에 소로의 발자취를 따라 매사추세츠주와 메인주를 여행하면서, 『월든』, 『메인 숲』, 『케이프 곶』, 『일기』 등에서 소로가 묘사한 장면들에 기초해 찍은 흑백 사진을 『월든』 본문 순서에 맞게 재배치한 것이다. 『일러스트레이티드 월든』(*The Illustrated Walden*)에 포함된 이 사진들은 글리슨이 애초 『소로의 세계』라는 제목으로 출간하려던 수백 장 중에 엄선한 작품이다.

2. 단행본, 신문, 정기간행물(잡지)는 겹낫표(『 』)로, 에세이 등 책의 형태가 아닌 인쇄물은 홑낫표(「 」)로 달았다. 각주가 아닌 본문 중간에 옮긴이가 병기하는 간략한 부연 설명은 대괄호(〔 〕)로, 원저자의 추가 설명이나 원문에 포함된 내용은 괄호(( ))로 표기했다.

3. 본문 및 각주에 인용된 성경 구절은 모두 『새번역성경』(대한성서공회)을 따랐다.

4. 본문 하단의 각주는 별도의 표시가 없는 한 모두 옮긴이가 달았다.

차례

월든

Walden

나는 낙담을 칭송하는 글은 쓰지 않을 생각이다. 이른 아침, 자기 횃대 위에 서서 요란하게 떠들어대는 수탉처럼 내가 하고 싶은 말을 자랑스럽게 펼쳐놓을 것이다. 아직 잠들어 있는 내 이웃을 깨우기 위해서라도.

1

생활 경제

이 글을, 좀 더 자세히 말하면 그 상당 부분을 썼을 때 나는 이웃으로부터 1마일 떨어진 숲속에 혼자 살고 있었다. 나는 매사추세츠주 콩코드에 있는 월든 호수의 가장자리에 손수 집을 지었고, 내 두 손으로 직접 노동하여 생계를 유지했다. 나는 그곳에서 두 해 두 달을 살았으나 지금은 문명 생활의 일시 체류자로 다시 돌아와 있다.

나의 도시 이웃들이 그곳 생활에 대해 아주 구체적인 질문을 해오지 않았더라면 내 일을 이런 식으로 독자들 앞에 들이대지 않았을 것이다. 어떤 이웃은 그런 질문이 부적절하다고 말했다. 하지만 나는 부적절하다는 느낌은 전혀 없었으며 나의 독특한 상황을 감안하면 오히려 아주 자연스럽고 타당했다고 생각한다. 어떤 사람들은, 무엇을 먹었느냐, 외롭지는 않았느냐, 무섭지는 않았느냐 등의 질문을 해왔다. 다른 사람들은 내 수입 중 얼마를 자선 목적으로 기부했는지 알고 싶어 했다. 또 대가족을 거느린 사람들은, 슬하에 자녀를 몇 명이나 두었으며 그 불쌍한 아이들을 어떻게 먹여 살렸느냐고 물었다. 나는 이 책에서 이러한 질문에 대답하기로 마음먹었는데, 나의 숲속 생활에 별 관심이 없는 사람에게는 미리 양해를 구하고 싶다.

대부분 책에서 1인칭 '나'는 생략되지만, 이 책에서는 그렇게 하지 않기로 했다. 이 책은 '나'를 전면에 내세우고 있는데, 그런 자기중심주의를 지향한다는 면에서 다른 책과 크게 다르다. 우리는 책 속 화자가 언제나 1인칭이라는 사실을 보통은 기억하지 않는다. 내가 나 못지않게 남에 대해서도 잘 알고 있다면, 내 얘기를 이렇게 많이 하지는 않았을 것이다. 아쉽게도 나는 경험이 많지 않기에 '나'라는 주제에 국한되어 있다. 더욱이 나의 개인적 견해를 말하자면, 모든 작가는 남의 삶에 대해 전해 들은 것만 쓰지 말고, 무엇보다도 자기 삶을 간단명료하고 성실하게 써야 한다고 생각한다. 그런 내 얘기가 멀리 떨어진 곳에 사는 친척들에게 써 보낼 정도로 간절한 것이면 더욱 좋으리라. 어떤 사람이 성실한 삶을 살았다면 그가 전하는 얘기는 틀림없이 멀리 떨어진 곳에서 벌어진 진기한 일처럼 들릴 것이기 때문이다.

다음 글들은 특히 가난한 학생들을 염두에 두고 써내려간 것이다. 나머지 독자는 자신에게 해당하는 부분만 받아들이면 된다. 작은 옷을 억지로 늘려서 입는 사람은 없다고 나는 생각한다. 옷이란 사람 몸에 맞아야 제구실을 하기 때문이다.

하지만 이런 사실은 기꺼이 미리 말해두고 싶다. 나는 중국이나 하와이 섬처럼 아주 멀리 떨어진 곳에 대해 말하려는 것이 아니다. 오히려 이 책을 읽는 당신은 뉴잉글랜드에 산다고 짐작하므로, 당신의 생활 조건에 관해 뭔가를 말하고 싶다. 특히 당신이 이 세상과 이 도시에서 직면하는 외부 조건이나 상황을 보면서 그 정체가 과연 무엇인지, 그 생활이 지금처럼 열악해야만 하는지 아니면 그것이 앞으로 개선될 수 있는지 등을 말하고 싶다.

나는 콩코드 지역을 많이 여행했다. 그리고 가는 곳마다 이런 사실을 발견했다. 가게, 사무실, 들판 등 모든 곳에서 사람들은 천 가지 다양한 방식으로 고행하는 것처럼 보였다. 나는 인도 브라만 계급의 고행에 대해 들은 바 있다. 그들은 주위에 네 개의 모닥불을 피워놓고 태양을 마주 보며 앉거나, 머리를 그 모닥불 바로 위에 둔 채 공중에 거꾸로 매달려 있다. 어깨 뒤로 하늘을 쳐다보다가 "마침내 자연스러운 자세를 취하는 것이 불가능해지고 목이 너무 돌아가 오로지 물만 뱃속으로 삼킬 수 있다". 혹은 평생 나무에 연결된 족쇄를 차고 나무 밑동에서 산다. 혹은 애벌레처럼 오로지 기어서 멀리 떨어진 지방까지 간다. 어떤 고행자는 높은 기둥의 꼭대기에 올라가 한 발을 들고 서 있기도 한다.

하지만 이런 지독한 형태의 고행도 내가 이 도시에서 날마다 목격하는 것만큼 괴상하거나 놀랍지는 않다. 내 이웃이 감당하는 노고에 비하면 헤라클레스의 열두 노역은 사소한 것에 지나지 않는다. 그의 노역은 겨우 열두 가지이므로 언젠가는 끝날 수 있었다. 물론 내 이웃은 괴물을 죽이거나 생포하는 일은 하지 않지만, 그 노고는 끝이 없다. 헤라클레스는 친구 이올라오스의 도움을 받아 뜨겁게 달군 쇠로 괴물 히드라의 머리를 뿌리 끝까지 불태워 죽였으나, 내 이웃들은 도와주는 친구도 없고 또 머리 하나를 해치우자마자 두 개의 머리가 새로 생겨난다.

나는 도시에 거주하는 젊은이들의 불행이 무엇인지 안다. 그들은 농장, 집, 헛간, 소 떼 그리고 농기구 등을 물려받았다. 이런 것은 상속받아 획득하긴 쉽지만, 그런 다음에는 마음대로 처분하지 못한다. 차라리 그들이 탁트인 초원에서 천둥벌거숭이로 태어나 늑대의 젖을 먹으며 자랐더라면 더 좋았을 테다. 그랬더라면 그들의 두 눈으로 좀 더 선명하게 어떤 들판에서 노동할 것인지 확인했을 테니까. 어차피 태어나 한 줌 먼지를 먹으며 살아가야 하는 것이 인간의 운명인데, 왜 무려 60에이커[24만 제곱미터] 땅에서 먼지를 먹으려 하는가? 왜 태어나자마자 무덤을 파려 하는가?

그들은 이 모든 것을 앞세우면서 한평생 살아가는데, 어렵사리 그 힘든 일을 헤쳐나간다. 그리하여 삶의 무게에 짓눌려 질식하기 직전인 불쌍한 사람들을 얼마나 많이 만났던가? 그들은 자기 앞에 세로 75피트[22.5미터] 가로 40피트[12미터] 크기 헛간, 도무지 청소할 길이 없는 외양간, 1백 에이커[40만 제곱미터]에 달하는 땅, 경작지, 풀밭, 목초지 등을 앞세우고 인생길을 비틀비틀 힘겹게 걸어간다. 상속받은 것이 없어서 이처럼 불필요하고 성가신 재산 관리 문제로 번민할 필요가 없는 사람들은 또 어떤가. 그들은 자신의 타고난 다섯 척 신체를 다스리고 수양하는 것만도 이미 충분한 노고임을 발견한다.

사람들은 엉뚱한 오해로 사서 고생한다. 영혼을 뺀 인간 육체는 곧 쟁기질로 흙 속에 들어가 비료가 된다. 오래된 책에서 말하듯,[1] 필연 혹은 소위 운명에 따라 사람들은 재물 쌓는 일에 몰두하지만, 결국에는 좀과 녹이 그 재물을 부패하게 하고 도둑이 침범해 훔쳐 간다. 생애가 끝나기 전이나 아니면 생애 마지막에 도달하면 그들은 그게 다 바보 같은 삶이었음을 알아챌 것이다. 신화에 따르면 데우칼리온과 피라 부부는 그들의 머리 위, 등 뒤로 돌을 내던짐으로써 인간을 창조했다고 한다.[2]

Inde genus durum sumus, experiensque laborum
Et documenta damus qua simus origine nati.

월터 롤리는 이 라틴어 문장을 다음과 같이 낭랑한 말로 옮겼다.

그리하여 우리 인류는 고생을 견디는 강인한 종족이 되었고,
이것은 우리가 태어난 근원을 증명한다.

---

1   여기서 오래된 책은 신약성경을 가리키고, 저자가 인용한 부분은 마태복음 6장 19절에서 따왔다. "너희는 자기를 위하여 보물을 땅에다가 쌓아두지 말아라. 땅에서는 좀이 먹고 녹이 슬어서 망가지며, 도둑들이 뚫고 들어와서 훔쳐 간다."

2   오비디우스의 『변신 이야기』는 그리스 신화 모음집인데, 제1권 414-15행에 나오는 데우칼리온과 피라 이야기는 이러하다. 대홍수 이후, 인류는 절멸했고, 살아남은 것은 피라 부부뿐이었다. 부부가 신전에 가서 기도를 올리자 그들은 신에게서 "네 등 뒤로 돌을 던지라"고 하는 신탁을 받았다. 그리하여 부부가 뒤로 던진 돌들은 인간 형체로 변신했다. 월터 롤리(Walter Raleigh)의 영역(英譯)은 그의 『세계사』(The History of the World, 1614)에서 인용했다.

신탁의 지시대로 등 뒤로 돌을 던졌으나 그 돌이 어디로 떨어졌는지 보지도 않았다니! 어처구니없는 신탁을 이처럼 맹목적으로 복종하는 태도에 대해서는 더 이상 언급하지 말자.

비교적 자유롭다고 하는 이 나라에서도 대부분 사람은 무지와 착오 때문에 근거 없는 걱정과 피상적이고 조잡한 삶의 노고에 사로잡혀 삶의 더 좋은 열매를 따먹지 못한다. 과도한 노동에 지친 그들의 손가락은 아주 뻣뻣해지고 수전증은 더욱 심하여 그 열매를 제대로 거머쥐지 못한다. 사실, 노고에 시달리는 인간은 매일매일 고결하게 살아갈 여유가 없다. 그는 다른 사람들과 인간다운 관계를 유지해나갈 만한 형편이 못 된다. 그의 노동은 시장에서 가치가 점점 하락한다. 그는 단지 기계처럼 일할 뿐 다른 것이 될 시간이 없다.

성장하려면 자기 무지를 깨달아야 하는데, 오로지 자신이 아는 지식만 사용하고 있으니 어떻게 알아채겠는가? 우리는 때때로 인간을 공짜로 먹이고 입혀야 하며, 아주 다정한 말로 그를 격려해야 한다. 그런 후에야 비로소 그에 대해 판단을 내릴 수 있다. 인간성의 가장 좋은 특성들은 과일 표면의 하얀 가루처럼 아주 부드럽게 다루며 지켜내야 한다. 하지만 우리는 자신뿐만 아니라 남에게도 이렇게 부드럽게 대하지 않는다.

다 알다시피 우리 중 일부는 가난하여 하루하루 살아내기가 버겁다. 때때로 너무 힘겨워 문자 그대로 숨이 턱턱 막힌다. 아마도 이 책을 읽는 독자 중 일부는 자신이 먹은 저녁 식사 대금을 지불하지 못했을 것이다. 혹은 빠르게 닳거나 이미 닳아버린 옷과 구둣값을 지불하지 못해, 채권자에게서 한 시간쯤 도피하여 그 빌려온 시간 혹은 훔친 시간에 이 책을 읽고 있을지도 모른다.

이처럼 많은 독자의 삶이 조잡하고 천박하게 변한 게 틀림없다. 이렇게 말하는 것은 내 눈으로 직접 그런 상황을 목격했기 때문이다. 당신은 언제나 한계에 내몰릴 때 뭔가 일을 하려고 애쓰거나 빚에서 벗어나려고 발버둥친다. 빚은 사람을 거꾸러뜨리는 아주 오래된 늪으로, 라틴어에서는 '남의 놋쇠[3]라고 했다. 고대 로마인은 일부 동전을 놋쇠로 만들었기 때문에 이런 표현이 생겼다.

당신은 현재 살아 있거나 아니면 죽어가는데, 이 남의 놋쇠 때문에 매장될 것이다. 언제나 빚을 갚겠다고 약속하면서 내일 당장 갚겠다고 하다가 결국 갚지 못하고 오늘 죽어버린다. 법에 저촉되지 않는 한도 내에서 모든 수단을 강구해 환심을 사고 손님을 얻으려 한다. 거짓말하고 아첨하고 투표하면서 자신을 공손한 척 위장하면서 움츠러들거나, 아니면 크게 부풀려 얄팍하고 덧없는 관대함을 내뿜는다. 그리하여 당신은 이웃에게 굽실거리면서 구두, 모자, 옷, 마차 등을 당신에게 주문해달라고 하거나, 그의 식료품을 대신 수입할 수 있게 된다.

이런 식으로 하다가는 언제 병이 날지 몰라, 그런 날에 대비해 저축한다. 저축한 돈을 낡은 궤짝 속이나 스타킹 속에 넣어 회반죽 벽 뒤에 감춰두거나, 또는 좀 더 안전하게는 벽돌로 지은 은행에 맡긴다. 그 장소가 어디든, 그 금액이 많든 적든 그런 식으로 앞날에 대비하는 것이다.

나는 때때로 우리가 어떻게 하다 소위 흑인 노예제도라는 아주 조잡하고 이질적인 굴종의 형태를 받아들이게 되었는지, 이런 우리의 경박함에 혀를 내두르곤 한다.[4] 북부든 남부든 사람을 노예로 부리는 영악하고 교활한 주인들이 많이 있다. 남부 지방에 노예 감독이 있다는 것은 나쁜 일이다. 북부에도 그런 감독이 있다는 것은 더 나쁜 일이다. 그러나 가장 나쁜 것은 자기가 자신을 노예처럼 부려먹는 경우다. 인간에게 신성이 깃들어 있다고 누가 말했는가! 대로상에서 밤낮없이 시장을 향해 달려가는 마부를 보라. 과연 그의 내부에는 어떤 신성이 꿈틀대는가? 그의 가장 중요한 의무는 짐말에게 사료를 주고 물을 먹이는 것이다. 운송 일의 대가와 비교한다면 그의

---

3   aes alienum, '남의 돈'이라는 뜻이다.

4   소로는 노예제도를 철저히 반대했고 노예제도 철폐를 외치는 존 브라운을 지지했다. 이 사상은 「시민 불복종」에 잘 드러나 있다.

운명은 대체 무엇이란 말인가? 그는 오늘도 내일도 훌륭한 운송업자라는 명성을 얻고자 불철주야 뛰고 있지 않은가? 과연 그런 그가 신성하며 불멸의 영혼인가? 생활 중에 졸아들고 뒤로 내빼는 모습을 보라. 불멸이나 신성은커녕 온종일 막연한 불안에 시달리며 두려워한다. 그는 업적을 쌓아 명성을 내야 한다는 자기 생각의 노예이며 포로일 뿐이다.

세상의 평가는 우리가 자신에게 내리는 평가에 비하면 허약한 폭군이다. 사람이 자신을 어떻게 생각하느냐가 개인의 운명을 암시, 아니 결정한다. 우리는 공상과 상상이라는 서인도 제도에서 자신을 자유롭게 해야 한다. 당신에게는 그런 자기 해방을 가져올 윌버포스[5]가 있는가? 또한, 마지막 날까지 화장대용 방석[6]이나 짜고 있는 이 땅의 여성들을 생각해보라. 이들은 자기 운명에 노골적인 관심을 드러내지 않으려고 일부러 이런 일을 한다. 마치 그런 식으로 소일하면 영원이 훼손되지 않을 것처럼!

대부분은 조용한 절망의 삶을 살아간다. 체념은 확인된 절망이다. 절망의 도시에서 절망의 농촌으로 옮겨갔다면, 당신은 족제비와 사향쥐가 도망칠 때 내는 용기로 자신을 위로해야 한다. 의식되지 않지만 전형적인 절망은 소위 인간이 즐기는 게임과 오락이라는 표피 밑에도 감춰져 있다. 게임과 오락이 즐겁지 않은 이유는 즐거움은 노동한 후에나 오기 때문이다. 지혜의 특징 중 하나는 이런 절망적인 일을 하지 않는 것이다.

교리문답의 말을 빌려, 인간의 주된 목적이 무엇이고, 인생에서 진정 필요한 것과 수단이 과연 무엇인지를 한번 물어보자. 그러면 인간은 가장 흔한 삶의 방식을 선택한다는 대답이 돌아온다. 다른 방식보다 그게 더 좋

---

5 윌리엄 윌버포스(1759-1833). 영국의 노예폐지론자. 서인도 제도는 아프리카에서 약탈 혹은 매수해온 흑인 노예들이 일시 거류하던 중간 기착지로 유명했다.

6 화장대용 방석(toilet cushions)이란 의자에 사용하는 일종의 방석으로 여기에 앉으면 부인들의 허리가 곧게 펴진다.

칼라일 직선(直線) 수역(水域) 서쪽에 있는 사향쥐 둥지, 1917년 11월 6일.

대부분은 조용한 절망의 삶을 살아간다. 체념은 확인된 절망이다. 절망의 도시에서 절망의 농촌으로 옮겨
갔다면, 당신은 족제비와 사향쥐가 도망칠 때 내는 용기로 자신을 위로해야 한다.

아서라지만, 실은 다른 대안이 없다고 생각하는 것이다. 그러나 기민하고 건전한 성품을 지닌 이들은 태양이 다시 떠오른다는 것을 기억한다. 편견을 내다버리는 데 너무 늦은 때란 없다. 아무리 오래된 사고방식이나 행동방식이라도 검증하지 않고 믿어서는 안 된다. 오늘 모든 사람이 진실이라고 동조하고 묵인하던 것이 내일 거짓으로 드러날 수도 있다. 자기 땅을 비옥하게 적실 비구름이라고 믿었는데 알고 보니 연기처럼 사라질 의견 한 조각이었던 것이다.

나이 든 사람이 당신은 못 한다고 한 것도 직접 해보면 가능함을 발견한다. 옛사람은 옛날 방식대로 했으니, 새 사람은 새로운 방식대로 하라. 불길을 계속 살리려면 새 연료를 써야 한다는 것을 옛사람들은 몰랐던 듯하다. 새 사람들은 가마솥 밑에 약간의 마른 장작[7]을 집어넣었고, 그들은 새들이 나는 속도로 온 세상을 돌아다니는데, 속된 표현을 빌리자면 노인들의 눈알이 팽팽 돌아갈 지경인 것이다.

나이가 많다고 해서 젊은이보다 더 나은 스승이 되는 것은 아니다. 노년은 얻는 것보다 잃는 것이 더 많기 때문이다. 현명한 사람이라면 생활 속에서 뭔가 절대적 가치가 있는 것을 얻진 않았을까 여길지도 모르겠다. 실제로는 청년에게 해줄 만한 중요한 조언을 노인에게서 찾기 어렵다. 그들의 체험은 편파적이고, 그들의 인생은 이런저런 개인적 이유로 아주 비참한 실패작이었기 때문이다. 이에 대해서는 그들도 그렇게 생각한다. 자신들의 체험을 못마땅하게 여기는 마음이 그들에게 다소 남아 있으며, 그래서 과거보다 더 젊지 않은 사람이 되어 있을 뿐이다.

나는 지상에서 30여 년을 살아왔는데, 나의 선배들로부터 가치 있거나 진지한 조언을 단 한 마디라도 들어본 바가 없다. 그들은 내게 아무 말도 하지 않았는데 아마도 시의적절한 말을 한 마디도 할 수 없었을 것이다. 인생

---

7   증기 기관에 석탄을 넣어 돌아가게 하는 것을 비유적으로 표현했다.

에드워드 가필드(88세), 콩코드, 1918년 5월 15일.

나이 든 사람이 당신은 못 한다고 한 것도 직접 해보면 가능함을 발견한다. 옛사람은 옛날 방식대로 했으니, 새 사람은 새로운 방식대로 하라.

이란 자신이 아직 상당 부분 시도하지 않은 실험의 장(場)이다. 선배들이 앞서 그것을 해봤다는 사실은 내게 별로 도움이 되지 않는다. 내가 가치 있다고 생각하는 어떤 체험을 하게 되더라도, 거기에 대해 나의 스승들이 아무 말도 하지 않았음을 훗날 회상하게 되리라.

어떤 농부가 내게 말했다. "사람이 야채만 먹고 살 수는 없어요. 뼈를 단단하게 하는 재료가 없으니까." 그래서 그 농부는 뼈를 단단하게 만드는 성분을 자기 몸 안에 착실히 넣어주고 있다. 그러면서 그는 황소를 앞세우고 뒤에서 따라가는데, 황소란 놈은 풀만 먹은 뼈를 가지고도 농부의 몸을 흔들어대고, 또 어떤 쟁기를 들이대도 묵묵히 쟁기질을 감당한다. 어떤 물건은 일부 사람, 도움이 절실히 필요하거나 병든 이들에게 진정 생필품이다. 그러나 다른 사람에게는 사치품이 되고, 다른 이들에게는 생소한 물건이 되기도 한다.

어떤 사람들에게는, 선조들이 인간 생활의 모든 영역을―가장 높은 곳이든 가장 낮은 계곡이든― 이미 답사했고, 또 인간사 전반도 다 섭렵한 것처럼 보인다. 그래서 이블린은 이런 말을 했다.[8] "현명한 솔로몬왕은 나무들 사이의 거리에 관해서도 칙령을 내렸다. 로마의 사법 행정관들은 이웃 땅에 떨어진 도토리를 줍되 불법이 되지 않는 횟수, 또 주운 도토리를 이웃과 나눠 가지는 비율도 정해놓았다." 또 히포크라테스는 후세를 위해 손톱 자르는 법까지 남겨 놓았는데 손톱을 손가락 끝에서 길지도 않고 짧지도 않게 적당히 자르라고 말했다.

인생의 다양성과 즐거움을 갉아먹는 주범인 지겨움과 권태는 아담만큼이나 오래된 것이다. 그러나 인간의 능력은 측정된 바가 없고, 우리는 예전 사례로 인간을 판단해서도 안 된다. 그들이 시도한 것이 많지 않은 까닭이다. 지금까지 인간이 저지른 실패작이 무엇이든, "나의 아이여, 그것 때문

8　　John Evelyn(1620-1706). 영국의 저명한 일기 작가.

에 고통을 당하지 말거라. 네가 아직 하지 않은 일에 대해 누가 네 탓이라고 하느냐?"[9]

우리는 천 가지의 간단한 테스트로 삶을 시험할 수 있다. 내 콩밭에 햇빛을 주어 콩을 여물게 하는 그 태양은 동시에 지구 같은 무수한 행성에 빛을 비춘다. 만약 과거에 내가 이것을 기억했더라면 몇 가지 착오를 미리 예방할 수 있었을 것이다. 이전에 콩밭에서 괭이질할 때는 미처 떠올리지 못했던 생각이었다. 즉, 천상의 별들은 아주 멋진 삼각형의 정점이다! 우주에서 다양하게 많은 집에 사는, 저 멀리 떨어진 다른 존재들이 같은 시간에 같은 밤하늘의 별을 바라보며 생각에 잠겨 있다니! 우리 인간의 체질이 여러 가지이듯 자연과 인생도 여러 가지다. 다른 사람에게 어떤 인생이 펼쳐지리라고 자신 있게 말할 수 있는 사람이 있겠는가? 사람이 상대방의 눈을 잠시 들여다보는 것보다 더 큰 기적이 발생할 수 있겠는가? 우리는 한 시간 내에 세상 모든 시대를 살 수 있다. 아니, 모든 시대의 모든 세상을 살 수도 있다. 역사, 시가, 신화! 남의 경험을 이토록 경이롭고 유익하게 적은 글을 또 어디에서 읽을 수 있단 말인가.

이웃이 좋다고 말하는 것 대부분은 내 영혼에 비추어볼 때 나쁜 것이다. 내가 살면서 후회할 만한 것이 있다면 그것은 다름 아닌 나의 좋은 행동이다. 무슨 귀신에게 사로잡혔길래 내가 그렇게 말끔하게 행동했단 말인가? 일흔 해를 살아 나름대로 명예도 있는 노인이여, 당신은 무척 현명한 말을 할 수도 있겠지만 나는 그 모든 말을 멀리하라는 저 거부할 수 없는 목소리를 듣는다. 한 세대는 다른 세대가 벌인 일들을 난파한 배를 버리듯 포기해야 한다.

---

9 인도 고대 서사시인 『비슈누 푸라나』에서 가져왔다. 푸라나는 산스크리트어로 '오래된 이야기'라는 뜻이고, 비슈누는 인도 최고신 브라마의 세 호칭 중 하나로 브라마(Brahma)는 창조, 시바(Siva)는 파괴, 비슈누(Vishnu)는 보존 기능을 각각 담당한다. 고대 인도 문학의 대표 서사시는 『마하바라타』이고 이 서사시와 비슷한 18종의 푸라나가 있는데 내용은 마하바라타와 거의 비슷하다. 비슈누 푸라나는 이런 18종 중 하나다.

나는 우리가 평소보다 더 많은 것을 믿어도 좋다고 생각한다. 자신에 대한 많은 근심거리를 내려놓고 다른 데에 그 생각을 집중하는 것이 좋겠다. 자연은 우리의 장점뿐만 아니라 약점도 잘 받아들인다. 어떤 사람은 끊임없이 근심하고 걱정하는데 그 상태가 거의 치유 불가능할 정도로 고질병이 되어버렸다. 우리는 자기 일의 중요성을 과장하기 마련이다. 그렇지만 우리가 하지 않는 일은 또 얼마나 많은가! 그렇게 자기 일이 중요하다는 생각이라면, 만약 병이라도 나서 그 일을 못 하게 된다면 어쩌려는가? 우리는 얼마나 경계하며 살아가는지! 할 수만 있다면 믿음 따위에 의지해서는 살아가지 않으려는 듯 단단히 결심하고 종일 경계 태세를 늦추지 않다가, 밤이 되면 마지못해 기도를 올리지만 그마저도 불확실한 것에 자신을 내어주고 만다. 철저하고 성실하게 살아야 한다는 걸 알고, 또 자기 삶도 존중하지만 삶의 변화 가능성은 거부한다.

이것이 유일한 삶의 방법이라고 말한다. 하지만 원주(圓周) 중심에서 얼마든지 많은 반경을 그을 수 있듯 삶의 방식은 아주 많다. 모든 변화는 깊이 생각해볼 만한 기적이고, 그 기적은 지금 매 순간 벌어지고 있다. 공자는 말했다. "아는 것을 안다고 하고 모르는 것을 모른다고 하는 것이 참된 지식이다." 한 사람이 제멋대로 상상하는 것을 이처럼 명확하게 이해하는 오성(悟性)으로 축소시켜 놓았으니, 모든 사람은 마침내 이런 지식의 기반 위에서 제 삶을 살아갈 수 있을 것이다.[10]

여기서 잠시, 위에서 언급한 근심 걱정이 대부분 어떤 것인지, 또 그런 것으로 번민하고 괴로워하는 것이 과연 어느 정도로 필요한지 살펴보자. 문명 도시의 한복판에서 원시적인 변경민(邊境民) 생활을 하는 것에도 다소유익이 있다. 인생의 제일가는 필수품이 무엇인지, 그것을 손에 넣기 위해

---

10 『논어』, 위정(爲政)편 제17. 知之爲知知, 不知爲不知, 是知也. 오성(悟性)은 이성(理性)과 구분되는 개념인데 이에 대해서는 역자 해제 중 "월든의 자연사상"을 참고하라.

어떤 방법을 취해야 하는지 등을 아는 일은 유익하다. 또 상인들이 기록한 옛 장부를 조사하여 사람들이 상점에서 가장 많이 사들이는 것은 무엇인지, 상점에는 무슨 물건이 있는지, 다시 말하면 일상적으로 사용하는 물품이 어떤 것인지를 보는 것도 유익하다. 인간 존재를 지배하는 본질적인 법칙에는 시대의 발전도 거의 영향을 주지 못했기 때문이다. 우리의 근골(筋骨)은 조상의 것과 별반 다를 게 없다.

나는 생필품이라는 단어를 이런 뜻으로 사용한다. 인간이 스스로 노력으로 얻은 것, 처음부터 혹은 아주 오랜 활용을 거쳐 인간 생활에 너무 소중하게 된 것, 야만, 가난, 철학 등 그 무슨 이유를 들이대더라도 인간이 감히 내버릴 수 없는 것. 이렇게 볼 때 많은 사람에게 필요한 단 하나의 생필품은 음식이다. 들판의 물소에게 그것은 약간의 입에 맞는 풀과 마실 물이다. 들소가 숲이나 산간 그늘이라는 쉼터를 찾지 않는다면 말이다. 야생동물은 음식이나 잠자리 외에는 바라는 게 없다.

이런 기후에서 인간의 생필품은 음식, 주거, 의복, 연료 등 여러 항목으로 분류해보면 충분할 것이다. 이런 것을 제대로 확보하지 못한다면 자유롭고 성공적인 기대를 품고 인생의 진정한 문제들을 깊이 있게 다룰 수가 없다. 사람들은 집과 옷을 만들어냈고, 음식을 요리한다. 불의 온기를 우연히 발견한 이래, 그 불을 사용하게 되었다. 처음에 그 불은 사치품이었으나 이제는 추우면 그 옆에 앉는 것을 당연하게 여긴다. 우리는 고양이와 개들도 같은 방식으로 제2의 본성을 획득했다고 본다.

적당한 주거와 의복 덕분에 우리는 신체 내부의 열기를 보존할 수 있다. 그러나 열기가 과도해지면, 즉 외부 열기가 내부보다 많다면, 그때 비로소 요리가 시작되었던 게 아닐까? 생물학자 찰스 다윈은 남극 근처 티에라델푸에고의 주민에 대해 이런 말을 했다. 다윈 일행이 두꺼운 옷을 껴입고 모닥불 근처에 앉아 있었는데도 남극 가까운 곳인지라 조금도 따뜻함을 느끼지 못했다. 그러나 훨씬 멀리 떨어져 있었던 맨몸의 야만인들은 "주변에 모닥불이 피워져 있었으므로 땀을 뻘뻘 흘리고 있어" 깜짝 놀랐다고 다윈은 말했다. 그리고 호주 원주민은 맨몸으로도 아무 탈 없이 지내는데 유럽인들은 옷을 껴입고도 추위로 벌벌 떤다는 말이 있다.

독일 화학자 리비히[11]에 따르면 인간의 신체는 난로이고, 연료인 음식이 허파의 내적 연소를 도와준다고 한다. 그래서 날씨가 추우면 우리는 더 많이 먹고 더우면 덜 먹는다. 동물의 체온은 천천히 진행되는 연소의 결과이고, 질병과 죽음은 그 연소가 빨리 진행될 때 벌어진다. 연료가 부족하거나 통풍이 잘 안 되면 불은 꺼진다. 물론 생명의 열기를 모닥불과 같은 것으로 혼동해서는 안 된다.

자, 비유는 이 정도로 해두자. 따라서 위에서 열거한 사항으로 미루어 볼 때 동물의 목숨은 동물의 열기와 거의 동의어다. 음식은 신체 내부의 열기를 유지하는 연료와 같다. 연료는 음식 준비에 도움을 주고 또 외부에서 추가로 도움을 받아 체내 온기를 보존한다. 주거와 의복은 이런 식으로 만들어진 열기를 보존하거나 흡수한다.

우리 몸을 위해 가장 필요한 것은 신체를 따뜻하게 유지하고 내부에 있는 생명의 열기를 보존하는 일이다. 그래서 우리는 음식, 의복, 주거를 준비하려고 애를 많이 쓴다. 뿐만 아니라 잠옷이라 할 수 있는 침대 혹은 쉼터 속 쉼터를 만들고자 새들의 둥지와 가슴 털을 빼앗아온다. 침대는 두더지가 굴 한구석에 풀잎으로 잠자리를 만드는 것과 비슷하다. 가난한 사람들은 이 세상이 추운 곳이라고 불평한다. 많은 질병이 신체적인 추위 못지않게 사회적인 추위에서도 생겨난다고 말한다. 어떤 기후 지역에서, 여름은 인간에게 천국 같은 삶을 살도록 한다. 이 계절에는 음식을 요리할 때를 빼고는 연료가 필요 없다. 태양이 연료이고, 많은 과일은 햇볕에 충분히 요리된다. 일반적으로는 더운 계절에 음식을 더 다양하고 쉽게 얻을 수 있으며 의복과 주거는 전적으로 혹은 절반쯤은 불필요하다.

---

11 유스투스 폰 리비히(1803-73). 독일의 화학자.

나 자신의 경험에 비추어볼 때, 오늘날 이 나라에서 의식주 다음으로 필요한 것은 몇 가지 도구, 즉 칼, 도끼, 삽, 손수레 등이다. 그리고 공부하는 사람에게는 등불, 문구 그리고 몇 권의 책이 필요한데 이런 것은 모두 싼값에 마련할 수 있다. 그러나 현명하지 못한 이들은 나중에 편안하고 따뜻하게 살 수 있다면서 지구 반대편의 야만적이고 불건전한 지역으로 건너가 10년이고 20년이고 사업에 전념하다가 결국 뉴잉글랜드로 돌아와 죽는다. 호사스러울 정도로 부자인 사람들은 편안할 정도로만 따뜻함을 누리는 게 아니라, 자연스럽지 않게 뜨거움을 경험한다. 위에서 말한 것처럼 나름의 독특한 방식에 따라 외열(外熱)로 요리가 되어버린다.

대부분 사치품과 인생을 안락하게 하는 많은 편의품은 굳이 없어도 될 뿐만 아니라 인류 정신을 고양하는 데는 커다란 방해물이 된다. 사치품과 편의품 얘기가 나왔으니 하는 말인데, 일찍이 가장 현명한 사람들은 가난한 사람들보다 더 소박하고 척박한 삶을 살았다. 중국, 인도, 페르시아, 그리스 등지에서 만난 고대의 철학자들은 겉모습은 가난하기 짝이 없지만 내면은 그렇게 풍요로울 수 없었다. 우리는 이들에 대해 모르는 게 많다. 그래도 이만큼이나마 아는 것이 신통하다. 그 철학자 계급을 계승한 현대의 개혁가와 독지가에 대해서도 같은 말을 할 수 있다. 이들처럼 자발적 빈곤이라는 독특한 입장이 되지 않는 한, 우리는 공정하고도 현명한 인생 관찰자가 될 수 없다. 농업, 상업, 문학, 예술, 그 무엇이 되었든 가난을 멀리하고 등 돌린 사치스러운 생활에서는 사치밖에 나오지 않는다.

오늘날 철학 교수는 많지만, 철학자는 별로 없다. 그러나 이 일은 존경할 만한 삶의 방식이었으므로 철학을 이야기하는 것은 여전히 흠모의 대상이다. 과거에 철학자가 된다는 것은 오묘한 사상을 설파하거나 어떤 학파를 창설하는 것만이 아니라, 지혜를 사랑하여 그 가르침을 실천하는 일이었다. 즉, 단순명료함, 독립성, 관대함, 믿음 등을 실천하는 삶이었다. 철학한다는 것은 인생의 몇몇 문제를 이론적으로 또는 실천적으로 해결하는 일이었다.

이에 비해 위대한 학자나 사상가의 성공은 으레 신하(臣下) 같은 성공

일 뿐, 왕이나 참된 인간이 거두는 성공은 아니다. 그들은 아버지들이 그랬던 것처럼 단지 순응하는 방식으로 요령을 부리며 살아갈 뿐, 인류의 고상한 족속을 만들어내는 창시자는 결코 아니다. 그런데 인간은 왜 타락할까? 가문은 왜 대가 끊어질까? 민족을 쇠약하게 하고 멸망하게 하는 사치의 본질은 무엇인가? 우리 자신의 삶에도 그런 것이 없다고 확신할 수 있을까? 철학자는 겉으로 드러내는 생활 방식에서도 시대를 앞서가는 사람이다. 그는 동시대 사람처럼 먹여주고, 보호해주고, 입혀주고, 따뜻하게 해주어야 하는 사람이 아니다. 철학자라는 인간은 그런 일방적인 방식이 아니라, 다른 사람보다는 더 좋은 방식으로 생명의 열기를 보존하는 자가 되어야 하지 않겠는가?

내가 방금 말한 여러 가지 방식으로 따뜻해진다면 그다음에 인간은 무엇을 해야 할까? 분명 지금껏 말한 것과 같은 종류의 온기는 불필요할 것이다. 더 많고 풍성한 음식, 더 크고 멋진 집, 더 화려하고 사치스러운 옷, 계속 뜨거워지는 더 많은 불을 원하지는 않을 것이다. 생필품을 얻고 난 후 인간은 그것의 과잉 반복을 원하지 않고 다른 대안을 추구한다. 이제 비천한 노동으로부터 휴가를 얻었으므로 인생에서 모험을 걸고 싶어지는 것이다. 토양은 씨앗을 받아들일 준비가 되었다. 씨앗이 뿌리를 아래로 뻗었으니, 그다음에는 가지가 하늘 높이 자신 있게 솟구칠 일만 남은 것이다.

인간이 왜 대지에 굳건히 뿌리를 내렸다고 생각하는가? 땅속 깊이 내려간 만큼 하늘 높이 솟구치려 하기 때문이다. 땅에서 멀찍이 떨어진 공기와 햇빛 속에서 열매를 맺기에 높은 평가를 받는 고상한 식물은 시시한 채소류 같은 대접을 받지 않는다. 채소류는 비록 이년생이어도 뿌리가 온전하게 내릴 때까지만 기르고 잎사귀는 종종 잘라내니, 대부분은 채소류의 꽃 피는 시기도 모른다.

나는 지금 강인하고 용감한 천성을 타고난 사람들에게 어떤 규칙을 늘어놓으려는 게 아니다. 그런 사람들은 천국이나 지옥에 있더라도 알아서 잘

아사벳 강에 비친 낙조, 콩코드, 1916년 7월 3일.

어떤 날씨에서든, 낮이나 밤이나 어떤 시간이든 나는 시간을 잘 활용하려고 애썼고 그 결과를 막대기에 새겨놓으려 했다. 두 영원, 즉 과거와 미래가 만나는 현재라는 지점을 굳건히 딛고 서서, 충실히 원칙을 따라가려 했다.

할 것이다. 아마도 부자들보다 더 화려한 집을 짓고 더 호화롭게 낭비하겠지만, 그렇다고 궁금해지는 일도 없다. 그들이 어떻게 그렇게 사는지는 모르겠다. 그런 부류는 꿈에서나 볼 수 있을지도. 또한, 현재의 생활 조건에서도 격려와 영감을 얻고 또 그런 조건들을 호감과 열정을 가지고 연인처럼 소중히 여기는 사람들에게도 말을 걸 생각이 없다. 나 자신도 어느 정도는 이런 부류에 들어간다. 또 어떤 상황에서든 자기 할 일을 아는 사람들도 논외로 하겠다. 그들은 자기가 그 일에 적합한지 아닌지 아는 까닭이다.

하지만 불만을 느끼는 대부분 사람, 즉 충분히 상황을 개선할 수 있는데도 자기가 만난 모진 운명과 척박한 시대를 한가하게 불평이나 해대는 사람들에게는 말을 걸고 싶다. 그들 중에는 의무를 충실히 수행하는 데도 제대로 되는 일이 없다며, 자신의 운명과 시대에 대해 아주 거세게, 또는 견딜 수 없다는 듯 불평하는 사람도 있다. 나는 또 겉으로는 부유하지만 실은 아주 궁핍한 계급의 사람들도 염두에 두었다. 그들은 황금을 쌓아놓았지만 그걸 어떻게 사용해야 하는지, 어떻게 처분해야 하는지 모르기에 스스로 황금이나 순은의 족쇄를 자기 발목에 걸고 있는 자들이다.

지나간 여러 해 동안 내가 어떤 인생을 보내고 싶어 했는지 털어놓는다면, 실제 과거를 아는 일부 독자들은 놀랄 것이다. 그 과거를 아예 모르는 독자들은 더욱 놀라 자빠질 것이다. 여기서는 내가 소중하게 여겼던 몇 가지 사업만 간단히 언급하겠다.

어떤 날씨에서든, 낮이나 밤이나 어떤 시간이든 나는 시간을 잘 활용하려고 애썼고 그 결과를 막대기에 새겨놓으려 했다.[12] 두 영원, 즉 과거와 미래가 만나는 현재라는 지점을 굳건히 딛고 서서, 충실히 원칙을 따라가려 했다. 당신은 이런 약간 애매한 표현을 양해해주리라 믿는다. 내가 하는 일에는 남보다 비밀이 많기 때문이다. 내가 일부러 비밀을 지키려고 해서가

---

12 일정량 일을 할 때마다 그것을 막대기에 기록한다는 뜻이다. 여기서 막대기는 곧 계산표를 뜻한다.

페어헤이븐 언덕에서 바라본 강의 전경, 콩코드, 1903년 10월 15일.

얼마나 많은 가을과 겨울날을 교외에서 보냈던가! 바람 소리에 무슨 메시지가 담겼는지 알아내고 또 그것을 급히 전하려 했던 게 얼마였든가! … 새로운 소식이라도 도착했다면 전보라도 치려고 벼랑이나 나무의 우듬지 같은 데서 지켜보기도 했고, 저녁때는 언덕 꼭대기에 올라가 행여 하늘이 무너져 내리면 뭔가 잡을 것이 있진 않을까 기다리기도 했다. 비록 그렇게 해도 변변하게 손에 쥔 것은 없었지만, 그나마 조금이라도 떨어져 내린 것은 만나처럼 햇볕을 만나면 곧 사라져버렸다.

아니라 그 일의 성격상 비밀은 불가피하다. 그렇지만 내가 아는 것은 모두 기꺼이 말할 생각이다. 내 대문에 '출입금지' 팻말을 걸지는 않겠다.

나는 오래전에 사냥개, 적갈색 말, 멧비둘기를 잃었는데 지금도 그것을 뒤쫓고 있다.[13] 이 동물들이 남긴 흔적과 그것이 어떤 부름에 반응하는지 등에 대해서는 내가 여러 여행자에게 말해준 적이 있다. 사냥개 울음소리를 들었다거나, 밤색 말이 달려가는 소리를 들었다거나 멧비둘기가 구름 뒤로 사라지는 광경을 보았다고 말한 여행자를 한두 명 만나기도 했다. 그 여행자들은 마치 자신이 그 동물들을 잃어버리기나 한 듯 그것을 되찾지 못해 안달이었다.

하루의 시작에서 일출과 새벽뿐만 아니라 자연 그 자체를 기다린다는 것! 이것은 정말로 중요하다. 여름이나 겨울 그리고 아침이면, 이웃들이 자기 일에 나서기 훨씬 전부터 나는 이미 일에 매달렸다. 새벽 어스름에 보스턴을 향해 일을 나가는 농부들 혹은 산으로 벌목 나가는 나무꾼 등 많은 도시 사람은 자연을 맞이하고 돌아오는 내 모습을 목격했다. 물론 아침마다 태양이 떠오를 때 그 일출을 물리적으로 도와준 것은 아니었다. 하지만 그 일출 광경에 자기를 드러낸다는 것은 지극히 중요했다.

얼마나 많은 가을과 겨울날을 교외에서 보냈던가! 바람 소리에 무슨 메시지가 담겼는지 알아내고 또 그것을 급히 전하려 했던 게 얼마였던가! 그 일을 잘하려고 전 재산을 털어 넣었고, 거기에 더해 바람에 맞서 달리면서 숨마저 넘어갈 뻔했다. 그 일이 정치판의 두 정당과 관련된 것이었다면 틀림없이 긴급 뉴스로 가제트에 실렸을 것이다.[14] 새로운 소식이라도 도착

---

13 이 세 동물은 『월든』의 중요한 상징이다. 구체적인 풀이는 역자 해제 중 "세 동물의 상징"을 참고하라.

14 가제트는 소로 당시, 신문을 가리키는 일반적 용어였다. 당시 콩코드에는 『요먼 가제트』(Yeoman's Gazette)라는 신문이 발간되었다.

대설(大雪), 소로가 즐겨 찾은 작은 만, 월든 호수, 1902년 2월 17일.

여러 해 동안 나는 눈보라와 비바람을 관찰하는 자원봉사자로서 내 임무를 충실히 수행했다. 또 측량사로도 일했는데, 큰길은 아니더라도 숲속 소로(小路)와 농지의 통행로를 측량해 그 길이 잘 소통되게 했다. 사람들이 널리 다녀 그 유용성이 입증된 곳에서는 계곡 사이에 다리를 놓아 사시사철 통행이 가능하게 했다.

했다면 전보라도 치려고 벼랑이나 나무의 우듬지 같은 데서 지켜보기도 했고, 저녁때는 언덕 꼭대기에 올라가 행여 하늘이 무너져 내리면 뭔가 잡을 것이 있진 않을까 기다리기도 했다. 비록 그렇게 해도 변변하게 손에 쥔 것은 없었지만, 그나마 조금이라도 떨어져 내린 것은 만나처럼 햇볕을 만나면 곧 사라져버렸다.

나는 발행 부수가 그리 많지 않은 잡지사 기자 노릇을 오래 했는데 그 잡지의 편집자는 내가 보낸 기고문 대부분을 게재 불가능으로 판정했다. 그래서 많은 작가가 그러하듯, 애만 쓰고 대가는 받지 못했다. 하지만 이 경우에는 고생 자체가 곧 보상이었다.[15]

여러 해 동안 나는 눈보라와 비바람을 관찰하는 자원봉사자로서 내 임무를 충실히 수행했다. 또 측량사로도 일했는데, 큰길은 아니더라도 숲속 소로(小路)와 농지의 통행로를 측량해 그 길이 잘 소통되게 했다. 사람들이 널리 다녀 그 쓸모가 입증된 곳에서는 계곡 사이에 다리를 놓아 사시사철 통행이 가능하게 했다.

나는 도시의 야생동물들도 돌보았다.[16] 그놈들은 담장을 마구 뛰어넘어 다니는 바람에 착한 농부들에게 많은 골칫거리를 안겼다. 나는 사람들이 잘 다니지 않는 농장 구석구석을 잘 살폈다. 오늘은 어느 밭에서 조나스나 솔로몬 같은 농부가 일하고 있는지는 내가 알 바 아니었다. 나는 빨간 월귤나무, 모래벚나무, 팽나무, 붉은소나무, 검은물푸레나무, 흰포도나무와 노랑제비꽃에도 물을 주었다. 그렇지 않으면 녀석들은 가문 계절에 말라 죽을 수도 있었다.

---

15 소로는 1840년 초월주의자들의 잡지인 『더 다이얼』에 30편 가까운 글을 보내 게재했다. 잡지에 쓴 글이 게재되지 않았다고 한 것으로 보아, 여기서 소로가 말하는 글은 그가 평생 써왔으나 당시 발간되지 않은 일기를 가리킨다.

16 소로 당시 콩코드에는 야생동물이 많이 살았다고 하며, 주민은 2,200명 정도였다.

베이커 농장의 방목된 소들, 콩코드, 1903년 6월 20일.

나는 도시의 야생동물들도 돌보았다. 그놈들은 담장을 마구 뛰어넘어 다니는 바람에 착한 농부들에게 많은 골칫거리를 안겼다. 나는 사람들이 잘 다니지 않는 농장 구석구석을 잘 살폈다. 오늘은 어느 밭에서 조나스나 솔로몬 같은 농부가 일하고 있는지는 내가 알 바 아니었다.

이런 식으로 내 일을 충실히 수행하며 시간을 보냈다(내 자랑을 하려는 뜻은 없다). 그러다가 도시 사람들이 나를 공무원으로 뽑아주거나 내 직무를 적당한 월급에 한직으로 만들어줄 의사가 조금도 없다는 게 분명해졌다. 나는 충실하게 비용 장부를 기록해왔으나 그걸 감사받아 승인받은 적은 없고, 대금을 지불받거나 결산을 받은 적은 더더욱 없었다. 아무튼, 나는 그런 대우를 아예 기대하지 않았다.

얼마 전에, 한 인디언 행상이 우리 동네의 잘 알려진 변호사에게 바구니를 팔러 왔다. "제 바구니를 사지 않겠습니까?" 행상이 물었다. "아니요, 우린 필요 없습니다"라는 대답이 돌아왔다. "뭐라고요!" 그 인디언 행상은 문밖으로 나서며 탄식했다. "당신은 우리를 굶겨 죽일 셈입니까?"

인디언은 근면한 백인 이웃이 아주 부유하다는 것을 알았다. 특히 변호사는 교묘한 논쟁을 일삼는데도 무슨 마법이 작용했는지 부와 지위가 뒤따르는 것을 보며 이렇게 혼잣말을 한 것이다. '나는 사업을 해야겠어. 바구니를 짤 거야. 그건 내가 할 수 있는 일이거든.' 바구니를 다 만들면 자기 일은 다 했으므로, 이제 백인이 그것을 사줄 차례라고 생각했다. 먼저 자기 물건을 가치 있는 것으로 만들어야 상대방이 산다는 것을 그는 몰랐다. 혹은 상대방에게 그런 마음이 들게 하거나, 살 만한 가치가 있다고 여기는 다른 물건을 만들어야 한다는 것을 알지 못했다.

나 또한 아주 반들반들한 촉감을 지닌 어떤 바구니를 짰다. 하지만 상대방이 사고 싶다는 마음이 들 정도로 가치 있는 것으로 만들지는 않았다. 그럼에도 나로서는 그것을 짜는 것이 가치 있다고 생각했다. 내 바구니를 살 만한 것으로 만드는 방법을 연구하기보다는, 그것을 팔지 않아도 될 방법을 연구했다. 사람들이 칭찬하고 또 성공작이라고 여기는 생활은 겨우 한 종류에 불과하다. 왜 우리는 다른 많은 종류를 희생하면서 그 하나만 중요하다고 강조하는 것인가?

나는 동료 시민들이 법원 자리나 교회 부목사 자리, 그 외 다른 곳에서 직장을 알아봐 줄 것 같지 않았으므로 내 힘으로 헤쳐나가야 했다. 그래서 다른 곳보다 내가 더 잘 알려진 숲에 더욱 전념하기로 했다. 필요한 자금을 얻기까지 기다리지 않고 즉각 일에 착수하기로 했기에 내 수중에 있는 적은 돈을 사용하기로 했다. 내가 월든 호수로 간 것은 그곳에서 돈을 들이지 않거나 혹은 호화롭게 살려는 것이 아니라, 가능한 한 방해를 받지 않고 나의 개인적인 일을 수행하기 위함이었다. 약간의 상식, 약간의 진취적 정신이나 사업적 기질이 없어 그 일을 하지 못한다는 것은 슬프다기보다는 어리석은 일처럼 보였다.

나는 언제나 엄격한 사업 습관을 들이려고 노력했다. 그런 습관은 모든 사람에게 필수 불가결하다. 만약 당신이 중국과 사업을 한다면, 세일럼 항구 근처의 해안가에 자그마한 회계 사무소를 짓는 것으로 충분하다. 당신은 이 나라에서 나오는 국산 제품들, 가령 얼음, 소나무, 약간의 화강암 등을 미국 배에 실어 수출할 것이다. 이런 것은 좋은 사업이 된다.

당신은 이런 구체적인 일을 몸소 감독해야 한다. 즉, 항해사에 선장이 되어야 하고, 선주와 보험사 역할까지 해내야 한다. 물품을 사들여 판매하고 회계 장부를 유지해야 한다. 접수된 편지를 모두 읽고 답장을 직접 쓰거나 검토해야 한다. 밤이나 낮이나 수입품 하역을 감독해야 한다. 때때로 가장 값비싼 화물이 저지 해안에서 하역하니 동시에 서에 번쩍 동에 번쩍하면서 해안 여러 지역을 다녀야 한다. 스스로 전신 발송자가 되고, 수평선을 예의 주시하면서 해안을 스쳐 지나가는 배들을 해안 쪽으로 불러와야 한다. 물품을 지속적으로 발송해 멀리 떨어진 고가 시장에도 제때 공급해야 한다.

시장 동향을 잘 알고, 세계 모든 지역의 전쟁과 평화 전망도 잘 파악하며, 무역과 문명의 흐름도 예상해야 한다. 해양 탐험대의 결과를 숙지해 새로운 항로와 개선된 항해 기술을 적절히 활용할 수 있어야 한다. 해도를 연구하고, 암초의 위치, 새로운 조명등과 부표 등을 파악하고, 언제나 그렇듯 대수표(對數表)를 적시에 수정해야 한다. 계산을 잘못하면 배가 환영받는 부두로 오지 못하고 암초에 걸려 난파할 수 있기 때문이다. 생사 여부조차 모르는 프랑스 탐험가 라페루즈의 운명이 이것을 잘 말해준다.

과학의 발전 사항을 광범위하게 잘 알아야 하는데, 카르타고 탐험가 한 노에서 페니키아인을 거쳐 현대에 이르기까지 모든 위대한 발견자, 항해자, 모험가, 상인 들의 생애를 연구해야 한다. 물품 현황을 명확하게 알려면 때때로 재고를 파악해야 한다. 손해와 이익, 이자, 온갖 종류의 용기 산정과 측정 문제 등은 광범위한 지식을 요구하고, 사람의 심신을 피곤하게 만드는 일이다.

나는 월든 호숫가가 사업하기에 좋은 곳이라고 생각한다. 단지 철도와 얼음 사업뿐만 아니라 다른 장점도 갖추었는데, 이는 사업 비밀이므로 여기서는 밝히지 않겠다. 이곳은 좋은 교역소이고 또 지반도 단단하다. 네바강 옆 습지대처럼 흙을 덮어줄 필요도 없다. 하지만 집을 지으려면 단단한 말뚝을 직접 땅에 박아 넣어야 한다. 네바강 지역에 홍수, 서풍, 얼음이 동시에 덮쳐오면 러시아 상트페테르부르크시는 지표면에서 사라질 것이라고 한다.

이 사업은 통상적인 자본을 투입해 진행되는 것이 아니므로, 모든 사업에 반드시 필요한 자본을 어디서 조달할 것인지 짐작하기가 쉽지 않을 것이다. 의복의 실질적인 문제를 단도직입적으로 말하자면, 우리는 그 옷의 진정한 실용성보다는 신기한 것에 대한 호기심과 여론의 풍향을 더 따라간다. 해야 할 일이 있는 사람은 먼저 이 사실을 상기하라. 첫째, 의복은 생명의 열기를 보존하기 위한 것이다. 둘째, 우리 사회에서는 알몸을 가리는 데 필요하다. 따라서 일을 하려는 사람은 새 옷을 장만하지 않더라도 얼마든지 필수적이고 중요한 일을 많이 할 수 있음을 판단할 수 있다.

왕과 왕비들은 전속 복식가가 만든 의례용 옷을 단 한 번만 입는데, 그들은 몸에 딱 맞는 옷을 입을 때의 편안함을 알지 못할 것이다. 이걸 모르는 왕과 왕비는 깨끗한 옷을 걸어두는 목마 같은 존재에 지나지 않는다.

옷은 착용자의 특징을 그대로 받아들이면서 날마다 우리 자신에게 동화된다. 마침내 우리는 그 옷을 벗어버리는 것을 오랫동안 망설이게 되고, 필경 의료 행위를 해야 하거나 어떤 때는 시신을 다루는 등의 엄숙한 장례를 거행하지 않는다면 벗지 않으려 한다.[17] 해어져 기운 옷을 입었다고 해서 나는 그 사람을 낮게 평가하지 않는다. 하지만 깨끗한 양심이 없음을 걱정하기보다 유행에 맞거나 깨끗하고 깁지 않은 옷을 입지 못할까 봐 불안해하는 것이 더 흔한 광경임이 확실하다. 설사 그 찢어진 옷을 깁지 못했더라도 최악의 흠이라고 해야 그저 준비가 부족했음을 보여줄 뿐이다.

나는 때때로 친지들을 상대로 이런 질문을 한다. 무릎 위에 기운 천을 한두 개 얹은 바지 혹은 솔기가 두어 가닥 나온 바지를 입어볼 사람? 대부분 친지는 그런 바지를 입었다가는 인생이 망가지기라도 할 것처럼 행동한다. 차라리 부러진 다리로 걸어갈망정 찢어진 바지를 입고 걷진 못하겠다고 한다. 신사의 다리에 문제라도 생기면 다리는 치료하겠지만, 바지 다리가 찢어지기라도 하면 어쩔 줄 몰라 한다. 진정으로 존경할 만한 것이 아니라, 남의 존경을 받는 것만 중시하기 때문이다.

우리는 정작 사람에 대해서는 잘 모르면서 상의와 바지에 대해서는 많은 것을 알고 있다. 당신이 지난번 일할 때 입었던 옷을 허수아비에게 입히고 당신은 아무 일 없이 옆에 서 있어 보라. 그러면 사람들은 그 허수아비가 당신인 줄 알고 인사할 것이다. 전일, 나는 옥수수밭을 지나가다가 기다란 막대기 위에 입혀놓은 모자와 윗옷을 보았는데, 금방 그 농장 주인을 알아보았다. 그는 내가 마지막으로 보았을 때보다 좀 더 햇볕에 탔을 뿐이었다.

어떤 개 얘기도 들었다. 주인집에 오는 모든 낯선 사람을 향해서는 우렁차게 짖어댔으나 정작 알몸 도둑이 다가오자 조용히 입을 다물더라는 것이다. 인간이 옷을 다 벗어버릴 때 그의 상대적 지위를 어느 정도 유지할 수 있을지는 아주 흥미로운 문제다. 당신은 이렇게 알몸으로 서 있는 문명사회

---

17 의복을 다룬 이 부분은 칼라일의 저서 『의상 철학』(Sartor Resartus, 1833) 중 의복 이론에서 영향을 받았다. 칼라일은 인간의 모든 상징, 형식, 제도는 인간이 입고 다니는 옷과 같으며 그 본성상 잠정적일 수밖에 없다고 주장했다. 가령 왕은 왕으로서 입던 옷을 결코 벗어놓으려 하지 않으며, 누군가가 그 옷을 벗기려 하면 아주 오래 망설이거나 정신이 돌아버려 정신병 치료를 받건, 아니면 죽여야만 그 옷을 벗는다는 뜻이 들어 있다.

사람 중에 누가 가장 높은 계급에 속하는지 알아보겠는가? 오스트리아의 여행가 파이퍼 부인은 동양에서 서양에 이르기까지 전 세계를 두루 여행한 모험가인데 고향이 가까운 아시아 쪽 러시아에 도착하여 그곳의 관헌을 만났을 때, 여행 복장이 아닌 다른 옷을 입어야 할 필요를 느꼈다. "이제 우리는 문명국가에 들어왔잖아요. 여기선 입은 옷을 보고 사람을 판단하지요." 민주주의를 표방하는 우리 뉴잉글랜드 도시에서도 우연히 재산을 획득한 자가 옷과 마차 두 가지만으로 부를 드러내더라도, 그 부자는 폭넓은 존경을 받는다. 이런 식의 존경을 바치는 사람은 아주 많은데 그들은 이교도나 다름없어 선교사를 파견해야 할 필요가 있다. 게다가 옷이 있는 곳에는 바느질도 따라오는데 이런 종류의 일은 끝이 없다. 특히 여자의 드레스는 완성되는 법이 없다.

마침내 할 일을 찾았더라도 그 일을 하려고 새 옷을 입어야 할 필요는 없다. 다락방에서 먼지를 뒤집어쓰고 있던 낡은 옷으로도 충분하다. 낡은 구두는 영웅이 신으면 그의 시종보다 더 오래 영웅에게 봉사할 것이다. 영웅에게 시종이 있다면 말이다. 그러나 맨발은 구두보다 더 오래된 것이고, 영웅은 맨발로도 제 할 일을 한다. 야회(夜會)나 의사당에 가는 사람은 새 옷을 꼭 챙기는데, 그 옷을 입은 사람의 마음이 수시로 바뀌기 때문에 옷도 따라 바뀐다. 하지만 내 상의와 바지, 모자와 구두가 교회에 가도 될 정도의 복장이라면 그것으로 충분하다. 그렇지 않은가? 오래된 상의가 원재료로 환원된 상태가 될 정도로 너무 닳고 나달나달해져 그 옷을 가난한 소년에게 줄 수도 없을 지경이 된 옷을 입은 사람을 본 적이 있는가? 어쩌면 그걸 받은 소년은 자신보다 더 가난한 아이에게 넘겨줄지도 모른다. 더 가난한 아이는 훨씬 적은 것을 가지고 살아갈 수 있으니, 더 부자라고 해야 할까?

아무튼, 새사람보다 새 옷을 필요로 하는 일을 조심해야 한다고 말해주고 싶다. 먼저 새사람이 있지 않으면, 어떻게 그 몸에 딱 맞는 새 옷이 있겠는가? 당신에게 해야 할 일이 있으면, 낡은 옷을 입고 해보라. 모든 사람은 뭔가 할 수 있는 도구가 아니라 뭔가 할 수 있는 일 혹은 뭔가 되고 싶은 일을 원한다. 오래된 옷이 아무리 낡고 남루하더라도 행동에 나서고 뭔가 시도하고 어디론가 항해할 때까지 새 옷을 찾아서는 안 된다. 그렇게 하여 뭔가를 성취하면 우리는 낡은 옷을 입은 새사람처럼 느낄 것이고, 그때도 헌 옷을 고집한다면 낡은 부대에 새 술을 담은 꼴이 될 것이다.

우리가 털갈이하는 시절은 새들의 그것처럼 삶에서 위기를 만났을 때다. 되강오리는 털갈이 시기를 보내려고 인적 없는 외로운 호수로 돌아간다. 이런 식으로 뱀이 허물을 벗고, 애벌레가 고치 외투를 벗고 나오려면 그 안에서 부지런히 몸을 확장해야 한다. 옷은 가장 겉에 있는 우리의 외피이며 속세의 번잡한 장식물이다. 그러니 이런 생각으로 자신을 무장하지 않는다면 우리는 엉뚱한 깃발을 날리며 항해하는 자로 여겨져, 필연적으로 세상에서뿐만 아니라 마침내는 자기 자신조차도 참아낼 수 없게 될 것이다.

우리는 옷을 입고 그 위에 또 껴입는데, 그 모습이 마치 외장식물(外長植物)이 바깥층을 늘리면서 성장하는 것과 같다. 우리가 겉에 입는 얇고 멋진 옷들은 외피 혹은 가짜 피부인데, 우리의 진정한 삶에는 참여하지 않으며 여기저기서 일부 찢겨도 치명적 부상을 입지는 않는다. 우리가 늘 입고 있는 두꺼운 옷은 우리의 세포질 피부, 즉 피질이다. 그러나 우리의 셔츠는 내부 피부 혹은 진정한 수피(樹皮)로, 이걸 벗겨내면 우리는 부상을 당하거나 목숨을 잃는다.

모든 종족은 계절에 따라 이 셔츠에 상응하는 것을 입는다. 사람은 가능한 한 단출하게 옷을 입고서 어둠 속에서 자기 가슴에 손을 얹고 모든 면에서 충실하게 준비된 삶을 살고 있다고 말할 수 있어야 한다. 저 오래전 철학자를 보라.[18] 적이 도시를 함락시켰는데도 그는 아무런 근심 없이 빈손으

---

18 메가라의 철학자 스틸포(기원전 380-300)를 가리킨다. 메가라를 함락시킨 데메트리오스 장군이 스틸포에게 재산 피해를 묻자 "아무도 내 재산을 빼앗아가지 못하는데, 나에게 진정한 재산은 지식뿐이기 때문이다"라고 대답했다. 혹은 그리스의 일곱 현인 중 한 명인 비아스(기원전 6세기경)로 보기도 한다.

로 성문을 걸어 나올 수 있었다.

대개 두꺼운 옷 한 벌은 얇은 옷 세 벌과 맞먹으며, 값싼 옷은 고객 형편에 맞게 구입할 수 있다. 두꺼운 상의는 5달러인데 5년을 입을 수 있으며, 두꺼운 바지는 2달러, 소가죽 장화는 한 켤레에 1.5달러, 여름 모자는 25센트, 겨울 모자는 62.5센트에 살 수 있다. 그러나 집에서 만들면 아주 적은 돈으로 더 좋게 만들 수 있다. 비록 가난하여 이처럼 자신이 직접 만든 옷을 입더라도, 얼마든지 흠모할 만한 현자를 발견할 수 있지 않겠는가?

내가 특정한 형태의 옷을 주문하자, 여자 재봉사는 진지하게 말했다. "사람들은 요새 그렇게 옷을 만들지 않아요." 그녀는 '사람들'이라는 말은 강조하지 않았는데, 운명의 세 여신처럼 비인격적인 권위자를 인용하는 어투였다. 나는 내가 원하는 옷을 주문하기가 어려웠다. 그녀는 내가 진심을 말한다고 여기지 않았고, 그토록 무모하리라고 생각하지 못했던 것이다. 그 신탁 같은 말을 들었을 때, 나는 잠시 생각에 잠겼다. 그러면서 그녀의 말을 한 자 한 자 곱씹으면서 그 뜻을 정확히 파악하려 했고, '그들'이 나와 어떤 정도로 친척 관계인지 알아내려 했으며, 그들이 무슨 권위로 이처럼 소중한 문제에 개입할 수 있는지를 알아내려 했다.

마침내 나는 그녀와 똑같이 알쏭달쏭한 말을 하기로 마음먹었지만, '그들'에 대해서는 더는 강조하지 않았다. "맞아요. 그들이 최근에 그렇게 하지 않은 것은 사실이지만 지금은 그렇게 합니다." 마치 내가 옷을 걸어놓는 옷걸이인 양 그녀가 나의 성품을 재지 않고 오로지 내 어깨 넓이만 잰다면 그런 치수가 무슨 소용이 있겠는가? 우리는 미(美)의 세 여신도, 운명의 세 여신도 아니고 패션의 여신을 경배하는 것이다. 이 패션 여신은 완벽한 권위를 갖고 옷 만드는 옷감을 자아내고, 짜고, 끊는다. 파리에 있는 수석 원숭이가 여행자 모자를 쓰면 미국에 있는 모든 원숭이가 똑같이 따라 한다.

사람들의 협조만으로는 이 세상에서 아주 간단하고 정직한 일도 해낼 수 없다는 절망감에 때때로 빠진다. 차라리 그들을 강력한 압착기에 집어넣어 그들 머리에 든 낡은 생각을 다 짜내 버리고 싶다. 이렇게 하여 당분간

두 발로 서지 못하게 하고 싶다. 그러나 그들 중에는 머릿속에 구더기가 든 사람들이 분명 있다. 언제 거기 들어가 알을 낳았는지 모르지만 그 알에서 구더기가 생겼고 그것은 강력한 불에도 죽지 않는다. 그러니 압축기로 아무리 짜내봐야 헛일이다. 그렇지만 우리는 고대 이집트의 밀알이 미라를 통하여 후대에 전해졌다는 사실을 잊지 말기로 하자.

전반적으로 살펴볼 때, 의상은 어느 나라에서든 예술의 경지에는 오르지 못했다고 생각한다. 오늘날 사람들은 손에 들어오는 것을 입으면서 근근이 버텨나가고 있다. 난파당한 선원들처럼 그들은 해변에서 발견한 것을 아무거나 입는다. 그리고 공간이든 시간이든 약간 떨어진 채로 서로의 변장을 쳐다보며 웃음을 터뜨린다. 모든 세대는 낡은 패션을 비웃으면서 새것을 충실하게 따라간다. 우리는 헨리 8세나 엘리자베스 여왕의 의상을 보면서 마치 식인종 섬나라 왕과 여왕의 옷인 양 즐거워한다. 인간에게서 벗겨낸 의상은 한심하거나 기괴해 보인다. 지나간 시대의 옷을 보고도 비웃지 않고 신성하게 바라보게 하는 것은, 인간 내면에 있는 진지한 눈과 그 속에서 진행되는 성실한 삶이다. 어릿광대가 복통으로 데굴데굴 구른다면 그가 입은 우스꽝스러운 복장도 그 분위기에 한몫한다. 병사가 대포알에 맞아 쓰러지면 그의 남루한 군복은 황제의 보라색 겉옷만큼이나 그에게 어울린다.

새로운 유행을 찾아내려는 세상 남녀의 유치하고 야만적인 취향 때문에 많은 사람이 만화경을 흔들어 들여다보면서 오늘 이 세대가 원하는 특수한 의상을 찾아내려고 애쓰고 있다. 의상 제작자들은 이런 취향이 단지 변덕에 지나지 않는다는 것을 안다. 특정한 색깔로 되어 있고 차이라곤 실오라기 몇 가닥밖에 나지 않는 두 가지 무늬 중에 어떤 것은 불티나게 팔리는데, 어떤 것은 선반에 누워 파리를 날리고 있다. 하지만 한 계절쯤 시간이 경과한 다음에는 그 파리 날리던 것이 가장 유행 타는 물건으로 등장한다. 패션에 비하면 문신은 소문난 것처럼 그리 혐오스러운 습관이라 할 수 없다. 문신은 피부에만 새기는 것이고 또 변하지 않는다는 사실만으로도 야만이라는 비난을 피하기에 충분하다.

나는 우리의 공장 제도가 옷을 얻는 가장 좋은 방법이라고 생각하지 않는다. 공원들의 노동 조건은 날마다 영국을 닮아가고 있다. 내가 직접 보거나 들은 바로는, 옷 공장의 주된 목적은 사람들에게 품위 있는 옷을 잘 입히려는 것이 아니라, 회사에 돈을 벌어주려는 것이다. 장기적으로 볼 때, 인간은 자신이 겨냥한 것만 맞출 수 있다. 따라서 인간은 지금 당장은 실패할 수는 있어도, 더 높은 것을 겨냥해야 마땅하다.

집에 대해 말하자면, 나는 이것이 현재 생필품이 되어 있음을 부정하지 않겠다. 그러나 우리보다 더 추운 나라에서 오랜 세월 집 없이도 살아온 사람들의 사례가 발견되고 있다. 영국 여행가 새뮤얼 랭은 이렇게 말한다. "라플란드 사람들은 가죽옷을 입고, 머리와 어깨 위로 뒤집어쓰는 가죽 주머니에 들어가 밤이면 밤마다 눈 더미 위에서 잠을 잔다. 그곳 추위는 만약 유럽인이 양털 옷을 입고 눈 더미 위에 누웠더라면 목숨을 앗아갈 정도다." 랭은 라플란드 사람들이 그런 식으로 자는 것을 실제로 목격했다. 그는 또 이렇게 부연한다. "그들은 다른 종족보다 더 강인한 부족이 아니다." 그러나 인간은 지상에 거한 지 얼마 되지 않아 집의 편리함과 가정의 안락함을 발견했다. 이 안락함이란 용어는 처음엔 가정보다는 집의 편리함을 가리키는 말이었으리라. 하지만 집이라고 하면 주로 추운 겨울이나 비 오는 계절을 생각나게 하고, 1년의 3분의 2는 파라솔 하나만으로 버틸 수 있는 온대 지방에서, 집의 만족도는 극히 부분적이고 일시적이었을 것이다.

우리와 같은 기후에서, 과거 여름철에 집은 그저 밤에 덮개 역할을 할 뿐이었다. 인디언 문헌에 보면 위그웸[북미 인디언의 원형 천막]은 하루 이동 거리를 보여주는 상징물이었다. 나무껍질에 새기거나 그려진 일렬로 늘어선 위그웸 그림은 인디언들이 그 숫자만큼 야영했다는 표시였다. 인간은 사지가 크지도 않고 강건하지도 않기 때문에 그를 둘러싼 세상을 축소할 필요가 있었고 어떤 공간을 둘러싼 벽은 그의 필요에 알맞은 것이었다. 그는 처음에는 알몸으로 야외에 살았다. 이런 알몸 생활은 온화한 기후라면 낮 동

아울-네스트(올빼미 둥지) 습지에 있는 인디언 바위, 콩코드, 1918년 6월 15일.

인류 초창기를 상상해보면 어떤 모험적인 사람이 피신하려고 바위 속 움푹 파인 곳으로 들어갔을 것이다. ... 우리 몸과 하늘의 별들 사이에 아무 장애도 없이 더 많은 낮과 밤을 보낼 수만 있다면, 시인이 지붕 아래에 앉아 너무 많은 노래를 부르지만 않는다면, 성인(聖人)이 거기에 오래 머물지 않는다면, 우리 생활은 훨씬 나아질 것이다. 새들은 동굴에서 노래 부르지 않고, 비둘기도 새장에서는 순수함을 지키지 못한다.

안에는 그런대로 즐거웠을 것이다. 하지만 비 오는 계절과 겨울철 그리고 햇볕 쨍쨍 내리쬐는 한여름 같은 때, 인간이 황급히 옷을 만들어 입거나 안락한 집의 보호를 받지 못했다면, 인류라는 종족은 시작부터 꽃봉오리가 꺾이고 말았을 것이다. 우화에 의하면, 아담과 이브는 다른 옷을 만들어 입기 전에 먼저 나뭇잎으로 몸을 가렸다고 한다. 인간은 온기와 안락함이 있는 곳, 즉 집을 원했다. 그 집은 먼저 신체적 온기를 제공했고 이어 애정의 온기를 나누어주었다.

인류 초창기를 상상해보면 어떤 모험적인 사람이 피신하려고 바위 속 움푹 파인 곳으로 들어갔을 것이다. 모든 아이는 어떤 면에서는 이 세상을 다시 시작하고, 그래서 옥외에 머물기를 좋아하는데 심지어 비 오고 추운 날에도 그렇다. 아이가 집 놀이나 말놀이를 하는 것은 그런 본능이 있기 때문이다. 누구나 다 어릴 적에 선반 바위나 동굴 입구를 보고 흥미를 느꼈던 일을 기억한다. 우리의 가장 원시적인 조상들이 갖고 있었던 그런 자연스러운 동경이 여전히 우리 내부에 남아 있는 것이다. 인류는 그 동굴에서 발전하여 종려 나뭇잎, 나무껍질과 가지, 손으로 짜서 편 리넨, 풀과 볏짚, 합판과 널, 돌과 타일 등 재료를 바꾸어가며 지붕으로 쓰고 살았다. 마침내 우리는 옥외에 산다는 것이 무엇인지 잊어버렸고, 우리 삶은 생각 이상으로 집 위주가 되었다. 벽난로에서 들판까지는 아주 먼 거리다. 우리 몸과 하늘의 별들 사이에 아무 장애도 없이 더 많은 낮과 밤을 보낼 수만 있다면, 시인이 지붕 아래에 앉아 너무 많은 노래를 부르지만 않는다면, 성인(聖人)이 거기에 오래 머물지 않는다면, 우리 생활은 훨씬 나아질 것이다. 새들은 동굴에서 노래 부르지 않고, 비둘기도 새장에서는 순수함을 지키지 못한다.

그러나 거주해야 할 집을 지어야만 한다면 그 사람은 약간 뉴잉글랜드 사람다운 총명함을 발휘해야 한다. 그래야 집을 짓는다면서 구빈원, 헤어날 수 없는 미로, 박물관, 양로원, 감옥 혹은 화려한 능묘를 짓지 않게 될 테니까. 먼저, 필수적인 주거는 굉장히 작은 공간으로도 충분하다. 나는 이 도시에 사는 페노브스콧 인디언들을 본 적이 있다. 그들은 주위에 한 자 높이로 눈이 쌓였는데도 얇은 무명 텐트에서 살고 있었다. 그때 나는, 눈이 좀 더 많이 오면 바람을 몰아내는 데 도움이 되므로 그들이 좋아할 것이라는 생각이 들었다.

불행하게도 지금은 다소 무뎌졌지만, 이전에 나는 정직하게 일하며 생활비를 벌어들인 후 남는 시간에는 자유롭게 내가 원하는 것을 추구하는 삶에 대해 많이 고민했다. 그때 나는 철로 옆에 세워진, 길이 6피트[1.8미터], 폭 3피트[0.9미터]의 커다란 박스형 가건물을 보았다. 그곳은 노동자들이 밤에 도구들을 보관하는 공간이었다. 그 박스를 보며, 금전적으로 심하게 쪼들린다면 그런 박스를 1달러 주고 사들여 몇 개의 구멍을 뚫어 공기를 통하게 하고, 비올 때나 밤중에 그 안으로 들어가 뚜껑을 내린다면, 사랑과 자유를 누리고 더불어 영혼도 자유롭게 되지 않을까 생각했다. 이것은 최악의 선택도, 결코 경멸스러운 대안도 아니었다. 그 안에 들어가 늦게까지 자지 않고 앉아 있을 수 있고, 또 잠에서 깨어나면 집주인에게 집세를 독촉당할 염려 없이 박스 밖으로 나올 수 있는 것이다. 이런 박스 안에서도 충분히 얼어 죽지 않을 수 있는데, 많은 사람이 그보다 더 크고 호화로운 박스의 임대료를 지불하느라 초주검이 될 정도로 괴롭힘을 당하고 있다.

나는 지금 농담하는 것이 아니다. 경제는 입으로는 별 것 아닌 듯 말할 수 있는 화제이지만, 실제로는 그렇게 간단히 처리되는 문제가 아니다. 대부분 옥외에서 생활하는 투박하고 강건한 사람들이 안락하게 여기는 집은, 거의 전적으로 자연이 마련해준 재료로 만들어진다. 매사추세츠 식민지 정부에서 인디언 감독관으로 일했던 구킨은 1674년에 이런 글을 썼다. "그들의 가장 좋은 집은 깨끗하고 단단하고 따뜻한 나무껍질을 덮어 만든 것이다. 그 껍질은 수액이 막 올라오는 계절에 녹색의 나무줄기에서 벗겨낸 수피를 육중한 나무로 짓눌러서 여러 개의 큰 조각들로 만든다. … 이보다 못한 집은 일종의 골풀로 만든 매트로 덮여 있었다. 최고급 집보다 좋지는 못하지만 그래도 단단하고 따뜻하다. … 어떤 것은 길이 1백 피트[30미터]에 폭이 30피트[10미터]나 되었다. … 나는 가끔 그들의 천막집에서 숙박했는데,

아주 좋은 영국식 가옥 못지않게 따뜻했다."

그는 또 인디언 천막 내부에는 카펫이 깔려 있고 벽에는 잘 짠 장식 매트로 치장되어 있고 다양한 집기들이 설치되어 있다고 말했다. 인디언의 주거 문화는 잘 발달되어 있어 지붕 구멍에 매트를 설치하여 줄로 잡아당기면서 통풍 효과를 조절할 수 있었다. 이런 주거는 하루 이틀이면 충분히 건설할 수 있고 철거하여 부품을 간수하는 데에는 몇 시간이면 충분하다. 모든 가정은 이런 천막을 소유했고, 아니면 그 천막 내에 별도로 방 하나를 두었다.

미개 사회에서도 모든 가정이 최고 상태의 쉼터를 소유했고, 그 정도면 가정의 소박하고 단순한 필요에는 충분히 부응할 수 있었다. 그러나 오늘날은 어떤가. 공중의 새들은 둥지가 있고, 여우는 굴이 있고, 야만인에게는 천막이 있었지만, 현대 문명사회에서는 주택을 소유하지 못한 가구가 전체의 절반을 넘는다고 해도 과언이 아니다. 특히 문명이 발달했다고 하는 읍과 도시에서, 주택을 소유한 사람의 수는 전체에 비하면 극소수에 지나지 않는다. 나머지 가구는 여름이나 겨울에는 없어서는 안 될 이 장식용 의복을 위해 매년 집세를 지불한다. 그 집세라면 인디언 천막촌을 모두 사들일 수 있겠지만, 안타깝게도 이런 이유로 죽을 때까지 평생 가난에 허덕일 수밖에 없다.

나는 여기서 소유보다 임차가 불리하다는 점을 길게 늘어놓을 생각은 없다. 하지만 미개인들은 값이 쌌기 때문에 자기 집을 소유할 수 있었던 반면, 문명인들은 그 집값을 부담할 능력이 없으므로 임차하는 것이다. 하지만 시간이 흐른다고 그가 임차료를 지불할 능력이 더 올라가는 것도 아니다. 어떤 사람은 여기서 이렇게 말한다. 그 집세를 지불했으니 가난한 문명인은 미개인에 비해 궁전이나 다름없는 집에서 사는 것 아닌가? 전국 평균 가격으로 연간 25달러에서 100달러만 내면, 그는 여러 세기에 걸쳐 개량되어 온 문명의 혜택들, 가령 넓은 방, 깨끗한 페인트칠과 도배, 럼퍼드 벽난로, 회반죽을 바른 뒷벽, 베네치아풍 블라인드, 스프링식 자물쇠, 널찍한 지하실, 기타 많은 편의 시설을 누리게 된다. 그런데 이런 것을 누린다는 문명인은 대체로 가난한 반면, 그런 것을 전혀 누리지 못하는 미개인은 부자인 것은 대체 어떻게 된 일인가? 문명은 인간의 생활 조건을 정말로 향상시킨다고 하는데(나도 이게 사실이라고 생각하지만 현명한 사람들만 그들의 장점을 개선할 수 있다) 문명이 주택 가격을 상승시키지 않고 더 좋은 집을 내놓을 수 있어야만 비로소 제대로 된 문명이라 할 수 있다.

어떤 물건의 값은 결국 그것을 얻기 위해 장단기적으로 들어간 시간의 총량과 같아야 한다. 우리 동네의 평균 집값은 8백 달러인데, 이 정도 돈을 모으려면 노동자가 10년에서 15년을 일해야 한다. 더 버는 사람도 있고 적게 버는 사람도 있겠지만, 한 사람의 하루 노동량의 평균 가치를 1달러로 보면 말이다. 게다가 그에게 식구가 딸려 있지 않다면 그렇다. 이렇게 볼 때 그는 자기 천막 하나를 얻기 위해 반평생 이상을 보내야 한다. 대신에 주택을 임대해서 살겠다면, 이것은 여러 불행 중에서 하나를 골라야 하는 나쁜 선택이다. 만약 원주민이 이런 조건으로 자기 천막을 궁전과 바꾸려 했다면 현명한 처사라고 하겠는가?

이 불필요한 재산을 갖고 있어 봐야 결국 미래를 대비한 자금 축적 정도밖에 안 된다고 추측할 수 있다. 개인적으로는 사후에 집을 팔아 장례비로 충당하는 게 고작이다. 당사자가 자신을 매장할 일은 없지만 이것은 문명인과 원주민을 구별하는 중요한 사항이다. 문명인의 생활을 제도(制度)로 만들어 지키게 한 것은 우리에게 혜택을 주려는 것이다. 종족 생명을 온전하게 유지하려면 개인 생활을 상당한 정도까지 제도 속에 편입시켜야 한다. 그러나 이 혜택을 얻기 위해 어느 정도의 희생을 치러야 하는지 나는 보여주고 싶다. 또한 문명의 장점은 다 누리면서도 그 단점으로 고통받지 않으며 살아갈 방법도 있음을 제안하고 싶다.

"가난한 사람들은 늘 너희와 함께 있다"라는 말은 무슨 얘기인가? "아버지가 신 포도를 먹으면, 아들의 이가 시다"는 의미는?

"나 주 하나님의 말이다. 내가 나의 삶을 두고 맹세한다. 너희 가운데서 어느 누구도 다시는 이스라엘에서 이런 속담을 입에 담지 못할 것이다."

"모든 영혼은 나의 것이다. 아버지의 영혼이나 아들의 영혼이 똑같이 나의 것이니, 범죄하는 그 영혼이 죽을 것이다."[19]

내 이웃인 콩코드의 농부들을 살펴본다. 그들은 다른 계급 못지않게 유족하다. 그들은 대부분 20년, 30년, 40년을 일하여 농장의 실제 소유주가 된다. 그들은 보통 저당 잡힌 상태로 농장을 물려받았거나 아니면 남에게 빌린 돈으로 샀다. 그들이 오랜 세월 일해온 것의 3분의 1 정도를 집값이라고 보면 될 것이다. 하지만 통상적으로, 그들은 아직 집값을 다 지불하지 못했다. 때때로 근저당이 농장 가치보다 더 많아 농장 자체가 하나의 커다란 저당이 되기도 한다. 그렇지만 농부는 그 농장을 상속받는데, 입버릇처럼 말하듯 그 농장을 잘 아는 까닭이다. 토지 감정사에게 물어본 결과, 자기 농장을 부채 없이 온전하게 소유한 농부는 열 손가락으로 셀까 말까 하다는 얘기에 나는 깜짝 놀랐다. 만약 당신이 농지법 역사를 알고 싶다면, 그 농가들이 저당 잡혀 있는 은행에 문의해보라. 자기 노동만으로 농장 값을 다 지불했다는 사람은 너무나 희귀하여 누구나가 그를 가리킬 수 있을 정도이다. 나는 콩코드에 이런 농부가 세 명도 채 안 된다고 생각한다. 상인에 관해서는 100명이 사업을 벌이면 97명이 망한다는 얘기가 있는데, 농부에 대해서도 같은 얘기를 할 수 있다.

그러나 상인 중 하나는 이런 말을 한다. 상인들의 실패는 대부분 실제 금전적 실패가 아니라, 사정이 여의치 않아 벌어지는 약속 위반에 따른 실패라는 것이다. 다시 말해, 도덕적 신의가 무너져 발생한 실패인 것이다. 이 것은 사태를 더욱 악화시키는데, 성공한 상인 3명도 자기 영혼을 구원하는 데에는 성공하지 못했다는 뜻이다. 그렇다면 그 3명은 정직하게 파산한 97명보다 더 나쁜 방향으로 파산한 것이다. 파산과 지불 거절은 우리 문명

---

19 마태복음 26:11; 에스겔 18:2-4.

이 뛰어올라 공중제비를 넘게 해주는 도약대다. 그러나 미개인은 탄력성이 전혀 없는 기근(饑饉)이라는 널판 위에 서 있다. 그런데도 마치 농업이라는 기계의 관절들이 모두 부드럽게 돌아가는 것처럼 이 나라의 미들섹스 소박람회는 해마다 화려하게 개최되고 있다.

농부는 문제 자체보다 더 복잡한 공식으로 생계 문제를 해결하려 애쓴다. 구두끈 정도나 살 수 있는 아주 적은 돈을 얻으려고 소 떼에 투기하는 것이다. 그는 안락과 독립을 확보하려고, 아주 능숙한 기술을 발휘하면서 털 스프링이 달린 덫을 놓는다. 하지만 덫을 놓고 돌아서는 순간 자기 덫에 다리가 걸리고 만다. 이것이 그가 가난한 이유다. 이와 비슷한 이유로 우리는 많은 사치품에 둘러싸여 있으나 미개인이 누린 천 가지의 안락함과 비교해볼 때 가난한 것이다. 채프먼[20]은 이렇게 노래한다.

> 인간의 거짓된 사회여,
> 세속적인 위대함을 위해
> 천상의 모든 안락이 공기 속으로 사라지는구나.

농부가 집을 마련한 뒤에는 그로 인해 부자가 되는 것이 아니라 더 가난해진다. 그리하여 오히려 집이 그를 소유한 꼴이 된다. 나는 그리스 신화에서 불평의 신 모모스가 아테나 여신이 만든 집에 대해 타당한 반론을 제기했다고 생각한다. "왜 여신은 그 집을 이동 가능한 것으로 만들지 않았는가? 그래야 나쁜 이웃을 피할 수 있지 않은가?" 이 말은 지금도 타당하다. 집이란 다루기 어려운 재산이고, 우리는 그 안에서 살기보다는 오히려 그 안에 갇혀 있다고 해야 마땅하다. 피해야 할 나쁜 이웃이 실은 괴혈병 걸린 우리 자신인 것이다. 나는 이 도시에서 근 한 세대 동안 살아온 두 가정을

20　영국의 시인 조지 채프먼(1559-1634).

알고 있다. 그들은 교외에 있는 집을 팔아 읍내로 이사 가고 싶었지만, 아직도 그 뜻을 이루지 못했다. 오직 죽음만이 그들을 자유롭게 놓아줄 것이다.

대부분 사람이 개선된 시설을 갖춘 집을 소유했거나 임차했다고 하자. 문명은 우리 주택을 개선했지만 그 안에 들어가 살 사람들도 그에 맞추어 향상되지는 않았다. 궁전을 만들었지만 귀족과 왕들을 만들어내기는 쉽지 않았다. 문명인이 추구하는 바가 미개인보다 더 가치 있지 않다면, 그리고 그가 단지 생필품과 편의품을 얻는 데 생애 대부분을 보낸다면, 그가 미개인보다 더 좋은 집에 살아야 할 이유는 무엇인가?

반면 가난한 소수의 사람은 어떻게 살아가는가? 어떤 사람은 겉보기에 미개인보다 낫기도 하고 어떤 사람은 미개인보다 못한 상황이다. 한 계급의 사치는 다른 계급의 가난으로 균형이 맞추어진다. 한쪽에는 궁전이 있는가 하면 다른 한쪽에는 구빈원과 자신의 가난을 감추려는 "침묵하는 빈자들"이 있다. 파라오의 무덤 피라미드를 지은 무수히 많은 사람은 마늘을 먹고 그런 노동을 했는데, 막상 죽었을 때는 변변하게 매장조차 되지 못했다. 궁전 부조(浮彫)를 마무리하는 석공은 밤이 되면 인디언 천막보다 못한 오두막으로 돌아간다. 문명의 여러 증거가 존재하는 나라에서, 많은 주민의 생활 조건이 야만인만큼 나쁘지는 않다고 상상한다면 잘못 생각한 것이다.

나는 지금 쇠락한 부자를 말하는 것이 아니라, 쇠락한 빈자를 말하고 있다. 이것을 확인하려고 멀리 갈 필요도 없다. 문명의 마지막 이기라고 하는 철로 주위 어디에서나 우후죽순처럼 들어선 오두막들을 보면 된다. 나는 그곳을 날마다 산책하면서 돼지우리 같은 집에 사는 사람들을 본다. 그 집의 문은 채광을 위해 겨우내 열려 있으나, 근처에 있을 법한 장작더미는 찾아볼 수 없다. 남녀노소는 추위와 가난으로 오랫동안 움츠려온 습관 때문에 크게 위축되었고, 몸도 재능도 성장이 멈췄다. 하지만 우리 세대가 이룬 업적은 이들의 노동으로 쌓은 것이니 이들을 잘 눈여겨보는 것도 온당하다.

세계의 거대한 공장이라고 하는 영국의 각 분야에서 일하는 노동자들의 생활 조건도 이와 별반 다르지 않다. 또는 지도상에서 백인 지역 혹은 문

코난텀 뒤의 목초지에서 바라본 나인 에이커 코너, 콩코드, 1899년 11월 3일.

농부가 집을 마련한 뒤에는 그로 인해 부자가 되는 것이 아니라 더 가난해진다. 그리하여 오히려 집이 그를 소유한 꼴이 된다. 나는 불평의 신 모모스가 아테나 여신이 만든 집에 대해 타당한 반론을 제기했다고 생각한다. "왜 여신은 그 집을 이동 가능한 것으로 만들지 않았는가? 그래야 나쁜 이웃을 피할 수 있지 않은가?" 모모스의 말은 지금도 타당하다. 집이란 다루기 어려운 재산이고, 우리는 그 안에서 살기보다는 오히려 그 안에 갇혀 있다고 해야 마땅하다. 피해야 할 나쁜 이웃이 실은 괴혈병 걸린 우리 자신인 것이다.

명 지역으로 표시된 아일랜드를 살펴보자. 아일랜드인의 구체적인 생활 조건을 북미 인디언, 남태평양 섬 주민 혹은 문명인과 접촉하여 타락하기 전의 다른 미개 종족과 비교해보라. 나는 그 미개 부족의 지도자들이 문명국의 평균적인 지도자만큼 현명하리라고 믿어 의심치 않는다. 이런 부족들의 생활 조건은 문명국 내에서 얼마나 지저분한 일이 많이 벌어지는지를 증명한다. 미국 남부 주의 노동자들은 이 나라의 주요 수출품을 생산하는데, 동시에 그들 자체가 남부 지역의 주요 생산품이기도 하다. 하지만 여기서는 그런대로 수수하게 살아가는 사람들에 국한해 얘기를 이어가도록 하겠다.

대부분 사람은 집이 무엇인지 깊이 생각하지 않는 듯하다. 그들은 이웃처럼 자기도 집을 하나쯤 가지고 있어야 한다고 생각하기 때문에, 그렇게 살아갈 필요가 없는데도 평생 가난하게 살아간다. 그런 태도는 양복쟁이가 일방적으로 만들어준 아무 옷이나 입는 것과 비슷하고, 종려나무 잎사귀 모자 혹은 우드척[21] 가죽으로 만든 모자는 내던지면서 왕관을 사들일 금전적 능력이 안 된다고 하여 어려운 시대를 만났다고 불평하는 것과 유사하다. 현재 가진 집보다 더 편리하고 호화로운 집 짓기는 가능하며, 또 누구나 그런 집을 짓는 데 큰돈이 들지 않는다는 것도 인정하게 될 것이다.

우리는 언제나 이런 것을 더 많이 얻으려고만 공부할 뿐, 왜 때때로 그보다 훨씬 적은 것으로 만족하는 법은 배우려 하지 않을까? 그래서 점잖은 시민들이 원칙과 모범을 보임으로 젊은이들에게 "죽기 전에 불필요한 고무장화와 우산을 여러 개 장만하고, 또 오지 않는 손님을 위하여 필요 없는 손님방을 마련해두라"고 해야 하겠는가? 왜 우리의 가구는 아랍인이나 인디언의 그것처럼 단출할 수 없는가? 우리가 천상의 전령 혹은 인간에게 천상의 선물을 전달하는 자로 높이 받들어 모시는 인류의 은인들을 생각할 때마다, 뒤를 따라오는 수행원이나 수레에 최신 유행의 가구를 한가득 실은

---

21 북미산 마멋으로 땅을 파고 구멍에 사는 설치류 동물이며 두더지와 비슷하다.

광경을 상상하기 어렵다. 다소 특이한 것일지 모르지만, 이런 상상이 허용될까? 우리가 도덕적으로나 지적으로나 아랍인보다 우위에 있는 것에 비례하여, 우리 가구가 딱 그만큼만 세련된 것이 된다면 얼마나 좋을까!

현재 우리의 주택은 가구들로 혼잡하고 지저분한 상태다. 현명한 가정주부라면 그런 가구를 대부분 쓰레기통에 집어넣고, 아침이면 해야 할 일을 게을리하지 않을 것이다. 아침의 일! 새벽의 여신 오로라가 얼굴을 붉히고 여신의 아들 멤논이 노래를 부를 때, 이 세상을 살아가는 사람이 해야 할 아침의 일이란 과연 무엇일까?

나는 책상 위에 석회석 세 덩어리를 놓아두는데 아침마다 먼지를 털어주어야 한다는 걸 알고 깜짝 놀란다. 내 마음의 가구는 고스란히 먼지를 뒤집어쓰는데 돌덩어리를 털 생각을 먼저 하다니! 나는 혐오감을 느끼며 그 돌덩어리를 창밖으로 내던진다. 그렇다면 나는 어떻게 해야 가구 딸린 집을 마련할 수 있는가? 나는 탁 트인 야외에 앉아 있고 싶다. 거기에서는 먼지가 풀 위에 앉는 법이 없다. 인간이 억지로 땅을 깨부수지 않는 한.

사람들이 열심히 모방하는 패션을 만들어내는 자는 사치스럽고 방탕한 자들이다. 소위 가장 좋은 여관에 들르는 여행자는 곧 그런 사실을 알게 된다. 여관 주인들은 그를 쾌락 추구적인 아시리아 왕 사르다나팔루스라고 추정하기 때문이다. 만약 그 여행자가 그들의 요구사항에 몸을 내맡기는 순간, 그는 곧 영혼까지 빼앗기고 만다. 우리는 기차의 객실에 올라탔을 때 안전과 편의보다는 사치에 더 많은 시간을 소비하고 싶어진다. 그것은 안전과 편의는 충족시키지 못하고, 그저 현대의 응접실과 다름없는 물건이 되어간다. 장의자, 오토만 소파, 차양 가리개, 기타 우리가 서부로 가져가는 수백 가지의 다른 동양산 제품들을 갖춘 응접실 말이다. 그 동양산 제품들은 하렘의 궁녀들과 중국의 환관들을 위해 만들어진 것인데, 조녀선[22]이라면 그

---

22 조녀선은 존과 함께 19세기에 미국 남자를 가리키는 흔한 이름이었다. 존과 조녀선은 『월든』 제18장 끝부분에 또 나온다.

이름조차 부끄럽게 여길 만한 물건들이다. 나는 벨벳 쿠션 위에 비좁게 앉아 있기보다는 차라리 호박 위에 앉아 그것을 혼자 독차지하는 것을 더 좋게 여기리라. 나는 호화 여행용 기차의 일등실에서 여행하며 독한 공기를 마시며 천국에 가느니 차라리 공기가 잘 통하는 흙길을 소달구지 타고 가겠다.

원시 문화에서 인간 생활은 단순 소박하여 이런 생활의 이점을 잘 보여주었고, 또 원시인에게 인간은 자연에 잠시 머무르는 존재임을 일깨워주었다. 그는 음식과 수면으로 체력이 다시 보충되면 여행을 다시 떠날 생각을 했다. 말하자면 이 세상이라는 천막에서 살았고, 계곡의 길을 짚어 나가거나 들판을 횡단하거나 산꼭대기에 올라가는 등 뭔가 행동을 하면서 살았다. 배고플 때 독자적으로 과일을 따먹은 사람은 농부가 되었다. 나무 밑을 피신처로 삼은 사람은 집 지키는 사람이 되었다. 우리는 이제 더 이상 밤중에 야영하지 않으며 대지 위에 정착하여 천상은 잊어버렸다. 우리는 '땅의 문화'를 개선하는 방법으로 기독교를 채택했을 뿐이다.[23] 우리는 이승을 위해서는 가족 저택을 지었고 저승을 위해서는 가족 무덤을 건설했다.

가장 좋은 예술 작품은 이런 척박한 조건으로부터 해방되려고 애쓰는 인간의 노력을 표현하는 데서 나온다. 하지만 안타깝게도 우리의 예술적 노력은 이런 저열한 상태를 안락한 것으로 만들고, 반면 고상한 상태는 망각하게 만든다. 이 마을에는 미술 작품이 들어설 자리가 없다. 설사 그런 작품이 우리 삶을 향상시키기 위해 우리 앞에 나타나더라도, 우리의 집과 거리는 그것을 위해 적절한 좌대를 마련하지 못한다. 그림을 걸 못도 없고 영웅이나 성인의 흉상을 받아줄 선반도 없다. 현재 우리 집은 어떻게 지어졌고, 어떻게 대금을 지불했고(혹은 지불하지 않았고), 주택 내부의 경제는 어떻게

---

23 '땅의 문화'의 원어는 *agri*-culture이다. 어그리컬처는 농업을 가리키는데, 소로는 어그리를 이탤릭 처리함으로써 '땅'의 뜻을 강조하고 있다. 기독교가 땅의 문화를 개선하는 방법이 되는 것은 그것이 heavenly-culture이기 때문이다.

조엘 바렛의 농가(올드 윌리엄 브루스터의 집), 콩코드, 1900년 5월 26일.

말[馬]보다 앞에 놓인 수레는 아름답지도 유용하지도 않다. 우리 집을 아름다운 물건들로 장식하기 전에, 네 벽을 먼저 철거해야 한다. 우리 삶을 둘러싼 벽들도 철거해야 한다. 아름다운 집 단장과 아름다운 생활을 단단한 토대로 삼아야 한다. 이제 미적 감각은 야외에서 배양되어야 한다.

관리되고 유지될까? 먼저 방문객이 그 집을 찾아와 벽난로 선반 위에 놓인 번드레한 장식품에 감탄하고 있을 때 그의 발밑 마룻바닥이 꺼져 지하실로 떨어져 단단하고 흙투성이인 지반을 밟는 일은 없었으면 한다. 나는 이 소위 부유하고 세련된 생활이 갑작스러운 '도약'으로 영위하게 된 것이라는 생각을 지울 수 없다. 또한, 나는 그 집을 장식하는 미술 작품을 느긋하게 감상할 수가 없는데 나의 신경은 온통 그 도약에 집중되어 있기 때문이다. 내 기억에, 근육의 힘만으로 인간이 가장 높이 뛰어오를 수 있는 높이는 아랍 유목민이 세운 것인데 기록에 의하면, 지표면에서 25피트[7.5미터]라고 한다. 인공적인 지지물이 없다면 그 높이에 도달했을 때 인간은 다시 땅으로 내려올 수밖에 없다.

이런 아주 부적절한 점프를 한 사람에게 내가 제일 먼저 물어보고 싶은 질문은 이런 것이다. "누가 당신의 기운을 북돋아주었소? 당신은 실패한 97명 중 한 사람인가요, 아니면 성공한 3명 중 한 사람인가요?" 이 질문에 대답해달라. 그러면 나는 겉만 번지르르한 당신의 물건들을 보면서 장식품으로서 가치가 있는지 확인할 것이다.

말[馬]보다 앞에 놓인 수레는 아름답지도 유용하지도 않다. 집을 아름다운 물건들로 장식하기 전에, 네 벽을 먼저 철거해야 한다. 우리 삶을 둘러싼 벽들도 철거해야 한다. 아름다운 집 단장과 아름다운 생활을 단단한 토대로 삼아야 한다. 이제 미적 감각은 야외에서 배양되어야 한다. 그리고 그곳엔 원래 집도, 집 지키는 사람도 없었다. 초창기 개척자였던 에드워드 존슨은 『기적을 일으키는 섭리』라는 책에서, 이 도시에 처음 정착한 사람들 얘기를 들려준다. 존슨 자신도 그들과 동시대인이었다. "그들은 산기슭에 최초의 주거로 토굴을 팠고, 흙을 높이 쌓아올려 지붕을 삼았다. 또한, 가장 높은 측면 지점으로 가서 흙벽을 한쪽 가림막으로 삼고서 연기 나는 불을 피웠다." 존슨은 계속 말한다. "그들은 주님의 축복으로 대지가 그들에게 먹을 빵을 제공할 때까지 집을 짓지 않았다." 그러나 첫해는 처참한 흉작이었다. "그들은 장기간 빵을 가늘게 쪼개어서 나누어 먹을 수밖에 없었다."

뉴네덜란드 지방 장관은 1650년, 그곳에 정착한 사람들에 대해 네덜란드어로 보고하면서 좀 더 구체적인 현황을 언급했다.

"뉴네덜란드 정착민들, 특히 뉴잉글랜드 정착민은 그들 뜻대로 농가를 지을 만한 수단이 없었다. 그래서 그들은 땅에 지하실 비슷하게 6-7피트[약 2미터] 깊이로 네모난 구덩이를 필요한 너비와 길이만큼 팠다. 그런 다음 구덩이의 사면 벽에 나무를 대고, 다시 그 나무들 틈새를 나무껍질로 막아 흙이 안으로 무너지는 것을 방지했다. 이 지하실 바닥에는 널빤지를 깔아 바닥으로 삼았고, 이어 벽판을 두른 다음 튼튼하고 둥근 나무들을 올려 지붕으로 삼았다. 지붕 나무들 사이의 틈새는 나무껍질이나 뗏장으로 메웠다. 이렇게 하여 전 가족이 두 해, 세 해, 네 해를 그 집 안에서 비 맞지 않고 따뜻하게 지낼 수 있었다. 이 지하실에서 가족 수에 따라 그 안에 따로 방을 마련하기로 사람들은 서로 양해했다. 식민지 개척이 시작된 초창기에 뉴잉글랜드의 부유한 지도자급 인물들은 이런 식으로 주거 생활을 시작했는데, 거기에는 두 가지 이유가 있었다. 첫째, 집 짓는 데 시간을 낭비하다가 영농을 게을리하여 그다음 해에 식량이 부족해질 것을 두려워했다. 둘째, 그들이 조국에서 다수 데려온 가난한 노동자들의 사기를 꺾지 않기 위해서였다. 이렇게 하여 3-4년이 지나는 동안, 그 지역 영농이 정상 궤도에 오르자 그들은 수천 달러를 들여 아름다운 집들을 지었다."

우리 조상들이 취한 이런 노선을 보면 적어도 신중한 자세를 느낄 수 있다. 그들의 원칙은 가장 화급한 필요부터 먼저 충족하게 하자는 것이었다. 그런데 지금 우리는 어떤가? 가장 화급한 필요부터 먼저 충족시키고 있는가? 나 역시 그런 호화로운 집을 하나 살까 생각해보았으나 곧 그만두었다. 이 나라는 아직 인간적인 문화에 적응이 되지 않아서, 조상들이 밀가루빵을 썬 것보다 더 가늘게 정신적 빵을 베어 먹어야 하기 때문이다. 물론, 이렇게 말한다고 해서, 미숙한 시대를 산다면 건축적 장식을 깡그리 무시해야 한다는 얘기는 아니다. 그러나 먼저 우리 집을 번드르르하게 내부 장식해야 하고, 우리 생활과 딱 어울리는 집이 되어야 하지만, 동시에 조개 내부처럼 딱 필요한 것만 있어야 하고 너무 아름답게 내부 치장되어 있어서는 안 된다. 그러나 슬프다! 나는 그런 집을 한두 채 들어가 보았는데 다들 내부가 지나치게 아름답게 꾸며져 있었다.

우리 문화가 퇴보하여 동굴이나 인디언 천막에 살고 가죽옷을 입어야 한다는 건 아니다. 인류의 발명과 근면을 통해 쌓아올리고, 우리가 힘들게 알게 된 그런 장점들을 받아들이는 게 더 좋을 것이다. 이러한 동네에서는 거주 가능한 동굴, 통나무, 충분한 수량의 나무껍질, 잘 말린 진흙 혹은 평평한 돌들보다는 널빤지와 지붕널, 석회와 벽돌 등을 얻기가 훨씬 수월하다. 이 주제에 관해 나는 이해가 깊은 편이다. 이 문제를 이론적으로나 실천적으로 잘 알고 있기 때문이다. 우리가 조금만 더 지혜를 발휘한다면, 이런 재료들을 이용하여 현재의 최고 부자보다 더 부자가 될 수 있고, 또 우리의 문명을 하나의 축복으로 만들 수 있다. 문명인은 좀 더 경험 많고 현명한 미개인이다. 하지만 이제는 나 자신의 실험 이야기를 서둘러 해보겠다.

1845년 3월 말, 나는 도끼를 한 자루 빌려 월든 호수가 있는 숲속, 내가 집을 지으려고 하는 지점에서 가장 가까운 곳으로 들어갔다. 나는 집에 들어갈 목재로 쓰기 위해 아직도 어린, 화살같이 생긴 하얀 소나무를 벌목하기 시작했다. 그런 일은 남의 것을 빌리지 않고서는 시작하기가 어렵다. 하지만 그것은 이웃 동료가 당신의 사업에 관심을 기울이게 하는 가장 관대한 방식이기도 하다. 도끼의 소유주는 그것을 내게 내주면서 눈에 넣어도 아깝지 않을 귀중한 물건이라고 말했다. 나는 그것을 빌려와 일이 끝나자마자 빌려올 때보다 더 날카롭게 해서 반납했다.

내가 집을 짓는 곳은 소나무들로 뒤덮인 상쾌한 산기슭이었다. 나는 그 나무들 사이로 내다볼 수 있었고, 숲속 자그마한 개간지에는 소나무와 호두나무가 자라고 있었다. 호수 표면의 얼음은 아직 녹지 않았으나, 일부 듬성듬성하게 구멍 뚫린 부분이 있었고 그런 구멍들은 색이 어둡고 물이 차 있었다. 거기서 일하는 며칠 동안 가벼운 눈발이 휘날렸다. 그러나 집으로 돌

데이킨스 언덕의 소나무들, 1899년 10월 30일.

나는 도끼를 한 자루 빌려 월든 호수가 있는 숲속, 내가 집을 지으려고 하는 지점에서 가장 가까운 곳으로 들어갔다. 나는 집에 들어갈 목재로 쓰기 위해 아직도 어린, 화살같이 생긴 하얀 소나무를 벌목하기 시작했다.

아오려고 철로로 올라설 때면, 호수 옆의 노란 모래 둔치는 아지랑이 같은 공기 속에서 가볍게 반짝거렸고, 철로는 봄철 햇볕을 받아 빛나고 있었다. 나는 종다리, 딱새, 기타 새들이 우리와 함께 또 다른 한 해를 보내려고 돌아오는 소리를 들었다. 상쾌한 봄날이었고, 인간이 불만을 느끼던 겨울과 대지는 해동을 시작했으며, 무기력하게 누워 있던 생명은 기지개를 켰다.

어느 날 도끼날이 자루에서 빠져나가는 바람에 나는 어린 호두나무를 베어 그 날을 고정하는 쐐기로 삼고자 돌로 빈 공간에 처박은 다음, 그 나무를 불리기 위해 도낏자루 전체를 호수의 구멍 속에 집어넣었다. 그때 나는 등에 줄무늬가 있는 물뱀이 물속에서 내달리는 것을 보았다. 내가 15분가량 거기 머물러 구경하는 동안, 뱀은 아무 불편함을 느끼지 않는 자세로 호수 바닥에 엎드려 있었다. 어쩌면 아직 동면 상태에서 완전히 벗어나지 못했기 때문에 그런 자세를 취하고 있는 것인지도 모른다.

인간도 아마 그와 비슷한 이유로, 현재의 낮고 원시적인 상태에 그대로 머물러 있는 것이 아닐까 하는 생각이 들었다. 그러나 인간들이 자기 주위 샘물 중의 샘물[24]이 작용하는 영향력을 느낀다면 그들은 필연적으로 더 높이 솟구쳐 더욱 영적인 생활로 나아갈 수 있을 것이다. 나는 서리가 내린 아침에 길을 걸어가다가 길 위를 지나는 뱀들을 본 적이 있다. 그 몸뚱어리는 아직도 마비되어 유연함이 없었으며 햇볕이 몸을 녹여주길 기다리고 있었다. 4월 1일에는 비가 내려 얼음을 녹였는데, 그날 이른 아침에는 안개가 많이 꼈다. 외로운 거위 한 마리가 호수 위를 맴돌면서 마치 길을 잃은 양 혹은 안개의 영혼인 양 꺽꺽 거리는 소리도 들었다.

그 후 나는 며칠간 벌목을 하고 나무를 다듬었으며 샛기둥과 서까래감을 만들었다. 이 일은 모두 빌려온 자그마한 도끼를 가지고 했다. 나는 나누고 싶은 이야기나 학자 같은 생각이 별로 떠오르지 않았으므로 나 자신을

---

24 약동하는 봄의 생명력을 "샘물 중의 샘물"에 비유하고 있다. 소로는 이 샘물의 의미를 제 9장 호수에서 자세히 설명하고 있다.

향해 흥얼거리듯 노래를 불렀다.

> 사람들은 자신이 많은 것을 안다고 말하지
> 그러나 보라고! 그것은 날아가 버렸네
> 예술과 과학
> 그리고 천 가지 응용품들,
> 사람들이 안다고 하는 것은 그저
> 불어오는 바람일 뿐이라네.

주요 목재는 사면을 6인치[15센티미터]로 다듬었으나 기둥은 두 면만, 서까래와 바닥에 깔 목재는 한 면만 다듬었다. 그 나머지 면은 나무껍질 그대로 놔두었는데 그렇게 하면 톱질한 목재보다 더 곧고 또 단단하기 때문이다. 목재마다 통통한 부분에 장붓구멍을 뚫었다. 이 무렵 다른 연장을 빌려왔기에 이 작업을 할 수 있었다.

내가 숲속에서 보낸 날들은 그리 길지 않았다. 버터 바른 빵을 점심 식사로 가지고 와서 정오에는 내가 잘라낸 어린 소나무 가지들 사이에 앉아 그 빵을 싼 신문을 읽으면서 식사했다. 내가 먹는 빵에는 소나무 향기가 일부 스며들었는데, 두 손에 송진이 두껍게 덮여 있었기 때문이다. 소나무를 벌목하기는 했지만 그 과정에서 나무에 대해 잘 알게 되었으므로 나는 소나무의 적이라기보다는 친구였다. 때때로 숲속을 산책하던 사람이 내 도끼 소리에 이끌려 작업 현장에 다가왔는데, 그러면 우리는 내가 만든 목재 더미 위에서 다정하게 대화를 나누었다.

나는 일을 서두르지 않았으므로 4월 중순쯤에야 그 작업을 거의 다 해냈다. 그리하여 내 집은 골조를 갖추고 대들보를 들어 올리기만 하면 되었다. 나는 그전에 이미 임시 잠자리용으로, 피치버그 철도에서 일하는 아일랜드인 제임스 콜린스의 오두막을 사들였다. 그 오두막은 기이하다 싶을 정도로 멋졌다. 그 오두막을 살펴보려고 방문했을 때 그는 마침 집에 없었다.

나는 집 밖에서 어슬렁거렸는데 처음에 그 집 안에서는 내가 온 줄을 몰랐다. 집 창문이 너무나 깊고 높았기 때문이다. 오두막은 뾰족한 농가 지붕에 비해 그리 크지 않은 집이었다. 주위에 흙이 5피트[1.5미터] 높이로 쌓여 있어 마치 거름 더미처럼 보였다. 지붕이 그래도 제일 온전했는데 그나마 상당 부분 비틀어진 데다 햇볕에 오래 노출되어 취약한 상태였다. 판자문은 문턱이 없었고, 그 밑으로는 암탉들이 무시로 드나드는 통로로 변해 있었다. 콜린스 부인이 문 앞까지 나와 내부를 한번 둘러보겠느냐고 물었다.

내부는 어두웠고 대부분 흙바닥이었으며 축축하고 눅눅하고 또 울퉁불퉁했는데 여기저기에 뜯어내려고 하면 부서질 것 같은 판자들이 남아 있었다. 그녀는 램프를 켜서 지붕과 벽 내부를 보여주었다. 또한, 침대 밑까지 연결된 판자 깔린 바닥을 보여주면서 지하실은 들어가지 않는 게 좋겠다는 말도 했다. 말이 좋아 지하실이지 내가 보기엔 깊이 2피트[0.6미터] 정도 되는 일종의 흙 구멍이었다. 그녀의 말을 따르면, "천장에는 좋은 널빤지를 댔고, 온 사방에 좋은 널빤지로 둘렀으며, 좋은 창문이 있다"라고 했다. 창문은 원래 두 개의 온전한 네모꼴 모양이었으나 최근에는 고양이나 드나들 정도로 막혀 있었다. 방 안에는 난로, 침대, 앉을 자리 한 곳, 그곳에서 태어난 듯한 갓난아이, 테를 도금한 거울, 어린 참나무에 못으로 걸어놓은 최신형 커피 분쇄기 등이 전부였다.

그동안 제임스가 돌아와서 흥정은 곧 끝났다. 나는 그날 밤에 4달러 25센트를 지불하고, 그는 내일 아침 5시에 집을 비워주되 그동안 남에게 팔아서는 안 되는 것으로 합의했다. 나는 내일 아침 6시에 그 오두막을 인수할 예정이었다. 제임스는 지대와 연료 문제로 말이 안 되는 황당한 주장을 하면서 시비 걸 사람이 있을지 모르니, 내일 아침에는 일찍 오는 게 좋겠다는 말을 덧붙였다. 그것이 유일한 골칫거리라고 했다.

다음 날 여섯 시에 나는 길 위에서 그와 가족을 지나쳤다. 커다란 짐꾸러미 하나에 그들의 모든 재산―침대, 커피 분쇄기, 거울, 암탉들―이 다들어가 있었는데, 창문을 빠져나가는 고양이는 없었다. 나중에 알았는데 그 고양이는 우드척을 잡기 위해 놓은 덫에 걸려 결국 죽고 말았다.

나는 그날 아침에 이 오두막을 해체하여 못을 뽑았고 작은 수레를 이용해 호수 옆으로 판자들을 가져왔다. 우선 햇볕에 판자들을 표백하고 말리려고 풀 위에 펼쳐놓았다. 수레를 끌고 숲속 길을 가는데 일찍 일어난 개똥지빠귀가 한두 곡조 노래를 불러주었다. 나는 어린 패트릭에게서 이런 고자질을 받았다. 이웃에 사는 아일랜드인 실리가, 내가 수레로 판자를 운송하는 사이사이에 아직도 쓸 만한 곧게 펴진 작은 못, 고리못, 대못 등을 슬쩍해서 자기 호주머니에 집어넣었다는 것이다. 그리고 내가 현장에 돌아오면 가만히 멈춰 서서 딴청을 피우면서 머릿속에는 봄날 생각이 가득한 채 그 허물어진 집터를 쳐다보는 척했다. 그의 말로는 할 일이 별로 없어 그렇다는 것이었다. 말하자면 그는 구경꾼의 대표 자격으로 거기 나와, 이 겉보기에·별 볼 일 없는 사건을 트로이에서 신상들을 옮기는 작업 비슷한 것으로 만들어주고 있었다.[25]

나는 산기슭 남면, 이전에 우드척이 토굴을 파놓았던 자리를 좀 더 깊게 파서 지하실을 만들었다. 옻나무와 블랙베리 뿌리, 밑바닥에 있는 거무튀튀한 잡풀들을 걷어내고 가로세로 6피트[1.8미터]에 깊이 7피트[2미터]의 공간을 만들었는데, 거기엔 고운 모래가 있어 겨울에도 감자가 얼 것 같지 않았다. 지하실 네 벽은 돌을 대어 고정하지 않고 약간 완만한 비탈 상태로 내버려두었다. 하지만 햇볕이 거기까지 비춘 적이 없었으므로 고운 모래는 아직도 제자리를 지키고 있었다. 그것은 두 시간 작업일 뿐이었다. 나는 땅을 파면서 특별한 즐거움을 느꼈다. 이 세상 어디에서나 인간은 일정한 기온을 얻기 위해 땅을 파고 있기 때문이다. 도시에 있는 가장 멋진 집에도 여전히 지하실이 있고 거기에 예전처럼 뿌리채소를 보관한다. 지하실 위에 서

---

25   트로이 전쟁에서 트로이가 함락되었을 때 트로이군 아이네이아스 장군이 집안에서 모시는 가족 신들의 신상을 꺼내 함께 달아난 것을 가리키는데, 여기서는 한 구경꾼이 이사를 그처럼 장엄한 일로 만들어주었다고 과장되게 말하고 있다.

있던 집들이 사라진 후에도 후손은 땅속에 파놓은 그 흔적을 발견한다. 그러니 집은 여전히 토굴 입구에 있는 일종의 현관 같은 것이다.

마침내 5월 초에, 실제적 필요가 있어서라기보다는 이웃과의 유대관계를 돈독하게 하려는 몇몇 지인의 도움을 받아, 내 집의 골격을 세우게 되었다. 집을 올리고서 그 일에 대해 나처럼 명예롭게 생각하는 사람은 없으리라. 내 이웃에 관해서는, 장래 어느 날 그보다 더 웅장한 구조물을 올리는 데 도움을 줄 운명이라고 생각했다.

나는 집 옆면에 판자 대는 작업과 지붕 작업이 끝나자마자 7월 4일에 입주했다. 판자는 가장자리를 얇게 깎아내고 겹쳐 만든 것이었으므로 완벽한 방수 기능을 갖추었다. 하지만 판자 작업을 하기 전에 한쪽 구석에 먼저 굴뚝의 기초를 놓았다. 호수 위쪽 언덕에서 내 양팔로 돌들을 실어왔는데 분량은 수레 두 대분 정도였다. 난방이 필요한 겨울이 오기 전에, 가을철 괭이질이 끝난 후에 굴뚝을 설치했다. 그전에는 이른 아침, 실외 땅바닥에서 취사했다. 이런 한데의 밥 짓기가 통상적인 취사보다는 여러모로 더 편리하고 유쾌하다는 생각이다. 빵이 다 구워지기 전에 비가 오면 나는 모닥불 위에 판자 몇 개를 얹어 놓고 그 밑에 앉아 빵을 쳐다보면서 즐거운 몇 시간을 보냈다. 그 당시 일손이 바빠 글을 별로 읽지 못했다. 그러나 나의 보관 용기이며 식탁보이기도 한 땅바닥에 펼쳐놓은 신문지들은 내게 아주 큰 오락을 제공했다. 그것은 호메로스의 『일리아스』를 읽는 것만큼 즐거운 일이었다.

내가 실제로 한 것보다는 더 꼼꼼하게 집을 짓는 게 가치 있다고 생각한다. 가령, 주택의 문, 창문, 지하실, 다락방 등이 인간 본성과 어떤 연관이 있는지를 고려하고 또 일시적 필요보다 더 좋은 이유를 알아내기 전까지는 상부 구조를 올리지 않는 것이 어땠을까 하는 생각이 들었다. 새들이 둥지를 짓는 것 못지않게 인간이 자기 집을 짓는 행위에도 적합성이 있어야 한다. 인간이 자기 두 손으로 손수 집을 짓고, 그다음에는 소박하고 정직한 노

월든 호수 옆, 소로 오두막 터의 지하저장실 흔적, 1920년 3월 24일.

나는 산기슭 남면, 이전에 우드척이 토굴을 파놓았던 자리를 좀 더 깊게 파서 지하실을 만들었다. 옻나무와 블랙베리 뿌리, 밑바닥에 있는 거무튀튀한 잡풀들을 걷어내고 가로세로 6피트에 깊이 7피트의 공간을 만들었는데, 거기엔 고운 모래가 있어 겨울에도 감자가 얼 것 같지 같았다.

동으로 자신과 가족에게 음식을 제공한다면 거기에는 시적인 능력이 보편적으로 발달한다. 보라, 새들은 둥지를 지을 때 노래를 부르지 않는가! 하지만 슬프다. 우리 인간은 찌르레기와 뻐꾸기 같은 짓을 하고 있다. 이들은 다른 새들이 지어놓은 둥지에 알을 까고서 수다스럽고 음악적이지 않은 노래까지 불러 여행자의 귀를 전혀 즐겁게 하지 못한다.

집짓기의 즐거움을 언제까지나 목수에게만 맡겨야 할까? 대부분 사람의 체험에서 건축은 도대체 무슨 의미인가? 무수히 산책을 해보았지만, 길에서 자기 집을 직접 짓는 간단하고 자연스러운 일에 몰두하는 진지한 사람을 본 적이 없었다. 우리는 공동체에 속해 있다. 재봉사를 가리켜 아홉 명이 모여야 비로소 온전한 한 사람이 된다고들 하는데, 재봉사만 그런 게 아니다. 목사, 상인, 농부도 마찬가지다. 이러한 분업은 어디서 끝날 것인가? 어떤 목적에 봉사하는가? 남이 나를 대신해 생각을 해줄 수도 있다. 하지만 내 생각을 전적으로 배제한 채 그렇게 하는 것은 바람직하지 않다.

물론, 이 나라에는 소위 건축가라는 사람들이 있다. 건축 장식에 진리, 필연, 아름다움의 핵심을 모두 집어넣는 것을 하나의 계시로 여기는 어떤 건축가에 관한 이야기를 들어서 알고 있다. 그의 관점에서 보면 모든 것이 잘 될 것 같지만, 그 또한 흔해 빠진 지적 허세보다 약간 나을 뿐이다. 건축에서 개혁을 지향하는 이 감상적인 개혁가는 기초가 아니라 처마장식에서 시작한다. 장식물 안에 어떻게라도 진리의 알갱이를 하나 집어넣겠다는 생각이다. 모든 설탕 과자에는 아몬드나 캐러웨이 씨앗이 들어 있지만, 나는 설탕 없이 아몬드만 먹는 게 몸에 좋다고 여긴다. 그런 건축은 주민이나 거주자가 그 집의 안과 밖을 어떻게 건설할 것인지 고려하지 않으며, 집과 장식물의 상관관계를 살피지 않고 오로지 장식물 그 자체에만 집중한다. 합리적인 사람이라면 장식물을 외면에 드러난 어떤 것, 표피에 있는 것 정도로만 생각하지는 않으리라. 브로드웨이 주민들이 트리니티 교회를 건설업자에게 하청 주어 짓듯, 거북이가 그 점박이 등껍질을 얻고 또 조개가 진주 빛깔을 띠게 되었다고 생각하지는 않으리라.

그러나 인간은 자기 집의 건축 스타일에 대해 거북이가 자신의 등껍질을 의식하지 않는 것처럼 아무 생각도 하지 않는다. 이것은 군인이 군기(軍旗)에 자신의 덕성을 칠해 넣지 않으려는 것과 비슷하다. 적은 그런 군인의 상태를 곧 파악한다. 그는 시련이 닥쳐오면 얼굴이 창백해질 것이다. 내가 보기에, 앞의 건축가는 건물의 처마장식에 기대면서 그 건물에 사는 무례한 거주자들에게 절반의 진실을 속삭인다. 하지만 주민들은 그게 온전한 진실이 아님을 그 사람보다 더 잘 알고 있다.

　　그렇다면 내가 생각하는 건축의 아름다움이란 무엇인가? 그것은 유일한 건설자가 되어야 하는 거주자의 필요와 품성을 바탕으로, 내면으로부터 외면으로 서서히 성장해 나온 것이다. 겉모양 따위는 전혀 신경 쓰지 않고, 어떤 무의식적인 진실함과 고상함으로부터 발전한 것이어야 한다. 그리고 이런 종류의 아름다움이 어떤 것이 되었든지, 그것은 생명의 무의식적인 아름다움에서 나온 것이어야 한다.

　　화가라면 잘 알고 있듯, 이 나라의 가장 흥미로운 집은 겸허하고 허세가 없는 가난한 사람들의 통나무 집 혹은 오두막이다. 그 집을 그림처럼 아름다운 집으로 만드는 것은 겉껍질에 응축된 거주자들의 생활이지, 그 표면에 어떤 특이한 아름다움이 있어 그런 게 아니다. 또한, 이에 못지않게 흥미로운 집은 그 시민들이 교외에 설치한 상자형 집이다. 이 집에서 그는 단순소박하면서도 상상에 부합하는 생활을 누리고, 따라서 그 집의 건축 스타일은 긴장의 분위기를 거의 풍기지 않는다.

　　건축 장식물들이란 대부분 문자 그대로 공허한 것으로, 9월 강풍이 한번 불어오면 빌려온 깃털 장식처럼 그것을 싹 쓸어버려도 실질적으로는 아무런 피해를 입히지 않는다. 지하실에 올리브나 포도주를 저장하지 않는 사람이라면 건축 같은 것이 없어도 충분히 잘 살아나갈 수 있다. 문학 분야에 그런 스타일의 장식 소동이 벌어진다면 어떻게 될까? 가령, 성경의 건축가들이 오늘날 교회 건축가들처럼 벽 윗부분을 장식으로 두른 돌출부에 많은 시간을 허비한다면? 하지만 실제로 이런 식으로 순수문학, 순수미술 그리고 그 학문을 가르치는 교수들이 나온다.

집을 짓는다는 사람은 기둥 몇 개를 자기 머리 위에 혹은 발밑에 설치할 것인가 신경 쓰고 또 상자 꼴 집에 무슨 색깔을 칠할 것인지를 고민한다. 겉보기에는 그가 실제로 목재를 이리저리 기울이고 또 직접 색깔을 칠하는 것처럼 보인다. 그러나 그 거주자의 머리에서 정신이 빠져나갔으므로, 그것은 그저 자기 관을 짜는 것이나 마찬가지다. 무덤 건축이라고 할 때, '목수'의 또 다른 이름은 '관 짜는 사람'이다.

어떤 사람은 생활에 대해 절망을 느껴서 혹은 무관심하여, 발밑의 흙을 한 줌 움켜쥐고 그 색깔로 당신의 집 색깔을 칠하라고 말한다. 이 사람은 자신의 비좁은 마지막 집[무덤]을 생각하는 것인가? 그렇다면 동전을 공중에 던져 앞이나 뒤가 나오는 결과에 따라 이렇게 저렇게 해도 좋을 것이다. 참으로 그는 시간이 많은 사람이로구나! 하지만 꼭 흙 한 줌을 집어들 이유는 무엇인가? 차라리 당신의 안색(顔色)을 드러내는 색으로 집을 칠하라. 당신 집을 자기 얼굴빛에 따라 창백하거나 붉게 물들게 하라. 오두막 건축의 스타일을 개선하려는 노력이라니! 당신이 내게 알맞은 장식물을 준비한다면 나는 그것으로 내 얼굴 색깔을 떠올리겠다.

겨울이 오기 전에 나는 굴뚝을 설치했고, 집 측면을 널빤지로 보강했다. 측면은 이미 내가 통나무의 첫 번째 조각으로 만든 물기 많은 불완전한 널빤지들—대패로 가장자리를 곧게 다듬은 놈들—을 대어 이미 비가 들이치지는 않는 상태였다.

이렇게 하여 나는 널빤지를 단단히 이어붙이고 회반죽을 칠한 집을 갖게 되었다. 집의 크기는 길이 15피트[4.5미터]에 너비 10피트[3미터]이고, 8피트[2.5미터] 높이의 기둥들로 받쳤으며, 두 개의 들어 올리는 뚜껑문, 한쪽 끝에 하나의 대문 그리고 그 맞은편에 벽난로를 갖추었다. 집을 짓는 데 들어간 비용은 다음과 같다(필요한 건설 재료는 통상적인 가격을 지불했고, 실제 건설 작업은 모두 내 손으로 했다). 자기 집을 짓는 데 정확히 얼마가 들어갔는지 아는 사람은 아주 소수이고, 각각의 건설 자재 단가가 얼마인지 아는 사람은 그보다 더 적으므로 이처럼 세부사항을 제시하기로 했다.

판자	8달러 3.5센트
(대부분 제임스 오두막에서 가져온 것)	
지붕과 벽면에 사용한 헌 판자	4달러
윗가지	1달러 25센트
유리 달린 두 개의 헌 창문	2달러 43센트
헌 벽돌 천 장	4달러
석회통 둘	2달러 40센트(비싼 값)
석회 솜	31센트(필요 이상의 분량)
벽난로용 철제 틀	15센트
못	3달러 90센트
돌쩌귀와 나사못	14센트
빗장	10센트
백묵	1센트
운송비	1달러 40센트
(상당 부분을 내가 등짐으로 날랐음)	

총계 28달러 12.5센트

이상은 목재, 돌, 모래를 제외한 모든 건설 자재를 망라한 것이다. 이 세 재료는 내가 임시 거주자의 권리를 주장하여 집 주위에서 무상으로 획득했다. 그리고 집 근처에 자그마한 장작 보관소를 지었는데, 주로 집을 짓다가 남은 자재를 가져다 썼다.

나는 장엄함이나 호화로움의 측면에서 콩코드 메인 스트리트에 있는 어떤 집도 능가하고, 또 나를 아주 즐겁게 하면서도 건설비는 위에서 제시한 것 이상으로 들어가지 않는 집을 지을 생각이었다.

　이렇게 해서 내가 알게 된 사실은 다음과 같다. 자기 집을 얻길 원하는 학생은 자신이 지불하는 1년 임차료보다 많지 않은 돈으로 평생 사용할 수 있는 집을 지을 수 있다는 것이다. 내가 필요 이상으로 과시하는 것처럼 보인다면, 나 자신보다는 인류 전체를 위해 이런 말을 하고 있음을 내 변명으로 삼겠다. 그렇지만 나의 단점들과 앞뒤 맞지 않는 말들은 내 진술의 진실함에 영향을 미치지 못한다. 많은 허세와 위선에도 불구하고(내 밀에서 이 왕겨를 벗겨내기 어렵다는 것을 발견하는데, 그런 왕겨에 대해서는 누구 못지않게 유감으로 생각한다), 나는 이렇게 말하면서 자유롭게 숨 쉬고 또 느긋하게 기지개를 켠다. 나는 정신과 육체 양면으로 커다란 안도감을 느낀다. 과시하지 않는 겸손을 보여주려고 일부러 진리를 낮추어 말하는 일은 하지 않기로 했다. 그보다는 진리를 위해 더욱 적극 발언할 생각이다.

　하버드 대학에서, 학생이 내 것보다 약간 더 큰 방 하나를 빌리는 임차료는 연간 30달러이다. 대학 당국은 큰 건물 하나에 그런 방 32개를 나란히 지었고, 학생들은 시끄러운 다수의 이웃과 불편하게 함께 살아야 하고 운이 없으면 4층 방이 걸릴 수 있는데 임차료는 동일하게 비싸다. 우리가 이와 관련하여 진정한 지혜를 발휘할 수 있다면 이미 많은 교육을 받았으므로 더 이상의 교육은 필요 없다고 생각할 것이고, 그러면 교육하는 데 따르는 금전적 지출도 크게 줄 것이다. 하버드 대학이나 다른 대학에서 학생들에게 제공하는 편의 시설은 학교와 학생 양측이 좀 더 적절히 관리한다면 벗어날 수도 있는 생활의 희생을 10배 이상이나 요구한다.

　돈을 내야 얻을 수 있다고 해서 학생들에게 가장 필요한 것도 아니다. 등록금은 지출 비용 중에 가장 중요한 항목이지만, 학생이 가장 교양 높은 동시대인들과 어울림으로써 얻을 수 있는 훨씬 중요한 교육에는 사실상 돈이 들지 않는다. 대학을 창건하는 방식은 일반적으로 말해 학생들 등록금을 받아서, 그다음에는 노동 분업의 원칙을 극단적으로 밀고 나가는 것이다.

그런 원칙은 아주 조심스럽게 적용해야 하는데도 말이다. 대학 당국은 학교 건물 짓는 것을 돈벌이로 아는 건설업자를 불러들이고, 업자는 다시 건물의 기초를 놓을 아일랜드인이나 다른 노동자들을 고용한다. 그리고 그 대학에 다닐 학생들은 그 건물에 몸을 맞추어야 하는 것이다. 이런 황당한 무계획에 대해 그 후 여러 세대에 걸쳐 학생들이 그 비용을 갚아 나간다.

차라리 이것보다는 학생들이나 그 대학으로부터 혜택을 받고 싶은 이들이 직접 건물의 기초를 놓는 것이 더 좋으리라 생각한다. 인간에게 필요한 노동을 조직적으로 회피함으로써 탐욕스러운 여가를 얻은 학생은 치욕스럽고 실익 없는 여가를 얻은 것이며, 인간의 여가를 유익한 것으로 만들어주는 체험을 자신이 스스로 걷어찬 것이다. 그러나 어떤 사람은 이렇게 말한다. "당신은 학생들이 머리가 아니라 손으로 공부해야 한다고 하는 건 아니겠지요?" 꼭 그런 뜻으로 말한 건 아니다. 하지만 학생들이 그런 식으로 생각을 전환해야 한다는 걸 말하고 싶다. 공동체가 이 값비싼 학비 게임을 지원하는데 학생은 인생을 놀이하거나 연구하는 데 그쳐서는 안 된다. 그보다는 처음부터 끝까지 인생을 진지하게 살아나가는 것이 더 중요하다. 그리고 생활 실험을 직접 해보지 않는다면 어떻게 젊은이들이 인생을 더 잘 살아낼 수 있겠는가? 내가 보기에 이러한 실천은 수학 못지않게 그들의 정신을 단련한다.

어떤 학생이 예술과 학문에 대해 뭔가를 알고 싶다면 나는 그 학생에게 평범한 노선을 추구하라고 추천하지 않는다. 가령, 그를 어떤 교수 밑으로 보내는 일 따위는 하지 않겠다. 거기서 어떤 것을 가르치고 실천하긴 하지만 삶의 기술은 가르쳐주지 않는다. 그곳에서는 망원경이나 현미경으로 관찰되는 것만 가르치고 학생의 육안으로 직접 세상을 관찰하는 것은 권하지 않는다. 화학을 가르치지만 일용하는 빵이 어떻게 만들어지는지 가르치지는 않으며, 기계 역학을 가르치지만 동력이 어떻게 획득되는지 가르치지 않는다. 해왕성의 새로운 위성들을 발견하지만, 학생 자신의 눈 속에 있는 티끌은 보지 못하며, 학생 자신이 어떤 부랑자의 위성 노릇을 하는지는 깨닫지 못한다. 학생은 식초 한 방울 속에 우글거리는 괴물을 관찰할 뿐, 자기 주위에 우글거리는 괴물들이 자신을 잡아먹고 있다는 사실은 모른다.

자, 다음 두 학생 중 한 달 후면 누가 더 진전해 있을까? 한 학생은 관련 자료를 열심히 읽으면서 땅에서 직접 원광석을 파내어 제련한 쇠로 잭나이프를 만들었다. 반면, 다른 학생은 대학에서 가르치는 금속학 강좌를 열심히 들었으나, 막상 칼이라고 하면 아버지로부터 로저스 표 펜나이프를 선물로 받은 것이 전부다. 이 두 학생 중 칼로 손가락을 벨 가능성은 누가 더 높은가? … 대학을 졸업할 무렵 학교에서 항해술을 공부한 적이 있단 얘기를 듣고서 깜짝 놀랐다! 항해술이라니. 항구로 내려가서 배 타고 가까운 바다를 한 바퀴 돌았더라면 항해술에 대해 훨씬 더 많이 알았을 텐데. 불쌍한 학생은 정치 경제학을 열심히 공부하고 또 배우지만, 정작 철학과 동의어로 통하는 생활 경제는 우리 대학들이 진지하게 가르치지 않는다. 그 결과 학생이 애덤 스미스, 리카도, 세[26] 등의 책을 열심히 읽는 동안에도 그의 아버지는 돌이킬 수 없을 정도로 빚을 지는 것이다.

우리 대학들과 마찬가지로, 백 가지의 다른 "현대적 개량 사업" 또한 그렇다. 개량이라는 말에 환상을 품겠지만, 늘 그에 합당한 긍정적인 발전이 있는 것은 아니다. 악마는 그 개량 사업의 초기 지분과 그 사업에 대한 지속적인 많은 투자에 대해 최후까지 가혹한 복리 이자를 요구한다. 우리의 발명품은 귀여운 장난감일 때가 많으며, 진지한 것에 기울여야 마땅한 우리주의를 산만하게 한다. 그것은 개량되지 못한 목적을 위한 개량된 수단일 뿐이며, 그 목적이라는 것도 도달하기가 너무나 손쉬운 것뿐이다. 보스턴행 철도 혹은 뉴욕행 철도가 그러하다.

우리는 메인주에서 텍사스주를 연결하는 전기 통신 사업 건설을 황급히 서두르고 있다. 그러나 정작 메인주와 텍사스주는 서로 통신해야 할 중

---

26   장 바티스트 세(Jean-Baptiste Say, 1767-1832). 19세기 프랑스 경제학자.

요한 안건이 있는 것도 아니다. 두 주의 난감한 입장은 비유적으로 말하자면 어떤 남자와 비슷하다. 한 남자가 귀가 먼 어떤 저명한 부인에게 소개받기를 간절히 바랐다. 그러다가 마침내 그 부인에게 소개가 되어, 부인이 나팔 모양의 보청기 한쪽을 그의 손 위에 얹어 놓았는데, 그렇게 멍석을 깔아 놓으니 남자는 할 말이 별로 생각나지 않더라는 것이다.

전신 사업의 주된 목적은 말만 빨리 전하는 것일 뿐, 진지한 말하기를 권장하지 않는다. 우리는 대서양 바다에 해저 전신을 깔아 구세계 뉴스를 신세계 쪽으로 몇 주 더 앞당겨 받길 간절히 바란다. 그러나 소식을 알고 싶어 간질거리는 미국인의 귀에 가장 먼저 들려오는 뉴스는 아들레이드 공주가 심한 기침 감기에 걸렸다는 사소한 소식뿐이다. 결국, 어떤 사람이 1분에 1마일을 달리는 말을 타고 소식을 가져오지만 그리 중요한 소식도 아니다. 그는 복음 전도자도 아니고, 메뚜기와 야생 꿀을 먹으며 메시아의 도래를 외친 세례자 요한 같은 사람도 아니다. 경주마 플라잉 차일더스가 제분 공장에 옥수수 가루 한 포대라도 가져왔다는 얘기를 들어본 적도 없다.

어떤 사람은 나에게 말한다. "당신이 왜 저축을 하지 않나 궁금했어요. 여행하기를 좋아하는군요. 오늘 기차를 타고 피치버그[27]로 가서 그 일대를 한번 구경하시지요." 하지만 나는 그보다 현명하다. 나는 가장 빨리 가는 여행자는 도보로 가는 여행자라는 것을 알고 있다. 나는 친구에게, 누가 거기에 먼저 도착하는지 시험해보자고 말한다. 거리는 30마일[약 48킬로미터]이고 운임은 90센트. 거의 하루치 임금이다. 바로 이 길에서 노동자의 하루 임금이 60센트였던 적을 기억한다. 자, 내가 걸어서 출발하여 어두워지기 전에 그곳에 도착한다. 나는 그런 속도로 일주일 내내 다닌 적도 있다. 반면, 당신은 오늘 하루 자기 운임을 벌고, 내일 어느 때 혹은 오늘 저녁이면 거기

---

27 피치버그(Fitchburg)는 매사추세츠주 중북부에 있던 제조업 도시였다. 당시 보스턴-피치버그 철도 노선의 종착역이었다. 이 철도 노선은 월든 호수의 북쪽 끝을 지나가는데, 작품의 중요한 배경이다. 역자 해제 중 "철도의 부설"을 참고하라.

도착할 것이다. 운 좋게 하루 일거리를 잡았을 때 그렇다는 말이다. 그렇다면 피치버그에 도착하는 것이 아니라, 여기에서 거의 온종일 일을 해야 한다. 그래서 설사 철도가 온 세상에 있다 해도 내가 당신보다 더 앞서 나갈 수 있다. 주변 경치를 구경하고 거기서 경험을 쌓은 일로 말하자면, 서로 교제가 되지 않을 정도로 나는 앞서 있을 것이다.

이것이 그 누구도 거스를 수 없는 보편 법칙이다. 철도에 대해서도 같은 말을 해도 무방하다. 전 세계에 철도를 깔아 인류에게 봉사하려는 것은 지구 표면 전체를 평평하게 하려는 것과 비슷한 일이다. 사람들은 주식을 모아 철도 사업을 오래 진행하면 결국에는 아무 곳이나 기차를 타고, 순식간에 큰돈 들이지 않고 갈 수 있으리라는 막연한 생각을 한다. 그러나 군중이 기차역에 몰려들고, 차장이 "전원 승차!"를 외쳐도, 기관차 연기가 바람에 실려 가고 증기가 물방울로 응집되면 결국 기차 타는 사람은 극소수이고 그 나머지는 뒤처지게 되어 "아주 우울한 사건"이라고 불릴 것이다. 마침내 기차 운임을 번 사람은 그 기차에 탈 수 있을 것이다. 그러나 그가 그렇게 오래 살 수 있을지 의문이다. 설사 살아 있더라도 그 무렵이면 신체의 탄력을 잃어버려 더 이상 기차 여행을 하고픈 생각이 없을 것이다.

이처럼 인생의 가장 좋은 시기를 돈 버느라고 다 보내고 나서 가장 가치 없는 시기에 의심스러운 자유를 누리겠다고 하는 것은 어떤 영국인의 에피소드를 생각나게 하지 않는가. 그는 먼저 돈을 벌기 위해 인도로 갔다. 나중에 영국으로 돌아와 시인의 삶을 살기 위해서였다. 그러나 그는 인도로 갈 게 아니라 지금 당장 다락방으로 올라가 시를 썼어야 마땅했다.

이 땅의 오두막에서 삶을 시작한 백만 명의 아일랜드 이주민들은 이렇게 소리칠 것이다. "뭐라고요! 우리가 건설한 이 철도가 좋은 것이 아니라고요?" 나는 대답한다. "좋은 것이지요." 하지만 그것은 상대적으로 좋다는 것이다. 다시 말해, 그보다 더 나빠질 수 있었는데 그렇게 되지 않았다는 뜻이다. 하지만 당신은 나의 형제들이므로, 땅바닥을 열심히 파는 것보다는 더 좋은 일을 하며 시간을 보내기 바란다.

집 건설을 마치기 전에 나는 정직하고 유쾌한 방법으로 10달러에서 12달러를 벌고 싶었다. 나의 비상한 지출을 감당하기 위해서였다. 나는 모래 많은 집 주위 얕은 땅 약 2.5에이커에 주로 콩을 심었고, 그 외에 감자, 옥수수, 완두, 순무 등을 소규모로 심었다. 전체 부지는 약 11에이커인데 대부분 소나무와 호두나무가 자라고 있었다. 이 땅은 지난 계절에 에이커당 8달러 8센트에 팔렸다. 한 농부는 "이 땅에 다람쥐나 키우면 모를까, 별로 쓸모가 없는 땅이다"라고 말했다.

나는 이 땅의 주인이 아니라 임시 거주자이므로 땅에 거름을 주지 않았다. 또 농사를 많이 할 생각도 아니었기에 김매기도 그리 열심히 하지 않았다. 밭을 갈 때 나무뿌리를 여러 척(尺) 캐내 그놈을 한동안 땔감으로 썼다. 그렇게 뿌리를 파낸 곳에는 둥그렇게 자그마한 웅덩이가 생겼는데 거기에 강낭콩이 풍성하게 자라 여름 내내 밭의 다른 부분과는 확연히 구분되었다. 집 뒤에 있는 고사목과 팔 수 없는 나무 그리고 호수에서 흘러나온 표류목이 모자라는 땔감을 보충해주었다.

내가 직접 쟁기를 잡기는 했지만 그래도 밭을 갈려면 우차(牛車) 한 대와 인부 한 사람을 고용해야 했다. 첫해에 농기구, 씨앗, 인부 등으로 농장에 지출한 비용은 14달러 72.5센트였다. 옥수수 씨앗은 그냥 얻었다. 이 씨앗은 아주 많이 심을 것이 아니라면 이렇다 할 비용이 들지 않는다. 나는 약간의 완두콩과 사탕 옥수수 이외에 12부셸[무게 단위로, 미국 기준 1부셸은 약 27.2kg이다]의 강낭콩과 18부셸의 감자를 수확했다. 노란 옥수수와 순무는 철이 너무 늦어 제대로 되지 않았다. 농장에서 얻은 나의 전체 수입은 이러하다.

수입 23달러 44센트

지출 14달러 72.5센트

순익 8달러 71.5센트

이러한 견적을 낼 당시, 내가 먹었거나 손에 가진 농산물 가치는 4달러 50센트 정도였다. 내가 가꾸지 않았지만 풀의 가치를 생각하면 이 액수만으로도 흑자였다. 그러나 모든 것을 감안할 때, 그러니까 인간의 영혼과 오늘을 충실히 사는 것의 중요성까지 고려했을 때, 나의 실험이 단기간에 이루어졌음에도, 아니 그 한시적인 특성 때문에 나의 농사 실적은 그해에 콩코드의 어느 농부가 올린 것보다 낫다고 생각한다.

그다음 해 나는 더 좋은 실적을 올렸다. 내가 농사지을 땅은 3분의 1에이커 정도였는데 그 땅을 모두 가래로 갈아엎었다. 나는 저명한 농사 관련 저술가들, 특히 아서 영의 저서에 조금도 위축되지 않고, 두 해에 걸친 농사 경험으로 다음과 같은 사실을 알게 되었다. 단순 소박하게 살기로 마음먹고 자신이 직접 키운 곡식만 먹으며, 그 양도 딱 먹을 만큼으로 한정하고, 굳이 곡식을 남겨서 사치스럽고 값비싼 물건들과 맞바꿀 생각만 하지 않는다면, 몇 로드[1로드는 5미터] 땅만 경작하면 된다. 또 황소를 사용하여 쟁기질하는 것보다 손수 가래질을 하는 것이 훨씬 싸게 먹힌다. 묵은 땅에 거름을 주는 것보다는 때마다 새 땅을 선택한다면, 뭐라고 할까, 한여름 엉뚱한 시간에 왼손으로만 농사를 지어도 충분히 소기의 목적을 달성할 수 있다.

이런 식으로 농사를 한다면, 현재 사람들이 하는 것처럼 황소, 말, 암소 혹은 돼지 등에 매일 필요가 없다. 나는 현재의 경제적, 사회적 방식의 성패 여부에는 관심 없는 사람으로서 이 문제에 관해 공정하게 말하고 싶다. 나는 콩코드의 어떤 농부보다 독립적인 사람인데, 내가 집이나 농가에 매여 있지 않기 때문이다. 그래서 매 순간 무척 변덕스러운 내 마음이 시키는 대로 일한다. 나는 일반 농부들보다 더 유족할 뿐만 아니라, 설사 내 집이 불타거나 수확을 망치더라도 그 이전이나 거의 다름없이 풍족하다.

나는 인간이 가축의 주인이라기보다 가축이 인간의 주인이라는 생각을 자주 한다. 가축이 인간보다 훨씬 더 자유롭다는 의미에서 그렇다. 인간과 황소는 둘 다 일을 교환한다. 그러나 우리에게 필요한 일만 생각해본다면, 황소에게 더 큰 이점이 있어 보이는데 황소가 사는 농장이 훨씬 더 넓기 때문이다. 인간은 교환된 일의 일부로 6주간에 걸쳐 소에게 먹일 건초 작업을 하는데, 그게 애들 장난이 아니다. 모든 면에서 단순 소박하게 사는 국가, 즉 철학자들의 국가는 동물의 노동력을 사용하는 것과 같은 커다란 실수를 저지르지 않을 것이다.

그러나 과거에도 그렇지만 앞으로도 곧 철학자의 국가는 들어설 것 같지 않다. 나 또한 그런 국가가 들어서는 게 바람직하다는 확신이 들진 않는다. 그러나 말이나 황소를 길들여 그 동물을 축사에 집어넣고 내 일을 하게 하는 짓은 절대 하지 않을 것이다. 그렇게 되면 내가 단지 말 관리인 혹은 황소 관리인으로 전락할 우려가 있다. 만약 사회가 동물을 길들여 그렇게 일을 시키는 것이 이득이라면, 우리는 내 이익이 남의 손해는 아니라고 확신할 수 있는가? 축사를 담당하는 젊은이가 그의 주인만큼 만족감을 느낄 이유가 있는 것인가?

공공사업은 이런 도움이 없으면 할 수 없다는 주장을 받아들이기로 하자. 그래서 인간이 황소와 말의 도움을 받아 그런 영광을 공유한다고 해보자. 이 경우, 인간은 자신에게 보람 있는 일을 스스로 힘으로는 성취할 수 없다는 얘기로 들리지 않는가? 인간이 그들의 도움을 받아 불필요하거나 예술적인 일뿐만 아니라 사치스럽고 게으른 일을 하기 시작한다면, 필연적으로 소수가 황소와 함께 교환 작업을 해야 한다. 다시 말해, 그 소수의 사람은 가장 강한 자들의 노예가 될 것이다. 이렇게 하여 인간은 자기 내부에 있는 동물을 위해 일할 뿐만 아니라, 그것을 드러내는 하나의 상징으로서 그의 몸 밖에 있는 동물을 위해서도 일하는 것이다.[28]

우리는 벽돌이나 돌로 지은 많은 집을 갖고 있지만, 농가의 번영은 여전히 집에 그늘을 드리우는 헛간의 크기로 측정된다. 이 도시는 황소, 암소, 말 들을 위한 가장 큰 집을 갖고 있다고 한다. 공공건물 또한 그에 못지않

---

28 "인간 내부의 동물"이란 최강자를 위해 굴종하며 일하는 노예근성을 가리킨다. 그 노예근성의 상징(표시)으로, 인간은 황소나 말 같은 동물들을 위해 외부적으로 일하고 있다.

다. 그러나 이 나라에는 자유로운 예배와 자유 언론을 위한 전당은 별로 많지 않다. 국가들은 건축물뿐 아니라 추상적 사상의 힘을 가지고도 자신을 기념해야 하지 않겠는가? 『바가바드기타』[29]는 동양의 저 모든 유적보다 훨씬 더 경탄할 만한 업적이다. 탑과 신전은 군주들의 사치품이다. 단순 소박하고 독립적인 정신은 군주의 비위를 맞추는 일 따위는 하지 않는다. 위대한 정신은 그 어떤 황제의 가신 노릇도 하지 않으며 그 구성 요소는 황금, 순은, 대리석이 아니다. 설사 이런 것이 그 안에 들어 있더라도 극소량일 뿐이다.

내가 아르카디아[30]에 가보니 돌에 망치질하는 사람을 볼 수 없었다. 오늘날의 국가들은 뒤에 남긴 많은 기념비로 그들의 기억을 영구화하려는 어리석은 야망에 사로잡혀 있다. 차라리 그들의 풍속을 순화하고 세련되게 하는 데 그만큼의 노고를 들인다면 어떻겠는가? 한 조각의 훌륭한 양식(良識)은 달에 이를 정도로 높이 쌓아 올린 기념비보다 더 기억이 잘 될 것이다. 나는 돌들을 제자리에 놓아두는 것이 더 낫다고 생각한다. 고대 이집트 도시 테베의 장엄함은 천박한 장엄함일 뿐이다. 인생의 진정한 목적으로부터 멀리 벗어난 성문 1백 개의 테베보다는 정직한 사람의 밭을 둘러싼 1로드의 돌담이 훨씬 더 합리적이다.

야만적이고 이교적인 종교와 문명은 찬란한 신전들을 건설했다. 그러나 소위 기독교는 그렇게 하지 않았다. 어떤 국가가 망치로 때려 다듬는 돌

---

29 『바가바드기타』는 4세기경에 작성된 작자 미상의 에피소드인데, 후대에 『마하바라타』 제6권으로 편입되었다. 전차 운전사로 화신한 최고신 크리슈나는 영웅 아르주나에게 이 세상은 환상에 지나지 않으며 인간은 운명이 자신에게 마련해주는 의무의 길을 걸어갈 뿐이라고 말한다. 소로는 월든 호수에서 살았을 때 이 책을 곁에 두고 자주 읽었다. 역자 해제 중 "소로와 동양사상"을 참조하라.

30 아르카디아는 고대 그리스의 전원적이고 목가적인 지역을 가리키는데 여기서는 비유적으로 인간이 농사를 짓지 않아도 인간에게 필요한 것을 자연이 모두 제공해주었던 황금시대의 땅을 가리킨다.

코난텀의 딕소니아 양치류, 콩코드, 1900년 7월 17일.

한 조각의 훌륭한 양식(良識)은 달에 이를 정도로 높이 쌓아 올린 기념비보다 더 기억이 잘 될 것이다. 나는 돌들을 제자리에 놓아두는 것이 더 낫다고 생각한다. 고대 이집트 도시 테베의 장엄함은 천박한 장엄함일 뿐이다. 인생의 진정한 목적으로부터 멀리 벗어난 성문 1백 개의 테베보다는 정직한 사람의 밭을 둘러싼 1 로드의 돌담이 훨씬 더 합리적이다.

들은 대부분 무덤을 만드는 데 쓰일 뿐이다. 그것은 살아 있는 상태로 자신을 매장하는 일이다. 피라미드는 전혀 경이로움의 대상이 아니다. 어떤 야심만만한 멍청이의 무덤을 짓기 위해 그처럼 많은 사람이 그 일에 평생을 바칠 정도로 타락했다니! 그 멍청이는 차라리 나일강에 빠져 죽은 다음에 그 시체를 개들에게나 던져 주었더라면 더 현명하고 남자다웠을 것이다. 그 건설 노동자들이나 멍청이를 위해 어떤 변명의 말을 해줄 수도 있겠지만 그런 것을 생각할 시간이 없다.

건설하는 사람들의 종교나 예술 취향에 대해 말하자면, 그것은 전 세계적으로 대동소이하다. 이집트 신전이든 미국 은행이든 똑같다는 얘기다. 그것은 실제 가치보다 건설 비용이 더 들어갔다. 그런 건설 행위의 원천은, 마늘과 버터 바른 빵에 대한 사랑[31]에서 도움을 얻는 허영이다. 유망한 청년 건축가 발콤 씨는 자신의 비트루비우스[32] 책 뒷면에 연필과 자로 설계하고 그다음에 석공 돕슨 앤 선스 회사에 시공을 맡긴다. 3천 년 세월이 흐르면서 그 건축물을 내려다보는 동안, 우리 인류는 그것을 올려다본다. 높은 탑과 기념비들과 관련하여, 과거에 이 도시에는 이런 미친 친구가 있었다고 한다. 그는 과거에 중국에까지 도달하겠다며 땅을 파들어갔고 마침내 중국의 냄비와 주전자가 덜거덕거리는 소리가 들리는 지점까지 도착했다고 말했다. 하지만 나는 그가 파놓은 구멍을 칭찬하려고 일부러 그곳으로 갈 생각은 없다. 많은 사람이 서양과 동양의 기념물에 관심이 많고 또 누가 그것을 지었는지 알려고 한다. 나로서는 그 당시에 누가 그것을 짓지 않았는지, 그런 사소한 일을 완전히 초월한 사람은 누구인지 알고 싶다.

---

31 피라미드 건설에 동원된 인부들은 마늘을 먹고 일했다고 한다. 버터 바른 빵은 임금을 상징하는 표현이다.

32 기원전 1세기의 저명한 로마 건축가.

나의 통계 수치 작업을 계속해보자. 나는 여러 일을 해본 경험이 있으므로, 마을에서 측량 일, 목수 일, 다양한 일용 노동을 해서 13달러 34센트를 벌었다. 호수 근처에서 2년 이상 살면서 7월 4일부터 그다음 해 3월 1일(이 견적을 작성한 날)까지 8개월간 식비는 다음과 같다.

내가 키운 감자, 약간의 옥수수, 완두콩 가격과 3월 1일 현재 손에 쥔 식품의 가치는 뺐다.

쌀 ·· 1달러 73.5센트

당밀 ······································· 1달러 73센트(당류 중 가장 값이 싼 것)

호밀 가루 ·· 1달러 4.75센트

옥수수 가루 ··································· 99.75센트(호밀보다 쌈)

돼지고기 ··· 22센트

밀가루 ·················· 88센트(비용과 노력이 옥수수 가루보다 비쌈)

설탕 ··· 80센트

돼지 기름 ·· 65센트

사과 ··· 25센트

말린 사과 ·· 22센트

고구마 ··· 10센트

호박 한 개 ··· 6센트

수박 한 통 ··· 2센트

소금 ··· 3센트

(밀가루에서 소금에 이르는 항목들은 모두 실험에 실패했다)

그렇다. 나는 총 8달러 74센트에 해당하는 식품을 소비했다. 이처럼 노골적으로 나의 실패를 공개하지 않을 수도 있었다. 하지만 독자들 대부분이 똑같은 실패를 겪고 있고, 또 그들의 행동을 글로 발표하면 나보다 더 나을 게 없다는 것을 알고 있으므로 이렇게 했다. 그다음 해에 나는 때때로 물고

기를 잡아 저녁 식사용으로 먹었고, 또 한 번은 내 콩밭을 망쳐놓은 우드척을 죽여(타타르족 방식대로 말하면 우드척의 윤회를 도와주어) 부분적으로 실험을 할 목적으로 그 고기를 먹었다. 그 사향 냄새에도 불구하고 실험은 내게 순간적인 즐거움을 안겨주긴 했지만, 그걸 오래 두고 먹는 건 좋은 습관이 아닌 것 같았다. 마을의 푸줏간이 우드척 고기를 아무리 잘 다듬어준다 해도 말이다.

같은 기간 의복과 그에 부수된 비용은 8달러 40.75센트였고 등유 및 몇 가지 가정용 집기에 2달러가 들었다. 그리하여 세탁과 옷 수선을 제외한 모든 금전적 지출은 다음과 같다. 세탁과 옷 수선은 대부분 외부에 맡겼는데 그 비용 청구서는 아직 접수하지 못했다. 이 지역에서 아래 항목에 대한 금전 지출은 불가피하다.

집	28달러 12.5센트
1년간 농사비용	14달러 72.5센트
8개월간 식비	8달러 74센트
의복, 기타, 8개월간	8달러 40.75센트
등유, 기타, 8개월간	2달러

총계 61달러 99.75센트

이제 생계를 책임져야 하는 독자들에게 말하고 싶다. 이 비용을 감당하기 위해 나는 농산물을 다음 가격으로 팔았다.

농산물 판매 수입	23달러 44센트
일용직 노동으로 번 돈	13달러 34센트

총계 36달러 78센트

이 수입을 총지출 금액에서 빼면 25달러 21.75센트 적자가 난다. 이것은 내가 숲속 생활을 시작할 때 가진 돈과 거의 비슷한 액수이며, 앞으로 발생할 비용이 어느 정도 될지 보여주는 척도가 된다. 반면, 이런 지출로 나는 여유와 독립적 생활과 건강을 확보했을 뿐만 아니라 내가 있고 싶은 만큼 있어도 되는 안락한 집을 얻었다.

이러한 통계는 우연한 수치처럼 보여 별 교훈적인 게 없는 듯하지만 어떤 완결성이 있으므로 나름대로 가치가 있다. 내가 구체적인 근거를 댈 수 없는 항목은 내놓지 않았다. 위 견적에서 알 수 있듯, 내 식비는 주당 27센트 정도였다. 근 2년 동안 내 식단은 효모를 넣지 않은 호밀과 옥수수 가루, 감자, 쌀, 극소량의 소금 친 돼지고기, 당밀, 소금, 식수 등이었다. 인도 철학을 아주 좋아하는 내가 주로 쌀을 먹은 것은 합당하다. 끈질긴 비방자의 비난에 응수하자면, 나는 때때로 외식도 해왔고 앞으로도 그러할 텐데, 그럴 때면 종종 가정 식단과는 다른 음식을 먹었다. 이미 말했듯이 외식은 내 생활의 일부이므로, 그것이 비교하는 데 영향을 미치지는 않는다.

나는 2년간의 체험에서 생필품 식량을 얻는 데에는 힘이 거의 들지 않는다는 것을 알았다. 심지어 이런 외딴 장소에서도 그러하다. 사람은 간단한 식단을 유지하면서도 동물들처럼 얼마든지 건강과 체력을 유지할 수 있다. 나는 옥수수밭에서 따온 쇠비름(Portulaca oleracea)을 삶아 소금을 쳐서 먹는 것만으로도 만족한 저녁 식사를 했고 이것은 여러모로 만족스러웠다. 나는 쇠비름의 라틴어 학명을 괄호 안에 제시했는데 그 속명이 맛 좋은 냄새를 풍기기 때문이다.[33]

---

33 쇠비름의 라틴어 학명[Portulaca oleracea]에서 앞에 나온 것을 속명(generic name), 뒤에 나온 것을 종명(trivial name)이라고 한다. 종명 oleracea를 라틴어-한글 사전에서 찾아보면 "야채처럼 생긴"이라는 뜻풀이가 나오는데, 소로는 이것을 가리켜 맛있는 냄새를 풍긴다고 한 것이다.

합리적인 사람이라면 평화로운 때 보통의 점심 식사에서 옥수수를 여러 개 충분히 삶아 소금을 쳐 먹으면 되었지 그 이상 무엇을 바라겠는가? 내가 융통을 부린 약간의 다른 음식은 건강상의 요구에 응한 것이 아니라, 식욕의 요구에 굴복했기 때문이다. 그러나 요즘 사람들은 굶주리는 지경까지 도달했다. 생필품이 없어서가 아니라 사치품이 없으므로 안 먹는 것이다. 내가 아는 어떤 여성은 자기 아들이 목숨을 잃은 것은 오로지 물만 먹었기 때문이라고 생각했다.

독자는 내가 이 문제를 영양 관점보다는 경제 관점에서 다루고 있음을 감지할 것이다. 그래서 음식을 아주 많이 채워 넣을 수 있는 식료품 실이 없다면, 나의 검소한 식단을 시도할 독자는 없을 것이다.

나는 처음에 순수한 옥수수 가루와 소금만으로 진짜 옥수수 가루 빵을 만들었다. 먼저 집 밖에 불을 피워놓고 판자 위에 혹은 집을 짓다가 토막 난 나무 조각 끝에 빵을 올려놓고 구웠다. 하지만 빵은 연기에 그을려 소나무 냄새가 났다. 밀가루도 시험해보았다. 하지만 호밀과 옥수수 가루를 섞어 만드는 것이 가장 편리하고 맛 좋다는 것을 발견했다. 추운 날씨에 실외에서 이런 자그마한 빵을 연속해서 구우면서 마치 이집트인이 계란을 부화시키듯, 그 빵들을 보살피고 뒤집는 일에는 적지 않은 즐거움이 있었다. 그 빵들은 내가 숙성시킨 진정한 곡류 과일이었고, 내 오감에 다른 고상한 과일 같은 향기를 풍겼다. 나는 그 빵들을 천에 싸서 가능한 한 오래 간직했다.

나는 예부터 내려오는, 필수적인 빵 만드는 기술을 연구했다. 여러 권위서를 참고하면서 효모를 넣지 않고도 빵을 만들었던 원시 시대까지 거슬러 올라갔다. 야생 견과와 고기로 이 부드럽고 맛좋은 식단을 처음 만들어 낸 때부터, 그 후대의 발전 사항까지 훑었다. 밀가루 반죽이 우연히 시어 처음 발효 과정이 발견된 것에서 시작해 그 이후 다양한 발효 과정을 거쳐 마침내 생명의 주식인 "훌륭하고, 부드럽고, 건강에 좋은 빵"을 만드는 과정에 도달했다. 빵의 세포 조직을 가득 채우는, 빵의 영혼이라 불리는 효모는 마치 고대 로마 베스타 신전의 성화(聖火)처럼 고이고이 간직되었다. 어떤 효모는 귀중한 병 속에 담겨 메이플라워호를 타고 미국에 처음 건너와 이 땅에서 맹활약하면서 널리 퍼져 나갔다. 그 영향력은 이 땅에서 케레스 곡신(穀神)의 물결을 이루면서 더욱 커지고, 더욱 넓게 퍼져 나가면서 맹위를 떨쳤다. 나는 이 효모를 정기적으로 착실하게 마을에서 빌려왔다.

어느 날 아침, 나는 규칙을 망각한 채 내 효모를 끓는 물에 담가 망치고 말았다. 그리하여 우발적으로 이 효모마저도 필수적인 것이 아님을 발견했다. 나의 발견은 종합적인 과정이 아니라 분석적 과정에 따른 것이었는데, 그 후 나는 흔쾌히 효모를 사용하지 않게 되었다. 대부분 가정주부는 효모가 없으면 안전하고 건강에 좋은 빵을 만들지 못한다고 말하고, 또 나이 든 사람들은 내 체력이 신속하게 저하될 것이라고 경고했지만 나는 개의치 않는다. 나는 그것이 필수 성분이 아님을 발견했다. 그것을 1년 이상 사용하지 않았는데도 나는 여전히 산 자들의 땅에서 살고 있다. 나는 그 효모 한 병을 호주머니에 넣고 다녀야 하는 번거로움을 면제받아 기뻤다. 가끔 병이 쏟아져 내용물을 배출하는 바람에 나는 아주 불편했다. 그런 병은 아예 갖고 다니지 않는 것이 더 간편하고 품위가 있다.

사람은 어떤 동물보다 기후와 환경에 잘 적응하는 동물이다. 나는 빵에 효모 대신 탄산소다나 산이나 알칼리도 집어넣지 않았다. 고대 로마의 정치가이자 농업 저술가 마르쿠스 포르키우스 카토의 처방에 따라 빵을 만들었다. 그 처방은 이러하다. "이런 식으로 반죽된 빵을 만들어라. 두 손을 잘 씻고 반죽 그릇을 대령하라. 밀가루를 그릇에 집어넣고 물을 천천히 부은 후 철저하게 반죽하라. 잘 반죽했으면 빵의 형체를 만든 후에 뚜껑을 닫고 구워라." 뚜껑은 빵 굽는 주전자 뚜껑을 말한다. 카토는 효모 얘기는 한 마디도 하지 않는다. 하지만 내가 언제나 이 생명의 주식을 먹을 수 있는 것은 아니었다. 어떤 때는 지갑이 텅 비어 한 달 이상 빵 구경을 하지 못했다.

뉴잉글랜드 사람은 누구나 호밀과 옥수수가 흔한 이 땅에서 자기 빵에 들어갈 재료를 쉽게 키울 수 있고, 그래서 그것을 얻으려고 가격 등락이 심한 저 먼 시장에 의존할 필요가 없다. 우리는 단순 소박함과 독립심에서 너무 멀리 떨어져 있어 콩코드에서는 가게들에서 신선하고 맛좋은 음식을 거의 팔지 않으며, 굵게 간 옥수수와 그보다 더 거친 형태의 옥수수는 사용하는 사람이 거의 없다. 대부분 농부는 자신이 생산한 곡물을 소와 돼지에게 주고 건강에 좋지도 않은 밀가루를 비싼 가격에 가게에서 사다 먹는다. 나는 한두 부셸의 호밀이나 옥수수는 쉽게 농사지을 수 있다. 호밀은 가장 척박한 땅에서도 잘 자라고, 옥수수에는 비옥한 땅이 필요 없다. 나는 이 두 가지를 맷돌에 갈아 먹고 그래서 쌀이나 돼지고기 없이도 지낼 수 있다. 그리고 응축된 당분이 필요하면 호박이나 비트에서 아주 좋은 당밀을 만들어낼 수 있음을 실험으로 알았다. 또 그것을 좀 더 쉽게 얻으려면 단풍나무 몇 그루를 심기만 하면 되었다. 이 나무들이 자라는 동안, 나는 방금 말한 것 외에 다양한 대체품을 사용했다. 그래서 우리의 선조들은 이렇게 노래했다.

우리는 호박, 당근, 호두나무 조각으로
입술을 달콤하게 할 술을 만든다네.

마지막으로, 가장 기본적인 소금을 얻으려면 해변을 찾아가면 그만이었다. 내가 소금 없이 지낼 생각이라면 물을 덜 마셔야 했다. 인디언들은 일부러 소금을 찾아다니는 일은 하지 않았다.

이렇게 하여 나는 음식에 관한 한 거래와 교환을 피할 수 있었고, 이미 집은 마련했으므로 이제 옷과 연료를 얻는 일만 남았다. 내가 지금 입고 있는 바지는 농부 집에서 짠 옷감으로 만든 것이다. 사람에게 아직도 이 정도의 미덕이 남아 있음을 하늘에 감사해야 한다. 농부가 노동자가 된 것은 사람이 농부로 전락한 것만큼 심각하고 기억에 남는 일이기 때문이다. 그리고 이 신생 국가에서 연료는 골치 아픈 문제다.[34] 주거에 대해서는, 내가 이

---

34 신생 국가에서 연료는 석탄이 아니라 장작이었으므로 그렇다. 장작을 얻으려면 삼림지가 있어야 하고 나무를 베고 쪼개고 장작으로 만들어 쌓아두어야 했다.

땅에 임시 거주해도 좋다는 허가를 얻지 못했다면, 내가 경작한 땅 1에이커 정도를 지난번에 팔린 것과 똑같은 가격, 즉 8달러 8센트로 사야 했으리라. 그러나 내가 이 땅에 임시 거주함으로써 오히려 땅값을 올려놓았다고 생각한다.

일정한 부류의 의심 많은 사람이 있어 때때로 내게 이런 질문을 해온다. 채식만 하면서 살 수 있다고 생각하는가? 나는 문제의 핵심을 일거에 건드리고 싶어(그 핵심은 신념이니까) 이런 대답을 즐겨 한다. 나는 판자 못을 먹고서도 살 수 있다. 만약 사람들이 이 말을 이해하지 못한다면 그들은 내가 무슨 말을 해도 이해하지 못한다. 나는 이런 종류의 실험을 시도하는 중이라는 얘기를 듣고 기뻐했다. 어떤 젊은 청년이 자기 이를 절구 삼아 딱딱한 생옥수수만 먹으면서 2주를 살아보려 했다는 것이다. 다람쥐 족속은 같은 실험을 해서 성공했다. 인류는 이런 실험에 관심이 있다. 하지만 그런 실험을 할 몸이 되지 못하거나, 방앗간에 3분의 1 소유권을 가진 소수의 늙은 여인들은 그런 얘기를 들으면 깜짝 놀랄 것이다.

가구 일부는 내가 직접 만들었고 나머지는 계산이 필요한 정도로 비용이 들어가지 않았다. 내 가구를 열거해보면 침대, 테이블, 책상, 의자 세 개, 직경 3인치[7센티미터] 거울, 부젓가락과 난로 안의 장작 받침쇠, 주전자, 냄비, 프라이팬, 국자, 세면대, 두 개의 칼과 포크, 접시 세 개, 컵 한 개, 스푼 한 개, 등유 병, 당밀 병, 옻칠한 사기 램프 등이다. 그 어떤 사람도 호박에 걸터앉아야 할 정도로 가난하지는 않다. 의자가 없다면 그건 요령이 없는 탓이다. 마을 사람들 다락방에 내가 좋아하는 의자들이 많이 있어 치워주겠다고 하면 그냥 가져가라고 할 것이다. 가구라니! 나는 가구가 없어도 앉을 수 있고 또 서 있을 수 있다.

철학자를 제외한 모든 사람은, 만약 자기가 쓰던 가구가 수레에 실려 대낮에 여러 시선에 노출된 채로 시골로 내려간다면 창피할 것이다. 빈 상자 속에 들어 있는 앙상한 물건 때문에 말이다. 아, 저건 스폴딩 가족 가구로군 하고 사람들은 수근거릴 것이다. 나는 수레에 실린 그런 짐을 보고서 그게 부자들의 것인지 아니면 가난한 사람의 것인지 구분하지 못한다. 아무튼, 그런 가구들의 소유자는 언제나 가난에 찌든 사람처럼 보인다. 실제로 당신이 이런 가구들을 많이 갖고 있을수록 더욱 가난하게 보인다. 각각의 짐은 열두 오두막 짐을 다 담아놓은 듯 보인다. 만약 한 오두막이 가난하다면 이것은 열두 배 가난한 게 되어버린다. 묻노니, 우리가 가구와 쓸데없는 물건들을 다 내다버리고, 현 세상에서 새로운 가구가 있는 다른 세상으로 건너가며 옛것을 다 불태워버리지 않는다면, 도대체 이사는 왜 하는가? 그 형상은 마치 모든 가구를 이사하는 자의 허리띠에 주렁주렁 매단 것 같은데, 그래서는 우리의 측량줄[35]이 내던져진 험준한 지방까지 그 짐을 질질 끌고 갈 수밖에 없다. 이에 비하면 덫에 꼬리를 남겨두고 달아난 여우는 오히려 행운이다. 자유를 얻기 위해서라면 사향쥐는 세 번째 다리도 물어뜯어 내버릴 것이다.[36]

인간이 신체의 탄력성을 잃어버린 것은 놀라운 일이 아니다. 그는 아주 빈번하게 심한 무기력에 빠진다. 당신은 이렇게 말하고 싶을지 모른다. "실례합니다만, 당신이 말하는 무기력이란 무슨 의민가요?" 당신이 예민한 관찰자라면, 다음번에 어떤 사람을 만날 때 그를 잘 살펴보라. 그가 소유한 것, 아니 그가 소유하지 않은 체하는 것을 두루 관찰하라. 그의 주방 가구와 그가 남겨두고 불태우지 않은, 온갖 버려야 할 불필요한 물건들을 살펴보라. 그는 그런 가구에 매달린 채 아주 힘겹게 앞으로 나아가고 있다. 그는 옹이구멍이나 출입문을 빠져나가지만, 가구를 잔뜩 실은 큰 썰매는 그의 뒤

---

35 측량줄이란 이스라엘 각 부족이 점령한 구역을 정할 때 던져서 각자 구역을 결정한 줄을 말한다. 여기서는 비유적으로 사용되어 인간의 운명과 상황을 가리키는 표현이다. 구약 성경 시편 16편 6절 참조.

36 사향쥐가 최초로 덫에 걸렸을 때 물어뜯어 내버리는 다리는 네 번째 다리이다. 여기서는 세 번째 다리라고 했으므로, 덫에 두 번 걸렸으나 여전히 달아나려 한다는 뜻이다. 그만큼 자유를 얻기 위해서는 못할 일이 없다는 것을 강조한다.

를 따라갈 수 없다. 그런 사람이야말로 무기력한 자다. 나는 말쑥하고 단정하고 자유롭게 보이는 옷 잘 입은 남자가 그의 '가구'에 대해 보험을 들지 말지 고민하는 것을 보고서, 동정심을 금할 수 없었다. "그럼 내 가구를 어떻게 하라는 거지요?" 그것을 처분할 수 없다면 나의 즐거운 나비는 거미줄에 걸린 거나 다름없다. 오랫동안 가구라고는 하나도 가지고 있지 않은 듯한 사람도 자세히 살펴보면 남의 헛간에 그 가구를 보관시켜 놓고 있음을 볼 것이다.

나는 오늘날 영국을 엄청나게 많은 짐을 가지고 여행하는 노신사라고 생각한다. 오랫동안 저택을 유지하다가 이제는 버려야 할 불필요한 물건이 쌓인 것인데, 영국은 그것을 불태울 용기가 없다. 커다란 여행 가방, 작은 여행 가방, 종이 상자, 짐꾸러미. 이런 것 중에 적어도 앞의 세 가지는 내버려야 한다. 자기 침대를 뒤에 매달고 걸어가다니, 그것은 강건한 사람의 체력으로도 힘에 부치는 일이다. 그러니 병든 사람은 어떻게 해야 하겠는가. 그는 당장 뒤에 매단 침대를 끊어내고 가뿐하게 달려가야 한다. 전 재산이든 무거운 보따리를 등에 메고 비틀거리는 이민자를 본 적이 있다. 그의 짐은 목 뒷덜미에서 크게 부풀어 오른 혹처럼 보였다. 이런 그가 불쌍했는데 재산이 그것밖에 안 되어서가 아니라 그걸 모두 메고 다녀야 했기 때문이다. 내가 덫[가구]을 질질 끌고 가야 한다면 신경 써서 가벼운 놈만 들고 갈 것이고, 그것이 내 급소를 물어뜯도록 두지 않을 것이다. 가장 현명한 방법은 덫에 아예 발을 집어넣지 않는 것이리라.

그런데 커튼과 관련해서는 돈이 전혀 들지 않았다는 것을 말하고 싶다. 해와 달 이외에는 내 집을 들여다볼 사람도 없고 또 설사 그들이 들여다본다 해도 나는 개의치 않는다. 달빛은 나의 우유를 쉬게 하지도 않고 고기를 썩히지도 않는다. 햇볕은 내 가구를 상하게 하지도 않고 카펫을 바래게 하지도 않는다. 때때로 햇볕이 너무 강하면, 집 안의 구차한 세간을 하나 추가하는 것보다는 자연이 마련해준 천연 커튼 뒤로 숨는 것이 더 좋은 생활 경제라고 생각한다. 어떤 여성이 내게 매트를 하나 주겠다고 했는데 집 안에 그것을 둘 공간이 없고 또 집 안팎에서 그것을 흔들어댈 시간이 없으므로 거절했다. 나는 문 앞 뗏장에 내 발을 닦는 것을 더 좋아한다.

얼마 전에 나는 어떤 교회 집사의 물건을 처분하는 경매에 참석했다. 그의 삶은 그리 물건 없이 지낸 삶은 아닌 듯했다.

인간이 저지르는 사악함은 그의 사후에도 살아남느니.[37]

보통, 쓸데없는 물건의 상당 부분은 아버지 시절에 축적되기 시작한 것이었다. 그중에는 한 마리 말라빠진 촌충도 들어 있었다. 그리고 다락방과 다른 쓰레기 구멍에 반세기 동안 먼지를 뒤집어쓰며 자고 있었으나 이제 그 물건들은 불태워지지 않는다. 모닥불 혹은 깨끗이 정화하는 파괴 의식을 거치지 않고 경매를 통해 물건의 증가 현상으로 이어진다. 이웃들은 경매장에 열심히 모여들어 구경하고, 상당수를 사들여 그들의 다락방과 먼지 구덩이로 수송하는데, 그 물건들은 다음 소유권이 결정될 때까지 거기 누워 잠자다가 똑같은 과정을 되풀이한다. 한 사람이 죽으면 이런 식으로 먼지를 가득 차올린다.

일부 미개 민족의 관습을 우리가 모방하면 이득이 있다고 생각한다. 그들은 적어도 해마다 허물을 벗어버리는 의식을 거행하고 있으니까 말이다. 허물을 실제로 인식하는지 아닌지는 알 수 없으나 그들은 그에 대해 뚜렷하게 생각한다. 우리 또한 식물학자 바트램이 묘사한 무클라세 인디언의 "첫 과일 축제" 혹은 "버스크" 의식을 거행하면 좋지 않겠는가? 바트램은 이렇게 말한다.

"한 마을이 버스크 행사를 치를 때 그들은 미리 새 옷, 새 솥, 냄비, 기타 가내 집기와 가구를 마련해둔다. 그런 다음 그들은 낡은 옷과 기타 쓸데

---

37 셰익스피어의 희곡 『줄리어스 시저』의 3막 2장 80행에 나오는 말이다. 그다음은 이런 말로 이어진다. "선행은 종종 그의 뼈와 함께 땅속에 묻혀버린다."

없는 물건을 한데 모으고, 집과 광장과 마을을 완전 깨끗이 청소하여 오물을 다 치운다. 그리고 이런 것 이외에 남아 있는 곡류와 기타 오래된 식량을 산더미처럼 쌓아 올린 다음에 불을 붙여 태워버린다. 이어 약을 먹고 사흘을 굶는 동안에 마을의 모든 불을 꺼버린다. 이렇게 금욕하는 동안에 그들은 식욕이나 성욕을 충족시키는 일체의 행위를 중단한다. 대사면이 선언되고 모든 죄인은 그들의 마을로 되돌아온다. … 나흘째 되는 날 아침, 대사제는 마을 광장에서 마른 나무를 비벼 새 불을 피운다. 마을의 모든 가구는 그 새롭고 순수한 불을 새로 공급받는다."

이어 그들은 사흘 동안 새로운 옥수수와 과일로 잔치를 벌이고 춤을 추면서 노래를 부른다. "그리고 나흘째 되는 날에 그들은 마찬가지로 이미 정화의식을 마치고 방문 준비가 된 이웃 마을 사람들의 방문을 받는다."

멕시코 사람들도 세상이 종말에 이르렀다는 믿음 아래 52년마다 이와 유사한 정화의식을 거행한다. 사전은 성사(聖事)를 "내적이고 영적인 은총이 겉으로 구체적으로 드러나는 표시"라고 정의하는데, 나는 버스크보다 더 진정한 성사에 대해 들어본 적이 없다. 그들이 이런 의식을 거행하게 된 것은 당초 하늘로부터 직접 영감을 받았기 때문이라고 생각한다. 그들이 이런 계시를 받았음을 기록해둔 경전은 없지만 말이다.

나는 지난 5년 이상 오로지 두 손으로 노동하여 생계를 유지해왔는데, 1년에 6주 정도만 일하면 모든 생활비를 충당할 수 있다는 것을 발견했다. 나는 그 5년 동안 겨우내 그리고 여름 대부분을 자유 시간을 만끽하며 공부에 전념할 수 있었다. 학교 운영도 해보았는데 내 지출은 수입에 비례한다는 것, 아니 지출이 더 많다는 것을 발견했다. 나는 생각하고 연구하는 것 외에 옷을 잘 차려입고 또 훈련도 해야 했고, 게다가 추가로 시간을 많이 써야 했기 때문이다. 나는 이웃의 미덕을 함양하기 위해서가 아니라 순전히 생계를 도모하기 위해 교사 노릇을 했는데 그게 잘못이었다. 장사도 해보았는데 그 분야에 요령을 익히고 숙달되려면 10년은 족히 걸린다는 것을 발견했고, 그다음에 악마를 만나러 가는 길 위에 올라서 있을지도 모를 일이었다. 나는 그 무렵이면 소위 좋은 장사꾼이 되어 있을 거로 생각했다.

생계를 유지하기 위해 어떤 일을 할까 살펴보다가 친구들의 소원대로 행동하면 아주 슬퍼진다는 것을 발견했다. 그 기억은 내 머릿속에 지금도 생생하여 내 창의성을 망가뜨릴 정도다. 그래서 나는 종종 월귤나무 열매를 따서 생계를 유지하는 걸 진지하게 생각했다. 내가 잘할 수 있는 일이었고 또 거기서 나오는 작은 수익이면 충분했다. 나의 가장 큰 재주는 원하는 게 별로 없는 것이니까 말이다. 그건 정말 자본도 별로 필요 없고, 또 나의 일상적인 마음을 흔들어놓을 일도 없다고 어리석게 생각했다. 친구들은 조금도 망설이지 않고 사업이나 전문직으로 진출하는 동안, 나는 이 일도 그들의 일 못지않다고 생각했다. 여름 내내 산과 들을 돌아다니면서 눈에 보이는 베리[딸기 종류]를 따서 그것을 속 편하게 처분하면 어떨까? 이런 식으로 아드메토스의 양 떼를 돌볼 수 있는 것이다.[38] 숲을 상기하기 좋아하는 마을 사람들이나 도시 사람들에게 야생 약초나 상록 식물을 건초 수레에 가득 실어 내다 팔 생각도 해보았다. 그러나 나는 장사의 손길이 닿는 것은 뭐든 저주를 받는다는 걸 알게 되었다. 설사 당신이 하늘 메시지를 전하는 사업을 하더라도, 그 일에는 장사의 저주가 따라붙는다.

내가 다른 것보다 더 좋아하는 몇 가지가 있는데, 그중에 특히 자유를 아주 소중하게 여긴다. 나는 고된 생활을 하더라도 잘 살 수 있으므로, 호화로운 카펫이나 기타 멋진 가구, 우아한 식기류 혹은 그리스풍이나 고딕풍

---

38 제우스 신이 하데스 신의 요청을 받아들여 아폴론 신의 아들 파에톤을 천둥으로 죽여버렸을 때, 아폴론은 분노하여 천둥의 제작자 키클로프스에게 화살을 발사했다. 그에 대한 벌로 아폴론은 테살리아의 왕 아드메토스 밑으로 들어가 1년간 양 떼를 돌보아야 했다. 파에톤과 태양의 수레 얘기는 소로가 뒤에서 자선 행위를 말하면서 다시 언급된다. 그리스 신화에서 아폴론은 시(詩)의 신이기도 한데 소로는 자신의 저작에서 아드메토스의 양 떼 이야기를 여러 번 인용했다. 비록 사회가 알아주지 않더라도 그 사회를 위해 봉사해야 하는 예술가의 임무가, 사람들에게 제대로 된 평가를 받지 못하는 양 떼 돌보는 일과 비슷하다는 의미다.

저택 등을 얻고자 내 시간을 온통 쏟아붓고 싶지는 않다. 이런 것을 획득하는 걸 번거롭게 여기지 않고 또 획득한 후에는 잘 사용할 수 있는 사람들에게 이런 일을 양보하고 싶다.

어떤 사람은 '근면하여' 노동 자체를 위해 노동을 좋아하거나, 아니면 노동이 그들을 더 나쁜 해악에서 구제하므로 노동을 좋아하는 듯하다. 이런 사람들에게 해줄 말은 없다. 현재 즐길 수 있는 여가가 너무 많아 처치 곤란인 사람에게는, 현재보다 두 배 더 열심히 일하라고 권하고 싶다. 나는 일용직 노동이 그 어떤 일보다 독립적인 일임을 발견했기 때문이다. 일용직 노동을 1년에 30-40일만 하면 충분히 생활비를 벌어들일 수 있다. 노동자의 하루는 해가 서산에 넘어감으로써 끝나고, 그는 자신의 노동에서 독립해 스스로 선택한 일을 추구할 수 있다. 하지만 그의 고용주는 월별로 예산을 짜야 하고, 1년 내내 숨 돌릴 여유가 없다.

간단히 말해, 내 믿음과 체험에 비추어보건대, 이 지상에서 자기 몸 하나 건사하는 일은 고행이 아니라 오락이다. 우리가 검소하고 현명하게 살아가기만 한다면 말이다. 단순하게 살던 민족이 추구했던 일은 인위적으로 살아가는 민족들에겐 놀이가 되었다. 이마에 땀을 흘려가며 생계를 벌어들여야 하는 것은 불필요한 일이다. 물론, 당신이 나보다 더 쉽게 땀을 흘리는 사람이라면 얘기는 다르겠지만.

내가 아는 어떤 젊은이는 몇 에이커 땅을 물려받았는데, 그는 할 수만 있다면 내가 사는 것처럼 살고 싶다고 말했다. 나는 어떤 이유로도 남이 나의 생활 방식대로 사는 것을 바라지 않는다. 그가 그 방식에 꽤 잘 숙달했을 무렵에는 내가 또 다른 방식을 발견할 것이기 때문이다. 나는 이 세상에 가능한 한 많은 개별자가 있길 바란다. 또 그들 각자가 자기 아버지, 어머니, 이웃의 생활 방식이 아니라 자신만의 생활 방식을 아주 조심스럽게 발견하고 추구하길 바란다. 내가 아는 그 청년은 집을 지을 수도 있고, 나무를 심을 수도 있고, 바다를 항해할 수도 있다. 단, 그가 내게 해보고 싶다고 말했던 것을 가로막지는 말아야 한다. 조금의 오차도 없는 수학적 기준을 갖고 있다면 우리는 현명해진다. 가령, 바다 선원과 도망 노예는 북극성에서 조금도 눈을 떼지 않는다. 그것은 우리가 살아가는 한평생 충분한 길잡이가 된다. 우리는 예측했던 시간 내에 항구에 도착하지 못할 수도 있으나, 그래도 정해진 노선을 그대로 따라가야 한다.

이 경우, 한 사람에게 진실인 것은 천 명의 사람에겐 더욱 진실이다. 커다란 집이 작은 집에 대해 크기 비례로 더 비싸지는 않은 것과 비슷하다. 큰 집에는 지붕 하나, 지하에 지하실 하나, 벽이 하나라도 방이 여러 개 들어가는 까닭이다. 그러나 나는 큰 집보다는 단독 주택을 더 좋아한다. 더욱이 남에게 공동주택의 이점을 설득하기보다는 혼자서 통째로 집을 짓는 것이 훨씬 더 싸게 먹힌다. 싼값에 집을 짓기 위해 공동주택을 짓는다면 공동의 벽은 얇아져야 하고, 또 그 주택에 같이 사는 이웃이 선량하지 못해 자기 벽 보수를 게을리할 수도 있다. 일반적으로 가능한 것으로 보이는 협력은 부분적이고 피상적이다. 설사 자그마한 협력이 있더라도 없는 것이나 마찬가지다. 사람들 사이의 조화는 들리지 않기 때문이다.

어떤 사람이 신념을 갖고 있다면 그는 어디에서나 그 신념을 바탕으로 협력할 것이다. 신념이 없다면 그는 어떤 사람과 이웃을 하든 간에, 세상의 나머지 사람처럼 대충 살아갈 것이다. 가장 낮은 의미는 물론이고 가장 높은 의미에서도 협력이란 함께 생활하며 살아간다는 것이다.

최근에 두 젊은이가 세계 일주 여행을 떠날 계획이라고 들었다. 한 청년은 돈이 없어 여행하면서 선원 노릇도 하고 농부 노릇도 하면서 여비를 현지 조달할 생각이고, 다른 한 청년은 호주머니에 환어음을 가지고 간다는 것이다. 두 청년이 오랫동안 길동무를 하거나 서로 협력하리라 보기는 대단히 어렵다. 한 청년은 전혀 노동하지 않을 것이기 때문이다. 그들은 모험 중에 들이닥친 첫 번째 위기 때 헤어질 것이다. 무엇보다도, 내가 지금껏 암시했듯, 혼자 가는 사람은 오늘 당장 출발할 수 있다. 그러나 남과 함께 떠나기로 한 사람은 상대방이 준비될 때까지 기다려야 하고, 그러자면 출발까지 오랜 시간이 걸릴 것이다.

하지만 몇몇 읍내 사람들은 이 모든 게 아주 이기적인 거라고 했다. 나는 지금까지 자선사업에는 별로 참여하지 않았음을 고백한다. 어떤 의무감 때문에 몇 가지 희생한 것이 있는데, 그중에는 이 자선의 즐거움을 희생한 것도 있다. 내게 읍내의 가난한 가정을 도와주라고 온갖 수단을 발휘하여 설득하는 사람들이 있었다. 그리고 내가 할 일이 없으면(악마는 노는 사람에게 일을 잘 찾아주므로) 그런 자선 행위로 시간을 좀 보내면 어떻겠냐고 했다. 그러나, 내가 그런 쪽으로 나 자신을 몰입하려고 마음먹고, 나 자신을 편안하게 하듯이 모든 면에서 가난한 사람들을 편안하게 만들어 그들에게 천국을 가져다주는 것을 내 의무로 삼았을 때, 그리하여 그들에게 그렇게 해주겠다고 감히 제안까지 했을 때 그들은 한순간도 망설이지 않고 차라리 그냥 가난한 대로 있는 게 더 좋겠다고 말했다.

읍내의 선남선녀들이 여러모로 이웃의 복지를 위해 전념하고 있으므로, 나 같은 사람 하나 정도는 그 일에서 면제를 받아, 좀 덜 인간적인 일을 추구할 수 있다고 생각한다. 다른 것도 그렇지만 자선 행위를 하자면 그 방면에 소질이 있어야 한다. 선행은 아주 일거리가 많은 직업 중 하나다. 더욱이 그것을 꽤 시도해보았지만, 이렇게 말하면 좀 이상하게 들리겠으나, 그 일이 내 체질과는 맞지 않는다는 것을 발견했다. 나는 이 사회가 우주를 파멸로부터 구제하기 위해 요구하는 선행이라는 소명을 의식적으로 혹은 일부러 포기하지는 않을 것이다. 그러나 다른 곳에서 이루어지고 있는, 나와 비슷하지만 나보다 훨씬 큰 인내심을 가진 사람들의 선행만으로도 우주는 충분히 보존될 수 있으리라 생각한다. 그래서 나는 자선하려는 사람과 그의 기질 사이에 끼어들어 방해하고 싶지 않다. 또 내가 거부하는 이 일을 온 정성, 영혼, 목숨을 걸고 하는 사람에게 이렇게 말해주고 싶다. "참고 버티십시오. 설사 세상이 그걸 악하다고 부를지라도. 실제로 세상은 그렇게 말할 테지만요."

나는 이런 주장을 아주 괴팍하다고 생각하지 않는다. 틀림없이 이 글을 읽는 많은 독자가 나와 비슷한 변명을 할 것이다. 무슨 일을 하려면—내 이웃이 그 일을 선행이라고 부르리라 장담하진 못한다— 나는 망설이지 않고 그 일을 위해 나 자신을 가장 먼저 고용해야 한다고 말할 것이다. 그 일의 성격이 무엇인지 알아내는 것은 고용자가 할 일이다. 나의 선행은, 상식적인 의미에서 볼 때, 나의 주 행로(行路)에서 벗어난 것이며, 또 대부분 전혀 의도되지 않은 것이다. 사람들은 이렇게 말한다. "당신이 서 있는 자리에서, 당신의 자연스러운 모습 그대로 시작하면 됩니다. 당신의 실제 모습보다 더 가치 있는 사람이 되려고 하지 말고, 친절한 마음을 가지고 선행을 해나가세요."

만약 내가 이런 내용으로 설교해야 한다면 차라리 이렇게 말하겠다. 지금 당장 착하게 살아가라. 태양은 달의 찬란함 혹은 6등급 별의 휘황함에 그 빛을 건네주고, 자신은 어둠 속을 돌아다니며 모든 오두막의 창문 안을 들여다보면서 광인에게 영감을 주고, 고기를 썩히고 어둠을 간신히 보이게 만드는 로빈 굿펠로[39]처럼 은밀하게 행동한다고 사람들은 생각한다. 그러나 태양은 따뜻한 열과 혜택을 꾸준히 증가시켜 아주 밝게 된 자기 얼굴을 평범한 인간이 쳐다볼 수도 없게 한다. 그러면서도 태양은 자기 궤도를 유지하면서 세상을 돌아다니며 선을 행한다. 아니, 진정한 철학자가 발견했듯, 이 세상이 태양 주위를 돌게 하면서 더 좋아지게 한다. 나는 선행을 하려면 이런 태양처럼 행동해야 한다고 주장한다.

그러나 태양신 아폴론의 아들 파에톤이 선행으로 자신이 신의 아들임을 증명하려 했을 때, 아폴론은 아들이 태양의 전차를 딱 하루 몰도록 맡겼다. 운전이 서툰 파에톤은 태양 수레를 고정된 노선에서 이탈시켜 엉뚱한 곳에 햇볕을 집중시켰다. 그리하여 하늘의 저 아래쪽 거리에 있는 여러 구간에 걸친 집들이 불탔고, 모든 샘물은 말랐으며, 거대한 사하라 사막이 생겨났다. 그러자 마침내 제우스는 파에톤에게 천둥을 내려쳐 땅에 거꾸로 처

---

39 영국 속담에 나오는 요정으로 가정에 혼란을 일으킨다.

박히게 했고, 태양신 아폴론은 아들의 죽음을 슬퍼하면서 1년 동안 태양이 빛나지 않게 했다.

오염된 선량함에서 풍기는 악취만큼 고약한 것도 없다. 그것은 인간 혹은 신의 썩은 고기이다. 어떤 사람이 내게 선행을 베풀려는 의도적 목적을 가지고 내 집에 접근하는 게 확실하다면 나는 목숨을 건지기 위해 도망치는 사람처럼, 아프리카 사막에서 불어오는 건조하고 뜨거운 시뭄이라는 바람을 피하듯 달아날 것이다. 그 바람은 먼지로 당신의 입, 귀, 코를 가득 채워 질식 상태로 만들어버리니까. 나는 왜 그 사람으로부터 이렇게 달아나는 것인가? 그 사람이 내게 억지로 선행을 베풀 것이 두렵기 때문이다. 그 선행의 일부 바이러스가 내 피와 뒤섞일 것이 두렵기도 하다. 그러니 싫다. 이 경우에, 나는 차라리 자연스러운 방식으로 그 사악함을 견뎌내겠다.

내가 배고플 때 밥을 먹여주고, 추울 때 따뜻하게 입혀주고, 구렁텅이에 빠졌을 때 나를 꺼내준다고 해서 그 사람을 좋은 사람이라고 생각하지는 않는다. 당신에게 그 정도는 해줄 만한 뉴펀들랜드 종 개를 알려줄 수 있다. 자선은 넓은 의미에서 볼 때 이웃 사랑이라 할 수 없다. 영국의 자선사업가 존 하워드는 그 나름의 방식으로는 아주 자상하면서도 친절한 사람이었고 나름 보상도 얻었다. 그러나 상호 비교적인 입장에서 보자면, 백 명의 하워드가 우리에게 무슨 소용인가? 그들의 자선이 우리의 가장 좋은 영토에서 도움을 주는 게 아니고, 또 우리가 가장 도움이 필요한 순간에 도와주는 게 아니라면 말이다. 나 같은 사람에게 어떤 좋은 도움을 주겠다고 진지하게 제안하는 자선 회의는 들어본 적이 없다.

예수회 선교사들은 고문받는 인디언의 반응에 깜짝 놀랐다. 인디언들은 화형대에서 불태워졌는데 그들의 고문자에게 새로운 고문 방식을 제안했기 때문이다. 그들은 신체적 고통을 잘 견뎠고 그래서 예수회 선교사들이 제공하는 그 어떤 위안에도 넘어가지 않았다. "네가 남에게서 대접받고 싶은 대로 남에게 대우하라" 하는 황금률도 인디언들 귀에는 그리 설득력 있게 들리지 않았다. 인디언들은 자신이 선교사들에게 어떤 대우를 받았는지에 대해 신경 쓰지 않았다. 그들은 새로운 방식으로 그들의 원수를 사랑했고, 그 원수들이 한 짓을 너그럽게 용서하기까지 했다.

　가난한 사람들이 가장 원하는 도움을 줄 수 있도록 세심하게 신경 써라. 비록 당신의 모범 사례가 그들로서는 이해하기 어려운 것일지라도 말이다. 만약 돈을 주려고 한다면 그 돈을 당신과 함께 쓰도록 하고 그냥 줘버리는 행위는 하지 마라. 우리는 때때로 기이한 실수를 한다. 종종 가난한 사람은 지저분하고 남루하고 조잡해보이는 정도만큼 춥고 배고픈 게 아니다. 그렇게 보이는 것은 불운 때문만이 아니고 부분적으로 그의 취향이기도 하다. 만약 당신이 그에게 돈을 준다면 그는 그 돈으로 더 많은 남루한 옷을 사들일 것이다. 나는 지저분하고 남루한 옷을 입고 호수에서 얼음 채취 작업을 하는 비둔한 아일랜드인 노동자들을 불쌍하게 여겼다. 나는 그들 옷보다 더 깨끗하고 최신 유행하는 옷을 입고서 벌벌 떨고 있었다. 그러던 어느 추운 날, 물에 빠진 한 노동자가 몸을 말리려고 내 집을 찾아왔다. 나는 그가 바지 세 벌과 양말 두 겹을 벗고 나서 맨살이 드러나는 것을 보았다. 그 옷들은 지저분하고 남루했지만, 그는 내가 건넨 여분의 겉옷을 거절했다. 그는 많은 속옷을 입고 있었다. 그러니 그가 정말로 필요한 것은 호숫물에 그처럼 한 번 풍덩 빠져 그런 속옷을 벗어버리는 것이었다.

　이어 나는 나 자신이 한심하다고 생각하기 시작했다. 그 노동자에게 기성복 가게 하나를 통째로 건네주는 것보다는 오히려 나 자신에게 플란넬 셔츠 한 장을 건네는 것이 더 큰 자비라는 생각이 들었다. 악의 뿌리를 타격하는 사람이 한 명이라면, 악의 가지를 쳐대는 사람은 천 명이나 된다. 많은 돈과 시간을 가난한 사람들에게 나눠 주는 자선가는 그의 생활 방식 때문에 자신이 헛되이 구제하려고 하는 그 비참함을 오히려 확대 재생산한다. 이것은 열 번째 노예를 판매한 대금으로 나머지 노예 아홉 명에게 일요일 자유를 허용하는 노예 소유주를 경건하다고 하는 것과 무엇이 다른가. 어떤 사람은 가난한 사람들을 자기 주방에 고용함으로써 친절함을 보인다. 그들이 자기 주방에 가서 직접 일한다면 더 친절한 사람이 되지 않을까? 당신은 수

입의 10분의 1을 자선에 쓴다고 자랑한다. 하지만 수입의 10분의 9를 내놓아야 제대로 된 자선사업이 되는 게 아닐까? 하지만 사회는 재산의 10분의 1만 회수할 뿐이다. 이것을 뭐라고 해야 할까? 과연 그걸 재산가의 관대함으로 돌릴 수 있을 것인가, 아니면 정의를 담당하는 관리들의 직무 태만인가?

자선은 인류가 널리 인정하는 거의 유일한 미덕이다. 그것은 지나치게 과대평가되어 있다. 우리의 이기심이 그것을 과대평가하는 것이다. 여기 콩코드에서 한 건장하고 가난한 남자가 햇볕 따뜻한 어느 날에 어떤 이웃을 내게 칭찬했다. 그 이웃이 가난한 사람, 즉 그 건장한 남자에게 친절을 베풀었다는 것이다. 인류의 친절한 아저씨와 아주머니가 진정한 정신적 아버지와 어머니보다 더 높이 평가된다. 한 번은 목사가 영국에 대해 설교하는 것을 들었다. 그는 학식과 지성을 갖춘 사람이었는데 영국의 과학자, 문학자, 정치가—가령 셰익스피어, 베이컨, 크롬웰, 밀턴, 뉴턴 등— 들을 거론하고 나서, 그다음에 영국이 배출한 기독교 영웅 얘기를 했다. 강연자는 이 영웅들을 남보다 높이 치켜세우면서 위대한 자 중의 위대한 자라고 칭송했다. 윌리엄 펜, 존 하워드, 엘리자베스 프라이 등이 그들이었다. 누구나 그 강연자의 얘기가 과장이며 허위라는 것을 느꼈을 것이다. 세 사람은 단지 영국이 배출한 가장 훌륭한 자선사업가일 뿐이다.

자선 행위에 돌아가야 할 마땅한 칭송을 깎아내리고 싶은 마음은 없다. 단지 삶과 업적으로 인류에 축복을 가져다준 사람들도 공정하게 평가해야 한다고 주장할 뿐이다. 나는 한 인간의 정직함과 자선만으로 사람을 평가해서는 안 된다고 본다. 그것은 인간을 나무에 비유할 때 가지와 잎사귀 같은 것이기 때문이다. 병자들에게 허브차로 내어주는 초록 잎사귀, 곧 시들어버리는 식물들은 하찮은 용도로만 쓰이며 주로 돌팔이 의사들이 사용한다. 나는 한 인간의 꽃과 열매를 원한다. 고고한 향기가 그에게서 나에게로 흘러오길 바라고, 우리의 교제가 잘 익은 열매의 풍미를 띠길 원한다. 그의 선량함은 부분적이거나 일시적인 것이어선 안 되고, 지속적인 흘러넘침이어야 하며, 그에게는 아무 비용이 들지 않고 또 그가 의식하지 못하는 것이어야 한다. 이것이 많은 죄를 덮어주는 자선이다.

자선사업가들은 종종 자신의 버림받은 슬픔에 대한 기억을 하나의 대기(大氣)로 삼아 인류를 포위하면서 그것을 동정이라고 부른다. 우리는 절망이 아니라 용기를 나눠줘야 하며, 질병이 아니라 건강과 편안함을 안겨줘야 하고, 그 질병이 전염으로 널리 퍼져나가는 것을 막아야 한다. 어느 남쪽 들판에서 비탄의 목소리가 올라오는가? 우리가 빛을 보내주어야 할 이교도는 어디에 사는가? 우리가 구제해야 할 무절제하고 잔인한 사람은 누구인가? 어떤 것이 누군가를 괴롭혀 자기 역할을 제대로 하지 못할 정도라면, 그가 창자―이곳은 동정이 생겨나는 자리이다―에 고통을 느낀다면, 그는 즉각 세상을 개혁하는 일에 착수해야 한다. 그는 자신이 소우주이므로 얼마든지 그것을 발견할 수 있고 이는 진실한 발견이 될 것이다.

그는 세상이 풋사과를 먹고 있음을 발견한다. 그가 볼 때, 우리의 지구가 그 자체로 하나의 거대한 풋사과이다. 인간의 자녀들이 아직 익지도 않은 사과를 베어 문다고 생각하면 그 엄청난 위험에 모골이 송연해진다. 그의 과격한 자선사업은 에스키모나 파타고니아 부족을 찾아 나서고, 인구 조밀한 인도와 중국의 마을들을 담당한다. 이런 식으로 자선 행위를 몇 년 하고 나면―물론 신들은[40] 그들의 목적을 위해 그를 활용한 것이지만― 그는 소화 불량이 치료되고 지구는 한 뺨에 혹은 양 뺨에 희미한 홍조를 띠게 된다. 마치 곧 익을 것처럼. 이렇게 하여 삶은 그 투박함을 잃고 다시 한번 달콤하고 건전하게 되어 살 만해진다. 나는 내가 저지른 것 이상의 더 큰 죄가 있으리라고는 생각하지 않는다. 나는 나 자신보다 더 나쁜 사람을 알지 못했고, 앞으로도 그러할 것이다.

개혁가를 슬프게 하는 것은 고난에 빠진 이웃에 대한 동정심이 아니라,

40　원어는 the powers. 제4장에 인용된 『중용』 구절에서 '하늘과 땅의 힘들'이라는 말이 나오는데, 이 힘들을 가리킨다.

비록 하느님의 거룩한 아들이라 할지라도 그 자신이 앓는 개인적 고뇌이다. 이 고뇌를 해결하고, 그에게 봄이 와서 아침이 그의 소파 위에 떠오르면, 그는 아무 변명도 하지 않고 관대한 동료들을 내버릴 것이다.

나는 담배 사용을 반대하는 연설을 하지 않는데 그 이유는 내가 담배를 피워본 적이 없기 때문이다. 그런 연설은 담배를 피우다가 끊은 사람이 지불해야 할 대가다. 하지만 내가 이미 저지른 짓으로, 반대 강연을 할 만한 것은 얼마든지 있다. 만약 당신이 자선 행위를 하게 되었다면 오른손이 하는 일을 왼손이 모르게 하는 것처럼 그 행위를 비밀로 지켜야 한다. 그것은 남에게 알릴 필요가 없다. 일단 물에 빠진 사람을 구한 다음에는 구두끈을 묶어라. 그리고 천천히, 자유로운 노동에 착수하라.

우리의 풍속은 성인(聖人)들과의 소통으로 오염됐다. 우리의 찬송가는 하느님의 낭랑한 저주와 그분을 영원히 견뎌야 한다는 내용으로 가득하다. 예언자들과 구원자들도 인간의 희망을 확증하기보다는 인간의 공포를 위로하려 애쓴다. 그 어디에도 삶이라는 선물에 대한 소박하면서도 강력한 만족감은 기록되어 있지 않고, 또 하느님에 대한 기억할 만한 칭송도 없다. 모든 건강과 성공은 아무리 멀리 떨어져 있고 또 감추어진 것처럼 보여도 내게 좋은 효과를 가져온다. 모든 질병과 실패는 나를 슬프게 하고 내게 해를 끼친다. 아무리 그것이 나를 동정하고 또 내가 그것을 동정하더라도, 슬픈 것은 슬픈 것이다.

그렇다면 우리는 진정 인디언의 방식으로, 식물적인, 매력적인 혹은 자연적인 수단으로 인류를 회복해야 한다. 먼저 우리 자신이 자연처럼 단순하고 건강해져야 하고, 우리의 이마 위에 드리운 구름을 걷어내야 하며, 우리의 땀구멍 속으로 약간의 생명을 호흡해야 한다. 가난한 자들의 감독자가 되려 하지 말고, 이 세상의 가치 있는 인물이 되려고 애쓰라.

나는 시라즈 출신의 시인 셰이크 사디가 쓴 책 『꽃의 정원』에서 이런 글귀를 읽었다.[41] "그들은 현자에게 물었다. '지고한 하느님이 만드신 잎사귀 많고 깊은 그늘을 지닌 많은 유명한 나무 중에 열매 맺지 않는 삼나무를 제외하고 그 무엇도 자유롭지 못하다고 말한다. 여기에는 무슨 신비가 있는가?' 현자가 대답했다. '각 나무는 자신에게 해당하는 열매가 있고 또 정해진 계절이 있어 그것이 지속하는 동안 신선하고 꽃이 피어나지만 계절이 지나면 메마르고 시든다. 그러나 삼나무는 어떤 계절에도 속하지 않으므로 늘 번창한다. 아자드, 즉 종교적으로 독립된 사람은 이런 본성을 갖고 있다. 그대의 마음을 일시적인 것에 고정하지 말라. 티그리스강은 칼리프[이슬람 군주] 족속이 다 죽고 나서도 바그다드를 관통하며 계속 흐를 것이다. 그대의 손에 물자가 풍부하다면, 대추야자 나무처럼 널리 베풀라. 손에 나누어 줄 것이 없다면 삼나무처럼 아자드, 즉 자유인이 되어라.'"

---

41 셰이크 사디(Sheik Sadi)는 13세기의 페르시아 시인이다.

보충하는 시

가난한 자의 허세

T. 커루[42]

불쌍하고 가난하며 한심한 자여,
그대가 천상에 한 자리를 내달라고 하다니
너무 많은 것을 요구하는구나
거저 내리쬐는 햇볕과 시원한 그늘과
풀뿌리와 채소를 갖춘
그대의 비루한 오두막 혹은 함지박 같은 집이
게으르고 현학적인 미덕을 갖추어서인가?
그곳에서 그대의 오른손은
마음에서 인간적인 열정을 뜯어내버리는구나
그 열정의 줄기로부터 아름다운 미덕이
환하게 꽃 피어나는 것이거늘
그대의 손은 자연을 훼손하고 감각을 마비시킨다
그리고 고르곤처럼 활동적인 인간을
딱딱한 돌로 굳게 한다
우리는 그대의 억지 절제 혹은 즐거움도 슬픔도 모르는
부자연스러운 어리석음에 동참하고 싶지 않다
그대가 억지로 칭송하는
적극적인 용기보다 수동적인 꿋꿋함이

---

42   토머스 커루(1594-1639): 영국의 시인.

더 좋다는 얘기도 받아들이지 않는다

이 저열한 무리들아,

평범함을 본바탕으로 삼는 자세가

그대의 비굴한 정신에는 어울리는도다

그러나 우리는 비범함을 지향하는 미덕만 받아들인다

용감하고 관대한 행동, 제왕 같은 장엄함,

모든 것을 살피는 신중함, 끝을 모르는 넓은 마음,

이런 영웅적인 미덕에

고대인은 이름을 남기지 않고 몇 가지 유형만 남겼으니

바로 헤라클레스, 아킬레우스, 테세우스일러라

비천한 자여,

그대의 혐오스러운 오두막으로 돌아가라

그리고 이 새로운 개명된 영역을 볼 때면

이 고상한 인물들이

어떤 사람이었는지 알려고 애쓰라.

2

내가 살았던 곳과 그렇게 살았던 이유

인생의 어떤 계절에 들어서면 우리는 모든 장소가 집을 세우기에 적절한 곳이라고 생각한다. 그래서 나는 사는 곳에서 12마일[20킬로미터] 반경의 모든 지역을 측량했다. 상상 속에서 모든 농장이 매입 가능하다고 생각하며 그것을 연이어 사들였다. 나는 농장 가격을 잘 알았다. 여러 농부의 땅을 걸어보았고, 야생 사과들을 맛보았으며, 농사에 관해 의논했고, 그가 부르는 값에 농장을 사들여서, 다시 그것을 그에게 저당 잡히는 것을 상상했다. 심지어 시가보다 더 값을 쳐주기도 했다. 그 농장의 등기권리증을 제외하고는 모든 것을 받아들였다. 그의 말을 권리증으로 삼았다. 나는 그 농장을 경작했고 어느 정도 농부를 교화하기도 했으며, 그것을 충분히 오래 즐긴 후에는 그가 계속 경작할 수 있도록 그 농장에서 물러났다. 이 체험으로 나는 친구들로부터 일종의 부동산 중개인 취급을 당했다.

내가 어디에 눌러앉든 나는 거기서 살아갈 수 있었고 그 풍경은 나로부터 환히 퍼져 나갔다. 집이 눌러앉는 곳이 아니라면 무엇이겠는가? 그 집이 시골에 있다면 더 좋으리라. 많은 주택부지가 앞으로 곧 개선될 것 같지 않았다. 어떤 사람은 그 부지가 마을에서 너무 떨어져 있다고 생각할 것이나, 내가 보기에는 오히려 마을이 그 땅으로부터 멀리 떨어져 있었다. "좋아, 여기서 살자" 하고 나는 말했다. 그리고 한 시간쯤 머물러, 거기서 어떻게 여름이나 겨울을 보낼 수 있을지를 생각했다. 또 그곳에서 여러 해를 보내면서 겨울을 돌파하여 봄이 오는 것을 맞이할 수 있을지도 살폈다. 이 지역의 미래 거주자들은 집을 어디에 세우든 간에 다 예견된 일이었음을 확신하게 될 것이다. 그 땅을 나누어 과수원, 삼림지, 목초지 등으로 구분 설계하고, 집 앞에 참나무나 소나무를 세워둘 것인지 결정하고, 어떤 서리 맞은 나무가 가장 멋지게 보일지 등을 결정하는 데는 오후 한나절이면 충분할 것이다. 그다음 나는 그 땅을 그냥 묵정밭인 양 내버려둔다. 인간은 내버려둘 물건 가짓수가 많은 것에 비례해 부자이기 때문이다.

나의 상상은 계속 날개를 달고 날아가 심지어 어떤 농가들을 거부하기까지 했다. 나는 진심으로 거부하길 바랐다. 그러나 내가 실제 농가를 소유한다고 큰코다칠 일은 없었다. 내가 실제 소유에 가장 가까이 간 것은 할로웰 농장을 사들였을 때였다. 나는 이미 씨앗 분류를 시작했고 손수레로 실어 나를 건설 자재들을 선택했다.

하지만 소유주가 내게 등기권리증을 넘겨주기 전에 그의 아내―모든 남자에게는 이런 아내가 있다―가 마음을 바꾸어 그 농장을 계속 갖고 싶어 했고, 그는 내게 위약금으로 10달러를 주겠다고 했다. 사실 나는 호주머니에 단 10센트밖에 없었다. 그런데 나는 내가 10센트를 가진 사람인지, 농장을 가진 사람인지, 10달러를 가진 사람인지 혹은 전부를 가진 사람인지 헷갈렸다. 결국, 나는 그에게 농장도 10달러도 다 가지라고 했다. 나는 이미 농장 사들이는 일을 충분히 진행했으니, 아니 그보다는 관대한 마음을 발휘하여 내가 사들이겠다고 한 값에 그 농장을 되판 셈 치기로 했다. 게다가 그는 부자가 아니었으므로 그에게 10달러를 선물했다. 그러고도 아직 내게는 10센트와 씨앗과 자재들이 남아 있었다. 이렇게 하여 나는 내 가난에 어떠한 불명예도 안기지 않으면서 부자가 되어 본 경험이 있었다. 그러나 나는 주변 풍경은 그대로 간직했고 손수레 없이 해마다 그 땅이 산출하는 것을

날랐다. 풍경에 대해 말하자면,

> 나는 내가 바라보는 모든 것의 군주이므로
> 누구도 그에 대한 권리에 시비 걸지 못하리.[43]

나는 어떤 시인이 농장의 가장 소중한 부분을 감상하고 난 뒤에 물러가는 광경을 자주 보았다. 그럴 때 투박한 농부는 시인이 야생 능금 몇 개를 슬쩍했으리라 상상했다. 하지만 그 주인은 앞으로 여러 해 동안 사태의 진상을 몰랐다. 시인은 농부의 농장을 운율로 묘사하고, 보이진 않지만 가장 멋진 울타리를 설치하고, 소를 그 울타리 안으로 집어넣고, 젖을 짜고, 젖에서 크림을 걷어내 크림만 가져간다. 그러는 동안, 농부에게는 크림 뽑아간 우유만 남는 것이다.

내가 볼 때 할로웰 농장의 진짜 매력은 이런 것이다. 우선 그 온전한 고적감이 좋다. 마을로부터는 약 2마일[3킬로미터] 떨어져 있고, 넓은 들판 곁은 큰길로부터 반 마일[800미터] 정도 떨어져 있다. 농장이 강에 접하고 있어 강에서 피어오르는 안개가 봄이면 서리를 막아준다고 농장주는 말했다(하지만 나에게는 아무 상관이 없었다). 회색이 주조를 이루어서 폐허 같은 느낌을 주는 농가와 헛간 그리고 황폐하게 된 울타리 등은 나와 지난번 사용자 사이에 적당한 공간적 거리를 마련해준다. 이끼가 덮이고 토끼들이 갉아먹은 텅 빈 사과나무들은 내가 어떤 종류의 이웃들을 두게 될 것인지 미리 보여준다. 그러나 무엇보다도 강으로 여행을 다니던 초창기에 얼핏 보았던 할로웰 농장의 추억이 내게는 소중하다. 당시 농가는 붉은 단풍나무들이 빽빽이 들어찬 숲에 가려져 보이지 않았고, 그 숲을 통과해 들려오는 농가의 개 짖는 소리만 있었다.

---

43 윌리엄 쿠퍼(1731-1800)의 시.

나는 그 농가를 빨리 사들여야겠다고 생각했다. 농가 주인이 밭에서 돌들을 골라내고, 텅 빈 사과나무를 잘라내고, 목초지에 생겨난 몇 그루의 어린 자작나무들을 캐내기 전에, 그러니까 그가 농가 개선 작업을 하기 전에 매입해야 했다. 이러한 풍경의 이점을 즐기기 위해 나는 그 농장을 떠맡을 준비가 되어 있었다. 아틀라스처럼 이 세상을 내 양어깨에 짊어질 각오였다(아틀라스가 지구를 어깨에 짊어지고 어떤 보상을 받았는지는 들어본 바 없지만). 나는 관련된 일을 다 할 생각이었다. 농가 대금을 지불하고 그 후에 내가 괴롭힘 당하는 일 없이 온전히 그 농가를 소유하겠다는 것 외에 다른 동기나 변명은 없었다. 내가 그 농장을 내버려둔다면 내가 원하는 종류의 곡식을 풍성하게 내주리라는 것을 명확히 알았다. 하지만 할로웰 농장 문제는 내가 위에서 말한 것처럼 없던 게 되어버렸다.

그리하여 내가 대규모 영농에 관해 할 수 있는 말이라고는(나는 언제나 정원을 가꾸어왔다) 씨앗을 온전히 준비해놓았다는 것뿐이다. 많은 사람이 씨앗들은 오래 묵을수록 더 좋아진다고 생각한다. 나는 시간이 좋은 것과 나쁜 것을 구분해준다는 것을 믿어 의심치 않는다. 그리고 마침내 내가 씨앗을 심는다면 실망할 일이 별로 없을 것 같다. 나는 친구들에게 단정적으로 이렇게 말하고 싶다. 가능한 한 자유롭고 아무 데도 매이지 않은 상태로 살아라. 당신이 농장에 전념하든 카운티 감옥에 들어가든 매어 있기는 매한가지인 것이다.

노(老) 카토가 쓴 『농사에 대하여』(De Re Rustica)라는 책은 나로서는 『영농자』(Cultivator)라는 잡지와 마찬가지인데, 내가 참고한 유일한 번역서는 관련 문장을 아주 엉터리로 번역해놓았다. 그래서 그 부분을 옳게 번역하면 이러하다. "농장을 사들일 생각을 하고 있다면, 그것을 탐욕스럽게 즉각 사들이지 말고 천천히 마음속에서 생각하고 또 생각해보라. 농장을 꼼꼼히 둘러보는 수고를 아끼지 말라. 그것을 딱 한 번 둘러보는 것으로 충분하다고 생각하지 말라. 만약 그게 좋은 농장이라면 당신이 거기 자주 찾아갈수록 당신을 더욱 즐겁게 할 것이다."

꽃이 핀 사과나무, 할로웰 농장, 콩코드, 1918년 5월 15일.

나는 어떤 시인이 농장의 가장 소중한 부분을 감상하고 난 뒤에 물러가는 광경을 자주 보았다. 그럴 때 투박한 농부는 시인이 야생 능금 몇 개를 슬쩍했으리라 상상했다.

할로웰 농장에서 바라본 콩코드 전경, 1899년 11월 6일.

내가 볼 때 할로웰 농장의 진짜 매력은 이런 것이다. 우선 그 온전한 고적감이 좋다. 마을로부터는 약 2마일 떨어져 있고, 넓은 들판 곁은 큰길로부터 반 마일 정도 떨어져 있다. 농장이 강에 접하고 있어 강에서 피어오르는 안개가 봄이면 서리를 막아준다고 농장주는 말했다(하지만 나에게는 아무 상관이 없었다).

나는 탐욕스럽게 사들이지 않고, 내가 살아 있는 한 농장 주위를 빙빙 돌고 또 돌다가 거기에 가장 먼저 묻히는 사람이 되어, 마침내 그 농장으로부터 가장 큰 즐거움을 얻어내고 싶다.

현재의 주거지는 이러한 방식으로 내가 두 번째로 벌이는 실험인데 거기에 대해 자세히 기술해보겠다. 편의상 2년의 체험을 한 해 체험으로 압축할 것이다. 그리고 이미 말한 바와 같이, 나는 낙담을 칭송하는 글은 쓰지 않을 생각이다. 이른 아침, 자신의 횃대 위에 서서 요란하게 떠들어대는 수탉처럼 내가 하고 싶은 말을 자랑스럽게 펼쳐놓을 것이다. 아직 잠들어 있는 내 이웃을 잠 깨우기 위해서.[44]

숲속에 처음 내 주거를 잡았을 때, 다시 말해 밤낮을 계속해서 거기서 지내기로 했을 때, 전입 첫날은 공교롭게도 1845년 7월 4일, 즉 독립 기념일이었다. 내 집은 아직 겨울을 날 준비가 안 되어 있었고 미장 공사나 굴뚝 작업도 없이 비바람이나 겨우 가리는 정도였다. 사방 벽들은 갈라진 틈이 많고 비바람에 변색된 거친 판자를 두른 것이어서, 밤에도 추웠다. 반듯하게 세운 하얀 샛기둥과, 대패로 금방 민 문과 창틀은 정결하고 시원한 느낌을 주었다. 특히 목재에 이슬이 내린 아침이면 그런 정결한 느낌이 더욱 강했다. 정오가 되면 저 목재에서 달콤한 송진이 나오지 않을까 하는 생각이 들 정도였다.

나의 상상력에 들어맞게도, 내 집은 종일 이런 새벽 분위기를 간직하여, 지난해에 방문했던 산 위 어떤 집을 떠올리게 했다. 그 집은 공기가 잘 통하고 회반죽 작업을 하지 않은 오두막이었는데, 여행하는 신(神)을 맞이하기에 적합한 곳이었고, 금세라도 여신이 옷자락을 끌고 나타날 듯한 인상을 풍겼다. 내 집 위에 부는 바람은 산봉우리를 넘어가는 듯한 바람이었고,

---

44 소로는 이 문장을 초판본의 속표지에 제명으로 사용했다.

지상 음악 중에 따로 떼어낸 한 소절 혹은 천상에 해당하는 소절처럼 들렸다. 아침 바람은 계속 불어왔고, 창조의 시는 중단되는 법이 없었다. 그러나 그 음악을 들어줄 만한 귀는 거의 없다. 신들의 처소(處所) 올림포스산은 이 속세를 떠난 곳이라면 어디에든 있다.

보트를 제외한다면 내가 전에 소유했던 유일한 집은 천막이었다. 여름에 여행을 떠날 때면 나는 가끔 그 천막을 사용했다. 이 천막은 아직도 돌돌 말린 채 다락방에 들어가 있다. 그러나 보트는 이 손 저 손을 거쳐 가다가 시간의 급류를 타고 사라졌다. 하지만 이제 좀 더 단단한 주거를 갖추었으므로, 나는 이 세상에 정착하는 데 진일보한 셈이다. 이 집은 치장이 다소 빈약하긴 하나, 주위에서 벌어진 일종의 결정(結晶) 작업이고, 그리하여 그 집을 지은 사람에게 반응한다.

이 집은 뭐라고 할까, 윤곽만 그려진 그림처럼 암시적이다. 나는 바람을 쐬기 위해 밖으로 나갈 필요가 없다. 실내의 공기가 바깥의 신선함을 전혀 잃지 않았기 때문이다. 실내에 있다기보다는 그저 문 뒤에 앉아 있었다고 하는 게 맞는 말일 텐데, 심지어 비가 많이 오는 날씨에도 그러하다. 『하리반사』는 이렇게 말한다.[45] "새들이 없는 거처는 양념이 없는 고기와 비슷하다." 나의 집은 그런 상태는 아니었다. 내가 갑자기 새들의 이웃이 되었기 때문이다. 새를 한 마리 조롱에 넣어두었다는 얘기가 아니라, 나 자신을 그 새들 주위에 가두어두었다는 뜻이다. 나는 정원과 과수원에 자주 날아오는 새들에게 가까이 다가갔고, 좀 더 야성적이고 매혹적인 숲속 노래꾼들과도 벗했다. 이 새들은 마을 사람 근처에는 거의 날아가는 법이 없었는데 티티새, 개똥지빠귀, 붉은풍금조, 들판 참새, 쏙독새, 기타 많은 새가 그랬다.

---

45 『하리반사』(Harivansa)는 기원전 2세기에서 기원후 2세기 사이에 확정된 힌두 서사시로 『마하바라타』 뒷부분에 추가된 보유편이다. 소로는 다음의 프랑스어 번역본에서 이 문장을 영역했다. M.A. Langlois, *Mahabarat, Harivansa, ou Histoire de la famille de Hari* (2 vols; Paris, 1834-5).

에머슨 언덕에서 바라본 월든 호수, 1899년 11월 7일.

최근에 나무를 베어낸 근처 산꼭대기에서 보면, 호수 가장자리를 이루는 산들 사이의 넓은 계곡을 통해 호수 건너 남쪽으로 펼쳐진 멋진 경관이 보인다. 산들의 반대쪽 사면은 서로 향하여 비스듬히 기울어지고 있으므로 그 방향으로 시냇물이 삼림 울창한 계곡을 관통하여 흐를 것 같은 인상을 준다. 그러나 거기에는 시냇물이 없었다. 나는 근처의 푸른 산들 사이 혹은 그 너머로, 멀리 떨어진 지평선상의 더 높은 산들을 쳐다본다. 그 산들은 아득하여 푸른색이 감돈다.

나는 자그마한 호숫가에 자리 잡았는데 콩코드 마을에서 남쪽으로 약 1.5마일 떨어진 지점으로 마을보다 약간 지대가 높은 곳이다. 또한, 콩코드와 링컨 사이에 있는 광활한 숲 한가운데 있으며, 독립 전쟁의 주변 전투지에서 유일하게 유명해진 콩코드 전장에서 남쪽으로 약 2마일 떨어진 지점이다. 그러나 내 집은 숲속에서도 낮은 지역에 있었고, 반 마일 정도 떨어진, 삼림 울창한 호수 반대편이 가장 멀리 떨어진 지평선이다. 처음 일주일 동안은, 호수를 쳐다볼 때마다 높은 산 측면에 있는 산중 호수 같다는 인상을 받았다. 그 호수의 바닥은 다른 호수들의 수면보다 훨씬 높은 곳에 있는 것 같았다. 태양이 떠오르면 호수는 밤새 입었던 안개 옷을 내던졌다. 호면 여기저기에서 부드러운 잔물결과 모든 것을 잔잔하게 비추는 표면이 드러났다. 그러면 안개는 마치 유령처럼 산지사방으로 흩어져 숲속으로 철수했는데 그 모습이 야간 비밀 종교 모임의 산회(散會) 장면 같았다. 나무에 매달려 있던 이슬은 마치 산 측면에 있는 것처럼 평소보다 더 오래 버티면서 한낮이 될 때까지 매달려 있었다.

이 자그마한 호수는 8월 들어 비바람이 불어오는 사이사이에 정다운 이웃으로서 큰 가치가 있었다. 8월엔 공기와 물이 아주 고요했으나 하늘은 흐려 있어 오후 한나절이 되면 마치 저녁이 온 것처럼 고즈넉했고, 개똥지빠귀가 요란하게 울어대어 그 노랫가락이 호수 이쪽에서 저쪽까지 울려 퍼졌다. 이런 호수는 바로 그런 때 아주 잔잔했다. 호수 위의 맑은 공기층은 얕으면서도 구름 때문에 어두웠으므로, 빛과 반사물이 가득한 호면은 낮은 하늘 그 자체가 되어 더욱 중요했다.

최근에 나무를 베어낸 근처 산꼭대기에서 보면, 호수 가장자리를 이루는 산들 사이의 넓은 계곡을 통해 호수 건너 남쪽으로 펼쳐진 멋진 경관이 보인다. 산들의 반대쪽 사면은 서로 향하여 비스듬히 기울어지고 있으므로 그 방향으로 시냇물이 삼림 울창한 계곡을 관통하여 흐를 것 같은 인상을 준다. 그러나 거기에는 시냇물이 없었다. 나는 근처의 푸른 산들 사이 혹은 그 너머로, 멀리 떨어진 지평선상의 더 높은 산들을 쳐다본다. 그 산들은 아

나쇼투 언덕에서 동쪽으로 바라본 봄의 홍수, 콩코드, 1901년 4월 17일.

집 인근에 물이 있어 대지가 붕 떠 있는 느낌을 주고 또 땅이 물 위에 떠도는 듯한 느낌을 주는 것은 좋은 일이다. 아무리 소규모 우물이라고 해도 가치가 있는데, 그것은 우물 아래를 내려다보면 땅이 대륙이 아니라 섬이라는 것을 가르쳐주기 때문이었다. 이것은 우물이 버터를 시원하게 하는 것만큼 중요한 일이다. 비가 많이 오는 때 나는 이 산꼭대기에서 호수를 가로질러 서더버리 초원을 내려다보았다. 그 초원은 홍수로 인해 물이 넘치는 계곡의 신기루 효과 때문에 마치 대야 속 동전처럼 다소 솟아올라 보였다. 그리고 호수 너머 모든 땅은 좁은 강물의 물살로 고립되고 표류하는 얇은 빵조각처럼 보였다. 나는 그제야 내가 살던 땅이 아직 비에 젖지 않은 마른 땅임을 퍼뜩 깨닫게 되었다.

득하여 푸른색이 감돈다. 실제로 나는 발끝으로 서서 좀 더 푸르고 좀 더 멀리 떨어진 북서쪽 산봉우리를 흘깃 엿볼 수 있다. 그 산봉우리는 하늘의 주조소(鑄造所)에서 떨어진, 진짜로 푸른 색깔을 가진 동전처럼 보인다. 그리고 그 지점에선 마을 일부분도 내려다볼 수 있었다. 다른 방향으로는, 산꼭대기의 이 지점에서도 나를 둘러싼 숲 너머 지역은 바라볼 수 없었다.

집 인근에 물이 있어 대지가 붕 떠 있는 느낌을 주고 또 땅이 물 위에 떠도는 듯한 느낌을 주는 것은 좋은 일이다. 아무리 소규모 우물이라고 해도 가치가 있는데, 그것은 우물 아래를 내려다보면 땅이 대륙이 아니라 섬이라는 것을 가르쳐주기 때문이었다. 이것은 우물이 버터를 시원하게 하는 것만큼 중요한 일이다. 비가 많이 오는 때 나는 이 산꼭대기에서 호수를 가로질러 서드버리 초원을 내려다보았다. 그 초원은 홍수로 인해 물이 넘치는 계곡의 신기루 효과 때문에 마치 대야 속 동전처럼 다소 솟아올라 보였다. 그리고 호수 너머 모든 땅은 좁은 강물의 물살로 고립되고 표류하는 얇은 빵조각처럼 보였다. 나는 그제야 내가 살던 땅이 아직 비에 젖지 않은 마른 땅임을 퍼뜩 깨닫게 되었다.

집의 문에서 내다보는 경관은 한결 축소된 것이지만, 비좁거나 갑갑하다는 느낌은 들지 않았다. 내가 상상할 수 있는 목초지는 얼마든지 있었다. 맞은편 호숫가는 키 작은 참나무 고원으로 솟아오르는데, 그 땅은 서부 평원들과 타타르족 대초원 지역으로 광활하게 내뻗어 있어, 모든 방랑하는 인간 가족에게 충분한 공간을 마련해주었다. 그의 목자들이 새롭고 더 큰 목초지를 요구했을 때, "광대한 지평선을 자유롭게 누리는 자들을 제외하고 이 세상에는 행복한 자가 없다"라고 다모다라[46]는 말했다.

장소와 시간이 바뀌었고, 그래서 나는 나를 가장 매혹하게 하는 우주의 어떤 지역과 역사의 특정 시기에 더 가까이 살게 되었다. 천문학자들이 밤

---

46 다모다라(Damodara)는 힌두교의 최고신 크리슈나의 제8화신을 가리키는 말이다.

마다 관찰하는 여러 지역에서 아주 멀리 떨어진 곳에 나는 살았다. 우리는 멀리 떨어진 천상의 구석, 가령 카시오페아 성좌 뒤쪽에 있는, 모든 소음과 소란으로부터 격리된 곳에 있는 진귀하고 즐거운 장소를 자주 상상한다. 나는 숲속 내 집이 실제로 이런 아주 멀리 떨어진 곳, 영원히 새롭고 오염되지 않는 그런 우주의 한 장소에 있다고 여긴다.

플레이아데스 성좌, 히아데스 성좌, 알데바란 성좌, 견우성 가까운 곳에 머무르는 게 가치 있다고 여기는가? 나는 실제로 그런 곳에서 살아가고 있다. 혹은 뒤에 남겨두고 온 생활로부터 그처럼 멀리 떨어져 있다. 나의 존재는 가장 가까운 이웃에게도 달 없는 밤에만 보일 만큼 희미한 빛에 불과했다. 이것이 내가 차지한 우주의 한 부분이고, 나는 그곳에 눌러앉았다.

> 한 목동이 살았네. 그는 고상하여
> 그의 양 떼들이 시간마다 풀을 뜯는
> 목초지가 있는 높은 산만큼이나
> 높은 생각을 품고 있었다네.[47]

자기 양 떼가 평소 그의 생각보다 더 높은 목초지로 가서 헤맨다면 그 목동의 생활은 어떠해야 할까? 매일 아침은 내 생활을 단순 소박한 것으로 만들라는 유쾌한 초대이다. 그 단순 소박함은 곧 자연과의 순수한 관계를 의미한다. 나는 그리스인처럼 아침의 신 오로라를 성실하게 숭배해왔다. 나는 아침 일찍 일어나서 호수에서 목욕재계를 했다. 그것은 종교적 실천이었고 내가 했던 가장 좋은 일 중 하나였다. 중국 탕왕(湯王)의 목욕 욕조에는 이런 글자가 새겨져 있었다. "날마다 새로워지라. 날마다 날마다 새로워지고 또 새로워지라"(苟日新, 日日新, 又日新).

---

47 실명(失名) 시인의 시.

나는 이 말을 이해할 수 있다. 아침은 영웅의 시대를 다시 가져온다. 나는 명예를 칭송하는 트럼펫 소리 못지않게 모기의 희미한 웅웅거리는 소리에도 영향을 받는다. 이른 아침, 문과 창문을 열어놓고 앉아 있을 때 집 공간을 멋대로 날아다니는 모기. 그것은 호메로스의 진혼곡이다. 그 자체로 공중에 떠다니는 일리아스와 오디세이아로 그의 분노와 방랑을 노래한다.[48] 거기에는 우주적인 뭔가가 깃들어 있다. 그것은 세상이 영원한 활력과 다산성을 금지당할 때까지 계속 나가는 광고다.

하루 중 가장 인상적인 때인 아침은 잠에서 깨어나는 시간이다. 이 시간에는 졸린 느낌이 가장 적다. 낮 동안 그리고 밤새 잠들어 있던 우리의 일부는 아침 한 시간만이라도 깨어난다. 우리의 위대한 정신에 의해 깨어나는 것이 아니라 기계적인 장치로 깨어난다면, 그날은 하루라고 할 수도 없고 또 그런 날에서 기대할 것도 별로 없다. 우리 내부의 새로 획득된 힘과 열망에 의해 깨어나고, 공장 종소리가 아니라 천상 음악의 파동과 공중을 가득 채우는 좋은 향기로 깨어나야 하고, 우리가 추락해버린 더 높은 생활에 대한 열망으로 깨어나야 한다. 이렇게 하면 어둠은 열매를 맺고, 그 어둠도 빛 못지않게 좋은 것임을 증명한다. 매일 아침은 자신이 아직 훼손시키지 않은, 더 이르고, 더 신성한 새벽 시간을 품고 있다는 사실을 믿지 않는 인생은 절망을 느끼고, 밑으로 내려가는 어두운 길을 추구하게 된다.

부분적으로 감각적인 생활을 중단한 후에, 인간의 영혼 혹은 그 기관들은 매일 활성화되고, 위대한 정신은 자신이 할 수 있는 고상한 생활을 다시 시도한다. 모든 기억할 만한 사건은 아침 시간과 분위기 속에서 발생한다. 베다[49]는 말한다. "모든 지성은 아침과 함께 깨어난다." 인간의 행위 중 가장

---

48   호메로스의 장편 서사시 『일리아스』와 『오디세이아』는 싸움과 모험이라는 두 주제를 노래하는데, 이 두 주제는 그 후 3천 년간 서구 문학의 항구적 주제가 되었다.

49   베다는 고대 인도의 아리안 민족의 신을 찬미하는 노래 모음집이다.

아름답고 기억할 만한 것인 시와 예술은 이런 시간에 생겨난다. 모든 시인과 영웅들은 오로라 여신의 아들 멤논처럼 오로라의 자녀들이고, 해가 뜰 때 그들의 음악을 발산한다. 탄력적이고 활동적인 생각으로 태양과 보조를 맞추는 자에게, 하루는 영원한 아침이다. 시계가 말하는 것이나 남들의 태도나 노동은 그에게 중요하지 않다. 아침은 내가 깨어나는 때이고 나의 내면에 새벽이 있는 때다.

도덕적 개혁은 잠을 벗어 내던지려는 노력이다. 그들이 잠자고 있지 않았다면 왜 사람들은 하루를 그렇게 제대로 설명하지 못하는 걸까? 그들은 셈에 어두운 사람도 아닌데 말이다. 만약 그들이 졸음에 압도당하지 않았더라면 뭔가 일을 해냈을 것이다. 수백만의 사람이 신체적 노동을 할 정도로는 깨어 있다. 그러나 효과적인 지적 노력을 할 수 있을 정도로 깨어 있는 사람은 백만 명 중 한 명이고, 시적인 생활이나 신성한 생활을 할 정도로 깨어 있는 사람은 1억 명 중 한 명뿐이다. 깨어 있다는 것은 살아 있다는 것이다. 나는 완전히 깨어 있는 사람을 아직 만나본 적이 없다. 만약 내가 그 사람을 만난다면 어떻게 그의 얼굴을 쳐다볼 수 있을까?

우리는 다시 깨어나야 하고, 그 깨어남의 상태를 지속하는 법을 배워야 한다. 기계적인 방법으로 깨어나는 것이 아니라 새벽을 무한히 기대함으로써 깨어나야 한다. 새벽은 우리가 아주 곤하게 잠들어 있는 순간에도 우리를 버리지 않는다. 인간이 의식적인 노력으로 자기 삶을 앙양시키는 확실한 능력을 가졌다는 사실처럼 격려가 되는 것은 없다. 어떤 멋진 그림을 그리고, 조각상을 제작하고, 그리하여 어떤 대상을 아름답게 만들 수 있다는 것은 좋은 일이다. 그러나 정신적으로 앞을 내다보게 하는 분위기와 매체를 조각하고 그리는 일은 훨씬 더 영광스럽다. 다시 말해, 하루의 품질에 영향을 미치는 것, 이것이 가장 높은 예술이다. 모든 사람의 생활은, 심지어 그 세부사항들에 있어서도 가장 고상하고 중요한 시간에 명상할 가치가 있게 만들어야 할 의무가 있다. 우리가 각성에 대해 얻을 수 있는 사소한 정보를 거부하거나 혹은 다 소진해버렸다면, 그때는 이 깨어나는 일을 어떻게 해야 할지 신탁이 우리에게 뚜렷하게 가르쳐줄 것이다.

나는 의도적인 삶을 살고 싶었으므로 숲속으로 들어갔다. 삶의 본질적인 사실을 직면하고, 삶이 내게 가르쳐주는 것을 배울 수 있을지를 살폈다. 죽을 때가 되어서야 내가 온전한 삶을 살지 못했음을 자각하고 싶진 않았기 때문이다. 삶은 너무나 소중한 것이기에 나는 삶이 아닌 것은 살고 싶지 않았다. 나는 불가피하지 않는 한, 이런 목표를 단념하고 싶지 않았다. 나는 깊이 있게 살면서 인생의 골수를 모두 빨아먹고 싶었고, 삶이 아닌 것은 모두 쫓아내버릴 정도로 강건하게 스파르타인처럼 살고 싶었다. 삶을 넓게 바싹 베어내면서 구석으로 몰아붙여 삶의 가장 밑바닥 조건이 무엇인지 알고 싶었다. 만약 그 조건이 아주 야비한 것이라면 그 완전하고 진정한 야비함을 모두 알아내 온 세상에 알려주고 싶었다. 만약 삶이 숭고한 것이라면 그 것을 몸소 체험한 다음에 나의 다음 번 여행[50] 때 그 고상함에 대한 진정한 이야기를 써볼 수 있을 것이다. 내가 보기에, 대부분 사람은 삶이 악마의 것인지 혹은 하느님의 것인지에 대해 기이할 정도로 불확실하다. 그러면서 다소 성급하게 이 지상에 사는 인간의 주된 목적은 "하느님을 영화롭게 하고, 그분을 영원히 즐거워하는 것"이라고 결론 내린다.[51]

그러나 우리는 개미처럼 저급하게 살고 있다. 우화는 오래전에 우리가 개미에서 인간으로 변신했다고 말하긴 하지만 말이다.[52] 우리는 피그미들

---

50 원어는 next excursion. 문의만을 살피면 다음 번 여행보다는 내세(來世)가 더 적절해 보인다. 소로는 힌두교에 관해 잘 알았으므로 윤회도 알았을 것이다.

51 교리문답에 가장 먼저 나오는 내용 중 하나. 제1장의 주6을 참조하라. 『웨스트민스터 소요리문답』(Westminster Shorter Catechism) 제1문은 "사람의 제일 되는 목적이 무엇입니까?"이고, 그에 대해 다음과 같이 답한다. "사람의 제일 되는 목적은 하나님을 영화롭게 하는 것과 영원토록 그를 즐거워하는 것입니다."

52 그리스 신화의 내용이다. 제우스와 아이기나의 아들 아이아코스는 어머니 이름을 딴 섬의 통치자가 되었다. 그는 자신이 다스릴 주민의 숫자를 증가시키려고 제우스에게 섬의 모든 개미를 인간으로 변신하게 해달라고 요구했다.

클린토니아 습지의 양치류, 콩코드, 1903년 1월 17일.

나는 의도적인 삶을 살고 싶었으므로 숲속으로 들어갔다. 삶의 본질적인 사실을 직면하고, 삶이 내게 가르쳐주는 것을 배울 수 있을지를 살폈다. 죽을 때가 되어서야 내가 온전한 삶을 살지 못했음을 자각하고 싶진 않았기 때문이다.

[난쟁이 부족]처럼 학들과 싸운다.[53] 우리의 삶은 실수에 실수를 중첩한 것이고 누더기 위에 또다시 누더기를 덧댄 것이며, 우리의 최고 미덕은 불필요하고 회피 가능한 비참함을 달랠 때나 동원될 뿐이다. 우리 삶은 사소한 일에 매달려 번뇌하다가 소모되고 만다. 정직한 사람은 사소한 일의 가짓수를 열 손가락으로 충분히 헤아릴 수 있으며, 아주 극단적이더라도 발가락까지 동원하면 충분히 셀 수 있다. 나머지는 하나로 뭉뚱그려 없는 셈 쳐도 된다.

단순, 단순, 단순!

당신 일을 백 가지, 천 가지로 늘리지 말고 두세 가지로 단순화하라. 백만 가지 세부사항을 여섯 가지로 대폭 축소해 그 일의 진행을 손바닥 속에서 벌어지는 것처럼 환하게 파악하라. 문명 생활의 험한 바다에서는 먹구름, 폭풍, 유사(流砂), 기타 온갖 것을 고려해야 한다. 이런 생활에서 배가 난파하여 바다 밑바닥으로 가라앉지 않고 무사히 항구로 돌아오려면 신중하게 측정해야 한다. 그러니 항구로 돌아오는 데 성공한 사람은 훌륭한 계산가임에 틀림없다. 단순화하라, 단순화하라. 먹는 것이 꼭 필요하다면 하루세 끼가 아니라 한 끼만 먹도록 하라. 백 가지 반찬이 아니라 다섯 가지 반찬으로 충분하고, 다른 것도 이런 비례로 줄이도록 하라.

우리 삶은 여러 작은 공국들로 이루어진 독일 연방과 비슷하다. 각 공국의 국경은 하도 자주 바뀌어 심지어 독일인마저도 어느 특정한 순간에 어느 공국의 경계가 어디까지인지 명확하게 알지 못한다. 소위 내부적 개선사항(말이 좋아 내부적이지 실은 외부적이면서 피상적인 것에 불과하다)을 많이 가진 국가 자체도 다루기 매우 까다롭고 방만한 조직이다. 이 땅의 백만 가정이 그러하듯 국가 또한 온갖 가구로 혼잡하며, 자신의 덫에 걸려 넘어지며, 사치와 부주의한 지출, 계산 부족과 가치 있는 목적의 부재 등으로 파산 상태에 있다. 이에 대한 치유책은 엄정한 경제, 근엄하고 스파르타적인 단순한 삶,

---

53 호메로스 『일리아스』 제3권에서 트로이인은 학 떼, 그리스인은 난쟁이 부족에 비유된다.

높은 목적의식 등이다. 세상은 너무 빠른 삶을 지향하고 있다. 국가는 상업을 하고, 얼음을 수출하고, 전신으로 의사소통하고, 한 시간에 30마일은 달려가야 한다고 사람들은 확신한다. 하지만 우리가 원숭이처럼 살아야 하는지 아니면 인간처럼 살아야 하는지에 대해서는 그리 확신하지 못한다. 우리가 철도 침목을 내다놓고 철도를 만들면서 밤낮없이 일하지 않고, 대신에 삶을 개선한다면서 그 삶을 만지작거리고만 있다면 누가 철도를 건설하겠는가? 만약 철도가 건설되지 않는다면 우리는 어떻게 때맞추어 하늘에 오를 수 있겠는가? 집에만 머무르면서 자기 일만 신경 쓴다면 누가 철도를 원할 것인가? 우리가 철도를 타고 달려가는 것이 아니라 철도가 우리를 타고 달려간다.

당신은 철로 밑에 놓인 침목이 무엇인지 생각해보았는가? 그 하나하나가 사람에 해당하며, 어떤 것은 아일랜드인, 어떤 것은 뉴잉글랜드인이다. 철로는 그들 위에 놓여 있고 그들은 모래로 뒤덮였으며 열차는 그들 위로 부드럽게 달려간다. 단언하거니와 그들은 튼튼한 침목[54]이다. 그리고 몇 년 단위로 새 침목이 놓이고 그 위로 열차가 달려간다. 그래서 어떤 사람은 철로를 달리는 즐거움을 만끽하는 반면, 어떤 사람은 그 달려가는 열차를 떠받치는 침목이 된다. 잠자면서 걷는 사람, 엉뚱한 곳에서 불필요하게 잠들어 있는 사람[잘못 놓인 침목] 위를 열차가 달려가다가 그를 깨우면, 그들은 갑자기 열차를 멈춰 세우고 그 일이 마치 예외적이라는 듯이 큰소리를 지른다. 침목을 침상에 그대로 평평하게 유지하려면 매 5마일 단위로 작업조를 투입해야 한다는 이야기를 듣고 나는 기뻤다. 그것은 침목이 때때로 일어설 수도 있다는 뜻이기 때문이다.

왜 우리는 이처럼 서두르면서 삶을 낭비하는가? 우리는 배가 고프기도

---

54 튼튼한 침목(sound sleeper)은 동시에 "곤히 자는 사람"이라는 뜻으로도 쓰인다. 구체적으로 조용한 절망에 빠진 사람을 가리키는데, 『월든』은 그 잠든 사람을 깨우려는 목적으로 쓴 것이었다.

전에 굶어죽기로 결심한 사람 같다. 제때의 한 바늘은 내일의 아홉 땀을 아껴준다고 하지만, 사람들은 내일의 아홉 땀을 아끼기 위해 오늘 천 땀의 바늘을 찔러대고 있다. 일에 대해 말하자면 우리에게는 일정한 순서가 없다. 우리는 무도병(舞蹈病)에 걸린 환자처럼 머리를 제대로 가누지 못한다. 화재 사고를 알리기 위해 교구 종탑 줄을 몇 번 가볍게 잡아당긴다면, 콩코드 교외 농장에는 남아 있는 남자가 없을 것이다. 오늘 아침 그 남자가 바쁜 일로 시간을 낼 수 없다고 여러 번 말했음에도 말이다. 또한, 아이들과 여자들도 마찬가지여서 그들은 하던 일을 다 멈추고 그 종소리를 따라 황급히 달려올 것이다. 재산을 화재로부터 보호하기 위해서가 아니라, 사실대로 말하자면, 불구경을 하려고 말이다. 그들이 불을 내지 않았으므로 활활 타오르는 것을 보고 싶어 한다. 아니면 그들은 불 끄는 구경을 하기 위해 그처럼 황급히 달려왔을 수도 있다. 별로 힘든 일이 아니라면 불끄기 작업에 몸소 끼어들기도 할 것이다. 그렇다. 그 불난 곳이 교구 교회였어도 여전히 불구경은 불구경인 것이다.

사람들은 점심 식사 후에 한 30분 낮잠을 자고서 깨자마자 머리를 쳐들면서 묻는다. "뉴스가 뭐지?" 마치 온 세상이 그가 잠자는 동안 보초를 서고 있었다는 듯이. 어떤 사람은 30분마다 깨워달라고 부탁하는데, 뉴스 이외에 다른 목적이 있을 리 없다. 이어 그런 부분에 보답하기라도 하듯 그들이 꿈꾼 것을 말한다. 잠자고 일어난 후 뉴스는 아침 식사 못지않게 필수불가결하다. "지구상에 사는 사람들에게 벌어진 새로운 일을 말해주십시오." 그리고 그는 커피와 롤빵을 먹으면서 그날 오전 와치토 강변에서 어떤 남자가 싸우다가 두 눈알을 뽑혔다는 사고 뉴스를 꼼꼼히 읽는다. 정작 자기 자신은 세상이라는 깊이가 측정되지 않은 어두운 동굴 속에 살면서 오로지 한쪽 눈알로 사물을 쳐다보며 살아간다는 생각은 꿈에도 하지 않는다.

내 얘기를 하자면, 나는 우체국의 도움 없어도 잘 살아갈 수 있다. 이 기관을 통해 이루어지는 아주 중요한 의사소통은 극소수라고 생각한다. 좀 더 비판적으로 말하자면, 나는 우푯값이 아깝지 않은 편지는 평생 한두 통

받아보았을 뿐이다(나는 이 글을 몇 년 전에 썼다). 일반적으로 말해, 페니 우편제도는 어떤 멍한 생각을 하는 사람에게 그 생각을 말해주면 1페니를 주겠다고 농담 삼아 하던 말에서 유래된 것으로, 이제는 남의 생각을 전달해주면서 정식으로 1페니[우표]를 받는 제도로 발전한 것이다.

그리고 나는 신문에서 기억할 만한 뉴스를 읽은 적이 없다고 확신한다. 만약 우리가 한 신문에서 강도당한 사람, 타살당한 사람, 사고로 목숨을 잃은 사람, 불탄 집, 난파한 배, 폭파해버린 증기선, 웨스턴 철도에서 기차에 치인 암소, 죽임당한 미친개, 겨울 메뚜기 떼 등을 이미 읽었다면 다른 신문은 읽을 필요가 없다. 한 번이면 충분하다. 이미 원칙을 알고 있다면 그 원칙이 적용된 무수한 사례를 알아야 할 필요가 있겠는가? 철학자가 볼 때 모든 뉴스는 잡담이며, 그 뉴스를 편집하고 읽는 사람은 차 마시며 수다 떠는 노파들이다. 그러나 이런 잡담을 탐욕스럽게 찾아다니는 사람이 적지 않다.

전날 어떤 신문사 사무실에 사람들이 몰려들었다는 얘기를 들었다. 가장 최신 외신을 듣기 위해서라고 하는데, 사람들의 압력 때문에 대형 통유리 몇 장이 깨졌다는 것이다. 조금만 재치를 발휘한다면 열두 달 전에 혹은 열두 해 전에 그런 뉴스를 아주 정확하게 작성할 수 있었으리라 생각한다. 예를 들어, 스페인 얘기라면 시기에 따라 적당한 비율로 돈 카를로스, 인파타 공주, 돈 페드로, 세비야, 그라나다 등의 인명과 지명을 집어넣을 줄 알고(신문사는 지난번에 내가 마지막으로 신문을 본 이래 이름을 약간 바꾸었을 수도 있다) 다른 오락거리가 없을 때 투우 기사로 대체할 줄 안다면, 그는 원칙을 충실히 지키는 것이며 동시에 이 문제와 관련해 가장 분명하고 명석한 스페인 보고서를 신문에 올릴 수 있을 것이다.

잉글랜드에 대해 말하자면, 그 나라의 뉴스 중 마지막으로 유의미했던 것으로는 1649년 혁명이 있을 뿐이다. 영국 작물 현황에 관한 역사를 이미 알고 있다면, 당신이 금전적 목적의 투기를 하지 않는 이상 그 소식을 또다시 알아야 할 필요는 없다. 신문을 거의 들여다보지 않는 사람도 이런 판단을 할 정도이니 해외 지역에서는 새것이 일어나지 않는 것이다. 프랑스 혁

명도 예외는 아니다.[55]

그렇다면 어떤 뉴스를 말할까! 결코 낡지 않는 뉴스를 아는 것이 훨씬 더 중요하다. "거백옥[위나라 대부]이 공자의 소식을 알기 위해 사람을 보냈다. 공자는 사자를 옆에 앉히고 이런 말로 물었다. '자네의 주인은 무엇을 하고 계시나?' 사자가 공손하게 답했다. '저의 주인은 자신의 잘못을 줄이려고 하시지만, 아직 이르지 못했습니다.' 사자가 가고 나서 공자는 말했다. '얼마나 좋은 사자인가! 얼마나 좋은 사자인가!'"[56]

목사는 한 주의 마지막 날인 휴일에 졸리는 농부의 귀에 옷자락을 질질 끄는 듯한 지루한 설교를 퍼부을 게 아니라, 우렁찬 목소리로 이런 말을 해주어야 한다. "중지! 멈춰라! 왜 그토록 빨리 가려고 하는가? 아주 천천히 가도록 하라!" 일요일은 한 주를 신선하고 용감하게 시작하는 날이 아니라, 제대로 보내지 못한 한 주를 적절하게 마감하는 날이기 때문이다.

우리는 거짓과 망상을 가장 건전한 진실로 여기고 실재는 헛것이라고 생각한다. 만약 인간이 실재를 꾸준히 관찰하면서 망상에 빠지지 않는다면, 그 삶은 우리가 아는 그런 것들에 비해 동화나 아라비안나이트 같은 이야기가 될 것이다. 우리가 꼭 존재할 권리가 있는 것만 존중한다면 거리에서는 음악과 시가 울려 퍼질 것이다. 우리가 서두르지 않고 현명하게 행동한다면, 위대하고 가치 있는 것만이 영원하고 절대적인 존재임을 깨닫게 될 것이다. 사소한 공포와 즐거움은 실재의 그림자에 지나지 않음을 알 것이다. 이것은 언제나 즐겁고 숭고하다. 그러나 인간은 두 눈을 감고 잠이 들고 겉모습에 속아 넘어감으로써, 어디에서나 판에 박힌 일상적 삶을 견고히 한

---

55 1649년 영국 혁명은 크롬웰 휘하 공화파가 찰스 1세를 단두대에서 처형하고 군주제를 폐지한 혁명이다. 프랑스 혁명은 이 1649년 혁명의 반복이니 뉴스가 될 수 없다는 뜻으로 말했다.

56 『논어』 헌문(憲問) 편 제26. 蘧伯玉, 使人於孔子, 孔子與之坐而問焉. 曰 夫子何爲, 對曰, 夫子欲寡其過, 而未能也. 使者出, 子曰, 使乎, 使乎.

동쪽에서 바라본 읍내의 큰길(예전에 "밀-댐"), 콩코드, 1920년 3월 31일.

우리 뉴잉글랜드 주민들도 이런 비천한 삶을 살아가는데, 그 이유는 우리 투시력이 사물의 표피를 꿰뚫어 보지 못하기 때문이다. 만약 우리가 이 도시를 걸어 내려가면서 오로지 객관적인 리얼리티만 본다면 "밀-댐"은 어디에서도 볼 수가 없다.

다. 그런 삶은 순전히 망상적인 바탕 위에 세워진 것이다. 놀이하는 아이들이 어른보다도 분명하게 인생의 진정한 법칙과 그 관계를 구분해서 볼 줄 안다. 반면, 어른들은 가치 있는 삶을 살지 못할 뿐만 아니라, 경험 즉 실패로 자신이 더 현명해졌다고 생각한다.

힌두교 경전에서 이런 얘기를 읽었다. "어떤 왕의 아들이 있었는데 어린 시절에 고향 마을에서 추방되어 나무꾼이 그를 키웠으며, 그런 상태로 성인이 되었고 그리하여 자신이 야만족 종족이라고 생각했다. 아버지의 신하 중 한 사람이 그 아들을 발견하고서 그의 진짜 신분을 알려주자, 정체성에 대한 오해가 풀렸고 그리하여 자신이 왕자라는 것을 알았다." 힌두 철학자는 계속 말한다. "영혼도 마찬가지다. 그것이 처한 상황 때문에 거룩한 스승이 정체를 알려주기 전까지는 진실을 알지 못한다. 그러다가 마침내 영혼은 자신이 브라마라는 것을 알게 된다."[57]

뉴잉글랜드 주민들도 이런 비천한 삶을 살아가는데, 우리 투시력이 사물의 표피를 꿰뚫어보지 못하기 때문이다. 만약 우리가 이 도시를 걸어 내려가면서 오로지 객관적 리얼리티[58]만 본다면 '밀-댐'은 어디에서도 볼 수가 없다. 만약 그 거리를 활보한 사람이 자신이 본 것만 우리에게 얘기해준다면, 우리는 그 묘사에서 밀-댐은 보지 못할 것이다.[59] 회관, 법원, 감옥, 가게 그리고 주택 등도 마찬가지다. 당신이 진정한 눈으로 그것의 본 모습을

---

57 브라마는 힌두교의 최고신이다. 인간의 영혼은 이 신의 일부인데 불에 접하여 불꽃처럼 생겨난 것이라고 힌두교는 가르친다. 구체적으로 어떤 힌두교 경전인지는 알려지지 않았다.

58 실재의 원어는 reality이다. 리얼리티는 우리들이 주변에서 만나게 되는 객관적 현실을 가리키는 말인데, 세분해 들어가면 객관적 리얼리티(objective reality)와 상상적 리얼리티(imagined reality)로 나뉜다. 여기에 더해 제3의 리얼리티인 궁극적 리얼리티(ultimate reality), 즉 신성이 있다. 소로가 말한 리얼리티는 디비니티(divinity), 즉 신성에 가깝다. 이에 관해서는 3장에서 설명한다.

59 원어는 mill-dam. 과거 콩코드 중심부에는 인디언들이 낚시질하던 물을 가두어둔 댐이 있었다. 이 댐의 물로 물방앗간을 돌렸다. 콩코드시는 이 댐을 중심으로 발전했으나, 현재는 이 댐이 없다. 여기서 리얼리티는 눈에 보이는 것이 다가 아니라는 뜻으로 쓰인다.

꿰뚫어본다면, 당신 이야기 속에서 그것은 모두 허상으로 묘사될 것이다.

사람들은 멀리 떨어진 곳에 있는 진리, 가령 제도 밖에 있고, 가장 먼 별 뒤에 있고, 아담 이전 혹은 마지막 인간 이후에 있는 진리를 존중한다. 이처럼 영원 속에는 진실하고 숭고한 어떤 것이 깃들어 있다. 그러나 사실 이 모든 시간과 장소와 사건은 지금 여기에 있다. 하느님 자신도 현재 이 순간에 절정에 도달해 있으며, 모든 흘러간 시대에서는 지금보다 더 신성할 수 없다. 우리가 자신을 둘러싼 리얼리티를 계속 받아들여 마침내 흠뻑 젖게 되면 숭고하고 고상한 것에 대한 이해에 이를 수 있다. 우주는 우리의 인식에 지속적이면서도 순종적으로 답변한다. 빨리 여행하든 혹은 천천히 여행하든 거기에 따라 우리에게 길을 깔아준다. 그러니 사물을 잘 인식할 수 있기를 바라면서 한평생을 보내야 한다. 지금까지 시인 혹은 예술가가 제시한 아름답고 고상한 설계 중에 후세에 어떤 사람이 성취하지 못하는 것은 없었다.

자연처럼 신중하게 하루를 보내기로 하면서, 철로 위에 떨어지는 견과 껍질이나 모기 날개 같은 것 때문에 탈선하지 않도록 하자. 아침에 일찍 일어나, 식사하든 건너뛰든 간에, 마음이 요동하도록 두지 말고 친구들이 오든 가든 신경 쓰지 마라. 종소리가 울리고 아이들이 울어대도 오늘 하루를 의미 있는 날로 만들겠다고 단단히 결심하라. 왜 우리가 사태의 흐름에 굴복하면서 그 흐름을 따라가야 하는가? 한낮, 얕은 개울물에 자리 잡은, 점심(點心)이라는 물살 빠른 급류와 소용돌이에 당황하거나 압도되지 말자. 이 위험을 이겨내면 당신은 안전하다. 그 나머지는 내리막길이기 때문이다. 긴장을 늦추지 말고 아침 활력을 유지한 채, 율리시스처럼 돛대에 몸을 묶고 다른 곳을 쳐다보면서 그 흐름을 따라 곧장 내려가라.[60] 만약 엔진이 휘파람을 불어대면 그 노력으로 목이 쉴 때까지 휘파람을 불도록 내버려두라.

---

60 율리시스는 오디세우스의 로마식 표기. 오디세우스는 마녀 세이렌이 유혹하는 노래를 이겨내려고 항해 중 돛대에 자신의 몸을 묶었다.

종이 울린다고 해서 왜 우리가 달려야 하는가? 우리는 그 종소리가 어떤 음악인지 먼저 알아볼 것이다.

먼저 자신을 정착시키고 자세를 잡은 뒤 우리 두 발을 쐐기 삼아 의견, 편견, 전통, 망상, 외양 등 이 지구를 덮고 있는 충적층을 뚫고 들어가자. 파리와 런던을 관통하고 뉴욕과 보스턴과 콩코드를 경유하고 교회와 국가를 관통하고 시와 철학과 종교를 관통하여 마침내 바닥의 단단한 암반층에 도달하자. 우리는 그것을 리얼리티(실재)라고 부른다. 그리고 이렇게 말하라. "이것이 틀림없는 그것이야."

이제 담수의 흐름과 서리와 불 밑에 당신은 어떤 '단단한 바닥'을 갖게 되었다. 이제 그것을 받침대로 삼아 당신은 벽을 세우거나 국가를 세울 수 있고, 아니면 안전하게 램프 기둥을 세우거나, 나아가 측정기(그것은 나일로미터[61]가 아니라 실재의 측정기가 되어야 한다)를 세울 수 있다. 이것으로 미래 시대들은 지나간 세월에 축적되어 온 가짜와 외양의 흐름이 얼마나 깊은지 측정할 수 있을 것이다.

사물 앞쪽에 서서 그것을 빤히 쳐다본다면 당신은 태양이 마치 칼이 되어 사물의 표면 양쪽에 반짝이는 것을 볼 수 있다. 당신은 그 달콤한 칼날이 심장과 골수를 갈라놓는 것을 느끼고, 그러면서 당신은 행복하게 당신의 유한한 삶을 마감한다. 그것이 삶이 되었든 혹은 죽음이 되었든 우리는 리얼리티를 동경할 뿐이다. 우리가 정말로 죽어가는 것이라면 우리 목구멍에 가르랑거리는 소리를 듣고, 또 우리 수족이 차가워지는 것을 느끼도록 하자. 만약 우리가 살아 있다면 자기 일을 계속 해나가자.

시간은 내가 낚시질 가는 시냇물일 뿐이다. 나는 그 물을 마신다. 물을 마시는 동안 그 모래 많은 바닥을 내려다보며 그것이 아주 얕다는 것을 발견한다. 그 위를 흐르는 얕은 시냇물은 계속 흘러가지만, 영원은 남는다. 나

---

61 나일강의 수위를 측정했던 장치.

칼라일 다리에서 언덕 쪽으로 바라본 강의 직선 수역, 1905년 6월 11일.

시간은 내가 낚시질 가는 시냇물일 뿐이다. 나는 그 물을 마신다. 물을 마시는 동안 그 모래 많은 바닥을 내려다보며 그것이 아주 얕다는 것을 발견한다. 그 위를 흐르는 얕은 시냇물은 계속 흘러가지만 영원은 남는다. 나는 더 깊이 물을 마시고 싶다. 바닥에 별들이 자갈처럼 깔린 그런 하늘에서 낚시하고 싶다. 나는 숫자를 하나도 헤아리지 못한다. 알파벳 첫 글자를 알지 못한다. 나는 태어난 그날처럼 현명하지 못한 것을 아쉬워한다.

는 더 깊이 물을 마시고 싶다. 바닥에 별들이 자갈처럼 깔린 그런 하늘에서 낚시하고 싶다. 나는 숫자를 하나도 헤아리지 못한다. 알파벳 첫 글자를 알지 못한다. 나는 태어난 그날처럼 현명하지 못한 것을 아쉬워한다.[62]

지성은 베어내는 자이다. 그것은 사물을 베어내고 분간하면서 사물의 비밀 속으로 들어간다. 나는 필요한 것 이상으로 내 두 손을 바쁘게 놀리고 싶지 않다. 내 머리는 손이요 발이다. 나의 모든 신체 기능이 머리로 집중됨을 느낀다. 본능은 내 머리가 땅을 파고 들어가는 기관이라고 말해준다. 어떤 동물이 주둥이와 앞발로 땅을 파고 들어간다면 사람은 머리로 파고 들어간다. 나는 이 산과 들을 파 들어가 길을 낼 것이다. 나는 가장 풍부한 수맥(水脈)이 근처 어딘가에 있다고 생각한다. 탐침 막대와 가늘게 피어오르는 수증기를 보고 그렇게 판단한다. 여기서 나는 파고 들어가기 시작할 것이다.

---

62 태어난 그날처럼 현명하다는 의미에 관해서는, 천국으로 들어가고 싶으면 어린아이와 같아야 한다는 마태복음 18장 3절을 참조하라.

3

독서

자신이 추구하는 직업을 좀 더 신중하게 선택한다면 모든 사람은 본질적으로 연구자이면서 관찰자가 될 수 있다. 분명 그들 모두는 자기 성품과 운명을 흥미롭게 여기기 때문이다. 자신과 후손을 위해 재산을 축적하고, 가정이나 국가를 창건하고, 심지어 명성을 얻는 과정에서도 우리는 필멸의 존재일 뿐이다. 그러나 진실을 다루는 데 있어 우리는 불멸의 존재이므로 변화나 사고를 두려워할 필요가 없다.

아주 오래전 이집트 혹은 인도 철학자는 신성의 조각상에서 베일 한 자락을 살짝 걷어 올렸다.[63] 아직도 그 베일은 걷어 올린 채로 남아 있고, 나는 저 옛 철학자가 그랬던 것처럼 신성의 영광을 새로운 시선으로 바라보고 있다. 그처럼 대담한 철학자의 내면에 내가 깃들어 있었고, 이제 나의 내면에 들어온 철학자가 새롭게 그 비전을 바라보기 때문이다. 그 베일에는 먼지가 쌓이지 않았다. 신성이 그렇게 드러난 이래 시간도 흐르지 않았다.

---

63 깨달음의 순간을 가리키며, 이에 관해선 제17장과 제18장에서 구체적으로 설명한다.

우리가 실제로 개선하는 시간 혹은 개선할 수 있는 시간은 과거도 현재도 미래도 아니다.

나의 거주지는 사색뿐만 아니라 진지한 독서를 위해서도 대학교보다 훨씬 좋은 환경이다. 나는 통상적인 순회도서관 서비스를 받지 못하는 곳에 있지만, 여기 숲속에 있으면서 온 세상에 유통되는 책들의 영향을 더욱 많이 받게 되었다. 그 책들의 문장은 처음에는 나무껍질 위에 써졌는데 지금은 때때로 아마로 만든 리넨 종이 위에 복사된다. 시인 미르 카마르 우딘 마스트[64]는 이렇게 말한다. "가만히 앉아 있으면서 정신세계의 모든 지역을 구석구석 돌아다니는 것, 나는 책 속에서 이런 이점을 맛본다. 단 한 잔의 와인을 마시고 취하는 것. 나는 비교적(秘教的) 교리라는 술을 마심으로써 그런 즐거움을 맛본다."

나는 호메로스의 『일리아스』를 여름 내내 테이블 위에 놓아두고 가끔 들춰볼 뿐이었다. 두 손으로 끊임없이 일해야 했기 때문이다. 집 단장을 끝내야 했고 동시에 콩밭을 돌봐야 했다. 이런 이유로 공부를 깊이 하는 것은 불가능했다. 그러나 앞으로 그런 독서를 하게 되리라는 전망으로 나 자신을 달랬다. 나는 일하는 짬짬이 한두 권의 가벼운 여행 책자를 읽었다. 하지만 그런 책을 읽다니 나 자신이 부끄러워졌고 나라는 사람이 도대체 어디에서 사는지 자문했다.

학생은 호메로스나 아이스킬로스를 그리스어 원전으로 읽어도 방탕해지거나 사치에 빠질 위험이 없다. 학생은 어느 정도 그런 책들의 주인공들과 경쟁 심리를 느끼고, 성스러운 마음과 함께 아침 시간을 그 책에 바치기 때문이다. 영웅적인 책들은 모국어로 출판되더라도 타락한 시대에는 마치 죽은 언어처럼 이해하기 어려울 것이다. 그래서 우리는 각 단어와 행간의 의미를 찾아내려고 무던히 애써야 하고, 그 책에서 파악되는 지혜, 용기, 관

---

64   마스트는 18세기 인도의 시인이다.

대함의 상식적 범위를 훨씬 뛰어넘으려고 노력해야 한다. 현대의 저렴한 인쇄술로 많은 번역서가 나왔지만, 우리를 고대의 영웅적인 작가들에게 가까이 다가가게 해주는 일은 거의 하지 못했다. 그 작가들은 여전히 외로워 보이고 그들의 작품이 인쇄된 글자는 여전히 희귀하고 기이하다.

당신이 고대 언어의 몇 마디라도 배울 수 있다면 젊은 날의 귀중한 시간을 투자할 만한 가치가 있다. 그 몇 마디는 세속적인 사소함을 훌쩍 뛰어넘어 영원한 암시 혹은 자극이 될 수 있기 때문이다. 농부가 자신이 얻어들은 라틴어 몇 마디를 기억했다가 되풀이하여 써먹는 것은 결코 헛된 일이 아니다. 사람들은 때때로 고전 연구가 마침내 현대의 실용적 연구에 밀려날 것처럼 말한다. 아무튼, 모험심 강한 학생은 고전이 어떤 언어로 출판되었든 혹은 아무리 오래된 것이든 언제나 고전을 연구할 것이다. 고전이란 사람들의 생각을 아주 고상하게 기록해놓은 것이 아니면 무엇이겠는가? 고전은 유일하게 부패하지 않는 신탁이며, 고전에는 델포이[아폴론 신전]나 도도나[제우스 신전] 신탁은 결코 주지 못하는, 가장 현대적인 질문에 대한 답변이 들어 있다. 고전 연구를 그만두는 것은 자연이 오래된 것이라 하여 자연 연구를 그만두는 것과 같다.

책을 잘 읽는 것, 참된 정신을 발휘하여 참된 책을 읽는 것은 고상한 행위다. 그것은 당대의 관습이 존중하는 그 어떤 행위보다 독자를 힘들게 만든다. 독서를 잘하려면 운동선수가 거쳐 가는 것과 같은 훈련을 해야 한다. 평생에 걸쳐 꾸준한 의도를 가지고 그 훈련에 임해야 한다. 책들은 그 저자가 힘들여 신중하게 쓴 것처럼 똑같이 힘들여 신중하게 읽어야 한다. 원서의 원어를 말하는 것만으로는 충분하지 않다. 구어와 문어, 그러니까 귀로 들은 말과 눈으로 읽은 말 사이에는 중요한 차이가 있기 때문이다. 구어는 보통 일시적이고, 소리이자 말이고, 방언이어서 우리가 어릴 적에 동물 상태에서 어머니에게 무의식적으로 배운 것일 뿐이다. 그러나 문어는 무의식적인 구어가 성숙해지고 또 체험을 거친 언어다. 구어가 우리의 어머니 언어라면 문어는 아버지 언어다. 문어는 아주 특별하게 보존되고 선별된 표현이며, 의미심장하여 귀로 듣고 그만둘 수 없다. 그것을 말하려면 다시 태어나야 한다.

중세 시대에 그리스어나 라틴어를 말한 사람은 그냥 구어를 말하는 사람들이었을 뿐, 그 언어들로 쓰인 천재의 작품을 저절로 읽어낼 만한 사람들은 아니었다. 그 작품들은 그들이 아는 그리스어나 라틴어가 아니라, 수준 높은 문학의 언어로 집필되었기 때문이다. 좀 더 고상한 그리스와 로마 언어는 그들이 배우지 못했다. 그런 고상한 언어가 적힌 종이는 그들에게 휴지나 다름 없었으며, 오히려 값싼 당대의 문학을 더 높이 평가했다. 유럽의 여러 국가가 초보적이지만 독립적으로 자국 문어를 획득하여 그들의 신흥 문학에 유익한 도구로 사용하게 되자, 최초의 학문적 부흥이 일어났다. 근대 학자들은 시간적으로 고대와 멀리 떨어져 있었으므로 오히려 고대의 보물을 알아볼 수 있었다. 대다수 로마인이나 그리스인이 귀로 들을 수 없었던 문학을, 그토록 오랜 세월이 흐른 후, 소수의 고전 연구 학자들이 읽을 수 있었다. 지금도 소수의 학자들만이 고전 문학을 읽고 있다.

때때로 터져 나오는 연설가들의 웅변도 존경스럽다. 그러나 가장 고상한 문장은 덧없이 사라지는 입말의 아득한 뒤쪽 혹은 위쪽에 자리 잡고 있다. 이것은 창공의 별들이 구름 뒤에 있는 것과 비슷하다. 창공에는 별들이 있고, 그럴 능력이 있는 사람은 별들을 읽는다. 천문학자들은 별들을 관찰하면서 꾸준히 논평한다. 별들은 우리가 날마다 나누는 대화나 축축한 호흡처럼 겉으로 숨을 내쉰 것이 아니다. 광장에서 사자후를 토하는 웅변은 대체로 정교한 수사학에 불과하다. 웅변가는 일시적 사건에 흥분해 자기 앞 군중들, 그의 말을 듣는 사람들을 향해 연설한다. 그러나 좀 더 평온한 삶을 누리는 작가는 웅변가를 흥분하게 하는 사건이나 군중을 만나면 오히려 정신이 산만해진다. 그는 인류의 지성과 감성을 향하여 그리고 그를 이해하는 모든 시대의 사람을 향하여 말을 거는 것이다.

알렉산드로스 대왕이 동방 원정을 떠났을 때 귀중한 궤짝에 호메로스의 『일리아스』를 넣어 간 것은 놀라운 일이 아니다. 문학작품은 가장 정선된 유물이다. 어떤 예술 작품보다 우리에게 친밀하고 또 널리 알려졌다. 그것은 생활 자체에 가장 가까이 있는 예술 작품이다. 그것은 모든 언어로 번역되고, 누구나 읽을 수 있을 뿐 아니라 실제로 인간의 입술 위에서 숨결로 퍼져 나온다. 화폭이나 대리석에 새겨진 것이 아니라 삶의 숨결 자체에 새겨진 것이다. 고대인의 사상을 적어놓은 상징은 그렇게 현대인의 인용구가 된다. 2천 번의 여름이 그리스 문학이라는 대리석에 더욱 원숙한 황금빛과 가을 색조를 안겨주었다. 그리스 문학은 고대 그리스인들의 평온한 천상의 분위기를 모든 땅에 전파하여, 자신을 시간의 풍상으로부터 보호했다.

책들은 세상의 보배이고 여러 세대에 걸쳐 많은 국가가 물려받은 상속 재산이다. 가장 오래되고 좋은 책들은 자연스럽게 모든 오두막의 서가에 당당히 꽂혀 있다. 책들은 특별하게 호소하는 뜻은 없지만, 독자를 계몽하고 지탱하며, 양식 있는 독자는 그 책들을 거부하지 않는다. 저자들은 어떤 사회에서도 자연스럽고 당당한 귀족이고, 왕이나 황제 이상으로 인류에게 영향을 미친다. 무식하고 남을 우습게 보는 상인이 진취적이고 근면한 생활 태도 덕분에 여가와 독립된 생활을 하고 또 부와 유행을 추구하는 집단에 들어갔다고 하자. 그러면 그는 불가피하게 지성과 천재성을 갖춘 더 높은 경지의 고상한 무리에게 시선을 돌린다. 상인은 자신의 문화가 불완전하고, 모든 부유함이 헛되며 불충분함을 깨닫는다. 그리하여 하나의 보상 심리가 발휘되어 자식들에게는 자신에게 그토록 결핍된 지적 문화를 마련해주려고 애쓴다. 이렇게 하여 상인은 자신의 양식을 증명하면서 가문을 세우는 자가 된다.

고대 고전들을 원어로 읽지 못하는 사람들은 인류 역사에 대해 불완전한 지식을 가질 수밖에 없다. 현대어로 잘 번역된 고전이 별로 없다는 건 주목할 만하다. 물론, 우리의 문명 자체가 고대 문명의 번역인데 또 다른 번역이 왜 필요한가 묻는다면 얘기가 달라지지만 말이다.

호메로스의 완벽한 영역본은 아직 출간되지 않았고, 아이스킬로스와 베르길리우스도 마찬가지다. 아주 세련된 문장에 견고한 구조를 갖추었고 아름답기가 아침 그 자체 같은 고전 작품은 아쉽게도 번역이 안 되어 있다. 후대 작가들이 아무리 천재성을 발휘하더라도 고대 작가들의 정교한 아름다움, 마무리, 평생에 걸친 엄청난 문학적 업적에 필적할 수 없다. 고전을 잘 모르는 사람들이나 고전 따위는 잊으라고 하는 것이다. 고전을 정독하고 평가할 만한 학문과 재능을 갖춘 사람, 이런 사람만이 잠시 고전을 잊고 지냈노라고 말할 자격이 있다.

문화가 풍요로운 시대가 되려면, 고전이라고 부르는 유물을 충분히 잘 축적해놓고 또 고전보다 더 오래되었으나 잘 알려지지 않은 여러 나라의 경전들을 잘 취합해놓아야 한다. 바티칸 궁전에 베다와 젠다베스타[65]와 성경이 서가에 가득하고, 호메로스와 단테와 셰익스피어 같은 작품이 가득 들어찬 시대, 앞으로의 모든 세기가 순차적으로 그들의 지적인 기념품을 세계 광장에 성공적으로 축적하는 시대가 되어야 한다. 이처럼 책들을 잘 쌓아놓는다면 우리는 마침내 하늘로 올라가는 사다리를 설치할 수 있을 것이다.

위대한 시인의 작품은 아직 인류가 읽지 못했다. 위대한 시인만이 그런 작품을 읽을 수 있기 때문이다. 현재 다수의 사람은 위대한 시인의 작품들을 마치 밤하늘 별을 쳐다보는 것처럼 막연히 읽고 있다. 그들은 별을 천문학적으로 관찰하는 것이 아니라 점성술적으로 바라볼 뿐이다. 대부분 사람은 생활에 사소한 편리함을 더하는 방법을 책에서 배운다. 가령, 회계를 잘하거나 상거래에서 속지 않으려고 계산법을 학습하는 일이다. 이런 상황이므로 고상한 지성이 필요한 독서에 대해 그들은 거의 혹은 전혀 알지 못한다. 따라서 지성을 동원해야 하는 차원 높은 독서만이 진정한 독서라 할 수 있다. 하나의 사치품처럼 우리를 달래거나 신체 기능을 잠들게 하거나 마취시키는 그런 독서가 되어서는 안 된다. 우리는 발끝으로 선 것처럼 긴장하면서 책을 읽어야 하고, 가장 또렷하게 깨어 있는 시간에 독서를 해야 한다.

---

65   베다는 힌두교, 젠다베스타는 조로아스터교의 경전이다.

우리는 글 읽는 법을 배웠으므로 문학 중에서도 가장 좋은 작품들만 골라 읽어야 한다. 초등학교 저학년 반 학생들처럼 맨 앞 벤치에 앉아 가-나-다만 반복해서 말하거나 한 음절로 된 단어들만 지루하게 되풀이해서는 안 된다. 대부분 사람은 글을 읽을 줄 알거나 남이 읽어주는 것을 들을 줄 알면 그것으로 충분하다고 생각한다. 또 성경이라는 좋은 책 한 권이 주는 지혜만 있으면 된다고 생각한다. 그들은 평생 소위 손쉬운 읽을거리에 탐닉하면서 정력을 허비하고 탕진한다. 우리의 순회도서관에는 "리틀 리딩"이라는 제목이 붙은 시리즈물 여러 권이 있다. 나는 가보지 못했지만 어떤 동네 이름을 가리키는 것이라고 생각했다. 어떤 사람은 고기와 야채를 잔뜩 먹었는데도 마치 가마우지나 타조가 된 것처럼 이러한 종류의 책자들을 하나도 남김없이 먹어치운다. 이런 음식물을 제공하는 기계[작가]가 있는가 하면 그것을 먹어치우는 기계[독자]도 있다.

그들은 제블룬과 소프로니아의 사랑 이야기를 9천 번째 읽으면서 두 남녀의 사랑이 그 어떤 사랑보다 각별하며 또 남녀의 진정한 사랑이란 결코 시런 없는 것이 아님을 알게 된다. 아무튼, 남녀의 사랑은 달리다가 쓰러지고, 그러다 결국에는 다시 일어나 계속 내달린다. 또 전에는 종탑까지 가본 적도 없는 어떤 불운한 사람이 아무 이유 없이 교회의 뾰족탑까지 기어올라가도록 한다. 그런 다음, 개념 없는 소설가는 세상 모든 사람이 함께 와서 들을 수 있도록 종을 울린다. 그런데 황당무계하게도 그 작가는 곧바로 그를 다시 뾰족탑 아래로 내려가게 만든다. 내가 볼 때, 그들은 이런 흔해 빠진 소설의 야심찬 주인공을, 과거에 주인공들을 밤하늘의 별과 비슷하게 우러러 보이는 존재로 만든 것과 비슷하게, 인간 풍경(風磬)으로 만들어 녹이 슬 때까지 거기 매달려 빙빙 돌게 두어야 마땅하다. 그런데 작가는 주인공이 종탑에서 내려와 헛소리로 정직한 독자를 괴롭히게 한다. 나는 다음번에 작가가 화재의 종을 울릴 때는 설사 예배당이 불타 내려앉더라도 그쪽으로 가보는 건 절대로 하지 않을 생각이다.

"저명한 작가 티틀-톨-탠이 집필한 중세 시대의 로맨스, 팁-토-호프의 깡충 뛰기. 월별로 연재됩니다. 인기 폭발 중. 다들 서두르세요. 그러나 너무 급하게 오지 마세요."

그들은 노골적이고 원시적인 호기심에 사로잡혀 이 모든 것을 눈을 크게 뜨고 읽는다. 그들의 왕성한 소화력은 씨를 먹는 새에 비유하자면 위장 모래주머니에 아주 날카로운 주름이 있어 그 어떤 것도 다 소화할 정도다. 그 모습은 초급반 벤치에 앉은 네 살짜리 아이가 금박 표지의 2센트짜리 『신데렐라』를 열심히 읽는 모습과 비슷하다. 내가 보기에 그들의 발음이나 억양, 요점 파악, 책에서 교훈을 이끌어내거나 해석하는 능력은 전혀 향상 되지 않는다. 그 결과 그들은 둔감한 시력, 혈액순환 정체, 전반적인 무기력과 지적 능력의 둔화 등을 겪는다. 이러한 종류의 '생강 빵'[저급한 읽을거리]이 날마다 구워지고 있고, 거의 모든 오븐에서 순수한 밀 빵이나 호밀-옥수수 빵보다 더 많이, 열심히 구워지고 있다. 그러나 이런 것은 확실한 시장을 폭넓게 확보한 상태다.

훌륭한 독자라는 사람들도 최상의 책들은 별로 읽지 않는다. 우리의 콩코드 문화는 대체 어떻게 된 것인가? 이 도시에는 극소수 예외를 제외하고는 심지어 영국 문학에서 가장 좋은 책이나 아주 훌륭한 책에도 별 흥미를 보이지 않는다. 그 작품들은 우리 모두 읽고 쓰는 영어로 되어 있는데도 말이다. 이곳이나 다른 곳의 대학 졸업자나 소위 진보적인 교육을 받았다는 사람조차도 영어 고전들을 아예 모르거나 거의 알지 못한다. 누구나 인류의 기록된 지혜, 즉 고대의 고전이나 경전들을 손쉽게 얻을 수 있으나, 그 내용을 조금이나마 알려고 노력하지 않는다.

내가 아는 중년의 나뭇꾼이 있다. 그는 프랑스어 신문을 읽는데 뉴스를 알려는 게 아니라고 한다. 그런 건 이미 초월했다는 것이다. 다만 태생이 캐나다인이므로 "프랑스어를 연습하고 싶다"라는 것이다. 이 세상에서 할 수 있는 가장 좋은 게 뭐냐고 나는 물었다. 그는 프랑스어 신문을 읽는 것 외에 영어를 열심히 사용하면서 어휘를 늘리는 것이라고 했다. 이것은 대학 졸업자들이 마땅히 해야 하는 것으로, 상당수가 그런 목적으로 영어 신문을 읽는다. 이제 막 빼어난 영어책 한 권을 읽은 사람이 있다고 해보자. 그가 이 책을 주제로 하여 이야기를 나눌 수 있는 사람이 몇 명이나 될까? 만약 그가 그리스어나 라틴어 고전 원서—무식한 사람들도 그 명성을 잘 아는 책—를 읽고 왔다면 그 결과는 어떻게 될까? 대화 상대를 전혀 발견하지 못하는 것은 물론이고 아예 그 사실에 대해 입을 다물어야 할 것이다.

대학 교수들은 이 어려운 고전 언어를 터득하고 나아가 그리스 시인의 지혜와 까다로운 시를 잘 이해하여 그 지식을 총명하고 감수성 예민한 독자에게 정감 있게 나누어주려고 하지 않는다. 거룩한 경전 혹은 인류의 성스러운 경전에 대해 말하자면, 내게 그 경전들 제목을 말해줄 사람이 과연 콩코드에 몇 명이나 있을까? 대부분 사람은 히브리 민족 외에 다른 민족에게도 자신만의 종교 경전이 있음을 모른다.

사람들은 은화 1달러를 줍고자 가던 길에서 멀리 벗어나는 수고도 개의치 않는다. 그런데 여기에 황금의 말씀이 있다고 해보자. 고대에 최상급 현자들이 말했고, 후대의 현자들이 그 가치를 지속해서 확인해온 말씀이다. 하지만 누구도 그 말씀을 얻기 위해 가던 길에서 벗어나려고 하지 않는다. 학교에서 이지 리딩(Easy Reading), 초급독본과 교과서 등을 배우고 나서 졸업 후에는 애들이나 초심자들이 읽는 리틀 리딩(Little Reading)이나 이야기책을 읽는다. 그리하여 우리의 독서, 대화와 생각 등은 너무 저급하여 소인족과 난쟁이 수준을 벗어나지 못한다.

나는 콩코드 출신의 현자보다는, 이곳에서 별로 알려지지 않았으나 더욱 현명한 사람들을 알고 싶다. 나는 플라톤의 이름을 듣기만 하고 그의 책은 읽어본 적이 없는 사람이 될 텐가? 마치 플라톤이 자기 마을에 사는데도 한 번도 만나보지 못한 것처럼, 다시 말해 바로 이웃 사람인데도 그의 말을 듣지 못하고, 그의 지혜에 귀를 기울이지 않은 것처럼 굴겠다는 것인가? 나의 실상은 어떤가? 플라톤의 영원한 사상을 기록해놓은 『대화편』이 바로 옆 서가에 꽂혀 있는데도 그것을 읽지 않은 셈이다.

우리는 교육을 제대로 받지 못했고 낮은 수준의 삶을 살고 있으며 문맹이나 다름없다. 이런 점에서 나는 전혀 글을 읽을 줄 모르는 우리 마을 사람의 무식함과, 어린아이나 미미한 지성을 상대로 펴낸 책만 읽은 사람의 무식함을 따로 구분하지 않는다. 우리는 고대에 살았던 고상한 자들만큼 훌륭해져야 한다. 그러자면 먼저 그들이 얼마나 뛰어났는지 아는 데서 출발해야 한다. 우리는 난쟁이족에 불과하고, 우리의 지성은 일간 신문의 칼럼 높이 이상으로 날아오르지 못하고 있다.

모든 책이 독자들처럼 따분한 것은 아니다. 우리의 생활 조건에 곧바로 호소하는 책들도 있다. 그 책의 언어를 잘 듣고 이해할 수만 있다면, 우리 생활에 아침이나 봄보다 더 유익할 수 있고 또 우리를 위해 사물의 겉모습에 새 외양을 입혀줄 수도 있다. 책을 읽고서 자기 인생에 새로운 시대가 열렸다고 말한 사람이 얼마나 많던가! 우리가 만난 기적을 설명해주고 새로운 기적을 계시하는 책이 우리 주위에 분명 있다. 또 이 시대에는 언급하기 어려운 사물이 다른 시대, 다른 곳에서는 이미 이름을 받았을 수도 있다. 우리를 괴롭히고 의아하게 하고 혼란스럽게 하는 질문들은 이미 모든 현자의 머리에 떠올랐다. 모든 질문은 빠짐없이 주어졌고, 현자는 각자의 능력, 말씀, 생활에 따라 그 질문들에 다르게 답변했다.

더욱이 우리는 지혜를 배우면 관대함도 따라서 배운다. 콩코드 교외 농장에 고용된 어떤 외로운 남자가 있다. 그는 독특한 종교적 체험을 거치며 거듭났고, 과묵한 신중함과 "우리 교회"[66]에 집중하며 배타적 태도를 취했다. 남자는 지혜가 관대함을 가져온다는 말은 진실이 아니라고 생각했다. 그러나 조로아스터는 이미 수천 년 전에 같은 길을 여행하여 같은 체험을 했다. 그는 현명했으므로 그 진실이 보편적인 것임을 알았고 따라서 이웃을 관대하게 대했다. 심지어 그는 사람들 사이에 새로운 예배 의식을 만들어 확립했다. 그 외로운 농장의 남자는 조로아스터와 겸허하게 의사소통을 하

66　"우리 교회"는 전통적인 칼뱅주의 교회를 가리킨다. 인간 중심의 신학을 주장하는 유니테리언주의 영향을 엿볼 수 있는 구절이다.

는 것이 좋으리라. 또한, 예수 그리스도를 포함하여 모든 가치 있는 사람들과의 자유롭고 관대한 영향을 통해 "우리 교회"를 내버릴 수도 있다.

우리는 19세기 사람임을 스스로 자랑스럽게 여기고 그 어떤 나라보다 빠르게 발전하고 있다고 자랑한다. 하지만 이 마을이 자기 문화를 위해 해놓은 게 거의 없음을 한번 생각해보라. 나는 마을 사람들에게 아첨할 생각이 없고 또 그들로부터 아첨을 받고 싶지도 않다. 아첨은 어느 쪽도 발전시키지 못한다. 우리는 자극을 받아야 할 필요가 있다. 우리는 황소처럼 막대기에 엉덩이를 찔러가며 빠르게 걸어야 한다. 아이들 학교만 놓고 보면, 비교적 근사한 교육 제도를 갖추고 있다. 그러나 빈약한 예산으로 꾸려나가는 겨울철 문화 강좌와 주 정부 제안으로 얼마 전 약소하게 시작한 도서관을 제외하면, 성인을 위한 학교는 거의 없다. 우리는 정신적인 자양이 아니라, 신체적인 자양이나 질병에 훨씬 많은 돈을 쓴다.

이제 우리가 비범한 학교 체제를 갖추어야 할 때다. 성인 남녀가 되었다고 해서 평생 교육에서 손을 놓아선 안 된다. 마을이 대학이 되어야 할 때가 되었다. 마을 유지들은 대학 교수가 되어, 여유 있게―그들이 정말로 유족하다면― 평생 인문학을 추구해야 한다. 그저 파리나 옥스퍼드 하나로 만족해서 되겠는가? 여기서도 학생들을 기숙사 학교에 입학시켜 콩코드의 하늘 아래서 자유로운 인문 교육을 받게 할 수 있지 않을까? 아벨라르[67] 같은 사람을 고용하여 강연을 들을 수도 있지 않은가?

슬프다! 소에게 꼴을 먹이고 가게 일을 돌보느라 우리는 학교에서 너무 오래 떨어져 있었다. 그래서 안타깝게도 우리의 교육은 한참 뒤떨어졌다. 이 나라에서 마을은 여러 면에서 유럽 귀족의 역할을 해야 한다. 마을은 예술의 후원자가 되어야 한다. 마을은 물질적으로는 충분히 부유하나, 관대함과 세련됨이 없을 뿐이다. 마을은 농부나 상인들이 귀중하게 여기는 것

---

67   아벨라르(1079-1142). 프랑스의 철학자이며, 엘로이즈와의 사랑으로 유명하다.

에는 돈을 쓸 수 있다. 그러나 지식인들이 그보다 훨씬 더 소중한 것에 돈을 쓰자고 제안하면 공연한 얘기라며 무시한다. 콩코드시는 공회당(公會堂)을 짓는 데 1만 7천 달러를 썼다. 운도 따랐고, 정치도 관여했다. 하지만 도시는 앞으로 1백 년이 지나더라도 살아있는 지혜—공회당이라는 껍질 속에 들어갈 진정한 속살—에는 그만한 돈을 쓰지 않을 것이다. 겨울 문화강좌를 위해 기부된 연간 125달러는 이 도시에서 다른 용도로 모금한 같은 액수의 기부금보다 더 잘 사용되었다. 19세기에 사는 우리는 왜 19세기의 이점들을 누리지 못하는가? 왜 우리 생활은 지방색을 벗어버리지 못하는가? 만약 우리가 신문을 읽는다면 보스턴 지역의 가십 따위는 건너뛰고 세상에서 가장 좋은 신문을 구독하는 것이 어떤가? 정치색이 배제된 『중립 가정』 신문의 내용 없는 글을 열심히 읽거나, 이곳 뉴잉글랜드의 『올리브 브랜치스』[68]를 훑어보는 일 따위는 지금 당장 그만두어야 한다.

모든 학회의 보고서를 받아보자. 그러면 학회가 정말로 새로운 지식을 알아냈는지 살펴볼 수 있다. 우리의 독서를 하퍼 앤 브라더스나 레딩 앤 컴패니[69]에만 맡겨두어야 하겠는가? 높은 취향을 가진 고상한 사람은 주위에 자기 교양에 도움 되는 것, 예를 들어 고귀한 정신, 학문, 재치, 책들, 그림들, 조각상, 음악, 철학 논문 등을 포진하게 한다. 우리 마을도 그렇게 하자. 청교도 선조들이 과거에 황량한 암벽 해안에 도착한 후에 목사, 교육자, 행정 요원들과 함께 추운 겨울을 났다고 해서, 교육자, 목사, 교회지기, 교구 도서관, 세 명의 도시 행정 위원 등만 그렇게 해야 한다고 생각하지 말자.

함께 행동하는 것은 우리 문화 제도에 걸맞는 행동이다. 상황이 점점 좋아지고 있으므로 우리 예산은 유럽 귀족보다 더 많다. 뉴잉글랜드는 온 세상의 현자들을 초빙하여 그들에게 한동안 숙식을 제공하면서 지혜를 가

---

68   종교 단체에서 후원하는 신문 이름이다. 중요한 뉴스나 사상을 제공하기보다는 읽기 좋은 오락거리 기사를 많이 실었다.

69   둘 다 출판사다.

공회당, 콩코드, 1920년 3월 24일.

콩코드시는 공회당을 짓는 데 1만 7천 달러를 썼다. 운도 따랐고, 정치도 관여했다. 하지만 도시는 앞으로 1백 년이 지나더라도 살아있는 지혜—공회당이라는 껍질 속에 들어갈 진정한 속살—에는 그만한 돈을 쓰지 않을 것이다. 겨울 문화강좌를 위해 기부된 연간 125달러는 이 도시에서 다른 용도로 모금한 같은 액수의 기부금보다 더 잘 사용되었다.

도서관, 콩코드, 1918년 5월 6일.

높은 취향을 가진 고상한 사람은 주위에 자기 교양에 도움 되는 것, 예를 들어 고귀한 정신, 학문, 재치, 책들, 그림들, 조각상, 음악, 철학 논문 등을 포진하게 한다. 우리 마을도 그렇게 하자. 청교도 선조들이 과거에 황량한 암벽 해안에 도착한 후에 목사, 교육자, 행정 요원들과 함께 추운 겨울을 났다고 해서, 교육자, 목사, 교회지기, 교구 도서관, 세 명의 도시 행정 위원 등만 그렇게 해야 한다고 생각하지 말자.

독립전쟁 당시의 콩코드 격전지 근처의 다리, 1903년 5월 26일.

함께 행동하는 것은 우리 문화 제도에 걸맞는 행동이다. 상황이 점점 좋아지고 있으므로 우리 예산은 유럽 귀족보다 더 많다. 뉴잉글랜드는 온 세상의 현자들을 초빙하여 그들에게 한동안 숙식을 제공하면서 지혜를 가르쳐달라고 할 수 있다. 그러면 우리는 지방색을 모면할 수 있을 것이다. 이것이 내가 원하는 비범한 학교 체계이다. 우리는 귀족들 대신에 고귀한 인간의 마을을 갖도록 하자. 필요하다면, 강 위에 놓을 다리 하나를 취소하고 약간 더 돌아가는 한이 있더라도, 우리를 둘러싼 무지의 어두운 심연 위에 다리를 놓도록 하자.

르쳐달라고 할 수 있다. 그러면 우리는 지방색을 모면할 수 있을 것이다. 이 것이 내가 원하는 비범한 학교 체계다. 우리는 귀족들 대신에 고귀한 인간 의 마을을 갖도록 하자. 필요하다면, 강 위에 놓을 다리 하나를 취소하고 약 간 더 돌아가는 한이 있더라도, 우리를 둘러싼 무지의 어두운 심연 위에 다 리를 놓도록 하자.

4

숲속의 소리

설사 우리가 아주 정선된 고전만 읽는다고 해도 그것은 그 자체로 방언이며 지방색 가득한 어떤 특정한 언어만 읽는 게 된다. 그리하여 우리는 모든 사물과 사건이 아무 비유 없이 직접 전해지는 자연 언어를 망각할 위험이 있다. 실은 그 언어만이 아주 풍성하고 또 표준적이다. 자연의 언어는 많이 발표되었으나 인쇄된 것은 그리 많지 않다. 셔터를 뚫고 들어오는 햇빛[사물]은 그 셔터[비유]를 완전히 제거하면 오히려 잊혀진다. 늘 깨어 있으면서 자연의 언어를 들으려는 필요는 어떤 방법이나 훈련으로도 대체할 수 없다. 반드시 보아야 할 것을 관찰하는 자연 속 훈련에 비하면, 정선된 역사, 철학, 시학 강좌, 최상급 사교 모임, 탁월한 생활 습관 등은 열등하게 보일 뿐이다. 당신은 그저 배우는 독자가 되고 싶은가 아니면 사물을 꿰뚫어 보는 견자(見者)가 되고 싶은가? 견자가 되려면 당신의 운명을 읽고, 당신 앞에 놓인 것을 보고, 미래 속으로 걸어 들어가야 한다.

첫해 여름에는 책을 읽지 않고 그 대신 콩밭에서 열심히 일했다. 아니, 때때로 그것보다 더 좋은 일을 했다. 현재라는 꽃 피어나는 순간을 일―머리로 하는 일이든 손으로 하는 일이든—에 바칠 수 없는 순간들이 있었다. 내 인생을 두른 넓은 여백을 나는 사랑한다. 때때로 여름 아침에는, 평소처럼 목욕하고 나서 해 뜰 때부터 정오까지 햇빛 환한 문턱에 앉아, 소나무와 호두나무와 옻나무에 둘러싸여 완전한 고독과 정적 속에서 명상에 잠겼다. 그러면 새들은 집 주위에서 울어대거나 집 안으로 소리 없이 날아들어 왔다. 그러면 어느덧 해가 집 서쪽 창에 떨어지고, 저 멀리 대로에서 어떤 여행자의 마차가 지나가는 소리가 들려온다. 그러면 나는 시간이 많이 경과되었음을 깨닫는다.

밤중에 키가 크는 옥수수처럼 나는 그 계절에 많이 성장했으며, 이때는 내가 두 손으로 한 어떤 일보다 더 좋은 계절이었다. 내 삶에서 공제된 시간이 전혀 아니었으며, 통상적인 시간 계산에는 들어가지 않는, 덤으로 주어진 아주 소중한 시간이었다. 나는 동양인들이 말하는 명상과 무위가 무슨 뜻인지 깨달았다. 그 계절에 나는 대부분 시간이 어떻게 흘러가는지 의식하지 않았다. 하루는 빛의 속도로 빠르게 지나갔다. 아침에 일을 나갔는데 어느덧 저녁이었다. 기억할 만한 일은 벌어지지 않았다. 나는 새들처럼 노래하지는 않았지만 계속되는 좋은 행운에 조용히 미소 지었다. 참새가 내 문 앞 호두나무에 앉아 지저귀는 것처럼, 나 또한 조용히 껄껄거리거나 흥얼거리는 소리를 냈다. 참새는 아마도 집에서 흘러나오는 그런 웃음소리를 들었으리라.

나의 나날은 한 주 속에 든 이교도 신의 이름을 딴 요일이 아니었다. 시간 단위로 쪼개져 있지도 않고 시계의 째깍거리는 소리로 침식되지도 않았다. 나는 브라질의 푸리족 인디언들처럼 살았다. 그 부족에 대해서는 이런 말이 전해진다. "그들은 어제, 오늘, 내일에 대해 단 하나의 단어를 갖고 있을 뿐이다. 그들은 다양한 동작으로 그 셋을 구분한다. 뒤를 가리킴으로써 어제, 앞을 가리킴으로써 내일, 머리 위를 가리킴으로써 오늘을 표시하는 것이다." 물론 이것은 내 이웃인 마을 사람들이 보기엔 무척 한심한 짓이다. 그러나 새와 꽃이 자기 기준을 가지고 내게 시험을 친다면 나는 합격될 것

소로가 즐겨 찾은 작은 만(灣), 월든 호수, 1901년 6월 11일.

내 인생을 두른 넓은 여백을 나는 사랑한다. 때때로 여름 아침에는, 평소처럼 목욕하고 나서 해 뜰 때부터 정오까지 햇빛 환한 문턱에 앉아, 소나무와 호두나무와 옻나무에 둘러싸여 완전한 고독과 정적 속에서 명상에 잠겼다.

이다. 인간은 내면에서 자신에게 중요한 일을 발견해야 한다. 자연 속 하루는 아주 평온하므로 그가 이런 식으로 게으름을 피워도 비난하지 않는다.

사람들은 오락을 얻기 위해 주위를 두리번거리고 또 사교 모임이나 극장 같은 데를 기웃거린다. 이런 사람들에 비해 나의 생활양식에는 나름대로 이점이 있다. 생활 자체가 오락이 되었고 늘 신기함을 유지했다. 그것은 여러 장면으로 구성된 드라마였고, 끝나는 법이 없었다. 우리가 꾸준히 생계를 유지하고 우리가 배운 가장 좋은 최신 방식으로 일상생활을 조절한다면, 권태 때문에 괴로워할 일은 없을 것이다. 위대한 정신이 시키는 것을 면밀하게 주시해보라. 그러면 당신은 매시간 새로운 전망을 얻을 것이다. 가령, 집 안에서 하는 일도 즐거운 오락이다. 나는 숲속 오두막집 바닥이 지저분하면 아침 일찍 일어나 모든 가구를 집 밖의 풀밭 위에 내다놓는다. 침대와 침대 머리맡도 한 묶음으로 밖에 내놓고 방바닥에 물을 뿌린 후 호수에서 가져온 하얀 모래를 그 위에 뿌린 다음 빗자루로 반들반들 광택이 날 때까지 박박 닦는다.

마을 사람들이 아침 식사를 끝낼 무렵이면 아침 햇살이 내 집을 충분히 말려주어 이제 가구를 다 들여놓을 수 있다. 그동안 나의 명상은 거의 방해받지 않는다. 풀밭에 내놓은 나의 가구들이 집시의 짐처럼 자그마한 꾸러미를 이루는 광경을 보는 것은 즐거운 일이다. 책과 펜과 잉크를 그대로 둔채 내놓은 삼발이 테이블은 소나무와 호두나무 사이에 우뚝 서 있다. 가구들은 그렇게 밖으로 나오는 것을 즐거워했고 집 안으로 다시 들어가는 것을 싫어하는 듯했다.

때때로 그 짐들 위에 차양막을 치고 거기에 자리를 잡을까 하는 생각도 했다. 가구에 햇볕이 내리쬐이는 광경을 쳐다보면서 시원한 바람이 그 위를 불어가는 소리를 듣는 일은 제법 그럴듯한 오락이었다. 대부분 낯익은 물건은 집 안에 있을 때보다 밖에 있을 때 더욱 흥미롭게 보인다. 새 한 마리가 옆 나뭇가지에 앉아 있고, 떡쑥이 테이블 밑에서 자라고, 검은 딸기 덩굴이 테이블 다리 주위를 기어간다. 솔방울, 호두나무 가시, 딸기 잎사귀 등

모래벚나무 꽃봉오리, 콩코드, 1918년 5월 19일.

집 앞마당에는 딸기, 검은 딸기, 떡쑥, 물레나물, 미역취, 작은 참나무, 모래벚나무, 블루베리, 감자콩 등이 자란다. 5월 말경, 모래벚나무는 그 짧은 줄기에 원통형으로 매달린 아름다운 꽃들로 오솔길 양옆을 장식한다. 그리고 가을이 되면 그 줄기에 튼실한 크기의 예쁜 체리들이 열리는데 줄기는 그것의 무게를 견디지 못해 온 사방으로 마치 햇빛의 화관처럼 체리를 떨어뜨린다.

이 주위에 흩어져 있다. 한때 그 가구들 사이에 있기라도 한 것처럼 그놈들은 테이블, 의자, 침대 주위에서 잘 어울렸다.

내 집은 언덕 측면에 있는데, 커다란 숲 가장자리 바로 옆이다. 호수로부터 6로드[30미터] 떨어진 지점, 어린 소나무와 호두나무들이 자라는 숲의 한가운데 있다. 산기슭에는 호수로 내려가는 오솔길이 하나 있다. 집 앞마당에는 딸기, 검은 딸기, 떡쑥, 물레나물, 미역취, 작은 참나무, 모래벗나무, 블루베리, 감자콩 등이 자란다. 5월 말경, 모래벗나무(케라수스 푸밀라)는 그 짧은 줄기에 원통형으로 매달린 아름다운 꽃들로 오솔길 양옆을 장식한다. 그리고 가을이 되면 그 줄기에 튼실한 크기의 예쁜 체리들이 열리는데 줄기는 그것의 무게를 견디지 못해 온 사방으로 마치 햇빛의 화관처럼 체리를 떨어뜨린다. 나는 자연에 대한 경의를 표시하기 위해 그 체리를 맛보는데, 그리 좋은 맛은 아니다.

옻나무(루스 글라브라)는 집 주위에 풍성하게 자라고 있다. 이 나무들은 내가 만들어놓은 두둑 위로 불쑥 밀고 올라와 첫 계절에만 5-6피트[1.5-1.8미터] 자랐다. 이 나무의 넓은 깃 모양의 열대성 잎사귀는 생김새가 좀 이상하지만 그래도 보기가 좋다. 봄이 되면 이 나무의 죽은 듯한 메마른 가지에서 갑자기 봉오리가 쑥 밀고 나오는데, 마치 마술을 부린 것처럼 직경 1인치의 우아하고 부드러운 초록 가지로 발전한다. 내가 창문에 앉아 지켜보면 가지는 너무 쑥쑥 자라 그 허약한 관절에 부담을 주고 마침내 공중에는 바람 한 점 없는데도 가지 무게로 부채처럼 땅 위에 갑자기 떨어져 내렸다. 8월이 되면 꽃이 핀 커다란 베리들은 많은 야생 벌을 유혹하면서 서서히 밝은 벨벳 같은 진홍색을 띤다. 그리고 자체 무게를 이기지 못해 가지는 아래로 휘어지다가 마침내 그 부드러운 사지를 부러뜨린다.

여름 오후에 창문 앞에 앉아 있는데, 매들이 나의 개간지 위를 빙빙 돌았다. 둘셋씩 무리 지은 멧비둘기가 빠르게 움직이면서 내 시야를 가로질러 가더니 집 뒤의 하얀 소나무가지 위에 불안하게 내려앉으며 공중을 향해 소리를 질렀다. 물수리는 호수의 거울 같은 표면에 잔물결을 일으키며 고기를 한 마리 낚아 올렸다. 밍크는 내 문 앞 습지에서 살금살금 기어 나와 호숫가에서 개구리를 한 마리 잡았다. 사초(莎草)는 여기저기 날아다니다가 내려앉는 쌀먹이새의 무게에 눌려 꺾였다. 나는 지난 반 시간 동안, 보스턴에서 교외로 승객을 나르는 기차가 칙칙폭폭 달려가는 소리를 들었다. 그 소리는 들꿩의 울음처럼 사라졌다가 곧 되살아났다.

나는 어떤 소년의 얘기를 들었는데, 그 소년은 도시 동쪽 지역에 있는 농가에 맡겨졌다가 곧 그 농가에서 도망쳐 집으로 돌아왔다. 아주 남루한 행색의 소년은 집 생각이 너무 나서 참을 수 없었다고 했다. 소년은 그런 따분하고 외진 곳은 난생처음 보았다고 했다. 사람들은 다들 어디론가 가버렸고, 심지어 기차의 기적 소리마저 들리지 않더라는 것이다. 내가 이 소년처럼 세상으로부터 완전히 떨어져 사는 것은 아니다. 이제 매사추세츠에 그런 곳이 있을지 의문이다.

> 정말로 우리 마을은 철로 위를 빠르게 달리는
> 기차의 표적이 되었네. 그리고 우리의 평화로운 들판 위에
> 기차가 내는 위안의 소리는 콩코드라네.[70]

피치버그 철도는 내가 사는 곳에서 남쪽으로 1백 로드[500미터]쯤 떨어진 곳에서 호수와 평행을 이루며 달린다. 나는 철둑을 걸어서 마을로 간다. 말하자면 나는 철둑이라는 연결고리로 사회와 연결되어 있다. 그 철도의 전 구간을 달리는 화물열차 직원들은 나를 자주 지나쳐 가는데, 마치 오랜 친구에게 하듯 나에게 목례를 보낸다. 그들은 분명 나를 철도 회사의 보수 담당 직원쯤으로 알고 있을 것이다. 사실 사람들이 나를 그렇게 보더라도 무

---

70   소로의 친구인 엘러리 채닝의 시.

방하다. 기꺼이 지구의 궤도 어딘가에서 길을 보수하는 사람이 되고 싶기 때문이다.

열차의 기적 소리는 여름이든 겨울이든 내 숲을 뚫고 들어온다. 그 소리는 농부의 마당 상공을 선회하는 매의 고함처럼 들리기도 한다. 그 기차를 타고 도시의 많은 상인이 쉴 새 없이 도시의 원형광장 안으로 도착할 것이고, 또 다른 도시에서 온 모험적인 지방 상인들도 그 광장에 도착할 것이다. 그들이 원형광장 안으로 함께 들어서면, 서로에게 길을 비켜달라고 크게 소리를 지른다. 그 외치는 소리는 때때로 두 도시의 원형광장을 통하여 멀리까지 퍼져 나간다. '자, 시골 사람들이여, 여기 당신의 식료품이 왔습니다. 그리고 당신의 식량이 왔어요!' 그들에게 맞서서 우린 그런 거 필요 없다고 말할 정도로 독립적인 농가 사람은 아무도 없다. 그리하여 여기 그 물건 대금이 있다고 시골 사람들은 소리친다.

기차 안에는 성벽을 무너뜨리는 파성추(破城椎)같이 생긴 커다란 목재가 시간당 20마일[32킬로미터]의 속도로 도시 성벽까지 운반된다. 또 그 성벽 안에 사는 모든 피곤한 사람과 무거운 짐 진 자가 앉을 수 있는 의자들도 운반된다. 시골 사람들은 이런 둔중하면서도 묵직한 나무들뿐 아니라 의자까지도 도시에 제공하는 것이다. 그들은 또 산에서 인디언 월귤나무 열매를 따내고, 들판에서 덩굴월귤 열매를 채취해 그 또한 도시로 싣고 간다. 목면이 도시로 가면 직조된 옷감이 기차를 통해 시골로 내려온다. 실크가 도시에 가면 모직 옷이 온다. 책들은 도시로 가고 책을 쓰는 사람은 시골로 내려온다.

나는 기다란 차량을 매단 기관차가 행성 같은 움직임으로 달려가는 광경을 쳐다본다. 아니, 열차는 혜성처럼 달려가는 것 같다. 기차를 쳐다보는 구경꾼은 철마가 그런 속도와 방향으로 계속 달린다면 과연 태양계로 되돌아올 수 있을지 의심스러워한다. 그 궤도가 도무지 되돌아오는 커브 같지 않기 때문이다. 기관차가 뿜어내는 증기 구름은 황금과 순은의 화관 뒤에서 나부끼는 깃발처럼 보인다. 그 증기 구름은 내가 일찍이 하늘 높은 곳

월든 호수 북서쪽에서 바라본 피치버그 철도, 1920년 3월 31일.

나는 철마가 그 천둥 같은 콧방귀로 온 산과 들에 반향을 일으키고, 그 발로 지축을 흔들어대고, 그 콧구멍에서 불과 연기를 내뿜는 광경을 쳐다본다. 현대의 새로운 신화에서 이 철마가 아니라면, 어떤 날개 달린 천마와 불 뿜는 괴룡을 대신 집어넣을 수 있을까? 이제 지구는 거기에 살기 합당한 철마라는 종족을 얻은 듯하다.

에서 본 바 있는 새털구름처럼 빛을 향해 퍼져 나간다. 이 여행하는 반신(半神), 이 구름을 멀리 쫓아버리는 철마는 석양의 하늘을 자신의 제복(制服)으로 삼는다.

나는 철마가 그 천둥 같은 콧방귀로 온 산과 들에 반향을 일으키고, 그 발로 지축을 흔들어대고, 그 콧구멍에서 불과 연기를 내뿜는 광경을 쳐다본다. 현대의 새로운 신화에서 이 철마가 아니라면, 어떤 날개 달린 천마와 불 뿜는 괴룡을 대신 집어넣을 수 있을까? 이제 지구는 거기에 살기 합당한 철마라는 종족을 얻은 듯하다. 만약 겉으로 보이는 것이 실재라면, 인간은 고상한 목적을 달성하기 위해 자연의 힘을 자기 하인으로 삼은 듯하다. 만약 기관차 위에 매달린 증기 구름이 영웅적 행위에서 나온 땀방울이고, 그 구름이 농부의 들판 위에 떠 있는 구름처럼 혜택을 내려주는 것이라면, 이제 자연의 힘과 자연 그 자체가 기꺼이 인간의 운송 사업에 동참하면서 인간을 경호할 것이다.

새벽 열차가 지나가는 광경을 쳐다보면, 역시 일정한 시간에 떠오르는 태양을 쳐다볼 때와 똑같은 느낌이 든다. 기관차가 내뿜는 구름은, 열차가 보스턴에 도착할 무렵에 기차 뒤로 뻗어 나가다가 점점 위로 올라가 마침내 하늘에 도달한다. 기차가 내뿜는 구름은 잠시 태양을 가리고 나의 저 먼 들판을 그늘 속에 가둔다. 하늘로 올라가는 구름의 천상열차에 비하면, 지상을 기어가는 자그마한 열차 차량은 거대한 창에 매달린 미늘처럼 보인다. 철마의 마구간지기는 이 겨울 아침에 산간 지대의 별빛을 바라보며 아침 일찍 잠에서 깨어나, 그의 철마에 사료를 주고 마구를 입힌다. 철마 내부에 생명의 온기를 집어넣어 그가 벌떡 일어설 수 있게 하려고 불 또한 아침 일찍 지피는 것이다. 철도 사업이 그처럼 아침 일찍 시작되는 만큼 정직한 목적에 봉사할 수 있다면 얼마나 좋을까!

눈이 많이 쌓이면 사람들은 철마에 눈 신을 신기고, 거대한 쟁기로 산간 지대에서 해안에 이르는 지역에 홈을 판다. 그러면 철마 차량들은 일종의 씨앗 뿌리는 기계가 되어 악천후에 불안해하는 승객들과 운송 중인 상품을 각 지방에 씨앗처럼 뿌려댈 것이다. 철마는 전국 각지를 종일 누비고 다닐 것이고, 그의 주인이 휴식을 취하려 할 때만 잠시 멈추어설 것이다. 나는 한밤중에도 철마의 발걸음 소리와 도전적인 콧방귀 소리에 잠에서 깬다. 철마는 그 시간에도 숲속 외딴 계곡을 내달리며 얼음과 눈에 갇힌 자연의 힘에 맞선다. 철마는 마침내 새벽 별과 함께 마구간에 도착할 것이고, 제대로 쉬거나 눈을 붙일 새도 없이 또다시 여행길에 오를 것이다. 어느 날 저녁, 나는 그가 마구간에서 그날 하루의 남은 에너지를 콧김으로 불어내는 소리를 들었다. 철마는 그런 식으로 날카로운 신경을 진정시키고 몇 시간 동안 선잠에 듦으로써 간과 뇌를 식힌다. 철마의 일이 그처럼 피곤을 모르고 오래 진행되듯, 그에 못지않게 영웅적이고 또 당당한 것이었으면 얼마나 좋겠는가!

어두운 밤중에, 도시들의 경계에 있는 인적 드문 저 먼 숲—전에 사냥꾼이 낮 동안 딱 한 번 들어간 적이 있는 숲—을 통과하여, 사랑방 사람들[승객들] 이름을 제대로 알지 못하는 이 밝은 사랑방[불 켜진 기차의 차량]이 쏜살같이 앞으로 내달린다. 지금 이 순간, 사교 모임으로 혼잡한 읍이나 도시의 불빛 휘황한 기차역에 멈추어 서는가 하면, 그다음 순간, 음산한 습지를 통과하면서 올빼미와 여우를 위협하는 것이다. 열차의 왕래발착은 이제 마을 일과에서 중요한 행사이다. 열차는 아주 일정하고 정확하게 오가고 또 기적 소리가 멀리까지 퍼져 나가면서 그 도착을 미리 알린다. 그리하여 농부들은 기차 움직임에 따라 시계를 맞춘다. 이렇게 하여 잘 운영되는 운송 제도가 온 나라 시간표를 설정한다. 철도가 부설된 이래, 인간의 시간 엄수 태도는 향상되지 않았는가? 그들은 과거 마차 역에서보다는 오늘날 기차역에서 더 빨리 말하고 더 빨리 생각하지 않는가? 기차역 분위기에는 뭔가 전기처럼 짜릿한 것이 있다.

나는 철도가 만들어낸 기적에 자주 놀란다. 그처럼 빠른 운송 수단을 이용해 보스턴까지 가는 일은 결코 없으리라고 내가 단정적으로 예언했던 몇몇 이웃이 있었다. 하지만 그들은 기관차의 종이 울리자마자 즉각 승강장에 나타났다. "철도 식으로" 일하는 것이 이제 하나의 유행어가 되었다. 자기 운행 노선을 방해하지 말라고 철마에게 자주 또 진지하게 경고받는 게 필요하다. 철마의 경우, 잠시 멈춰 서서 사전 경고를 읽어주는 일도 없고 그런 경고의 발동에 뒤이어 군중의 머리 위로 불벼락을 내리는 일도 없다. 철마는 예정된 길을 그냥 내달린다. 우리는 하나의 운명, 결코 옆으로 물러서는 법이 없는 아트로포스[71]를 발명했다(철마에 이 이름을 붙이면 좋겠다). 인간은 어떤 일정한 시분(時分)에 철마의 화살이 컴퍼스의 특정한 점을 향해 날아간다는 통지를 미리 받는다. 그러나 철마는 사람들의 일에 간섭하지 않고 아이들은 다른 길을 타고서 학교에 간다. 우리는 철마 덕분에 더 안정된 삶을 산다. 우리는 이렇게 하여 빌헬름 텔의 아들이 될 것을 교육받는다.[72] 공중에는 보이지 않는 화살들이 가득하다. 당신이 가야 할 길을 제외한 모든 길은 운명의 길이다. 그러니 당신 자신의 노선을 지켜라.

내가 상업 행위를 좋게 보는 부분은 그 진취성과 용감함에 있다. 상업은 양손을 꼭 모아쥐고 제우스신에게 기도를 올리지 않는다. 나는 상인들이 그들 나름의 용기와 만족감을 갖고 날마다 일하는 것을 본다. 그들은 자신이 생각하는 것보다 더 많은 일을 하고, 어쩌면 그들이 의식적으로 고안해 낸 것보다 더 좋은 일에 종사한다. 나는 부에나 비스타[73] 전선에서 30분 이상 버틴 사람의 영웅적 행동보다는 자신의 겨울 숙소를 위해 눈 치우는 기구를 오래 붙들고 있는 사람의 꾸준하고 쾌활한 용기에 더 감동받는다. 보

---

71 아트로포스(Atropos)는 운명의 세 여신 중 생명의 실을 끊는 여신이다. 아트로포스는 그리스어로 "옆으로 물러서지 않는다"라는 뜻이다.

72 빌헬름 텔은 13세기 스위스의 애국자. 오스트리아의 지사에게 저항하다가 아들의 머리 위에 사과를 올려놓고 화살을 쏘라는 명령을 받았다. 화살은 정확히 사과를 꿰뚫었고 아들은 목숨을 건졌다. 여기서는 철도가 위험한 문명이지만 텔의 화살처럼 예측 가능하다는 뜻으로 쓰였다.

73 Buena Vista. 멕시코 전쟁(1847)의 전쟁터.

나파르트 나폴레옹이 아주 진귀하다고 칭찬했던 새벽 3시의 용기를 가진 사람보다는, 좀처럼 잠들지 않는 용기를 가진 사람, 폭설이 멈추거나 철마의 근육이 얼어붙을 때까지 깨어 있는 용기를 가진 사람, 이런 사람들에게서 더 감동을 받는다.

아직 눈보라가 몰아치고 사람의 피를 얼리는, 이 대설(大雪)[74]의 아침에, 나는 얼어붙은 축축한 철마의 숨결이 만들어내는 안개 장막을 뚫고서 들려오는 저 둔탁한 기관차의 종소리를 들었다. 그것은 열차가 별로 지연되지 않고 곧 도착할 것이라는 신호다. 철마는 뉴잉글랜드의 북동풍이 몰고오는 눈보라에도 꿈쩍 않고 달려온 것이다. 나는 눈과 서리를 뒤집어쓴, 눈 치우는 농부들을 본다. 그들의 머리가 쟁기 위의 덧댄 쇳조각 위로 불쑥 올라와 있는 것이 보인다. 그 쇳조각은 데이지 떨기 같은 눈 덩어리를 찍어 눌러 들쥐 소굴 같은 눈 더미를 만들어낸다. 그리하여 한데 뭉쳐놓은 우뚝한 눈 더미는 마치 시에라네바다 산맥의 구르는 돌덩어리 같은 모습으로, 별난 세상의 한 자락을 차지하는 듯하다.

상업은 의외로 자신감에 넘치고 평온하며, 민첩하고, 모험심 강하며 피곤함을 느끼지 않는다. 다른 많은 공상적인 사업이나 감상적인 실험에 비해 그 운영 방식이 아주 자연스럽고 그 결과 독특한 성공을 거둔다. 나는 화물열차가 덜덜거리며 내 곁을 스쳐 지나가면 한결 기분이 상쾌해지고 마음이 넓어진 느낌이다. 롱 워프에서 샘플레인 호수에 이르기까지 온갖 물건의 냄새를 맡는다. 그 열차는 내게 외국 땅, 산호초, 인도양, 열대성 기후 그리고 넓은 지구를 생각나게 한다. 내년 여름에 많은 뉴잉글랜드 사람들의 아마빛 머리를 덮어줄 종려나무 잎사귀, 마닐라 삼, 코코야자 껍질, 낡은 밧줄, 마대, 고철과 녹슨 못 등을 보면, 내가 세계 시민이 된 느낌이다. 한 차량을 가

---

74 1717년 2월 17일에 매사추세츠주 중부 지역에 내린 대설(Great Snow)에 조응한다. 이 대설은 제14장에서 다시 언급되는데, 이 책에서 겨울 호수와 함께 깨달음의 계기가 되는 중요한 상징이다. 역자 해제 중 "네 화두의 상호 보완" 부분을 참조하라.

득 채운 찢어진 돛들은, 종이로 다시 탄생해 인쇄된 책으로 만들어진다 해도 지금처럼 더 분명하게 눈에 띄고 또 흥미롭진 못했을 것이다. 저 찢어진 돛들이 견뎌낸 폭풍우의 내력을 저 돛처럼 생생하게 보여줄 정도로 매력적인 글을 쓸 수 있는 사람이 있을까? 저 돛들은 고칠 데가 없는 교정지이다.

여기에 메인주에서 벌목한 나무가 간다. 그것은 지난번 홍수 때 물결에 실려 바다로 가버린 나무가 아니다. 홍수에 떠내려간 나무나 쪼개진 나무가 많으므로 나무 가격은 1천 그루당 4달러가 올랐다. 소나무, 가문비나무, 삼나무 등으로 1-4등급으로 품질이 매겨져 있지만, 얼마 전까지만 해도 다 같은 품질의 나무로 그 밑을 지나가는 곰, 말코손바닥사슴, 순록의 머리 위에서 표표히 잎사귀를 흔들어대며 그늘을 만들어주던 것들이었다. 그다음으로 토마스턴 석회가 굴러가는데, 최상품으로 멀리 산간 지방까지 운송된 다음에야 포장을 풀 것이다

온갖 색깔과 품질의 누더기 옷은 목면과 리넨이 추락할 수 있는 최저 조건, 옷의 최종 도착지를 보여준다. 그 지역이 밀워키 같은 오지라면 모를까 이제는 더 이상 소리치며 찾는 무늬의 옷들은 아니다. 이 옷가지들은 영국, 프랑스, 미국의 날염 옷, 깅엄 천, 모슬린 천 등 상류층과 빈민층 양쪽에서 수집된 것으로 곧 한 가지 색깔 혹은 약간의 음영만 들어간 종이가 될 것이다. 그리고 그 종이 위에는 사실에 근거한, 고상하거나 비천한 실제 생활 이야기들이 기록될 것이다.

이 닫힌 차량은 소금 친 생선 냄새, 강력한 뉴잉글랜드의 상업 냄새를 풍긴다. 그 냄새는 나에게 [뉴펀들랜드 남동부의] 그랜드뱅크스 어장과 기타 어장들을 연상하게 한다. 무엇으로도 상하지 않도록 소금으로 완전하게 절인, 그리하여 성자들의 인내력까지도 부끄럽게 만드는 생선을 못 본 사람은 아마도 없을 것이다. 사람들은 이 절인 생선으로 거리를 청소하거나 도로포장을 할 수 있고 또 불쏘시개를 쪼개는 간이 망치로 쓰기도 한다. 운송업자는 이 생선으로 태양과 바람과 비로부터 자신과 화물을 보호할 수 있으리라.

과거에 콩코드 상인들이 그렇게 했듯이, 상인은 가게를 시작할 때 이

절인 생선을 문 앞에 매달아둔다. 너무 오래 달아둔 나머지 가게의 최장기 단골손님도 그게 동물인지, 식물인지, 광물인지 알아보지 못한다. 그러나 그것은 눈송이처럼 순결하다. 그것을 떼어내 솥에 넣고 끓이면 토요일 점심 식사 때 훌륭한 건어물 반찬이 될 것이다.

다음은 스페인산 소가죽 제품이 실려 온다. 소꼬리는 그 소유주인 황소가 카리브해 연안 지방의 팜파스 일대를 누빌 때의, 비틀어진 정도와 올라간 각도를 그대로 유지하고 있다. 그것은 일종의 고집으로, 모든 체질적 악덕은 못 말리는 것이며 전혀 고칠 수 없음을 보여준다. 고백하거니와, 내가 어느 때 어떤 사람의 진짜 기질을 알게 되었다 해도, 그 기질을 이승에서 더 좋은 쪽으로 혹은 더 나쁜 쪽으로 바꿀 수 있다고 보진 않는다. 동양인들은 이렇게 말한다. "개의 꼬리를 따뜻하게 한 다음 꼭 누르고 이어 줄로 단단히 묶는다고 해보자. 그런 작업을 12년 동안 하더라도 개 꼬리는 여전히 그 본래 형체를 유지할 것이다." 개 꼬리가 보여주는 이런 고집스러움을 가장 잘 다스리는 치료법은 그 꼬리로 아교를 만드는 것이다. 흔히 개 꼬리로 아교를 만들기도 하는데 그렇게 해놓으면 그제야 **빳빳**이 서서 변하지 않는다.

기차 차량에는 또 당밀 혹은 브랜디가 담긴 큰 통이 있다. 버몬트주 커팅스빌에 사는 존 스미스 씨에게 가는 물건이다. 그는 그린 마운틴스 일대에서 꽤 유명한 상인인데, 그의 개간지 옆에서 농사 짓는 농부들에게 공급하는 물품을 수입한다. 지금쯤 옥상 출입문 위에 서서 해안에 도착했을 마지막 선적품을 생각하며, 그 물품이 현재 가격에 어떤 영향을 미칠지 계산하고 있을 것이다. 오늘 아침 이전에 이미 스무 번이나 떠벌였지만, 지금 이 순간도 고객들에게 1등급 물품이 다음 기차로 오고 있다고 말하고 있으리라. 『커팅스빌 타임스』 신문에 광고까지 했을 테고.

이런 물품이 위로 올라갈 때 아래로 내려오는 물품도 있다. 휙 하는 소리에 놀라 책에서 고개를 쳐들어 보니, 멀리 북쪽 산에서 벌목된 키 큰 소나무가 그린 마운틴스 산맥과 코네티컷 강의 상공을 쏜살같이 날아 10분 사이에 도시를 통과하여, 다른 누군가가 목격하기도 전에,

어떤 커다란 군함의

돛이 되었다.[75]

그리고 보라! 여기에 1천 곳의 언덕, 양 우리와 마구간, 야외 젖소 우리 등에서 수집해온 소 떼와 양 떼를 실은 차량이 온다. 가축 상인들은 막대기를 들었고 양치기 소년들도 가축들 사이에 있다. 그 차량 안에는 단지 산간의 목초지만 없을 뿐이다. 가축들은 9월의 강풍에 산간 지대에서 날려 온 낙엽처럼 이리저리 떠밀린다. 공중에는 송아지와 양 울음소리가 가득하고 황소들도 거칠게 몸을 비틀어대는데, 마치 전원 계곡이 기차 위에 올라타서 지나가는 것 같다.

앞쪽에 있는 목에 종 달린 숫양이 종을 흔들어대자, 산들이 숫양처럼 뛰어오르고 작은 언덕들이 어린 양처럼 깡충 뛴다. 그 동물들 사이에, 가축 상인들도 타고 있었지만 상인이나 가축이나 잘 구분이 되진 않는다. 그리하여 상인이라는 직책은 가뭇없이 사라졌지만 그들은 쓸모없어진 가축 치는 막대기를 훈장인 양 꼭 거머쥐고 있다.

그런데 그들의 개는 지금 어디에 있는가? 개들은 정처 없이 탈주했다. 녀석들은 아무렇게나 버려졌다. 사냥감 냄새를 잃어버렸다. 내 생각에는 남서부 뉴햄프셔주 피터스보로 힐스에서 짖어대고 있거나 그린 마운틴스 서쪽 산등성이에서 숨을 헐떡거리고 있을 것이다. 개들은 사냥감의 죽음에 입회하지 못할 것이다. 녀석들 또한 직책을 잃어버렸다. 충성심과 현명함은 이제 수준 이하로 떨어졌다. 치욕스럽게 개집으로 퇴각하거나 아니면 야생으로 돌아가 늑대와 여우 무리와 동맹을 맺을 것이다. 그리고 기차 밖의 전원 풍경도 소용돌이치듯이 지나가며 사라진다. 기관차의 종이 울린다. 나는 이제 선로에서 벗어나 차량을 보내주어야겠다.

---

75 존 밀턴의 장시『실낙원』 1권 293-94.

철도는 내게 무엇인가?
나는 철도가 어디서 끝나는지
가서 살펴보지 않았네
그것은 몇 군데 공지(空地)를 채우고
제비들을 위한 둑을 만들고
모래를 날리게 하고
검은 딸기를 자라게 하네.

하지만 나는 숲속 수레가 다니는 길처럼 철로를 건너갔다. 그래도 철도 연기, 증기, 쉭쉭 거리는 소리에 두 눈이 현혹되거나 두 귀를 망쳐서는 안 된다.

이제 열차 차량들은 지나갔고 그것과 함께 불안정한 세상도 사라졌다. 호수 속 물고기들도 더 이상 동요를 느끼지 않는다. 그리고 나는 전보다 더 홀로 남았다. 기나긴 오후 내내 나의 명상은 거의 방해를 받지 않고, 가끔 저 먼 대로변 마차나 우마차의 희미한 덜거덕 소리만 들려올 뿐이다.

때때로 나는 일요일이면 링컨, 액턴, 베드퍼드, 콩코드 같은 마을에서 흘러오는 종소리를 듣는다. 바람이 그 소리를 잘 전해줄 때만 들려오는데, 그 희미하고 부드럽고 자연스러운 멜로디는 이 외로운 숲속에 반갑게 들여 놓을 만하다. 숲 위로 상당한 거리를 건너온 그 종소리는 어떤 진동하는 흥 얼거림으로 바뀌는데, 마치 지평선의 솔잎들이 그 소리가 스쳐가는 하프 줄 이 되어준 듯하다. 아주 멀리 떨어진 곳에서 듣는 모든 소리는 동일한 효과 를 하나 자아내는데, 우주라는 거대한 리라[현악기]의 떨림이라고 할 수 있 다. 이것은 우리가 멀리 떨어진 산봉우리를 바라볼 때, 우리와 그 산 사이에 끼어 있는 공기가 그 산봉우리에 푸른 색깔을 입혀주어 우리 눈에 흥미롭 게 보이는 것과 비슷하다.

아무튼 나의 귀에는 공기가 조율한 멜로디가 되어 들려온다. 숲속 모든 잎사귀, 솔잎과 대화를 나눈 가락이고, 자연의 힘이 조율하여 온 계곡에 울려 퍼지게 만든 바로 그 소리다. 어떤 의미에서 그 반향은 독창적인 소리이고 그 안에는 마법과 매혹이 있다. 그것은 종소리 중 가치 있는 부분의 반복이면서 동시에 숲의 소리이기도 하다. 다시 말해, 숲속 요정이 들려주는 사소한 단어 혹은 간단한 곡조를 담아 부르는 노래다.

저녁 무렵, 숲 너머 지평선에서 어떤 암소의 나지막한 울음소리가 달콤하고 감미롭게 들린다. 처음에 나는 그것을 어떤 젊은 가수들의 목소리로 착각했다. 때때로 나에게 세레나데[소야곡]를 불러주고, 산과 계곡을 방랑하는 젊은 가수들. 그러나 그 소리가 곧 흔하고 자연스러운 암소의 울음소리로 늘어졌어도 나는 그리 실망하지 않았다. 나는 여전히 젊은 가수들의 노래가 암소의 음악과 비슷하다고 말하고 싶은데, 여기에 풍자의 뜻은 조금도 없다. 암소와 마찬가지로 그들도 결국, 자연의 구체적 표현이므로.

여름 어느 한때, 정확히는 7시 반, 저녁 기차가 지나간 직후에 쏙독새는 내 집 문 앞 그루터기에 앉아 혹은 집 마룻대에 앉아 30분 동안 저녁 기도를 노래로 불렀다. 쏙독새들은 시계처럼 정확하게 노래를 부르기 시작했고, 그 후 5분 이내에 그날의 저녁 해가 서쪽으로 지고 있음을 알려주었다. 녀석들의 습관을 알게 되는 진귀한 기회였다. 때때로 숲의 서로 다른 지역에서 한꺼번에 네다섯 번 정도 그 노랫소리를 들었다. 우연하게도 한 소절 다음에 바로 이어 그다음 소절을 듣기도 했다. 그 소리는 너무나 가까운 곳에서 들려와서, 그 소절이 끝난 뒤 꼬꼬 하며 이어지는 소리도 구분할 수 있었고 거미집에 걸린 파리가 내는 듯한 저 웅웅거리는 독특한 소리도 들을 수 있었다. 그러나 새소리여서 그보다는 상대적으로 더 큰 소리였다. 때때로 어떤 새는 숲속에서 몇 피트 거리를 두고서 마치 줄에 매달린 것처럼 내 주위를 빙빙 돌았다. 아마도 그때 나는 새알 가까이 있었을지도 모르겠다. 그들은 밤새 간헐적으로 울었고 새벽이 오기 직전이나 새벽 무렵까지 여전히 듣기 좋은 노래를 불러댔다.

다른 새들이 잠잠해지면 부엉이가 그 가락을 이어받았는데 초상 당한 여인들이 비탄의 곡소리를 울-룰-루 하고 길게 내지르는 듯했다. 그들의 음산한 비명은 진정 냉소적인 벤 존슨[76] 풍이었다. 현명한 한밤중의 마귀들! 그것은 시인의 정직하고 노골적인 노래가 아니다. 농담조는 전혀 없는 엄숙한 묘지의 가장 슬픈 노래이며 동반 자살한 애인들이 지옥의 숲속에서 지고한 사랑의 고통과 기쁨을 회상하며 서로 위로하는 노래다.[77] 그러나 나는 숲의 가장자리로 울려 퍼지는 그 울부짖음과 구슬픈 반응을 즐겨 듣는다. 그것은 때때로 내게 노랫가락과 노래하는 새들을 상기하게 한다. 그것은 음악의 어둡고 눈물 젖은 부분이고 또 기꺼이 노래로 표현되길 바라는 회한이요 탄식인 듯하다.

부엉이들은 저급한 정령이요 암울한 전조이다. 그것은 한때 인간의 모습을 하고 지상을 몽유하며 어둠의 행위를 저지르던 타락한 영혼이었으나, 이제는 저 구슬픈 찬가와 시가를 가지고 과거에 비행을 저지른 현장에 나타나 속죄하는 것이다. 그들을 보노라면 나는 우리 공통의 집인 자연이 가진 다양성과 역동성을 새롭게 인식하게 된다. 한 부엉이가 호수 한쪽 측면에서 "아예 태어나지 않았더라면 좋았을걸!" 하고 말하듯 부엉부엉 울어대더니 곧 불안한 절망의 몸짓으로 공중을 선회하여 회색 참나무 횃대 위에 내려앉았다. 그러자 더 멀리 떨어진 곳에 있던 다른 부엉이가 부엉 부엉, "아예 태어나지 않았더라면 좋았을걸!" 하고 탄식을 토했는데, 그 희미한 소리는 저 먼 링컨 숲속에서 울려오는 것이었다.

나는 또한 올빼미의 소야곡도 들었다. 가까이서 들으면 그 소리는 자연 중 가장 울적한 소리라는 생각이 든다. 저 새는 죽어가는 인간의 신음소리를 하나의 가락으로 영구히 기록하려는 듯하다. 죽어가는 인간이란 모든 희

---

76 벤 존슨(1572-1637). 영국의 시인이자 극작가로 셰익스피어와 동시대인이며 풍자극으로 유명하다.

77 동반 자살한 애인은 단테의 『신곡』 지옥편 제5곡에 나오는 프란체스카와 파올로를 가리킨다.

망을 버린 불쌍하고 허약한 자이고, 동물처럼 울부짖되 인간적인 흐느낌으로 호소하는 자이며, 저 어두운 계곡에 들어서게 되자 걸걸대는 신음을 내어 더욱 사람을 오싹하게 만드는 자다. 그 소리를 흉내 내려 하는 순간, 나는 '걸걸'이라는 소리를 내려고 했다. 그것은 건전하고 용감한 생각에는 욕되게도, 끈적거리는 곰팡이 같은 심리 상태를 드러내는 의성어다. 그 소리는 내게 무덤을 파헤쳐 시체를 먹는다는 식시귀(食屍鬼), 백치, 광인의 아우성을 떠오르게 했다. 그러나 이제 저 먼 숲에서 같은 곡조로 답변하는 올빼미 소리는 아주 멀리 떨어져 있는 탓인지 아름다운 선율로 들렸고 '괜찮아, 괜찮아, 다 괜찮아' 하고 말하는 듯했다. 실제로 그 가락은 숲을 통과하여 울려오는 내내, 낮이든 밤이든 혹은 여름이든 겨울이든 즐거운 연상만 안겨 주었다.

나는 숲속에 올빼미가 있어 즐겁다. 그들이 인간을 위해 백치 같고 악마 같은 울음소리로 계속 울도록 두자. 그것은 햇빛이 스며들지 않는 습지와 미명(未明)의 숲속에 아주 잘 어울리는 소리다. 그것은 인간이 아직 자기 것으로 인식하지 못하는 광대무변한 미개발의 자연을 암시한다. 올빼미 소리는 우리 모두가 가진 저 지독한 미명과 충족되지 못한 욕망을 상징한다. 태양은 어떤 야만적인 습지의 표면에서 종일 빛난다. 그 습지에는 이끼 달린 가문비나무가 한 그루 서 있다. 자그마한 매들이 그 나무 위 상공을 선회하고, 박새는 상록식물 사이에서 혀 짧은 소리로 노래하며, 들꿩과 토끼는 그 밑을 살금살금 기어간다. 그러다가 이제 좀 더 음울한 날이 동터오고 다른 동물 족속이 자연의 의미를 그들 나름대로 표현하려고 잠에서 깨어난다.

저녁 늦게, 다리 위로 마차가 굴러가는 덜거덕거리는 소리가 희미하게 들렸다. 다른 날 밤에 듣는 것보다 더 멀게 느껴지는 소리였다. 개들이 짖는 소리, 때때로 멀리 떨어진 외양간에서 뭔가 못마땅한 암소가 나지막하게 울어대는 소리도 들려왔다. 한편, 호수 가장자리에서는 황소개구리가 내는 나팔소리가 요란하게 울려 퍼진다. 개구리들은 저 고대의 술꾼과 모주꾼들처럼 쾌활한 정신을 갖고 있다. 그들은 지금도 전혀 후회하지 않으면서 그들의 스티지아 같은 호수에서 돌림 노래를 부르려 애쓴다. 월든 호수 요정들은 내가 월든을 스티지아[78]와 비교하는 것을 양해해주기를 바란다. 아무튼 호수 주위에는 잡초가 거의 없지만 개구리는 많다. 개구리들은 정말로 연회의 쾌활한 분위기를 살리기 위해 기꺼이 소리를 내지르려 하지만, 그들의 목소리는 쉬어버려 너무 엄숙해졌다. 그 바람에 주연의 즐거움은 사라지고, 술은 그 풍미를 잃고 녀석들 배만 부풀어올랐을 뿐, 달콤한 도취로 과거의 불유쾌한 기억을 없애주진 못한다. 그리하여 개구리들에게는 단지 포만감과 물에 흠뻑 젖음, 팽창된 배만 있을 뿐이다.

최고참 개구리가 축 처진 턱을 받쳐주는 일종의 냅킨 같은 심장 모양의 잎사귀에 자기 턱을 내려놓는다. 그 개구리는 이 북쪽 호숫가에서, 한때 경멸받던 월든 호수의 물을 한 번 쭉 들이킨다. 그리고 '마셔봐, 마셔봐, 마셔봐' 하는 소리를 내지르면서 술잔을 돌린다. 그러면 즉각 저쪽 먼 호숫가 쪽에서 똑같은 권주사가 물 위를 건너온다. 이어 그 옆에 있던 두 번째로 서열 높고 비만한 개구리가 배가 잔뜩 부를 때까지 물을 마신다. 이런 식으로 호수 전역을 돌며 한 순배 돌아가자, 사회자가 아주 만족스럽다는 듯이 '마셔봐!'를 선창하고, 그러면 배가 가장 덜 부르고, 물에 덜 젖고, 또 축 처짐이 덜한 배를 가진 개구리까지 똑같은 권주사가 메아리쳐 내려간다. 그 누구도 이 돌림 노래에서 빠지는 법이 없다. 이어 술잔 돌아가는 순서가 거듭 되풀이되다가 마침내 해가 떠서 아침 안개를 흩어버리면 중단된다. 그때는 개구리 대장만이 아직 호수 속에 들어가지 않은 채 때때로 '마셔봐' 소리치면서 화답을 기다리지만 아무도 응답하지 않는다.

내 개간지에서 수탉 우는 소리를 들은 적이 있는지는 확실하지 않다. 수탉의 노랫가락을 높이 평가하여 녀석을 노래하는 새로 키우는 일도 가치 있다. 한때 인도에서 야생 들꿩이었던 이 새의 노랫가락은 어떤 새보다 특

---

78 그리스 신화에서 스티지아는 저승으로 건너가는 강을 말한다. 여기서는 개구리 소리를, 과거의 술꾼들이 죽음을 잊기 위해 떠들썩하게 주연을 벌이는 광경에 비유했다.

이하다. 만약 야생 수탉을 이 땅에 오게 할 수만 있다면, 그것은 우리 숲속에서 가장 유명한 소리꾼이 되어 거위의 울음과 올빼미의 비명을 월등하게 능가할 것이다. 그리고 바깥주인의 나팔소리가 멈추었을 때, 그 공간을 메우려고 캑캑 울어대는 암탉의 노랫가락을 상상해보라. 아주 엄청날 것이다. 이렇게 볼 때 인간이 이 새를 순치시킨 것은 자연스러운 일이다. 물론, 달걀과 닭다리도 길들인 목적에 일부 들어가기는 하지만.

겨울 아침에 이 새들의 고향인 이 야생의 숲을 한번 걸어보라. 그리고 나무 위에 걸터앉은 야생 수탉이 울어 젖히는 소리를 들어보라. 낭랑하고 고고하게 사방 몇 마일 땅으로 거침없이 퍼져 나가면서 다른 새들의 희미한 울음소리를 완전히 제압한다. 한번 생각해보라. 온 나라에 경계령이 내려진다. 그 소리에 누군들 일찍 잠 깨어 일어나지 않겠는가? 날마다 더욱 일찍 일어나 사람들은 마침내 형언할 수 없을 정도로 건강해지고, 부유해지고, 현명해지지 않겠는가? 모든 나라의 시인은 그들 나라의 다른 노래 새들과 함께 이 외국 새의 노래를 칭송해왔다. 용감한 수탉은 모든 기후에 잘 적응한다. 심지어 원주민보다 더 원주민의 특성을 지녔다. 건강은 언제나 좋고, 폐는 튼튼하며, 정신은 위축되는 법이 없다. 심지어 대서양이나 태평양의 선원도 그 목소리에 잠을 깬다.

그러나 수탉의 찢어지는 소리가 나를 잠에서 깨우지는 못한다. 나는 개, 고양이, 암소, 돼지, 암탉을 키우지 않는다. 그럼 당신은 가축들 소리가 들리지 않겠구먼 하고 말할지도 모른다. 그렇다. 나는 우유 젓는 기구도, 실 잣는 바퀴도, 식식거리는 소릴 내는 항아리도 없으며, 사람을 위로해준다는 어린아이의 울음소리도 듣지 못한다. 이 정도로 한적하다면 아주 구식인 사람은 권태 때문에 정신이 돌거나 죽어버렸을 것이다. 심지어 집 벽 속에 쥐들도 없다. 거기 들어갔다가는 굶어 죽기 때문이다. 아니, 쥐들을 유혹해 집 안으로 들일 만한 물건이 없다. 오로지 지붕과 바닥 밑의 다람쥐, 마룻대의 쏙독새, 창문 밑에서 소리치는 어치, 집 밑 산토끼와 우드척, 집 뒤의 부엉이와 올빼미, 호수 위에 뜬 한 떼의 야생 거위와 웃고 있는 되강오리가 있을

페어리랜드 숲, 콩코드, 1902년 2월 17일.

대설(大雪)이 들이닥치면 앞마당 문까지만 길이 없는 게 아니라, 문도 앞마당도 문명세계로 나가는 길도 모두 사라진다.

뿐이다. 종다리와 꾀꼬리 같은 온순한 농장 새들은 내 개간지를 찾아오지 않는다. 앞마당에는 수탉도 고함치지 않고 암탉도 울지 않는다. 아니, 앞마당이라는 게 아예 없다. 하지만 울타리 없는 자연이 집 창문턱까지 다가와 있다. 이 창문 밑에는 어린 숲이 자라고, 야생 옻나무와 블랙베리 덩굴이 지하 저장실까지 뚫고 들어온다. 튼튼한 소나무들은 공간이 부족하여 집 지붕 널빤지에 몸을 비벼대며 삐걱거리는 소리를 낸다. 나무뿌리는 집 아래쪽으로 파고 들어간다. 강풍이 불어오면 석탄 그릇이나 덧문이 날아가는 정도가 아니라, 집 뒤 소나무가 꺾이거나 아니면 뿌리째 뽑혀 날아간다.

그러다가 대설(大雪)이 들이닥치면 앞마당 문까지만 길이 없는 게 아니라, 문도 앞마당도 문명세계로 나가는 길도 모두 사라진다.

5

고독

나의 온몸이 단 하나의 감각 기관으로 변하는 감미로운 저녁이 있다. 내 몸은 모든 땀구멍을 통해 즐거움을 빨아들인다. 나는 저 기이한 자유로움을 느끼며 자연 속에서 마음대로 왕래하고, 자연의 일부가 된다. 날씨는 구름 끼고 바람 불어 차갑지만 나는 와이셔츠만 입은 채로 조약돌 많은 호반을 산책한다. 특별히 내 시선을 잡아끄는 것을 보진 못한다. 하지만 자연의 힘과 그 외에 자연의 모든 원소가 비상할 정도로 내 몸과 조화를 이룬다. 밤을 초대하기 위해 황소개구리들은 트럼펫을 불기 시작했고 쏙독새의 노랫가락은 호수에 물결을 일으키는 바람의 날개를 타고서 이쪽으로 건너온다. 바람에 흔들리는 오리나무와 포플러나무 잎사귀들을 안타까워하다 보니 순간적으로 숨이 멎는 것을 느낀다. 그러나 호수와 마찬가지로 평온한 마음에 잔물결이 슬쩍 일었을 뿐 풍랑이 솟구친 것은 아니었다. 저녁 바람이 일으킨 작은 파도는 사물을 되비추는 부드러운 호수 표면처럼 풍랑하고는 아무 상관이 없다. 이제 어두워졌지만 바람은 계속 불어오면서 숲속에서 고함을 지르고, 물결은 여전히 일어서며, 몇몇 동물은 자기 노래로 나머지 동물들을 안도하게 한다. 숲속의 휴식은 결코 온전하지 않다. 가장 야성적인 동물들은 휴식을 취하지 않는다. 이제 먹잇감을 찾는 시간이다. 여우, 스컹크, 토끼는 이제 들판과 숲속을 무람없이 내달린다. 그들은 자연의 야경꾼으로서 활기 넘치는 이 대낮과 저 대낮 사이를 이어주는 연결고리다.

집으로 돌아와 보니 방문객들이 거기다 자기 나름의 명함을 놓고 갔다. 꽃 한 다발, 상록식물 한 더미, 노란 호두나무 잎사귀나 나무 조각에 연필로 새긴 이름. 아주 드물게 숲을 찾아오는 사람들은 숲에서 자연의 작은 한 조각을 떼어내어 집을 찾아오는 동안 만지작거리다가 마침내 의식적이든 무의식적이든 내 집에 두고 간다. 어떤 사람은 버드나뭇가지 껍질을 벗겨 그것을 반지로 만든 다음에 내 테이블 위에 놓고 갔다. 집을 비운 사이에 어떤 방문객이 찾아오면 나는 그들이 꺾은 가지나 풀 또는 신발 자국 등으로 그가 누구인지 금방 알아본다. 또 그들이 남긴 약간의 흔적으로 성별, 연령, 인품 등을 대충 알아맞힐 수 있다. 떨어진 한 송이 꽃, 손으로 따서 한참 쥐고 있다가 내 집에서 반 마일 정도 떨어진 철로 옆에 버린 한 다발의 풀 혹은 아직도 남아 있는 시가와 파이프 향기 등이 단서가 된다. 아니, 여기서 60로드[300미터] 떨어진 대로변을 걸어가는 여행자도 그의 담배 연기로 종종 알아맞힐 수 있다.

일반적으로 말해, 주위에는 충분한 공간이 있다. 우리의 지평선이 바로 팔꿈치 옆에 있는 비좁은 경우는 절대 없다. 울창한 숲은 집 바로 앞에 있지 않고, 호수 또한 적당한 거리를 두고 떨어져 있다. 낯익고 자주 다니는 개간지는 언제나 우리 주위에 있다. 우리는 그 땅을 점유하고 울타리를 쳐서 자연으로부터 권리를 인정받는 것이다. 나는 무슨 이유로 이 광대한 산과 들판, 사람이 잘 다니지 않는 몇 제곱마일에 달하는 숲을 나 혼자 차지하고 있는가? 사람들이 거의 나한테 버리다시피 한 이 땅을? 나와 가장 가까운 거리에 있는 이웃조차도 1마일이나 떨어져 있고, 내 집에서 반 마일 거리 이내에서는 언덕 꼭대기에 올라가지 않는 한 집을 구경할 수도 없다. 나의 지평선은 모두 숲으로 둘러싸여 있고 그것을 나 혼자 독차지하고 있다. 멀리 한쪽 면에서는 호수의 북쪽 끝에 인접한 철도가 보이고, 또 다른 면에서는 삼림지 도로를 에워싼 울타리가 보인다.

그러나 평소 내 집 풍경은 대초원 위에 있는 것처럼 고적하다. 이곳은 뉴잉글랜드에 있지만, 아시아 혹은 아프리카에 있는 것과 비슷하다. 말하자면, 나는 나만의 해와 달과 별들을 갖고 있고 이 작은 세계를 독차지하고 있다. 밤이면 집 옆을 지나가거나 집 문을 노크하는 행인은 전혀 없다. 나는 지상의 최초 인간 혹은 최후 인간이 된 느낌이다. 그러나 봄이 되면 오랜 적조함을 깨뜨리면서 마을 쪽에서 메기를 잡으러 오는 사람들이 있다. 그들은 자신들의 심성[79]이 만들어낸 월든 호수에서 많이 낚시해본 사람들이고 그래서 어둠을 낚시의 미끼로 사용한다. 그들은 으레 가벼운 바구니를 챙기고 곧바로 물러나면서 "세상을 어둠과 내게"[80] 맡겨둔다. 그리하여 밤의 검은 씨앗이 인간 이웃에게 손때 타는 일은 없다. 나는 인간이 전반적으로 어둠을 약간 두려워한다고 생각한다. 마녀들은 모두 교수형을 당했고, 기독교 신앙과 양초가 그 전에 소개되었는데도 말이다.

하지만 나는 때때로 자연의 사물 속에서 가장 달콤하고 부드러우며, 가장 정직하고 고무적인 동아리 모임을 발견했다. 심지어 불쌍한 염세주의자와 심각한 우울증 환자도 이런 벗을 얻을 수 있다. 자연 한가운데 살면서 오감을 평온하게 유지하는 사람에게는 우울증이라는 아주 검은 체액(體液)이 생길 수 없다. 어떤 폭풍우가 불어온다고 해도 건강하고 정직한 사람 귀에는 바람의 신 아이올로스의 춘풍처럼 들린다. 그 어떤 것도 소박하고 용감한 사람 마음에 천박한 슬픔을 강요하지 못한다. 사계절의 우정을 반갑게 맞아들이는 한, 그 어떤 것도 내 인생을 부담스러운 것으로 만들지 못한다. 오늘 내 콩밭을 적시고 그래서 나를 집 안에 머물게 만든 저 부드러운 비는 음산하지도 우울하지도 않으며 오히려 상쾌하고 좋다. 비가 와서 콩밭에 괭이질을 하진 못하지만 그래도 비 오는 풍경은 그보다는 훨씬 더 값어치 있

---

79 원어는 natures. 월든 호수가 사람 마음의 상징임을 보여준다.
80 영국 시인 토머스 그레이(1716-71)의 명시 「묘반애가」(墓畔哀歌)의 한 구절.

다. 설사 비가 계속 내려 땅속 씨앗이 썩고 저지대 감자를 망쳐놓아도, 고지대의 풀에게는 좋은 것이므로 내게도 좋은 게 된다.

때때로 나는 자신을 남과 비교해본다. 나는 그들보다 신들에게서 더 혜택을 받은 것 같다. 내가 생각하는 자격 이상으로 나는 혜택을 받았다. 마치 동료 이웃에게 없는 신들의 보장과 담보를 내가 갖고 있어, 특별한 인도와 보호를 받는 느낌이다. 나는 자만하지 않으려 하지만, 오히려 신들은 내게 그런 자만심을 가져도 좋다고 한다. 나는 외로움을 느낀 적이 없고, 고독하다는 느낌으로 심적 압박을 당한 적도 없다. 그러나 딱 한 번 숲속에 들어와 몇 주 지났을 때, 이웃이 가까이 있는 게 평범하고 건전한 보통 사람에게 허락된 필수 요소가 아닐까 하고 한 시간 정도 생각한 적은 있었다. 그 순간 내가 혼자 있는 걸 언짢게 여겼다. 그러나 거의 동시에 내 정신이 약간 혼미해졌음을 의식했고 곧 회복되리라는 것을 알았다.

부드럽게 비가 내리는 동안 이런 생각을 하다가 나는 불현듯 자연 속에는 상냥한 은혜를 내려주는 동무들 모임이 있음을 알았다. 내 집 지붕을 두드리는 빗소리, 집 주위의 모든 소리와 풍경, 이런 것은 나를 떠받치는 공기처럼 무한하면서도 형언하기 어려운 다정한 동무들이다. 그리하여 이런 자연 모임은 소위 인간 이웃이 제공하는 이점을 모두 하찮은 것으로 만들었다. 그때 이후 나는 사교 모임의 이점에 관해 전혀 생각하지 않았다.

자그마한 솔잎조차도 내게 공감하며 옆으로 펼쳐지고 팽창하면서 나와 벗하자고 한다. 나는 혈연관계에 있는 자연 속 사물들의 존재를 뚜렷하게 느끼며, 심지어 야성적이고 황량하다고 일컫는 풍경 속에서도 그것을 느낀다. 그리하여 나와 가장 가까운 혈연관계이면서 다정한 느낌을 주는 것은 일반 사람이나 마을 사람이 아니라고 여기며, 숲속 어떤 장소도 내게는 낯설지 않다고 생각한다.

토스카의 아름다운 딸이여,
애도는 슬퍼하는 사람을 일찍 죽이나니

산 자들의 땅에서 슬퍼하는 자의 날은 짧도다.[81]

내가 가장 유쾌하게 여기는 시간은 봄이나 가을에 장시간 비가 내리는 때다. 비는 오전은 물론이고 오후 내내 나를 집 안에 가두어두고서, 그 끝없는 속삭임과 두드림으로 위로한다. 석양이 일찍 시작되어 오래가는 저녁이 오면 많은 생각이 내 안에 뿌리를 내리고 천천히 퍼져 나간다. 여러 마을을 괴롭히는 북동부의 비바람이 몰려오면 하녀들은 현관 앞에 들통과 대걸레를 들고 서서 밀려드는 빗물을 쳐내야 한다. 하지만 나는 작은 집에 들어앉아 그 아늑한 분위기를 온전하게 느낀다. 사실 내 집은 전체가 현관이나 다름없다.

천둥이 심하게 울려대던 어느 날, 벼락이 호수 건너편의 커다란 소나무를 세게 내리쳐 우듬지에서부터 밑동까지 완벽한 나선형 홈을 뚜렷하게 파놓았다. 홈 깊이는 1인치[2.5센티미터] 이상이고 너비는 4-5인치[10-12센티미터]나 되었는데, 마치 손으로 지팡이 홈을 파놓은 것 같았다. 전날 이 나무 옆을 지나가다가 위압감을 느끼며 그 벼락 맞은 자리를 쳐다보았다. 8년 전[82] 그 무섭고 막강한 청천벽력이 내리쳤을 때보다 상흔이 더욱 뚜렷하게 남아 있었다.

사람들은 내게 자주 이런 말을 한다.

"당신은 거기 숲속에 있으면서 외로움을 느끼다가 사람들 근처에 있고 싶었을 것 같은데요. 특히 비 오는 날, 바람 부는 날, 밤중에는."

나는 이렇게 대답하고 싶어진다.

"우리가 사는 이 지구도 우주 공간에서는 하나의 점에 지나지 않습니

81   제임스 맥퍼슨이 18세기 페르시아 시인 오시안의 시를 번역한 것이다. 시의 화자는 애인의 죽음을 슬퍼하는 토스카의 딸 말비나를 위로하고 있다.

82   소로가 『월든』을 8년에 걸쳐 고치고 보완했음을 보여주는 부분이다. 역자 해제 중 "6차에 걸친 수정"을 참고하라.

다. 저기 우주 공간의 별은 우리의 측정 기구로 그 너비를 잴 수도 없습니다. 그 별에 사는, 가장 멀리 떨어져 있는 두 주민은 서로 얼마나 멀리 떨어져 있다고 생각하십니까? 그 먼 거리라는 것도 따지고 보면 미세한 점 속의 아주 미세한, 보이지 않는 티끌 같은 것입니다. 그런데 왜 내가 외로움을 느껴야 합니까? 우리 지구는 은하계에 들어 있는 별 아닙니까? 당신의 질문은 내가 보기에 아주 중요한 질문은 아닌 듯합니다.”

인간을 동료로부터 떼어놓아 그를 외롭게 만드는 공간은 어떤 공간인가? 나는 두 다리를 아무리 빨리 놀리며 걸어가 공간을 좁힌다고 해도 두 마음을 서로 가깝게 만들지 못한다는 것을 알았다. 우리는 어디에 가장 가까이 살길 원하는가? 기차역, 우체국, 술집, 예배당, 학교, 식료품 가게, 비컨 힐, 파이브 포인츠? 아무튼, 사람이 많이 몰려드는 그런 곳은 아닐 것이다. 오히려 생명의 항구적인 샘 가까운 곳에 살고 싶어 할 것이다. 그런 곳에 있어야 우리는 샘에서 계속 흘러나오는 생명의 물을 마실 수 있다. 버드나무가 물 가까운 곳에 서 있어야 그 뿌리를 사방으로 내뻗을 수 있듯. 이것을 어떻게 볼 것인가는 사람 성격에 따라 달라진다. 하지만 현명한 사람은 이런 항구적인 생명의 샘 옆에 지하 저장실을 파려고 한다.

어느 날 저녁, 나는 월든 로(路)에서 소위 상당한 재산을 모았다는 시민 한 명을 만났다. 내가 직접 그 재산을 살펴보지는 못했지만. 그는 소 두 마리를 몰고 시장으로 가는 길이었다. 그는 내게 어떻게 생활 속 많은 편리한 시설을 포기할 생각을 했느냐고 물었다. 나는 그렇게 포기하고서도 내 생활이 아주 만족스럽다고 답했다. 농담이 아니었다. 나는 곧 그와 헤어져 집으로 돌아와 잠이 들었으나, 그 부자는 어둠과 진흙길을 뚫고 브라이턴 혹은 브라이트 읍으로 가야 했다.[83] 그는 아마도 다음 날 오전에 그곳에 도착했을 것이다.

---

83 브라이턴은 보스턴 우시장이 있는 지역이며, 브라이트에는 '좋은 소'라는 뜻이 있다.

바렛 농가 담장 근처의 검은 버드나무들, 1918년 3월 26일.

우리는 어디에 가장 가까이 살길 원하는가? 기차역, 우체국, 술집, 예배당, 학교, 식료품 가게, 비컨힐, 파이브 포인츠? 아무튼, 사람이 많이 몰려드는 그런 곳은 아닐 것이다. 오히려 생명의 항구적인 샘 가까운 곳에 살고 싶어 할 것이다. 그런 곳에 있어야 우리는 샘에서 계속 흘러나오는 생명의 물을 마실 수 있다. 버드나무가 물 가까운 곳에 서 있어야 그 뿌리를 사방으로 내뻗을 수 있듯.

정신적으로 죽어 있던 사람이 깨어나고 소생하는 데에는 시간과 장소가 중요하지 않다. 깨어나는 곳은 언제나 같은 곳이고, 그것은 우리 오감에 형언하기 어려운 쾌감을 안긴다. 우리는 어리석게도 주변적이고 일시적인 상황들을 중요한 일로 삼는다. 솔직히 말하면, 그것은 우리 정신을 산만하게 만드는 원인일 뿐이다. 모든 사물의 가장 가까운 곳에, 그 존재를 형성하는 힘이 있다. 우리 바로 옆에서 가장 위대한 법칙이 끊임없이 작용 중이다. 우리 옆에는 농사나 상업을 위해 고용하고 즐겨 대화를 나누는 일꾼이 아니라, 우리 인간을 만들어낸 진정한 일꾼이 있다.

"하늘과 땅의 오묘한 힘이 지닌 영향력은 얼마나 광대하고 심원한가!"

"우리는 그 힘을 알려 하지만 보지 못한다. 우리는 그 힘을 들으려 하지만 듣지 못한다. 사물의 본질과 동일한 그 힘은 사물에서 떨어지지 않는다."

"그 힘은 온 세상천지에서 사람들이 그들 마음을 순화하고 성화하도록 하고, 제사 옷을 입고 조상에게 희생을 바치고 헌주하도록 한다. 그것은 오묘한 지성의 바다다. 그것은 우리 위, 왼쪽, 오른쪽, 어디에나 있다. 그것은 온 사방에서 우리를 둘러싼다."[84]

우리는 흥미로운 실험 대상이고 그것은 나에게 적지 않은 흥미를 불러일으킨다. 우리는 잡담을 나누는 모임을 잠시 멀리하고 오로지 생각만으로 자신을 격려할 수는 없을까? 공자는 이런 말을 했다. "덕(德)은 버려진 고아처럼 되지 않는다. 덕에는 반드시 이웃이 있다."[85]

우리는 깊이 생각함으로써 아주 건전한 의미로 자신을 객관화할 수 있다. 의식적으로 심적 노력을 기울여 우리 행동으로부터 한 발짝 초연히 물러서서 그 결과를 살펴볼 수 있다. 좋든 나쁘든 모든 것은 우리 옆을 격류처럼 흘러간다. 우리는 온몸을 던져 자연 속으로 몰입하지는 못한다. 나는 자

---

84 『중용』의 3. 도론(道論) 중 제8에 나오는, "子曰, 鬼神之爲德, 其盛矣乎"로 시작되는 문단이다. 역자 해제 중 "소로와 동양사상"을 참고하라.

85 『논어』, 이인(里仁) 편 제25. "子曰, 德不孤, 必有隣."

연의 흐름을 타고 가는 표류목일 수도 있고 도리천에서 그것을 내려다보는 인드라[86]일 수도 있다. 나는 연극적인 허세에 영향을 받을 수도 있고, 반면 나와 밀접하게 관련되어 보이는 실제 사건에도 영향을 받지 않을 수 있다.

나는 자신을 인간이라는 존재로만 인식한다. 그러니까 생각과 감정이 모여 있는 장소라고 본다. 나는 나라는 존재의 이원성을 의식하는데, 때문에 남들은 물론이고 나 자신에게서도 멀찍이 떨어져서 나를 본다. 자기 체험이 아무리 강력하더라도 나는 존재의 어떤 부분이 거기 있어 비판하고 있는 것을 느낀다. 그런데 그 부분은, 뭐라고 할까, 나의 한 부분은 아니고 그저 구경꾼인데 내 체험을 공유하지 않으면서 그 체험을 주목한다. 그 구경꾼은 당신도 아니고, 나 자신도 아니다. 인생이라는 연극(그것은 비극일 수도 있다)이 끝나면 구경꾼은 그의 길을 가버린다. 구경꾼이 볼 때, 인생은 일종의 허구요 상상의 소치이다. 이러한 이원성은 우리 인간을 쉽사리 신통치 못한 이웃으로 만드나 때때로 친구로 만들기도 한다.[87]

대부분 시간을 혼자 있는 것이 내게는 더 유익하다. 가장 좋은 사람들이라 해도 함께 있으면 곧 피곤하고 지루해진다. 나는 혼자 있는 것을 사랑한다. 나는 고독처럼 다정한 친구를 만나본 적이 없다. 우리는 집 안 내실에 머물러 있을 때보다 사람들 사이에 있을 때 대부분 더 고독함을 느낀다. 생각하거나 일하는 사람은 언제나 혼자이므로, 그가 있고 싶은 곳에 있게 하라. 고독은 사람과 이웃 사이에 긴 공간의 거리로 측정되지 않는다. 진정 근면한 학생은 하버드 대학의 가장 붐비는 공간을 차지했더라도 사막의 수도자처럼 고독하다.

---

86 힌두교 최고의 신은 브라마인데 창조, 보존, 파괴의 세 기능을 갖고 있다. 인드라는 브라마에 종사하는 여러 신 중 제1신으로 땅, 번개, 폭풍, 비 등을 관장한다.

87 '구경꾼'이란 개념은 애덤 스미스의 『도덕감정론』에서 처음 나왔는데, 인간의 양심을 가리킨다. 소로가 말한 구경꾼은 양심에 에머슨의 '대영혼'이 더해진 개념이다. 역자 해제 중 "초월주의 사상"을 참고하라.

농부는 들판이나 숲속에서 괭이질하거나 나무 자를 때 외로움을 느끼지 못한다. 그가 일에 몰두하고 있는 까닭이다. 농부는 일이 끝나서 밤에 집에 가서도 방에 혼자 앉아 생각에 잠기는 것도 아니다. 그는 "사람을 볼 수 있는" 곳에 있어야 하고 낮 동안의 고독을 보상받기 위해 오락을 해야 한다. 그래서 농부는 학생이 어떻게 권태나 우울증 없이, 밤 동안과 대낮의 대부분을 혼자 앉아 지낼 수 있는지 궁금해한다. 하지만 농부가 모르는 것이 있다. 그 학생은 집에 있지만, 낮에 농부가 했던 것처럼 지식의 들판에서 일하고 나무를 자르는 것이다. 학생도 농부처럼 오락과 모임을 추구하지만, 좀 더 단순한 형태를 취하게 될 것이다.

사교 모임은 일반적으로 말해 너무 천박하다. 우리는 너무 짧은 간격으로 만나고 그래서 상대방에게 어떤 새로운 가치를 제공할 시간이 없다. 우리는 하루 세 끼 식사 때마다 만나고, 오래되어 곰팡내 나는 치즈(우리 자신이 이게 아니라면 무엇인가)를 상대방에게 들이댄다. 우리는 예의범절과 공손함이라는 일정한 규칙에 동의해야 하고 이런 빈번한 만남을 참아주며 상대방에게 노골적인 선전 포고를 해서는 안 된다. 우리는 우체국과 친목회에서 만나고, 매일 밤 벽난로 주위에서 만난다. 우리는 복잡하게 살고 상대방을 방해하며 서로에게 걸려 넘어진다. 우리는 이렇게 하여 상대방에 대한 존경심을 잃어버린다. 중요하고 다정한 의사소통도 좀 뜸하게 진행되어도 무방하다. 공장 소녀들을 생각해보라. 결코 혼자 있는 일이 없고, 심지어 꿈속에서도 혼자 있지 않는다. 내가 사는 곳처럼 1제곱마일에 주민이 한 명뿐이라면 더 좋을 것이다. 인간의 가치는 그의 피부에 있는 것이 아니므로, 우리가 상대방을 자주 만나 접촉할 필요는 없다.

숲속에서 길을 잃고 나무 밑동에 주저앉아 배고픔과 탈진으로 죽어가는 사람 얘기를 들은 적이 있다. 외로운 그는 허약한 신체에서 비롯된 병든 상상이 만들어내는 환상들로부터 위로를 받았다. 하지만 그는 그 환상을 실재라고 믿었기에 효과를 보았던 것이다. 우리는 그 남자보다는 훨씬 강건한 신체적, 정신적 힘을 갖고 있으므로, 훨씬 더 정상적이고 자연스러운 상상

J. B. 무어의 목초지에서 바라본 밀 브룩에 비친 석양 구름, 콩코드, 1904년 10월 18일.

목초지의 현삼이나 민들레, 콩 잎사귀, 괭이밥, 말파리, 뒝벌 등이 외롭지 않은 것처럼 나 또한 외롭지 않다. 나는 밀-댐에 있었던 밀 브룩 시냇물, 바람개비, 북극성, 남풍, 4월의 비, 1월의 해빙, 새 집에 나타난 첫 번째 거미처럼 외롭지 않다.

을 통해 사람을 사귈 수 있으며, 자신이 결코 혼자가 아님을 알게 된다.

내 집에는 많은 친구가 있다. 특히 아무도 찾아오지 않는 아침이면 더욱 그러하다. 몇 가지 구체적인 사항을 말할 테니 그중 하나가 내 상황을 대략이나마 전달하길 바란다. 커다란 웃음소리를 터뜨리는 되강오리 혹은 월든 호수 그 자체만큼이나 나는 외롭지 않다. 묻노니, 저 외로운 호수에게 무슨 친구가 있겠는가? 그렇지만 호수는 그 푸른 물빛 속에 푸른 악마가 아니라 푸른 천사를 가지고 있다. 태양은 언제나 혼자다. 흐린 날씨에는 때때로 두 개의 태양이 나타나지만 그중 하나는 가짜다. 하느님은 혼자이지만 악마는 결코 혼자 있지 않다. 그는 많은 친구를 만나므로 악마는 언제나 복수다. 목초지의 현삼이나 민들레, 콩 잎사귀, 괭이밥, 말파리, 뒤영벌 등이 외롭지 않은 것처럼 나 또한 외롭지 않다. 나는 밀-댐에 있었던 밀 브룩 시냇물, 바람개비, 북극성, 남풍, 4월의 비, 1월의 해빙, 새 집에 나타난 첫 번째 거미처럼 외롭지 않다.

숲속에서 눈이 빠르게 떨어지고 바람이 불어대는 긴 겨울밤이 되면 가끔 손님이 찾아온다. 그는 예전의 정착민이면서 원주인이었던 사람이다. 그는 월든 호수를 파서 바닥을 돌로 메우고, 호반을 소나무 숲으로 단장한 사람이라고 한다. 그는 오래전 얘기와 새로운 영생에 관한 얘기를 들려준다. 우리는 사과나 사과주가 없어도 사교상 환대를 하고 사물에 대한 유쾌한 견해를 나누면서 즐거운 저녁 한때를 보낸다. 그는 아주 현명하고 유머가 많은 사람이고, 나는 그를 아주 좋아한다. 그는 고프나 월리[88]보다 더 많은 비밀을 간직한 사람이다. 그는 죽었다고 알려졌지만, 아무도 그가 묻힌 곳을 모른다.

---

88 월리엄 고프(1605-79)는 크롬웰 시대에 찰스 1세의 사형 판결에 서명한 재판관이다. 후에 왕정복고 때 장인 월리 장군과 함께 미국으로 도망쳐 종적을 감추었다. 전설에 의하면 1675년 인디언들이 매사추세츠주 해들리 시를 공격할 때 돌연 나타나 시민을 도왔다고 한다.

내 이웃에 거주하는 나이든 부인은 사람 눈에 잘 띄지 않는다. 나는 때때로 그녀의 약초 정원에서 산책하면서 약초도 따고 부인의 옛날 얘기를 듣는 걸 좋아한다. 부인은 남과 비교할 수 없는 풍요로운 정신을 갖고 있는데, 그녀의 기억은 신화보다 더 오래된 세월로 거슬러 올라간다. 그녀는 모든 옛날 이야기의 원본과, 그 얘기가 어떤 사실에 근거했는지도 말해줄 수 있다. 그 사건들은 그녀가 어렸을 적에 벌어졌기 때문이다. 건장하고 정력적인 노부인은 모든 날씨와 계절을 즐겁게 여기며 그녀의 자녀보다 더 오래 살 것 같다.[89]

태양, 바람, 비 그리고 여름과 겨울 등 자연의 순수함과 은혜는 이루 말로 하기 어렵다. 이런 것은 엄청난 건강과 격려를 안겨준다. 자연은 우리 인간이라는 종족에게 한량없는 동정심을 베풀고 그래서 인간에게 무슨 일이 벌어지면 모든 자연은 그 일로 영향을 받는다. 어떤 인간이 정당한 이유로 슬퍼하고 있다면, 태양의 밝기는 흐릿해지고 바람은 인간의 고초에 탄식 소리를 내며 구름은 눈물을 비로 내리고 숲은 한여름인데도 잎사귀를 떨어뜨리고 상복을 입는다. 그러니 내가 대지와 소통한다고 보아야 하지 않을까? 나 자신도 부분적으로 잎사귀이며 식물이라고 해야 하지 않을까?

우리를 건강하게 하고 평온하게 하고 만족하게 만드는 알약은 무엇인가? 그것은 나나 당신의 증조부가 만들어준 알약이 아니고, 우리 증조모인 자연이 만들어준 채소와 식물로 된 만병통치약이다. 자연은 그 약으로 자신을 언제나 젊은 상태로 유지하고, 한창때 힘을 발휘하며 수많은 '파 노인'[90]보다 더 오래 살았고, 그 노인들이 남긴 썩어가는 지방(脂肪)으로 자신의 건

---

89 이 두 방문객은 상상 속의 전설적 인물로, 위로 세 번째 문단에서 나오는 "훨씬 더 정상적이고 자연스러운 상상을 통해 사람을 사귈 수 있으며, 자신이 결코 혼자가 아님을 알게 된다"를 이어받는다.

90 Old Parr. 영국 쉬롭셔에서 1483년에 태어나 1635년에 152세로 죽었다는 토머스 파(Thomas Parr)를 가리킨다.

강을 더욱 튼튼하게 했다. 나는 얄팍한 검은 범선처럼 생긴 마차가 실어온, 저승의 강 아케론이나 사해에서 떠온 물로 만든 돌팔이 물약이 아니라, 순수하고 신선한 아침 공기 한 사발을 만병통치약으로 들이마시고 싶다.

아침 공기! 만약 사람들이 하루의 원천인 새벽에 이 공기를 들이마시지 않는다면, 우리는 그 공기를 일부 병에 담아 가게에 내놓고 팔아야 한다. 이 세상의 아침 시간이 주는 특효약을 챙기지 못한 사람들을 위해 말이다.

그러나 기억하라. 그 공기는 정오 때까지 기다려주지 않을 것이다. 심지어 가장 시원한 지하 저장실에서도 기다려주지 못한다. 곧 병에서 새어나와 오로라 아침 여신의 발걸음을 따라 서쪽으로 가버릴 것이다. 나는 오래된 약초를 잘 다룬다는 의학의 신 아스클레피오스의 딸 히기에이아 숭배자가 아니다. 그녀의 조각상을 보면, 한 손에는 뱀을 잡고 있고 다른 한 손에는 컵을 들었는데 뱀은 때때로 그 컵에서 물을 마신다. 나는 그보다는 제우스의 술잔잡이 헤베를 숭배한다. 그녀는 헤라와 야생 상추 사이에서 태어난 딸로, 신들과 인간들에게 청춘의 기력을 회복하게 하는 힘을 가졌다. 헤베는 이 지구상을 걸었던 여성 중에 유일하게 육체적으로나 정신적으로나 온전하고, 건강하고 또 튼튼한 젊은 여성이었다. 그녀가 오는 곳이라면 어디나 봄이 찾아온다.

6

방문객들

나는 누구 못지않게 사교 모임을 좋아하며, 내가 만나는 어떤 혈기 왕성한 사람에게도 거머리처럼 달라붙을 준비가 되어 있다. 나는 천성적으로 은자가 아니며, 필요한 일이 있어 술집에 간다면 어떤 끈질긴 단골손님보다 더 오래 버틸 수 있다.

내 집에는 세 개의 의자가 있다. 하나는 고독, 둘은 우정, 셋은 사교 모임을 위한 것이다. 뜻하지 않게 많은 방문객이 찾아와도 그들 모두에게 단지 세 번째 의자만 내줄 뿐이다. 그러나 그들은 으레 서 있음으로써 집의 비좁은 공간을 절약한다. 자그마한 집에 이토록 많은 훌륭한 남녀를 들일 수 있다니 놀라운 일이다. 나는 한꺼번에 25-30명을 집에 받아들인 적이 있으나, 우리는 서로 아주 가깝게 있었음을 의식하지 못하고 헤어졌다.

공용이든 개인용이든 셀 수 없이 많은 방, 커다란 홀, 와인과 기타 생필품 가득한 지하 저장실을 갖춘 집은 내가 볼 때 그 식구수에 비해 과도하게 크다. 너무 크고 호화로워서 집 식구들은 그 안에 사는 벌레처럼 보인다. 전령이 트레몬트, 애스터, 미들섹스 하우스 같은 호텔 앞에서 나팔을 불면서 사람을 소집해도, 마을 광장에 기어 나온 것은 생쥐 한 마리뿐이었고 그나마 그 우스꽝스러운 생쥐는 곧 보도 구멍 속으로 쏙 들어가버리는 것을 보고 놀랄 때가 있었다.

내가 숲속 작은 집에서 때때로 느낀 불편함은 이런 것이었다. 우리가 커다란 생각을 거창하게 말하기 시작할 때, 손님들과 충분한 거리를 둘 수 없다는 것이다. 생각의 배가 균형 잡힌 상태로 항해하면서 한두 노선을 달리고 나서 무사히 항구로 돌아오려면, 무엇보다도 먼저 공간을 확보해야 한다. 생각이라는 탄환은 측면으로 튀어 나가거나 요동치지 않으면서, 안정된 탄도를 확보해야만 청취자의 귀에 정확히 들어가 꽂힌다. 그렇지 않으면 그 탄환은 상대방의 귓가로 스쳐 지나갈 뿐이다. 이와 마찬가지로 우리가 써내는 글들도 퍼져나갈 공간이 있어야 정연한 대열을 형성할 수 있다. 국가와 마찬가지로 개인도 넓고 자연스러운 땅을 갖고 있어야 하며, 국경 사이에는 상당한 넓이의 중립 지대가 있어야 한다.

호수 건너편에 있는 상대방을 향하여 소리치며 이야기하는 것이 나에겐 특별한 호사였다. 우리 집에서, 사람들은 너무 가까이 있어 제대로 들을 수 없었고, 너무 나지막하면 충분히 들리지 않았다. 그것은 조용한 호수에 조약돌 두 개를 너무 가깝게 던지면 두 돌의 파문이 서로 상쇄되는 것과 같았다. 그저 커다란 목소리로 수다스럽게 말하기만 한다면 우리는 턱과 뺨을 마주대고 아주 가깝게 서서 상대 숨결마저도 느낄 수 있다. 반대로 우리가 신중하게 생각하면서 말하는 사람이라면, 서로 좀 떨어져 있기를 바랄 것이다. 모든 동물의 열기와 습기는 증발할 기회가 있어야 한다. 만약 우리가 각자 내부에 있는 그것, 말을 걸 수도 없고 말 거는 것을 초월한 그것과 소통하고 싶다면, 우리는 침묵해야 할 뿐만 아니라 신체적으로도 멀리 떨어져 있어야 한다. 그래야 비로소 상대방 목소리가 들려온다. 이런 기준에 비추어볼 때, 말보다는 침묵이 더 소중하며 시끄럽게 떠드는 말은 청력이 나쁜 사람들에게만 편리할 뿐이다. 소리를 질러서는 의사 표시를 할 수 없는 섬세한 사안이 많다. 대화가 점점 고상하고 심오해질수록 우리는 서서히 의자를 뒤쪽으로 내밀어 구석 벽에까지 도달한다. 하지만 그때도 공간은 여전히

월든 호수 옆의 숲, 1908년 5월 30일.

나의 "가장 좋은" 방, 내가 즐겨 찾아가는 방은 언제나 손님 맞을 준비가 되어 있다. 카펫에는 햇빛이 잘 들어오지 않는데, 그 방은 바로 집 뒤에 있는 소나무 숲이기 때문이다. 여름날, 저명한 손님들이 찾아오면 나는 그 방으로 모시고 간다. 그러면 값없는 시원한 바람이 바닥을 쓸어주고 가구 먼지를 털어주며 물건들을 자연스럽게 정리 정돈한다.

충분하지 못하다.

그러나 나의 "가장 좋은" 방, 내가 즐겨 찾아가는 방은 언제나 손님 맞을 준비가 되어 있다. 카펫에는 햇빛이 잘 들어오지 않는데, 그 방은 바로 집 뒤에 있는 소나무 숲이기 때문이다. 여름날, 저명한 손님들이 찾아오면 나는 그 방으로 모시고 간다. 그러면 값없는 시원한 바람이 바닥을 쓸어주고 가구 먼지를 털어주며 물건들을 자연스럽게 정리 정돈한다.

만약 손님이 한 분이라면 때때로 나의 검소한 식사도 함께 나눈다. 황급히 푸딩을 만들면서 반죽을 휘젓거나 잿불에 빵 한 덩어리가 부풀면서 익어가는 것을 쳐다본다고 해서 대화를 방해받지는 않는다. 하지만 스무 명의 손님이 집을 찾아오면, 겨우 두 명이 먹을 만한 빵이 있었으므로[91] 점심 얘기는 아예 나오지도 않았다. 마치 식사하는 것이 잊어버린 습관인 것처럼. 우리는 자연스럽게 술도 마시지 않았다. 이렇게 해도 손님들은 대접이 소홀하다고 느끼지 않았고, 가장 적절하고 사려 깊은 접대라고 생각했다. 종종 손봐야 하는 신체 생활의 낭비와 부패는 그런 경우에 기적적으로 사라진 듯했고, 사람들의 활기는 조금도 시들지 않았다. 나는 이런 식으로 스무 명이 아니라 천 명도 즐겁게 할 수 있었다. 설사 손님들이 집에 있는 나를 찾아왔다가 실망이나 배고픔을 느끼며 돌아갔더라도, 그들은 적어도 내가 그들의 심정에 공감했다는 것은 확신했으리라.

많은 집주인이 그렇게 생각하진 않겠지만, 낡은 관습을 버리는 대신 새롭고 좋은 관습을 세우는 게 더 쉬운 일이다. 손님들에게 제공하는 식사에 집주인의 명성이 달려 있다고 생각할 필요가 없다. 어떤 집에서 아주 화려한 식사를 내놓으며 위세를 떠는 것만큼 정떨어지는 짓은 없다. 그것은 지옥의 문을 지킨다는 머리 셋 달린 개 케르베로스 못지않게 혐오스러워 다시는 찾아가고 싶지 않게 만든다. 뿐만 아니라 그런 겉만 번드레한 접대는

---

91   마태복음 15장 32-38절에 나오는 오병이어의 에피소드를 의식한 문장이다. 이하 배고팠지만 만족하고 돌아갔다는 문장이 그것을 뒷받침한다.

다시는 집에 오지 말라고 완곡하게 암시하는 것이다. 그러니 나는 그런 집은 다시는 찾지 않을 것이다. 나는 남루한 내 집의 현관에 다음과 같은 스펜서의 시를 내걸고 싶다. 이 시는 어떤 방문객이 노란 호두나무 잎사귀에 명함 삼아 적어놓고 간 것이다.

> 그들은 거기에 도착하여 그 자그마한 집을 가득 채웠네
> 아무도 오락을 찾지 않았음은 그런 건 아예 없기 때문
> 휴식이 그들의 잔치였고 모든 것이 그들 뜻을 따르네
> 가장 고상한 마음은 가장 높은 만족을 얻나니.[92]

나중에 플리머스 식민지 지사(知事) 자리에 오른 윈슬로는 친구 한 명과 숲속을 걸어 매사소이트 부족의 의례에 참석했다. 그는 피곤하고 배고픈 채로 인디언 마을 숙소에 도착했다. 추장은 그들을 영접했으나 그날의 식사에 관해서는 아무 얘기가 나오지 않았다. 지사 일행의 말을 그대로 인용하자면 이러하다.

"그는 우리에게 침대 한쪽에 누우라고 했다. 추장과 그의 아내는 침대 한쪽 끝에 그리고 우리는 반대쪽 끝에 누웠다. 침대는 땅에서 1피트[0.3미터] 정도 올라온 널빤지였고 그 위에 얇은 매트가 깔려 있었다. 부하 두 명이 침대에 합류하자 부족한 공간이 위와 옆에서 우리를 압박해왔다. 그래서 우리는 여독보다는 숙소 때문에 더 지독한 피곤함을 겪었다." 그다음 날 오후 1시에 매사소이트 추장은 "그가 활로 쏘아 잡은 물고기 두 마리를 가져왔다". 크기가 개복치 세 배는 되었다. "이 두 마리를 물에 삶았는데, 그걸 먹으려는 사람은 마흔 명쯤 되었다. 그러니 거의 모든 사람이 나누어 먹은 셈이었다. 이틀 밤과 하루 낮 사이에 음식이라고 먹은 건 이게 전부였다. 우리

---

92   영국 시인 에드먼드 스펜서(1552-99)의 장시 『선녀여왕』에서.

중 한 사람이 메추라기 한 마리를 가지고 오지 않았더라면 쫄쫄 굶으면서 여행할 뻔했다."

지사 일행은 인디언 마을에서 출발할 때 이런 걱정을 했다. 식사 부족과 "미개인들의 야만적인 노래"로 인한 수면 부족으로 현기증이 나지 않을까(그들은 잠자면서도 노래를 불렀다). 과연 집으로 돌아갈 때까지 여행에 필요한 체력을 유지할 수 있을까. 윈슬로 일행은 숙소에 있어선 신통치 못한 대접을 받은 게 사실이다. 그들이 불편하게 여긴 숙소가 실은 명예로운 대접이었던 게 분명하지만 말이다. 하지만 식사에 대해, 인디언들은 그보다 더 잘 대할 방법이 없었을 것이다. 그들 자신도 먹을 게 없었고, 그러니 손님들에게 소찬을 변명하기보다는 있는 그대로 대접하는 게 낫겠다고 생각했으리라. 분명 그들의 현명한 판단이었다. 그래서 그들은 허리띠를 단단히 조여매고 거기에 대해 아무 말도 하지 않았다. 윈슬로가 다른 때 그들을 방문하자, 그때는 음식이 풍성한 계절이었으므로 식사와 관련해서는 아무 부족함이 없었다.

사람들에 대해 말하자면, 우리가 어디서 살든 방문객이 부족한 때는 없었다. 나는 생애의 다른 시기에 비해 숲속에 살 때 손님이 더 많아 늘 손님을 맞았고, 다른 곳에서보다 더 좋은 환경에서 여러 명을 접대했다. 그러나 사소한 일로 나를 찾아오는 방문객은 거의 없었다. 이런 점에서 내가 마을에서 떨어져 있다는 사실이 자연스럽게 손님들을 걸러주었다. 나는 고독이라는 커다란 바다 속으로 깊숙이 침잠해 들어왔다. 이 바다 속으로 사회의 여러 강이 흘러들지만, 내 필요와 관련해서는 오로지 아주 좋은 침전물만 주위에 퇴적되었다. 그 외에, 바다의 저쪽 편엔 아직 탐험되지 않고 개척되지 않은 대륙이 있어 여러 증거품들이 내게 떠밀려 왔다.[93]

오늘 아침 내 숙소를 찾아온 사람은 호메로스의 등장인물 혹은 트로이

---

93 이것은 콜럼버스의 배가 신대륙에 접근하면서 육지가 있다는 증거품들이 떠내려 온 것에 착안한 비유다.

산간 지방 파플라고니아인 같은 사람이었다. 그는 그럴듯한 시적 이름의 소유자이나 여기서 이름을 밝히지는 못한다. 캐나다인이고 나무꾼이며, 나무에 기둥 박을 구멍을 50개나 만들 수 있는 나무기둥꾼이며, 그의 개가 잡아온 우드척으로 저녁 식사를 한 사람이다. 호메로스라는 이름은 들었다면서 그는 이렇게 말했다. "인간에게 책이 없었더라면, 비 오는 날엔 어떻게 시간을 보냈을지 막막했을 겁니다." 그는 비 오는 계절을 여러 번 맞이했지만 어떤 책을 끝까지 읽지는 못했다. 과거에, 고대 그리스어를 아는 어떤 신부가 멀리 떨어진 그의 고향 교구에서 신약성경 일부 문구를 원어로 읽는 법을 가르쳐주었다고 한다.

나는 이제 그가 호메로스 책을 들고 살펴보는 동안에 그를 위해 책의 한 장면을 번역해주었다. 아킬레우스가 슬픈 표정을 짓고 있는 친구 파트로클로스를 꾸짖는 부분이다.

파트로클로스여, 그대는 왜 소녀처럼 눈물을 흘리는가?

혹은 자네 혼자만 프티아 소식을 들었단 말인가?
악토르의 아들 메노이티오스는 살아 있고
아이아코스의 아들 펠레우스도 미르미돈 사람들 속에 살아있다고 하네
물론, 이 둘 중 하나라도 죽었다면, 우리는 당연히 크게 슬퍼해야겠지만.

"그거, 멋지군요" 하고 나무꾼이 말했다. 그는 아픈 사람에게 가져다줄 하얀 참나무 껍질을 겨드랑이 밑에 한 보따리 끼고 있다. 일요일 오전에 채취한 것이었다. "오늘은 이런 것을 채취하기 좋은 날이에요." 나무꾼이 말했다. 그가 볼 때 호메로스는 위대한 작가였지만, 호메로스 작품의 주제가 무엇인지는 몰랐다.

이 사람처럼 소박하고 자연스러운 사람을 찾기는 어렵다. 이 세상에 어두운 그림자를 던지는 악덕과 질병은 그와는 도무지 상관없는 것 같았다.

그는 스물여덟 살 정도 되었고 12년 전에 캐나다의 아버지 집을 떠나와 미국에서 일하기 시작했다. 그는 돈을 벌어 나중에 고향 땅에 농장을 살 생각이었다. 아주 투박한 신체를 가진 사람인데, 몸집은 약간 비만하고 동작이 느렸지만 그래도 날렵하게 움직였고, 목은 햇볕에 그을려 거무튀튀했으며 검은 곱슬머리에 약간 나른하고 졸린 듯한 푸른 눈의 소유자였다. 하지만 그 두 눈은 가끔 뭔가 표현하려는 듯 반짝거렸다. 그는 납작한 회색 천 모자를 썼고, 지저분한 양털 겉옷에 소가죽 장화를 신었다. 그는 여름 내내 벌목일을 했다. 고기를 아주 많이 먹었고 내 집에서 2마일 정도 더 가야 나오는 일터까지 도시락을 가지고 갔다. 양철통에 든 점심이었는데 그 안에는 차가운 고기(종종 우드척 고기)가 들어 있었고, 커피가 담긴 병은 줄을 사용해 허리띠에 매달았다. 그는 때때로 내게 커피를 한 잔 권하기도 했다.

그는 내 콩밭을 건너 아침 일찍 왔다. 하지만 뉴잉글랜드 남자들처럼 한시바삐 일터로 가야 한다는 조급한 태도는 아니었다. 서두르다가 다치고 싶은 생각은 없었다. 그는 하숙비 정도의 돈을 벌더라도 걱정하지 않는다. 그의 개가 우드척 한 마리를 잡아오면 도시락을 숲속에 놓아두고 1.5마일 떨어진 하숙집까지 되돌아가 고기를 양념한 다음 집의 지하 저장실에 넣어둔다. 하숙집에 가기 전에 차라리 연못 속에 안전하게 고기를 넣어둘 수 있을까 하는 대안을 반 시간 정도 고민한다. 그런 문제를 오래 생각하는 걸 좋아하기 때문이다. 그는 아침에 내 집 옆을 지나가면서 이렇게 말한다. "야, 비둘기가 정말 많군요. 날마다 일하지 않는다면 사냥해서 필요한 고기를 다 얻을 수 있겠어요. 비둘기, 우드척, 토끼, 메추라기, 이런 것 말이에요. 하루만에 일주일치 고기를 마련할 수 있을 텐데."

그는 능숙한 벌목꾼으로 자신의 직업 기술을 멋지게 과시하길 좋아한다. 그는 나무를 수평으로 땅에 가깝게 베어낸다. 그렇게 하면 그루터기에서 올라오는 새싹이 더욱 활기차고, 또 썰매가 그루터기들 위로 미끄러져 내려갈 수도 있다. 또 쌓아 올린 나무들을 지탱하려고 나무를 통째로 남겨두는 대신, 나중에 손으로도 부러뜨릴 수 있을 정도로 통나무를 여러 개의 가느다란 막대기로 쪼갰다.

그가 나의 관심을 끈 것은 아주 말이 없고 외로운 사람인데도 내면은 아주 행복하기 때문이었다. 그에게서는 좋은 기분과 만족감이 화수분처럼 솟아났고 눈가에는 생기가 흘러넘쳤다. 그가 누린 즐거움에는 아무 잡티가 끼어 있지 않았다. 때때로 나는 숲속에서 벌목 작업을 하는 그를 보았다. 그 때마다 형언하기 어려운 만족감이 깃든 웃음을 터뜨리며 내게 인사했고, 영어를 말할 줄 알았지만 캐나다식 프랑스어로 인사를 해왔다. 내가 가까이 다가가면 하던 일을 멈추고 은근히 즐거워하는 표정을 지었다. 그는 금방 찍어 넘긴 소나무 줄기 옆에 드러누워, 소나무 속껍질을 벗겨내 공처럼 동그랗게 말아 입속에 집어넣고 우물우물 씹었다. 그러면서 웃고 또 얘기했다. 그는 이처럼 동물적 야성이 충만했기에, 무슨 즐거운 생각 혹은 엉뚱한 생각이 나면 커다란 웃음을 터뜨리면서 땅 위로 쓰러지며 데굴데굴 굴렀다. 주위 나무들을 둘러보면서 그는 소리치곤 했다. "정말이지, 나는 여기 나무를 찍어 넘기면서 얼마든지 즐겁게 보낼 수 있습니다. 이것보다 더 좋은 일은 없다고 봅니다."

때때로 짬이 나면 그는 숲속에서 권총 쏘는 여흥을 즐겼다. 숲속을 걸으면서 일정한 간격으로 멈춰 서서 자신을 위해 예포를 발사하는 것이었다. 겨울이면 그는 모닥불을 피웠고 정오가 되면 주전자에 커피를 넣어 불 위에 데웠다. 점심을 먹기 위해 통나무에 앉아 있으면 때때로 박새들이 날아와 그의 팔에 내려앉아 손가락에서 감자를 쪼아 먹었다. 그는 말했다. "이렇게 날아오는 작은 새들이 참 좋네요."

그의 내면에는 야성대로 살아가는 동물적 인간이 발달해 있었다. 신체적 강인함과 만족감의 관점에서 보자면 그는 소나무와 바위의 사촌 형제였다. 한번은 그에게 종일 일하고 나면 밤중에 피곤하지 않느냐고 물었다. 그는 성실하고 진지한 표정으로 대답했다. "무슨 말씀을요. 나는 평생 피곤해본 적이 없습니다."

그러나 지식인, 다시 말해 정신적 인간은 그의 내면에서 마치 어린아이처럼 잠들어 있었다. 그는 가톨릭 사제들이 원주민들을 가르쳤던 저 순진하고 비효과적인 방식으로만 교육을 받았다. 그건 학생들에게 스스로 생각하는 법을 가르치는 것이 아니라, 믿음과 존경을 강조하며 순종하도록 하는 방법이었다. 그리하여 아이는 커서 성인이 되는 것이 아니라 여전히 아이로 남는다. 그들은 이런 식으로 가르치는 것이다. 자연이 당신을 만들었을 때 튼튼한 신체와 주변 환경에 대한 만족감을 당신에게 주었고, 또 교회를 존경하고 의지할 것을 여러 방면에서 뒷받침했다. 그러니 당신은 70평생을 아이 상태로 살아갈 수 있다. 벌목꾼은 아주 순진하고 소박했고, 이웃에게 그를 소개하는 것은 우드척을 소개하는 것만큼 말이 필요하지 않았다. 내가 그랬던 것처럼 이웃도 이미 겉모습을 보고 그가 어떤 사람인지 파악할 테니까.

그는 어떤 사교적 역할도 하지 않으려 했다. 사람들은 그의 벌목 일에 임금을 지불했고, 그래서 그가 먹고 입을 수 있도록 도와주었다. 하지만 그는 사람들과 의견을 교환하는 법이 없었다. 그는 아주 겸손했고(스스로 겸손하겠다고 생각한 적이 없으므로 이렇게 부르는 것이 어폐가 있기는 하지만) 그것도 아주 자연스러웠다. 겸손은 그의 특기할 만한 덕목이 아니었고 본인도 그렇게 생각하지 않았다. 자신보다 현명한 사람들은 그에게 반신(半神)이나 마찬가지였다. 만약 그런 반신 같은 사람이 자신을 찾아온다고 말한다면 그는 어떻게 반응할까? 아마도 이렇게 말할 것이다. "그런 거물이라면 나 같은 사람에게는 아무것도 기대하지 않고, 자신이 알아서 모든 책임을 지겠지요. 그리고 나 같은 사람 따위는 조용히 잊겠지요." 칭찬을 들어본 적이 없으니 이런 반응은 당연하다.

그는 특히 작가와 목사를 존경했다. 그들의 일은 기적처럼 보였다. 그에게 나도 상당히 글을 쓴다고 말해주자, 그는 한참 생각하더니 내가 손 글씨를 잘 쓴다는 뜻으로 알아들은 듯했다. 그도 상당히 손 글씨를 잘 쓴다고 말했기 때문이다. 때때로 그의 고향 교구 이름이 대로변의 하얀 눈밭 위에 단정한 손 글씨로 적힌 것을 보았다. 프랑스어 특유의 악센트 표시까지 들어간 지명이었다. 그걸 보고 나는 그가 지나갔다는 걸 알았다. 나는 그에게 생각을 글로 써보고 싶은 의사는 없느냐고 물었다. 그는 편지를 읽거나 쓰지 못하는 사람들을 위해 대신 읽어주거나 써준 적은 있지만, 자기 생각을 글로 쓸 계획은 없다고 했다. 아니, 쓸 수 없다고 했다. 무엇을 먼저 써야 할지 모르고, 억지로 쓰려면 너무 힘들 것 같고, 게다가 철자법까지 신경 써야 하니 정말 고약한 노릇이라는 것이었다.

나는 어떤 저명한 현인 겸 사회개혁가가 그 벌목꾼에게 세상이 바뀌길 바라지 않느냐고 묻는 것을 옆에서 들었다. 벌목꾼은 전에도 여러 번 그런 질문이 나온 것을 전혀 모른 채, 캐나다 억양으로 놀란 웃음을 터뜨리며 대답했다. "아니요, 나는 이 세상이 그럭저럭 마음에 듭니다."

철학자가 그와 대화를 나눈다면 많은 생각거리를 얻을 듯하다. 낯선 사람이 볼 때, 그는 전반적으로 사물에 대해 잘 모르는 것처럼 보였다. 그러나 때때로 나는 그에게서 전에는 보지 못한, 아주 낯선 사람을 보았다. 나는 그가 셰익스피어처럼 현명한 사람인지 아니면 그냥 아이처럼 무지한 사람인지 알지 못했다. 그는 훌륭한 시인의 정신을 가진 사람인가 아니면 그저 어리석은 사람일 뿐인지 구분하기 어려웠다. 어떤 마을 사람은 머리에 꽉 끼는 작은 모자를 쓰고 혼자 휘파람을 불며 마을을 산책하는 그를 만난 적이 있었다. 그 마을 사람은 마치 마을을 순찰 나온 변장한 군주를 만난 것 같았다고 내게 말했다.

그 나무꾼에게 유일한 책들은 책력(冊曆)과 산수책이었는데 특히 산수를 잘했다. 책력은 그에게 일종의 백과사전이었는데, 거기에 인간의 모든 지식이 축약되어 있다고 여겼다. 실제로 책력은 상당 부분 그런 성격을 갖추고 있었다. 나는 당대의 다양한 개혁안들에 대해 의견을 물었다. 그는 아주 단순하면서도 실용적인 관점으로 그것을 바라보았다. 전에는 그런 개혁안들에 대해 들어본 적이 없었다. 의류 공장들이 없어도 될까? 내가 물었다. 그는 집에서 만든 버몬트 회색 옷을 입었는데 그런대로 좋다고 대답했다. 차와 커피는 없어도 될까? 우리나라는 물 이외에 이런 음료를 감당할 여력이 될까? 그는 솔송나무 잎사귀를 물에 담궈 마시는데 그게 따뜻한 날씨에는 맹물보다 낫다고 답했다.

돈 없이도 살아갈 수 있느냐고 내가 묻자, 그는 돈의 편리함을 아주 적절하게 지적했다. 그 대답은 돈이라는 제도에 대한 가장 철학적인 설명과 일치했고 또 돈이라는 단어가 라틴어 페쿠니아[황소]에서 나왔음을 상기시켰다. 황소 한 마리가 자기 재산인데 잡화점에서 실과 바늘을 사려 할 때 돈이 없으면 불편할 것 같다는 얘기였다 그런 물건이 필요할 때마다 황소의 일부분만 저당 잡힐 수는 없는 노릇 아니냐는 거였다.

그는 인간 사회의 여러 제도를 철학자들보다 더 잘 옹호했다. 그런 제도가 그에게 실제적 영향을 미치고 또 실용적 도움을 주는 것이므로 타당한 제도라고 말했던 것이다. 하지만 추상적인 사상은 그가 보기에 아무 타당성이 없었다. 예를 들어, 나는 그에게 이런 철학적 얘기를 해주었다. 플라톤은 인간을 두 발 달린 동물 중 깃털이 없는 존재라고 정의했다. 그러자 어떤 철학자[94]가 제자들에게 깃털 뽑힌 수탉을 보여주며 이게 플라톤이 말하는 인간이라고 비아냥거렸다는 얘기였다. 그는 이 얘기를 듣고 인간과 수탉 사이에는 중대한 차이점이 있다고 지적했다. 무릎이 꺾이는 방향이 서로 다르다는 것이었다.

그는 때때로 이렇게 외쳤다. "나는 정말 이야기를 좋아합니다. 온종일 말할 수 있어요!" 여러 달 동안 그를 못 보다가 겨우 만나게 되자, 이번 여름에 무슨 새로운 생각이 떠올랐느냐고 물었다. 그가 대답했다. "나처럼 일해서 먹고사는 사람은, 이전에 갖고 있던 생각이나 잊지 않는다면 다행인 거죠. 가령, 함께 밭을 매던 남자가 김매기 시합을 해보자고 하면, 생각이 온통 거기에 가 있게 되죠. 그러면 열심히 잡초 뽑을 생각만 합니다."

---

94   여기서 "어떤 철학자"는 가난을 개의치 않은 견유학파 철학자 디오게네스(기원전 320년 사망)인데 플라톤에게 털 뽑은 닭을 들이대며 이게 인간이냐고 도전했다는 일화가 전해진다.

그는 가끔가다가 나를 만나면 생각 덕분에 밭매기에 진전이 있었느냐고 먼저 묻기도 했다. 어느 겨울 날, 늘 자신에게 만족하느냐고 나는 그에게 물었다. 내 말뜻은, 가톨릭 신부가 가르친 겉으로 드러난 것 말고, 그의 내면에서 생겨나는 대체물, 즉 삶의 더 높은 동기를 찾아보아야 하지 않겠냐는 것이었다. "만족하냐고요?" 그가 말했다. "어떤 사람은 이것으로 만족하고 다른 사람은 저것으로 만족합니다. 어떤 사람이 가지고 싶은 것을 충분히 가졌다면 종일 등 따습고 배부른 상태로 테이블에 앉아 있으려 할 겁니다. 그럼요!" 어떤 책략을 동원해도 그에게 사물의 정신적 측면을 인식하게 만들 수 없었다. 그가 생각해낼 수 있는, 정신적 측면에 가장 접근한 것은 어떤 편리함에 대한 만족감이었는데, 그건 동물에게서도 나타나는 것이었다. 이러한 태도는 대부분의 사람에게 그대로 해당된다. 내가 그의 생활 방식이 좀 개선되어야 하지 않겠느냐고 제안하면, 그는 아무 후회 없이 이미 너무 늦었다고 간단하게 답했다. 그렇지만 나무꾼은 정직이나 비슷한 미덕은 철저히 지켜야 한다고 믿었다.

비록 희미하기는 하지만 그에게서 긍정적인 독창성도 발견했다. 나는 가끔 그가 독자적으로 생각하면서 자기 의견을 표명하는 것을 보았다. 그것은 아주 드문 현상이어서 그걸 듣기 위해 아무 때나 10마일도 걸어갈 용의가 있었다. 사회의 여러 제도를 재조정해야 한다는 의견이었다. 그는 망설이면서 애매하게 자기 의사를 표시했지만, 언제나 그 뒤에는 그럴듯한 속생각이 있었다. 그렇지만 그의 생각은 너무 원시적이고 동물적 생활에 함몰되어 있었다. 그저 지식만 있는 사람의 것보다는 더 유망했지만 사람들에게 드러낼 만한 것으로 성숙하지는 못했다. 그는 비천하고 무식한, 인생의 가장 낮은 단계에 있는 사람 사이에도 천재가 있을 수 있다고 말했다. 그들에게는 뚜렷한 자기 견해가 있지만 그렇다고 자신이 사물을 꿰뚫어본다고 허세를 부리지도 않는다. 그들은 어둡고 진흙처럼 보일지 모르지만, 월든 호수처럼 밑바닥이 없는 심오함을 갖춘 사람들이다.

많은 사람이 일부러 나를 찾아와 집 내부를 구경하려 했다. 그들은 물

한 잔 얻어 마시러 왔다고 말했다. 나는 호숫물을 직접 떠서 마시라면서 그들에게 국자를 빌려주겠다고 했다. 멀리 떨어진 숲속에 살고 있었지만, 해마다 이사철인 4월 1일경엔 연례행사처럼 벌어지는 사람들의 방문을 피해가지 못했다. 나는 나름대로 행운을 누리기도 했으나, 내 방문객 중에는 다소 기이한 사람들이 끼어 있었다. 구빈원이나 그 비슷한 곳에 소속된, 정신이 온전치 못한 사람들이 나를 찾아왔던 것이다. 하지만 나는 그들이 정신을 차리고 자기 얘기를 고백하게 하려고 애썼다. 이런 경우에는 나는 정신차리는 문제를 대화 주제로 삼았고 나름대로 소득도 있었다.

실제로 그들 중 몇몇은 가난한 사람들의 감독관이나 시의원보다 더 현명했기에 이제 인식 전환을 해야 할 때가 되었다고 생각했다. 정신 차리기와 관련하여 정신이 반편인 사람과 온전한 사람 사이에 별 차이가 없음을 알았다.

어느 날, 별로 공격적이지도 않고 단순한 마음을 가진 거지가 나를 찾아왔다. 나는 전에 그가 남들과 함께 인간 울타리 역할을 하는 것을 본 적이 있었다. 그는 들판의 곡식 포대 옆에 서거나 앉아 소 떼가 길을 잃지 않도록 감시하고 있었다. 그런 그가 나한테 와서 나처럼 살고 싶다는 뜻을 전했다. 아주 단순하면서도 진실하게—그 진실함이란 소위 겸손보다 우월하거나 보기에 따라서는 열등한 것이었는데— 그는 자신의 "지능이 부족하다"라고 말했다. 그의 말을 그대로 적은 것이다. 하느님이 그를 그렇게 만들었는데 그래도 하느님은 남 못지않게 그를 신경 써주고 있다고 생각했다. "어릴 때부터 이랬어요." 그가 말했다, "나는 늘 머리가 모자랐어요. 다른 애들과는 달랐어요. 나는 머리가 부실해요. 이건 하느님의 뜻이라고 생각해요." 그리고 내 앞에 나타난 그는 과연 그 말의 진실함을 증명해보였다.

그는 내게 형이상학적 수수께끼였다. 나는 그런 유망한 바탕을 지닌 동료 인간을 만나본 적이 거의 없었다. 그가 말한 것은 모두 단순하고, 성실하고 또 진실했다. 그가 자신을 낮추는 것에 비례하여 인격은 오히려 높아졌다. 처음에는 그게 현명한 방법에 따른 결과라는 것을 몰랐다. 불쌍하고 머리가 온전치 못한 거지가 쌓아 올린 이런 진실과 정직함의 바탕으로부터, 우리의 사교는 현자들의 그것보다 더 좋은 방향으로 나아가게 될 것이다.

나를 찾아온 손님 중에는 도시에서는 가난한 자가 아니지만, 세계적 수준의 가난한 자 취급을 받아야 마땅하다고 생각하는 사람도 있었다. 그들은 단순한 손님 접대를 바라는 게 아니라, 자신을 불쌍하고 배고픈 사람으로 여겨 좀 먹여달라고 호소한다.[95] 그들은 간절히 도와달라고 하면서, 자기 힘으로 배고픔 문제를 해결할 생각은 포기했다고 미리 말했다. 손님에게는 세상에서 가장 강한 식욕이 있어서—어떻게 그런 식욕을 갖게 되었는지 모르지만— 아무 때나 배가 고파지더라도, 그렇게 배고픈 상태로 집을 찾아오지 말길 나는 바랐다.

손님은 자선의 대상이 될 수 없다. 어떤 손님들은 내가 방 안에서 내 일을 보면서 점점 더 심드렁하게 대답하는데도, 방문 시간이 끝난 줄을 모르고 뭉그적거렸다. 이사 계절에는 온갖 단계의 정신 수준에 있는 사람들이 나를 찾아온다. 어떤 사람은 처치 곤란할 정도로 원기 왕성한 정신을 갖고 있다. 남부 농장에서 일했던 버릇을 그대로 가진 도망자 노예들이 그러한데, 그들은 마치 자신을 쫓는 사냥개 소리를 듣는 우화 속 여우처럼 때때로 이상한 소리를 환청으로 들으면서 간원하는 눈빛으로 나를 쳐다본다. 꼭 이렇게 말하는 듯하다.

"오 크리스천이여, 당신은 나를 남부로 돌려보낼 겁니까?"

그들 중 진짜 도망자 노예 한 사람에 대해서는 북극성 쪽으로 가도록

---

95 원문에서는 손님이 hospitality(환대)에 호소하는 것이 아니라 hospitalality에 호소한다고 되어 있다. 뒤 단어는 hospital + ality의 합성어인데 소로가 만들어낸 낱말이다. ality는 라틴어 alitus에서 명사형으로 만든 것이다. 이 라틴어의 원형은 alo로서 "먹여 살리다, 양육하다"라는 뜻이 있다. 상대방이 아예 소로의 집에 밥을 얻어먹을 작정으로 찾아온 것을 완곡하게 표현하고 있다.

도와주었다.[96] 그들 중에는 병아리 한 마리를 가진 암탉처럼 한 가지 생각만 하는 사람도 있었다. 헝클어진 머릿속에서 천 가지 생각을 하는 사람도 있었는데, 그 복잡하고 혼란스러운 생각은 병아리 백 마리를 돌봐야 하는 암탉들과 비슷했다. 병아리들은 벌레 한 마리를 쫓다가 매일 아침 이슬에 스무 마리가 길을 잃어버리고, 그 결과 암탉도 불안하여 식식거리며 뛰어다니다가 온몸이 지저분하게 되어버린다. 두 다리로 행동에 나서는 게 아니라 머리로 생각만 하는 사람들도 있었는데, 그들은 일종의 정신적 지네로서 상대방 온몸에 두드러기를 일으키는 자들이다. 어떤 사람은 내게 화이트 마운틴스 공원처럼 집의 방문자들이 방명록에 서명하게 하면 어떻겠느냐고 제안했다. 그러나 슬프게도, 나는 기억력이 너무 좋아 그런 건 불필요했다.

나는 방문객들의 몇 가지 특징에 주목했다. 소년과 소녀와 젊은 여자들은 일반적으로 숲속으로 들어와서 좋은 기분을 유지한다. 그들은 호수와 주변 꽃들을 쳐다보며 좋은 시간을 보냈다. 사업가와 농부들은 나의 고독한 환경과 할 일 그리고 내가 마을로부터 떨어져 있는 거리에 대해서만 생각했다. 그들은 가끔 숲속에 들어와 산책하는 것을 좋아한다고 했으나 실은 좋아하지 않는 게 분명했다. 바쁘게 활동하는 남자들은 생활비를 벌어들이거나 생계를 유지하느라고 시간이 다 날아갔다. 하느님에 대해 말하는 목사들은 오로지 그 주제에 관한 한 독점적 권리를 가진 것처럼, 온갖 종류의 다른 의견은 참아주지 못했다. 의사들, 변호사들, 불안한 가정주부들은 내가 외출한 후에 내 찬장과 침대를 들춰보았다. 안 그랬더라면 나의 침대 시트가 그녀의 것만큼 깨끗하지 않다는 것을 아무개 부인이 어떻게 알았겠는가? 이제 더 이상 젊지 않은 젊은이들은 전문직이라는 잘 알려진 길을 따라가는 게 가장 안전하다고 결론 내렸다.

이런 사람들은 내가 숲속 생활에서 좋은 결과를 별로 내지 못할 것이

---

96   소로는 한때 콩코드에 있는 그의 아버지 집에 도망자 노예를 숨겼다가 그가 북쪽 캐나다로 도주하는 데 도움을 준 일이 있다.

라고 입을 모아 말했다. 아, 그런데 그들의 이런 얘기에는 한 가지 난점이 있다. 연령과 성별에 관계없이, 늙고 병들고 소심한 사람은 대부분 질병, 갑작스러운 사고와 죽음만 생각한다. 그들에게 인생은 위험으로 가득 차 있다. 하지만 위험을 떠올리지 않는다면 실제로 어떤 위험이 있겠는가? 그런데도 신중한 사람이라면 가장 안전한 장소, 가령 호출만 하면 의사가 당장 달려올 수 있는 거리를 선택해야 한다고 생각한다. 그들이 보기에 마을은 문자 그대로 커뮤니티(com-munity), 즉 공동 방위를 위한 연맹이다. 그러니 월귤나무 열매를 따러 갈 때도 약 상자 없이는 움직이지 않을 것이다.

요약하자면, 인간은 살아 있는 한, 죽을지 모르는 위험이 언제나 도사리고 있다. 하지만 살아 있는 죽음의 상태에 있는 사람은 이미 절반은 죽어 있으므로 비례적으로 말해 온전한 죽음을 맞을 가능성은 그만큼 적다. 꼭 달려야만 위험을 무릅쓰는 것은 아니며, 앉아서도 그에 못지않게 위험을 당할 수 있다. 방문객 중에 가장 따분한 사람은 자칭 개혁가들인데 그들은 내가 영원히 이런 노래만 부르고 있다고 생각한다.

이것이 내가 지은 집이요
내가 지은 집에는 이런 사람이 산다.

하지만 그들은 다음과 같은 3-4행이 있음을 알지 못한다.

내가 지은 집에서 사는
나를 괴롭히는 사람들은 바로 이들이요.

나는 암탉을 괴롭히는 매는 두려워하지 않는다. 내게는 병아리들이 없기 때문이다. 그러나 사람을 괴롭히는 자들은 두려워한다.

나는 그런 자들보다는 한결 유쾌한 방문객도 맞아들였다. 버찌 따러 온 아이들, 깨끗한 와이셔츠를 입고 일요일 아침 산책에 나선 철도원들, 어부와 사냥꾼들, 시인과 철학자 등이다. 이들은 간단히 말해 모두가 정직한 순례자이며, 자유를 위해 숲속으로 온 사람이며 진정으로 멀리 뒤에 마을을 두고 온 사람이다. 나는 그들을 환영할 준비가 되어 있다. "환영합니다. 영국인이여! 환영합니다. 영국인이여!"[97] 이미 그런 종족과 의사소통을 해봤기 때문이다.

---

97   1621년 3월 16일, 숲에서 나온 페마퀴드 부족 추장 사모세트(1653년 사망)가 플리머스에 정착한 필그림 파더스들에게 이 말을 하여 그들을 놀라게 했다.

7

콩밭

　나의 콩밭은 고랑 길이가 총 7마일[11킬로미터]이나 되는데 시급히 김매기를 할 필요가 있었다. 가장 나중에 심은 놈이 땅속에 들어가기 전에 먼저 심은 놈들은 이미 상당히 자라 있었기 때문이다. 그러니 김매기를 그저 미루어둘 일만은 아니었다. 이처럼 꾸준하고 자립적인 헤라클레스 같은 노동의 의미에 관해서는 나는 잘 모른다. 나는 밭고랑과 콩들을 사랑하게 되었다. 내가 원했던 것보다 훨씬 더. 이것은 나를 땅에 연결하고 그래서 나는 안타이오스[98]처럼 힘을 얻는다. 하지만 왜 내가 콩을 길러야 하는가? 그것은 하늘만이 안다.

　이것은 여름 내내 나의 흥미로운 노동이었다. 전에 양지꽃, 블랙베리, 물레나물 같은 야생 과일과 아름다운 꽃들이 피어나던 이 땅에 대신 콩을 키우는 일 말이다. 나는 콩에 대해 무엇을 배우고, 콩은 나에 대해 무엇을 배울 것인가? 나는 콩을 소중히 여겼고 김매기를 해주었고 아침 일찍 혹은

98　그리스 신화에 나오는 인물로 땅에 발붙이고 있을 때만 땅에서 힘을 얻는 거인이다. 헤라클레스가 그를 땅에서 들어 올려 죽였다.

오후 늦게 콩밭에 호감어린 시선을 보냈다. 콩밭은 나의 종일 일과였다. 콩은 보기에도 좋은, 멋지고 널따란 잎사귀를 가졌다. 이슬과 비는 콩밭을 적셔주는 나의 우군이었고, 대부분 메마른 데다 시들어버린 내 땅의 생산력을 높여주었다. 반면, 각종 벌레들, 차가운 날씨 그리고 무엇보다도 우드척은 나의 적군이었다. 우드척이라는 놈은 내 콩밭의 4분의 1 에이커를 깨끗이 먹어치웠다. 하지만 우드척만 나무랄 일이 아니다. 나는 무슨 권리가 있어 물레나물과 기타 잡초를, 그들로서는 오래된 약초 정원이라 할 수 있는 이 콩밭으로부터 몰아냈는가? 아무튼, 내 콩밭에 남은 콩들은 몸집이 강해져서 새롭게 생겨나는 적군을 씩씩하게 상대할 수 있을 것이다.

나는 네 살 적에 보스턴에서 이 고향 도시로 이사왔는데 그때 이 숲, 들판 그리고 호수를 지나간 기억이 난다. 이 숲과 호수는 내 기억 속에 생생하게 각인된 가장 오래된 장면이다. 오늘 밤 나의 플루트 소리[99]는 그 호수 표면에 반향을 불러일으킨다. 아직도 여기 서 있는 소나무들은 나보다 나이가 더 많다. 그중 일부가 쓰러지면 나는 그 쓰러진 나무를 땔감 삼아 저녁 식사를 짓는다. 그렇지만 주위에 새 나무들이 성장하고 있어, 이 호숫가를 처음으로 지나갈지 모르는 어린아이 눈에는 숲이 또 다른 모습으로 비칠 것이다. 이 목초지에는 늘 동일한 뿌리 같은 것이 있어 새로운 물레나물이 계속 생긴다. 심지어 나 자신도 내 어린 시절에 꿈꾸듯 보았던 이곳에 새로운 옷을 입히고 있다. 내가 여기에서 영향력을 미친 결과물 중 하나는 바로 이 콩잎사귀, 옥수수 잎 그리고 감자 덩굴이다.

나는 고지에 있는 약 2.5에이커[약 3천 평] 땅에 콩을 심었다. 콩밭에 거름은 주지 않았다. 이 땅은 개간된 지 15년 정도 되었고, 나는 그 땅에서 나무 등걸 두세 개를 뽑아냈을 뿐이다. 그러나 여름이 지나는 동안, 김매기를 하면서 밭에서 파낸 화살촉들로 보아, 백인이 와서 땅을 개간하기 훨씬 전

---

99   소로는 숲속에서 자주 플루트를 불었다. 플루트를 연주했다는 부분이 9장에도 나온다.

에 어떤 소멸된 민족이 땅에 옥수수와 콩을 심었다는 것을 알 수 있었다. 콩밭은 그들에게 농작물을 제공했고, 그렇게 해서 땅은 조금 피폐해졌다.

우드척이나 다람쥐가 길 위로 뛰어다니기 전에 그리고 태양이 관목 참나무 위에 솟아오르기 전에 또 이슬이 모두 증발하기 전에, 나는 콩밭의 오만한 잡초 대열을 쓰러뜨리고 그들의 머리 위에 흙을 뿌린다. 이곳 농부들은 그렇게 하지 말라고 하지만 나는 가능하다면 이슬이 아직 남아 있을 때 김매기 작업을 다 해두라고 권한다.

나는 이른 아침에 맨발로 일했고, 이슬이 내려 바삭바삭한 모래 위를 마치 조형 미술가처럼 바쁘게 돌아다녔다. 그러다가 곧 낮이 되면 따가운 햇볕 때문에 발에는 물집이 생겼다. 나는 저 자갈 많은 황색 고지, 15로드 길이의 무른 밭이랑 사이를 천천히 오가면서 김매기를 했다. 밭이랑 한쪽 끝에는 관목 참나무 숲이 있어 그늘에서 휴식을 취하기도 했다. 다른 끝에는 블랙베리 밭이 있었는데 내가 또다시 김매기 한 바퀴를 하고 돌아오면 그 푸른 딸기는 푸른 색깔이 한층 더 짙어졌다. 잡초를 제거하고, 콩 줄기에 새 흙을 놓아주고, 내가 씨를 뿌려 키운 이 콩을 격려하고, 이 노란 콩밭이 쑥쑥이나 개밀이나 강아지풀을 물리치고 콩 잎사귀와 꽃으로 여름에 화려한 모습을 보여주고, 이 땅이 잡초 대신 무성한 콩 잎사귀로 피어나게 하는 것, 이것이 나의 하루 일과였다.

나는 말이나 소의 도움을 받지 않고 어른이나 아이들을 고용하지도 않았으며 또 개량된 농기구도 쓰지 않았기에 작업이 느릴 수밖에 없었다. 대신에 평소보다 콩과 더 친해질 수 있었다. 이렇듯 두 손으로 하는 노동은 고역 수준이 되겠지만 아무 소득이 없다고 할 수는 없다. 그것은 만고불변의 교훈을 갖고 있으며 특히 학자들은 그런 고역 수준의 꾸준함이 있어야 좋은 학문적 성과를 얻는다. 링컨과 웨이랜드를 경유해 서부 지역으로 가는 여행자들에게 나는 아주 근면한 농부로 보였다. 그들은 팔꿈치를 무릎 위에 올려놓고 말고삐는 꽃술 모양으로 축 늘어뜨리고서 말 한 필이 끄는 이륜마차에 아주 편안히 앉아 있었다. 그에 비해 고향에 머무르는 나는 그 땅에서 힘들게 일하는 원주민이었다. 곧 마차는 지나갔고 나의 콩밭은 그들의 시야와 생각에서 사라졌다.

내 콩밭은 길 양옆에서 아주 멀리까지 펼쳐져 있는, 유일하게 탁 트인 농지였다. 그래서 그들은 여행하는 동안 그 밭을 오래 쳐다보았다. 때때로 콩밭에서 일하던 나는 여행자들이 들리지 않으리라고 생각하면서 내뱉는 잡담과 논평을 들었다.

"콩을 이렇게 늦게! 완두콩을 이렇게 늦게!" 남들이 김매기를 시작할 때도 나는 계속 콩을 심었기 때문이다. 어떤 목사풍 농부는 이렇게 늦은 시기에 콩을 심는다는 것은 꿈에도 생각하지 않았을 것이다. "얘야, 사료에는 옥수수지. 사료에는 옥수수라고." 마차 속의 다른 여행자가 자기 아이에게 말했다. "저 사람 여기 살아요?" 검은 보닛의 여자가 회색 상의를 입은 남자에게 물었다. 그러자 무서운 얼굴의 농부가 휴식을 고마워하는 농마(農馬)의 고삐를 잡아당기며 내게 물었다. "지금 뭐하시는 겁니까? 밭고랑에 거름도 없잖아요. 약간의 톱밥, 인분, 재, 벽토 같은 걸 거름으로 쓰면 좋지 않겠어요?" 그러나 여기에는 2.5에이커에 달하는 콩밭 고랑이 있고 수레 대신 괭이가 있고 그 농기구를 잡아당기는 두 손이 있을 뿐이다. 나는 수레와 말을 싫어하고 톱밥은 멀리 떨어진 곳에 있다.

동료 여행자들은 다시 말을 달려 앞으로 나가면서 그들이 방금 지나쳐 온 밭들과 내 콩밭을 비교했다. 그 결과 농업 분야에서 나의 위상이 어느 정도인지 알게 되었다. 내 밭은 농사 전문가 콜먼 씨의 보고서에는 나오지 않는 밭이다. 하지만 사람들의 손길이 닿지 않은, 여전히 야생 상태로 남아 있는 땅에서 자연이 만들어낸 농작물의 가치를 평가할 자 누구인가? 잉글랜드 건초는 조심스럽게 무게를 달고 그 수분을 계산하며, 규산염과 탄산칼륨 성분도 파악한다.

그러나 모든 계곡과 숲속 호숫가, 목초지와 습지에서는 인간이 수확하지 않는 풍성하고 다양한 작물이 자란다. 나의 밭은 말하자면 야생의 밭과 경작된 밭 사이에 존재하면서 그 두 밭을 이어주는 연결고리다. 어떤 국가는 이미 문명국이고, 어떤 국가는 절반쯤 문명국이며, 또 어떤 나라는 미개하거나 야만적인 국가이다. 이렇게 볼 때 나의 콩밭은 건전한 의미에서 절반쯤 문명화된 들판이다. 내가 경작하는 콩들은 야성적이고 원시적인 상태로 기꺼이 되돌아오는 중이며, 나의 호미는 그 콩들을 위해 스위스 노래 "암소들을 돌아오라고 부르는 목가"[100]를 부른다.

바로 곁 자작나무의 우듬지에서는 갈색 개똥지빠귀―어떤 사람은 붉은지빠귀로 부르는 것을 더 좋아하지만―가 나와 함께 있는 게 즐겁다는 듯 오전 내내 울어 젖혔다. 저 새는 만약 내 콩밭이 여기 있지 않았더라면 또 다른 농부의 밭을 찾아가서 노래 불렀으리라. 씨앗을 땅속에 심었는데 새가 계속 노래했다. "씨앗을 뿌려, 뿌려. 덮어, 덮어. 뽑아 올려, 뽑아 올려." 하지만 옥수수밭이 아니라 콩밭이어서 다행이었다. 저 새는 옥수수밭의 천적으로 알려져 있으니까. 누군가는 저 새의 수다스러운 노랫가락 혹은 아마추어 파가니니 한 줄 혹은 스무 줄 현악 연주가 나의 씨앗 심기와 무슨 상관이 있느냐고 의아하게 여길지 모른다. 그렇지만 나는 새의 노래를 재거름이나 회반죽 거름보다 더 좋아한다. 그 노랫가락은 내가 아주 신임하는 값싼 웃거름이다.

내가 밭고랑 주위에 좀 더 신선한 흙을 끌어당기며 일을 하는 동안에, 나는 과거 태초에 이 하늘 아래 살았던 역사에 기록되지 않은 민족들의 유물을 건드려서, 그들의 자그마한 무기와 사냥 도구를 현대의 햇빛 아래 노출했다. 그것은 다른 자연석과 함께 뒤섞여 있었는데 일부는 인디언의 모닥불 혹은 햇볕에 타버린 흔적이 남아 있었다. 또 비교적 최근에 이 땅을 경작한 자들의 소유물인 도자기와 유리 조각들도 발굴했다. 나의 호미가 돌과 부딪쳐 쟁그랑 소리를 낼 때, 그 음악은 숲과 하늘에까지 반향을 일으켰고, 또 내 노동의 동반자가 되어주었다. 그때 나의 노동은 순간적이기는 하지만

---

100 스위스 지방에서는 매년 6월, 계곡에 방목시켰던 소 떼를 산 중턱의 높은 목장으로 돌아오라고 부르기 위해 알프스 호른을 부는데, 이때 연주하는 노래이다.

그 깊이를 측정할 수 없는 작물을 생산해냈다.[101] 내가 호미질하는 것은 더 이상 콩이 아니었고, 콩을 김매기 하는 사람도 내가 아니었다. 나는 자연과 깊은 혈연관계를 느꼈다. 오라토리오 음악회에 참석하려고 도시에 간 내 친지들을 생각하면서 뿌듯한 자부심과 함께 연민의 정을 느꼈던 기억이 난다.

나는 때때로 오전만 아니라 종일 콩밭에서 일했는데, 햇빛 화창한 오후에는 밤매가 머리 위 상공에서 사람 눈의 티 혹은 하늘 눈의 티처럼 선회했다. 그 매는 때때로 하늘을 갈가리 넝마처럼 찢어놓을 것처럼 벼락같은 소리를 내면서 땅으로 휙 내려왔다. 그러나 이음새 하나 없는 하늘은 그런 찢어지는 소리에도 여전히 온전한 모습을 유지했다. 공중을 가득 채우는 이 작은 도깨비들은 황량한 모래밭이나 산꼭대기의 바위 틈새 등 사람들이 발견할 수 없는 곳에 알을 깐다. 그들은 바람에 실려 하늘을 표류하는 잎사귀들처럼 혹은 호면에 일렁이는 잔물결처럼 우아하고 날렵하다. 자연에는 이런 혈연관계가 있다. 매는 바다에 일렁이는 물결과 한 형제인데 단지 공중에 살 뿐이다. 그는 바다 위를 미끄러지듯 날아가며 자기 형제를 내려다본다. 그리하여 바람이 가득 실린 매의 두 날개는 아직 완전히 성숙하지 못한 바다의 날개[파도]에 호응한다.

때때로 나는 하늘 높은 곳에서 선회하는 한 쌍의 솔개가 서로 번갈아가며 상승하고 하강하면서 혹은 서로 가까워지고 멀어지는 광경을 보면서 그 솔개들이 하늘에 구현된 내 생각이 아닐까 싶기도 했다. 또는 멧비둘기들이 약간 떨리는 소리를 내면서 마치 전령이나 된 것처럼 황급히 이 숲에서 저 숲으로 건너가는 광경도 나를 매혹하게 했다. 나는 썩은 나무 그루터기 밑으로 괭이질을 하다가 느리게 움직이는 이국적인 점박이 도마뱀을 파

---

101 "깊이를 측정할 수 없는 작물"은 소로의 깊은 생각을 비유적으로 표현한 것이며, 이 장의 뒷부분에서 나오는, 콩밭에서 일하기가 비유와 수사적 표현이 된다는 생각과 연결된다. 비유 만들기는 다시 신화 만들기에 연결되는데, 이처럼 『월든』은 소로의 개인적 신화 만들기가 핵심 주제이다. 역자 해제 중 "소로의 문장"과 "소로와 동양사상"을 참고하라.

헤쳤다. 그것은 이집트와 나일강을 생각나게 하면서 동시에 우리와 같은 시대를 사는 동물이었다. 괭이에 기대어 쉬는 동안 나는 밭고랑 어디에서나 이런 소리와 광경을 듣고 볼 수 있었다. 그것은 이 전원 풍경이 제공하는 무진장한 오락의 한 부분이었다.

축제일이면 도시는 축포를 발사하는데, 그 메아리가 장난감 공기총 소리처럼 이 숲까지 울려 퍼진다. 군대 음악의 몇몇 가락은 때때로 이 먼 곳까지 뚫고 들어온다. 도시의 반대편 끝 콩밭에 있는 나에게, 대포 소리는 마치 말불버섯[102]이 터지는 것 같은 소리처럼 들린다. 내가 잘 모르는 군대의 소집령[103]이 떨어졌을 때, 나는 저기 지평선 너머에서 전염병이 번지는 건 아닐까 하고 종일 막연하게 생각했다. 그것은 성홍열이나 두드러기 같은 전염병이 곧 창궐하려는 것일 수도 있었다. 그러다가 좀 더 우호적인 바람이 들판과 웨일랜드 도로 위로 황급히 불어오면서 그것이 주 민병대 소속 포병부대의 소집 훈련임을 알게 되었다.

먼 곳에서 부대가 이동하는 웅얼거림 소리를 들으면, 벌 떼의 이동이 생각난다. 어느 농가의 벌 떼가 한 곳에 모여들자, 그 이웃은 베르길리우스의 조언[104]에 따라, 집 안에서 가장 낭랑한 소리를 내는 가재도구를 뚱땅거림으로써 벌 떼를 통속에 집어넣는 광경이 생각나는 것이다. 그리고 마침내 그 웅얼거리는 소리가 잦아들다가 그치자, 가장 우호적인 산들바람조차도 아무 얘기를 전해주지 않아 나 스스로 이렇게 짐작했다. 그들이 마침내 벌 떼를 안전하게 미들섹스 벌통에 집어넣었구나. 이제 이웃의 마음은 벌통에

---

102 건드리면 터지면서 약하게 펑 소리가 나고 갈색 가루가 나온다. 어리고 흰색일 때는 먹을 수 있다.

103 멕시코 전쟁은 1846년에 발발했는데 소로가 월든 숲에 있던 시절과 일치한다.

104 베르길리우스의 농경시 제4부를 가리킨다. 4부 앞부분에서 벌을 꿀통에 집어넣는 얘기가 나오고, 시의 끝부분에 유명한 오르페우스가 얘기가 나온다. 소로는 제8장에서 오르페우스 얘기를 했다.

묻은 꿀에만 온통 쏠리겠구나.[105]

나는 매사추세츠와 조국의 자유가 이처럼 안전하게 지켜지는 것에 자부심을 느꼈다. 나는 다시 김매기를 시작하면서 형언할 수 없는 자신감을 느꼈고, 미래에 대한 평온한 믿음 속에서 쾌활하게 노동을 계속했다.

몇몇 군악대가 연주할 때는, 온 마을이 하나의 거대한 풀무가 된 듯한 소리가 났다. 모든 건물이 그 소리 때문에 크게 불어났다가 갑자기 줄어드는 것을 교대로 반복했다. 그러나 때때로 정말로 고상하고 영감 넘치는 가락이 숲속에 흘러들어왔고, 명예를 칭송하는 트럼펫 소리도 잘 들렸다. 그럴 때면 나도 호기롭게 멕시코인에게 총검을 찔러댈 수 있을 것 같았고(우리가 매일 사소한 것만 가지고 시비를 걸어서야 되겠는가?) 내친 김에 나의 무용(武勇)을 실천하기 위해 주위에 공격할 만한 우드척이나 밍크가 없나 살펴보기도 했다. 그 군대 음악은 팔레스타인처럼 먼 지방에서 흘러나오는 것 같았고 저 먼 지평선에서 예루살렘으로 몰려가는 십자군의 행군을 연상하게 했다. 그 군대 음악은 마을 위에 솟은 느릅나무 우듬지가 약간 빠르게 떨리는 동작을 닮았다. 그날은 아주 멋진 하루였다. 나의 개간지에서 올려다본 하늘은 날마다 그러하듯 언제나 똑같고 항구적인, 멋진 표정을 짓고 있었다. 나는 하늘에서 아무 차이점도 보지 못했다.

씨뿌리기, 괭이질, 수확하기, 도리깨질하기, 골라내기 그리고 판매하기 등 내가 콩과 맺은 오랜 친교는 독특한 체험이었다. 그중에서도 콩 판매가 제일 어려웠다. 콩과의 친교에는 맛보기도 들어갈 것인데, 실제로 나는 콩을 맛보았다. 그리고 콩에 관해 더 알아야겠다고 결심했다. 콩들이 자랄 때 나는 새벽 다섯 시에서 정오까지 김매기를, 오후부터는 다른 일을 했다.

우리가 다양한 종류의 풀과 맺는 저 친밀하고 기이한 교제를 한번 생각해보자. 여기서 이야기가 좀 중복되는 것을 양해해주기 바란다. 콩밭에서

---

105 미들섹스는 매사추세츠주의 한 카운티인데 콩코드와 월든 호수가 모두 여기 소속이다. 미들섹스 벌통은 미들섹스 병영(兵營)의 상징이며 군대를 벌 떼에 비유하고 있다.

일하는 노동에는 적지 않은 부분이 중복되는 까닭이다. 우리는 풀들의 연약한 조직을 무자비하게 파괴하고, 괭이질로 차별적인 구분을 하고, 한 종류의 풀을 모조리 전멸시키고, 다른 종류의 풀을 열심히 경작한다. 나는 혼자 이렇게 중얼거린다. "저기, 쓴쑥, 명아주, 괭이밥, 개밀이 있네. 저놈을 쑥 잡아뽑아 뿌리를 햇빛에 노출시켜야 해. 그늘에 뿌리를 남겨두면 안 돼. 그러면 다른 곳에 뿌리를 내리고 이틀 후에는 부추처럼 파랗게 돋아난다고."

그리하여 잡초들과의 기나긴 전쟁이 시작되었다. 이 학 떼에도 못 미치는 트로이인들은 그들 옆에 태양, 비, 이슬을 우군으로 두고 있었다.[106] 콩들은 내가 괭이로 무장하고서 그들을 도와주러 오는 모습을 날마다 보았다. 나는 콩의 적군 대열을 무찌르면서 잡초의 시체들로 참호를 메웠다. 밀집한 동료 병사보다 1피트[0.3미터]는 더 커 보이는, 정력적이고 깃털을 휘날리는 트로이 장군 헥토르 같은 잡초를 내 무기로 사정없이 쓰러뜨려 흙 속에 나뒹굴게 했다.

나의 동료들이 보스턴이나 로마에서 예술에 전념하고, 인도에서 명상하며, 런던이나 뉴욕에서 사업을 하는 동안, 나는 뉴잉글랜드의 다른 농부들과 함께 이처럼 농사일에만 전념했다. 내가 콩을 주식으로 하려는 것은 아니었다. 콩을 죽 끓여 먹든, 아니면 개표소에서 투표수를 세는 콩알 도구로 쓰든, 콩에 대한 취향을 말하자면 나는 콩을 싫어했다는 피타고라스와 비슷한 사람이다. 그래서 나는 콩을 쌀과 바꿔왔다. 그러나 누군가는 들판에서 일해야 한다. 비유와 수사적 표현의 용도로써, 장차 비유를 만들어내는 사람에게 도움을 주기 위해서라도 말이다.[107] 콩밭 매기는 전반적으로 진

---

106 잡초를 트로이인에 비유하고 있다. 호메로스의 『일리아스』 3권에서 트로이인은 학 떼, 그리스인은 피그미에 비유되는데 그것을 거꾸로 쓴 것이다.

107 비유와 수사적 표현은 마태복음 13장의 여러 비유를 가리킨다. 마태복음에서 비유를 만들어내는 사람은 예수 그리스도이나, 여기서는 깨달음을 얻은 자를 상징한다. 이 상징에 대해서는 역자 해제 중 "세 동물의 상징"을 참고하라.

귀한 오락이었으나 너무 오래 계속되면 체력 낭비가 될 수도 있었다. 나는 콩밭에 거름을 주지 않았고 한꺼번에 김매기를 한 것도 아니었다. 하지만 내가 보기에 김매기는 아주 잘 되었고, 나는 결국 그에 대한 보상을 받았다.

영국의 저명한 일기작가 이블린은 이렇게 말했다. "어떤 거름이나 거름 주기도 이 지속적인 김매기, 두 번째 뒤엎기, 삽으로 고랑 파헤치기를 대체할 수 없다." 그는 다른 곳에서 이런 말도 했다. "땅은, 특히 신선한 땅은 그 안에 독특한 자력을 갖고 있다. 그 힘은 땅에 생명을 주는 소금과 혹은 미덕(공기라고 불러도 무방하다)을 끌어당긴다. 우리가 생명을 유지하기 위해 땅에서 열심히 노동하고 움직이는 논리도 바로 이 땅의 자력에 바탕을 둔다. 인분이나 다른 지저분한 보조 거름도 땅의 이런 자력에 비하면 부차적 수단에 지나지 않는다." 게다가 나의 콩밭은 "휴식을 취하던 피폐하고 소진된 묵정밭"이었다. 영국의 자연학자 케널름 딕비 경 같은 사람은 이런 땅이 대기로부터 활력을 끌어당긴다고 말했다. 나는 총 열두 부셸의 콩을 수확했다.

콜먼 씨는 주로 부농들의 고비용 실험만 보고했으므로, 좀 더 구체적인 정보를 제공하기 위해 나의 지출 비용을 적어보면 다음과 같다.

괭이 비용	54센트
쟁기질, 괭이질, 고랑 내기	7달러 50센트(너무 많이 들었음)
씨앗용 콩	3달러 12.5센트
감자	1달러 33센트
완두콩	40센트
순무 씨	6센트
허수아비용 흰 실	2센트
말 쟁기꾼과 소년의 3시간 임금	1달러
농작물 수송용 말과 수레	75센트

총계 14달러 72.5센트

나의 수입은 이러하다(가장은 사는 습관보다 파는 습관을 들여야 한다).

콩 9부셸과 12쿼트 판매	16달러 94센트
큰 감자 5부셸	2달러 50센트
작은 감자 9부셸	2달러 25센트
풀	1달러
콩대	75센트

총계 23달러 44센트

다른 데서 이미 말했듯, 남은 수입 ………………… 8달러 71.5센트

이것이 내가 콩을 키운 체험 결과다. 자그마한 하얀 강낭콩 씨앗은 6월 1일경에 심어야 한다. 밭고랑 사이는 3피트[0.9미터]로 하고, 콩과 콩의 간격은 18인치[0.5미터]가 적당하다. 씨앗은 신경 써서 신선하고 둥그런 순종 씨앗을 써야 한다. 먼저 벌레들을 경계하고, 밭에 빈자리가 있으면 콩을 더 심어도 된다. 콩밭이 환히 노출된 장소에 있다면 우드척을 조심해야 한다. 일찍 나온 부드러운 잎사귀를 다 씹어 먹기 때문이다. 그놈들을 경계해야 할 때는 또 있다. 새 넝쿨이 나오는 시기를 귀신같이 알아차리고는, 다람쥐같이 똑바로 앉아 콩 싹과 갓 생긴 콩가지를 한꺼번에 잘라먹기 때문이다. 서리를 피해 팔기 좋은 싱싱한 콩을 수확하려면 가능한 한 빨리 수확해야 한다. 이 방법을 쓰면 상당한 손실을 사전에 방지할 수 있다.

나는 또한 다음과 같은 추가 결론도 얻었다. 다음 해 여름에는 그처럼 품이 많이 드는 콩과 옥수수는 심지 않을 것이다. 그 대신 성실, 진리, 단순, 믿음, 정직 등의 씨앗을 심고서, 품을 덜 들이고 비료를 별로 주지 않더라도 그런 씨앗들이 자라나서 나를 먹여 살릴 수 있을지를 보고 싶다. 나는 이 땅이 그런 곡식들을 키우지 못할 정도로 피폐해졌다고는 보지 않는다.

슬프다! 이런 얘기는 혼잣말로 했을 뿐이었다. 그러나 또 다른 여름이 지나갔고, 또 다른, 또 다른 여름도 지나갔다. 독자여, 나는 이 말을 하지 않을 수 없다. 내가 심었던 씨앗들, 그것이 위에서 말한 미덕의 씨앗이었다면, 그 씨앗들은 벌레가 먹었거나 활기를 잃었고 그래서 싹이 올라오지 않았다. 일반적으로 말해, 사람들은 아버지가 용감하면 아들도 그렇고, 반대로 아버지가 비겁하면 아들 역시 그러하다.

이 세대는 해마다 틀림없이 옥수수와 콩을 심을 것이다. 이런 농사일은 인디언들이 수 세기 전부터 해왔던 것이고 또 최초의 미국 정착민에게 가르쳐준 것이었다. 마치 이런 농사일이 운명이나 되는 것처럼. 정말로 중요한 것은 앞선 세대가 뒷세대에 모범을 보여야 한다는 것이다. 얼마 전에 나는 일흔 번이나 괭이질을 하여 구덩이를 만드는 노인을 보고 깜짝 놀랐다. 자신이 그 구덩이에 들어가 누우려고 만드는 게 아니었다! 왜 뉴잉글랜드 사람들은 새로운 모험을 하려들지 않을까? 곡식, 감자, 건초, 과수원 등을 중시하면서, 왜 다른 것은 경작하려 하지 않을까? 왜 우리의 콩 씨앗에 대해서만 그렇게 신경 쓰고 새 세대 사람에 대해서는 전혀 신경 쓰지 않는가? 만약 우리가 누군가를 만났을 때, 위에서 말한 여러 미덕이 그 사람 내부에 뿌리 박혀 자라는 것을 확실히 본다면 그로부터 영양분을 얻고 또 격려를 받게 될 것이다. 나는 이런 미덕들을 다른 생산물보다 더 높이 평가하지만, 사람들은 대부분 말로만 떠들어대 그 말은 공중에 떠다닐 뿐이다.

비록 소량 혹은 새로운 품종이기는 하지만, 해외에 진리 혹은 정의 같은 오묘하고 표현하기 어려운 미덕의 씨앗이 있다고 해보자. 그러면 해외 대사들에게 그 씨앗을 본국에 보내라는 훈령이 내려가야 할 것이고,[108] 의회는 전국에 그 씨앗이 퍼져 나가도록 도와야 한다. 우리는 이런 일에 너무 꼼꼼하게 격식을 따져서는 안 된다. 우리에게 겨자씨만큼의 가치와 우정이 있

---

108 존 퀸시 애덤스 대통령 때 영국 대사 벤저민 프랭클린과 프랑스 대사 토머스 제퍼슨은 희귀한 씨앗을 수집해 보내라는 정부 훈령을 받았다.

다면 야비한 방법으로 상대방을 속이거나 모욕하거나 추방시키는 일 따위는 하지 말아야 한다. 그런 만큼 우리는 사람을 황급히 만나서는 안 된다. 나는 대부분 사람을 만나지 않는다. 그들은 시간이 전혀 없는 것처럼 보이기 때문이다. 그들은 자신의 콩밭 일로 바쁘다. 나는 이처럼 자기 일로 너무 바쁜 사람은 상대하지 않으려 한다. 그는 일을 할 때 버섯처럼 자기 몸을 땅에 딱 붙이고 있는 게 아니라, 중간중간 괭이나 삽을 지팡이 삼아 기대어 오뚝 일어선다. 그들은 똑바로 서 있다기보다는 땅 위로 약간 솟아오른 모습이다. 그들의 자세는 땅 위에 내려 걸어다니는 제비 같다.

> 그리고 그가 말하는 동안, 그의 날개는 가끔씩
> 날아갈 것처럼 펴지다가 다시 닫힌다.[109]

그래서 우리는 혹시 천사와 상대하는 것이 아닐까 하는 생각마저 든다. 빵은 언제나 우리에게 영양을 주는 것은 아니지만 그래도 좋은 일을 한다. 무엇 때문에 우리가 아픈지 모를 때, 우리 관절에서 뻣뻣함을 제거하고 우리 몸을 유연하고 민첩하게 한다. 그리하여 사람과 자연에게 고마움을 느끼고 또 순수하고 황홀한 즐거움을 나누게 한다.

고대 시가와 신화를 보면 농업이 한때 신성한 기술이었음을 알 수 있다. 그러나 우리는 너무 황급하고 부주의하게 농사일을 한다. 우리의 유일한 목적이 큰 농장을 갖고 더 많은 수확을 거두는 것이기 때문이다. 우리는 축제도, 행렬도, 의례도 없다. 가축 전시회나 소위 추수감사절도 예외가 아니어서, 이런 행사나 명절 때는 농부가 자기 직업을 신성하게 여긴다는 의사 표시를 하거나 농업의 신성한 기원을 회상해야 하는데, 그렇게들 하지 않는다. 농부를 유혹하는 것은 오로지 높은 가격과 진수성찬뿐이다. 그는

---

109 프랜시스 콸스(1592-1644)의 시에서.

수확의 여신 케레스나 대지의 신 유피테르에게 희생을 바치지 않고 오로지 지옥 같은 부(富)의 신 플루토에게만 제사를 지낸다. 탐욕과 이기심, 그리고 토지를 재산이나 재산을 얻는 수단으로만 보는 저열한 습관 때문에, 우리의 풍경은 기형적으로 바뀌었다. 농업은 우리 사이에서 타락했고, 농부는 가장 천박한 삶을 살아가고 있다. 카토는 농업의 이익은 경건함과 정의라고 말했고, 로마의 저술가 바로는 이런 말을 했다. "고대 로마인들은 대지를 어머니 혹은 농업의 여신 케레스라고 불렀고, 그 대지를 경작하는 자는 경건하고 유익한 삶을 산다고 생각했다. 오로지 농부만이 농경신 사투르누스 왕의 후예라고 믿었다."

우리는 태양이 경작지든 초원이든 숲이든 아무 구분 없이 빛을 비춘다는 것을 종종 잊어버린다. 그런 것은 햇빛을 받아들여 반사하지만, 경작지는 태양이 그의 일과 중에 만들어내는 영광스러운 풍경 중 작은 부분일 뿐이다. 태양의 관점에서 볼 때, 지구는 하나의 정원처럼 공평하게 경작된다. 따라서 우리는 태양이 제공하는 빛과 열기의 혜택을, 그에 상응하는 믿음과 고마움으로 받아들여야 한다. 내가 콩 씨앗을 소중하게 여기고 가을에 수확한다고 해서 그게 무슨 대수인가? 내가 오랫동안 보아온 이 넓은 밭은 나를 주된 경작자로 보는 게 아니라, 오히려 그 밭을 더 부드럽게 대하며 물을 내려주어 초록으로 만든 영향력[110]을 더 중시한다. 이들 콩은 여러 결실을 맺었지만 나는 그것을 수확하지 못한다. 콩은 부분적으로는 우드척을 위해 자라나는 게 아닌가? 밀 이삭은 농부의 유일한 희망이 되어서는 안 된다(이삭은 라틴어로 스피카 혹은 스페카인데, 희망을 의미하는 spe에서 나왔다). 그 이삭은 낟알로만 결실을 맺는 게 아니기 때문이다(낟알은 라틴어로 그라눔인데 결실을 의미하는 gerendo에서 왔다).

그렇다면 우리의 수확은 어떻게 실패할 수 있겠는가? 잡초가 무성하지

---

110 제5장의 주84에 나오는 천지의 오묘한 힘을 가리킨다.

만 오히려 기뻐해야 하지 않겠는가? 결국, 잡초 씨앗은 새들의 곡창이니까 말이다. 들판이 농부의 헛간을 가득 채워줄 수 있는지 여부는 삼라만상을 비교 관점에서 바라볼 때 그리 중요한 것이 아니다. 다람쥐들이 올해 숲속에 도토리가 많을지 신경 쓰지 않는 것처럼, 진정한 농부는 수확 걱정을 하지 말아야 한다. 농부는 그의 들판이 내놓는 소출에 대한 모든 권리 주장을 내려놓고, 첫 번째 소출뿐만 아니라 마지막 소출도 희생 예물로 바칠 생각을 하면서 날마다 자기 노동을 마무리해야 한다.

8

마을

콩밭에서 김매기를 마치고 오후에 글을 읽거나 쓴 후에, 나는 으레 호수에서 미역을 감으면서 운동 삼아 호수의 작은 물굽이까지 헤엄쳐 가면서 내 몸에서 노동의 먼지를 씻어내거나 아니면 공부하다가 생긴 몸의 주름살을 매끈하게 폈다. 이렇게 할 수 있었던 것은 오후에는 완전 자유였기 때문이다. 매일 혹은 이틀에 한 번씩 나는 소문을 듣기 위해 마을로 산책 나갔다. 그곳에서는 입에서 입으로, 신문에서 신문으로 소문이 끊임없이 떠돌아다녔다. 그 소문들은 동종 요법의 소액 복용처럼 조금씩만 들으면 잎사귀의 살랑거림이나 개구리의 울음소리처럼 나름대로 신선했다.

나는 숲에서는 새와 다람쥐를 보려고 산책하지만, 마을에서는 사람들과 소년들을 보려고 산책한다. 소나무 사이를 빠져나가는 바람 소리 대신에 수레들이 덜거덕거리는 소리를 듣는다. 집에서 한 방향으로 나아가면 강의 목초지에 사는 사향쥐 집단이 있다. 그리고 반대 방향으로 가면 느릅나무와 양버들 나무의 숲 아래에 바쁘게 살아가는 사람들 마을이 있다. 그 주민들은 내게 프레리독처럼 흥미로운 존재다. 그들은 각자 자기 토굴 입구에 앉아 있다가 잡담을 나누고자 이웃 토굴로 달려간다. 나는 그들의 습관을 살

읍내의 큰길, 콩코드, 1920년 3월 31일.

집에서 한 방향으로 나아가면 강의 목초지에 사는 사향쥐 집단이 있다. 그리고 반대 방향으로 가면 느릅나무와 양버들 나무의 숲 아래에 바쁘게 살아가는 사람들 마을이 있다. 그 주민들은 내게 프레리독처럼 흥미로운 존재다. 그들은 각자 자기 토굴 입구에 앉아 있다가 잡담을 나누고자 이웃 토굴로 달려간다. 나는 그들의 습관을 살피려고 빈번하게 마을을 찾아간다.

피려고 빈번하게 마을을 찾아간다. 마을은 내게 거대한 뉴스 통제실처럼 보인다. 한쪽에는 그 마을을 지원하는 각종 가게가 있다. 전에 보스턴 스테이트 거리에 있던 레딩 출판사가 그랬듯, 그 가게들은 견과와 마른 포도, 소금과 밀가루와 옥수수 가루 그리고 여러 식료품을 팔고 있다.

어떤 사람은 앞에서 언급한 제품, 다시 말해 뉴스에 대해 엄청난 식욕을 느끼고 그에 맞추어 아주 훌륭한 소화 기관을 갖추고 있다. 그래서 그들은 공공 거리에서 꼼짝도 않고 오랫동안 죽치고 앉아 뉴스가 지중해의 여름 바람이나 계절풍처럼 그들 곁을 스쳐 지나가며 속삭이게 한다. 혹은 에테르라도 들이마신 것처럼, 뉴스는 고통에 마비와 무감각을 준다. 그들은 생각이라는 것을 조금도 하지 않는데, 그 뉴스가 고통을 안겨줄 수도 있기 때문이다.

마을을 어슬렁거리며 산책할 때마다 반드시 이런 사람들이 일렬로 앉아 있는 광경이 눈에 들어온다. 그들은 사다리에 앉아 햇볕을 쬐면서 몸은 앞쪽으로 약간 수그렸고 때때로 아주 호기심 강한 표정을 지으며 두 눈을 이쪽저쪽으로 구르며 주위를 살폈다. 아니면 두 손을 호주머니에 찔러 넣고 여인상이 조각된 기둥처럼 헛간에 기대 앉았는데, 그 모습이 마치 헛간이 내려앉을까 봐 떠받치는 사람 같았다. 그들은 으레 바깥에 나와 앉아 있으므로 바람에 묻혀 흘러가는 소문은 다 들었다. 이 사람들은 아주 거친 소문의 제분 공장으로, 일차로 여기에서 소문의 낟알이 거칠게 소화되거나 부수어졌다가 다시 실내에 있는 제분기 깔때기로 흘러들어 가 좀 더 결이 곱고 세련된 가루로 분쇄된다.

내 생각에 마을의 핵심 장소는 식료품 가게, 술집, 우체국, 은행이다. 또한, 기계[문명]에 필요한 부품으로 마을 사람들은 종, 대포, 소방서 등을 편리한 장소에 배치했다. 마을의 집들은 많은 사람을 수용할 수 있도록 골목길에 서로 마주 보며 지어져 있어, 모든 여행자는 곤틀릿 태형을 당하는 것처럼 그 골목길을 내달려야 한다. 마을의 아저씨, 아주머니, 아이들이 모두 나와 마치 회초리를 들고 때리려는 듯 그 여행자를 바라본다. 물론, 두 줄

가운데 제일 입구 쪽에 서 있는 사람은 남들한테 잘 보일 뿐만 아니라 죄인을 가장 잘 볼 수 있어서 당연히 죄인을 제일 먼저 때리게 되므로, 그 자리를 차지하려면 많은 돈을 지불해야 했다.[111]

반면, 마을 외곽에 사는 몇 안 되는 주민들은 토지세나 창호세(窓戶稅)를 많이 내지 않아도 되었다. 그곳은 집들 사이사이에 빈 공간이 많아, 여행자가 그 공간을 이용하여 담을 넘어가거나 옆 우마차 도로로 우회할 수 있기 때문이다. 마을은 여행자를 유혹하려고 온 사방에서 간판을 내걸었다. 주점이나 음식점은 식욕을 미끼로 여행자를 붙잡았으며, 잡화류 가게와 보석 가게는 기호품으로 여행자를 유혹했다. 이발소, 구둣가게, 양장점은 각각 머리카락, 발, 스커트를 멋지게 해준다며 호객했다. 게다가 이들 가게는 언제라도 가게에 들러달라는 더 무서운 초청장을 발부해놓았고, 지금쯤이면 주민들이 들를지 모른다며 기대하고 있었다.

나는 대부분 이런 위험들로부터 멋지게 달아났다. 곤틀릿 태형을 당하는 사람들에게 일반적으로 권장되는 방식은 곤틀릿 끝까지 빨리 달려가라는 것이다. 나는 좌우 돌아보지 않고 목적지를 향해 과감하게 돌진해가거나 아니면 좀 더 하늘 높은 곳에 있는 사물에 집중함으로써 달아날 수 있었다. 오르페우스는 "자신의 리라를 켜면서 신들을 찬양하는 노래를 소리 높여 불러, 세이렌의 유혹하는 소리를 제압해 위험으로부터 달아났다"라고 하지 않는가.[112] 때때로 나는 마을에서 갑자기 달아났고 아무도 내 소재지를 알지 못했다. 나는 체면 같은 것은 별로 생각하지 않았고, 그래서 울타리 사이의

---

111 곤틀릿(gauntlet)은 두 줄로 늘어선 병사들 사이의 빈 공간을 가리키는 말이다. 중세 시대에 이 빈 공간 사이로 죄인을 달려내려 가게 했고 그러면 두 줄 속에 서 있던 사람들이 곤봉이나 회초리로 그를 때렸다.

112 오르페우스는 마녀 세이렌이 유혹하는 노랫가락을 자신의 아름다운 노래로 제압했으며, 아내 유리디케가 뱀(시간의 상징)에게 발꿈치를 물려 죽자 지하 세계로 내려가 신들에게 아름다운 노래를 불러 아내를 구출해 나오다가, 귀로에 절대 뒤돌아보면 안 된다는 신들의 당부를 잊고 뒤돌아보다가 아내를 도로 지하에 뺏긴 인물이다.

빈 공간을 통해 달아나는 것도 주저하지 않았다. 심지어 어떤 집에 불쑥 들어가는 일도 서슴지 않았다. 그러면 그 집에서 나는 대접을 잘 받았고, 핵심 뉴스의 온갖 세세한 사항, 소문이 가라앉고 난 뒤의 결과, 전쟁과 평화의 전망, 세상이 과연 망하지 않고 오래 버틸 수 있을지 여부 등을 다 파악하고서 집 뒷문으로 나와 무사히 숲으로 도망칠 수 있었다.

마을에서 늦게까지 머물다가 밤중에 숲으로 출발하게 되면 아주 즐거웠다. 특히 어둡고 비가 올 때는 더욱 그러했다. 호밀이나 옥수수 자루를 어깨에 들러 멘 채, 마을의 밝은 거실이나 강연장에서 출항하여 숲속의 안온한 내 항구로 항해를 떠나는 것과 같았다. '나'라는 배 외부는 잘 단속하고서, 갑판 출입문 밑으로 '생각'이라는 즐거운 선원들과 함께 침잠했고, 내 외면만 조타실에 남겨 놓았다. 그나마 배가 순항 중일 때는 조타실 키를 고정하고 자동 항해를 했다. 나는 항해하면서 선실 옆 난롯가에 앉아 멋진 생각을 많이 했다. '나'라는 배는 여러 번 심한 폭풍우를 만났으나 그 어떤 날씨에도 표류하거나 흔들리지 않았다.

평범한 날 밤에도 숲속은 사람들이 생각하는 것보다 더 어두웠다. 나는 길을 알아내기 위해 자주 나무들 사이의 빈 공간으로 하늘을 올려다보아야 했다. 수레용 소로가 없는 곳에서는 두 발로 더듬어 내가 만들어놓은 희미한 흔적을 알아내야 했다. 나는 두 손으로 특정한 나무의 상호 위치를 더듬어 파악하면서 나아갈 길을 잡았다. 아주 어두운 밤중에 숲 한가운데서 서로 떨어진 거리가 18인치[0.5미터]밖에 안 되는 두 소나무를 어루만지면서 앞으로 나아가야 했다. 때때로 어둡고 무더운 밤중에 이처럼 늦게 숲속 작은 길을 걸어 집으로 돌아올 때, 두 발은 두 눈이 보지 못하는 것을 더듬어 알아냈다. 그럴 때면 꿈꾸듯 멍한 상태로 걸었다. 마침내 집 자물쇠를 벗겨내야 하는 순간이 되어서야 비로소 멍한 상태에서 깨어났다. 어떻게 돌아왔는지 한 발자국도 기억하지 못했으나 내 몸이 다 알아서 해주었다. 내 몸은 설사 주인이 버린다고 해도 스스로 알아서 집으로 돌아올 것이었다. 아무 도움 없이도 손이 입으로 가는 길을 찾아내듯이.

방문객이 내 집을 찾아와 늦게까지 머물다가 어두운 밤이 된 적이 여러 번이었다. 나는 집 뒤에 있는 수레용 소로까지 그를 배웅하고서, 그가 앞으로 나아가야 할 방향을 가르쳐주면서 두 눈보다 두 발에 의존해 길을 따라가는 게 더 좋다는 말도 했다. 아주 어두운 어느 날 밤에 나는 호수에서 낚시하다가 귀가가 늦은 두 청년에게 그런 식으로 일렀다. 그들은 숲에서 약 1마일 떨어진 곳에서 살았고 가는 길은 아주 익숙했다. 하지만 하루 이틀 뒤 두 청년 중 하나는 나를 만났을 때 밤새 길을 잃고 헤맸다고 전했다. 그들은 집 근처까지 갔지만, 그 주위를 뱅뱅 돌았을 뿐 새벽이 될 때까지 집을 찾아내지 못했다. 그날 밤에 소낙비가 여러 번 내렸으므로 새벽녘에 나무 잎사귀들은 아주 젖어 있었고 그들은 온몸이 속속들이 비에 젖었다. 나는 많은 사람이 심지어 마을 거리에서도 길을 잃는다는 얘기를 들었다. 사람들이 말하듯, 어둠이 마치 케이크처럼 너무 농밀하여 칼로 벨 수 있을 것 같은 밤중에 그런 일이 벌어진다는 것이다. 마차를 타고 마을에 쇼핑을 왔던 마을 외곽 거주자 몇 명은 그런 밤중에는 마을에 묵어갈 수밖에 없었다. 또 어떤 집을 방문하러 나섰던 신사숙녀는 반 마일도 가지 못해 두 발로 보도를 더듬으면서 도대체 어디로 방향을 잡을지 알지 못해 쩔쩔 맸다는 것이다.

그 어느 시간대든 숲에서 길을 잃는다는 것은 놀랍고 기억할 만한 일이고 또 소중한 체험이다. 종종 눈보라가 칠 때는 심지어 대낮이고 잘 아는 길이었음에도 어느 쪽이 마을로 가는 길인지 알기 어렵다. 마을 주민은 그 길을 천 번이나 다녔겠지만 그런 날씨에는 길의 특징을 알아보지 못하며, 마치 시베리아에 온 것처럼 낯설게 보인다. 물론, 밤이 되면 그런 난처함은 더욱 심해진다. 우리는 평소 산책에서 거의 무의식적으로 길을 잡아 걸어가는데, 그것은 잘 알려진 산봉우리 봉화(烽火)와 해안 갑(岬)을 보며 항해하는 선장과 비슷하다. 평소 다니던 길을 넘어서 가더라도 이웃 지형지물의 위치를 마음속에서 알고 있다. 그러나 완전히 길을 잃어버리거나—눈을 꼭 감고 한 바퀴 반대 방향으로 도는 것만으로 길을 잃기에는 충분하다— 정반대 방향으로 한번 빙 돌면, 자연의 광대함과 기이함을 비로소 깨닫게 된다. 사람은 잠에서 깨든 멍한 생각에서 깨든, 그 깨어나는 순간에 나침반의 정확한 방위를 알아야 한다. 달리 말해, 길을 잃거나 세상을 잃어버릴 때 비로소 자신을 발견하기 시작하고 자신이 어디 있는지 깨달으면서 우리가 세상과 맺는 무한한 관계를 의식하게 된다.[113]

숲속 생활의 첫 번째 해 여름이 끝나가던 어느 날 오후에, 나는 수선 맡긴 구두를 구둣방에서 찾아오려고 마을로 나갔다가 체포되어 구금되었다. 내가 이미 다른 곳[114]에서 말한 것처럼, 주 상원 건물 앞에서 성인 남녀와 아이[흑인 노예]를 가축처럼 사고팔도록 허용하는 주 정부의 권위를 인정할 수 없어 주민세를 내지 않았기 때문이다. 나는 이 주민세 거부와는 다른 이유로 숲속에 들어갔다. 그러나 인간이 어디로 가든 소위 정부 당국자는 그들의 지저분한 제도를 내세우면서 사람을 압박하고 학대하며, 가능하다면 강요하여 그들의 절망적인 괴짜 모임에 가입시키려고 한다. 나는 그 당시 더욱 강력하게 저항하여 사회를 상대로 패악을 떨 수도 있었다. 절망에 빠진 쪽은 사회이므로 사회가 내게 패악을 부리도록 하는 것이 더 순리에 맞다. 하지만 나는 그다음 날 석방되었고, 수선된 구두를 찾았으며, 때맞추어 숲속으로 돌아와 페어헤이븐 언덕에서 월귤나무 열매를 따서 점심식사를 할 수 있었다. 나는 정부를 대표한다는 사람들 외에는 누구에게도 괴롭힘을 당해본 적이 없다.

서류를 넣어둔 책상 외에는 집에 자물쇠나 빗장을 하지 않았다. 걸쇠나 창문 위에 못을 박은 적도 없다. 밤이든 낮이든 문을 잠그지 않았으며 여러 날 집을 비울 때도 마찬가지였다. 숲속 생활 2년차에, 메인주 숲에서 2주를 보낼 때도 집 문을 열어놓고 갔다. 하지만 내 집은 위병 일개 분대가 집을

---

113 가족이나 직업이 세상과 맺는 유일한 관계라고 생각해서는 안 되고, 그 관계를 벗어나면 대자연의 삼라만상과 무한한 관계를 맺을 수 있다는 뜻이다.

114 이 책에 함께 수록된 「시민 불복종」을 가리킨다.

둘러싸고 지키는 것보다 더 존중받았다. 피곤한 산책자는 난로 옆에서 쉬며 몸을 덥힐 수 있었고, 문학인들은 내 책상 위에 있는 몇 권의 책을 즐겁게 읽었으며, 호기심 많은 사람은 찬장 문을 열고서 점심 식사 후에 남은 것은 무엇이며 저녁에는 무엇을 먹으려 했는지 알아볼 수도 있었다. 그러나 다양한 계급의 많은 사람이 호수에 왔지만 내가 그들로부터 이렇다 할 심각한 불편을 겪은 적은 없었다. 어울리지 않게 금박을 입힌 자그마한 호메로스 책 한 권을 제외하고는 잃어버린 물건도 없다. 나는 아군 병사 한 사람이 그 책을 찾아 잘 사용하고 있으리라 생각한다.[115]

만약 모든 사람이 그 당시 내가 검소하게 살았던 것처럼 산다면 도둑과 강도는 사라질 것이다. 어떤 사람은 필요 이상으로 충분한 재물을 가졌는데 남들은 그렇지 못한 공동체에서 도둑과 강도가 발생한다. 알렉산더 포프가 영어로 번역한 호메로스 책들은 곧 적절히 유통되어 사람들을 깨우쳐야 한다.

> 너도밤나무로 만든 잔을 사용하던 시절에
> 전쟁은 벌어지지 않았다.[116]

"공공 업무를 보는 사람들이여, 당신은 무슨 일로 처벌이 필요한가? 당신이 덕을 사랑하면, 백성도 덕을 사랑할 것이다. 군자의 덕은 바람과 같다. 소인의 덕은 풀과 같다. 바람이 그 위로 불고 지나가면 풀은 눕는다."[117]

---

115 소로가 편집하여 『다이얼』 3호(1843)에 기고한 "공자어록"에 나오는 이야기이다. 한 병사가 방패를 잃어버렸는데 아군의 다른 병사가 찾아 잘 쓰고 있겠지 생각하면서 자신을 위로했다는 내용이다.

116 알비우스 티불루스(기원전 55?-기원전 19?). 로마 고전기의 서정시인. 그의 작품 『비가』에서 소로가 직접 번역했다.

117 『논어』의 안연(顔淵) 편 제19. "君子之德風, 小人之德草, 草上之風, 必偃."

9

호수들

나는 때때로 인간 사회와 과도한 잡담에 싫증 나고 또 마을 친구들에게도 피로감을 느꼈다. 그래서 평소 자주 가는 곳보다 더 서쪽으로 걸어가, 마을에서도 인적이 드문 곳인 "신선한 숲과 새로운 목초지"[118]로 갔다. 아니면 해가 질 무렵에 페어 헤이븐 언덕에서 월귤나무와 블루베리 열매를 따서 저녁 식사를 하고, 앞으로 며칠간 먹을 것을 따로 저장해두기도 했다. 이들 열매는 돈 주고 사는 사람이나 시장에 내다 팔 목적으로 키우는 사람들에게는 진짜 맛을 알려주지 않는다. 그 맛을 아는 방법은 딱 하나뿐인데 그걸 아는 사람은 거의 없다. 월귤나무 열매 맛을 알고 싶다면 카우보이나 메추라기에게 물어보라. 직접 열매를 따서 먹어야 한다. 그렇지 않은 사람이 그 맛을 안다는 것은 어처구니없는 착각이다. 월귤 열매의 진짜 맛은 보스턴에 도착한 적이 없다. 그 열매가 이곳 세 언덕에서 자라난 이후, 그 도시에는 열매 맛이 알려지지 않았다. 이 과일에 있는 신들의 음식 같은 본질적

---

118 존 밀턴의 시 「리시다스」에서.

인 부분은 표피의 흰 가루가 시장의 수레 안에서 문질러지면 사라져버린다. 그 순간 열매는 야생 과일이 아니라 단지 식료품이 되고 만다. 사물의 순리 대로라면, 순수한 월귤 열매는 이 고장의 언덕에서 보스턴 시장으로 야생 그대로의 상태로는 수송되지 않는다.

가끔 하루치 김매기 작업을 끝내고 나면, 나는 아침부터 호수에서 낚시 하며 고기가 잘 잡히지 않아 다소 조급해하는 친구에게 합류했다. 그는 호수에 떠 있는 오리나 표류하는 잎사귀처럼 말이 없고 미동도 하지 않았다. 그 친구는 여러 종류의 철학을 실천해본 끝에 내가 호수에 도달할 무렵에는 자신이 시노바이트파 소속이라는 결론을 내렸다.[119] 어떤 노인은 뛰어난 낚시꾼이었고 온갖 종류의 삼림(森林) 일에 조예가 깊었다. 그는 내 집을 낚시꾼의 편의를 위해 지어진 집 정도로 여겼고, 나 또한 그가 내 집 문턱에 앉아 낚싯줄을 조정하는 광경을 즐겁게 쳐다보았다. 가끔 우리는 보트를 타고 호수로 나갔는데 노인은 보트의 한쪽 끝에 앉고 나는 반대쪽에 앉았다. 노인은 생애 말년에 이르러 귀가 먹었으므로 우리는 많은 말을 주고받지는 못했다. 노인은 가끔 나의 철학과 좋은 하모니를 이루는 시편 한 구절을 흥얼거렸다. 이렇게 하여 우리는 하모니가 계속 이어지는 훌륭한 교제를 나누었고, 설사 그와의 교류가 대화로 이루어졌더라도 그 말 없음의 조화만큼 멋진 추억이 되진 못했을 것이다.

함께 어울릴 사람이 없을 때 나는 보트의 뱃전을 노로 부드럽게 때려 반향을 일으키곤 했다. 빙빙 돌며 부드럽게 퍼져 나가는 그 소리는 주변 숲 속을 가득 채웠는데, 마치 동물원 관리인이 보살피는 야생 동물들을 부르는 소리와 비슷했다. 그러면 마침내 울창한 계곡과 산허리에서 동물들 울음소리가 노 때리는 소리에 반응해왔다.

따뜻한 저녁이면 나는 자주 보트를 타고 호수로 나가 플루트를 불었다.

---

119 원어는 Coenobites인데, 수도원에 기거하는 수도사들을 가리킨다. 그러나 소리나는 대로 읽으면 see no bites가 되어 "고기가 낚시를 물지 않는다"라는 말장난이 된다.

그러면 내 주위를 빙빙 도는 물속 농어를 볼 수 있었는데 플루트 소리가 그 놈을 매혹하게 한 것 같았다. 달빛은 이랑진 호수 바닥까지 흘러들었고 그 바닥에는 나무 파편들이 흩어져 있었다. 전에 나는 어두운 여름밤이면 친구와 함께 모험삼아 이 호수에 놀러왔다. 모닥불이 고기들을 호면으로 끌어당긴다고 생각해 호수 가까운 곳에 불을 피웠다. 우리는 낚싯줄에 벌레를 한 움큼 매달아 메기를 잡았다. 밤이 깊어 낚시질을 끝내자 불타는 나뭇가지들을 공중 높이 폭죽처럼 던져 올렸고 그것은 호수 속으로 떨어져 쉭쉭 소리를 내면서 요란스레 꺼졌다. 그러면 우리는 갑자기 맞이한 완전한 어둠 속에서 두 손과 두 발로 더듬으며 앞으로 나아가야 했다. 그리하여 우리는 짙은 어둠을 뚫고 휘파람을 불면서 다시 사람들이 드나드는 곳으로 돌아갔다. 그러나 이제 나는 호숫가에 집을 지었으므로 그렇게 돌아가야 할 필요가 없다.

나는 때때로 가족들이 모두 침실로 물러갈 때까지 마을의 어떤 집 거실에서 머무르다가 밤중에 숲속으로 돌아왔다. 그리고 다음 날 점심 식사를 염두에 두고서 보트를 타고 한밤중에 호수로 나가 달빛 아래에서 낚시를 했다. 그러면 올빼미와 여우가 내게 소야곡을 불러주었고, 때로는 이름 모를 새가 가까운 곳에서 부르는 노랫소리도 들었다. 이러한 심야 체험은 내게 아주 소중하고 기억할 만한 추억이 되었다. 나는 호숫가에서 20-30로드[100-150미터]가량 떨어진 호심 속으로 들어가, 40피트[12미터] 깊이 물속에 닻을 내린 적도 있었는데 어떤 때는 호수 표면에 잔물결을 일으키는 수천 마리의 농어와 은어 떼가 내 보트를 둘러쌌다. 나는 부드러운 밤바람에 이리저리 흔들리면서 기다란 아마 낚싯줄로 40피트 밑에 사는 신비한 밤 물고기들과 은밀한 교신을 했다. 때때로 낚싯줄을 따라 가벼운 진동이 전해져 왔고 그것은 낚싯줄 반대쪽에 생명이 어른거리고 있음을 의미했다. 물고기는 자신이 어떤 미련하고 불확실한 실수를 하는 것인지도 모르면서, 오래 마음을 정하지 못하고 망설이다가 미끼를 무는 것 같았다.

마침내 나는 뿔 모양의 농어를 낚아 낚싯줄을 한 뼘 한 뼘 잡아당기면

강이 내려다보이는 페어 헤이븐 언덕, 콩코드, 1916년 8월 1일.

나는 때때로 인간 사회와 과도한 잡담에 싫증 나고 또 마을 친구들에게도 피로감을 느꼈다. 그래서 평소 자주 가는 곳보다 더 서쪽으로 걸어가, 마을에서도 인적이 드문 곳인 "신선한 숲과 새로운 목초지"로 갔다. 아니면 해가 질 무렵에 페어 헤이븐 언덕에서 월귤나무와 블루베리 열매를 따서 저녁 식사를 하고, 앞으로 며칠간 먹을 것을 따로 저장해두기도 했다.

서 그놈을 천천히 끌어올렸다. 그놈은 비명을 지르고 몸을 비틀며 공중으로 올라왔다. 아주 어두운 밤, 특히 내 생각이 저 먼 다른 영역에 있는 광대무변하고 우주적인 주제들에 집중되어 있을 때, 이런 희미한 물고기의 몸놀림을 손바닥에서 느낀다는 것은 아주 기이한 체험이었다. 그것은 내 꿈을 잠시 중단하면서 다시 나를 자연에 연결해주었다. 나는 이어서 낚싯줄을 호수에 던지는 것 못지않게 하늘에도 던질 수 있지 않을까 생각했다. 하늘이나 호수나 농밀한 자연의 힘이 응축되어 있는 사물이기는 마찬가지였다. 이렇게 하여 나는 하나의 낚싯바늘로 두 마리 물고기를 잡았다.

월든의 풍경은 아주 아름답기는 하지만 호수의 규모가 다소 작아 장엄하다는 느낌은 주지 않는다. 그래서 이 호숫가에 자주 왔거나 주위에 사는 사람이 아니라면 월든에 대해 별 관심을 갖지 않는다. 그러나 이 호수는 그 깊이와 순수함에서 주목할 만한 것이 있으므로 여기서 특별히 언급할 만하다. 월든은 길이 반 마일[800미터]에 둘레가 1.75마일[2.8킬로미터] 정도 되는 맑고 깊은 초록색 우물이며, 넓이는 약 61.5에이커[대략 축구장 35개 넓이]이다. 소나무와 참나무 숲에 둘러싸인 영원한 샘물이며 구름이나 증발 이외에는 물이 유입되거나 배출되지 않는다. 호수 주위를 곧바로 둘러싼 언덕들은 호면에서 40피트[12미터]에서 80피트[24미터] 정도 가파르게 솟아 올라 있다. 하지만 남동쪽과 동쪽 방향 언덕들은 호수로부터 4분의 1마일[400미터] 혹은 3분의 1마일[530미터] 떨어진 지점에서 약 1백 피트[30미터] 혹은 150피트[45미터] 높이로 솟아올라 있다. 이 언덕들은 숲이 울창하다.

콩코드에 있는 호수와 강들은 적어도 두 색깔을 갖고 있다. 하나는 멀리서 바라보았을 때의 색깔이고, 다른 하나는 가까이에서 본 것이다. 멀리서 본 색깔은 빛과 하늘의 상태에 달려 있다. 화창한 여름에 호수와 강은 약간 떨어진 곳에서는 푸른색으로 보이는데, 특히 바람이 불어올 때는 더욱 푸르다. 그러나 아주 멀리 떨어진 곳에서 보면 바람과 상관없이 모두 동일한 색깔을 띤다. 비바람이 몰아치는 날씨에는 때때로 검은 석판(石板)처럼 보인다. 이에 비해 바다는 대기 상황과는 무관하게 어느 날은 푸른색, 어느 날은 초록색을 띤다.

나는 온 사방이 눈으로 뒤덮였을 때 콩코드의 강이 그 물과 얼음 모두 풀처럼 초록으로 변하는 것을 보았다. 어떤 사람은 청색이 "액체든 고체든 순수한 물 빛깔"이라고 생각한다. 그러나 보트에서 직접 바라본 호수나 강은 아주 다른 색깔이다. 월든 호수는 어떤 때는 청색이고 어떤 때는 녹색인데 심지어 똑같은 관점에서 관찰해도 그렇게 색깔이 달라진다. 땅과 하늘 사이에 누운 호수는 천지 색깔을 그대로 담고 있는 것이다. 언덕 꼭대기에서 보면 호수는 하늘 색깔을 반영하지만, 모래톱이 보이는 호반에서 본다면 노란 색깔을 띠다가 곧 연녹색으로 바뀌며 서서히 빛깔이 짙어져 호수 한가운데에서는 암녹색이 된다. 햇빛이 좋을 때, 언덕 꼭대기에서 보면 호숫가 바로 옆은 생생한 녹색으로 빛난다. 어떤 사람은 이것이 녹음을 반영해서 그렇다고 설명한다. 하지만 철로 바로 옆 모랫둑에 면한 호수 부분도 역시 녹색이다. 봄이 되어 나뭇잎이 활짝 넓게 퍼지기 전에, 호수 본래의 푸른색에 모래톱의 황색이 뒤섞여 그런 색깔이 되지 않았나 싶다.

바로 그것이 홍채 색깔이다. 이 부분은, 봄이면 호수 바닥에서 반사되는 햇빛 그리고 지면으로 전달되는 태양열 등으로 얼음이 먼저 녹아서 근처에 비좁은 운하를 만들어놓은 호수 중심부를 말한다. 다른 호수나 강과 마찬가지로, 청명한 날씨에 물의 동요가 심하면 호수 표면 물결은 하늘을 직각으로 반사한다. 그러면 햇빛이 호면 물결과 더욱 잘 뒤섞이기 때문에, 호수는 약간 떨어진 곳에서 보면 하늘처럼 훨씬 짙은 푸른색으로 보인다. 이런 때 호수가 반사하는 두 가지 빛을 보기 위해 보트를 타고 호수 위로 나가면, 형언하기 어려운 아주 아름다운 연푸른빛을 볼 수 있다. 그것은 여러 색으로 보이는 물결무늬 비단 혹은 칼날 섬광 같은 빛인데, 하늘 자체보다 더 푸른빛이다. 이 빛은 물결 반대편의 원 암녹색과 교대로 나타나는데, 이 연푸른빛과 비교하면 그 암녹색은 오히려 진흙색으로 보인다.

내가 기억하기로 그것은 유리 같은 녹색이 도는 청색이다. 석양 직전

서쪽 하늘에 떠 있는 구름을 통해 겨울 하늘을 덧댄 듯 보이는 색깔이다. 그러나 그 물을 한 잔 떠서 햇빛에 비추어보면 같은 양의 공기처럼 아무 색깔이 없다. 유리 제작업자들이 말하는 것처럼, 커다란 통유리는 그 몸체 때문에 초록 빛깔을 갖고 있으나, 자그마한 유리 조각은 색깔이 없는 것과 비슷했다. 그런 초록 빛깔을 띠기 위해 월든 호수가 어느 정도 물의 몸체를 지녀야 하는지는 밝혀내지 못했다. 우리가 강 위에서 직접 내려다보면 강물은 검거나 아주 짙은 갈색을 띤다. 그리고 대부분 호숫물이 그러하듯, 그 강에 들어가 목욕하는 사람 몸에 노란 색깔을 입힌다. 그러나 월든 호숫물은 수정처럼 순수하여 그 안에서 미역 감는 사람 몸에 설화석고 같은 하얀색을 부여한다. 그것은 아주 부자연스럽게 느껴지는데 그 이유는 사지가 호숫물 속에서 확대되면서 동시에 비틀어진 것처럼 보이기 때문이다. 아주 괴이한 효과로서 미켈란젤로 같은 색깔의 대가가 한번 연구해볼 만한 주제다.

호숫물은 너무나 투명하여 25피트[7.5미터] 혹은 30피트[9미터] 깊이의 바닥을 쉽게 내려다볼 수 있다. 호수 위를 노 저어 가면 깊은 수심을 헤엄치는 농어 떼와 은어 떼가 눈에 잘 들어온다. 물고기 길이는 1인치 정도지만 농어는 줄무늬 덕분에 쉽게 구분할 수 있다. 이런 얕은 곳에서 먹이를 구하며 산다니 상당히 금욕적인 고기라는 생각이 든다. 여러 해 전 겨울 일인데, 한번은 강꼬치고기를 잡기 위해 호수 빙판에 여러 개 구멍을 뚫은 적이 있었다. 호수 가운데에서 호반 쪽으로 걸어 나오다가 얼어붙은 호면 위에 우연히 도끼를 흘렸다. 어떤 사악한 정령이 그런 지시를 내렸는지 모르지만, 도끼는 4-5로드[20-25미터]를 굴러가다가 뚫어놓은 구멍 중 하나에 쏙 빠지고 말았다. 그곳 수심은 25피트[7.5미터]였다. 나는 호기심에 사로잡혀 빙판 위에 엎드려 구멍 안을 내려다보았다.

도끼는 한쪽으로 약간 기울어진 채 도끼날이 호수 바닥에 박혔고, 손잡이는 꼿꼿하게 서서 물살에 이리저리 부드럽게 흔들리고 있었다. 그냥 둔다면 도끼는 거기 그렇게 박힌 채, 자루가 다 삭아 없어질 때까지 흔들릴 것 같았다. 나는 먼저 얼음끌로 도끼자루 바로 위 빙판에 또 다른 구멍을 뚫었다. 그리고 근처에서 기다란 자작나무 가지를 칼로 베어내 그 가지 끝에 올가미를 매달고서 나뭇가지를 묶은 줄을 조심스럽게 빙판 아래로 내렸다. 올가미가 도끼자루 손잡이에 걸리자 줄을 잡아당겨 마침내 도끼를 물속에서 꺼낼 수 있었다.

호반은 한두 군데 짧은 모래사장을 제외하고는 마치 포석(鋪石)같이 부드럽고 하얀 조약돌 띠로 둘러쳐져 있다. 호숫가는 여러 군데가 아주 가팔라서 그 높이에서 한번 뛰어오르기만 하면 머리부터 물속으로 바로 입수할 수 있을 정도다. 호숫물이 그처럼 투명하지 않았더라면 그런 식으로 입수한 사람은 V자로 되어 있는 바닥이 반대편 호반 쪽으로 올라가는 지점에 이르기 전까지는 그 바닥을 보지 못했을 것이다. 어떤 사람은 호수 바닥이 없다고 생각한다. 호수는 어디에서도 흙빛을 띠지 않는다. 그래서 대충 호수를 관찰하는 사람은 물속에 수초가 없다고 할 것이다. 원래 목초지였다가 최근 물에 잠긴 곳을 제외하고, 호수 내에는 이렇다 할 식물도 눈에 띄지 않는다. 아무리 면밀하게 살펴도 붓꽃이나 골풀은 보이지 않고 심지어 하얀 나리꽃이나 노란 나리꽃도 없다. 단지 심장 모양의 몇몇 잎사귀와 부초 그리고 수표초 한두 송이 정도를 볼 수 있다. 호수에서 미역 감는 사람은 이런 수초들을 잘 알아보지 못하겠지만, 이것은 그 성장 환경 못지않게 깨끗하고 아름다운 식물이다. 조약돌은 호숫물 속으로 한두 로드 더 들어가 있으나, 그다음부터 바닥은 순수한 모래다. 아주 깊은 곳에는 침전물이 쌓여 있는데, 오랜 세월 수많은 가을을 거치면서 표류해 쌓인 것이다. 깊은 수심에서는 한겨울에도 파랗게 빛나는 수초가 닻에 걸려 올라오기도 한다.

이 일대에는 월든과 비슷하게 생긴 다른 호수가 있다. 나인 에이커 코너에 있는 화이트 호수인데 월든 호수에서 서쪽으로 약 2.5마일[4킬로미터] 떨어져 있다. 이곳을 중심으로 반경 12마일[20킬로미터] 범위 내에 있는 모든 호수를 나는 알지만, 월든 호수처럼 맑고 우물 같은 특징을 3분의 1이라도 지닌 호수는 찾기 어렵다. 수많은 민족이 오랜 세월 이 호숫물을 마시고, 호수를 찬양하고 그 깊이를 재왔으나 모두 사라졌고 오로지 호숫물만 여전히 초록이면서 투명하다. 이 호수는 연중 물이 마르지 않는 샘물이다.

아담과 이브가 에덴동산에서 쫓겨나던 그 봄날 아침에도 월든 호수는 이미 존재했을 것이다. 그때도 안개와 남풍을 동반한 부드러운 봄비에 호수 빙판이 깨어졌을 것이다. 이런 순수한 호수만 있으면 충분히 살아갈 수 있는 무수한 오리와 거위들은 아담의 낙원 추방 소식 따위는 듣지 못하고 유유히 호수 표면을 뒤덮었을 것이다. 그 태곳적에도 호수면은 올라가고 내려가면서 자연스럽게 물을 맑게 했을 것이고, 또 현재와 같은 색깔로 호수를 채색했을 것이다. 또 월든 호수는 천상의 이슬을 증류하는, 세상 유일한 곳이라는 칙허를 하늘로부터 받았을 것이다. 많은 사라진 민족들 문헌에서 이 호수가 카스탈리아 샘[120]으로 기록되어 있을지 누가 알 것이며, 황금시대에 어떤 님프가 이 호수를 관장했는지 누가 알겠는가? 월든 호수는 콩코드가 자신의 왕관에 박아 넣은 최고급 보석이다.

이 호수를 처음 찾아온 사람은 어쩌면 자신의 족적을 남겼을지도 모른다. 나는 호수 주위를 빙 둘러싸는, 가파른 언덕 등성이의 비좁은 선반 같은 길을 발견하고선 깜짝 놀랐다. 그 길은 올라가기도 하고 내려가기도 하면서 혹은 호숫가에서 가까워지기도 하고 멀어지기도 하면서 계속 앞으로 펼쳐졌는데, 심지어 최근에 많은 나무가 벌목된 호숫가로도 길이 이어져 있었다. 아마도 이곳에 살았던 종족만큼이나 오래된 것으로 원주민 사냥꾼들이 밟고 다닌 길이거나, 지금도 때때로 그런 내력은 알지 못한 채 고장 사람들이 이용하는 길일지도 모른다. 겨울날 눈이 살짝 내린 오후에 보트를 타고 나가 호수 한가운데 서서 바라보면 그 길이 아주 뚜렷하게 보인다. 수초나 잔가지가 시야를 가리는 일 없이 분명하게 파동 치는 선(線)으로 보였다. 길의 여러 부분은 확실히 4분의 1마일[400미터]가량 되었다. 여름에는 아주 가까이 다가가도 보이지 않던 길이 나무가 잎사귀를 떨군 이 계절에는 잘 보

---

120 그리스 신화에서 카스탈리아 샘물은 파르나소스산에 있는 것으로, 시인에게 영감을 준다고 보았다.

이는 것이다. 말하자면 가볍게 내린 눈이 아주 돋보이는 하얀 활자가 되어 그 길을 찍어낸 것이다. 언젠가는 건설될 별장들에 정원이 꾸며진다면 여전히 이 길의 여러 흔적을 간직할 것이다.

호수는 수면이 올라갔다 내려갔다 한다. 그것이 얼마나 정기적으로 오르내리고 또 어느 시간대에 그러는지 아무도 모르지만, 언제나 그렇듯 그런 것을 아는 체하는 사람이 있다. 호수 표면은 보통 겨울에는 높고 여름에는 낮지만 늘 습기와 건기 타이밍을 따르는 것은 아니다. 내가 숲속에 살았던 때보다 호면이 1-2피트[0.3-0.6미터] 낮아지거나 또는 5피트[1.5미터] 이상 높아진 때가 있었다. 호수 주변에는 물속까지 들어가는 비좁은 모래톱이 있는데, 그 들어간 쪽은 물이 아주 깊다. 나는 호수 주변에서 약 6로드[30미터] 정도 떨어진 이 모래톱에서 1824년경에 생선찌개 끓이는 일을 도운 적이 있었다. 그러나 그 후 25년간 이런 취사 행위는 금지되어 왔다. 내가 호수에 일어난 급격한 변화에 대해 얘기하면 친구들은 믿을 수 없다는 표정을 지었다. 그로부터 몇 년 후 나는 숲속 외딴 작은 물굽이에서 보트를 타고 낚시를 했다. 그곳은 친구들이 알고 있는 호수 주변으로부터 15로드[75미터] 정도 떨어진 곳인데, 오래전에 목초지로 변해버렸다.

그때 이래 호수는 계속 수면이 높아졌고, 1852년 여름 현재 내가 그곳에 살았던 7년 전보다는 딱 5피트[1.5미터]가 더 높아졌다. 이 높아진 수면은 30년 전과 똑같은 높이인데, 오래전에 나는 지금 목초지로 변한 곳에서 낚시할 수 있었다. 이것은 겉보기 수면이 평균 5-6피트[1.5-1.8미터] 차이가 난다는 것을 보여준다. 그러나 주변 언덕들에서 흘러들어오는 수량은 하찮은 정도이므로 지하 원천에 영향을 미치는 다른 원인으로 인해 수위 변화가 생긴다. 올해 여름, 호수 수위는 다시 낮아지기 시작했다. 정기적이든 아니든 이러한 수위 차이는 여러 해에 걸쳐 벌어지는 현상이다. 나는 호수 표면이 한 차례 높아지는 것과 두 차례 낮아지는 것을 관찰했는데, 앞으로 12년 혹은 15년 후면 다시 내가 숲속에 살았던 그때 수준으로 수위가 낮아지리라 예상한다. 동쪽으로 1마일 떨어진 곳에 있는 플린츠 호수는 물의 유입과 유출에 의한 변동을 고려하고 또 거기까지 가는 중간 지대의 여러 작은 호수를 고려해도, 월든 호수와 비슷하게 수위가 변동하여 최근에는 월든과 마찬가지로 최고 수위에 도달했다. 내가 관찰한 바로는 화이트 호수도 마찬가지다.

월든 호수가 장기간에 걸쳐 이처럼 수면이 오르내린다는 사실은 적어도 다음과 같은 효과를 발휘한다. 수면이 이 정도 높이를 1년 이상 유지한다면, 호반 주위 산책은 어려워진다. 지난번 호수 표면이 솟아오른 후 가장자리에 성장한 관목이나 송진소나무, 자작나무, 오리나무, 버드나무, 기타 나무들은 물에 잠겨 모두 죽는다. 그리고 다시 수위가 내려가면 자연 벌목이 된 아주 깨끗해진 호반이 생겨난다.

날마다 조수간만의 영향을 받는 많은 호수나 강과는 다르게, 월든 호수는 수위가 가장 낮을 때 수질이 가장 깨끗하다. 집 바로 옆에 있는 호반은 15피트[4.5미터] 높이의 송진 소나무들이 익사해 마치 지렛대로 눕혀놓은 것처럼 꺾였고, 그래서 나무들은 호수 주변에서 더 이상 자라지 못했다. 나무들 크기는 지난번 호면의 융기 이래 수위가 이 정도 높이를 획득하려면 몇 년이 흘러가야 하는지를 보여준다.

호수는 이러한 수위 변동을 통해 호반을 다스리고, 그렇게 하여 호수 가장자리는 면도한 것처럼 깎여 나간다. 그래서 나무들은 호반에 대해 소유권 없는 세입자 같은 존재다. 나무들은 호수 입술 주위에 자라난 수염이고, 호수는 때때로 그 입술 주위를 혀로 핥아낸다. 수위가 최고조에 도달할 때, 오리나무, 버드나무, 단풍나무는 섬유질의 붉은 뿌리를 물속 몇 피트까지 온 사방으로 내뻗치고, 또 자기 몸을 지탱하기 위해 땅으로부터 3-4피트[1-1.2미터] 높이까지 올라오기도 한다. 호숫가에서는 키 큰 월귤나무들이 열매를 맺지 않지만, 이처럼 물속 깊숙이 뿌리내린 상황에서는 아주 풍성한 열매를 맺는다.

어떤 사람은 호반에 조약돌이 어떻게 그리 일정한 간격으로 많이 깔려 있는지 궁금해한다. 도시 사람들은 이와 관련하여 오래된 얘기를 들었는데,

월든 호수의 모래톱, 1918년 4월 24일.

호수는 수면이 올라갔다 내려갔다 한다. 그것이 얼마나 정기적으로 오르내리고 또 어느 시간대에 그러는지 아무도 모르지만, 언제나 그렇듯 그런 것을 아는 체하는 사람이 있다. 호수 표면은 보통 겨울에는 높고 여름에는 낮지만 늘 습기와 건기 타이밍을 따르는 것은 아니다. … 호수 주변에는 물속까지 들어가는 비좁은 모래톱이 있는데, 그 들어간 쪽은 물이 아주 깊다. 나는 호수 주변에서 약 6로드 정도 떨어진 이 모래톱에서 1824년경에 생선찌개 끓이는 일을 도운 적이 있었다.

나이 많은 사람은 그 전승을 아주 어렸을 적에 들었다고 말해주었다. 아주 오래전에 인디언들은 이곳 언덕에 천막을 짓고 살았다. 그 천막은 하늘 높이 올라간 반면, 호수는 땅속으로 깊이 가라앉았다. 전승에 의하면 인디언들이 신성 모독적인 말을 많이 했다(인디언들은 이런 악덕을 저지른 적이 없지만, 전설은 그렇게 전한다). 그들이 이런 식으로 사악하게 살아가던 중에, 갑자기 언덕이 크게 요동치더니 내려앉았다. 그리고 월든이라는 이름을 가진 단 한 명의 늙은 인디언 여자만이 그런 대참사로부터 도망칠 수 있었는데, 호수의 이름은 이 여자에게서 유래했다. 그리고 언덕이 요동칠 때 돌들이 등성이를 따라 굴러 내려와 현재의 호수 주위에 깔렸다.

아무튼, 한때 호수가 없던 이 곳에 호수가 들어섰다는 사실만큼은 확실하다. 이 인디언 전승은 내가 이미 언급한 오래된 정착자 이야기와 모순되지 않는다. 그 정착자는 이렇게 회상했다. 그가 탐지 막대를 들고서 이곳에 처음 왔을 때, 풀밭에서 가느다란 수증기가 피어오르는 것을 보았고, 개암나무 막대는 꾸준히 아래쪽을 가리켰다. 그래서 그는 이곳에 우물을 파기로 했다. 호반 돌들이 생긴 내력에 관해서는, 호수 물결이 근처 언덕에 작용하여 그렇게 되었다는 얘기는 별 설득력이 없다. 하지만 근처 언덕들에 같은 종류의 돌이 많이 있었다. 그래서 호수 가까운 곳에 철도를 부설할 때 철로 양옆에 그 돌들을 벽처럼 쌓아 올려야 했다. 더욱이 호반 경사가 가파른 곳일수록 돌들이 더 많았다. 하지만 불행하게도 이것은 더 이상 신비스러운 현상이 아니다. 이 돌들을 깐 자가 누구인지 나는 알아냈다.[121] 만약 호수 이름이 영국 지명—가령 새프런 월든—에서 유래하지 않았다면, 월드-인 (Walled-in: 돌담으로 둘러싸인) 호수라는 뜻에서 월든이라는 이름이 붙었으리라고 짐작해볼 수도 있다.

아무튼, 내가 만난 월든 호수는 이미 누가 땅속에 파 놓은 우물이었다.

---

121 빙하가 호박돌과 큰 자갈을 퇴적시켜 호반에 돌을 깔아주었다.

1년에 넉 달 동안 호숫물은 언제라도 깨끗하고 또 차가웠다. 나는 호숫물이 도시에서 가장 좋은 것은 못 될지라도 그 어떤 물에도 뒤지지 않는 일급수라고 생각한다. 호수에서 물을 떠와 내가 있는 방 안에서 오후 다섯 시부터 다음날, 즉 1846년 3월 6일 정오까지 두었다가 온도를 재보았는데 실내온도는 화씨 65도[섭씨 18도] 혹은 70도[섭씨 21도]였다. 이것은 어느 정도 지붕의 햇볕 탓도 있었을 것이다. 그런데 실내에 둔 호숫물 온도는 42도[섭씨 5.5도]였다. 마을 우물에서 퍼온 가장 차가운 물보다 1도 정도 더 차가웠다. 같은 날 보일링 샘물 온도는 45도[섭씨 7.2도]였는데, 내가 시험해본 여러 물 중에 가장 온도가 높았다. 이 보일링 물은 샘물 표면의 고인 물과 뒤섞이지 않은 것으로, 여름 중 가장 차가운 물이었는데도 45도가 나온 것이었다.

더욱이 월든은 여름에도 그 수심 덕분에 대부분 다른 노천 샘들처럼 물이 따뜻해지는 일이 없다. 아주 따뜻한 날씨에 월든 호숫물을 한 통 떠다가 지하 저장실에 놔두면 밤에 시원해졌고 낮에도 여전히 그 상태를 유지했다. 물론, 나는 인근의 다른 샘물도 길어다 마셨다. 월든 호수의 물은 일주일을 두어도 길어온 그날처럼 신선했고 양수기 냄새가 나지 않았다. 여름에 월든 호숫가에서 일주일 정도 캠핑하는 사람은 물 한 통을 퍼서 그늘 몇 피트 깊숙한 곳에 둔다면 얼음이라는 사치품 없이도 충분히 캠핑 기간을 보낼 수 있을 것이다.

월든 호수에서는 무게가 7파운드[3.2킬로그램] 나가는 강꼬치고기가 잡힌다. 또 낚시꾼이 아주 빠른 속도로 낚싯줄을 잡아당겨 잡는 순간에 실물을 제대로 보지 못해 8파운드[3.5킬로그램] 정도 될 거로 짐작하는 강꼬치고기도 있다. 그 외에 2파운드[1킬로그램] 이상 나가는 농어, 메기, 은어, 황어 혹은 소수의 개복치 그리고 두 마리 장어 등이 잡힌다. 두 장어 중 한 마리는 4파운드[2킬로그램]나 나갔는데, 이처럼 물고기 무게를 구체적으로 적는 것은 많이 나갈수록 명성을 얻고 또 이 두 마리는 내가 이곳에서 소식을 들은 유일한 장어이기 때문이다. 나는 길이가 약 5인치[13센티미터] 정도 되는 자그마한 물고기를 기억한다. 그놈은 은빛 옆구리에 초록색 등이 반짝였고,

특징이 황어 비슷했는데 여기에 간단히 언급하는 주 이유는 사실들을 우화에 연결하기 위해서다.[122]

월든 호수는 물고기가 그리 풍성한 편은 아니다. 비록 풍성하지는 않지만 강꼬치고기는 호수의 주된 자랑거리다. 나는 한때 얼어붙은 호수 표면에 엎드려 세 가지 다른 종류의 강꼬치고기를 관찰한 적이 있다. 첫째는 강에서 잡히는 것과 비슷한 길고 얇은 몸집에 쇠 빛깔 나는 놈이다. 둘째는 호수에서 가장 흔한 것인데 초록색 반점에 몸 전체에서 황색 빛깔이 나는 놈이다. 셋째는 두 번째와 비슷하게 황색 빛깔이 나지만 양옆에 자그마한 황갈색 혹은 흑색 반점이 나 있는 데다 약간 희미하고 붉은색 반점이 섞인 송어와 비슷하게 생긴 놈이다. 이 물고기 종명은 레티쿨라투스(reticulatus, [그물 같이 생긴])이나 실상과는 부합하지 않는 듯하고, 차라리 구타투스(guttatus, [반점 있는])가 더 적절해보인다. 이 물고기는 모두 살집이 좋고 크기에 비해 무게도 많이 나가는 편이다. 은어, 메기, 농어 그리고 이 호수에 사는 다른 물고기들은 호숫물이 깨끗하므로 강이나 다른 호수에 서식하는 물고기들보다 훨씬 깨끗하고, 잘생기고, 살집도 단단하다. 그래서 월든 물고기들은 강이나 다른 호수의 물고기와 쉽게 구분된다.

많은 어류학자는 월든 물고기 중 일부를 새로운 변종으로 여길 것이다. 또 이 호수에는 개구리와 거북이 등 깨끗한 종족이 서식 중이고 소수지만 섭조개도 산다. 사향쥐와 밍크는 때때로 호수 주변에 그들이 다녀간 흔적을 남겨놓았고, 간혹 떠돌아다니는 자라가 이곳을 찾기도 한다. 가끔 나는 아침에 보트를 호수 쪽으로 밀면서, 밤중에 매어놓은 보트 밑에 달라붙었던 커다란 자라를 놀라게 한다. 오리와 거위가 봄가을로 이 호수를 자주 찾아오고, 하얀 배 제비가 호면을 스쳐 지나가고 도요새는 여름 내내 조약돌 많은 호반 위를 날아다닌다. 나는 물 위로 가지를 내뻗은 하얀 소나무 위에 앉

---

122 이 우화는 "제12장. 이웃의 동물들"에 나오는 "우리가 바라보는 대상들은 하나의 세상을 만들어낸다"라는 명제를 가리킨다. 제12장의 주154 참조.

은 물수리를 때때로 놀라게 했다. 그러나 월든 호수에 페어헤이븐 여울목처럼 갈매기가 날아온 적은 없다고 생각한다. 단지 해마다 되강오리가 찾아오기는 한다. 이상이 현재 이 호수를 빈번하게 찾아오는 주요 동물들이다.

날씨가 잔잔한 날, 모래 많은 동쪽 호반에서 보트를 타고 호수로 나가 수심 8피트[2.4미터] 내지 10피트[3미터] 되는 물속을 둘러보면 물 아래에 달걀보다 작은 돌들로 둥그렇게 쌓아 올린 돌 더미가 보인다. 그 돌 더미는 직경이 약 6피트[1.8미터], 높이는 1피트[0.3미터]인데 그 주위에는 모래뿐이다. 처음에는 인디언들이 호수 빙판 위에 어떤 목적으로 저 더미들을 쌓아올렸다가 얼음이 녹으면서 자동적으로 호수 바닥으로 가라앉은 것으로 짐작했다. 하지만 그 돌 더미는 일정한 간격으로 쌓아져 있었고 또 어떤 것은 최근에 만들어진 듯하여 그런 의도로 조성한 것 같지 않았다. 그 돌 더미는 강가에서 발견되는 것과 유사하다. 하지만 호수에는 흡반 달린 잉어나 칠성장어가 없으니, 물고기가 그런 돌 더미를 만들었을 것 같지는 않다. 어쩌면 그것은 황어의 보금자리일 수도 있다. 아무튼, 이것은 호수 바닥을 아주 신비롭게 한다.

호숫가는 그 형세가 울퉁불퉁하여 단조롭지 않다. 나는 호수의 다른 쪽도 마음으로 상상한다. 깊은 물굽이가 있는 움푹 들어간 서쪽 호반, 아름다운 가리비 조개 모양의 남안―이곳과 연이어지는 갑들은 그 사이에 아직 탐험되지 않은 만이 있음을 암시한다―그리고 좀 더 험준한 북안. 그리하여 호수 근처 숲은 아주 좋은 환경을 자랑한다. 호수 가장자리에서 불쑥 솟아오른 언덕들 사이, 자그마한 호수에서 바라보는 숲속 풍경처럼 아름다운 풍경은 다시 없을 것이다. 숲의 모습이 비친 호숫물은 아주 좋은 전경(前景)을 이루고, 호수 가장자리의 구불구불한 호안(湖岸)은 이 숲에 아주 자연스럽고 상쾌한 경계선을 제공한다.

호수 가장자리에선 도끼를 써서 나무를 베어내고 개간한 땅이나 그런 개간지 근처의 경작된 들판처럼 투박하거나 불완전한 풍경을 찾아볼 수 없다. 나무들은 호수 쪽으로 뻗어 나갈 공간을 충분히 갖고 있으며, 그리하여 각자 호수 쪽으로 힘차게 가지를 뻗고 있다. 자연은 호반에 천연 테두리 장식을 짜놓았고, 그리하여 관찰자의 눈은 점진적으로 호숫가 키 작은 나무들에서 키 높은 나무들로 옮겨간다. 이곳에서 사람 손길은 거의 찾아볼 수 없다. 호숫물은 천 년 전에도 그랬던 것처럼 지금도 호수의 가장자리를 정결하게 씻어준다.

호수는 자연 풍경 중 가장 아름답고 표현을 풍부하게 하는 상징이다. 그것은 대지의 눈이다. 호수 속을 들여다보는 사람은 곧 자기 심성(心性)의 깊이를 측정한다. 호수 가장자리 나무들은 호반을 장식하는 부드러운 속눈썹이요, 그 주위 삼림 울창한 언덕과 벼랑들은 호수의 짙은 눈썹이다.

어느 조용한 9월 오후에 호수 동쪽 가장자리 모래사장에 서서 반대편 호안에 가벼운 안개가 낀 광경을 쳐다보면서, 나는 "호수의 유리 같은 표면"이라는 표현이 정말로 맞는 말임을 깨달았다. 호수에 등을 돌리고 허리를 깊이 숙여 가랑이 사이로 호수를 쳐다보면, 호수 표면은 계곡에 걸쳐놓은 아주 가느다란 거미줄처럼 보이며, 저 먼 소나무 숲을 향해 반짝거리면서 대기층을 두 개로 갈라놓는 것처럼 보인다. 그 거미줄 위로 걸어가 반대편 호안에 도달하더라도 발이 물에 젖지 않을 것 같은 느낌마저 들었다. 그 위를 스치듯 날아가는 제비들이 그 위에 금방이라도 내려앉을 것만 같았다. 실제로 제비들은 그걸 땅으로 착각한 양 거미줄 위로 내려오다가 금방 착각했음을 깨닫는다.

호수 위로 서쪽 호안을 바라볼 때는 두 손을 써서 눈을 보호해야 한다. 강하게 내리쬐는 햇빛과 반사광이 똑같이 강렬하기 때문이다. 두 햇빛 사이로 호면을 찬찬히 살펴보면 그것이 글자 그대로 유리처럼 부드럽다는 것을 알게 된다. 단 동일한 간격으로 호면 전체에 물거미들이 퍼져 있는 곳만 예외였다. 그놈들은 햇빛 속에서 살짝살짝 움직이면서 호면 위에 아주 자그마한 파문을 일으킨다. 혹은 오리 한 마리가 깃털을 가다듬거나 아니면 방금 말한 것처럼 제비가 수면 위를 낮게 날면서 물에 잠깐 빠질 듯하다가 황급히 솟아오를 뿐이다. 좀 먼 곳에서 물고기 한 마리가 공중으로 3-4피트

철도 쪽에서 바라본 월든 호수의 남쪽 호안, 1903년 5월 30일.

호수는 자연 풍경 중 가장 아름답고 표현을 풍부하게 하는 상징이다. 그것은 대지의 눈이다. 호수 속을 들여다보는 사람은 곧 자신의 심성(心性)의 깊이를 측정하는 사람이다. 호수 가장자리 나무들은 호반을 장식하는 부드러운 속눈썹이요, 그 주위 삼림 울창한 언덕과 벼랑들은 호수의 짙은 눈썹이다.

[1-1.2미터] 뛰어올라 아치를 그리는 광경이 보이는데, 그놈이 물에서 나올 때 한 번 그리고 물에 다시 들어갈 때 한 번, 이렇게 두 번 밝은 섬광이 번쩍거린다. 때때로 그 은빛 아치가 온전히 드러나기도 한다. 또는, 호면 여기 저기에서 엉겅퀴의 관모가 떠도는데 물고기가 그 관모에 돌진할 때도 작은 파문이 생겨났다. 호면은, 냉각되기는 했으나 아직 응결되지 않은 녹은 유리 같았고, 호수 표면의 몇몇 티끌은 유리의 아주 자그마하고 불완전한 흠처럼 정결하고 아름다웠다. 호수의 관찰자는 때때로 좀 더 어둡고 부드러운 수면을 발견하는데, 그때의 호면은 보이지 않는 거미줄로 혹은 호수 요정들이 그 위에 얹어 놓은 듯한 지팡이로 호수의 나머지 부분과 구분되는 것 같았다.

언덕 꼭대기에서는 물고기가 호수 전역에서 공중으로 솟구치는 것을 볼 수 있다. 강꼬치고기나 은어는 이 부드러운 호면 위 벌레를 잡으려고 올라오면서 호수 전체의 평형을 흔들어놓는다. 이런 물고기의 비약이 아주 정교하게 알려진다는 게 놀라울 뿐이다. 물고기가 물 위로 솟구치며 벌레를 잡는 행위는 만천하에 드러난다. 멀리 떨어진 언덕 꼭대기에서 내려다보더라도 6로드[30미터] 정도 거리면 동그라미를 그리는 파문 직경을 알아볼 수 있다. 심지어 4분의 1마일[400미터] 정도 떨어진 지점에서도, 부드러운 호면 위를 꾸준히 지쳐 나가는 물맴이를 볼 수 있다. 그것이 물 위에서 가벼운 이랑을 만들어내면 호수 표면은 두 개로 갈라지는 선이 독특한 파문을 이룬다. 이와는 다르게 물거미는 그런 눈에 띄는 파문을 일으키는 법 없이 표면을 활주해 나간다. 호수 표면이 상당히 요동칠 때, 그 위에는 물거미도 물맴이도 나타나지 않는다. 하지만 날씨가 잔잔한 날에, 그놈들은 갑작스러운 충동에 사로잡히면서 호반 둥지를 떠나 물위를 활주하여 마침내 반대편 호안에 도달한다.

햇빛이 따뜻하여 마음이 즐거운 어느 가을날에, 언덕 꼭대기에 올라가 나무 등걸에 앉아 호수를 내려다보면서 호면 위에 그려지는 동그라미 파문을 내려다보는 것은 관찰자에게 한없는 평온을 가져다준다. 하늘과 나무를 반영하는 고요한 호수 표면에는 그런 자연의 글씨가 끊임없이 새겨지고 있다. 광활한 호면은 그 파문 때문에 심란해지는 법 없이 곧 평정을 되찾는다. 물이 든 항아리를 흔들어대면, 떠는 듯한 동그라미들이 가장자리로 밀려왔다가 곧 사라지는 것과 비슷하다. 한 마리 고기가 솟구치거나 벌레 하나가 그 위로 떨어지면 그 결과 호면 위에 아름다운 선을 그리며 동그라미 파문을 남긴다. 마치 샘물이 끊임없이 솟구치고, 그 생명이 부드럽게 약동하고, 가슴이 부풀어오르는 것 같다. 즐거움의 전율과 고통의 전율은 이제 서로 구분하기 힘든 것이 된다.[123]

호수라는 현상은 얼마나 평화로운가!

또다시 인간의 행위가 봄처럼 빛난다.[124] 그렇다. 모든 잎사귀와 나뭇가지와 돌과 거미집이 봄날 아침 이슬이 덮였을 때처럼, 이 가을의 오후 한나절에도 빛난다. 노와 벌레의 모든 동작은 섬광을 만들어낸다. 그리고 내 작은 배의 노가 물 위에 떨어질 때 그 메아리는 얼마나 달콤한가!

9월이나 10월 이런 날, 월든은 완벽한 숲속 거울이다. 그 주위에는 내가 보기에 어떤 것보다 더 소중하고 아름다운 진귀한 돌들로 장식되어 있다. 지상에 누운 것 중에 호수처럼 아름답고, 순수하고, 동시에 광대한 것은 없다. 하늘 호수에는 울타리가 필요없다. 여러 민족이 오가면서 이 호수 주위를 어지럽혔지만 그것은 어떤 돌을 던져도 깨뜨릴 수 없는 호수다. 그 거울에 입힌 수은은 절대 사라지지 않으며, 그 금박은 자연이 지속해서 보수해준다. 어떤 비바람도, 어떤 먼지도 늘 신선한 호수 표면을 더럽히지 못한다. 이 거울에 들어온 모든 불순물은 물속으로 가라앉거나 태양의 아지랑이 빗솔로 청소되어 사라진다. 태양은 빛으로 된 옷솔이다. 호수는 그 위에 내뿜어진 숨결을 보관하는 법이 없고, 자기 숨결을 공중 높이 불어 보내 구름

---

123 호수를 인간 마음으로 보면서, 호면 위에 그려지는 파문을 인간의 즐거움과 번뇌에 비유하고 있다.

124 여기서 "인간의 행위"는 구체적으로 노 젓기를 의미하나, 마음의 작용도 암시한다.

으로 만들고, 다시 그 구름을 가슴 깊숙이 반영한다.

물의 들판[호수]은 공중에 존재하는 영기(靈氣)를 드러낸다. 호수는 지속해서 공중으로부터 새로운 생명과 움직임을 받아들인다. 그것은 본성상 땅과 하늘 사이를 중개하는 자다. 땅 위에서는 풀과 나무만 파동을 일으키지만 물 자체는 바람으로 물결을 만든다. 나는 산들바람이 호면 위로 빛줄기 혹은 섬광처럼 달려가는 것을 보았다. 호면을 이처럼 내려다볼 수 있다는 것은 경이로운 일이다. 우리는 언젠가 공기 표면을 내려다볼 것이고 그러면 그 표면을 쓸고 지나가는 좀 더 미묘한 영기를 관찰하게 될 것이다.

심한 서리가 내리는 10월 후반이 되면 물거미도 물맴이도 마침내 사라진다. 그리하여 11월이 오면 설사 평온한 날이라도 호수 표면에 파문을 만들어내는 것은 없다. 어느 11월 오후, 며칠에 걸친 비바람이 끝나고 날씨는 평온해졌으나 하늘은 여전히 흐리고 대기에는 안개가 가득했다. 그때 나는 호수 표면이 아주 부드러워서 그것을 제대로 알아보지 못했다. 호면은 더이상 10월의 밝은 색깔을 반영하지 못했고, 주변 언덕들이 11월이면 보이는 어두운 색깔을 반사하고 있었다. 나는 보트를 타고 아주 부드럽게 호수 위를 저어갔다. 배가 만들어내는 작은 파문은 눈이 따라갈 수 있는 데까지 호수 저 멀리까지 퍼져 나갔고 수면에 비친 그림자를 일렁이게 만들었다. 그러나 나는 호면 저 먼 쪽을 바라다보면서 이곳저곳에서 가물거리는 빛을 보았다. 마치 서리를 피해 달아났던 물거미들이 거기 모여 있는 듯했고, 아니면 그처럼 고요하던 호수 표면이 일렁이는 것은 호수 바닥에서 어떤 샘물이 솟구쳐 오르기 때문이 아닐까 생각했다.

그런 곳 중 한 군데로 노 저어 가면서 나는 약 5인치[13센티미터] 길이의 자그마한 농어 떼에 둘러싸인 것을 보고 깜짝 놀랐다. 농어들은 초록 물속에서 짙은 구릿빛이었고 그곳에서 노닐다가 호수 표면 위로 뛰어올라 파문을 일으켰으며 때때로 물방울을 남기기도 했다. 구름을 반영하는 이 투명하고 바닥 없어 보이는 호수 위에 떠 있자니, 공중을 표류하는 풍선 같은 느낌이 들었다. 농어 떼의 힘찬 헤엄치기는 일종의 비상 혹은 배회 같다는 인상을 주었는데, 마치 배의 오른쪽과 왼쪽 수면 아래서 조밀한 새 떼가 날아가는 듯했다. 지느러미는 마치 돛들처럼 주위에 활짝 펴져 있었다. 호수에는 이런 물고기 떼가 많았다. 겨울이 와서 넓은 천창(天窓)이 얼음으로 뒤덮이기 전에 녀석들은 그 짧은 계절을 마음껏 즐기려는 것 같았다. 그리하여 때로는 호수 표면에 이랑을 일으켜 부드러운 산들바람이 불어온 것처럼 혹은 몇 개의 빗방울이 떨어진 듯한 장면을 연출했다.

내가 부주의하게 다가가 놀라게 하자 고기들은 갑자기 몸을 뒤척여 철썩 소리를 내며 꼬리를 흔들어 호면에 파문을 일으켰다. 마치 누군가가 잎사귀 많은 나뭇가지로 호면을 찰싹 때리자 깜짝 놀라 물속 깊은 곳으로 달아나는 듯한 모습이었다. 마침내 바람이 불어오자, 안개는 더 짙어졌고 물결은 내달리기 시작했으며 농어 떼는 전보다 더 높이 공중으로 뛰어올랐다. 3인치[8센티미터] 길이의 백 마리에 달하는 점 같은 물고기들이 동시에 수면 위로 떠오르는 것은 장관이었다.

어느 해, 12월 5일 정도 되는 늦은 시점에 호수로 배를 저어 나갔다가, 수면 위에 나타난 여러 개의 잔물결을 보고 곧 비가 심하게 내릴 것을 직감했다. 공중에는 안개가 가득했고 나는 황급히 노를 잡고 집 쪽으로 노를 저었다. 뺨에 빗방울을 느끼지는 못했으나 비는 저쪽에서 급속히 쏟아지는 것 같았고, 곧 온몸이 비로 흠뻑 젖을 것으로 예상했다. 물 위 보조개 같은 파문은 갑자기 사라졌다. 그것은 농어 떼가 만들어낸 것이었는데, 노 소리에 겁먹고 호수 깊은 곳으로 자맥질하던 차였다. 나는 농어 떼가 아스라이 사라져가는 광경을 지켜보았다. 비는 오지 않았고 나는 호수 위에서 즐거운 오후 한때를 보냈다.

근 60년 전, 주변을 둘러싼 울창한 삼림으로 호수가 어둡게 보이던 시절에 월든 호수를 자주 찾아왔던 한 노인은 내게 이런 말을 했다. 당시 이 호수에는 오리와 그 밖의 물새들이 많았고, 호수 상공에는 독수리들이 많이 선회했다. 노인은 이곳에 낚시하러 왔다가 호수 가장자리에서 낡은 통나무 카누를 발견하고 낚시질에 이용했다. 그것은 두 개의 백송 통나무 속을 파낸 후에 고정쇠로 서로 이어놓은, 양쪽을 네모나게 잘라놓은 카누였다. 아주 엉성했으나 여러 해 잘 사용한 끝에 마침내 침수되어 호수 바닥으로 가라앉았다. 노인은 그게 누구 소유인지 몰랐다. 임자가 나서지 않았으니 당연히 호수의 소유물이었다. 노인은 닻줄로 쓰려고 호두나무 껍질로 줄을 만들어 사용했다. 독립 혁명 이전 시절에 호수 옆에 살았던 또 다른 도자기공 노인은 호수 바닥에 철제 궤짝이 가라앉아 있는 것을 직접 목격했다고 한다. 도자기공 노인은 카누를 발견한 노인에게 그 사실을 말해주었다. 때때로 궤짝은 물결에 밀려 호수 가장자리까지 나오기도 했는데 노인이 다가가면 궤짝은 몸을 돌려 다시 호수 속으로 들어가 사라졌다.

나는 오래된 통나무 카누 얘기를 듣고 유쾌했다. 그것은 똑같은 재료를 사용한 인디언들의 멋진 카누와 비슷했을 것이고, 생긴 모양은 좀 더 투박했으리라. 통나무는 처음에 호안 둑에 서 있던 나무였는데 어떻게 하다가 물속에 빠져 한 세대 동안 물 위를 표류했고 이 호수를 건너는 사람들에게 배가 되어주었을 것이다. 내가 호수 깊은 곳을 처음 내려다보았을 때, 거기에 통나무 여러 개가 흐릿하게 누운 모습을 볼 수 있었다. 바람에 불려 거기까지 갔거나 아니면 나뭇값이 헐하던 시절, 마지막 벌목 때 벌목꾼들이 빙판 위에 남겨두었던 것이었으리라. 그러나 이제 그런 나무줄기들은 대부분 사라졌다.

내가 월든 호수에서 처음으로 노를 저었을 때, 호수는 울창하고 키 큰 소나무와 참나무들로 완전히 둘러싸여 있었다. 호수의 여러 후미진 곳에서는 포도넝쿨이 물 옆 나무들에게까지 내뻗쳐서 일종의 정자(亭子)를 이루었고 보트는 그 밑을 지나갔다. 호수 가장자리에 있는 언덕들은 아주 가팔랐고 언덕의 숲속 나무들은 대부분 교목이었다. 그래서 언덕 서쪽 끝에서 아래를 내려다보면 호수는 구경꾼들[나무들]을 위해 준비된 반원형 극장 같은 모습이었다.

나는 어린 시절, 이 호수에서 많은 시간을 보냈다. 노 저어 호수 중앙에 이르면 배 좌석을 가로질러 등을 대고 누워, 여름 오전 내내 눈뜨고 꿈꾸며 보냈다. 그러다가 보트가 모래톱에 닿으면 꿈에서 깨어났다. 그러면 운명이 나를 호수의 어느 가장자리에 부려놓았는지 살폈다. 당시 게으름은 가장 매력적이고 생산적인 일과였다. 나는 많은 여름 오전을 이런 식으로 몰래 달아나서 하루 중 가장 중요한 시간을 빈둥거리며 보내길 즐겼다. 나는 돈이 많은 부자는 아니었지만, 햇볕 따뜻한 시간과 여름날만큼은 얼마든지 넉넉한 부자였고 그것을 사치스럽게 낭비했다. 그런 시간에 연필 공장이나 교사 책상에 나가 보내지 않은 것을 결코 후회하지 않는다.

그러나 내가 이 호숫가를 떠난 이래 나무꾼들은 벌목을 많이 하여 이곳을 황폐하게 만들었다. 나는 앞으로 여러 해 동안 숲속 통로를 지나며 산책하는 일도 없고 그 숲의 빈 공간 사이로 호수를 내다보는 일도 없을 것이다. 뮤즈는 숲이 지금부터 침묵을 지키더라도 양해할 것이다. 숲이 마구 벌목되는데 어떻게 새들이 노래 부르길 기대하겠는가?

이제 호수 바닥에 가라앉은 나무줄기들, 오래된 통나무 카누, 울창한 주변 숲들은 모두 사라졌다. 호수가 어디 있는지 거의 알지 못하는 마을 사람들은 호수로 미역을 감거나 물을 마시러 가지 않는다. 그들은 갠지스 강물 같은 성스러운 호숫물을 파이프로 수송하여 마을까지 가져오는 방식을 생각하고 있다. 그들의 지저분한 그릇을 설거지하는 데 쓰려고 말이다. 수도꼭지를 틀거나 마개를 뽑으면 월든 호숫물이 저절로 나오게 하려고! 사람 고막을 찢어놓을 듯한 저 악마 같은 철마[기차]의 울음소리는 마을 전체에 울려 퍼진다. 철마는 그 발바닥으로 보일링 샘물을 흙탕물로 만들었고, 월든 호안의 울창한 숲을 깎아 먹었다. 철마는 용병 그리스인이, 그 뱃속에 천 명의 사람을 숨겨 성안으로 들여놓은 트로이 목마다. 이 철마를 딥컷[125]에서 만나 그 부풀어 오른 괴물의 갈비뼈 사이에 복수의 장창을 꽂아넣을 이 나라의 용사, 무어홀의 무어[126]는 어디 있는가?

---

125 딥 컷(Deep Cut)은 월든 호수 근처에 있던 기차 건널목이다.

126 영국 민요에 나오는 영웅으로 괴룡을 죽였다.

내가 아는 사람들 중에 월든처럼 좋은 모습과 드높은 순수성을 지속적으로 갖춘 사람은 없다. 많은 사람이 월든과 비슷하다는 소리를 듣지만 그런 명예에 값하는 사람은 거의 없다. 비록 나무꾼들이 먼저 이쪽 가장자리를 황폐하게 하고, 이어 저쪽 호안도 그렇게 만들었으며, 아일랜드인들이 호반 곁에 작은 오두막들을 짓고, 이어 철도가 월든의 경계 지역을 침범하고, 얼음 장수들이 호수 빙판에서 얼음을 떼어가지만, 호수 그 자체는 변한 게 없고 또 어린 시절에 내가 두 눈으로 직접 보았던 호숫물도 역시 예전 그대로이다. 모든 변화는 내 안에서 일어났을 뿐이다. 호면에 무수한 파문이 일었지만, 그것은 호수의 얼굴에 단 하나의 주름살도 안겨주지 못했다. 호수는 영원히 젊고, 나는 여기 이렇게 서서 제비가 예전과 마찬가지로 호면에서 벌레를 잡으려고 물속에 살짝 잠그는 광경을 쳐다볼 수 있다.

오늘 밤 나는 지난 20여 년 동안 거의 매일같이 호수를 보아왔으면서도, 전혀 보지 못했다가 지금 막 호수를 발견한 것 같은 생각이 들었다.

'야, 여기 월든이 있네. 아주 오래전에 발견했던 숲속 호수네. 지난겨울에 숲속에서 벌목했는데, 또 다른 숲이 예전과 다름없이 싱싱하게 그 가장자리에 생겨났구나.'

예전에 느꼈던 그 생각이 또다시 의식 표면으로 떠올랐다.

'호수는 예전과 똑같은 부드러운 수성(水性)의 즐거움과 행복감을 자신과 창조주에게 안겨주고 있구나. 그리고 나에게도 안겨주고 있는지 몰라. 저것은 틀림없이 용감한 사람의 행위이고 그 안에는 거짓이라고는 없어.[127] 그는 이 호수를 두 손으로 둥글게 만들고, 생각 속에서 이 호수를 깊고 맑게 했고 자신의 유언장에 이 호수를 콩코드에게 물려주라고 했어.'

나는 호수의 얼굴을 보면서 호수 또한 이런 생각에 동의했으리라 짐작했다. 그래서 거의 이렇게 말할 뻔했다. 여어, 월든, 다시 만나 반갑네.

---

127 "거짓이 없는 사람"은 요한복음 1장 47절에서 예수가 제자 나다나엘을 가리켜 한 말이다. 용감한 사람은 예수 혹은 그의 제자를 암시한다.

월든 호수에서 바라본 화물열차, 1920년 3월 31일.

사람 고막을 찢어놓을 듯한 저 악마 같은 철마의 울음소리는 마을 전체에 울려 퍼진다. 철마는 그 발바닥으로 보일링 샘물을 흙탕물로 만들었고, 월든 호안의 울창한 숲을 깎아 먹었다. 철마는 용병 그리스인이, 그 뱃속에 천 명의 사람을 숨겨 성안으로 들여놓은 트로이 목마다. 이 철마를 딥컷에서 만나 그 부풀어 오른 괴물의 갈비뼈 사이에 복수의 장창을 꽂아넣을 이 나라의 용사, 무어홀의 무어는 어디 있는가?

시를 한 줄 적어 장식하려는 것은

내 꿈이 결코 아니로세

내가 월든에 가까이 사는 것보다

하느님과 천국에 더 가까이 가는 방법은 없네

나는 호수의 조약돌 많은 호반이고

그 위를 스쳐 지나가는 산들바람,

내 손바닥 움푹한 곳에는

그 물과 그 모래가 있네

호수의 가장 깊은 호심은

내 생각 속 가장 높은 곳에 있네.

열차들은 걸음을 멈추고 호수를 쳐다보는 법이 없다. 그러나 기관사, 화부, 제동수 그리고 정기 승차권을 가진 승객 등, 이 호수를 자주 쳐다본 사람은 그렇게 흘끗 본 것만으로도 더 좋은 사람이 되었으리라 생각한다. 기관사 자신 혹은 그의 본성은 밤중에도 잊지 않는다. 자신이 적어도 하루 한 번 이 평온하고 순결한 광경을 쳐다보았다는 사실을. 딱 한 번 보았더라도 호수는 상업적인 보스턴 스테이트 거리의 먼지와 기관실의 검댕을 털어낸다. 그것을 "하느님의 한 방울"이라고 이름 붙이면 어떨까.

앞에서 나는 월든 호수에 유입구와 배출구가 없다는 말을 했다. 하지만 월든은 약간 높은 지대에 있는 플린츠 호수와 간접 연결되어 있다. 그쪽 방면에서 오는 여러 작은 호수가 이 두 호수를 연결하는 것이다. 다른 한편으로 월든은 역시 일련의 작은 호수들을 통해 좀 낮은 지역에 있는 콩코드 강과 직접 연결된다. 과거 어느 지질학적 시대에는 월든의 물이 이 호수들 쪽으로 흘렀을지도 모르며, 약간의 준설 작업만 한다면—하느님, 이런 일은 금지시켜주십시오— 월든 호숫물이 그쪽으로 다시 흐를 수도 있을 것이다. 월든은 이처럼 혼자 뚝 떨어져서 숲속 은자처럼 근엄한 생활을 해왔으므로 그런 놀라운 순수함을 획득할 수 있었다. 그러니 플린츠 호수의 불순한 물이 흘러들어와 월든과 섞인다면 또는 월든의 순수한 물이 대양 물결 속으로 흘러들어가 낭비된다면 그 누가 통탄스럽게 여기지 않겠는가?

링컨에 있는 플린츠 호수는 일명 샌디 호수라고도 하는데 우리 고장에서 가장 큰 호수 겸 내륙 바다이다. 그것은 월든에서 동쪽으로 1마일 떨어진 지점에 있다. 면적이 197에이커나 되어 월든보다 훨씬 크며 물고기 종류도 더 많다. 하지만 호심이 비교적 얕아 물은 그리 깨끗하지 못하다. 숲속을 걸어서 그 호수까지 가는 것은 내 즐거운 일과 중 하나였다. 양 뺨에 시원하게 불어오는 바람을 느끼고, 물결이 이는 광경을 보고 또 선원들의 생활을 기억하는 것은 가치 있는 일이다.

바람 부는 가을날이면 밤을 줍기 위해 플린츠 호수로 갔다. 내가 찾아간 무렵에는 밤들이 나뭇가지에서 물로 떨어져 내 발밑까지 떠내려왔다. 그러던 어느 날, 사초가 무성한 물가를 따라 살금살금 걸어갔을 때 물보라가 내 얼굴에 튀어 올랐고, 거의 동시에 썩어 무너지는 보트 잔해가 있었다. 배 양옆은 다 사라지고 겨우 밑바닥만 골풀들 사이에 남아 있었다. 그래도 썩은 커다란 수초 잎사귀에 잎맥이 남아 있는 것처럼, 배 윤곽은 뚜렷했다. 그것은 해안가에서나 상상할 법한 인상적인 잔해였고, 시간의 풍상이라는 나름의 좋은 교훈도 알려주었다. 그러나 이제는 호안과 별로 구분되지 않는 식물 더미 비슷하게 되었고, 그 사이로 골풀과 붓꽃들이 머리를 내밀고 있었다.

이 호수 북쪽 끝에 있는 모래사장에 새겨진 물결무늬는 참 멋지다. 그것은 수압으로 단단하게 굳어졌는데 물을 건너는 사람 발에는 딱딱하게 느껴졌다. 이런 물결무늬에 화답이라도 하듯 그곳에 일렬종대로 자라난 골풀들은 마치 물결이 거기에 심어놓은 듯한 느낌을 주었다. 나는 거기서 기이한 공 모양의 물체들을 다수 발견했다. 가는 풀이나 뿌리, 등심초로 이루어진 것인데 직경이 반 인치[1.3센티미터]에서 4인치[10센티미터]였고 완벽한 공 모양이었다. 이 물체들은 모래사장의 얕은 물에서 이리저리 흔들리면서 때로는 호수 가장자리에 그림자를 던졌다. 단단한 풀 모양도 있었고 가운데에 모래가 든 것도 있었다. 처음엔 그 공들이 조약돌처럼 물결 작용으로 생겨났다고 생각했다. 그러나 가장 작은 공도 똑같이 조잡한 재료로 만들어져 길이는 반 인치 정도였고, 한 해에 한 계절에만 생겨났다. 더욱이 물결은 그런 구체적인 모습으로 물체를 형성하기보다는 어떤 물체가 되었든 닳아 떨어뜨리는 것을 더 잘한다. 따라서 이 공들은 건조한 상태로 있을 때는 무한정 그 형체를 유지할 수 있다.

플린츠 호수! 우리는 왜 이렇게 서투르게 이름 붙이는가. 이 하늘 호수 곁에 농장이 있고, 그 가장자리를 무자비하게 벌목하여 황폐하게 만든 저 불결하고 어리석은 농부가 무슨 권리로 이 호수에 그 이름을 부여했는가? 이 구두쇠(skin-flint) 농부는 잔잔한 호수 표면보다는 초록색 달러 지폐나 반짝거리는 센트 동전에 자기 얼굴을 비추는 것을 더 좋아한다. 그는 거기서 뻔뻔한 제 얼굴을 볼 수 있다. 그는 이 호수에 자리 잡은 야생 오리마저도 불법 침입자라고 생각한다. 오랫동안 탐욕스럽게 돈을 움켜쥐던 버릇 때문에 손가락은 비틀어지고 뿔같이 단단한 맹금의 발톱이 되었다. 그런 자의 이름이 호수에 붙다니, 나로서는 서투르다고 말할 수밖에!

그를 보거나 소식을 들으려고 내가 거기 가는 것은 아니다. 그 농부 플린트는 그 호수를 제대로 본 적 없고 그 안에서 미역을 감은 적도 없으며 사랑하지도 않으니, 보호하지도 않고 그것을 만든 하느님에게 감사하지도 않는다. 차라리 그 호수 안에서 헤엄치는 물고기들, 호수에 자주 오는 물새나 네발 달린 동물들, 그 호반에 자라는 들꽃들, 제 생활환경이 호수와 떼어놓을 수 없는 야생 남자나 아이들, 뭐, 이런 것 중에 하나를 선택하여 호수 이름으로 삼았으면 얼마나 좋았을까. 똑같은 상업적 마음을 가진 이웃이나 법원이 제공한 등기권리증 이외에는 호수에 대해 아무 권리도 없는 농부, 호수의 금전적 가치만 생각하는 농부, 호숫가에 나타나면 저주를 받아 마땅한 농부, 호수 주위 땅을 피폐하게 만든 농부, 호숫물을 이용하여 돈을 벌 수 있다면 얼마든지 그렇게 할 농부, 호수 근처의 숲은 잉글랜드 건초 지역이나 월귤나무 초목지가 아니어서 별로 건질 게 없다고 생각하는 농부, 바

플린츠 호수의 참나무, 링컨, 1899년 11월 9일.

플린츠 호수! 우리는 왜 이렇게 서투르게 이름 붙이는가. 이 하늘 호수 곁에 농장이 있고, 그 가장자리를 무자비하게 벌목하여 황폐하게 만든 저 불결하고 어리석은 농부가 무슨 권리로 이 호수에 그 이름을 부여했는가?

닥의 진흙을 준설하여 돈 받고 팔아버리려는 농부, 이런 농부의 이름이 호수에 붙어 있으니 이름 짓기가 서투르다고 한 것이다.

그 농부가 보기에 호수는 물방아를 돌리지도 못하고, 호수를 쳐다보는 것이 커다란 특권이라고 조금도 생각하지 않는다. 모든 것에 가격이 붙어 있는 그의 농장, 그의 노동을 나는 존경하지 않는다. 그는 자연 풍경도 시장에 내다팔고 싶어 하고, 이익에 도움이 된다면 하느님도 시장에 모시고 갈 사람이다. 그의 농장에서 공짜로 자라는 것은 없으며, 들판은 열매를 맺지 않으며, 목초지에는 꽃들이 자라지 않으며, 나무에는 열매가 맺지 않는다. 이런 것이 달러로 연결되지 않는다면 말이다. 달러로 바꿀 수 없다면 그는 열매의 아름다움도 사랑하지 않고 과일의 향긋함도 충분히 성숙된 것이 아니라고 생각한다.

내게 진정한 부를 즐길 수 있는 가난함을 달라. 농부들은 그들의 가난함에 비례하여 나에게 존경할 만하고 흥미로운 사람이 된다. 모범 농장! 그곳에는 집들이 거름더미 속에서 자란 버섯처럼 다닥다닥 붙어 있으며 사람, 소, 말, 돼지 등을 위한 방들이 청소된 것과 청소되지 않은 것 사이에 구분 없이 연이어 있다. 사람을 동물 취급한다. 거름과 탈지유 냄새가 나는 거대한 똥통이다! 고도로 문명화된 상태에서 사람의 심장과 뇌를 거름 삼다니! 그것은 교회 마당에서 감자를 키우겠다는 꼴이다. 이런 게 소위 모범 농장이라는 것이다!

아니다, 아니다. 풍경의 가장 아름다운 부분에 사람 이름을 갖다 붙이려면 오로지 가장 고상하고 가치 있는 사람이어야 한다. 우리의 호수들이 적어도 이카로스의 바다 같은 진정한 이름을 얻도록 하라. 그 바닷가에서는 여전히 "용감한 시도로 풍덩 하는 소리가 들린다".[128]

---

128 이카로스는 그리스 신화에서 밀랍의 인조 날개를 달고 하늘을 날아가다가 날개가 햇볕에 녹아 바다에 풍덩 하고 빠져 죽은 인물이다. 8장에서 나온 오르페우스와 함께 소로의 개인 신화를 이해하는 데 중요한 인물이다.

구스 호수, 콩코드, 1920년 10월 21일.

덩치가 작은 구스 호수는 숲속 집에서 플린츠 호수로 가는 길에 있다. 콩코드 강 옆의 넓은 지역 페어헤이븐은 면적이 약 70에이커인데 남서쪽으로 1마일 떨어진 지점이다. 약 40에이커 크기의 화이트 호수는 페어헤이븐 너머 1.5마일 떨어진 지점에 있다. 이것이 나의 호수 고장이다. 이것이 콩코드 강과 함께 내가 누리는 호수와 강의 특권이다. 호수와 강은 연년세세 그리고 밤낮없이 내가 그들에게 가져가는 질문은 뭐든지 다 받아들여 좋은 지혜의 답변을 내놓는다.

덩치가 작은 구스 호수는 숲속 집에서 플린츠 호수로 가는 길에 있다. 콩코드 강 옆의 넓은 지역 페어헤이븐은 면적이 약 70에이커인데 남서쪽으로 1마일 떨어진 지점이다. 약 40에이커 크기의 화이트 호수는 페어헤이븐 너머 1.5마일 떨어진 지점에 있다. 이것이 나의 호수 고장이다. 이것이 콩코드 강과 함께 내가 누리는 호수와 강의 특권이다. 호수와 강은 연년세세 그리고 밤낮없이 내가 그들에게 가져가는 질문은 뭐든지 다 받아들여 좋은 지혜의 답변을 내놓는다.[129]

나무꾼들, 철도 그리고 나 자신이 월든 호수를 더럽힌 이래, 인근 호수들 중 가장 매력적인 호수—비록 가장 아름답지는 않더라도—는 화이트 호수다. 화이트라는 이름은 너무 평범해 촌스럽기까지 한데, 아마도 그 물이 맑아서거나 아니면 그 모래톱 색깔이 희어 그런 이름이 붙었을 법하다. 다른 점에서도 그렇지만 이 맑고 희다는 점에서, 화이트 호수는 월든 호수와 쌍둥이면서 형보다는 좀 못한 동생 호수다. 두 호수는 닮은 점이 너무 많아 혹시 땅 밑으로 서로 연결된 것이 아닐까 하는 생각이 든다. 화이트의 돌많은 호안과 깨끗한 물은 월든과 똑같다. 월든에서와 마찬가지로, 무더운 여름날에 숲 빈틈으로 화이트 호수의 후미진 곳들을 내다보면 별로 깊지 않은 물굽이들이 바닥으로부터 반사되는 색깔에 물들어, 호숫물이 신비한 청록색을 띠는 것을 볼 수 있다.

여러 해 전에 나는 사포를 만들기 위해 그 호수에 수레를 끌고 모래를 채취하러 간 적이 있었고, 그때 이후 이 호수를 계속 방문해오고 있다. 화이트에 자주 다니는 어떤 사람은 호수 이름을 비리드[연한 초록빛]라고 하면 어떻겠냐고 제안했다. 하지만 다음 상황을 고려할 때 '노란 소나무 호수'라고 부르는 게 더 좋지 않을까 생각한다. 약 15년 전에 이 근처에서 사람들은 노란 소나무로 불리는 송진 소나무—뚜렷한 종명이 있진 않다— 우듬

---

129 원문은 "내가 가져가는 곡식은 다 빻아준다"이다. 강과 호수는 자연의 대표 선수라고 할 수 있는데 소로가 자연에서 모든 질문에 대한 답을 얻는다는 뜻이다.

지가, 호안에서 몇 로드 떨어진 깊은 수면 위로 불쑥 솟아난 것을 볼 수 있었다. 그래서 어떤 사람은 호수가 가라앉았다고 생각했고 이 일대 숲이 가장 원시적인 숲 중에 하나라고 주장했다. 오래전인 1792년에 이미 그런 생각을 한 사람이 있음을 나는 발견했는데, 매사추세츠 역사학회 수집자료 중에 콩코드 시민이 쓴 「콩코드 읍의 지형학적 묘사」라는 글을 찾아낸 것이다. 글의 저자는 월든과 화이트 호수를 언급하면서 이렇게 말했다.

"화이트 호수의 물이 낮아졌을 때 그 한가운데에 나무 한 그루가 보인다. 나무의 뿌리는 수면 아래 55피트[17미터] 지점에 있지만, 그래도 현재 지점에서 나무가 성장한 것처럼 보인다. 이 나무의 우듬지는 꺾여 나갔는데, 현 위치에서 직경 14인치[35센티미터]였다."

1849년 봄, 나는 이 호수와 가장 가까운 지점에서 사는 서드버리 마을 사람과 대화를 나누었다. 10-15년 전에 그 나무를 호수에서 꺼낸 사람이 바로 자신이라고 내게 말했다. 그가 기억하기로, 나무는 호안에서 12-15로드[60-75미터] 떨어진 물속 지점에 서 있었고, 그곳 수심은 30-40피트[9-12미터]였다. 계절은 겨울이었고 그는 오전에 화이트 호수에서 얼음 채취 작업을 하고 있었다. 그리고 오후 들어 이웃의 도움을 받아 그 오래된 노란 소나무를 호수에서 꺼내야겠다고 결심했다. 호숫가 쪽으로 얼음을 썰어 길을 만든 다음, 그 소나무를 황소의 힘으로 끌어 빙판 밖으로 끌어낼 계획을 세웠다. 그러나 작업을 어느 정도 진행하던 중, 그는 나무가 거꾸로 박혀 있는 것을 보고 깜짝 놀랐다. 나뭇가지들이 일제히 아래쪽을 향하고 있고 나무의 가느다란 우듬지가 모래 바닥에 박혀 있었던 것이다.

그는 나무줄기의 굵은 쪽 직경이 1피트[0.3미터] 정도여서 훌륭한 판자용 목재가 될 것으로 예상했다. 그러나 나무가 너무 썩어 있어 땔감으로라도 쓸 수 있을지 의문이었다. 그래서 당시에 나무줄기 일부를 헛간에 보관해두었다. 나무 밑동에는 도끼 자국과 딱따구리가 쫀 흔적이 남아 있었다. 나무가 물가에 서 있을 때 이미 고사목 상태였으리라 짐작했다. 그러다가 바람에 불려 물속으로 들어가자, 우듬지는 물에 젖었으나 밑동은 여전히 건조하고 가벼운 상태를 유지하면서 물위를 표류하다가 마침내 우듬지부터 호수 바닥에 박힌 것이 아닐까 추측했다. 그의 아버지는 80세였는데 자기 평생 나무는 호수 속에 박혀 있었다고 기억했다. 여러 개의 통나무가 아직도 호수 바닥에 누워 있는 게 보이는데, 호수 표면의 동요로 나무들은 움직이는 커다란 뱀처럼 보인다.

호수는 낚시꾼을 유혹할 만한 게 별로 없으므로 보트는 거의 뜨지 않는다. 진흙을 필요로 하는 하얀 수련이나 보통의 붓꽃 대신, 푸른 붓꽃이 호숫가 일대 돌 많은 바닥에서 자라난다. 6월에는 웅웅거리는 벌새 떼가 이곳을 찾아온다. 붓꽃의 푸른 잎사귀와 꽃, 특히 이것이 물 위에 비치는 그림자는 청록색 호수 물빛과 독특한 조화를 이룬다.

월든과 화이트, 이 두 호수는 지상의 위대한 수정 보석이요 빛 호수다. 만약 이 호수들을 영원히 응결시켜 손으로 움켜쥘 만큼 작게 만들 수 있다면 두 호수는 노예들이 강제 운반해 황제의 머리를 꾸미는 화려한 보석 장식이 되었을 것이다. 그러나 액체인 데다 너무나 크기 때문에 우리와 후손에게 영원히 물려졌다. 하지만 우리는 이 호수들을 무시하고 코이누르 다이아몬드[130]를 쫓아다닌다.

두 호수는 너무 순수하여 시장 가치로 따질 수가 없다. 호수에는 더러운 오물이 없다. 호수는 우리 삶보다 훨씬 더 아름답고, 우리 성품보다 훨씬 더 순수하다. 우리는 두 호수가 야비한 태도를 보였다는 이야기를 들은 적이 없다. 두 호수는 오리들이 헤엄치는 농부 집 앞 물웅덩이와는 비교가 되지 않을 정도로 아름답다. 자연은 자기 가치를 올바르게 알아주는 인간 거주자를 아직 만나지 못했다. 자연 중에 깃털과 노래를 가진 새들은 꽃들과 절묘한 조화를 이룬다. 그런데 어떤 청년과 처녀가 자연의 저 힘차고 호화로운 아름다움과 조화에 필적하려고 노력하는가? 오히려 자연은 그 청년과

---

130 100캐럿이 넘는 대형 다이아몬드로 영국 왕실 소유이다.

화이트 호수, 콩코드, 1900년 7월 16일.

월든과 화이트, 이 두 호수는 지상의 위대한 수정 보석이요 빛 호수다. 만약 이 호수들을 영원히 응결시켜 손으로 움켜쥘 만큼 작게 만들 수 있다면 두 호수는 노예들이 강제 운반해 황제의 머리를 꾸미는 화려한 보석 장식이 되었을 것이다. 그러나 액체인 데다 너무나 크기 때문에 우리와 후손에게 영원히 물려졌다. 하지만 우리는 이 호수들을 무시하고 코이누르 다이아몬드를 쫓아다닌다.

처녀들이 사는 도시에서 멀리 떨어져 저 혼자 있을 때 가장 활짝 피어난다. 왜 하늘만 얘기하는가? 그것은 대지의 명예를 훼손하는 것이다.[131]

131　소로는 이 장의 앞에 나온 자작시에서 "내가 월든에 가까이 사는 것보다 하느님과 천국에 더 가까이 가는 방법은 없네"라고 노래했는데, 월든이 곧 천국이라는 뜻이다.

10

베이커 농장

때때로 나는 소나무 숲으로 산책을 나간다. 소나무들은 신전 같거나 아니면 돛을 활짝 편 바다 위 배들 같다. 소나무 가지는 물결처럼 흔들리고 빛을 받아 반짝거린다. 너무나 부드럽고, 너무나 녹색으로 빛나고 또 그늘이 풍성하여, 드루이드교도들[132]조차도 그들이 숭배하는 참나무를 기꺼이 버리고 소나무를 대신 예배할 마음이 들었을지도 모른다. 나는 플린츠 호수 너머 삼나무 숲까지도 산책 나가는데 그 숲 나무들은 하얀 잔털로 덮인 파란 열매들로 가득해서 점점 키가 높이 솟아 발할라 궁전[133] 앞에 서 있어도 좋을 정도로 늠름하다. 나뭇가지가 밑으로 처지는 노간주나무는 열매가 주렁주렁 달려 마치 화환처럼 땅을 덮고 있다.

때로는 습지로 산책 나가기도 하는데 그곳에서는 하얀 가문비나무에 이끼가 꽃줄처럼 매달려 있고, 습지 신들의 식탁 노릇을 하는 갓버섯은 땅을 덮고 있으며, 그보다 더 아름다운 버섯은 나무 등걸을 장식하는데 그 모

---

132 참나무를 숭배한 고대 켈트족의 종교 집단.

133 스칸디나비아 신화에서 전투 중에 살해된 용감한 전사가 사후에 가는 궁전.

습이 마치 나비, 조개, 식물 고등 같다. 습지에서는 늪나무와 층층나무가 자라고, 붉은 오리나무 열매는 꼬마 도깨비 눈[眼]처럼 반짝거린다. 노박덩굴은 아무리 단단한 나무라도 거침없이 파고 들어가 홈을 내고 마침내 나무를 그 품안에서 분쇄해버린다. 야생 감탕나무 열매는 너무 아름다워 보는 이가 귀가하는 것을 잊게 될 정도다. 습지 관찰자는 그 외의 무수한 야생 과일에 매혹되고 또 유혹을 받지만, 너무 아름다워 감히 먹어볼 생각을 하지 못한다.

나는 학자들을 찾아가는 대신 어떤 특정한 나무들을 자주 찾아갔다. 인근에는 희귀한 종류의 나무들이 어떤 목초지 한가운데, 숲속이나 습지 깊은 데, 언덕 꼭대기 등에 떡 버티고 서 있다. 가령, 검은 자작나무는 내 집 인근에서 몇 그루 만나볼 수 있는데 직경이 2피트[0.6미터]나 되는 아름다운 나무다. 그 사촌인 노란 자작나무는 가슴에 헐렁한 금색 조끼를 두르고 있는데 검은 자작나무 못지않게 좋은 향기를 풍긴다. 너도밤나무는 줄기가 매끈하고 이끼가 있어 아름다우며 사소한 부분까지 모두 완벽하다. 여기저기 몇 그루 흩어진 표본 외에, 상당히 덩치가 큰 너도밤나무 숲이 마을에 있다. 어떤 사람은 이 너도밤나무 숲이, 약간 떨어진 곳에 있던 너도밤나무 열매를 쪼아먹던 비둘기들이 그 씨앗을 이곳까지 날아와 심는 바람에 조성되었다고 생각한다. 이 나무를 쪼개면 은빛 나뭇결이 드러나는데 참으로 아름다워 눈여겨볼 만하다. 그 외에 참피나무, 자작나무, 잘 자란 딱 한 그루의 개느릅나무 등이 숲속에 있다. 또 키큰 돛같이 생겼고 널빤지가 많이 나오는 소나무, 평소보다 더 완벽하게 보이는 솔송나무 등이 숲 한가운데 마치 파고다[불탑]처럼 서 있다. 그 외에 이름을 아는 많은 나무가 있다. 이곳이 내가 여름과 겨울에 수목 예찬을 위해 방문하는 사당(祠堂)이다.

한번은 아치형 무지개 끝부분에 서본 적이 있었다. 그 부분은 대기의 낮은 층을 가득 채우면서 그 주위 풀과 잎사귀를 무지개 색깔로 물들였는데, 나는 마치 채색 수정을 통해 바라보듯 그 광경에 매혹되었다. 그것은 무지갯빛 호수였고 나는 잠시 그 속을 헤엄치는 돌고래 같았다. 그것이 더 지

오래된 나무 그루터기와 딱따구리의 구멍, 코너 스프링 숲, 콩코드, 1899년 10월 25일.

때로는 습지로 산책 나가기도 하는데 그곳에서는 하얀 가문비나무에 이끼가 꽃줄처럼 매달려 있고, 습지 신들의 식탁 노릇을 하는 갓버섯은 땅을 덮고 있으며, 그보다 더 아름다운 버섯은 나무 등걸을 장식하는데 그 모습이 마치 나비, 조개, 식물 고등 같다.

속되었더라면 내 일과 생활도 무지갯빛으로 바뀌었을지 모른다. 나는 철둑길을 걸으면서 내 그림자 주위에 어리는 후광을 의아하게 여기면서 스스로 선택된 사람이 아닐까 생각하기도 했다. 집을 방문한 어떤 사람은 자기 앞에서 걸어가는 아일랜드 사람들 그림자를 보았는데 후광이 없었으며, 그런 특징은 원주민에게만 있다고 말했다.

벤베누토 첼리니[134]는 자신의 회고록에서 후광 얘기를 하고 있다. 성 안젤로 성에 갇혀 있을 때 무서운 꿈을 꾸거나 환시(幻視)를 본 후에는, 아침과 저녁에 머리 부분 그림자 위에 멋진 빛이 나타났다는 것이다. 그가 이탈리아에 있거나 프랑스에 있거나, 풀이 이슬에 젖을 무렵에 그런 현상이 두드러지게 나타났다. 아마도 내가 방금 말한 후광과 같은 종류인 듯하다. 후광 현상은 특히 아침에 잘 관측되지만 다른 때도 나타나고 심지어 달빛 속에서도 보인다. 꾸준히 나타나는 현상이지만 일반적으로 주목되지는 않으며, 첼리니처럼 충동적인 상상력의 소유자에게는 미신의 근거가 되기 충분하다. 하지만 첼리니는 그런 후광을 아주 소수의 사람에게만 보여주었다고 말한다. 아무튼, 자신이 그처럼 주목받는다는 사실을 의식하는 사람은 실제로 뛰어난 사람이라고 보아야 하지 않을까?

어느 오후에 숲속을 걸어 페어헤이븐으로 낚시하러 갔다. 야채 식단을 보충하기 위해서였다. 나는 베이커 농장 옆에 있는 플레전트 목초지로 걸어갔는데 이 농장에 대해 한 시인[135]은 이렇게 시작되는 시를 지었다.

그대의 입구는 유쾌한 들판
이끼 긴 과일나무 숲이

---

134 유명한 이탈리아인 조각가(1500-71)로 후광은 그의 『자서전』 26장에 나온다.
135 소로의 친구이며 시인인 엘러리 채닝의 시 「베이커 농장」이다. 이하 인용된 시 구절은 모두 이 시에서 나온 것이다.

플레전트 목초지에서 바라본 페어헤이븐 만, 1903년 10월 15일.

어느 오후에 숲속을 걸어 페어헤이븐으로 낚시하러 갔다. 야채 식단을 보충하기 위해서였다. … 월든 숲속에 들어가기 전에 나는 베이커 농장에서 살아볼까 하는 생각도 했다. 농장으로 가는 길에 슬쩍 사과를 따고, 개울을 건너뛰고, 사향쥐와 송어를 놀라게 했다. 그것은 내 앞에 무한히 길게 펼쳐질 것 같은 오후 중 한순간이었다.

쾌활한 시냇물에 일부 자리를 내어준 곳
그 물엔 미끄러지듯 내달리는 사향쥐와
펄쩍 뛰어오르는 수은 같은 송어가 사네.

월든 숲속에 들어가기 전에 나는 베이커 농장에서 살아볼까 하는 생각
도 했다. 농장으로 가는 길에 슬쩍 사과를 따고, 개울을 건너뛰고, 사향쥐와
송어를 놀라게 했다. 그것은 내 앞에 무한히 길게 펼쳐질 것 같은 오후 중
한순간이었다. 그런 오후에 많은 사건이 벌어질 수도 있는데, 사실 인생은
상당 부분 그런 사건들로 채워진다. 내가 농장을 향해 출발했을 때는 이미
오후의 절반이 지난 시점이었다.

하지만 나는 그 길에서 소나기를 만나 반 시간 정도 소나무 아래 서 있
어야 했다. 나는 머리 위 나뭇가지를 간이 우산으로, 내 손수건을 간이 천막
으로 삼았다. 마침내 소나기가 그치고 방문의 원래 목적인 낚시를 하려고
허리까지 잠기는 물속에 들어가 강꼬치고기 물풀 위로 낚싯줄을 던졌다. 그
런데 갑자기 내 머리 위로 구름 그림자가 느껴졌다. 그리고 천둥이 너무나
우렁차게 울렸기에 나는 그 소리를 멍하니 듣고 있을 수밖에 없었다. 갈라
진 모양의 번개를 쳐서 무기도 없는 가난한 어부를 이런 식으로 쫓아내려
하다니 신들은 아주 오만한 존재인가보다 하고 생각했다. 나는 가장 가까운
곳에 있는 오두막으로 황급히 달려갔다. 오두막은 길에서 반 마일은 족히
떨어져 있었는데 그런 만큼 호수에 훨씬 더 가까웠고 오랫동안 사람이 살
지 않은 곳이었다.

그리고 여기에 시인은 집을 지었다
아주 오래전, 생애 만년(晩年)에
그리고 보라, 저 자그마한 오두막을
그것은 이제 허물어지려 하는구나.

이렇게 우리 시인은 노래했다. 나는 그 오두막집 한 칸에서 아일랜드 사람 존 필드와 그의 아내 그리고 여러 명의 아이를 만났다. 늪에서 아버지를 도와주다가 비를 피해 아버지 옆에서 황급히 달려 돌아온, 얼굴이 넓적한 큰 아이에서부터, 몸에 주름이 잡혀 여자 무당 시빌같이 쪼글쪼글한 데다 원뿔 머리를 한 갓난아이에 이르기까지 다양했다. 갓난아이는 마치 귀족 궁전에 앉아 있는 것처럼 아버지 무릎에 앉았는데, 축축한 습기와 찢어지는 가난 한가운데에서도 어린애답게 이 낯선 방문자를 빤히 쳐다보고 있었다. 하지만 자신이 존 필드의 불쌍하고 굶주린 자식이 아니라, 고귀한 집안의 마지막 후손이고 세상의 희망이며 주목의 대상임은 알지 못했다.[136]

우리는 비가 가장 덜 새는 지붕 밑에 앉았고, 밖에서는 계속 천둥 번개와 함께 비가 내리쳤다. 나는 이 가족이 타고 이민온 수송선이 건조되기 훨씬 이전에 그 오두막에 여러 번 앉아본 적이 있었다. 존 필드는 정직하고 열심히 일하는 일꾼이지만 요령 없는 남자임이 분명했다. 그의 아내도 또한 용감했다. 저 높은 곳에 있는 난로에서 무수하게 많은 점심 식사를 만들어 냈으니 말이다. 기름 낀 얼굴에 맨 가슴을 드러낸 여자는 장래 언젠가는 생활 형편이 펴질 것이라고 여전히 생각하는 듯했다. 한 손에는 언제나 걸레를 들고 있었지만, 그 효과는 오두막 어디에서도 보이지 않았다. 비를 피해 오두막 안으로 들어온 닭들도 마치 가족인 양 실내를 걸어다녔고, 내가 보기에 너무 인간에 동화되어 있어 감히 튀겨먹지 못할 것 같았다. 닭들은 멈춰 서서 내 눈을 쳐다보거나 내 구두를 살짝살짝 쪼아댔다.

한편 그 집 주인은 내게 자신의 생활 형편을 들려주었다. 그가 이웃 농부를 위해 '늪 개간'을 아주 열심히 하고 있고, 1에이커당 10달러를 받기로 하고 삽이나 괭이로 목초지를 뒤엎고 있으며, 그 후 그 땅에 1년간 거름을 뿌려 사용하기로 했다는 것이다. 얼굴이 넓적한 그의 큰아이는 아버지가 얼

---

136 어린아이처럼 되지 않으면 천국에 들어가지 못한다는 마태복음 18장 3절을 암시하는 문장이다.

마나 한심한 거래를 했는지도 모르고, 아버지 옆에서 쾌활하게 일을 거들었다. 나는 그에게 내 경험을 얘기해주려 했다. 그가 나의 가장 가까운 이웃이라고 먼저 운을 뗀 다음, 여기에 낚시하러 왔는데 비록 빈둥빈둥 노는 사람처럼 보이겠지만 나 또한 당신처럼 일해서 생활비를 번다고 말했다. 나는 그가 현재 사는 이 허름한 집의 연간 임대료 정도를 들여 탄탄하고 밝고 깨끗한 집을 지어 사는데, 그도 마음만 먹는다면 한두 달 내에 그의 궁전을 지을 수 있다고 말했다. 그러면서 대충 이런 얘기를 했다.

나는 차, 커피, 버터, 우유, 신선한 고기 등을 먹지 않으므로 그것을 얻고자 열심히 일해야 할 필요는 없다. 일을 많이 하지 않으니까 음식을 많이 안 먹어도 되고 그래서 식비가 아주 적게 든다. 그러나 당신은 차, 커피, 버터, 우유, 쇠고기 등으로 식사해야 하므로 그 식비를 지불하기 위해 열심히 일해야 한다. 열심히 일한 후에는 체력 소모가 많아 그것을 보충해야 하므로 또 많이 먹게 된다. 이러다 보니 당신은 인생에 불만을 느끼고 거기 더해 인생을 낭비하게 되는 건 당연한 이야기이다. 당신은 미국에서는 차, 커피, 고기를 날마다 먹을 수 있으니 미국으로 건너온 게 이득이라고 생각한다. 그러나 미국은 이런 음식들 없이도 지낼 만한 생활 방식을 추구할 수 있게끔 당신을 자유롭게 해주는 나라가 되어야 한다. 국가는 당신에게 노예제도, 전쟁, 기타 생활 편의품을 사용함으로써 직간접적으로 생기는 불필요한 비용 등을 강매해서는 안 된다.

나는 그를 한 사람의 철학자 혹은 그렇게 되길 바라는 사람으로 간주하고 다음과 같은 말도 해주었다. 나는 인간이 자신을 구원한 결과로, 지상의 모든 초원이 황폐한 상태로 되돌아간다고 해도 개의치 않겠다. 인간은 자기 문화에 무엇이 가장 좋은지 알기 위해 역사를 공부해야 할 필요는 없다. 그러나 슬프다! 아일랜드인에게 정신적 문화를 가르치는 일은 당신이 하는 늪 개간만큼이나 힘든 사업이다.

그에게 이런 말도 해주었다. 당신이 늪 개간 작업을 그렇게 열심히 하면 단단한 장화와 두꺼운 겉옷이 있어야 하는데 이런 것은 곧 더러워지고

프랑스 국화, 콩코드, 1917년 6월 26일.

나는 인간이 자신을 구원한 결과로, 지상의 모든 초원이 황폐한 상태로 되돌아간다고 해도 개의치 않겠다.

닳는다. 하지만 나를 보라. 나는 가벼운 신발에 가벼운 옷을 입고 있다. 이런 것은 장화나 겉옷의 절반 값에 살 수 있다. 당신은 이런 게 신사 같은 복장이라고 생각할지 모르나(그것은 결코 사실이 아니다), 나는 한두 시간이면 별로 힘들이지 않고 거의 오락삼아 일하면서도 이틀치 식사에 해당하는 물고기를 잡거나 한 주를 버틸 돈을 벌 수 있다. 만약 당신과 가족이 검소하게 산다면 여름이면 오락 삼아 월귤나무 열매를 따러 갈 수 있다.

존은 나의 말을 듣더니 한숨을 내쉬었고 그의 아내는 팔짱을 끼고서 나를 빤히 쳐다보았다. 부부는 과연 그런 인생 노선을 시작할 만한 자본이 있을지 또 그 노선을 완주할 수 있겠는지 의문스러워했다. 그들이 볼 때 그것은 해도(海圖) 없는 항해였고 과연 그런 식으로 해서 무사히 항구에 도착할 수나 있겠는지 너무나 막연해했다. 그래서 부부는 여전히 그들 방식을 고수하면서 인생에 용감하게 뛰어들어 정면 돌파하는 것이 더 낫다고 생각했다. 그러나 내가 보기에 그들은 날카롭고 잘 드는 쐐기로 인생의 단단한 장애물을 일거에 강타하여 분쇄해버릴 기술이 없었다. 그들은 마치 엉겅퀴를 한 번에 꽉 움켜잡듯, 인생도 그런 식으로 거칠게 잡아야 한다고 생각했다. 그러나 그렇게 하면 그들은 엄청나게 불리한 입장에서 싸워야 한다. 슬프다! 존 필드, 아무 계산 없이 살고 있으니 실패할 수밖에!

"낚시를 해보았습니까?" 내가 물었다. "물론입니다. 할 일 없는 날에는 이따금 많이 잡아요. 농어 큰 놈을 잡기도 했지요." "미끼는 무엇을 씁니까?" "자그마한 벌레를 가지고 은어를 잡았는데 농어 잡을 때도 그걸 썼어요." "존, 이제 그만 늪으로 가보는 게 좋겠어요." 그의 아내가 밝게 웃으며 희망에 찬 목소리로 말했다. 하지만 존은 그 말을 듣지 않았다.

곧 소낙비가 그쳤고 동쪽 숲 위에 나타난 무지개는 청명한 저녁 날씨를 예고했다. 그래서 나는 존의 집에서 나왔다. 밖으로 나와 접시 하나만 빌려달라고 했다. 오두막 견학을 완성하기 위해 접시로 물을 뜨는 척하면서 우물 바닥을 내려다보고 싶었던 것이다. 그러나 슬프다! 우물은 얕았고 유사(流沙)가 있었으며, 줄도 끊어지고 두레박은 어디론가 사라지고 없었다.

그래서 나는 물을 한 사발 얻어 마실 수 없겠느냐고 물었다. 그러자 부부는 서로 무슨 얘기를 했고 마치 물을 증류하는 것처럼 한참 뜸을 들이더니 이 목마른 자에게 마침내 물그릇을 내밀었다. 물은 충분히 식히지도 않았고 또 티끌이 가라앉지도 않았다. 이런 죽 같은 물이 여기에서는 사람 생명을 지탱했다. 나는 두 눈을 질끈 감으면서 요령껏 그릇을 흔들어 티끌을 옆으로 젖혀놓으면서 내가 마실 양만큼 마시면서 그들의 환대에 보답했다. 좋은 매너가 필요한 상황에서, 나는 그리 까다롭게 구는 사람이 아니다.

비가 그쳐 아일랜드인의 오두막을 나선 후 나는 황급히 강꼬치고기를 잡기 위해 걸음을 되짚어 호수로 갔다. 한적한 목초지, 진창, 늪지, 버려진 미개간 땅 등을 지나면서, 예비학교와 대학교를 다닌 내게 낚시질은 너무나 사소한 일이 아닐까 생각했다. 그러나 붉은 노을이 지는 서쪽을 향해 언덕을 달려 내려가고, 무지개가 내 어깨 뒤에 떠 있고, 어디서 오는 것인지 모르지만 희미한 종소리가 깨끗한 공기를 통해 내 귀에까지 들려오는 순간, 나의 선량한 정신은 이렇게 말했다.

날마다 아주 넓은 지역에 가서 낚시하고 사냥하라. 더 멀리, 더 넓게. 아무 불안을 느끼지 말고 여러 개울가에서 또 여러 벽난로 곁에서 휴식을 취하라. 그대의 젊은 날의 창조주를 기억하라.[137] 새벽이 오기 전에 근심에서 자유롭게 되어 일어나고 모험을 추구하라. 정오에 그대는 다른 호수들에 가보고 밤에는 그대가 있는 곳을 집으로 삼아라. 이것보다 더 큰 들판은 없으며 여기서 치러지는 놀이보다 더 가치 있는 놀이는 없다. 그대의 본성에 따라 야성을 지키며 성장하라. 잉글랜드 건초가 되려고 선망하지도 말고 쑥쑥 커가는 사초와 고사리가 되라. 천둥이 우르렁거려도 개의치 말라. 그게 농부의 작물을 위협한다고 해서 무엇이 대수인가? 천둥이 그렇게 울어대는 것은 그대에게 무슨 용건이 있어서가 아니다. 사람들이 수레와 헛간으로 달

---

137 구약성경 전도서 12장 1절에 나오는 말이다. 이 문장이 들어 있는 문단은 전도서의 어조를 흉내 내고 있다.

아날 때 구름 아래를 그대의 피신처로 삼아라. 삶이 그대 직업이 아니라 오락이 되게 하라. 땅을 즐기되 그것을 소유하지 마라. 모험과 믿음이 부족하여 인간은 지금 있는 그곳에 있고, 사고팔고, 지지고 볶으면서 한평생을 농노처럼 보낸다.

오 베이커 농장이여!

> 그 풍경에서 가장 풍성한 것은
> 약간씩 비추는 순결한 햇빛이라네. …
>
> 아무도 가로대 울타리 쳐진 풀밭에서
> 흥청망청대며 달려가지 않는구나. …
>
> 그대는 누구와도 언쟁하지 않는구나
> 난처한 질문으로 당황하는 일 없이
> 지금 이 순간 처음 본 때처럼 유순하구나
> 그대의 평범한 갈색 개버딘 옷을 입고서. …
>
> 사랑하는 자여 오라
> 그리고 미워하는 자여 오라
> 성스러운 비둘기의 자녀들이여
> 그리고 국가를 전복하려는 가이 포크스여[138]
> 너희가 꿈꾸는 음모는 나무들의 단단한
> 가지에 걸어 목 졸라 죽여버려라.[139]

---

138 성스러운 비둘기는 성령을 의미하고, 가이 포크스(1570-1606)는 영국 의회를 폭파하려 했던 인물이다.

139 엘러리 채닝의 시, 「베이커 농장」을 인용한 것이다.

사람들은 밤이 되면 인근 들판이나 거리에서 어쩔 수 없다는 듯이 기가 죽어 집으로 돌아온다. 들판과 거리에 있을 때 그 집에 돌아가기 싫은 소굴 같은 느낌이 들었기 때문이다. 삶은 똑같은 숨을 계속 내뿜기 때문에 수척해진다. 아침저녁으로 그들이 날마다 내딛는 걸음보다는 그림자가 더 길다. 우리는 멀리 떨어진 곳, 모험이 벌어지는 곳, 날마다 위험과 발견이 있고 그리하여 새로운 체험과 인품을 획득한 채로 집으로 돌아와야 한다.

내가 호수에 도착하기 전에, 존 필드는 새로운 충동이 일어 해지기 전에 '늪 개간'을 가겠다는 생각을 바꾸고 낚시에 나섰다. 하지만 불쌍한 그는 내가 한 꿰미의 물고기를 잡는 동안에 겨우 송사리 두 마리를 놀라게 했을 뿐이다. 그는 그게 자신의 운이라고 말했다. 하지만 우리가 낚시 보트 자리를 바꾸자, 그의 고기 잡는 운도 자리를 따라 바뀌었다. 불쌍한 존 필드! 책을 읽어 생활비가 들어온다면 모를까, 그가 이 글을 읽진 않을 것이다. 이 원초적인 신세계에서 구세계의 한물간 방식으로 삶을 꾸려가려 하다니! 은어를 가지고 농어를 잡으려 하다니! 물론 그것도 때로는 좋은 미끼가 될 수 있겠지만.

존 필드의 지평선은 오로지 그의 것이지만, 그는 여전히 가난하고, 아일랜드의 가난 혹은 가난한 생활을 물려받았으므로 가난하게 살도록 태어났다. 게다가 아주 먼 조상이 물려준 늪지 개간 방식만 고수하므로 그는 세상에서 일어설 수 없다. 뿐만 아니라 후예도 그러할 것이다. 늪을 개간하느라 바쁜, 그의 갈퀴 달린 듯한 두 발꿈치에 날개 달린 신발을 달지 않는 한.

11

더 높은 법

물고기 꿰미를 들고 낚싯대를 끌면서 숲속을 통과하여 집으로 돌아오는 길이었다. 주위는 이제 아주 어두워졌다. 그때 내 길을 가로지르는 우드척 한 마리를 흘낏 보았다. 그때 나는 이상하게도 야만적 즐거움이 주는 전율을 느꼈고 그놈을 잡아 산 채로 먹어버리고 싶은 강렬한 유혹을 느꼈다. 그때 배가 고팠던 것은 아니었고 단지 그놈이 상징하는 야성을 소유하고 싶었다.

호숫가에 살던 시절에 나는 한두 번, 절반쯤 배고픈 사냥개처럼 숲속을 방황했다. 그때 나는 이상한 야성 상태에 빠져 내가 잡아먹을 수 있는 짐승을 찾아다녔다. 어떤 짐승의 살점이라도 야만적이라고 느껴지지 않을 것 같았다. 그처럼 야성을 찾아 헤매는 순간은 기이할 정도로 익숙하게 느껴졌다. 그와 동시에 내 안에서 소위 더 높은 정신적 생활을 향한 본능도 깨달았고 동시에 정반대로 원시적이고 야만적인 생활에 대한 동경도 느꼈다. 그러면서 정신적 생활과 야만적 생활을 둘 다 존중했다.

이러한 모순되는 마음은 지금도 여전하다. 나는 선량한 것 못지않게 야성적인 것을 사랑한다. 낚시 행위에서 느껴지는 야성과 모험이 여전히 내 마음에 호소해온다. 때때로 나는 야성적 생활에 마음이 끌리면서 동물처럼 살아보고 싶어진다. 내가 자연에 더욱 가까워지게 된 것은 아주 어린 시절부터 해온 낚시와 사냥 덕분이다. 이것은 우리를 일찍 그런 야성적 생활에 눈뜨게 하고 그 생활을 사랑하게 만든다. 만약 낚시나 사냥 행위가 없었다면 우리는 자연과 그다지 친해지지 못했을 것이다.

낚시꾼, 사냥꾼, 나무꾼 그리고 들판과 숲속에서 생활하는 자연인은 독특한 의미에서 그들 나름대로 자연 일부를 구성한다. 그들은 자기 일을 하는 도중에, 어떤 추상적 기대감으로 자연에 접근하는 철학자나 시인보다 자연을 더 잘 관찰한다. 자연은 이런 사람들에게 기꺼이 자신을 드러낸다. 가령, 대초원을 여행하는 사람은 자연스럽게 사냥꾼이 된다. 미주리강과 콜럼비아강 수원(水源)을 여행하는 사람은 덫을 놓는 사냥꾼이 되고, 세인트 메리 폭포를 여행하는 사람은 자연스럽게 낚시꾼이 된다. 반면, 이런 곳을 그저 여행만 하면서 지나는 사람은 자연 사물을 간접적으로, 그것도 불완전하게 깨우치기에 신통치 못한 권위자로 남을 뿐이다. 낚시꾼, 사냥꾼, 나무꾼 같은 사람들이 온몸으로 혹은 본능적으로 알고 있는 지식에 관해 학문적 보고서가 나올 때 우리는 무척 큰 관심을 갖는다. 그런 것만이 진정한 인문학이고 또 인간 체험의 기록이기 때문이다.

뉴잉글랜드 사람에게 오락이 없다고 주장하는 사람들은 오해하는 것이다. 뉴잉글랜드에는 공공 휴일이 많지 않고 어른과 소년은 영국에서처럼 놀이를 많이 하지 않는다고 생각해 그런 주장을 펴겠지만 실상은 다르다. 여기에는 사냥과 낚시 그리고 그 밖의 야외 생활이라는 좀 더 원시적이고 외로운 오락이 있어 그러한 부족함을 충분히 보충해준다. 내 나이 또래의 뉴잉글랜드 사람은 열 살에서 열네 살 사이에 들새잡이 도구를 어깨에 메고 들판으로 나선다. 그들의 낚시터나 사냥터는 영국 귀족의 수렵 전용지구처럼 제한 지역이 아니라, 야만인의 것보다 더 광대무변하고 경계 없는 땅이다. 그러니 뉴잉글랜드 소년이 공유지에서 자주 놀지 않는 것은 그리 놀라운 일이 아니다. 그러나 이미 변화가 생기고 있다. 인문학이 더 융성해서가 아니라, 사냥감이 점점 더 부족해져서 그렇다. 어쩌면 사냥꾼[140]은 동물 보호 협회를 포함하여 사냥당하는 동물들의 가장 큰 친구인지 모른다.

더욱이 호숫가에서 생활할 때 나는 때때로 식단의 다양성을 추구하고자 물고기를 추가하고 싶었다. 그리하여 최초 어부들이 느꼈던 것과 동일한 필요를 따라 낚시했다. 과거 낚시에 반대해 내가 내세웠던 온갖 인정주의는 부자연스러운 것이었고, 나의 솔직한 감정이라기보다 사변적 사고방식에 더 가까웠다. 아무튼, 지금은 낚시 얘기만 하기로 하자. 나는 들새 사냥에 대해서는 오래전에 반감을 가졌고 그리하여 숲속에 들어오기 전에 엽총을 팔아버렸다. 반면, 남 못지않게 나도 인정 많은 사람이지만 낚시는 나의 그런 감정과는 관계없었다. 나는 물고기나 미끼용 벌레를 불쌍하게 여기지 않았다. 그건 습관이었다.

들새 사냥에 대해 말하자면, 엽총을 어깨에 메고 다니던 마지막 몇 년 동안 나는 새들을 연구한다는 변명을 대면서 새롭거나 진귀한 새를 찾아다녔다. 그러나 이제 솔직히 고백하지만, 사냥보다 더 좋은 조류 연구 방법이 있다. 그것은 새들의 습관을 아주 면밀하게 관찰하는 것인데, 이런 이유 하나만으로도 엽총을 내려놓아야 마땅했다.

하지만 사냥 행위가 비인간적이라는 반대에도 불구하고, 과연 사냥을 대체할 만한 멋진 스포츠가 있겠는가 싶은 생각이 든다. 내 친구들이 자기 자식에게 사냥을 시켜도 되겠는가 하고 근심스러운 목소리로 물어왔을 때 나는 그렇게 하라고 했다. 그것이 내가 받은 교육의 가장 좋은 부분이었음을 기억하기 때문이다. 처음에는 스포츠맨 심정으로 사냥하겠지만, 나중에는 사냥꾼, 가능하다면 위대한 사냥꾼이 될 수 있게 도와주라고 했다. 그러면 아이들은 이곳은 물론 다른 야생 지역에도 사냥할 만한 큰 사냥감이 없

---

140 여기서 사냥꾼은 아래에 나오는 "인간을 낚시하고 사냥하는 사람", 즉 인간 사회의 나쁜 제도와 악덕을 사냥하여 없애려는 사람을 의미한다. 역자 해제 중 "6차에 걸친 수정"을 참고하라.

다는 것을 깨닫고, 인간을 낚고[141] 또 사냥하는 위대한 사냥꾼의 길로 나아가게 되니 말이다. 이렇게 하여 나는 초서의 수녀와 같은 의견을 갖고 있다.

사냥꾼은 성스러운 사람인데, 이걸 아니라고 하는 문장이 나오면 털 뽑힌 암탉처럼 무시해버렸다.[142]

아메리카 인디언인 알공킨족은 사냥꾼을 가리켜 "가장 좋은 사람"이라고 말했는데, 인류 역사는 물론 개인 역사에서도 사냥꾼이 가장 좋은 사람이었던 시기가 있다. 우리는 엽총을 쏘아본 적 없는 소년을 연민하지 않을 수 없다. 안타깝게도 그 소년에 대한 교육은 제대로 되지 않았을 뿐 아니라 엽총을 쏘지 않았다고 해서 다른 소년보다 더 인간적이라고 할 수도 없다. 나는 사냥에 몰두하는 청년들이 곧 그 습관에서 탈피하리라고 생각하면서 이렇게 조언한다.

무심한 소년기를 거쳐 인정 많은 어른으로 성장하여 그런 습관을 탈피한 사람이라면 동물을 제멋대로 죽이지 않는다. 동물에게도 그 사냥꾼만큼 생명에 대한 권리가 있다. 극단의 위험에 처한 산토끼는 어린아이처럼 운다. 어머니들이여, 나의 동정심은 인간을 중시하는 구분에서 나온 것이 아니라 동물도 똑같은 생명체임을 고려한 동정심임을 양해하기 바란다.

종종 젊은 사람은 사냥을 통해 자신의 원초적인 부분을 발견하는 숲으로 안내받는다. 처음에는 사냥꾼 겸 낚시꾼으로 숲에 들어간다. 그러다가 내면에 더 좋은 생활을 지향하는 씨앗이 자란다면 마침내 그는 시인 혹은 생물학자, 그와 비슷한 사람이 되어 자신에게 필요한 대상을 적절히 구분해내고 그다음에는 엽총과 낚싯대를 내던진다. 대부분 사람은 아직도 이런 탈피를 경험하지 못했다는 점에서 어린 소년의 상태다. 어떤 나라에서는 사냥

---

141 마가복음 1장 17절에서 예수가 제자를 향하여 인간을 낚는 어부로 만들겠다고 했다.
142 초서의 『캔터베리 이야기』 서문에 나오는 말.

하는 목사를 흔하게 볼 수 있다. 이런 사람은 목자의 좋은 개가 될 수는 있으나 '좋은 목자'가 되지는 못한다.

마을에 사는 아버지든 그 자녀들이든 나의 동료 시민들이 벌목, 얼음 채취, 기타 관련 사업 외에 월든 호수에 반나절 이상 머무를 방법은 낚시질밖에 없음을 알고서 나는 깜짝 놀랐다. 그들은 한 꿰미 물고기를 낚지 못하면 운이 없다고 여기거나 시간을 낭비했다고 생각한다. 그들은 낚시하는 내내 호수를 면밀히 관찰하겠다는 생각은 하지 못한다.

그들이 낚시에 대한 불순한 동기를 호수 바닥에 내버리고 순수한 목적으로 낚시질을 하려면 아마도 천 번은 더 호수에 가야 할 것이다. 그러면 그동안 정화 과정이 계속되어 나간다. 주 지사와 장관들은 소년 시절에 낚시질을 다녔으므로 호수를 희미하게 기억할 것이다. 이제 그들은 나이가 들고 또 지체가 높아져 낚시질을 가지 않고 그래서 호수를 영원히 알지 못한다. 그렇지만 그런 그들도 천국에 가길 기대한다. 만약 주 의회에서 이 호수를 관찰한다면 그것은 호수에서 사용하는 낚싯바늘 숫자를 제한하는 등 실용적인 목적을 위해서일 것이다. 지사와 장관들이 주 의회를 미끼로 삼아 호수 자체를 낚는 데 필요한 낚싯바늘을 떠올릴 때, 바늘에 대해서는 전혀 알지 못한다. 그러니 어떻게 호수의 상징을 통해 천국으로 갈 수 있겠는가. 심지어 문명화된 공동체에서도, 태아 수준의 인간은 실용적 사냥꾼이라는 발전 단계를 거치지만 그 이상은 나아가지 못한다.

나는 근년에 들어 거듭 낚시를 하면서 나의 자존감이 그만큼 낮아지는 것을 되풀이해 발견한다. 나는 낚시 기술도 있고 다른 많은 동료와 마찬가지로 낚시질 본능도 있으며 때때로 그 본능이 되살아난다. 그러나 낚시질을 하고 나면 언제나 하지 않는 것만 못하다는 느낌이 들었다. 나는 착각하지 않았다고 생각한다. 이것은 희미한 예시(豫示)이며, 아침의 첫 햇살 같은 것이다. 분명 내 안에는 낮은 단계의 생물에 속하는 본능이 있음을 부정하지 않는다. 그렇지만 해가 갈수록 나는 점점 더 낚시질이 싫어지는데 그렇다고 해서 내가 더 인간성이 좋아졌다거나 지혜가 풍성해졌다는 얘기는 아니다.

아무튼, 현재 나는 전혀 낚시꾼이 아니다.

내가 야생 숲속에서 계속 살아가야 한다면 진정한 낚시꾼 겸 사냥꾼이 되어야 한다고 생각한다. 그러나 여기에는 난점이 하나 있다. 물고기나 동물 고기로 식단을 꾸리는 것은 정결하지 못한 측면이 있다. 이렇게 하여 나는 청소 등의 집안일이 어떻게 시작되는지 알게 된다. 매일 집 안을 정결하게 관리하고, 근사한 외양을 유지하며, 집에서 나쁜 냄새와 광경을 멀리하여 집 안 공기를 청결하게 관리하는 일에는 비용이 많이 든다. 나 자신이 실제로 푸주한, 부엌 하인, 요리사 겸 식사 제공 집주인 등 일인다역을 하고 있으므로, 아주 복잡한 생활 체험에 근거해 이 말을 하고 있다. 고기 음식은 건강에 필요하지만, 거기 반대하는 주된 이유는 불결함 때문이다. 반면, 내가 물고기를 잡아 배를 따고 요리해 먹었을 때 생선 고기는 충분한 영양을 주지 못한다. 생선 다듬는 일은 사소하고 불필요하며 득보다 실이 더 크다.

오히려 약간의 빵과 감자가 충분한 영양을 보충해주고 번거로움이나 지저분함도 한결 덜하다. 나의 많은 동료와 마찬가지로 나는 여러 해 동안, 고기 음식, 차, 커피 등을 먹지 않았다. 그런 음식이 해로워서가 아니라 나의 상상력을 거스르기 때문이다. 고기 음식에 대한 혐오감은 체험 결과가 아니라 본능에서 나온 것이다. 식단을 수수하게 꾸려 검소하게 살고 열심히 일하는 것이 내게는 여러모로 더 아름답게 느껴진다. 검소한 생활을 철저하게 실천하지는 못했으나 나의 상상력을 즐겁게 해줄 정도까지는 했다. 시적인 능력을 좀 더 높게, 최고 상태로 유지하려는 사람은 특별히 고기 음식을 삼가고 또 그 외 음식도 적게 먹는다. 커비와 스펜스의 책[143]에서는 곤충학자들이 이런 중대한 발언을 하고 있었다.

"완벽한 상태에 있는 어떤 곤충은 섭식 기관이 있어도 그것을 사용하지 않는다. 일반적으로 말해, 이 상태의 곤충들은 유충 상태보다 훨씬 적게

---

143 1846년에 발간된 두 사람의 『동물학 입문』을 말한다.

먹는다. 많이 먹던 모충이 나비로 탈바꿈하거나, 마구 먹어대던 구더기가 나비로 바뀌면, 그것은 한두 방울의 꿀 혹은 다른 달콤한 액체로 만족한다."

나비의 날개 밑에 있는 복부는 유충의 흔적이다. 바로 이 맛있는 한입[복부] 때문에 나비는 포식자에게 잡아먹히는 운명으로 태어난다. 음식을 많이 먹는 사람은 비유적으로 유충 상태의 인간을 의미한다. 하지만 더 심각한 것은, 아무 생각이나 상상 없이 그런 유아 상태에서 허우적거리는 나라도 있다. 그 나라들의 거대한 배는 그들 정체를 드러낸다.

상상력을 해치지 않을 정도로 간단하고 정결한 음식을 준비하거나 요리하는 것은 어려운 일이다. 우리는 몸에만 음식을 주어서는 안 되고, 상상력에도 영양분을 제공해야 한다. 음식과 상상력은 함께 식탁에 올라와야 하고 우리는 아마도 그 둘을 한 자리에 앉힐 수 있을 것이다. 과일을 조금씩만 먹는다면 우리 식욕을 부끄럽게 여기지 않아도 되고, 가장 보람찬 정신적 사업 추구도 방해받지 않는다. 그러나 음식에 불필요한 양념을 조금이라도 집어넣으면 그것은 사람 몸을 해친다. 기름진 요리를 먹고 사는 것은 보람찬 생활이 아니다. 대부분 사람은 고기든 야채든 남이 준비해준 것은 풍성하게 즐기면서도, 막상 자기 손으로 그런 음식을 준비하다가 들키면 부끄러워한다. 그러나 이런 기름진 음식을 고집한다면 우리는 문명화된 사람이 아니고, 신사 숙녀나 선남선녀도 되지 못한다.

이것은 어떤 방향으로 변화가 이루어져야 하는지를 보여준다. 상상력이 신체 및 지방(脂肪)과 조화를 이룰 수도 있지 않을까 묻는 것은 무의미하다. 그것이 서로 조화되지 않는 것을 나는 오히려 흡족하게 여긴다. 어떤 사람은 이렇게 묻는다. 인간은 육식동물인데 그게 그렇게 비난받아야 할 일인가? 물론, 인간은 다른 동물의 고기를 먹으면서 살아갈 수 있고 또 그렇게 살고 있다.

하지만 그것은 비참한 방식이다. 토끼 사냥을 위해 덫을 놓아보았거나 양을 잡아본 사람이라면 이것을 금방 안다. 사람들에게 좀 더 건전하고 순결한 식사를 하라고 가르치는 사람은 인류의 구원자로 생각하게 될 것이다.

나 자신의 실천 여부와는 무관하게, 나는 육식 자제가 인류가 나아가야 할 운명이고, 또 점진적으로 발전하면서 이것을 아예 금지해야 한다고 생각한다. 이것은 야만 부족들이 더 문명화된 사회와 접촉하면서 서로 잡아먹는 식인 습관을 그만둔 것과 마찬가지 이치다.

인간은 언제나 자기 영혼이 하는 진실한 얘기를 들어야 한다. 그것은 희미하지만 꾸준한 소리다. 그 소리에 귀를 기울일 때 처음에는 어떤 극단이나 광기 쪽으로 인도하지 않을까 우려할 수도 있으나 결국 그렇지 않다는 것을 알게 된다. 우리가 믿음으로 단호하게 대하면 오히려 그쪽이 우리가 나아가야 할 길임을 깨닫는다. 단 한 명의 건전한 인간이 듣는 작지만 확고한 반대 목소리가 마침내 인류의 주장과 관습을 이겨낼 수도 있다. 어떤 사람도 자기 영혼을 따라가다 길을 잃는 경우는 없다. 그 길을 따라가다 신체적으로 허약해질 수도 있으나, 그 누구도 그런 결과가 개탄스럽다고 할 수 없다. 그것은 더 높은 원칙에 부응하면서 소신 있게 살아간 삶이기 때문이다.

만약 당신이 낮과 밤을 즐거운 마음으로 맞을 수 있고, 당신 삶이 꽃과 좋은 향기의 약초처럼 방향을 내뿜고, 좀 더 유연하고, 좀 더 별빛 찬란하고, 좀 더 영원하다면 당신은 성공한 삶을 살아왔다고 볼 수 있다. 모든 자연이 당신을 축하하고 당신은 스스로 자신을 축복하게 된다. 가장 큰 소득과 가치는 일반 사람이 높이 평가하는 것이 아니다. 보통 사람은 그런 것이 과연 존재하는지 의문을 품고 곧 그것을 잊는다. 하지만 그것이야말로 최고의 리얼리티다.[144] 가장 놀랍고 가장 리얼한 것은 결코 인간에게서 인간에게 전해지는 법이 없다. 내가 일상생활에서 거두는 진정한 수확은 아침과 저녁 빛처럼 손으로 만지거나 입으로 말할 수 있는 것이 아니다. 그것은 손에 슬쩍 잡아본 별[星] 가루 혹은 어렵사리 붙잡은 무지개 한 자락 같은 것이다.

---

144 제2장의 주57 참조.

내가 음식에 대해 지나칠 정도로 유난을 떤 것은 아니었다. 나는 정 필요하다면 튀긴 쥐도 맛있게 먹을 수 있다. 나는 술 대신 물을 오래 마셔온 것을 잘했다고 생각한다. 내가 이렇게 한 건 아편 중독자의 하늘보다는 자연스러운 하늘을 더 좋아하는 까닭이다. 나는 차라리 물을 마시며 늘 깨어 있는 상태로 있는 것을 더 좋아한다. 사실 술을 마시고 취하는 데는 무한히 많은 단계가 있다. 나는 현자에게는 물이 유일한 음료라고 생각한다. 술은 그리 고상한 음료가 아니다. 아침에 따뜻한 커피를 한 잔 마신다거나 저녁에 차 한 잔 마신다는 생각을 끊어보라. 그런 것에 유혹당했을 때 나는 얼마나 낮은 지점까지 추락했던가! 심지어 음악도 사람을 도취시킨다. 이런 사소한 것으로 그리스와 로마가 망했고, 영국과 미국도 파괴될 것이다. 모든 도취 중에서, 자기가 호흡하는 공기에 도취되는 것을 가장 좋아하는 게 자연스럽다. 그렇지 않은 사람이 어디 있겠는가?

지속적인 막노동에 반대하는 가장 큰 이유는 그런 노동을 하면 음식도 마구 먹어야 하기 때문이다. 그러나 사실을 털어놓자면 나는 요사이 이런 면에서 그리 까다롭지 않다. 나는 식탁에 종교 얘기를 가져오는 일도 없고 남에게 축복을 청하지도 않는다. 이렇게 하는 것은 내가 전보다 더 현명해져서가 아니라, 솔직히 고백하자면, 비록 많이 후회되는 일이긴 하지만, 세월이 흐르면서 그런 일에 둔감해지고 무관심해졌기 때문이다. 어쩌면 이런 문제는 젊은 시절에만 골똘히 생각하는 것일지도 모른다. 대부분 사람이 젊은 시절에 시를 많이 생각했듯 말이다. 나는 의견만 무성할 뿐 구체적인 실천은 "그 어디에서도 찾아볼 수 없다". 하지만 나는 베다 경전이 말하는 바, 특혜받은 사람이라고 생각하지 않는다. 경전은 말한다. "어디에나 존재하는 최고 존재를 진정으로 믿는 사람은 존재하는 모든 것을 먹을 수 있다." 다시 말해 그런 믿음을 가진 사람은 자기 음식이 무엇이며, 누가 그 음식을 준비했는지 물을 필요가 없다는 것이다. 그러나 인도의 주석가는 베다교 신자들도 그런 특혜를 "위기 상황"에서만 누릴 수 있다고 말했다.

사람들은 때때로 전혀 식욕을 돋우지 않는 음식에서도 형언할 수 없는 만족감을 느낀다. 어떤 조잡한 음식을 먹고서 멋진 생각이 떠오르기도 하고, 숲속의 언덕 등성이에서 산딸기를 따 먹고 탁월한 영감을 얻기도 했다. 이런 일을 생각하면 나는 전율을 느낀다. 증자(曾子)는 이렇게 말했다. "영혼이 그 자신의 주인이 아니라면, 보아도 보이지 않고, 들어도 들리지 않고, 먹어도 그 맛을 알지 못한다."[145]

음식의 진정한 맛을 아는 사람은 결코 대식가가 되지 않는다. 반면, 음식 맛을 모르는 사람은 대식가가 될 수밖에 없다. 청교도는 시의원이 자라 요리를 대할 때와 똑같은 왕성한 식욕을 발휘하면서 자신의 갈색 빵 껍질을 먹는다. 입으로 들어오는 음식이 인간을 더럽히는 것이 아니라 그 음식을 밝히는 식욕이 문제다. 음식 품질이나 수량보다는 감각적 쾌락에 몰두하는 것이 문제다. 먹는 음식이 우리의 동물적 생활을 지탱해주지도 않고, 정신적 생활에 영감도 주지 않으면서 우리 신체를 사로잡는 벌레들[146]로 만들어졌다면 문제인 것이다. 그리하여 사냥꾼은 자라, 사향쥐, 기타 야생 별미를 좋아하고, 숙녀는 소 무릎에서 나오는 도가니나 바다에서 나는 정어리 등을 좋아한다. 단지 차이가 있다면 신사는 물방앗간이 서 있는 연못을 찾아가 식재료를 구해오고 숙녀는 음식 저장실로 달려간다는 점만 다르다. 정말 놀라운 것은, 그들이 아니 당신과 내가 어떻게 이처럼 멋대로 먹고 마시는 지저분한 짐승 같은 삶을 살아가겠는가 하는 점이다.

우리의 전 생애는 놀라울 정도로 도덕적이다. 미덕과 악덕 사이에는 한순간 휴전도 있을 수 없다. 선(善)은 결코 부도날 염려가 없는 유일한 투자처다. 온 세상을 휘감으며 울리는 하프 음악 중에 우리를 전율하게 하는 것은 바로 이 선량함에 대한 권유다. 하프는 '우주 보험 주식회사'의 보험을 판매하는 순회 영업사원으로, 우리에게 그 법률을 권유하면서 우리가 행하

---

145 『대학(大學)』, "心不在焉, 視而不見, 聽而不聞, 食而不知其味."

146 벌레는 제7장 콩밭 말미에 나오는 "미덕의 씨앗과 그것을 망치는 벌레"에서 나온 그 벌레다. 두 문단 뒤에 나오는 벌레들과 같은 뜻으로 쓰인다.

는 작은 선이 곧 우리가 내는 보험금이라고 말한다. 청년들은 마침내 그 음악에 무관심해지지만, 우주의 법은 무심해지지 않고 가장 민감한 사람들 귀에 계속 속삭인다. 서풍이 불어올 때마다, 왜 좀 더 선량해지지 못하는가 하는 비난의 소리가 그 바람 속에 들어 있지는 않은지 귀를 기울여라. 그 소리는 분명 거기 있다. 그러니 그 소리를 듣지 못하는 사람은 불행할진저! 하프의 줄을 튕기거나 누를 때마다 매혹적인 도덕이 우리를 전율하게 하는 것을 느낀다. 많은 성가신 소리가 아주 멀리까지 퍼져 나가면서 음악 가락이 된다. 그 음악은 우리의 선량하지 못한 삶을 은은한 가락으로 기품 높게 풍자한다.

우리는 자기 내부의 동물성을 의식한다. 우리의 드높고 고결한 본성이 깊이 잠들어 있으면 그것은 기승을 부리고 그렇지 않으면 움츠러든다. 그것은 촉각적이고 감각적이며 우리가 아무리 노력해도 완전히 쫓아버리지는 못한다. 그것은 우리가 건강한 몸을 유지하고 있더라도 우리 신체 내에 들어 있는 벌레들과 비슷하다. 우리는 그 내부 동물을 어느 정도 피할 수는 있지만, 본성을 완전히 바꾸어놓지는 못한다. 나는 그것[동물적 본성]이 나름의 건강을 어느 정도 유지하게 한다고 생각한다. 그 때문에 우리는 건강해질 수는 있어도 완전히 순수해지지는 못한다.

전날 나는 돼지의 아래턱뼈를 들판에서 발견해 손으로 집어 들었다. 하얗고 단단한 이빨과 어금니가 그대로 붙어 있었다. 그것은 정신적인 것과는 별개로 어떤 동물적 건강과 활력이 과거에 존재했음을 보여주었다. 돼지는 절제와 순결과는 무관한 방식으로 자기 목숨을 이어간다. 맹자는 이런 말을 한다. "인간이 짐승과 다른 점은 얼마 되지 않으니, 일반 사람들은 그 얼마 안 되는 점을 버리고 군자는 그 점을 간직한다."[147]

우리가 순수함에 도달한다면 그 결과 어떤 생활이 가능할지 누가 알겠

---

147 『맹자』 이루 하에 나오는 말. "人之所以異於禽獸者, 幾希, 庶民去之, 君子存之."

는가? 내게 그 순수함을 가르쳐줄 정도로 현명한 사람이 있다면 나는 즉시 그를 찾아 나설 것이다. "우리는 열정과 외부 신체 감각을 통제해야 하고 그에 더해 선량한 행동을 해야 한다. 이렇게 하면 인간 마음은 반드시 신의 상태에 가장 가까이 다가간다"고 베다 경전은 선언한다. 그리하여 정신은 신체의 모든 기관과 기능에 침투하여 지배하고, 겉보기에 가장 저속한 관능을 순수와 헌신으로 바꾸어놓는다.

성적으로 방종할 때 인간 정력을 낭비하고 불결하게 만드는 생식력이, 금욕을 실시하면 우리에게 힘을 주고 영감을 안긴다. 순결은 인간이 다다를 수 있는 최고 경지다. 위대한 정신, 영웅주의, 성스러움 등은 실은 순결함에서 나오는 다양한 열매다.

순수함의 수로가 열리면 인간은 즉시 하느님을 향해 흐르기 시작한다. 차례로 순결함은 우리에게 영감을 주고, 불결함은 우리 사기를 꺾어놓는다. 날마다 자기 내부에 있는 동물성이 죽어감을 확신하는 사람은 축복받은 자이고 성스러운 존재로 거듭나게 된다.

누구나 자기 몸 안에 있는 열등하고 동물 같은 본성을 부끄럽게 여긴다. 우리는 그저 목신이나 사티로스 정도의 신들 혹은 반신(半神)일 뿐이고, 동물에 깃든 신성이자, 여러 욕망을 가진 존재다. 그래서 어느 정도까지는 우리 생명이 곧 우리 치욕이다.[148]

동물들에게 알맞은 자리를 배정해주고
자기 마음을 정결히 하는 사람은 행복하여라.

* * * * *

---

148 인간의 목숨은 하느님과는 다르게 육체를 전제로 하는 것이므로, 육체를 가졌다는 사실이 곧 오욕이라는 뜻으로 말한다. 신플라톤주의 창시자 플로티노스는 자신이 관념만으로는 살 수 없는, 육체를 가진 존재임을 슬퍼했다고 했다. 역자 해제 중 "초월주의 사상"을 참고하라.

말, 염소, 늑대, 모든 짐승을 적절히 활용하면서도
정작 자신은 그 동물들에게 바보짓을 하지 않는 자!
그렇게 하지 않는다면 그는 돼지치기일 뿐 아니라
동물을 무분별한 분노에 빠뜨려 그들을 더 나쁘게
만드는 악마 같은 자가 되리라.[149]

　모든 관능은 비록 여러 형태를 취하지만 결국은 하나다. 모든 순수함도 하나다. 인간이 먹고, 마시고, 동거하고, 성교하는 등 모든 게 실은 같은 행위다. 이것은 하나의 욕망일 뿐이며, 어떤 사람이 얼마나 관능적인지 알아보려면 그가 이런 행위 중 어떤 것을 얼마나 열심히 하는지 보면 된다. 불결한 것은 순결한 것과 함께 서 있거나 앉아 있지 못한다. 파충류는 소굴 입구가 공격을 당하면 곧 도망쳐 다른 입구에서 그 모습을 드러낸다. 만약 당신이 순결해지고 싶다면 절제를 지켜야 한다. 순결이란 무엇인가? 인간은 자신이 순결함을 어떻게 아는가? 그는 그것을 알지 못할 것이다.

　우리는 이 미덕에 관한 얘기를 들었지만 그게 무엇인지는 모른다. 우리는 소문에 맞추어 그럴듯하게 말할 뿐이다. 열심히 일해야 지혜와 순결을 얻는다. 반면, 일을 게을리하면 무지와 관능에 빠지게 된다. 학생들에게 관능은 게으른 마음 습관이다. 불결한 사람은 보편적으로 게으른 사람이다. 태양이 밝게 빛나 무더운데도 난로 옆에 앉아 있으며, 피곤하지 않은데도 쉬는 자이다. 불결함과 모든 죄악을 피하려면 열심히 일해야 한다. 비록 그것이 마구간 청소일지라도 열과 성을 다해야 한다. 인간 본성은 극복하기 어렵지만 그래도 반드시 그리해야 한다. 당신이 이교도보다 더 순수하지 못하고, 그들보다 더 많이 극기하지 못하고, 그들보다 더 신앙심이 천박하다면 이름만 크리스천이라는 사실이 무슨 소용이 있는가? 이교의 특성을 가

149　영국 시인 존 던(1572-1631)의 시.

졌다는 여러 종교 체계를 알고 있다. 그들의 교리는 신자 마음에 수치를 가득 안겨 더욱 노력하라고 촉구한다. 그런 노력이 철저한 의례 준수 같은 것이라도 열심히 하라고 채근한다.

나는 순결이라는 주제를 말하는 것이 조심스럽다. 주제의 성격 때문이 아니라—내 말이 불쾌하게 들려도 난 개의치 않는다— 그 주제를 얘기하다 보면 나의 순결하지 못함이 자연히 드러나기 때문이다. 우리는 갑이라는 관능 형태는 아무 수치감 없이 자유롭게 말하지만, 을이라는 관능 형태는 침묵한다. 우리는 너무나 타락해 인간 본성의 필요한 기능을 솔직하게 말하지 못한다. 태고 시대에 어떤 나라에서는 인간의 모든 기능을 성스럽게 여기면서 그것을 법률로 제정했다. 현대인의 귀에는 아주 불쾌한 것으로 들리겠지만, 힌두교의 법률 제정자는 어떤 행위도 사소하게 여기지 않았다. 그는 어떻게 먹고, 마시고, 성교하고, 용변해야 하는지를 가르치면서 천한 것도 천하다 하지 않고 높이 들어 올렸으며, 사소한 것이라고 변명하면서 생략하지도 않았다.

모든 사람이 그의 몸을 신전(神殿) 삼아 자신이 숭배하는 신에게 자기 방식으로 봉헌하는 것이다. 신전 외부를 대리석으로 치장하는 것으로 신전 건설 작업을 끝냈다고 해선 안 된다. 몸이라는 신전에 관한 한, 우리 자신이 조각가이고 화가다. 우리의 피와 살과 뼈가 그 신전 재료로 들어갔다. 인간의 고상함은 자기 신체를 정결히 하는 데서 시작되며, 천한 것 혹은 관능적인 것에 집착하면 인간은 짐승이 된다.

존 파머는 어느 9월 저녁 고된 일과를 마치고 집 문 앞에 앉아 있다. 그의 마음은 아직도 낮 동안에 했던 일을 생각하고 있다. 그는 목욕을 마쳤으므로 평온히 앉아 자신의 지성을 되살려내려 한다. 다소 차가운 저녁이었고, 이웃은 서리가 내리지 않을까를 우려했다. 그가 자기 생각에 골몰한 지 얼마 되지 않아 누군가 연주하는 플루트 소리가 들려왔고, 그 소리는 마음속에 은은히 스며들었다. 그렇지만 그는 여전히 낮 동안의 일을 생각했다. 일 생각이 머릿속을 계속 흘러갔고, 자기도 모르게 앞으로 할 일을 계획하고 궁리하고 있었다. 하지만 그 생각의 무게는 피부에서 계속 떨어져나가는 비듬 정도의 무게밖에 되지.않았다.

그러나 플루트 소리[150]는 그가 낮 동안에 일했던 영역과는 다른 영역에서 흘러나와, 그의 귀에 부드럽게 흘러들어오면서 내부에서 잠자던 어떤 기능을 일깨우라고 속삭였다. 그 플루트 소리는 마침내 그가 사는 거리, 마을, 국가를 모두 잊게 했다. 그리고 어떤 목소리가 그에게 말했다.

"왜 여기 머물러서 이 천박하고 고역스러운 삶을 살아가는가? 이와는 다른 영광스러운 삶이 얼마든지 가능한데? 이곳 아닌 저 다른 영역에서는 하늘의 별과 똑같은 별들이 반짝거리는데?"

"하지만 어떻게 이 생활에서 벗어나 그 영역으로 옮겨갈 수 있을까요?"

그가 생각해낸 것은, 더욱 근검절약 생활을 실천하고, 마음을 신체 속으로 내려보내 그것을 구제하고, 전보다 자기 자신을 존경하는 것이었다.[151]

---

150 앞에 나오는, 선량함을 강조하는 하프와 동일한 소리인데 곧 자연의 소리를 의미한다. 그러나 『월든』 7장과 9장에서 소로가 플루트를 분다는 이야기가 나오므로, 제10장에서 소로가 존 필드에게 해준 얘기를 플루트 소리에 비유한 것일 수도 있다.

151 소로는 9장에서 증산을 장려하는 모범 농장을 경멸하며, "농부들은 그들의 가난함에 비례하여 나에게 존경할 만하고 흥미로운 사람이 된다"라고 했다. 여기 존 파머는 10장의 존 필드와 같은 사람이고, 결국 두 사람은 농부 전체를 상징한다. 돈을 벌려고 일을 더 많이 하는 것이 아니라 근검절약하여 돈 씀씀이를 줄여 일하는 시간보다 사색할 시간을 더 확보하여 정신을 앙양하고, 그리하여 그런 고상한 정신이 깃든 자기 자신을 더 소중히 여겨야 한다는 뜻이 담겨 있다.

12

이웃의 동물들

나의 낚시질에는 때때로 동무[152]가 있었다. 그는 읍 반대쪽에서 마을을 통과해 내 숲속 집을 찾아왔다. 점심 식사 재료를 낚는 것은 먹는 것 못지않게 좋은 사교적 행위였다.

은자: 나는 세상이 어떻게 돌아가는지 궁금합니다. 나는 지난 세 시간 동안 소귀나무 위를 날아가는 메뚜기만큼이나 세상 소식을 듣지 못했습니다. 비둘기들은 횃대에서 잠이 들었는지 미동도 하지 않습니다. 지금 이 순간 숲 너머에서 들려오는 소리는 정오를 알리는 농부의 뿔 나팔 소리입니까? 삶아 소금 친 쇠고기, 사과주, 옥수수빵을 먹기 위해 일꾼들이 모여들겠군요. 왜 사람들은 그렇게 걱정할까요? 먹지 않는 사람은 일할 필요가 없는데도요. 그들은 얼마나 수확했을까 궁금하군요. 사람이 개 짖는 소리 때문에 생각을 할 수 없다면 누가 그런 곳에서 살려고 하겠습니까?

---

152 동무는 시인 엘러리 채닝을 말한다. 뒤이어 나오는 대화에서 시인은 채닝이고, 은자는 소로 자신이다.

그리고 집을 유지하는 문제는 또 어떻습니까? 이런 화창한 날에 빌어 먹을 문손잡이나 반들반들하게 닦고 목욕통이나 청소해야 하다니! 차라리 집 따위는 없는 게 더 낫겠습니다. 속 빈 통나무집이 더 나아요. 그러면 오전 방문이나 점심 식사 때 어떤 손님이 올까요? 오로지 딱따구리만 오겠지요. 아, 저들은 또 얼마나 몰려다니는지. 저곳에서 태양은 따뜻하게 빛나는군요. 저들은 내가 볼 때 태생적으로 세상일에 너무 몰두하여 나와는 도통 맞지 않습니다. 나는 샘물에서 물을 길어다 먹고 선반에는 갈색 빵이 있습니다. 들어보십시오! 나는 잎사귀가 살랑거리는 소리를 듣습니다. 저것은 추격 본능에 사로잡힌, 영양실조인 마을 개가 잎사귀를 밟는 소리입니까? 아니면 이 숲을 돌아다닌다고 하는 실종된 돼지입니까? 비가 갠 후에 내가 보았던 그 발자국? 저것은 아주 빨리 다가오고 있군요. 옻나무와 들장미가 떠는 것을 보니. 아, 시인 선생, 당신입니까? 당신은 오늘날 세상을 어떻게 보십니까?

시인: 저 구름을 좀 보십시오. 참 멋지게 걸려 있군요! 내가 오늘 본 것 중에서는 최고입니다. 오래된 그림에서도, 또 외국 땅에서도 저런 구름은 찾아보기 어려워요. 우리가 스페인 해안가 바로 옆에 있는 게 아니라면 말입니다. 저 하늘은 진정한 지중해 하늘 같은 색깔이군요. 나는 생계를 유지해야 하고 오늘은 또 식사를 아직 하지 않았으니 낚시를 가야겠습니다. 그것은 시인이 할 수 있는 진정한 일거리입니다. 내가 아는 유일한 기술이기도 하고요. 자, 어서 가십시다.

은자: 거절할 수 없군요. 나의 갈색 빵도 곧 떨어지게 생겼습니다. 흔쾌히 당신을 따라나서겠습니다. 그러나 나는 막 심오한 명상을 마무리하는 중이었습니다. 이제 곧 끝납니다. 잠시만 기다려주십시오. 하지만 낚시가 너무 지연되지 않도록 당신은 그동안 땅을 파서 미끼용 벌레를 좀 잡으세요. 이 일대 땅은 거름을 안 주어 좀 척박하므로 지렁이는 잡기 어렵고 거의 멸족한 상태지요. 미끼를 얻으려고 땅을 파는 일은 거의 물고기 잡는 것과 똑같은 품이 듭니다. 식욕이 강하게 동해야 비로소 잡고 싶은 마음이 들지요.

아무튼, 오늘은 그 일을 당신에게 온전히 맡깁니다. 저기 물레나물이 바람에 흔들리는 곳, 콩과(科) 식물들이 흩어져 있는 데에 삽을 한번 찔러 보십시오. 땅을 세 번 뒤집으면 한 번은 벌레가 나오리라 봅니다. 제초 작업을 하며 풀뿌리를 유심히 들여다보듯 잘 살피면서 말입니다. 하지만 거기서 좀 더 나아가면서 찾아보는 것도 괜찮을 겁니다. 미끼는 멀리 나아간 거리에 거의 비례해 좋은 놈이 잡히니까요.

은자: (혼잣말하면서) 어디 보자, 무슨 생각을 하고 있었더라? 나의 심리 상태는 뭐라고 할까, 생각이 아득히 높게 날고 있어 세상은 저 아래 발밑에 있는 것 같았지. 하늘로 올라갈 것인가 아니면 낚시질을 갈 것인가? 이 명상을 끝낸다면 또 다른 멋진 명상의 기회가 쉬 찾아올까? 나는 생각하면서 여느 때와 마찬가지로 사물의 본질에 가까이 다가서고 있었지. 하지만 내 생각은 곧 다시 돌아오지 않을 것 같아. 휘파람을 불어 생각을 돌아오게 할 수만 있다면 그렇게 하고 싶어. 명상 끝에 멋진 생각이 떠올랐는데, 고려해 보겠다고 말하는 게 현명한 걸까? 내 생각은 흔적을 남기지 않아 종적을 찾기가 어려워. 내가 뭘 생각하고 있었지? 생각은 아지랑이가 몽롱한 날 같았어. 공부자(孔夫子)의 세 문장[153]을 다시 생각해 봐야겠어. 그게 명상의 본질을 다시 깨우치게 할지도 몰라. 그게 우울증인지 막 피어나는 황홀함인지 잘 모르겠는걸. 메모해둘 사항. 어떤 종류의 명상은 기회가 딱 한 번뿐이야.

시인: 자, 은자여, 이제 시간이 되지 않았나요? 미끼용 벌레로 좋은 놈 열세 마리를 구했소. 그 외에 온전치 못하거나 덩치가 작은 놈도 좀 있어요. 하지만 그것도 작은 고기를 잡을 때 필요할 겁니다. 하지만 너무 작아서 낚싯바늘을 제대로 감싸지는 못하겠는데. 거기 비하면 마을에서 나온 벌레들은 아주 커요. 은어는 낚싯바늘에 물리지 않는다면 이 벌레 하나만으로도

---

153 세 문장은 제5장 주84에 인용된 鬼神之爲德으로 시작되는 『중용』의 도론(道論) 세 문단을 가리킨다. 천지의 조화(造化)를 연비어약(鳶飛魚躍: 솔개는 날고 물고기는 뛰어오른다)에 비유한 것이다. 역자 해제 중 "소로와 동양사상"을 참고하라.

충분히 식사가 될 겁니다.

은자: 좋아요. 그럼 가봅시다. 콩코드 강으로 갈까요? 그곳 수위가 너무 높지 않다면 아주 재미있는 낚시질이 되겠네요.

왜 우리가 바라보는 대상은 정확하게 하나의 세상을 만들어내는가?[154] 왜 인간은 이런 종의 동물을 그의 이웃으로 삼는가? 마치 생쥐가 있어야 이 빈 틈새를 메울 수 있는 것처럼. 나는 필파이와 그 외 작가[155]들이 동물들을 잘 활용했다고 생각한다. 동물들은 어느 의미에서 인간이 하는 생각의 어떤 부분을 실어 나르기 때문이다.

내 집을 드나드는 생쥐는 흔한 종류가 아니다. 이 생쥐는 시골 지방에 도입된 것으로 야생이며 마을에서는 발견되지 않는다. 나는 이 생쥐 한 마리를 생물학자에게 보냈는데 그는 아주 흥미로운 표본이라고 말했다. 내가 집을 지을 때 이런 생쥐 한 마리가 집 밑에 둥지를 틀었고, 내가 이층을 다 놓기도 전에 대팻밥을 다 처치하고, 점심때는 정기적으로 밖에 나와 발밑에 떨어진 빵 껍질을 주워 먹었다. 전에는 사람을 본 적 없을 터인데 곧 나와 친숙해져 내 구두 위로 올라오고 때로는 바짓가랑이를 타고 올라오기도 했다. 생쥐는 방의 벽면을 순간적으로 다람쥐처럼 기어오를 수 있었고 실제로 그 동작에서 다람쥐를 많이 닮았다.

어느 날 마침내, 벤치에 팔꿈치를 기대고 앉아 있는데 생쥐란 놈이 내

---

154 이 문장은 제9장의 주122를 설명한다. 대상은 동물을 가리키는데 동물은 돼지=탐욕, 여우=교활, 황소=우직 등으로 인간성의 어떤 부분을 상징한다. 이것은 자연 중의 대상과 인간성의 조응을 가리키며 이런 비유가 우화로 연결되고 세상은 이런 우화로 이루어진 세계라는 것이다. 이런 면에서 사실은 우화로 연결된다. 역자 해제 중 "월든의 자연사상"을 참고하라.

155 고대 인도의 우화집 『판차탄트라』 저자를 가리킨다. 동물을 주인공으로 하는 우화집이며 모험적인 재칼을 주인공으로 내세운다. 라퐁텐 동물 우화와 안데르센 동화에 영향을 미쳤다.

옷을 타고 올라와 소매까지 오더니 내 점심을 싼 신문지 주위를 돌고 또 돌았다. 나는 신문지를 꼭 감아쥐고 요리조리 피하며 놈과 숨바꼭질 놀이를 했다. 마침내 내가 치즈 한 조각을 엄지와 검지 사이에 들고 있으니까, 그놈이 다가와 내 손에 앉아 냠냠 깨물어 먹은 다음에 자기 얼굴과 앞발을 깨끗이 닦더니, 한 마리 파리처럼 휑하니 사라졌다.

피비새가 곧 집에 둥지를 틀었고 지빠귀새도 집에 기대어 자라는 뒤쪽의 소나무에 둥지를 틀었다. 6월이 되자 아주 수줍음 많은 메추라기가 집 뒤 숲속에서 집 앞 창문 쪽으로 새끼를 데리고 왔다. 메추라기는 암탉처럼 끌끌거리며 새끼들을 불러댔는데 그 행동거지가 숲속의 암탉 같았다. 사람이 다가가면 새끼들은 어미 새의 신호에 따라 순식간에 일제히 흩어졌다. 마치 회오리바람이 휩쓸어가는 것 같았다. 새끼 새들의 모습은 많은 여행자가 바삭거리며 밟아버리는, 그들 근처의 메마른 잎사귀와 잔가지들을 닮았다. 그러면 여행자는 어미 메추라기가 날아가면서 휘익 하고 내는 소리를 듣거나 아니면 어미 새가 내는 호소하는 듯한 불안한 소리를 들었다. 여행자는 어미 새가 계속 날개를 퍼덕거리는 것을 보는데 그 동작은 관심을 새끼 새들로부터 다른 데로 돌리기 위한 것이었다.

어미 새는 때때로 사람 앞에서 아주 황급히 좌우로 왕복하고 빙빙 돌기 때문에 관찰자는 잠시 그게 어떤 새인지 알아보지 못한다. 그럴 때 새끼는 땅에 납작 엎드려 미동도 하지 않는다. 때때로 잎사귀 밑에 머리를 감추고 멀리서 울려오는 어미 새의 지시만 따른다. 설사 관찰자가 가까이 다가가더라도 달아나려고 하거나 정체를 노출하지는 않는다. 여행자는 심지어 새들을 밟을 수도 있고 잠시 새들에게 시선을 주지만 금방 알아보진 못한다. 나는 그런 때 그 새끼들을 활짝 편 내 손바닥에 올려놓았다. 그렇지만 그때도 어미 새의 지시와 자기 본능에 순종하면서 두려워하거나 떠는 일 없이 손바닥 위에 그대로 엎드려 있는 것이었다.

새끼들의 본능은 너무나 완벽하여 한번은 이런 일이 있었다. 내가 새끼들을 잎사귀 위에 내려놓았을 때, 우연하게도 한 마리가 옆으로 떨어져서 그 상태로 저 혼자 있게 되었다. 그러자 10분 후에는 나머지 새끼들도 모두 옆으로 누워 있는 채로 발견되었다. 다른 새들과는 다르게, 풋내기가 아니었고 병아리보다 더 발달하고 또 조숙했다. 지금도 생생하게 기억하거니와, 그 새끼들이 두 눈을 활짝 떴을 때 그 평온한 눈빛은 너무나 어른스럽고 순진했다. 세상의 모든 지성이 그 눈 안에 반영된 듯했다. 그 눈빛에는 유아의 순수함뿐만 아니라 체험으로 더욱 깊어진 지혜마저도 어른거렸다. 그런 눈은 새들이 태어날 때 함께 나온 것이 아니라 그 눈에 반영된 하늘과 동시대에 생겨난 것이다.

숲은 이처럼 아름다운 보석을 또다시 내놓지 못한다. 여행자는 이런 맑은 우물을 자주 들여다볼 생각조차 하지 못한다. 무지하고 무모한 스포츠맨은 이런 때 어미 새를 엽총으로 쏘아버리고 이 무고한 새끼들을 주위에 배회하는 짐승이나 맹금의 먹잇감으로 만들어버리거나 아니면 그 새끼들과 비슷하게 생긴 잎사귀 사이에 서서히 뒤섞이도록 내버려둔다. 어미 새를 잃었기에 대신 다른 암컷이 품어서 부화시킨 메추라기 새끼들은 조금만 놀라는 일이 있어도 금방 흩어져 사라져버린다. 그들을 불러 모으는 어미 새의 호출이 없기 때문이다. 새끼 새에 대한 어미 새의 보호는 이처럼 중요하다.

많은 생물이 숲속에서 은밀히 살아가면서 야생과 자유의 상태를 누린다. 오로지 사냥꾼만이 마을 근처에 사는 그들의 존재를 짐작할 뿐이다. 월든 숲속에 사는 수달은 아주 한적한 삶을 누리고 있다. 몸집은 4피트[1.2미터] 정도로 늘어나서 거의 자그마한 소년만 하다. 어쩌면 인간에게 자기 모습을 들킨 적이 한 번도 없을 것이다. 나는 전에 집 앞 숲속에서 너구리를 본 적 있다. 그리고 밤중에는 여전히 그 울음소리를 듣는다.

보통 정오에 나는 그늘에 앉아 한두 시간 쉰다. 씨앗을 뿌린 후에는 점심을 먹고 작은 샘물 옆에서 책을 읽는다. 이 샘물은 습지와 개울의 원천인데 내 밭에서 반 마일 정도 떨어진 브리스터 언덕에서 흘러나온다. 이 샘물에 접근하려면 어린 송진 소나무들이 무성한 풀밭을 계속해서 몇 개 내려

브리스터의 샘, 콩코드, 1900년 7월 30일.

보통 정오에 나는 그늘에 앉아 한두 시간 쉰다. 씨앗을 뿌린 후에는 점심을 먹고 작은 샘물 옆에서 책을 읽는다. 이 샘물은 습지와 개울의 원천인데 내 밭에서 반 마일 정도 떨어진 브리스터 언덕에서 흘러나온다. 이 샘물에 접근하려면 어린 송진 소나무들이 무성한 풀밭을 계속해서 몇 개 내려가, 늪 근처 비교적 큰 숲으로 들어가야 하는데 거기 활짝 펴진 하얀 소나무 밑, 외딴 그늘진 곳에는 앉을 만한 깨끗한 잔디밭이 있다.

가, 늪 근처 비교적 큰 숲으로 들어가야 하는데 거기 활짝 퍼진 하얀 소나무 밑, 외딴 그늘진 곳에는 앉을 만한 깨끗한 잔디밭이 있다. 나는 그곳에 샘을 파서 맑은 회색 물을 뜰 수 있는 우물을 만들었다. 그 우물에서는 물을 휘젓지 않고서도 한 통을 거뜬히 뜰 수 있다. 호숫물이 아주 미적지근해지는 한여름이면 나는 거의 매일 이 우물로 물을 뜨러 갔다. 그곳에는 누른도요가 진흙을 뒤져 벌레를 찾으려고 새끼들을 데리고 온다. 어미 도요는 새끼들보다 1피트[0.3미터] 높게 날면서 둑 아래쪽으로 날아갔고 새끼들은 열심히 따라갔다. 그러나 어미 새는 마침내 나를 알아보더니 새끼들을 잠시 떠나 내 주위를 빙빙 돌고 또 돌더니 마침내 내게서 4-5피트[1.3-1.5미터] 정도 떨어진 가까운 곳까지 다가왔다. 어미 새는 날개와 다리가 부러진 척하면서 주의를 새끼 새들로부터 돌려놓으려고 했다. 그러는 동안 새끼들은 가냘픈 피피 소리를 내면서 어미 새의 지시대로 일렬종대를 이루어 빠르게 날아갔다. 어미 새를 더 이상 볼 수 없게 되었는데도 새끼들의 피피 소리를 들을 수 있었다. 그곳에서 멧비둘기가 샘물가에 내려앉거나 혹은 내 머리 위 가냘픈 하얀 소나무에 내려앉아 이 가지에서 저 가지로 날개 치며 날아다녔다. 또한, 가까운 나뭇가지 밑을 재빠르게 달려가는 붉은 다람쥐는 친숙하면서도 호기심 많은 동물이었다. 이처럼 숲속 멋진 그늘에 한동안 앉아 있으면 모든 숲속 주민이 차례로 나타나 자기 모습을 뽐냈다.

나는 다소 폭력적인 성격의 사건들도 목격했다. 장작더미, 좀 더 정확하게 말하면 나무 그루터기들을 모아놓은 곳에 나갔다가 아주 많은 두 그룹의 개미 떼를 발견했다. 한 그룹은 붉은색 개미였고, 다른 그룹은 그보다 반 인치[1.3센티미터]는 더 긴 덩치 큰 검은색 개미였다. 이 두 그룹이 맹렬하게 싸우고 있었다. 그들은 상대방을 일단 잡으면 절대 놓지 않았고, 나무토막 위에서 앞뒤로 내밀리거나 구르거나 하면서 끊임없이 계속 싸웠다. 좀 더 멀리 내다보다가 다른 나무토막 위에서도 이런 식의 싸움이 전개되는 것을 발견하고 깜짝 놀랐다. 그것은 집단 싸움이라기보다 두 개미 종족 사이의 전쟁이었다. 붉은 개미가 검은 개미에게 맞서는 형국이었고 보통 붉은 놈 두 마리가 검은 놈 한 마리에게 달라붙었다. 장작더미가 만들어내는 언덕과 계곡 사이에 이 소인국 군단이 널리 퍼져 있었다. 전장에는 이미 빨간 군대와 검은 군대의 전사자 혹은 죽어가는 자들로 가득했다. 그것은 내가 목격한 유일한 전투였고, 처음 내 발로 직접 답사한 전투 현장이었다.

그들은 온 사방에서 생사를 건 싸움을 벌이고 있었으나 나는 아무 고함도 들을 수 없었다. 내가 보기에 인간 전사는 결코 그처럼 치열하고 결연하게 싸우지는 못할 것 같았다. 나무토막들 사이 햇볕 따뜻한 계곡에서 서로 엉켜 싸우는 개미 두 마리가 보였다. 그들은 이 정오에 싸움을 개시하여 해가 넘어갈 때까지 혹은 목숨이 끊어질 때까지 싸울 태세였다. 덩치가 작은 붉은 전사는 조임쇠처럼 적의 앞면에 달라붙었고, 싸움의 들판 위에서 무수히 구르고 넘어지는 중에도 적의 더듬이를 물어뜯는 것을 한순간도 멈추지 않았으며, 이미 다른 더듬이 하나는 물어뜯어 없애버렸다. 한편 덩치 큰 검은 전사는 붉은 전사의 몸통을 좌우로 거칠게 흔들어대고 있었는데, 가까이 다가가 자세히 보니, 이미 상대방의 신체 기관을 여러 개 뜯어내 없애버린 상태였다. 두 전사는 불독보다 더 끈질기게 싸우면서 조금도 물러설 기미를 보이지 않았다. 분명, 그들은 승리하거나 죽거나, 둘 중 하나뿐이라고 고함을 내지르고 있었다.

한편, 이 나무토막 틈새의 언덕 사면에서는 붉은 개미 한 마리가 다가오고 있었는데 흥분한 기색이 역력했다. 적을 물리쳤거나 아니면 전투에 새로 투입된 게 분명했다. 그 붉은 전사는 사지가 온전했다. 그 전사의 어미는, 방패를 간직하고 살아 돌아오거나 아니면 죽어서 그 방패 위에 실려 오라고 했을 것이다. 아니면 그 전사는 분노를 삭이지 못하다가 마침내 친구 파트로클로스를 위해 복수하거나 아니면 구조하려고 나선 아킬레우스일지도 몰랐다. 그는 멀리서 이 불공정한 전투를 지켜보았다. 검은 전사가 붉은 전사보다 두 배 가까이 덩치가 컸으니 불공정한 건 틀림없었다. 그는 빠른 걸음으로 전투 현장에 다가와 두 전사로부터 반 인치 떨어진 지점에서 우뚝 서서 경계 태세를 취했다. 이어 기회를 살피더니 가차 없이 검은 전사에게 달려들어 상대방의 오른쪽 앞다리 밑 부분을 공격했다. 그 붉은 전사는 적군이 자기 몸을 마음대로 선택해서 공격해 오더라도 개의치 않겠다는 태도였다. 이렇게 하여 세 전사가 목숨을 건 싸움 속으로 맹렬하게 뛰어들었다. 그들은 마치 새로 발명된 강력 접착제로 단단히 붙여진 것 같았고 어떤 자물쇠나 시멘트도 그런 강력한 접착 효과를 내지 못할 것 같았다.

그 순간에 나는 적군과 흑군 부대가 어떤 우뚝 튀어나온 나무토막 위에 군악대―느리게 움직이는 병사는 빨리 내달리라고 재촉하고, 죽어가는 전사에게는 쾌활하게 운명을 받아들이라며 음악을 연주하는―를 위치시켰더라도 그리 놀라지 않았을 것이다. 마치 개미의 두 부대가 사람이라도 되는 양 나도 흥분했다. 그 전투 양상을 살펴볼수록 개미나 사람이나 별반 차이가 없었다. 내 눈앞에서 벌어지는 이 전투에 비견될 만한 전투가 콩코드 역사에서, 아니 미국 전체 역사에서도 찾아볼 수 없다는 생각마저 들었다. 동원된 병력 규모, 엄청나게 발휘되는 애국심과 영웅 심리 등을 두고 볼 때, 인간 전투는 이 개미의 전투에 상대가 되지 못했다.

병력 규모와 사상자 수에서 이 개미 전투는 나폴레옹이 지휘한 아우스터리츠 전투나 드레스덴 전투에 버금가는 것이었다. 아니면 미국 독립 전쟁 중의 콩코드 전투는 어떠한가? 두 명의 민병대원이 전사했고 루서 블랜처드는 부상당했다. 하지만 여기 있는 개미 전사들은 막강한 영국군에 맞서 "사격하라, 어서 사격하라!"라고 명령한 민병대 소령 버트릭 같은 병사들이다. 그리고 수천의 개미 전사들이 이미 데이비스와 호스머[전사한 두 민병대원] 같은 운명의 길을 걸어갔다. 거기에 용병은 한 명도 없었다. 분명 개미 병사들은 미국의 선조들처럼 대의명분을 위해 싸우는 것이었고, 3페니의 차세(茶稅)를 피하려고 싸우는 것은 아니었다. 이 전투 결과는 벙커힐 전투[156]에

---

156 미국 독립 전쟁 당시의 초기 전투였다. 3페니 차세는 독립 전쟁을 촉발한 한 가지 원인이었다.

참가한 아메리카 식민지 사람들이 느낀 것만큼 아주 중요하고 기억할 만한 것이었으리라.

나는 붉은 전사와 검은 전사가 2대 1로 싸우던 나무토막을 집어 들고 집 안으로 들어와, 창문턱에 있는 커다란 유리잔 밑에 내려놓았다. 그 전투 결과를 끝까지 살펴보고 싶어서였다. 맨 처음 언급한 붉은 전사에게 현미경을 들이대면서 관찰하니, 그는 검은 전사의 남아 있는 더듬이를 뜯어낸 후 검은 개미의 앞발을 맹렬하게 물어뜯고 있었다. 그러는 동안 붉은 전사의 가슴은 다 뜯겨 나갔고 그 안의 내장은 검은 전사의 턱 앞에 무방비로 노출되었다. 검은 전사의 가슴 방패는 너무 두꺼워 붉은 개미는 물어뜯을 수가 없었다. 붉은 전사의 석류석 같은 두 눈은 전쟁만이 일으킬 수 있는 그런 난폭한 빛으로 번들거렸다. 세 전사는 그런 식으로 반 시간 넘게 싸웠다.

유리컵을 다시 쳐다보니 검은 전사는 두 붉은 전사의 머리를 몸체에서 뜯어냈고, 아직도 살아 있는 잘린 두 머리는 검은 전사의 허리 양옆에 딱 붙어 있었다. 그것은 인간 전사가 말안장 앞 테두리에 매단 무시무시한 전리품을 연상하게 했다. 두 붉은 머리는 여전히 검은 전사의 몸에 꼭 붙어 있었다. 검은 전사의 더듬이는 이미 사라졌고 남아 있는 다리 하나는 그나마 무수한 상처를 입었다. 이제 검은 전사는 양옆에 달라붙은 두 붉은 머리를 몸에서 떼어내려고 힘겹게 애쓰고 있었다. 그렇게 반 시간가량 애쓰더니 마침내 잘린 머리 두 개를 몸에서 털어냈다. 내가 유리잔을 들어주자, 그는 그처럼 부상이 심한 몸을 질질 끌며 창문틀 너머로 사라졌다. 마침내 전투에서 살아남아 여생을 부상자 병동에서 불구로 보낼지 여부는 알지 못한다. 하지만 그의 노동력은 그 후 별로 가치가 없었으리라고 생각한다. 나는 어느 쪽이 이겼는지, 전쟁 원인은 무엇이었는지 모른다. 그러나 그날 종일 심란한 상태로 감정이 격앙되었고 집에서 직접 목격한 싸움 때문에 마음이 괴로웠다. 그것은 인간 전투와 조금도 다를 바 없이 아주 살벌하면서도 유혈적인 광경이었다.

생물학자 커비와 스펜스는 개미들의 전투가 오래전부터 유명하며 그 전투들의 날짜도 기록되어 있다고 말한다. 하지만 두 학자는 휴버[157]만이 현대에 그 전투를 직접 목격한 저자처럼 보인다고 지적했다. 두 학자는 말한다. "아이네아스 실비우스는 배나무 줄기에서 벌어진 큰 개미와 작은 개미 간의 끈덕진 싸움의 전반적 상황을 기술했다. 이 싸움은 에우게니우스 4세 치세에서 벌어졌고 저명한 법률가 니콜라스 피스토리엔시스가 입회했다. 그 법률가는 개미 전투의 역사를 아주 상세하고 충실하게 기술했다. 스웨덴 역사가 올라우스 마그누스도 그와 유사한 개미 전투를 묘사했다. 이 경우, 덩치 작은 개미들이 승리를 거두었는데 아군의 시체는 엄숙히 매장했지만 덩치 큰 적군 시체는 그냥 내버려두어 새들의 모이가 되게 했다. 이 사건은 폭군 크리스티에른 2세가 스웨덴에서 축출되기 전에 벌어졌다."[158] 내가 목격한 개미들의 전투는 포크 대통령 재직 시에 벌어졌는데, 웹스터의 도망노예법[1850년]이 통과되기 5년 전이었다.

지하 음식 저장실에서 진흙거북이나 뒤쫓으면 딱 맞을 듯한 마을의 개들이 주인 몰래 집을 나와 엉덩이를 흔들어대며 월든 숲속에 나타났다. 그들은 오래된 여우굴과 우드척 소굴을 서투르게 냄새 맡고 돌아다녔다. 그들을 안내한 것은 어떤 보잘것없는 똥개였는데 그 개는 숲속을 민첩하게 돌아다니면서 숲속 주민들에게 약간의 공포심을 불러일으키는 놈이었다. 이제 그 안내견인 똥개 뒤로 많이 처져서 따라오던 마을의 개들은, 상황을 잘 알아보려고 나무 위로 몸을 피한 다람쥐에게 황소처럼 울어대면서 어슬렁어슬렁 달려왔다. 그들은 그 육중한 몸으로 작은 나무들을 옆으로 쓰러뜨리면서 자신이 길 잃은 날쥐 몇 마리를 추적하고 있다고 상상했다.

한번은 조약돌 많은 호반을 따라 걷는 고양이를 보고 깜짝 놀란 적이

---

157 휴버(1750-1831)는 스웨덴 곤충학자이다.

158 아이네아스 실비우스(1405-1464)는 교황 비오 2세이며, 올라우스 마그누스(1490-1558)는 스웨덴 역사가이다.

있다. 고양이가 가정집에서 나와 그처럼 멀리까지 오는 일은 드물기 때문이었다. 그 놀람은 고양이나 나나 서로 마찬가지였다. 그렇지만 종일 집 안 소파에 누워 시간을 보내는 가정집 고양이는 숲속에서도 아주 편안한 모습이었고 그 교활하고 은밀한 행동거지는 숲속의 정식 주민들보다 자신이 더 자연스러운 입주자라고 주장하는 듯했다. 한번은 산딸기 열매를 따러 갔을 때, 숲속에서 어린 새끼들을 거느린 고양이를 만났다. 새끼들은 모두 그 어미처럼 등을 빳빳이 세우고 나를 향해 맹렬하게 으르렁거렸다.

내가 숲에 들어와 살기 몇 년 전에 호수에서 가장 가까운 마을인 링컨의 한 농가, 즉 질리언 베이커의 농가[159]에 소위 "날개 달린 고양이"가 있다는 얘기가 나돌았다. 1842년 6월에 그 고양이를 보려고 베이커 농가를 방문했는데, 마침 그녀[고양이]는 평소 습관대로 숲속에 사냥을 나가고 없었다 (고양이가 암컷인지 수컷인지 몰라 관례대로 여성형 대명사를 썼다). 그녀의 여주인에 따르면, 고양이는 지난해 4월에 인근 동네에 들어와 1년이 조금 더 지났고, 마침내 베이커 농장에 정착했다는 것이었다. 고양이는 온몸이 진한 회갈색이었고 목에 하얀 점이 박혀 있으며 발은 희고 여우 같은 큼직한 복슬 꼬리를 달고 있었다. 겨울에는 털이 자라 몸 양쪽으로 퍼져 나와 길이 10인치 [25센티미터] 너비 2인치 반[8센티미터]의 띠 같은 모양이 되고, 턱밑은 깃같이 되었는데, 위쪽은 털이 느슨한 반면 아래쪽은 펠트 천처럼 빡빡하여 봄이 되면 이 털 날개를 모두 벗는다고 했다. 농가 사람들은 고양이가 벗어버린 '날개' 양쪽을 내게 건넸고 나는 그것을 아직도 간직하는데 그 날개에 피막은 없었다. 어떤 사람은 그것이 일종의 날아다니는 다람쥐 혹은 다른 야생 동물이라고 생각한다. 전혀 불가능한 얘기는 아니라고 보는 게, 생물학자들에 의하면, 담비와 가정집 고양이 사이에 많은 잡종이 생겨나기 때문이다. 내가 집에서 고양이를 기른다면 이것이야말로 내게 딱 맞는 종류다. 시인이

---

159 월든 호수에서 남쪽으로 반 마일 정도 떨어진 월든 로드에 있던 제이컵 베이커의 집을 가리키는 것으로 보인다. 제10장에 나온 베이커 농장과는 다른 농가이다.

기르는 고양이는 모름지기 날개가 달려 있어야 할 테고 그의 말 또한 날개 달린 천마(天馬)[160]가 되어야 마땅할 것이다.

　가을에는 되강오리가 평소처럼 호수를 찾아와 털갈이하고 목욕을 한다. 그놈은 내가 잠에서 깨어 일어나기 전에 그 야생의 웃음소리로 온 숲을 흔들어놓는다. 그놈이 도착했다는 소문이 퍼지면 밀댐의 모든 스포츠맨은 갑자기 경계하면서 엽총, 탄환, 망원경 등 사냥 장비를 갖추고 삼삼오오 대열을 이루어 길을 나선다. 그들은 가을 낙엽처럼 살랑거리면서 숲속으로 오는데, 적어도 되강오리 한 마리에 열 명의 스포츠맨이 달라붙는 듯하다. 어떤 사람은 호수 이쪽에 포진하고 어떤 사람은 저쪽에 자리를 잡고서 불쌍한 새가 나타나길 기다린다. 아무튼, 그 새는 동시에 이쪽저쪽에 있을 수는 없다. 만약 그놈이 이쪽에서 잠수한다면 저쪽에서 올라올 것이었다.

　이제 10월 산들바람이 일어나 잎사귀를 살랑거리게 하고 호수 표면에 파문을 일으킨다. 그러면 되강오리는 아예 보이지도 들리지도 않는다. 그렇지만 그의 적들은 망원경을 들어 올리며 호수를 샅샅이 탐색하고 때때로 엽총을 발사하여 숲속 멀리까지 총성이 울려 퍼진다. 하지만 물결은 일제히 들고 일어나 화가 난 듯이 소리치며 모든 물새와 한편이 되고, 그러면 우리의 스포츠맨들은 마을과 가게와 덜 끝낸 일들로 물러간다. 하지만 그들은 아주 빈번하게 새를 잡았다.

　아침 일찍 호수에 물 한 통을 뜨러 갈 때, 이 의젓한 새가 몇 로드 떨어진 호수의 만에서 헤엄쳐 나오는 것을 자주 보았다. 그의 행동 양태를 관찰하고자 보트에 올라 노를 저으며 따라잡으려 하면, 녀석은 물속으로 잠수하여 완전히 시야에서 사라져버린다. 나는 다시 발견하지 못하고, 그런 기다

160　그리스 신화에서 천마 페가수스는 뮤즈들이 타고 다니는 날개 달린 말이다. 이 천마는 제1장 주13에 나오는 적갈색 말과도 밀접한 관계가 있다. 역자 해제 중 "세 동물의 상징"을 참고하라.

림은 오후 늦게까지 계속되기도 한다. 일단 그 새가 수면 위에 떠오르면 나는 충분히 상대가 될 수 있었다. 새는 보통 비를 만나면 황급히 호수에서 날아가버렸다.

10월의 어느 고요한 오후에 나는 호수 북안을 따라 천천히 노를 젓고 있었다. 이런 날에는 그들이 박주가리의 풀처럼 호수 위에 내려앉기 때문에 혹시 되강오리를 만나지 않을까 생각하며 호수를 천천히 돌아다녔는데 허사였다. 하지만 거의 만나기를 포기한 그때, 되강오리 한 마리가 호숫가에서 출발하여 내게서 몇 로드 떨어지지 않은 호수 중심부까지 잠수해와, 야생 웃음을 너털거리며 모습을 드러냈다. 나는 열심히 노를 저으며 녀석을 추적했다. 물속에서 다시 공중으로 떠올랐을 때 나는 전보다 더 가까운 곳에 와 있었다. 다시 잠수했는데 나는 그가 물속으로 들어간 방향을 착각했다. 그래서 다시 호면으로 나왔을 때 우리 거리는 50로드[250미터]나 되었다. 내가 보트의 방향을 잘못 잡아 그처럼 거리가 더 벌어진 것이었다. 그는 또다시 길고 요란한 야생 웃음을 터뜨렸고 이번에는 전보다 더욱 호탕하게 웃을 만한 이유가 충분했다. 새는 아주 영리하게 움직여서 아무리 애써도 새와의 거리를 6로드[30미터] 이내로 줄일 수 없었다.

녀석은 호수 표면으로 올라올 때마다 머리를 이리저리 돌리면서 호수와 땅을 침착하게 관찰하면서 다음번 나아갈 방향을 선택했다. 호수 표면이 가장 널찍하고, 보트와 자기 사이의 거리가 최대한 멀리 떨어지는 곳을 노렸다. 새는 아주 신속하게 결심했고 곧바로 행동에 옮겼다. 새는 즉각 나를 호수의 가장 넓은 부분으로 유도함으로써 더 이상의 추격을 불가능하게 했다. 새가 뭔가를 생각할 때면 그 생각이 어떤 것인지 짐작하려 애썼다. 그것은 호수 표면 위에서 벌어지는 인간과 되강오리 사이의 멋진 게임이었다.

그 게임에서 갑자기 상대방의 장기 말이 장기판 아래로 사라져버렸다. 그러면 문제는 어떻게 하면 상대방 말이 다시 나타날 것 같은 지점에 내 말을 가장 가까이 배치할 것인가였다. 때때로 새는 예기치 않게도 내 정반대 편에서 불쑥 솟아올랐다. 새는 내 배 밑을 잠수해 지나간 게 분명했다. 새는 아주 호흡이 길고 또 피곤을 모르기 때문에 아주 먼 곳까지 헤엄친 후에도 다시 물속으로 가볍게 자맥질할 수 있었다. 그러면 그 누구도 새가 부드러운 호수 표면 아래, 어느 깊은 곳을 헤엄치는지 알 수가 없다. 그는 아마도 물고기처럼 빠르게 유영하고 있을 것이었다. 그는 호수의 최고 깊은 곳 바닥까지도 헤엄쳐 갈 수 있는 시간과 능력을 갖추고 있다. 뉴욕의 여러 호수에서는 송어를 잡는 낚싯바늘로 수면 아래 80피트[24미터] 지점에서 되강오리를 잡는다고 한다. 하지만 월든의 호심은 그보다 더 깊다.

낯선 영역에서 온 엉뚱한 방문객이 그들 사이에 나타나 함께 헤엄치는 것을 보면 물고기들은 얼마나 놀랄 것인가! 하지만 그 새는 수면 위에서는 물론이고 물속 깊은 곳의 길도 잘 아는 듯했고, 수중에서는 더 빨리 헤엄쳤다. 나는 새가 수면에 다가오면서 만들어내는 파문을 한두 번 본 적이 있다. 그는 수면에 도달하여 빠끔 머리를 내밀고 주위를 정찰하더니 곧바로 다시 잠수했다. 노를 멈추고 다시 나타나길 기다리는 동안, 새가 어디서 불쑥 솟아오를지 맞춰보려고 애썼다. 그러나 거듭 실패했다. 눈에 힘을 주고서 수면의 어느 한쪽을 열심히 바라보고 있노라면 내 등 뒤에서 불쑥 솟아올라 이 세상 것 같지 않은 웃음을 터뜨리며 나를 놀라게 했다. 그러나 왜 녀석은 저렇게 많은 영리한 술수를 부리고 난 뒤에, 어김없이 수면 위로 올라오면서 커다란 웃음을 터뜨리며 자기 존재를 드러내는가? 그렇게 크게 웃지 않아도 하얀 가슴이 존재를 예고하지 않는가?

정말 어리석은 되강오리구나 하고 생각했다. 그가 수면 위로 올라올 때마다 물이 철썩거리는 소리를 들었고 그래서 곧바로 발견할 수 있었다. 그러나 그런 숨바꼭질을 한 시간 이상 하고서도 녀석은 여전히 팔팔했고 전보다 더 의욕적으로 잠수하면서 처음보다 더 먼 곳으로 잠수하며 헤엄쳐 갔다. 그가 수면에 떠올라 매끈한 하얀 가슴을 드러내고, 물속에서 갈퀴 달린 발을 요란스럽게 놀려 몸의 균형을 유지하는 광경을 보고 있노라면 저절로 탄성이 터져 나온다. 그가 내는 소리는 주로 저 악마 같은 소리이지만 그래도 그건 물새의 울음소리였다. 하지만 가장 성공적으로 내 움직임을 차단하고 아주 멀리 떨어진 곳에서 수면 위로 부상할 때면, 녀석은 세상 것 같지 않은 길게 빼는 고함을 내지르는데, 그건 물새의 것이라기보다 늑대의 비명에 가까웠다. 가령, 맹수가 땅에 코를 처박으며 의도적으로 내지르는 비명과 비슷했다.

그건 되강오리만의 독특한 비명이었고, 아마도 호수 일대에서 들을 수 있는 가장 야성적인 소리일 것이다. 그 소리는 숲을 뒤흔들면서 아주 멀리까지 퍼져 나간다. 나는 녀석이 자기 수완과 재주를 자신하면서, 나의 추격 노력을 조롱하려고 그런 웃음을 터뜨린다고 결론 내렸다. 그 무렵 하늘은 흐렸지만, 호수는 너무나 잔잔하여 그가 수면으로 박차고 오르는 소릴 듣기도 전에 수중 어디에서 헤엄치는지 볼 수 있었다. 하얀 가슴, 고요한 공기, 잔잔한 수면 등은 모두 그에게 불리하게 작용했다. 마침내 그는 50로드[250미터] 떨어진 곳에서 수면 위 공중으로 올라오면서 아주 길게 빼는 비명을 내질렀다. 되강오리들이 신에게 좀 도와달라고 호소하는 듯한 소리였다. 그러자 즉시 동쪽에서 바람이 불어와 호수 표면에 파문을 일으켰고 공중에는 안개 같은 비를 가득 채워놓았다. 마치 되강오리의 기도에 호응하여 그런 자연현상이 생긴 것 같았다. 되강오리의 신은 내게 화를 내고 있었다. 그래서 나는 저 멀리 물결 일렁거리는 호면 쪽으로 사라져 나가는 새를 그대로 두었다.

가을날이면 여러 시간 동안, 오리들이 방향을 홱 바꾸거나 뒤로 빙 도는 식으로 호수 한가운데를 장악하는 광경을 지켜보았다. 그들은 스포츠맨으로부터 아주 멀리 떨어져 있었다. 그런 기술은 루이지애나 강 하류에서는 써먹을 필요가 없는 기술이었다. 수면을 떠나야 하는 상황이 되면 그들은 호수 위 상당히 높은 공중에서 호수 주위를 돌고 또 돌았다. 그들은 마치 하늘의 검은 티끌처럼 보였는데, 그 높이라면 그들은 충분히 다른 호수들과 강도 쉽게 내려다볼 수 있었다. 그들이 이미 오래전에 그곳에 도착했으리라 생각하는 순간, 그들은 4분의 1마일[400미터] 정도를 비스듬하게 날아가 자유로운 다른 지역에 내려앉았다. 그 새들이 월든 호수 한가운데로 헤엄쳐

가면 사냥꾼으로부터 안전하다는 것 외에 무엇을 얻는지 나는 알지 못한다. 나는 무슨 이유로 호수 한가운데로 노 저어 가는가? 그것은 이 호수를 사랑하기 때문인데, 그들도 아마 나와 똑같은 이유로 호수 중심부를 향해 헤엄쳐 갔을 것이다.

13

집 안 난방

10월에 나는 강변 목초지로 포도를 따러 갔고, 식용이라기보다는 그 아름다움과 향기로 더욱 소중한 포도송이들을 잔뜩 짊어지고 돌아왔다. 그곳에서 비록 채취는 하지 않았지만 작은 밀랍 보석처럼 생긴 덩굴 월귤을 쳐다보며 감탄했다. 진주색과 붉은색이 도는 그 열매들은 목초지 풀에 주렁주렁 매달려 있었다. 농부들이 보기 흉한 갈퀴로 열매를 마구 쓸어 담는 바람에 부드럽게 물결치던 초원에는 갈퀴 자국이 생겨났다. 그들은 그 열매들을 부주의하게도 부셸 단위 혹은 달러 단위로 측정하면서 초원의 열매들을 보스턴과 뉴욕 시장에 내다 팔았다. 그 열매들은 잼으로 만들어져 자연을 사랑하는 대도시 사람들의 입맛을 만족시킬 것이다.

그리하여 푸줏간이 들소 혓바닥[161]을 수집하는 것처럼, 농부들은 초원의 풀밭을 샅샅이 긁어 이 맛좋은 열매를 마구잡이로 채취한다. 그 과정에서 열매가 찢겨 나가고 베어져 나가는 것 따위는 전혀 신경 쓰지 않는다. 그

---

161 들소는 특히 혀가 맛있는 것으로 유명하다.

렇지만 월귤나무의 반짝거리는 열매는 내 눈을 즐겁게 하는 지상 식량이다. 나는 농장 주인과 여행자들이 거들떠보지도 않는 야생 사과를 한 아름 채취했다. 나중에 약한 불로 삶아 먹기 위해서였다. 밤나무 열매가 익으면 나는 겨울 한 계절을 대비해 반 부셸 정도 밤을 비축했다. 그 계절에 링컨의 무한히 넓은 밤나무 숲을 돌아다니는 것은 무척 신나는 일이었다. 그 숲은 이제 철로 밑에서 긴 겨울잠을 자고 있었다. 나는 어깨에 자루를 메고 손에는 밤송이를 때리는 막대기를 들고 밤 줍기 작업을 했다. 서리가 내릴 때까지 기다렸다가 작업을 개시한 것은 아니었다. 바스락거리는 나뭇잎들과 붉은 다람쥐와 여치들의 커다란 비난 소리에도 아랑곳하지 않고 작업을 계속했다. 사실 나는 이들이 절반쯤 먹다 내버린 밤을 훔치기도 했다. 이들이 먼저 골라놓은 밤송이들은 밤알이 아주 튼실했기 때문이다.

가끔 나는 나무 위에 올라가 밤을 흔들어댔다. 집 뒤에는 밤나무들이 자라는데, 커다란 밤나무 한 그루는 집에 기다란 그림자를 드리웠다. 그 밤나무는 꽃이 피면 일종의 커다란 꽃다발이 되어 온 동네에 향기를 뿌려댔다. 하지만 다람쥐와 여치가 밤나무 열매를 대부분 다 가져갔다. 여치들은 이른 아침에 일찍 떼거지로 몰려와 밤송이가 떨어지기도 전에 그 속을 파먹어버렸다. 나는 이 밤나무들을 그들에게 양보하고 좀 더 멀리 떨어진 밤나무 숲을 찾아가 밤알을 주워왔다. 밤알은 그 자체로 빵의 충분한 대용식이 된다. 하지만 밤알 외에 다른 많은 대용식도 발견할 수 있다.

어느 날 낚시용 미끼로 사용할 벌레를 찾으려고 땅을 파다가 원주민 감자인 땅 감자가 줄기에 매달린 것을 발견했다. 그건 아주 멋진 열매였다. 어릴 때 이 감자를 파서 먹어본 적이 있다고 했는데, 과연 그게 사실인지 아니면 꿈을 꾼 것이었는지 헷갈렸다. 나는 종종 다른 식물들의 줄기로 받쳐진, 오그라든 빨간 벨벳 같은 그 꽃을 보았으나 그것의 정체는 알아보지 못했다. 농부들이 토지를 개간하는 바람에 그 감자는 거의 사라져버렸다. 그것은 서리 먹은 감자처럼 달콤한 맛이 나는데, 구워 먹는 것보다 삶아 먹는 것이 한결 더 좋다.

감자콩 가지, 메인주, 1908년 8월 14일.

어느 날 낚시용 미끼로 사용할 벌레를 찾으려고 땅을 파다가 원주민 감자인 땅 감자가 줄기에 매달린 것을 발견했다. 그건 아주 멋진 열매였다. 어릴 때 이 감자를 파서 먹어본 적이 있다고 했는데, 과연 그게 사실인지 아니면 꿈을 꾼 것이었는지 헷갈렸다. 나는 종종 다른 식물들의 줄기로 받쳐진, 오그라든 빨간 벨벳 같은 그 꽃을 보았으나 그것의 정체는 알아보지 못했다. 농부들이 토지를 개간하는 바람에 그 감자는 거의 사라져버렸다. 그것은 서리 먹은 감자처럼 달콤한 맛이 나는데, 구워 먹는 것보다 삶아 먹는 것이 한결 더 좋다.

이 감자는 자연이 자기 아이들을 키우고 또 장래 어느 때 이곳에서 그들을 먹여 살리겠다고 내려준 어렴풋한 약속처럼 보인다. 비옥우와 물결치는 곡창지대가 넘쳐나는 이 시대에, 한때 인디언 부족의 토템[162]이었던 이 비천한 뿌리는 거의 잊혔고 오로지 꽃피는 덩굴로만 기억될 뿐이다. 그러나 야생 자연이 여기서 다시 한번 통치권을 주장하고 나선다면, 부드럽고 호화로운 잉글랜드 곡식들은 무수한 적들 앞에서 사라지게 될 것이다. 그리고 인간의 도움이 없더라도, 까마귀는 옥수수의 마지막 남은 씨앗을 남서부에 있는 인디언의 신이 지배하는 저 위대한 옥수수 들판에 가지고 갈 것이다. 까마귀는 당초 남서부에서 옥수수 씨앗을 가지고 왔다고 한다. 그러나 이제 거의 사라진 땅 감자는 서리와 야생의 척박한 땅에도 다시 살아나 번창함으로써 자신이 토속 식물임을 증명하고, 사냥꾼 부족의 식용 재료였던 저 오래된 위대함과 위엄을 되찾게 할 것이다. 인디언 부족의 신들 중에 케레스[농업의 여신]나 미네르바[지혜의 여신]에 해당하는 신이 감자의 발명자 겸 수여자였을 것으로 짐작한다. 시적인 정취가 이 나라를 지배하기 시작한다면, 땅 감자 잎사귀와 덩굴은 우리 예술 작품 속에도 등장하게 될 것이다.

9월 1일이 되자 호수 건너편에서 두세 그루의 키 작은 단풍나무들이 주홍색으로 변한 모습을 볼 수 있었고, 그 나무들 밑에는 사시나무 세 그루의 하얀 줄기가 비죽 튀어나와 호수 바로 옆에 있는 갑(岬)의 뾰족한 부분을 가리키고 있었다. 나무들 색깔은 얼마나 많은 얘기를 해주는가! 한 주 한 주 지나면서 서서히 나무들의 특징이 밖으로 드러나는데, 각각의 나무는 호수의 부드러운 표면에 비친 자기 모습을 보고 감탄한다. 매일 아침 이 화랑의 관리자는 좀 더 밝고 어울리는 색깔을 가진 새 그림을 꺼내와 화랑 벽에 걸려 있던 오래된 그림과 교체한다.

10월에 말벌 수천 마리가 겨울 숙소 삼아 내 집을 찾아왔다. 그들은 실

---

162 권위 있는 인류학자들에 의하면, 일부 아메리칸 인디언들은 감자가 그들의 부족과 정신적으로 관계가 있다고 믿었다.

월든 호수의 북서 호안(湖岸), 1920년 3월 24일.

이윽고 11월에 겨울 숙영에 들어가기 전에 나는 말벌들처럼 온기를 찾아 월든 호수의 북동쪽 호안을 자주 찾아갔다. 그곳은 송진 소나무 숲과 돌 많은 호안이 반사하는 햇볕 덕분에 호수 일대에서는 가장 따뜻하여 난로 옆자리 같은 곳이었다. 인공 모닥불로 몸을 덥히는 것보다는 할 수만 있다면 햇볕으로 몸을 덥히는 것이 한결 유쾌하고 또 건강에도 좋았다. 이렇게 하여 떠나가는 사냥꾼처럼 지난여름이 뒤에 남긴 희미한 잿불로 자신을 덥힐 수 있었다.

내의 창문과 머리 위 벽들에 빽빽하게 자리 잡았다. 그리하여 때로는 방문객들이 집 안으로 들어오기가 어려울 지경이었다. 벌들이 추위로 몸이 마비되는 아침이면, 일부 말벌은 밖으로 쫓아냈으나 완전히 제거하려고 하지는 않았다. 나는 그들이 내 집을 바람직스러운 피신처로 생각해준 데 대해 심지어 우쭐한 생각마저 들었다. 말벌들은 나와 함께 잠을 잤지만 나에게 심각한 피해를 준 적은 없었다. 그러나 그들은 말로 다 하기 어려운 겨울 추위를 피해 내가 모르는 어떤 공간으로 서서히 사라져갔다.

이윽고 11월에 겨울 숙영에 들어가기 전에 나는 말벌들처럼 온기를 찾아 월든 호수의 북동쪽 호안을 자주 찾아갔다. 그곳은 송진 소나무 숲과 돌 많은 호안이 반사하는 햇볕 덕분에 호수 일대에서는 가장 따뜻하여 난로 옆자리 같은 곳이었다. 인공 모닥불로 몸을 덥히는 것보다는 할 수만 있다면 햇볕으로 몸을 덥히는 것이 한결 유쾌하고 또 건강에도 좋았다. 이렇게 하여 떠나가는 사냥꾼처럼 지난여름이 뒤에 남긴 희미한 잿불로 자신을 덥힐 수 있었다.

굴뚝을 지어야 할 때가 되자 석공 일을 연구했다. 내가 앞으로 사용할 벽돌을 흙손으로 깨끗이 청소해야 할 필요가 있었다. 그리하여 나는 벽돌과 흙손 품질에 관해 상당히 많은 것을 알게 되었다. 벽돌에 붙어 있는 회반죽은 50년 된 것인데 지금도 더 단단해지고 있다고 한다. 하지만 이것은 진실 여부를 떠나 사람들이 말하기 좋아하는 이야기 중 하나에 불과하다. 이런 이야기들 자체가 세월이 흘러갈수록 더 단단해지고 더 강하게 엉겨 붙는 속성을 갖고 있다. 그러니 그런 이야기에 들러붙은 근거 없는 사실을 벗겨내려면 흙손으로 여러 번 내리쳐야 할 필요가 있다.

메소포타미아의 많은 마을이 품질 좋은 중고 벽돌로 건설되었는데, 그 벽돌은 바빌론 폐허에서 가져온 것이었다. 그 벽돌에 붙은 시멘트는 벽돌보다 더 오래되었고 그래서 더 단단하다. 사정이야 어찌되었든 간에, 나는 그처럼 여러 번 타격을 당하고도 끄떡없는 강철 같은 단단함에 깊은 감동을 받았다. 나의 벽돌들은 전에 굴뚝 속에 있었던 것이므로—비록 그 벽돌에서 네브카드네자르라는 이름을 읽어내지는 못했으나[163]— 일품과 낭비를 줄이기 위해 가능한 한 많은 벽난로 벽돌을 골라왔다. 또한, 벽난로 주위에 배치된 벽돌 사이의 공간은 호반에서 가져온 돌들로 채웠고, 호수 가장자리에서 가져온 하얀 모래로 회반죽을 만들었다. 나는 집 안의 핵심 부분인 벽난로에 가장 많은 시간을 투자했다.

실제로 나는 아주 계획적으로 일했다. 아침에는 바닥에서 벽돌 작업을 시작했으나 바닥에 몇 인치 높이의 벽돌이 쌓아 올려져 밤에는 베개로 사용할 수 있었다. 하지만 내 기억에 그것 때문에 목이 뻣뻣해졌다고 생각하지는 않는다. 뻣뻣한 목은 그보다 훨씬 연조가 깊다. 나는 이 무렵 어떤 시인[164]을 2주 동안 우리 집에 받기로 해서 협소한 공간 때문에 다소 지장을 받았다. 내게 칼이 두 자루나 있었지만, 시인은 자기 칼을 가져왔고 우리는 그 칼을 땅에 찔러 넣었다 뺐다 하면서 칼날을 갈았다. 그는 부엌일은 나와 함께했다. 나는 굴뚝 공사가 점점 단정하고 견고하게 진행되는 것을 보고 즐거웠다. 일이 천천히 진행되면 굴뚝 수명이 더 오래간다고 생각하며 스스로 위로했다. 굴뚝은 어느 정도 독립 구조물로, 땅에 우뚝 서서 집을 통과해 위로 올라가 하늘에 이르도록 설계된 것이다. 집이 타버린 후에도 굴뚝은 때때로 그대로 남아 그 중요성과 독립성을 스스로 증명한다. 이것이 여름이 끝나갈 무렵의 일이었다. 그리고 이제 11월이 되었다.

북풍이 불어와 이미 호수 수온은 낮아지기 시작했다. 하지만 호수는 아주 깊기에 몇 주간 바람이 계속 불어와야 비로소 차가워진다. 집 벽토 작업을 아직 끝마치기 전에 저녁마다 불을 피우자, 굴뚝은 연기를 아주 잘 빨아

---

163 네브카드네자르(기원전 605-562)는 바빌론 왕이며 우리말 성경에는 느부갓네살로 나온다. 바빌론 사람들은 벽돌을 만들 때 왕의 이름을 새겨 넣었다.

164 엘러리 채닝을 말하며 이 시인은 바닥에서 잠을 잤다.

들였다. 그것은 합판들 사이의 무수한 틈새 때문이었다. 그러나 매듭이 많은 거친 갈색 판자와 껍질이 덜 벗겨진 서까래로 둘러싸인 덕분에 서늘하고 통풍이 잘되는 집에서 즐거운 저녁나절을 보낼 수 있었다. 회반죽 칠을 하고 난 후에 모습이 단정해져서 집은 보기 아주 좋아졌고, 그래서 나는 흐뭇했다. 게다가 칠 덕분에 집이 더 편안해졌다는 것도 실토해야겠다.

사람 사는 집이라면 모름지기 머리 위에 어둑한 공간이 있어 저녁때면 어른거리는 그림자들이 서까래 근처에서 놀이마당을 펼쳐야 하는 게 아닐까? 그런 그림자들은 프레스코 벽화나 다른 값비싼 가구보다 훨씬 더 사람의 공상과 상상을 불러일으킨다. 따뜻한 온기를 느끼고 또 아늑한 피신처로 삼을 수 있을 때 비로소 제대로 된 집에서 거주한다고 말할 수 있으리라. 나는 장작이 벽난로 속으로 저절로 굴러떨어지는 것을 막아주는 안전한 장작 받침쇠를 두 개 가지고 있다. 또 내가 만든 굴뚝 뒷면에 그을음이 달라붙는 광경을 쳐다보는 것도 기분 좋은 일이다. 나는 평소보다 더 많은 주인 의식과 더 깊은 만족감을 느끼면서 벽난로에 장작불을 쑤신다. 내 집은 좁아서 안에 메아리를 가두어둘 정도는 안 되지만, 이웃에게서 멀리 떨어진 오두막 한 칸으로서는 족히 크다고 할 수 있다.

내 집의 모든 매력은 방 하나에 집중되어 있다. 그것은 주방, 침실, 응접실, 거실 등을 겸한다. 부모 혹은 자식, 주인 혹은 하인이 한집에서 살면서 얻는 만족이 무엇이든 간에, 나는 그것을 모두 얻고 있다. 카토는 가장이라면 전원 별장에 갖추어야 할 것이 있다고 말했다. "기름 저장소, 와인 보관실, 많은 술통. 이런 것이 있어야 어려운 때를 만나도 당당하게 대처할 수 있다. 그렇게 비축해두는 것은 가부장의 위엄, 미덕, 영광을 위해 좋은 일이다." 나는 지하 저장실에 자그마한 감자 통, 그 안에 바구미가 들어 있는 콩이 약 두 쿼트[1쿼트는 약 1리터] 있고, 선반에는 약간의 쌀과 당밀 항아리, 각각 한 펙[약 9리터]들이 호밀과 옥수수 항아리가 있다.

나는 황금시대에 존재했다는 좀 더 크고 좀 더 많은 사람을 수용하는 집을 때때로 꿈꾼다. 단단한 목재로 지었고 겉치레 작업은 전혀 하지 않았으며, 여전히 방 한 칸인 집이다. 넓고 투박하고 실질적이고 원시적인 단 하나의 홀. 그 집에는 천장도 벽토도 없고 오로지 서까래와 중도리만 머리 위의 낮은 하늘을 떠받치고 있다. 비와 눈을 물리치기에 아주 좋은 집. 출입하는 사람은 일단 문지방에 올라서서 구(舊) 왕조의 쓰러진 사투르누스 신에게 목례하고 다시 집 안으로 들어서면 가운데 한 쌍 기둥이 그의 경배를 받아주는 집 혹은 동굴 같은 집. 그래서 기다란 막대기에 꽂은 횃불을 머리 위로 들어 올려야만 지붕을 볼 수 있는 집. 어떤 사람은 벽난로 근처에서 살고, 어떤 사람은 창문 움푹한 곳에서 살고, 어떤 사람은 등 높은 긴 의자에서 살고, 어떤 사람은 홀의 한쪽 끝에서 살고, 남은 홀의 다른 쪽 끝에서 살고, 어떤 사람은 그들의 희망에 따라 높은 서까래에서 거미들과 함께 사는 집. 바깥문을 열면 아무 격식 차릴 필요 없이 곧바로 들어갈 수 있는 집. 피곤한 여행자가 더 이상 여행할 필요 없이 씻고 먹고 대화하고 잠잘 수 있는 그런 집.

무서운 비바람이 치는 밤에 누구나 기꺼이 들어가고 싶은 피신처 같은 집. 필수품은 모두 갖추고 있으나 장식용 물품은 전혀 없는 집. 집 안 보물을 한눈에 살펴볼 수 있는 집. 누구나 잘 사용할 수 있도록 모든 비품이 걸개 위에 걸려 있는 집. 부엌이면서 식료품 실이고 거실이면서 침실이고 그러면서 응접실이고 동시에 다락방인 집. 통이나 사다리 같은 필수품, 찬장 같은 편의시설을 금방 찾아볼 수 있고, 냄비 끓는 소리를 들을 수 있고, 고맙게도 점심 식사 요리를 위해 불과 빵을 굽는 화덕이 있고, 필요한 가구와 집기가 유일한 장식품인 집.

빨래를 밖에 내놓을 필요가 없고, 화덕의 불 또한 밖에 내놓지 않아도 되고, 안주인은 밖으로 나갈 용무가 거의 없는 집. 요리사가 지하 저장실로 내려갈 때 식구에게 뚜껑 문에서 좀 비켜 서달라고 요구하는 집. 일부러 발을 구르지 않아도 땅이 단단한지 혹은 비어 있는지 알 수 있는 집. 그 내부가 새 둥우리처럼 개방되어 다 드러나 있는 집. 현관문을 통과해 뒷문으로 나가면 반드시 그 거주자들을 보아야만 하는 집. 손님으로 찾아가면 그 내부에서 자유를 보장받는 집. 방문객이 그 집 8분의 7[165]에서 제외되는 일 없고, 특별한 공간에 혼자 갇히는 일도 없으며, 방문객을 홀대하면서 당신 집처럼 편안하게 지내라고 가식적으로 인사말이나 해대는 짓은 아예 하지 않는 집.

오늘날 집주인은 방문객을 중앙 벽난로에 초대하지 않는다. 그 대신 석공을 시켜 집 안 통로 어딘가에 방문객만을 위한 벽난로를 준비한다. 손님 환대는 아주 먼 거리에 손님을 적당히 떼어놓는 기술을 말한다. 음식을 요리할 때도 마치 방문객을 독살이라도 할 것처럼 비밀 우선주의가 횡행한다. 나는 많은 사람의 소유지에 들어갔다가 사실상 법적으로 쫓겨날 수도 있었음을 안다. 하지만 많은 사람의 집에서 환대를 받은 일은 없었다. 방금 위에서 말한 황금시대의 단칸방 집에 사는 왕과 왕비가 있다면, 그쪽으로 가는 길에 내 남루한 옷을 개의치 않고 찾아가 볼 용의가 있다. 반면, 그런 집과는 너무나 다른, 현대판 왕궁에 우연히 들어가게 된다면 그 왕궁에서 한시 바삐 물러나오고 싶은 것이 나의 간절한 소망이다.

오늘날 사람들이 거실에서 사용하는 언어는 그 생생한 힘을 다 잃어버리고 완전 잡담 수준으로 타락했다. 우리 생활은 언어의 상징에서 아주 멀리 떨어진 채 제멋대로 흘러가는 것 같고, 은유와 비유는 너무나 황당무계하여 사실과 동떨어진 것처럼 보이며 마치 활송(滑送) 장치나 식기 운반기를 통해 아주 먼 곳에서 운반되어 온 느낌을 준다. 다르게 말하면, 오늘날의 거실은 주방과 작업장으로부터 너무 멀리 떨어져 있다. 대체로 말해 만찬 행사도 그저 흉내일 뿐이다. 야만인들이나 '자연'과 '진리' 가까운 곳에서 살아서 그런 비유를 구사할 수 있다고 생각한다. 미국 북서부 준주(準州)나 영국의 맨섬에 늘 사는 학자가 어떻게 주방에서 현재 벌어지는 일을 알

---

165 제1장에 "양복쟁이를 가리켜 아홉 명이 모여야 비로소 온전한 한 사람이 된다"라는 말이 나오는데 8분의 1만 보여준다는 것은 불완전한 접대라는 의미다.

수 있겠는가?[166]

그러나 내 손님들 중에 집에 늦게까지 머물면서 황급히 만든 푸딩을 나와 함께 먹을 정도로 대담한 사람은 한두 명에 불과했다. 나머지 손님들은 황급히 푸딩을 만들어야 하는 상황이 되면 역시 황급하게 돌아갔다. 마치 그런 황급한 밥 짓기가 내 집을 뿌리째 흔들어놓기라도 하는 양. 아무튼, 내 집은 그런 황급한 푸딩 만들기를 무수히 많이 겪고도 끄떡없이 살아남았다.[167]

얼음이 얼 정도의 차가운 날씨가 되자 나는 비로소 벽토 작업에 착수했다. 이 작업을 위해 배를 타고 호수 반대편 호반으로 가서 좀 더 하얗고 깨끗한 모래를 운반해왔다. 보트는 편리한 운송 수단이기는 하지만 필요 이상으로 멀리 나아가게 유혹하는 경향이 있다. 내 집은 그동안 사면이 모두 땅바닥까지 널빤지를 두르게 되었다. 윗가지 작업을 하면서 망치로 못을 한 번 박아서 널빤지에 쏙 집어넣는 일에는 상당한 기쁨이 있었다. 그다음 목표는 회반죽을 판자에 담아 벽까지 산뜻하고 재빠르게 운반하는 것이었다.

어떤 교만한 친구 이야기가 생각났다. 그는 멋진 옷을 떨쳐입고서 마을 주위를 빈둥거리며 돌아다니다 일하는 사람들에게 이런저런 훈수를 했다. 어느 날, 말 대신 행동으로 보여주겠다며 그는 소매를 걷고서 회반죽 판을 잡아 아무 두려움 없이 흙손에 그 회반죽을 옮겼다. 그는 머리 위의 윗가지를 느긋하게 올려다보더니 그쪽으로 손을 내뻗었다. 하지만 회반죽이 잘 차려입은 옷의 앞가슴 부분에 곧바로 다 쏟아져 내려와 완전 낭패를 겪었다.

나는 회반죽 작업의 경제성과 편의성에 새롭게 감탄했다. 그 작업은 추위를 완벽하게 막아낼 뿐만 아니라 아주 멋진 마무리를 가능하게 했다. 나

---

166 자연과 진리와 비유가 삼위일체임을 드러내며, 생활과 상징이 밀접한 관계에 있을 때, 비로소 비유가 원만한 의미를 획득한다는 뜻이다.

167 제6장 "방문객들"에서 "황급히 푸딩을 만들면서 반죽을 휘젓거나 잿불에 빵 한 덩어리가 부풀면서 익어가는 것을 쳐다보는……"이라는 표현이 구체적으로 나온다.

는 그 작업을 하는 사람이 당할 수 있는 각종 안전사고를 알게 되었다. 가령, 벽돌은 매우 건조해서 회반죽을 고르게 손질하기도 전에 회반죽 수분을 빨아들인다. 또 새로 벽난로를 사용하는 데에는 여러 통의 물이 필요하다. 나는 지난겨울에, 인근 개울에서 나오는 개울조개 껍질을 태워 소량의 석회를 실험 삼아 만들었다. 그래서 석회 재료가 어디서 오는지 잘 안다. 마음만 먹는다면 1-2마일 거리 내에서 좋은 석회석을 가져다 내가 손수 만들 수도 있었다.

호수는 가장 그늘이 지고 얕은 곳부터 얼기 시작했다. 호수 전체는 그보다 며칠 뒤, 아니 몇 주 후에 얼어붙었다. 최초의 얼음은 단단하고 거무튀튀하고 투명했으므로 특히 흥미로웠다. 호수 얕은 곳의 바닥을 점검해볼 좋은 기회이기도 했다. 나는 1인치[2.5센티미터] 두께의 얼어붙은 호면 위에 물거미처럼 엎드려서 2-3인치 정도 깊이의 호수 바닥을 천천히 살폈다. 마치 거울 속에 비친 영상을 보는 것 같았는데 그럴 때면 얼음 밑의 물은 언제나 잔잔했다. 모래 바닥에는 많은 이랑이 나 있었는데, 어떤 생물이 그곳을 왕복하면서 그런 흔적을 남겨놓은 것 같았다. 또한, 하얀 석영의 미세한 알갱이로 만들어진 날도래 유충 딱지들이 바닥 잔해처럼 흩어져 있었다. 몇몇 이랑 사이에 이런 딱지들이 발견되니까 어쩌면 이것이 이랑을 만들었는지도 모른다. 하지만 그런 딱지들이 만들었다고 보기에는 그 이랑들이 너무 깊고 넓었다.

얼음 그 자체는 아주 흥미로운 대상이다. 이것을 제대로 관찰하려면 최초 기회를 잡는 것이 중요하다. 얼음이 언 직후 아침에 그것을 면밀히 관찰해보면, 처음에는 얼음 속에 들어 있는 것처럼 보이는 기포 대부분이 실은 얼음 바깥의 밑 부분에 붙어 있었음을 발견한다. 그리고 더 많은 기포가 바닥으로부터 계속 올라온다. 얼음은 아직 완전하게 단단해지고 거무튀튀해지지 않았기에 그 속을 통해 물을 볼 수 있었다. 기포들은 직경이 80분의 1인치[0.3밀리미터]에서 8분의 1인치[3밀리미터]에 이르기까지 다양한데 아주

올드 칼라일 도로의 석회 굽는 오래된 가마터, 콩코드, 1903년 5월 11일.

벽돌은 매우 건조해서 회반죽을 고르게 손질하기도 전에 회반죽 수분을 빨아들인다. 또 새로 벽난로를 사용하는 데에는 여러 통의 물이 필요하다. 나는 지난겨울에, 인근 개울에서 나오는 개울조개 껍질을 태워 소량의 석회를 실험 삼아 만들었다. 그래서 석회 재료가 어디서 오는지 잘 안다. 마음만 먹는다면 1-2마일 거리 내에서 좋은 석회석을 가져다 내가 손수 만들 수도 있었다.

투명하고 아름다워서 얼음을 통해 기포에 반영된 내 얼굴을 볼 수 있을 정도였다. 1제곱 인치당 서른 개에서 마흔 개의 기포가 들어 있었다. 얼음 안에는 이미 비좁은 장방형의 수직 공기 방울들이 들어 있는데, 그 길이는 반인치[1.3센티미터]가량 되고 꼭짓점을 위로 올려세운 날카로운 원뿔 모양이다. 얼음은 최근 형성된 것이었고, 미세한 원형 기포들이 아래위로 붙어 있어 마치 염주처럼 보인다. 그러나 정작 얼음 안에 있는 기포들은 얼음의 밑부분 표면에 붙은 것에 비해 숫자가 그리 많지도 않고 분명하게 보이지도 않는다.

나는 때때로 돌을 던져 얼음 강도를 시험해보았다. 얼음을 깨고 침투한 돌들은 공기를 함께 몰고 들어갔는데, 그 공기는 얼음 밑 부분에 매우 크고 눈에 띄는 하얀 기포를 만들어냈다. 나는 48시간이 지난 뒤에 같은 지점에 되돌아와서 확인했다. 얼음이 1인치쯤 더 두꺼워지기는 했으나 그 기포들은 여전히 완전한 형태로 남아 있었다. 얼음 가장자리에 생긴 이음매를 보고 얼음이 두꺼워진 것을 분명하게 알 수 있었다. 그러나 지난 이틀간은 '인디언 서머'[가을에 한동안 비가 오지 않고 날씨가 따스한 기간]처럼 날씨가 따뜻했으므로 얼음은 이제 그리 투명하지 않았다. 얼음은 지난번처럼 짙은 녹색 호숫물과 바닥을 보여줄 정도로 투명하지 않았고, 불투명한 흰색 혹은 회색이었다. 두께는 전보다 두 배나 되었으나 전처럼 단단하지는 않았는데, 그 이유는 공기 방울들이 따뜻한 온기에 팽창되는 바람에 그 조밀성을 잃어버렸기 때문이다. 기포는 이미 염주 알처럼 차곡차곡 겹쳐 있지 않았고, 마대 자루에서 쏟아져 나온 은화(銀貨) 같은 형태로 겹쳐져 있거나 아니면 비좁은 공간을 차지한 것처럼 보이는 엷은 조각 형태였다. 얼음의 아름다움은 이미 사라졌고, 따라서 호수 바닥을 관찰하기에는 너무 늦었다.

그래도 커다란 기포들이 새 얼음에서 어떤 위치를 차지하는지 알고 싶어 나는 중간 크기의 기포가 들어 있는 얼음을 깨뜨려 그 바닥을 뒤집어 보았다. 새 얼음은 그 기포를 둘러싸고 밑 부분에서 형성되었으며, 그리하여 기포는 두 얼음 사이에 들어가 있었다. 기포는 전적으로 아래쪽 얼음에 들어 있었지만 그래도 위쪽 얼음에 접근해 있었다. 기포는 납작하거나 아니면 양 가장자리가 동그란 렌즈 모양이었는데 깊이는 4분의 1인치[6밀리미터]에, 직경은 4인치[10센티미터] 정도였다. 놀랍게도 그 기포 바로 밑 얼음은 엎어놓은 접시 형태를 취하며 아주 규칙적으로 녹아 있었다. 그 높이도 중심부에서 8분의 5인치[1.5센티미터]가량이며, 기포와 물 사이에도 8분의 1인치[3밀리미터] 정도 되는 얇은 칸막이벽이 있었다. 이 칸막이벽의 작은 기포는 여러 곳에서 아래쪽을 향하여 터져 나갔다. 직경이 1피트[0.3미터] 정도 되는 커다란 기포 밑에는 아마도 얼음이 없을 것이다. 나는 이틀 전에 얼음 밑 부분에 붙어 있던 무수한 기포들이 이제 얼어붙었을 거로 추측했다. 그 얼어붙은 기포들은 제각기 기존의 얼음 밑에서 일종의 태양열 렌즈 같은 역할을 하면서 얼음을 녹이거나 깨버릴 것으로 짐작되었다. 그러므로 이 기포들은 얼음을 금 가게 하고 마침내는 깨지게 하는 작은 공기총들이다.

　막 회반죽 작업을 끝내자 겨울이 마침내 본격적으로 시작되었다. 바람은 집 주위에서 사납게 울어댔는데 마치 그전까지 그렇게 울어도 좋다는 허가를 받지 못한 데 분풀이하는 듯한 형국이었다. 밤이면 밤마다 거위들이 구구 울고 날갯짓하면서 어둠 속에서 날아와 빠르게 움직였고, 심지어 집 일대가 눈으로 뒤덮여 있을 때도 계속 날아왔다. 어떤 놈들은 월든 호수에 내렸고, 어떤 놈들은 숲 위를 낮게 날아 페어헤이븐 쪽으로 가는 모양이 멕시코로 날아가려는 듯했다. 여러 번, 밤 열 시나 열한 시에 마을로부터 숲속 집으로 돌아오는 길에, 나는 거위 혹은 오리 떼가 집 뒤, 우물 구멍 근처 숲속에서 마른 잎사귀를 밟는 소리를 들었다. 그들은 먹이를 찾아온 것인데, 지도자의 희미한 구구 소리나 꽥 소리를 듣더니 황급히 날아갔다.

　1845년 월든 호수는 12월 22일 밤에 처음으로 호수 전체가 완전히 얼어붙었다. 플린츠 호수와 다른 얕은 호수들과 강은 그보다 열흘 정도 뒤에 얼었다. 그 후 월든 호수가 얼어붙은 날짜는, 1846년은 12월 16일, 1849년은 12월 31일경, 1850년은 12월 27일경, 1852년은 1월 5일, 1853년은 12월

31일이었다. 눈은 이미 11월 25일부터 땅을 뒤덮었고, 갑자기 집 주위에 하얀 겨울 풍경을 만들어냈다. 나는 집 안 아늑한 곳으로 더욱 깊숙이 들어갔고, 집과 마음속에 더 따뜻한 불을 피우려고 애썼다. 이제 내가 야외에서 하는 일은 숲속에서 고사목을 수집하여 품 안에 안고 혹은 어깨에 메고 집으로 돌아오는 것이었다. 어떤 때는 죽은 소나무를 양 겨드랑이에 번갈아 끼워대며 끌어당겨 집까지 가져왔다. 이미 수명이 다해 쓰러진 낡은 울타리는 집까지 끌고 오는 데 상당히 힘이 들었다. 그 나무가 이미 토지 경계의 신 테르미누스에게 봉사하는 기간이 지나갔으므로 나는 불의 신 불카누스에게 희생 제물로 바쳤다.

눈길을 헤매며 사냥한 땔감, 아니 훔친 땔감으로 만든 저녁 식사는 얼마나 흥미롭겠는가! 그의 빵과 고기는 달콤하다. 숲속에는 대부분 마을이 땔감으로 쓸 수 있는 잔가지와 고사목이 얼마든지 있다. 그 고사목들은 현재 누구의 체온도 따뜻하게 만들어주지 못하고, 일부 사람은 어린 나무들의 성장을 방해할 뿐이라고 생각한다. 또 호수에서 밀려온 표류목도 있었다. 나는 여름 동안에 송진 소나무를 고정쇠로 연결해 만든 뗏목을 발견했다. 철로 부설 공사를 할 때 아일랜드인들이 만든 것이었다. 나는 뗏목 일부를 호수 가장자리까지 끌어왔다. 2년 동안 물에 잠겨 있다가 6개월 동안 땅에 올라와 있던 그 나무는 말리지 못할 정도로 침수되어 있었지만 그래도 땔감으로 쓰기에는 제격이었다.

어느 겨울날, 이 나무들을 하나씩 얼어붙은 호면 위로 수송해오면서 내 마음은 즐거웠다. 거리가 반 마일은 족히 되었는데, 15피트[4.5미터] 길이의 나무를 한쪽은 내 어깨 위에, 그리고 나머지 한쪽은 얼어붙은 호수 표면에 내려놓고 질질 끌면서 왔다. 혹은 여러 개의 통나무를 자작나무 잔가지로 묶은 다음, 끝부분에 갈고리가 달린 좀 더 긴 자작나무 혹은 오리나무를 이용하여 결빙된 호수 위로 끌고 왔다. 완전히 물을 먹고 납처럼 무거운 통나무였지만, 나무들은 우리 집 벽난로 속에서 오래 탔을 뿐만 아니라 화력도 무척 좋았다. 아니, 나무들이 물에 젖었기 때문에 더 오래 탔는데, 물에 들어간 송진이 램프 속에서 더 오래 타는 것과 비슷했다.

영국의 저술가 길핀은 영국의 삼림 경계 지역에 사는 사람들에 대해 이렇게 묘사했다. "삼림 경계 지역을 넘어오는 무단 침입자들과 그들이 숲 경계지에 세운 집과 울타리 등은 예전 삼림법에 의하면 범죄 행위로 간주되어 사냥감 감소와 숲 훼손을 가져온다는 명목 아래 큰 처벌을 받았다." 그러나 나는 사냥꾼이나 나무꾼보다 더 세심하게 사냥감과 초목 보존에 관심을 기울이고 있다. 마치 내가 월든 숲의 영주나 되는 것처럼 말이다. 나도 우연한 사고로 숲을 불태운 적이 있지만,[168] 혹시 숲의 어떤 부분이 불타면 그 숲의 주인 이상으로 가슴 아파하며 안타까워했다. 나는 숲 주인들이 벌목할 때도 깊은 슬픔을 느꼈다. 농부들이 벌목할 때 그 숲을 신에게 바쳐진 신성한 것으로 여기며 외경심을 갖길 나는 바란다. 과거 로마인들이 신성한 숲을 벌목하거나 숲속에 길을 내어 햇빛을 들이려고 할 때 느꼈던 저 외경심 말이다. 로마인은 벌목이 필요할 때면 신들의 분노를 누그러뜨리는 희생 제물을 바치면서 이렇게 기도했다. "이 신성한 숲의 주인인 신 혹은 여신이시여, 이 희생을 받으시고 저와 제 가족과 아이들에게 자비를 베푸소서."

이 시대와 이 새로운 국가가 나무에 황금보다 더 항구적이고 보편적인 가치를 부여하는 것은 참 특기할 만한 일이다. 우리가 아무리 많은 발견과 발명을 한다 해도 그 누구도 나무와 숲을 무시할 수 없다. 우리 색슨족 선조나 노르만인 선조에게 그러했던 것처럼 나무는 오늘날에도 우리에게 귀중한 물자다. 가령, 선조들은 나무로 활을 만들었고, 우리는 총 개머리판을 만든다. 프랑스 생물학자 앙드레 미쇼는 30여 년 전에 이런 말을 했다.

"뉴욕이나 필라델피아의 장작 가격은 파리의 최고급 장작과 거의 같거나 그보다 비싸다. 그런데 이 광대한 수도 파리는 해마다 30만 코드[1코드는 드럼통 약 18개 부피] 이상의 장작을 필요로 하는데도, 사방 3백 마일 이상의

---

168 소로는 1844년 콩코드 강가에서 낚시한 물고기를 굽다가 불을 내 300에이커의 숲을 태운 적이 있다.

숲을 베어내 개간한 평야로 둘러싸여 있다."

콩코드에서는 나무 가격이 꾸준하게 오르고 있고, 유일한 문제는 지난해에 비해 올해는 어느 정도 인상될까 하는 것이다. 숲을 찾아온 기계공이나 상인에게는 나무 구입 외에 다른 목적이 없으며, 반드시 나무 경매에 참여한다. 심지어 나무꾼이 벌목한 이후에 남은 부스러기 나무를 주어가는 권리에도 높은 가격을 지불한다. 사람들이 땔감을 구하거나 각종 공예 도구를 얻고자 숲에 의존한 일은 아주 오래되었다. 뉴잉글랜드 사람, 뉴홀랜드 사람, 파리 시민과 켈트인, 농부와 로빈후드, 구디 블레이크와 해리 길,[169] 세계 대부분 지역의 왕자와 농민, 학자와 야만인 등은 난방하고 밥을 짓는 데 숲에서 나온 나무를 썼다. 나 또한 나무 없이는 살아갈 수가 없다.

모든 사람이 흐뭇한 심정으로 장작더미를 바라본다. 나는 창문 바로 앞잘 보이는 곳에 그것을 두며, 장작이 많을수록 유쾌한 일이 더 잘 떠오른다. 나에게는 아무도 그 소유권을 주장하지 않는 오래된 도끼 한 자루가 있다. 나는 이 도끼로 겨울날 집 앞에 햇빛 드는 쪽으로 가서 콩밭에서 주워온 나무 그루터기를 패서 장작을 만들었다. 내가 콩밭에서 김매기를 할 때 짐말을 멈춰 세우고 조언해주었던 농부[170]가 예언했듯 그루터기는 내게 두 번의 즐거움을 안겨주었다. 한 번은 그루터기를 팰 때이고, 다른 한 번은 장작이 된 그루터기가 다른 어떤 장작보다 화끈한 화력을 보여줄 때다. 마을 대장장이에게 가서 도끼날을 벼리라는 조언도 받았다. 하지만 그 조언을 무시하고 대신에 숲에서 가져온 오리나무를 도끼자루로 박아넣었다. 도끼날이 좀 무뎌도 자루가 단단히 매달려 있으면 도끼는 그런대로 쓸 만했다.

───────

169 워즈워스 시, 「구디 블레이크과 해리 길: 실화」에 나오는 인물. 겨울 추위에 떨던 가난한 노파 구디 블레이크는 부유한 농부 해리 길의 산울타리에서 나무 몇 그루를 훔치려 한다. 그가 그녀를 잡아내자 그녀는 해리 길이 평생 다시는 따뜻해지지 않기를 기도한다. 그 후 그는 아무리 옷을 많이 입고 있어도 추워서 끊임없이 이를 덜덜거렸다.

170 "제7장 콩밭"의 앞부분에 나오는 마차를 끌고 가는 농부.

통통한 소나무 몇 그루는 아주 좋은 보물이었다. 땔감으로는 제격인 이 나무가 땅속에 얼마나 오래 감추어져 있었는지 떠올리면서 즐거워했다. 지난 몇 해 동안, 전에는 송진 소나무가 서 있었으나 지금은 벌거벗은 언덕이 되어버린 곳에서 여러 번 답사 작업을 하면서 나는 송진 소나무 뿌리들을 캤다. 거의 썩지 않은 상태였다. 적어도 30-40년은 된 뿌리였는데 겉은 부식토 수준으로 삭았으나 속은 온전했다. 중심에서 4-5인치[10-12센티미터] 바깥쪽으로 두꺼운 나무껍질이 나이테를 형성해 비늘처럼 벗겨졌고, 껍질 바로 밑의 연한 백목질은 식물 곰팡이로 변했지만 그 뿌리는 쪼개지지 않을 정도로 단단했다. 나는 도끼와 삽으로 금 광맥이라도 발굴하듯, 땅속 깊이 박힌 쇠기름처럼 노란 뿌리 부분을 캐낼 수 있었다.

그러나 보통은 숲에서 가져온 마른 잎사귀를 불쏘시개로 사용한다. 눈이 내리기 전에 그 잎사귀들을 헛간에 잘 쌓아놓았다. 잘 쪼갠 녹색 호두나무는 나무꾼들이 숲속 캠프를 운영할 때 불쏘시개로 사용한다. 나는 가끔 소량만 사용한다. 지평선 너머에 있는 마을 사람들이 불을 피울 때면, 나 또한 집 굴뚝에서 연기 리본을 날림으로써 내가 이제 잠에서 깨어났음을 월든 계곡의 야생 주민들[동물]에게 알렸다.

가벼운 날개를 가진 연기여, 이카로스의 새여,
그대는 하늘 높이 오르며 그대의 날개를 녹이는구나
노래 없는 종다리, 새벽의 전령
그대는 마을을 둥지 삼아 그 위를 빙빙 도는구나
아니면 사라져가는 꿈인가, 옷자락을 여미는
한밤중 환상의 어렴풋한 모습인가
밤에는 별을 덮고, 낮에는 빛을 가리며
태양을 몰아내는구나, 그대 나의 분향이여
이 난로에서 하늘 높이 올라가서 신들에게
이 깨끗한 화염을 용서해달라고 빌어라.

비록 자주 사용하지는 않지만, 금방 잘라낸 단단한 녹색 나무는 땔감으로는 그만이었다. 나는 때때로 겨울날 오후에 숲속으로 산책 나갈 때 벽난로 불을 그대로 둔다. 그리고 서너 시간 후에 돌아와 보면 그 불은 여전히 생생하게 타오르고 있다. 내가 어디 가고 없을 때도 집은 비어 있지 않다. 마치 쾌활한 관리인을 집에 남겨둔 듯하다. 거기에 나와 불이 함께 살고 있다. 그리고 대체로 관리인은 믿을 만한 존재였다.

어느 날 장작을 쪼개다가 집이 불붙지 않았는가 살피려고 창문으로 들여다보고 싶다는 생각이 들었다. 내가 그 문제로 불안감을 느낀 것은 내 기억으로는 그때가 유일했다. 그래서 집 안을 들여다보았더니 불꽃이 내 침대로 옮겨붙은 상태였다. 나는 황급히 집 안으로 들어가 불을 껐는데 불탄 부분은 내 손바닥 정도 크기였다. 그러나 집은 햇볕이 잘 들고 비바람으로부터 잘 보호되는 곳에 있는 데다 지붕도 낮아서, 겨울에도 낮 동안에는 거의 불을 피우지 않고도 지낼 수 있었다.

두더지는 지하 저장실에 둥지를 틀고서 감자를 세 개에 하나꼴로 갉아 먹고 회반죽 작업을 하고 남은 털[171]과 갈색 종이로 자기에게 편리한 침대까지 만들었다. 안 그럴 법한 야생동물조차도 인간과 마찬가지로 안락과 온기를 좋아한다. 그들은 아주 조심스럽게 두 가지를 확보했기에 겨울을 날 수 있는 것이다. 나의 몇몇 친구들은 내가 숲에 살면 얼어 죽기라도 할 것처럼 말한다. 동물은 자기 침대를 만든 다음에는 몸을 비벼대어 그 체온으로 그곳을 따뜻하게 만든다. 하지만 인간은 불을 발견했기 때문에 넓은 집에 약간의 공기를 가두어놓고 그 공기를 덥히며, 제 몸을 비벼 온기를 얻는 게 아니라, 오히려 침실 공기를 따뜻하게 하여 안락한 침대를 만든다. 이렇게 함으로써 그는 성가신 옷을 걸치지 않고도 실내를 자유롭게 돌아다닐 수 있고, 한겨울에도 한여름을 즐길 수 있다. 또한, 창문을 설치해 햇빛을 안으

---

171 회반죽을 강화하기 위해 사용하는 동물 털이다. "제1장 생활 경제"에서 "농부는 … 털 스프링이 달린 덫을 놓는다"라는 문장이 나온다.

로 들어오게 하고, 또 램프를 켜서 낮의 길이를 늘일 수 있다.

이런 식으로 사람은 타고난 본능을 이겨내고 예술을 하는 약간의 시간을 번다. 그러나 내 몸은 오랫동안 차가운 바람에 노출되면 무기력해지기 시작한다. 그러다가 따뜻한 집으로 돌아오면 곧 신체 기능을 되찾고 활기를 회복했다. 가장 호화로운 집을 가진 사람도 이런 보온 측면에서 그리 자랑할 것 없고, 또 우리는 인류가 마침내 어떻게 파멸될 것인가 사색하면서 스스로 괴롭힐 필요도 없다. 북쪽에서 평소보다 조금만 더 강력한 강풍이 내려오기만 해도 인류의 생명 줄을 쉽게 끊어놓을 수 있다. 우리는 대한, 대설 등을 기준으로 날짜를 세어나간다. 그러나 약간만 더 추운 금요일이 오거나 약간만 더 많은 눈이 내린다면 지구상의 인간들은 더 이상 존재하지 않게 될 것이다.[172]

그다음 해 겨울 나는 숲을 소유한 사람이 아니므로 절약하기 위해 조그마한 취사용 난로를 장만했다. 하지만 그것은 개방된 벽난로만큼 화력이 좋지는 못했다. 그러자 밥 짓기는 더 이상 시적 과정이 아닌 화학적 과정으로 전락하고 말았다. 난로가 보편화한 이 시대에, 우리가 한때 인디언 방식을 따라 잿불에 감자를 구워먹었다는 사실은 곧 잊힐 것이다. 난로는 공간을 차지하고 실내에 냄새를 풍길 뿐만 아니라 불을 보이지 않게 가둔다. 그래서 벽난로를 쓰지 않는 나는 친구를 잃어버린 느낌이었다. 우리는 불 속에서 언제나 얼굴을 볼 수 있다. 노동자는 저녁에 불 속을 들여다보면서 낮 동안 축적된 찌꺼기와 속된 분위기를 생각에서 털어낸다. 그러나 이제 더 이상 방 안에 앉아 불 속을 들여다볼 수 없게 되었으므로 다음과 같은 시인의 말이 새 힘을 얻으며 가슴에 와닿는다.

---

172 여기서 대한은 1810년 1월 19일(금요일)의 큰 추위를 가리키는데, 당시 영하 45도까지 떨어졌으며 소로는 이것을 어머니에게 들어 알고 있었다. 대설은 제4장의 주74에서 언급된 상징이다.

다정한 불꽃이여, 그대의 다정하고 인생을 비추는

긴밀한 공감을 내가 거부해선 안 되리

내 희망 이외에 또 무엇이 밝게 타오르랴?

내 운명 이외에 또 무엇이 밤중에 그처럼 낮게 가라앉으랴?

왜 그대는 우리의 난로와 현관으로부터 추방되었는가

모든 사람이 환영하고 사랑하던 그대가?

그대라는 존재는 너무나 환상적이어서 우리 인생의

칙칙한 보통 빛은 감당하지 못해서인가?

그대의 밝은 빛은 우리 뜻에 맞는 영혼과

비밀스러운 대화를 나누는지? 아주 과감한 비밀을?

이제 난로 옆에 앉으니 우리는 안전하고 든든하다

그곳에서는 검은 그림자가 펄럭이지 않는다

그곳엔 환호도 슬픔도 없고 화염이 우리 손과 발을 따뜻하게 한다

그리고 더 이상 많은 것을 열망하게 하지 않는다

이 단단하고 유용한 난로 덩어리 옆에서 사람들은

앉아 있다가 졸음에 빠져든다

그들은 먼 과거에서 걸어 나와 모닥불의 어른거리는 불빛 옆에서

우리와 대화를 나누었던 유령들을 두려워하지 않는다.[173]

---

173 엘렌 후퍼(1812-1848)의 시 「장작불」에서.

월든 호수 옆의 숲속으로 난 오솔길, 1917년 11월 17일.

이처럼 사람들을 잘 만나지 못했으므로, 전에 이 숲속에 살았던 사람들을 떠올리는 것으로 그 만남을 대신해야 했다. 많은 마을 사람이 기억하는 바지만, 내 집이 서 있는 근처 도로는 전에 이곳 주민들의 웃음과 수다로 떠들썩했고, 그 길에 면한 숲은 여기저기 그들이 조성했던 작은 정원과 거주지가 흩어져 있었다. 게다가 당시에는 지금보다 더 빽빽하게 이 도로를 숲이 둘러싸고 있었다.

14

전에 살았던 사람들과 겨울 방문객

나는 겨울 동안 몇 번의 유쾌한 눈보라를 견뎌냈고, 난로 옆에서 유쾌한 저녁 시간을 보냈다. 그동안 밖에서는 눈이 거세게 몰아쳤고 심지어 올빼미 울음소리도 잠잠해졌다. 여러 주 동안 산책길에서 가끔 벌목하여 마을로 나무를 가져가는 사람들을 제외하고는 아무도 만나지 못했다. 하지만 나는 겨울 날씨에 유혹되어 밖으로 나가면서 숲속에 깊이 쌓인 눈 위에 작은 길을 만들어놓았다. 한번은 밖에 나갔을 때 바람이 불어와 참나무 잎사귀들을 내 길 위에 뿌려놓았다. 떨어진 잎사귀들은 그 자리에 그대로 머물면서 햇볕을 받아들여 눈을 녹였다. 그것은 발밑에 건조한 발판을 만들었을 뿐만 아니라 밤중에는 눈 위의 검은 줄이 되어 길잡이 노릇을 했다.

이처럼 사람들을 잘 만나지 못했으므로, 전에 이 숲속에 살았던 사람들을 떠올리는 것으로 그 만남을 대신해야 했다. 많은 마을 사람이 기억하는 바지만, 내 집이 서 있는 근처 도로는 전에 이곳 주민들의 웃음과 수다로 떠들썩했고, 그 길에 면한 숲은 여기저기 그들이 조성했던 작은 정원과 거주지가 흩어져 있었다. 게다가 당시에는 지금보다 더 빽빽하게 이 도로를 숲이 둘러싸고 있었다. 내 기억에도, 어떤 곳에서는 이륜마차가 소나무 가지들을 스치며 지나갈 정도로 빽빽했고, 이 길을 통해 링컨까지만 가는 부녀자들은 두려움에 떨면서 걸어가거나 종종 상당 부분을 뛰어서 갔다. 주로 나무꾼 마차가 이용하는, 인근 마을들로 가는 작은 길이었지만, 이 길은 다양한 구경거리로 여행자를 즐겁게 했고 나중에는 머릿속에 오랜 추억으로 남았다. 지금은 마을에서 숲까지 탁 트인 길이 놓여 있지만, 당시에는 바닥에 통나무들을 놓아 단풍나무 습지를 통과해 겨우 걸어가게 한 길이었다. 그러니 스트래튼 농장(현재는 구빈원)에서 브리스터 언덕에 이르는 오늘날의 비포장도로 밑에는 아직도 그 통나무의 잔재가 남아 있을 것이다.

내 콩밭의 동쪽, 길 건너편에는 콩코드의 유지(有志) 덩컨 잉그램의 노예였던 카토 잉그램이 살았다. 주인은 그의 노예를 위해 이곳 월든 숲에 집을 지어 살게 함으로써, 우티카의 카토[174]가 아니라 콩코드의 카토가 되었다. 어떤 사람은 그가 기니 출신 흑인이라고 말한다. 어떤 사람은 호두나무들 사이에 있던 그의 작은 밭을 아직도 기억한다. 카토는 나이 들어 그 밭을 팔아야 할 때까지 경작하지 않고 내버려두었다. 그러다가 마침내 더 젊은 백인 투기꾼이 그 밭과 집을 사들였다. 그러나 그 백인 또한 현재 더는 이 세상 사람이 아니다. 절반쯤 잊힌 카토의 지하 저장실 구멍은 아직 남아 있는데 이걸 알아보는 사람은 극소수다. 소나무 숲 때문에 여행자는 그것을 보지 못한다. 그것은 지금 부드러운 옻나무로 채워져 있고, 또 일찍 자라는 메역취 종이 그곳을 무성하게 뒤덮고 있다.

그리고 내 밭 한쪽 구석, 마을에 좀 더 가까운 곳에 흑인 여자 질파가 작은 집을 짓고 살았다. 마을 사람들을 위해 속옷 옷감을 짰던 질파는 날카로운 노랫소리로 월든 숲을 쩌렁쩌렁 울리게 했다. 그녀는 아주 크고 금방 구분되는 목소리를 갖고 있었던 것이다. 그러나 1812년 전쟁 때, 가석방 중인 영국인 병사들이 그녀의 집에 불을 질렀다. 마침 그녀는 집을 비웠는데 집

---

174 앞에 나온 대 카토의 증손으로, 보통 소 카토(기원전 95-46)라고 한다. 아프리카 우티카에서 만년을 보냈으므로 우티카의 카토라고 불린다.

에 있던 고양이, 개, 암탉들이 모두 불타 죽었다. 그녀는 아주 모질고 힘든 인생을 살았다. 이 숲을 자주 다닌 노인은 이렇게 기억한다. 그가 정오에 그녀의 집 옆을 지나가는데 보글보글 끓는 냄비 위에 대고 질파가 혼자 중얼거렸다. "너희는 타서 다 뼈가 되었구나, 뼈가 되었어!" 거기서 참나무 숲에서 타고 남은 벽돌들을 본 적이 있다.

길 아래쪽으로 내려가서 오른쪽으로 접어들면 브리스터 언덕으로 가는 길이 나온다. 그곳에 "손재주 좋은 흑인" 브리스터 프리먼이 살았다. 그는 과거에 시골 유지 커밍스의 노예였다가 자유인이 된 사람이다. 그곳에는 과거에 프리먼이 심고 보살폈던 사과나무들이 아직 자라고 있다. 이제 커다랗지만 늙은 나무가 되었으나 그 열매를 먹어보면 아직도 야생 사과주 냄새가 난다.

얼마 전에 그의 묘비명을 오래된 링컨 공동묘지에서 읽었다. 콩코드에서 퇴각할 때 쓰러진 영국 척탄병들의 묘비 없는 무덤 옆 한쪽에 있었다. 그의 묘비명에는 "시피오 브리스터"라는 이름이 새겨져 있었다. 시피오는 스키피오 아프리카누스[175]를 가리키는 것일 텐데 브리스터는 상당히 멋진 이름을 가졌다는 생각이 들었다. 그 이름 바로 옆에는 "흑인"이라는 설명도 있었는데 마치 그가 탈색이라도 된 것 같은 느낌을 주었다. 묘비명은 또한 그가 죽었다는 사실을 강조했다. 하지만 그것은 한때 그가 살아 있었음을 알려주는 간접적인 방식이기도 했다. 그와 함께 상냥한 아내 펜다가 살았다. 그녀는 아주 유쾌하게 점을 쳐주는 여인이었다. 그녀는 몸집이 크고, 둥그렇고, 검었는데, 웬만한 밤의 아이들보다 더 검었다. 콩코드에는 그전에도 후에도 그처럼 커다란 검은 공같이 생긴 여자가 살았던 적이 없다.

언덕에서 더 아래쪽으로 내려가 왼쪽 숲속 구(舊) 도로상에는 스트래튼 가족의 농가 터가 남아 있다. 그 농가의 과수원은 한때 브리스터 언덕 전

---

175 아프리카의 자마 전투에서 한니발을 패퇴시킨 로마의 명장(기원전 237–183)이다.

콩코드 마을 쪽을 바라보는 브리스터 언덕, 1904년 10월 18일.

언덕에서 더 아래쪽으로 내려가 왼쪽 숲속 구(舊) 도로상에는 스트래튼 가족의 농가 터가 남아 있다. 그 농가의 과수원은 한때 브리스터 언덕 전체에 펼쳐져 있었으나, 그 후 과수원은 송진 소나무들로 대체된 지이미 오래되었다. 단 몇 개의 그루터기가 남았는데, 그 오래된 뿌리는 아직도 번성하는 마을 나무들의 천연묘목이 되어주었다.

체에 펼쳐져 있었으나, 그 후 과수원은 송진 소나무들로 대체된 지 이미 오래되었다. 단 몇 개의 그루터기가 남았는데, 그 오래된 뿌리는 아직도 번성하는 마을 나무들의 천연 묘목이 되어주었다.

마을 쪽으로 좀 더 가까이 다가가면, 길 반대편 숲 가장자리에 존 브리드[176]의 집터가 나온다. 오래된 뉴잉글랜드 전설에는 나오지 않는, 악마의 소행으로 유명한 집터다. 그 악마는 뉴잉글랜드 생활에서 놀랍고 뚜렷한 역할을 했는데, 모든 전설적 인물이 그러하듯 장래 언젠가 전기(傳記)를 만들어 기억할 만한 가치가 있는 자다. 그 악마는 처음에는 어떤 집에 친구 혹은 피고용인의 모습으로 나타나 종내에는 그 집의 가족 전체를 강탈하고 살해한다. 그 악마의 이름은 "뉴잉글랜드 럼주"다. 그러나 역사는 아직 이곳에서 벌어진 비극들에 대해 말하지 않는다. 시간이 개입하여 그 비극들을 어느 정도 완화해 푸른빛을 띠도록 해주어야 한다. 막연하고 의심스러운 전설에 의하면, 이곳에 한때 주막이 서 있었다고 한다. 여행자가 휴대한 술에 타 먹을 물을 얻고, 또 그의 말에 목을 축이게 했다는 우물 얘기 또한 전설로 전해진다. 여기서 사람들은 서로 인사하고, 새 소식을 듣고 말하고, 그다음에는 각자 길을 떠났다.

브리드의 오두막은 불과 12년 전만 해도 이 자리에 서 있었으나 이미 그전부터 사람이 살지 않았다. 크기는 내 오두막만 했다. 내가 착각한 게 아니라면 그 집은 선거일 날 밤에 악동들이 불을 질렀다. 당시 나는 마을 가장자리에 살았는데, 대버넌트의 장시(長詩) 『곤디버트』[177]를 열심히 읽던 중이었다. 게다가 그 겨울에 나는 무기력을 동반한 졸음 증세에 시달리면서 이것이 집안 내력이 아닐까 하는 생각도 들었다. 내 외삼촌은 면도하던 중에

---

176 존 브리드는 콩코드의 이발사로 오로지 럼주 마시는 데만 관심이 있었다. 면도해서 6센트를 벌면 1센트는 안주용 크래커, 나머지 5센트로는 럼주를 샀다. 1824년 노상에서 죽은 채로 발견되었다.

177 윌리엄 대버넌트(1606-1668)의 『곤디버트』는 기사도 정신을 다룬 미완성 서사시다.

잠들어버리는 습관이 있었기 때문이다. 외삼촌은 안식일을 지키려고 일부러 일요일마다 지하 저장실에서 감자 싹을 따는 일을 하면서 잠을 쫓았다. 그러나 내 졸음 증세는 찰머스 영시선집[178]을 단 한 페이지도 빠뜨리지 않고 읽으려는 노력에 대한 역효과일 수도 있었다. 하지만 그 시집이 나의 불안증세를 꽤 진정시켜 주었다는 건 덧붙여 말해두겠다.

내가 밤중에 막 찰머스 시집(詩集)에 코를 빠뜨리고 있는데 화재를 알리는 종소리가 크게 울려 퍼졌다. 소방 마차들은 황급히 불난 쪽으로 달려갔고 남자들과 아이들이 그 뒤를 쫓아갔는데 나도 집에서 황급히 뛰쳐나와 선두 그룹에 들어가 있었다. 개울을 건너 달려간 덕분이었다. 전에도 불구경을 한 적이 있는 우리는 불난 현장이 숲 건너편 저 먼 남쪽에 있는 헛간, 가게, 집 혹은 그 모든 것이라고 생각했다. "베이커의 헛간일 거야." 한 사람이 소리쳤다. "코드먼 집일 거야." 누군가가 또 짐작했다. 바로 그 순간, 마치 지붕이 꺼진 것처럼 숲 위로 새 불길이 솟아올랐다. 우리는 모두 힘차게 소리쳤다. "콩코드 사람들이여, 불 끄러 나오세요!" 마차들이 엄청난 장비를 신고 맹렬한 속도로 달려갔다. 그중에는 무엇보다도, 아무리 먼 곳에서 불이 났더라도 반드시 달려가야 하는 보험회사 직원도 있을 것이었다. 이따금 천천히 그러나 확실하게 소방차 종소리가 뒤에서 울렸다. 이건 나중에 나돈 말이지만, 현장에 불을 지르고 화재 사고를 경고한 자들이 맨 나중에 따라왔다고 한다. 이런 식으로 우리는 감각적인 증거들을 거부하면서 진정한 이상주의자라도 된 것처럼 열심히 달려갔다. 도로의 굽어지는 부분에 이르러 불이 탁탁하며 타오르는 소리와 벽 위로 날름거리는 불의 화기를 느낄 수 있었다. 그제야 우리는 화재 현장에 도착했다는 것을 깨달았다.

그처럼 현장 가까이 있자 우리의 불구경 열기는 다소 시들해졌다. 처음에는 근처 자그마한 연못에서 퍼온 물을 끼얹으려 했다. 그러나 불이 너무

---

178 찰머스(Chalmers)의 영시선집은 총 21권의 책으로 1810년 런던에서 발간되었다.

많이 타올라 건물이 쓸모없게 되어버렸기 때문에 그냥 불이 다 탈 때까지 두는 것이 더 나았다. 그래서 우리는 소방마차 주위에 서서 밀고 당기고 하면서 커다란 목소리로 우리 감정을 표현했다. 아니면 나지막한 목소리로 배스쿰 가게에서 났던 불 등 지금껏 세상에서 발생했던 여러 대규모 화재 사고를 속삭였다. 우리끼리는 이런 생각도 했다. 만약 우리가 소방마차를 때맞추어 대령하고, 근처의 자그마한 연못에 물이 충분히 있었더라면, 아무리 위협적인 대화재라도 엄청나게 많은 물을 퍼부어 대홍수로 바꾸어놓을 수도 있었으리라. 우리는 마침내 아무 소동도 벌이지 않고 각자 침대로 돌아갔고 나는 『곤디버트』 시집으로 돌아왔다. 하지만 기지(機智)가 영혼의 화약이라고 말하는 그 장시 서문에서 다음 문장은 빼버리고 싶다. "인디언들이 화약을 모르듯 대부분 사람은 기지를 알지 못한다."

그다음 날 밤, 거의 같은 시간에 들판을 가로질러 그 불난 집 쪽으로 우연히 걸어가다가 거기서 흘러나오는 낮은 신음을 들었다. 어둠 속에서 가까이 다가간 나는 그 집의 유일한 생존자를 발견했다. 가문의 미덕과 악덕의 상속자요, 이 화재 사건과 유일한 이해관계가 있던 자로 내가 알던 사람이었다. 그는 땅에 엎드려 지하 저장실 벽 너머로 아직도 희미하게 남아 있는 불씨를 내려다보면서, 평소 습관대로 알지 못할 혼잣말을 중얼거리고 있었다. 그는 멀리 떨어진 강변 목초지에서 종일 일했는데, 자유 시간이 생기자마자 아버지와 조상들 그리고 자기가 젊은 시절을 보낸 집으로 달려왔던 것이다. 그는 엎드린 채로 여러 각도에서 지하 저장실을 차례차례 내려다보았다. 마치 그가 금방 기억해낸 어떤 보물이 거기 허물어진 돌들 사이에 있기라도 한 것처럼. 하지만 거기에는 벽돌과 잿더미밖에 없었다. 집은 사라졌으므로 그는 폐허를 멍하니 쳐다볼 뿐이었다.

그는 내가 곁에 있으면서 동정하는 것만으로도 위안이 되는 모양이었다. 비록 어두운 밤중이었지만, 우물이 있었다가 덮인 곳을 내게 보여주었다. 다행히도 우물은 타지 않았다. 그는 아버지가 나무를 잘라 만든 방아두레박을 어둠 속에서 한참 찾았다. 한쪽 끝을 무겁게 만들려고 무거운 추를 단단히 고정한 쇠갈고리를 찾아내고서(그가 더듬어 찾으려던 것이었다), 그게 보통 두레박이 아님을 알려주려 했다. 나는 그것을 만져보았고 오늘날도 그 옆을 지나면서 그 쇠갈고리에 주목하게 된다. 갈고리에는 한 가족의 내력이 담겨 있었다.

다시 한번 왼쪽, 탁 트인 들판에 우물과 담장 옆 라일락 숲이 보이는 그곳에 너팅과 르그로스가 살았다. 하지만 이제 링컨 마을 쪽으로 가보자.

이런 집들보다 더 숲속 깊숙이 들어간 곳, 그러니까 호수에 아주 가깝게 붙어 있는 도로변에, 도자기공 와이먼이 무단으로 그 땅을 점유하고 살았다. 그는 토기를 만들어 마을 사람들에게 팔았고, 후손들에게 가업을 잇게 했다. 그 집안은 세속적인 재물이 많지 않았고, 살아 있는 동안에도 소유주가 눈감아준 덕분에 그 땅을 사용할 수 있었다. 그곳에 가끔 세금 징수 관리가 찾아와 세금을 걷으려 했으나 형식적으로 재산차압 딱지를 붙여놓고 빈손으로 돌아갔다. 세리에게 들은 얘기로는, 그곳에 손을 댈 만한 재산이 없었기 때문이다.

한여름 어느 날, 밭에서 김매기를 하는데 도자기를 잔뜩 마차에 싣고서 시장으로 가던 남자가 내 밭 앞에 말을 세우더니 와이먼 아들 소식을 물었다. 그는 아주 오래전에 아들에게서 도공의 녹로를 사들였는데 그 아들이 현재 어떻게 사는지 알고 싶다는 것이었다. 나는 성경에서 도공의 흙과 녹로[179]에 관해 읽은 적이 있었다. 그러나 오늘날 사용되는 그릇들이 저 오래된 시절부터 파손되지 않고 내려온 것은 아니라는 점, 또 토기 그릇이 조롱박처럼 나무 위에서 자라는 것은 아니라는 점 등은 미처 생각하지 못했다. 하지만 예전에 우리 동네에서 도자기를 활발히 구워냈다는 얘기를 듣고 나는 무척 기뻤다.

---

179 구약성경 욥기 10장, 이사야 41장, 예레미야 18장 등에 나오며, 도공이 잘못 만든 토기 그릇을 깨버리고 다시 만드는 것처럼, 하느님이 잘못 행동하는 이스라엘 사람을 경고하는 비유로 사용되었다.

내가 이 숲에 들어오기 전, 마지막으로 살았던 거주자는 아일랜드 사람인 휴 코일이었는데(그의 이름을 쿼일[Quoil]이 아닌 코일[coil]로 써도 충분하다)[180] 그는 와이먼의 집에 세 들어 살았다. 사람들은 그를 코일 대령이라고 불렀다. 소문에 따르면 그는 워털루 전투에 군인으로 참전했다. 만약 그가 살아 있었다면 나는 그에게 다시 한번 전투 이야기를 들려달라고 했을 것이다. 그의 직업은 월든 일원에서 도랑을 파는 일이었다. 나폴레옹은 워털루 전투에서 패전해 세인트 헬레나 섬으로 유배되었고, 코일은 월든 숲으로 왔다. 내가 그에 대해 아는 얘기는 비극적인 것뿐이다. 세상 구경을 많이 한 사람답게 그는 매너가 좋았고 사람들의 예상보다 훨씬 더 정중한 언어를 구사했다. 그는 알코올성 섬망(譫妄) 증세로 몸을 떨어 한여름에도 외투를 입었고 얼굴은 양홍처럼 붉었다. 그는 내가 숲속으로 들어온 직후에 브리스터 언덕 기슭에 있는 도로에서 죽은 채 발견되었다. 그래서 나는 그를 친밀한 이웃 사람으로 기억하지는 못한다.

그의 집이 철거되기 전, 나는 그 집을 찾아가 보았다. 코일의 동료들 사이에서는 흉가로 여겨져 기피되던 집이었다. 그 집의 널빤지 침대 위에는 많이 입어서 닳아빠진 그의 옷이, 마치 코일 자신인 듯이 둘둘 말아 올라와 있었다. 난로 곁에는 그가 샘물에서 깨뜨렸다고 하는 물동이는 없고, 대신 깨어진 파이프가 놓여 있었다. 깨어진 물동이는 죽음의 상징물이 될 수 없었다.[181] 브리스터 샘물 얘기는 듣기는 했지만 거기 가본 적은 없다고 그가 내게 말했기 때문이다. 그리고 바닥에는 때 묻은 포커 패들이 흩어져 있었는데 다이아몬드, 스페이드, 하트 무늬의 왕이 새겨진 카드들이었다. 정부 관리[유언 없이 죽은 자의 재산을 담당하는 관리]도 붙잡아가지 않은 검은 병아

---

180 쿼일(Quoil) 혹은 코일(coil)로 쓸 수 있는데, 그의 행실에 알맞게 '소란, 혼란'의 뜻이 있는 코일[coil]로 발음해도 된다는 의미이다.

181 전도서 12장 6절을 참고하라. "은사슬이 끊어지고, 금그릇이 부서지고, 샘에서 물 뜨는 물동이가 깨지고, 우물에서 도르래가 부숴지기 전에, 네 창조주를 기억하여라."

브리스터 언덕에 있는 지하저장실 터, 콩코드, 1904년 10월 18일.

땅에 생긴 움푹 파인 구멍과 지하 저장실에 파묻힌 돌 등으로 이곳이 한때 사람들이 살았던 집터였음을 알 수 있을 뿐이었다. 딸기, 나무딸기, 먹딸기, 개암나무 덤불, 옻나무 등은 그곳 양지바른 잔디밭 위에서 자라고 있었다. 송진 소나무와 옹이 많은 참나무가 전에 굴뚝 있던 자리를 차지했고, 좋은 냄새를 풍기는 검은 자작나무는 전에 현관 섬돌이 놓였던 곳에서 자라나 바람에 흔들리고 있었다.

리는 몸이 아주 까맣고 잘 울지도 않았으며 심지어 꺅꺅거리지도 않았다. 그 병아리는 자신을 잡아먹을지도 모르는 여우 르나르를 경계하면서 옆방에 있는 횃대로 조용히 가버렸다.

집 뒤쪽에는 희미하게 윤곽만 남은 채소밭이 있었다. 씨앗을 뿌리긴 했지만, 집주인의 심한 수전증 때문에 단 한 번도 김매기를 하지 않은 밭이었다. 그런데 마침 내가 찾아간 때는 수확 시기였다. 밭에는 쓴쑥과 옷에 달라붙는 식물들이 무성했다. 잡초의 씨는 악착같이 내 옷에 달라붙어 잘 떨어지지 않았다. 집 뒷마당에는 말리기 위해 펼쳐놓은 우드척 가죽이 있었는데, 그가 벌인 마지막 워털루 전투의 전리품이었다. 하지만 이제 코일에게 따뜻한 털장갑이나 모자는 더 이상 필요 없었다.

땅에 생긴 움푹 파인 구멍과 지하 저장실에 파묻힌 돌 등으로 이곳이 한때 사람들이 살았던 집터였음을 알 수 있을 뿐이었다. 딸기, 나무딸기, 먹딸기, 개암나무 덤불, 옻나무 등은 그곳 양지바른 잔디밭 위에서 자라고 있었다. 송진 소나무와 옹이 많은 참나무가 전에 굴뚝 있던 자리를 차지했고, 좋은 냄새를 풍기는 검은 자작나무는 전에 현관 섬돌이 놓였던 곳에서 자라나 바람에 흔들리고 있었다. 한때 샘물이 흘러나왔던 우물 구멍도 눈에 띄었는데 그곳은 이제 메마르고 습기 없는 풀들로 뒤덮인 상태였다. 그 구멍 자국은 이 터에 살았던 마지막 종족이 이곳을 떠나갈 때, 먼 훗날까지 발견되지 않길 바라는 마음에서, 평평한 돌을 그 위에 덮고 다시 잔디를 심어놓은 것일 수도 있었다. 그것은 얼마나 슬픈 행위인가. 우물을 그런 식으로 덮어버리다니! 당연히 그렇게 하면서 눈물의 우물이 샘솟았을 것이다.

이 지하 저장실 구멍들은 버려진 여우 소굴이나 오래된 구멍들처럼, 한때는 사람들이 법석거리며 살았고, 또 "운명, 자유의지, 절대적인 예지"[182] 등이 이런저런 형태와 언어로 차례로 논의되었던 집에서 유일하게 남은 흔

---

182 존 밀턴의 『실낙원』, 2권 558-61행. 이런 주제들에 대해 끊임없이 토론하는 것이 악마가 내리는 징벌 중 하나였다.

올드 코난텀의 라일락과 숲속 길, 콩코드, 1918년 5월 15일.

출입문과 상인방과 문턱은 없어진 지 한 세대가 지났지만, 그래도 생생한 라일락은 자라서 그 꽃들은 매해 봄마다 달콤한 향기를 뿌린다. 그리하여 그 향기에 이끌린 여행자는 그 꽃을 딴다. 라일락은 아이들 손으로 앞마당 빈터에 심어 가꾼 것인데, 지금은 한적한 목장의 벽 옆에 서 있으므로 새로 자란 숲에 자리를 양보한 셈이다. 라일락은 그 집안에서 마지막으로 남은 유일한 생존자이다.

적이다. 그러나 그 사람들의 결말에 대해 내가 말할 수 있는 것은 이것뿐이다. "브리스터와 카토는 양가죽에서 양털을 벗겼다." 가장 유명한 철학 학파의 역사만큼이나 교훈적인 것이다.[183]

출입문과 상인방과 문턱은 없어진 지 한 세대가 지났지만, 그래도 생생한 라일락은 자라서 그 꽃들은 매해 봄마다 달콤한 향기를 뿌린다. 그리하여 그 향기에 이끌린 여행자는 그 꽃을 딴다. 라일락은 아이들 손으로 앞마당 빈터에 심어 가꾼 것인데, 지금은 한적한 목장의 벽 옆에 서 있으므로 새로 자란 숲에 자리를 양보한 셈이다. 라일락은 그 집안에서 마지막으로 남은 유일한 생존자이다.

얼굴 거무스름한 아이들이 두 눈 달린 가녀린 라일락 가지를 집 뒤편 그늘진 땅에 심고 매일 물을 줄 때 아마도 이런 생각은 하지 않았으리라. '이 라일락은 우리보다 훨씬 더 오래 살 거야.' 그렇다. 라일락 가지는 땅속 깊이 뿌리내리고 그 후에 씩씩하게 자라나 어린아이들과 그 라일락 가지에 그늘을 드리웠던 집 그리고 아이들이 자라 어른이 되었을 때 조성한 마당이나 과수원, 이런 것보다 더 오래 살았다. 라일락을 심은 아이들이 어른이 되고 늙어 죽은 후 반세기가 지나 그 길을 지나가는 외로운 여행자에게도 라일락은 그 아이들 이야기를 희미하게 들려주고 있다. 그리고 라일락은 처음으로 꽃핀 그 첫봄처럼 언제나 아름답게, 해마다 피어나서 달콤한 향기를 뿌리고 있다. 나는 여전히 부드럽고, 은근하고, 쾌활한 라일락 색깔을 눈여겨본다.[184]

---

183 카토와 브리스터는 자기 일을 열심히 했다는 비유적 표현으로, 일상생활의 사랑이 곧 지혜의 사랑(철학)이라는 뜻이다. 이는 "제18장 맺음말" 중 쿠루 시의 예술가 에피소드와 연결된다.

184 아주 시적인 문장으로 중국 당나라 시인 잠삼(715-770)의 시 "사람이 다 떠난 것, 뜰의 나무는 모르고/ 봄이 오자 옛날 꽃 그대로 다시 핀다"와 동일한 의경(意境)을 보여준다. 삶과 죽음을 절묘하게 대비한 문장으로, "제17장 봄"에 나오는 겨울과 봄의 극명한 대조를 이루면서 월든 호수가 죽었다가 다시 살아나는 현상 등을 예고한다.

에그 록(달걀 바위)의 황혼, 콩코드, 1918년 6월 15일.

내가 오두막집을 세운 이 자리에 어떤 사람이 집을 지었는지는 알지 못한다. 이 숲 집터보다 더 오래된 터에 세워진 도시로부터 나를 해방해달라. 그 도시의 재료는 폐허이고, 정원은 공동묘지다. 그곳 땅은 하얗게 표백되고 저주받아야 하리라. 하지만 그런 일이 벌어지기 전, 도시의 땅 자체가 파괴되고 말리라. 이런 회상을 하면서 나는 과거에 여기 살았던 사람들을 이 숲에 다시 살려놓았고, 자신을 달래며 잠에 빠져들었다.

그러나 왜 보석보다 더 아름다운 이 작은 마을은 실패하고 있고 콩코드는 답보하고 있는가? 자연적인 혜택이 없어서인가? 물의 혜택이 없는가? 있다. 수심 깊은 월든 호수와 시원한 브리스터 샘물이 있지 않은가? 여기에서 건강에 좋은 물을 오랫동안 마실 수 있는데도, 사람들은 그들의 위스키 술잔을 희석하는 용도로만 이용할 뿐이다. 그들은 하나같이 목이 마른 족속이다. 바구니, 마구간 빗자루, 매트 짜기, 옥수수 튀기기, 리넨 짜기, 도자기 사업 등이 여기서 번창하여, 황무지를 장미꽃처럼 꽃피어 나게 하고, 수많은 후손이 아버지들의 땅을 그대로 물려받게 할 수는 없는 것인가? 불모지가 되어버린 땅은 적어도 저지대의 타락을 비난하는 증거물로 사용될 수 있었을 것이다. 슬프다! 여기에 전에 살았던 사람들에 대한 기억이 풍경의 아름다움을 높이는 데 아무런 기여도 할 수 없다니! 그렇지만 자연은 나를 첫 번째 정착자로 삼고, 또 지난봄에 지어졌지만 인근에서 가장 오래된 것인 나의 집을 실험 대상으로 삼아 회복을 다시 시도할 것이다.

내가 오두막집을 세운 이 자리에 어떤 사람이 집을 지었는지는 알지 못한다. 이 숲 집터보다 더 오래된 터에 세워진 도시로부터 나를 해방해달라. 그 도시의 재료는 폐허이고, 정원은 공동묘지다. 그곳 땅은 하얗게 표백되고 저주받아야 하리라. 하지만 그런 일이 벌어지기 전, 도시의 땅 자체가 파괴되고 말리라. 이런 회상을 하면서 나는 과거에 여기 살았던 사람들을 이 숲에 다시 살려놓았고, 자신을 달래며 잠에 빠져들었다.

겨울 동안 방문객은 별로 없었다. 눈이 깊이 쌓이자 집 근처까지 오는 사람들이 한두 주 동안 거의 없었다. 하지만 나는 숲속에서 초원의 쥐, 소, 닭처럼 느긋하게 살았다. 이런 동물들은 깊은 눈 속에서 음식이 전혀 없는 상태에서도 살아남는다. 이들은 서튼 마을에 정착한 초기 정착민 가족과 비슷하다. 서튼 가족 오두막은 1717년의 대설 때 가장이 외출한 상태에서 완전히 눈에 뒤덮였다. 마침 인디언 한 사람이 깊은 눈 속에서 서튼 집안 굴뚝의 온기가 만들어내는 구멍을 보고서, 그 집까지 찾아오자 비로소 서튼 가

헤이우드 목초지, 콩코드, 1916년 3월 23일.

겨울 날씨가 산책이나 외출을 결정적으로 방해하지는 못했다. 너도밤나무, 노란 자작나무, 낮익은 소나무 등과 만날 약속을 지키기 위해 나는 무슨 일이 있어도 깊은 눈판을 밟으며 8마일 혹은 10마일을 걸었다. 얼음과 눈에 나뭇가지들이 축 늘어지고, 그 우듬지는 날카로워져서 소나무를 전나무로 만들어놓았다. 눈이 평지에서 거의 2피트 깊이로 쌓였을 때 나는 발자국마다 머리 위에 떨어지는 작은 눈보라를 털어내면서 언덕 꼭대기로 걸어 올라갔다.

족은 안도했다. 하지만 안타깝게도 내게는 찾아와주는 자상한 인디언이 없었다. 하지만 사실 그런 도움은 별 필요가 없는데, 가장이 집 안에 있었기 때문이다.

대설! 이 얼마나 유쾌한 말인가! 이렇게 많은 눈이 내리면 농부들은 우마차를 끌고 숲과 늪에 갈 수가 없다. 눈이 내려 쌓인 눈판은 아주 단단하므로 늪의 나무들을 지상에서 10피트[3미터] 올라온 지점에서 베어내야 했다. 이 높이는 그다음 해 봄에 분명하게 드러났다.

눈이 가장 깊이 쌓였을 때, 약 반 마일 정도 거리인 큰길에서 집에 이르는 길은 구불구불한 일련의 점선이 되었는데 점과 점 사이는 폭이 무척 컸다. 날씨가 평온한 일주일 동안 나는 지난번 내 발자국으로 이미 깊게 패인 길을 똑같은 보폭, 똑같은 걸음으로, 이미 나 있는 발자국을 밟으며 걸어갔다. 마치 두 다리를 컴퍼스처럼 일정하게 벌리는 것과 비슷했다. 겨울이 되면 사람은 이런 단순하고 반복적인 절차를 따르는 존재가 된다. 내가 이미 찍어놓는 발자국에는 물이 고여 하늘의 푸른 색깔을 반영했다.

그러나 겨울 날씨가 산책이나 외출을 결정적으로 방해하지는 못했다. 너도밤나무, 노란 자작나무, 낯익은 소나무 등과 만날 약속을 지키기 위해 나는 무슨 일이 있어도 깊은 눈판을 밟으며 8마일 혹은 10마일을 걸었다. 얼음과 눈에 나뭇가지들이 축 늘어지고, 그 우듬지는 날카로워져서 소나무를 전나무로 만들어놓았다. 눈이 평지에서 거의 2피트[0.6미터] 깊이로 쌓였을 때 나는 발자국마다 머리 위에 떨어지는 작은 눈보라를 털어내면서 언덕 꼭대기로 걸어 올라갔다. 당시는 사냥꾼들도 이미 겨울 숙영에 들어간 시점이었고 나는 때때로 두 손 두 발을 눈판 위에 붙이고 엉금엉금 기어서 가야 했다.

어느 날 오후, 나는 올빼미가 대낮에 하얀 소나무 밑동, 가까운 마른 가지에 앉아 있는 것을 보았다. 그놈은 1로드[5미터] 이내 가까운 거리에 있었고 나는 선 채로 놈을 아주 흥미롭게 지켜보았다. 녀석은 내가 움직이면서 눈판 위에서 내는 빠각거리는 소리를 들을 수 있었으나 내 모습을 분명하게 보진 못했다. 내가 좀 더 시끄러운 소리를 내자 비로소 목을 쭉 내밀고 목 깃털을 바싹 세우고 눈을 크게 떴다. 그러나 눈꺼풀이 곧 아래로 내려오더니 졸기 시작했다. 놈을 반 시간 정도 쳐다보다가 나 역시 졸음이 왔다. 눈을 절반쯤 뜨고 고양이처럼 거기 앉아 있는 올빼미가 마치 날개 달린 고양이처럼 보였다. 그 눈꺼풀의 가느다란 실눈으로 밖을 내다보면서 세상과는 완전히 떨어진 것도 아니고, 완전히 붙은 것도 아닌 그런 관계를 유지하며 날 쳐다보았다. 올빼미는 그런 식으로 절반쯤 감긴 눈으로, 마치 꿈나라에서 밖을 내다보는 것같이 쳐다보면서 자기 시야를 가리는 막연한 물체 혹은 티끌의 정체를 알아내려 애썼다.

마침내 내가 좀 더 시끄러운 소리를 내면서 가까이 다가가자 녀석은 불안해졌고 가지 위에서 천천히 몸을 돌렸다. 자기 꿈이 방해받은 것을 불편하게 여기는 기색이 역력했다. 올빼미가 나뭇가지를 떠나 두 날개를 활짝 펴고서 소나무 숲 사이를 날아갈 때 나는 숲에서 아무 소리도 듣지 못했다. 이렇게 하여 올빼미는 소나무 가지들 사이의 빈 공간을, 시각보다는 날개의 민감한 촉각에 의지해 날아갔고, 숲속 어두운 공간을 날갯짓으로 더듬으면서 헤쳐나가 새 나뭇가지에 내려앉았다. 그는 아마도 그곳에서 평화롭게 하루의 새벽을 기다렸을 것이다.

초원에 부설된 철도 양옆 기다란 철둑길을 걸어오면서 살을 에는 듯한 차가운 바람을 여러 차례 만났다. 사실 그곳이야말로 바람이 마음대로 뛰어놀 만한 곳이었다. 서리가 한쪽 뺨을 때리자, 비록 내가 기독교인은 아니지만, 다른 쪽 뺨도 돌려댔다. 브리스터 언덕부터는 마차 길을 따라 걸었지만 추운 것은 매한가지였다. 그래도 나는 자상한 인디언처럼 마을로 들어갔다. 드넓은 들판에서 휘날리던 눈이 바람에 불려와 마을의 월든 로(路) 양옆 담벼락에 높이 쌓였고, 반 시간만 지나면 금방 지나간 여행자가 길 위에 남긴 발자국은 다 사라졌다. 그리고 돌아올 때는 또다시 도로 담벼락에 눈 더미가 새로 쌓여 있었는데 나는 그 거리를 비틀거리며 통과했다. 마을에 바삐 몰아치는 북서풍은 가루 같은 눈을 거리 모퉁이에 쌓아 올리고 있었다. 토끼 발자국은 물론 초원 쥐의 자그마한 발자국조차 보이지 않았다. 그렇지만 그런 한겨울에도 따뜻한 샘물 같은 습지를 발견하지 못한 적은 거의 없었다. 그곳에는 단단한 풀과 앉은부채가 늘 푸르게 고개를 내밀고 있었다. 그리고 그보다 강인한 새가 날아와 봄의 귀환을 기다리고 있었다.

때때로, 저녁 산책을 끝내고 집으로 돌아올 때 나는 집에서 마을 쪽으로 나오는 나무꾼의 깊은 발자국을 되짚어 걸어왔다. 난로 옆에서 그의 대팻밥을 발견했고 또 집 안에 감도는 그의 파이프 냄새를 맡을 수 있었다. 혹은 일요일 오후에 내가 마침 집에 있을 때, 어떤 총명한 농부가 눈밭 위를 걸어가는 발자국 소리를 들었다. 그는 사교적 잡담을 나누려고 일부러 먼 곳에서 숲을 가로질러 집을 찾아온 것이었다. 그는 농부 중에서도 보기 드물게 "농장 일을 즐기는 사람" 중 하나였다. 그는 교수 가운이 아니라 작업복을 입고 있었으나 헛간에서 거름 한 짐 나르는 것 못지않게 교회와 국가에 관련된 사건에서 어떤 교훈을 이끌어내는 일도 잘했다. 우리는 모든 것이 소박하고 단순했던 시절을 이야기했다. 또 살을 에는 차가운 날씨에도 사람들이 아주 맑은 머리를 가지고 모닥불 주위에 둘러앉아 대화를 나눈 시절도 얘기했다. 다른 마땅한 디저트가 없을 때, 우리는 영리한 다람쥐들이 오래전에 버렸던 도토리를 가져와 씹었다. 껍질만 두껍고 실속은 별로 없긴 했지만.

깊이 쌓인 눈과 차가운 날씨에도 그 농부보다 더 먼 곳에서 집을 찾아온 사람이 있었으니 바로 시인[엘러리 채닝]이었다. 농부, 사냥꾼, 군인, 기자, 심지어 철학자도 이런 날씨에는 외출을 삼갔을 것이다. 그러나 어떤 것도 시인의 행동을 제지하진 못한다. 그는 순수한 사랑에 따라 움직이기 때문이다. 누가 시인의 오고감을 예측할 수 있겠는가? 시인의 용무는 아무 때나 시인을 불러냈다. 설사 의사들이 잠자는 그런 시간일지라도 개의치 않았다. 나의 자그마한 오두막은 우리의 환담으로 소란스러웠고 진지한 대화로 쩡쩡 울렸으며, 그 후에는 오래 침묵을 지킴으로써 월든 계곡에 보상을 해주었다. 월든과 비교하면 브로드웨이는 너무 한적하여 버려진 것이나 마찬가지였다. 적당한 간격을 두고서 규칙적으로 그와 나 사이에 웃음 섞인 인사가 오갔는데, 방금 했던 농담이나 앞으로 나오게 될 농담과 관련해 무심하게 웃음을 터뜨리는 것이었다. 우리는 한 그릇의 묽은 죽을 앞에 두고 여러 '새로운' 삶의 이론에 관해 논의했다. 같이 식사를 나누면서, 철학적 담론에 필요한 명석한 두뇌를 공유하는 순간이었다.

내가 호수에서 마지막 겨울을 보낼 때 또 다른 반가운 방문객이 있었다는 사실을 기록해두고 싶다. 그는 마을을 통과해 눈과 비와 어둠을 뚫고서 나무들 사이로 보이는 집 등불을 찾아 방문했다. 그는 나와 함께 겨울 저녁을 많이 보냈다.[185] 그는 이 세상에 마지막으로 남은 철학자 중 한 사람이고(코네티컷주가 이 세상을 위해 그를 배출했다) 처음에는 세상 물건들을 팔았으나, 나중에는 자신이 말했듯이 그의 두뇌를 팔았다. 지금도 신(神)에게 시비를 걸고 인간을 비난하면서 두뇌 지식을 팔고 있다. 그 지식은 자기 두뇌에 맺힌 열매로서 호두의 속 알과 비슷한 것이다. 나는 그가 살아 있는 어떤 사람보다 신앙 가득한 사람이라고 생각한다. 그의 말과 태도를 보면 언제나 남들보다 더 좋은 상태를 예상한다. 시대가 계속 전진하면서 생기는 실망스러운 일들에 대해 그는 가장 나중에까지 실망하지 않을 사람이다. 그는 현재 아무 일도 하지 않고 있다. 그러나 비록 상대적으로 무시당하고 있더라도, 언젠가 그의 날이 온다면 대부분 사람은 생각하지 못했던 법이 발효될 것이고, 가장과 통치자들은 그에게 조언을 구하러 올 것이다.

평온함을 보지 못한다니 얼마나 눈먼 자인가![186]

---

185 초월주의자이며 교육가인 에이모스 브론슨 올컷(1799-1888)이다. 『작은 아씨들』의 작가 루이자 메이 올컷의 아버지이다.

186 영국 시인 토머스 스토러(1571-1604)의 시 「추기경 토머스 울지의 삶과 죽음」에서 인용했다.

그는 인간의 진정한 친구이고 인류 발전에 기여하는 거의 유일한 친구다. 그는 올드 모탤리티(Old Mortality), 아니 이모탤리티(Immortality)라는 별명을 가진 로버트 패터슨 같은 사람이다.[187] 지칠 줄 모르는 인내와 믿음으로 인간 육체에 하느님의 이미지가 새겨져 있다는 사실을 널리 알린 사람이다. 인간 육체는 원래 하느님을 기념하는 일종의 석비인데 그것이 마멸되고 기울어지는 것을 막으려고 온 힘을 다하는 철학자이다. 그는 자상한 지성으로 아이들, 거지들, 정신병자들, 학자들을 모두 포용하고, 모든 사람의 생각을 수용하여 거기에 약간의 숨결과 우아함을 부여하는 사람이다.

　　나는 그가 세상의 큰길에 여행자 숙소를 세워야 한다고 생각한다. 그 숙소에서 모든 나라의 철학자가 묵고 또 그 집 간판에는 이런 문구가 새겨지면 좋겠다. "인간을 위한 휴식처. 동반한 짐승은 사절. 여유와 평온한 마음으로, 진정으로 올바른 길을 찾는 사람은 여기 들어와 쉬라." 그는 가장 건전한 사람이고 내가 아는 한 기괴한 변덕이 거의 없는 사람이다. 어제와 똑같은 사람이고 내일도 그럴 것이다.

　　우리는 정신적으로 저 아득히 먼 곳을 거닐면서 대화했고, 그리하여 세상을 우리 뒤에 두고 잊었다. 그는 세상의 어떤 제도에도 매이지 않은 자유로운 사람이다. 우리가 어디로 고개 돌리든, 땅과 하늘이 서로 만나는 듯했다. 그는 자연 풍경의 아름다움을 높여주는 사람이기 때문이다. 푸른 옷을 입은 사람이고, 그에게 가장 적당한 지붕은 그 평온함을 반영하는 드넓은 하늘이다. 그가 죽으면 어쩌나 조바심이 난다. 자연은 그가 없어서는 안 되

187　로버트 패터슨(1715-1801)은 스코틀랜드인 석공인데, 그 나라의 종교개혁에 공로가 있는 사람들의 무덤을 수리하여 보존하는 일로 평생을 보내 '올드 모탤리티'(Old Mortality, 죽은 사람의 묘지를 돌보는 노인)라는 별명을 얻었다. 여기서는 올컷이 패터슨처럼, 인간의 몸 자체가 신의 이미지를 새겨놓은 묘비라고 인식하고 그것이 마멸되고 기울어지는 것을 막아 신의 이미지를 되살리려 했으므로 모탤리티보다는 이모탤리티(Immortality, 불멸)라는 별명이 적절하다는 뜻이다. 올컷은 초월주의자이며, 초월주의에 대해서는 역자 해제 중 "초월주의 사상"을 참고하라.

기 때문이다.

우리는 생각의 널빤지를 꺼내 잘 말렸으므로, 함께 앉아 그 판자를 다듬으며 우리 칼을 시험했고 호박 소나무의 깨끗하고 노란 결이 참 잘 나왔다고 찬탄했다. 우리는 조심스럽게 공경하는 태도로 물을 건너거나 부드럽게 함께 노를 저었으므로 사상의 물고기들이 놀라 물의 흐름에서 벗어나는 일은 없었다. 둑 위에 앉아 있는 낚시꾼을 두려워하지 않으면서 물 위를 신나게 오갔다. 사상의 물고기들은 서쪽 하늘에 떠가는 구름 같았고, 하늘에서 생겨났다가 사라지는 진줏빛 뭉게구름 같은 모습이었다. 거기서 우리는 함께 작업했고, 신화를 수정했으며, 여기저기에서 하나의 우화를 완성했고, 단단한 땅이라는 기반이 없는 공중에 성채를 지었다.

위대한 관찰자! 위대한 예언자! 그와 얘기하는 것은 뉴잉글랜드의 새로운 천일야화였다. 은자인 나와 철학자 방문객 그리고 조금 전에 위에서 말한 오래된 정착자, 이렇게 세 사람은 환담하며 작은 집의 사상적 공간을 넓히고 또 흔들어놓았다. 세제곱인치당 어느 정도의 기압이 가해지는지 알 수 없지만, 그것은 실내 공기의 솔기를 뜯어놓았다. 그래서 그렇게 환담한 후에 나는 그 뜯어진 부분에서 흘러나오는 공기를 메우기 위해 아주 지루한 틈새 메우기 작업을 해야 했다. 하지만 나는 그런 틈새를 메워주는 보형물을 이미 많이 준비해두고 있었다.

그 외에도 또 다른 사람이 있었다.[188] 나는 앞으로도 오래 기억할 정도로 그와 보람찬 계절을 보냈다. 마을에 있는 그의 집에서도 만났고, 그 자신도 간간이 숲속으로 나를 방문했다. 나는 숲속에서 이 사람들 외에 더 이상의 교제를 추구하지 않았다.

---

188 스승 랄프 왈도 에머슨(1803-82)이다. 에머슨 역시 초월주의자로 소로에게 많은 영향을 끼쳤다. 에머슨의 핵심 사상을 담은 세 편의 에세이와 함께 소로와의 우정과 만남에 관한 풍성한 해제가 담겨 있는 대표 저서 『자기 신뢰』(Self-Reliance, 현대지성 클래식 36)를 참고하라.

다른 데서도 마찬가지지만 숲속에서 나는 때때로 결코 오지 않는 방문자[189]를 기다렸다. 힌두교 경전 『비슈누 프라나』는 말한다. "집주인은 저녁에 그의 앞마당에 앉아 암소 젖을 짜는 시간 혹은 필요하다면 그보다 더 긴 시간 동안 방문자의 도착을 기다려야 한다."

나는 종종 이런 환대의 의무를 수행하며 모든 암소의 젖을 짤 정도로 오래 기다렸지만, 마을에서 오는 사람은 보지 못했다.

---

189 여기서 방문자(Visitor)는 하느님을 상징한다. 역자 해제 중 "6차에 걸친 수정"을 참고하라.

15

겨울 동물들

호수가 완전히 얼어붙으면 그때부터 호수는 평소보다 많은 곳으로 안내하는 새로운 지름길을 제공한다. 그뿐 아니라 얼어붙은 호수 표면에 서서 주위 풍경을 돌아다보면 완전히 새로운 분위기를 느낄 수 있다.

눈 덮인 플린츠 호수를 건넜을 때의 일이다. 평소에도 나는 그 호수에서 노를 젓기도 하고 스케이트를 타기도 했다. 하지만 그런 식으로 이 끝에서 저 끝까지 건너가 보니 플린츠 호수는 예상보다 아주 넓고 또 이상하게 보여서, 마치 배핀만[190]에 와 있는 듯한 생각이 들었다. 링컨 마을의 언덕들은 눈 덮인 벌판 끝에서 우뚝 솟아올라 있어, 내가 전에 저 언덕에 올라간 적이 있었는지 잘 기억이 나지 않을 정도였다. 호수의 빙판 저쪽으로 과연 얼마나 떨어졌는지 알 수 없는 거리에서, 낚시꾼들이 늑대처럼 생긴 개들을 데리고 천천히 이동하고 있었다. 그들은 물개 사냥꾼 혹은 에스키모처럼 보였으며, 안개가 많이 긴 날씨에는 너무 괴상하게 보여 그들이 거인인지 소

190 그린란드와 캐나다 사이에 있는 넓은 만.

인인지 제대로 구분이 되지 않을 정도였다.

저녁에 링컨 마을에 강연하러 갈 때 나는 이 길을 걸어서 갔다. 오두막에서 강연장까지는 길도 없었고 인가도 없었다. 도중에 지나가는 구스 호수에는 사향쥐 한 무리가 살았다. 녀석들은 얼음 위 높은 곳에 둥지를 마련해 두고 있었으나, 내가 호수 빙판길을 건널 때는 한 마리도 나와 있지 않았다. 다른 호수들과 마찬가지로 평소에 눈이 없거나 아니면 얕은 눈만 뒤집어쓰고 있는 월든 호수는 내 앞마당이었다. 나는 거기서 마음껏 산책할 수 있었지만 다른 곳은 눈이 거의 2피트[0.6미터] 높이로 쌓여 있어 마을 사람들은 가까운 동네 근처 이외에는 나다니지 못했다. 마을에서 멀리 떨어져 있고 아주 드물게 썰매 종소리가 들려오는 월든 호수 빙판에서, 나는 미끄럼이나 스케이트를 탔다. 그곳은 사냥꾼과 들짐승의 발길로 잘 다져진 말코손바닥사슴 지역 같은 곳이었고, 눈 무게에 가지가 휘어졌거나 고드름이 반짝이는 멋진 참나무와 근엄한 소나무들이 그늘을 드리우고 있었다.

겨울밤에 들려오는 혹은 낮 동안에 간간이 들리는 소리로 가늠하려 해도 얼마나 멀리 떨어져 있는지 불확실한 곳에서 올빼미는 고독하지만 낭랑하게 울고 있었다. 그 소리는 얼어붙은 땅을 쇠꼬챙이로 박박 긁어댈 때 나는 것 같은 소리였는데 말하자면 그것이 월든 숲의 자연 언어였다. 하지만 올빼미가 그 소리를 내는 순간을 본 적은 없었다. 겨울 저녁에 집 문을 열어놓을 때마다 그 소리가 들려왔다. 부엉부엉 하고 구성지게 울어댔지만, 첫 세 마디는 '요새 어떻게 지내십니까' 하고 말하는 듯했다. 어떤 때는 어떻게, 어떻게, 어떻게, 세 마디만 말하면서 우는 듯했다.

겨울 초입, 호수가 얼어붙기 전 어느 날 밤 아홉 시쯤, 커다란 거위 울음소리를 듣고 나는 깜짝 놀랐다. 문밖으로 나서자마자 마치 숲속에서 들려오는 폭풍우와 같은 거위의 날갯짓 소리가 들렸다. 거위들은 내 집 위를 낮게 날아 숲속으로 날아갔던 것이다. 그들은 호수를 지나 페어헤이븐 쪽으로 갔는데, 원래 월든 호반에 내리려다가 집에서 나오는 불빛을 보고 그만둔 것 같았다. 그들의 지도자는 일정한 박자를 맞춰 계속 울어댔다. 그런데 갑자기 올빼미 소리가 집 바로 근처에서 틀림없이 들려왔다. 숲속 주민들에게서는 일찍이 들어본 적이 없는 아주 가혹하고 무서운 소리였는데, 일정한 간격을 유지하며 거위 울음소리에 응수했다. 아주 폭넓고 깊은 원주민 울음소리를 들려주어 허드슨만에서 날아온 저 침입자의 정체를 밝히고 폭로하여 콩코드의 지평선 너머로 쫓아버리려는 것 같았다. 감히 나에게 바쳐진 신전을 넘보면서 이 야심한 시간에 성채에 경적을 울리는[191] 저의가 무엇이냐? 내가 이런 시간에 졸다가 적의 침입에 무방비로 당할 것 같으냐? 나에게도 너희 못지않게 커다란 허파와 목청이 있다는 것을 모르느냐? 부엉, 부엉, 부엉, 어서 사라지지 못해! 그것은 내가 일찍이 들어본 불협화음 목소리 중 가장 인상 깊은 것이었다. 그렇지만 소리를 알아듣는 귀가 있다면, 이 들판이 일찍이 보거나 들은 적이 없는 조화의 목소리가 그 소리에 깃들어 있음을 간파할 것이다.

호수 얼음이 팽창하거나 수축할 때 나는 쩍쩍 소리도 들었다. 호수는 콩코드 일대에서 나의 훌륭한 잠자리 친구다. 사람으로 치자면 침대에 누워 있는 것이 불안한 듯, 호수는 이리저리 돌아누우면서 복부 팽만과 악몽으로 잠을 제대로 못 자는 것 같다. 나는 또 서리로 땅이 깨어지는 소리에 놀라 잠에서 깨기도 했다. 그것은 누군가가 갑자기 집 문으로 우마차를 들이박는 듯한 소리였다. 아침에 일어나 땅 위에서 길이 4분의 1마일[400미터]에 너비 3분의 1인치[1센티미터] 정도 되는 갈라진 틈새를 보곤 했다.

때때로 나는 달빛 환한 밤중에 메추라기나 다른 사냥감을 찾아 눈벌판 위로 달려가는 여우들의 발걸음 소리도 들었다. 여우들은 숲속 들개처럼 귀에 거슬리는 악마 같은 소리를 질러댔다. 그들은 어떤 불안감에 시달리면서 그것을 표출하고자 불빛을 찾아 달렸는데 금방이라도 개로 변신하여 동네 거리를 마음껏 내달리고 싶어 하는 것 같았다. 앞으로 아주 많은 세월이 흘

---

191 갈리아인이 기원전 390년 로마 시내의 성채에 침입해왔을 때 거위가 울어 잠든 보초병을 깨웠다는 고사가 있다. 『리비우스 로마사』 5권 47절에 나온다.

러간다고 상상해보면, 짐승들 사이에서도 인간 사회와 마찬가지로 문명이 생겨나지 않을까? 내가 볼 때 짐승들은 토굴에 사는 원시적 혈거인(穴居人) 과 비슷하다. 그들은 자신을 잘 방어하면서 언젠가 변신하는 날을 기다리는 것 같다. 때때로 어떤 여우는 집 불빛에 유혹되어 창문까지 다가와서 여우답게 저주하는 목소리로 내게 짖어대다 물러갔다.

붉은 다람쥐는 보통 새벽에 날 깨운다. 집 지붕 위를 달리기도 하고 집 옆면을 위아래로 오르내리는데 마치 그 일을 하려고 숲에서 파견된 것 같았다. 겨울 동안 나는 아직 익지 않은 옥수수 반 부셸을 창문을 통해 눈벌판 위로 내던졌고, 그 옥수수의 유혹에 집 근처로 다가오는 다양한 동물들을 쳐다보면서 즐거운 시간을 보냈다. 황혼이나 밤중에 토끼들이 주기적으로 다가와 즐거운 식사를 했다. 붉은 다람쥐들은 종일 왔다 갔다 하는 동작을 보여주어 나를 아주 즐겁게 했다. 어떤 다람쥐는 처음엔 키 작은 참나무들 사이로 조심스럽게 접근하면서, 바람에 날려 온 잎사귀처럼 눈벌판 위에서 팔짝팔짝 지그재그로 뛰면서 다가왔다. 한번은 이쪽으로 몇 발자국 아주 빠르고 힘들게 걸어와서, 마치 내기 달리기를 하는 것처럼 다리를 바삐 놀리더니, 그다음에는 저쪽으로 역시 몇 발자국 걸어가는 것이었다. 그러나 한번에 반 로드[2.5미터] 이상 다가서는 일은 없었다. 그러다가 갑자기 우스꽝스러운 표정을 지으며 멈춰 서서는 아무 이유 없이 펄쩍 뛰어올랐다. 마치 온 세상의 모든 눈동자가 그에게 집중된 것처럼. 비록 아주 깊은 숲속에 있더라도 다람쥐의 동작은 무용단 여자 무용수 못지않게 관중을 의식하는 듯했다. 다람쥐는 꾸물거리고 경계하는 태도 때문에 직선거리로 다가올 때보다 훨씬 많은 시간을 소비하며 다가왔다. 나는 전에는 다람쥐가 그렇게 걷는 것을 본 적이 없었다.

그러다가 갑자기 다람쥐는 내가 어어 하고 말할 새도 없이 어린 송진 소나무 위로 올라가서 시계태엽 감는 소리를 내면서 모든 상상 속의 구경꾼들을 비난했고, 동시에 온 세상을 상대로 독백과 방백을 했다. 왜 저런 행동을 하는지 나는 이유를 전혀 알 수 없었고 아마도 다람쥐 자신도 모를 것

여우의 발자국, 월든 호수, 1918년 2월 18일.

때때로 나는 달빛 환한 밤중에 메추라기나 다른 사냥감을 찾아 눈판 위로 달려가는 여우들의 발걸음 소리도 들었다. 여우들은 숲속 들개처럼 귀에 거슬리는 악마 같은 소리를 질러댔다. 그들은 어떤 불안감에 시달리면서 그것을 표출하고자 불빛을 찾아 달렸는데 금방이라도 개로 변신하여 동네 거리를 마음껏 내달리고 싶어 하는 것 같았다. 앞으로 아주 많은 세월이 흘러간다고 상상해보면, 짐승들 사이에서도 인간 사회와 마찬가지로 문명이 생겨나지 않을까?

으로 생각했다. 마침내 그는 옥수수 낟알 있는 곳에 도착하여 그럴듯한 낟알을 하나 집어 들더니 예의 그 지그재그 걸음으로 내 장작더미의 맨 윗부분에 있는 장작으로 올라갔다. 장작은 바로 창문 앞에 있었다. 녀석은 내 얼굴을 빤히 쳐다보더니 그곳에 앉아 몇 시간을 보냈다. 그리고 중간중간에 새 옥수수를 가져다가 처음에는 맹렬하게 먹더니 절반쯤 먹어치운 다음에는 속대를 주위에 내던졌다. 마침내 그는 더욱 날렵해지더니 자기 음식을 가지고 놀이를 하기 시작했다. 한 발로 장작 위에 옥수수 대를 균형감 있게 잡고 나서 옥수수 낟알을 뜯어먹었는데, 마침 옥수수를 부주의하게 잡는 바람에 속대가 땅으로 떨어졌다. 그는 속대가 생명체라도 되는 것처럼 야릇하면서도 불확실한 표정으로 그것을 내려다보더니, 땅으로 내려가서 그걸 다시 가져올 것인지, 새 옥수수를 가져올 것인지, 아니면 그냥 가버릴 것인지 결정하지 못한 상태였다.

다람쥐는 한편으로는 옥수수 생각을 하는가 싶더니, 다른 한편으로는 바람 속에 실려 오는 메시지를 들으려고 열심히 귀를 기울였다. 그런 식으로 저 자그마하고 무모한 친구는 오전에만 옥수수 대 여러 개를 씹어 먹었다. 마침내 자기 몸보다 훨씬 길고 큰 옥수수 하나를 잡더니, 능숙하게 균형을 잡으면서 예의 그 지그재그 걸음으로 들소를 잡은 호랑이처럼 숲속으로 들어갔다. 그는 도중에 여러 번 쉬어야 했다. 그 옥수수가 자신이 다루기에는 좀 버거운지 자주 넘어지면서 몸이 긁혔다. 수직과 수평의 중간쯤 가로지르는 빗금으로 넘어졌으나, 옥수수를 숲속으로 가져가겠다는 결의만큼은 단단했다. 참으로 경박스럽고 변덕스러운 친구였다. 아무튼, 그 옥수수 대를 자기 처소 근처까지 끌고 가서, 내 집에서 아마도 40-50로드[200-250미터] 떨어진 소나무 꼭대기로 갖고 올라갔으리라. 그러면 나는 얼마 뒤에 여러 방향으로 내던져진 옥수수 대를 숲속에서 발견하게 되겠지.

마침내 여치들이 숲속에 도착했다. 그 새들의 거슬리는 비명은 오래전부터 들려왔다. 그들은 8분의 1마일[200미터] 떨어진 곳에서 조심스럽게 접근했다. 은밀하면서도 영악한 방식으로 이 나무에서 저 나무로 날아다니면서 점점 더 가까이 다가와서는 다람쥐들이 떨어뜨린 옥수수 낟알을 집어갔다. 이어 송진 소나무 가지에 앉아 황급히 그 낟알을 먹어치우려 했다. 하지만 낟알은 목구멍에 그대로 들어가기에는 너무 컸고 그래서 여치의 목을 메게 했다. 녀석들은 한참 씨름하더니 마침내 그 낟알을 뱉어냈다. 이어 부리로 계속 낟알을 쪼아댔는데 한 시간 가까이 공을 들였다. 그들은 분명 도둑이었고 그래서 별로 존경심이 들지 않았다. 반면, 다람쥐들은 처음에는 수줍어했으나 나중에는 마치 제 것을 가지고 가는 양 행동했다.

그동안 박새들도 떼 지어 몰려왔다. 그들은 다람쥐들이 떨어뜨린 낟알을 집어 들고 근처 나뭇가지로 날아가 낟알을 앞발 밑에 두고서 그 조그마한 부리로 내리 쪼기 시작했다. 마치 그 낟알이 나무껍질에서 찾아낸 벌레라도 되는 것처럼. 마침내 낟알은 충분히 쪼개어져 가녀린 목구멍도 통과했다. 박새의 작은 무리는 내 장작더미나 문 앞에서 점심 식사를 얻으려고 매일 날아왔고 희미하게 짹짹거리며 허약한 소리를 냈다. 그것은 풀밭에 떨어진 반짝거리는 고드름 같은 소리였고, 아니면 명랑하게 "데이 데이 데이" 하고 외치는 소리였으며, 드물게는 숲속에서 들려오는 "피비, 피비" 하는 여름 예고편 같은 소리로 봄날에나 들을 수 있었다.

이 새들은 이제 나의 오두막집 환경에 너무 익숙해져 그중 한 놈은 내가 마침 집 안으로 들고 가던 한 아름의 장작 위에 내려앉아 아무 두려움 없이 장작을 쪼아댔다. 한번은 내가 마을의 어떤 사람 정원에서 김매기를 하는데, 참새 한 마리가 내 어깨에 내려앉기도 했다. 어깨에 고위 관직 견장을 단 것보다 그 참새의 방문이 훨씬 더 영광스러웠다. 다람쥐도 마침내 나와 아주 친해져서 지름길이다 싶으면 내 구두 위에 올라오는 것도 마다하지 않았다.

땅이 아직 눈으로 완전히 뒤덮이지 않거나 겨울이 거의 끝나갈 무렵 혹은 쌓인 눈이 집에서 약간 떨어진 남쪽 언덕 사면이나 장작더미에서 녹을 무렵, 메추라기들이 아침저녁으로 숲속에서 나와 먹을 것을 구했다. 숲속 어느 쪽을 걸어가든 메추라기들이 휘리릭 날개를 펴고 날아, 높은 곳의 메마른 잎사귀와 가지들로부터 쌓인 눈을 털어내는데, 햇빛을 맞으며 떨어지는 그 눈은 마치 황금 가루처럼 보였다. 그러나 이 용감한 새는 겨울이라고 해서 두려워하는 법이 없었다. 이 새는 종종 눈더미 안에 은신하고, "때때로 부드러운 눈 속으로 수직 낙하하여 그 안에 숨어 하루 이틀을 보내기도 한다". 나는 탁 트인 개활지에서 이 새들과 마주쳐 그들을 놀라게 한 적이 여러 번 있었다. 메추라기들은 해 질 녘이면 숲속에서 나와 야생 사과나무의 '새싹'을 쪼아 먹는다. 그들은 정기적으로 매일 저녁이면 특정 나무들을 찾아오는데, 교활한 스포츠맨[사냥꾼]은 잠복해 있다가 그 새들을 기다린다. 또 숲 옆에 있는, 집에서 멀리 떨어진 과수원들은 이 새들 때문에 적지 않은 피해를 본다. 하지만 메추라기들이 그런 식으로라도 먹을 것을 챙기는 것이 다행스럽다. 메추라기는 새싹을 먹고 자연 음료를 마시며 살아가는 자연의 새다.

어두운 겨울 오전이나 짧은 겨울 오후에, 나는 때때로 숲속을 달리는 사냥개 떼의 발걸음 소리를 들었다. 그들은 사냥하려는 본능을 억누르지 못해 사냥감을 쫓으며 흥분하다가 꽥꽥 소리를 내질렀다. 간간이 사냥 나팔 소리가 들려와 사람이 그 뒤를 따르고 있다는 걸 알려주었다. 숲에는 다시 큰 소리가 울려 퍼졌으나, 여우는 얼어붙은 호수의 빙판 위로 달려 나오지도 않았고, 사냥개들도 악타이온[192]의 뒤를 쫓지 않았다. 그러나 저녁이 되면 사냥꾼들이 그들의 썰매 뒤에 여우 꼬리 하나를 전리품처럼 매달고 그들 숙소로 돌아가는 모습을 볼 수 있으리라.

사냥꾼들은 내게 이런 말을 들려주었다. 만약 여우가 얼어붙은 땅의 가슴속에 그대로 머물러 있었다면 안전했을 것이다. 그가 일직선으로 달아난다면 사냥개들은 따라잡지 못할 것이다. 그러나 추격자들을 멀찍이 떼어놓

---

192 그리스 신화에 나오는 사냥꾼. 처녀 여신 아르테미스와 님프들이 숲속에서 알몸으로 목욕하는 장면을 우연히 엿보자, 여신은 그를 숫사슴으로 변신시켰고 그의 휘하에 있던 사냥개들이 그를 물어뜯어 죽였다.

으면 녀석은 편안한 곳에 앉아 쉬면서 그들이 다가오는지 귀를 기울이며 경계한다. 여우는 달릴 때 자기 옛 소굴을 중심으로 빙빙 돈다. 하지만 소굴에서는 사냥꾼들이 그를 기다린다. 여우는 몇 로드 높이 담벼락을 마주치면 때때로 훌쩍 뛰어넘어 다른 쪽 먼 구석으로 달아난다. 호숫물이 자기 냄새를 날려버린다는 것을 아는 듯하다. 한 사냥꾼은 내게 이런 얘기를 했다. 한번은 사냥개들에게 쫓기는 여우가 월든 호수 쪽으로 내몰리는 것을 보았다. 얼어붙은 월든 호수의 빙판은 군데군데 얕은 물웅덩이로 뒤덮여 있었다. 여우는 호수 반대편 쪽으로 절반쯤 달려가더니 걸음을 되짚어서 호수 이쪽으로 되돌아왔다. 잠시 뒤 사냥개들이 호숫가에 도착했으나 여우 냄새를 잃어버리고 말았다.

때때로 자기들끼리 사냥에 나선 사냥개 무리가 문 앞을 지나가거나, 집을 빙빙 돌면서 나는 안중에도 없다는 듯 미친 듯이 짖어댔다. 마치 광견병에 걸린 것처럼 아우성이었는데 어떤 것도 추격 본능에서 그들을 떼어놓을 수 없을 것 같았다. 개들은 이런 식으로 빙빙 돌다가 마침내 최근에 남겨진 여우 흔적을 발견했다. 현명한 사냥개는 이 흔적을 얻을 수 있다면 나머지는 기꺼이 포기한다. 어느 날 어떤 남자가 렉싱턴 쪽에서 내 오두막을 찾아와 그의 사냥개가 제멋대로 출발해서, 혼자 사냥에 나선 지 일주일이나 되었다고 말했다. 그러나 내가 무슨 얘기를 해준들 그가 귀 기울여 들을 것 같지 않았다. 내가 그의 질문에 대답하려 들면 그는 "당신은 여기서 뭘 하고 있습니까?"라고 물으면서 내 말 허리를 잘랐다. 그는 개를 잃어버렸으나 사람은 하나 발견한 셈이다.

고의는 아니나 신랄한 어조로 말하는 어떤 늙은 사냥꾼이 있었다. 그는 1년에 한 번 월든 호숫물이 가장 따뜻할 때 호수에 목욕을 다녔다. 다음은 내가 그에게서 들은 얘기다. 여러 해 전에 그는 엽총을 들고서 월든 숲속으로 사냥을 나갔다. 그가 웨이랜드 길을 걷던 도중에 사냥개들이 짖는 소리가 가까이 들려왔다. 곧 여우가 담을 넘어 길 위로 내려섰고 생각의 속도처럼 빠르게 반대편 담을 넘어 길에서 사라졌다. 그는 재빨리 여우에게 총을 쐈으나 신속한 탄환도 여우를 맞추지는 못했다. 바로 뒤에서 제멋대로 사냥에 나선 어미 사냥개와 그의 새끼 세 마리가 전속력으로 달려오더니 다시 숲속으로 사라졌다. 늦은 오후, 그가 월든 호수 남쪽의 깊은 숲속에서 쉬는데 멀리 페어헤이븐 쪽에서 여전히 여우를 쫓고 있는 사냥개의 고함이 들려왔다. 그러더니 사냥개들은 가까이 다가왔고 그들이 내지르는 소리가 점점 더 숲속에서 크게 울려 퍼졌다. 한번은 웰 메도[초원] 쪽인가 싶더니 언젠가는 베이커 농장 쪽에서 소리가 났다.

그는 오랫동안 조용히 서서 사냥개의 음악에 귀 기울였다. 그 소리는 사냥꾼의 귀에 너무나 아름답게 들렸다. 그런데 갑자기 숲속에 여우가 나타났다. 천천히 달리는 속도로 나무들 사이의 비좁은 길을 헤치고 달려오는 것이었다. 하지만 여우의 발걸음 소리는 나무 잎사귀들이 여우를 안타깝게 여기며 내주는 살랑거리는 소리에 파묻혀버렸다. 여우는 빠르면서도 조용하게 움직였고 자신의 소굴에서 멀리 떨어지지 않은 곳을 빙빙 돌면서 추격하는 사냥개들을 멀찍이 떼어놓았다. 이어 나무들 사이의 바위에 펄쩍 올라타더니 꼿꼿한 자세로 앉아 주위 소리에 귀를 기울였다. 여우는 사냥꾼에게 등을 돌리고 있었다.

잠시 사냥꾼은 여우가 불쌍하여 팔을 들어 올리지 못했다. 하지만 그것은 지나가는 생각일 뿐이었고 그는 생각의 속도처럼 빠르게 엽총을 겨냥하여 탕 하고 발사했다. 여우는 바위에서 굴러떨어졌고 땅 위에서 즉사했다. 사냥꾼은 여전히 그 자리를 지키면서 사냥개들이 다가오는 소리에 귀 기울였다. 사냥개들은 점점 가까이 다가왔고 이제 근처 숲 통로에서 악마같이 짖어대는 소리로 사냥꾼의 고막은 찢어질 정도였다. 마침내 주둥이를 땅에 처박은 채 다가오는 어미 사냥개가 사냥꾼의 시야에 들어왔다. 사냥개는 마치 악귀에 들린 것처럼 짖어대며 공기를 찢어놓았고, 여우가 앉아 있던 바위를 향해 곧장 달려갔다. 그러나 죽은 여우를 발견하고서 갑자기 소리를 멈추었는데 너무 놀라 말문이 막힌 모양이었다. 사냥개는 죽은 여우 주위를 아무 말 없이 몇 바퀴 돌았다. 그리고 하나씩 하나씩 새끼 사냥개들이 도착했는데 그들도 그 의아한 일로 충격을 받고 침묵 속으로 빠져들었다.

이어 사냥꾼이 앞으로 나서서 사이에 우뚝 서자 수수께끼는 풀렸다. 그들은 사냥꾼이 여우 가죽을 벗기는 동안 말없이 기다렸고 이어 잠시 덤불을 따라갔다. 그러더니 마침내 방향을 바꾸어 숲속으로 사라졌다. 그날 저녁 웨스턴에 사는 한 유지가 콩코드 사냥꾼 오두막에 들러 그의 사냥개들 소식을 물었다. 일주일 동안이나 그의 사냥개들이 웨스턴 숲에서 이탈하여 제멋대로 사냥하면서 돌아다닌다는 얘기였다. 콩코드 사냥꾼은 자신이 아는 것을 말해주고 여우 가죽을 그에게 내놓겠다고 말했다. 하지만 유지는 그것을 거절하고 사냥꾼 오두막을 떠났다. 그는 그날 밤에도 사냥개들을 찾지 못했다. 그러나 다음 날 개들이 강을 건너 그날 밤을 어떤 농가에 머물렀다는 것을 알았다. 개들은 그 농가에서 잘 얻어먹은 후, 다음날 아침 일찍 그곳을 떠났다.

내게 이 얘기를 해준 사냥꾼은 샘 너팅이라는 사람 얘기도 해주었다. 너팅은 페어헤이븐 바위 턱에서 곰들을 사냥하여 그 가죽을 콩코드 마을로 가져가 럼주와 교환하는 사냥꾼이었다. 너팅은 그 사냥꾼에게 심지어 바위 턱에서 말코손바닥사슴도 본 적 있다고 했다. 너팅은 버고인이라는 유명한 사냥개를 데리고 있었는데—그는 그것을 뷰진이라고 불렀다— 너팅 얘기를 해준 사냥꾼은 너팅의 발음을 따라 그것을 뷰진으로 발음했다.

콩코드 마을의 오래된 상인이며, 경찰관, 마을 서기, 주민 대표까지 지낸 사람의 "거래 기록부"에서 나는 이런 기록을 발견했다. 1742-43년 1월 18일. "존 멜빈, 채권자, 회색 여우 한 마리, 2실링 3펜스." 회색 여우는 이제 이 지방에서는 구경할 수 없다. 나는 다음번 기재 사항을 살펴보았다. 1743년 2월 7일. "헤즈키아 스트래튼에게 고양이 가죽 절반 대금으로 1실링 4.5펜스 지급." 물론 여기서 말하는 고양이는 들고양이일 것이다. 스트래튼은 과거 프랑스 전쟁 때 상사로 근무한 사람이었으니, 그런 경력에 비추어 격이 떨어지는 짐승을 사냥하여 대금을 받으려 하지는 않았으리라. 사슴 가죽도 사냥 대금이 인정되었는데 이런 가죽은 날마다 거래되었다. 어떤 남자는 이 일대에서 죽은 마지막 사슴의 뿔을 아직도 간직하고 있다. 또 어떤 사람은 그의 아저씨가 참가했던 사냥에 관해 자세한 이야기를 내게 들려주었다. 예전에는 이곳에 사냥꾼들이 많았고 그들은 하나같이 유쾌한 족속이었다. 나는 어떤 깡마른 니므롯[193]을 기억하고 있다. 그는 길 옆에 떨어진 잎사귀 하나를 주워들고 그걸로 아주 야성적이고 멋진 가락을 연주했는데, 내 기억이 옳다면 그것은 어떤 사냥 나팔 소리보다 아름다운 소리였다.

달빛이 환한 한밤중에 나는 때때로 숲속을 배회하던 사냥개들과 마주치기도 했다. 그들은 겁먹은 듯이 내 길에서 슬쩍 물러나 숲속에 조용히 서서 내가 지나가길 기다렸다.

다람쥐와 들쥐는 내가 저장해놓은 견과를 가져가려고 서로 다투었다. 집 주위에는 수십 그루의 송진 소나무들이 있었는데 직경이 1인치에서 4인치까지 다양했다. 지난해에는 겨울 들쥐들이 이 나무껍질을 갉아먹었다. 눈이 오래, 깊이 쌓여 있었기 때문에 그들로서는 노르웨이의 겨울이었다. 소나무 껍질 대부분에 약간의 먹을거리를 섞어 먹었을 것이다. 이 나무들은 한여름 동안에는 살아 있었고 또 번성했다. 들쥐가 빙 둘러서 나무껍질을 파먹었지만 그래도 많은 소나무가 1피트[0.3미터]는 더 자랐다. 하지만 또 다른 겨울이 지나가면 이런 나무들은 예외 없이 죽었다. 들쥐 한 마리가 소나무 한 그루 통째를 자기 식사거리로 삼다니 특기할 만한 일이다. 들쥐는 나무껍질을 위아래로 파먹는 것이 아니라 반지처럼 빙 둘러서 파먹는다. 나무들이 비좁은 공간에 너무 조밀하게 자라다 보니 일부 나무를 솎아내기 위해 이런 자연스러운 도태가 필요했을 수도 있다.

산토끼는 아주 낯익은 동물이다. 한 마리가 내 집에 겨우내 토끼 굴을 마련했다. 나와의 거리는 오로지 마룻바닥 하나뿐인데, 이 산토끼는 매일 아침, 내가 눈 뜨고 일어나면 황급히 그 굴을 떠나서 나를 놀라게 했다. 산

---

193 구약성경 창세기 10장 9절에 나오는 용맹스러운 사냥꾼에 빗대어 유명한 사냥꾼을 이르는 말이다.

안드로메다 호수 옆의 숲길에 나 있는 토끼 발자국, 콩코드, 1918년 3월 5일.

산토끼와 메추라기가 없다면 자연은 어떻게 되겠는가? 이 두 동물은 가장 소박하면서도 오래된 원주민 동물이다. 현대와 마찬가지로 고대에도 오래되고 유서 깊은 가문들에게 알려져 있었다. 두 동물은 자연의 색깔이고 실체이며 잎사귀와 땅과 가장 밀접한 관련을 맺고 있다. 또 둘은 서로 보완하는 동물이다.

토끼는 황급히 달아나면서 쿵, 쿵, 쿵, 쿵 하고 내 마룻바닥에 부딪쳤다. 산토끼들은 석양 무렵에 내가 밖에 내다버린 감자 껍질을 갉아 먹으려고 나타나는데, 땅 색깔과 무척 비슷하여 움직이지 않고 가만히 있으면 토끼와 땅은 서로 구분되지 않았다. 때때로 황혼 녘에는 창문 밑에 미동도 하지 않고 앉아 있는 산토끼를 발견했다가 그다음 순간에 잃어버린다. 저녁 때 문을 열면 그들은 꽥 소리를 내며 펄쩍 뛰어 일어나 달아난다. 가까이 있는 산토끼들을 쳐다보면 측은한 생각이 든다.

어느 날 산토끼 한 마리가 내게서 두 걸음 정도 떨어져 문 앞에 앉아 있었다. 처음에는 공포로 몸을 떨면서 전혀 움직이지 않았다. 저 불쌍하고 작은 것. 저처럼 앙상하고 뼈밖에 없다니. 초라한 두 귀와 날카로운 코, 짧은 꼬리와 가느다란 두 발. 순간적으로 자연이 이제는 좀 더 고상한 산토끼 족속을 배출하지 못하고 발끝으로 힘들게 서서 저런 허약한 놈을 보호하려고 용쓰고 있다는 생각이 들었다. 산토끼의 커다란 두 눈은 맥없고 건강하지 못해 보였고 거의 수종에 걸린 듯했다. 내가 한 걸음 앞으로 내디디니, 놀라워라! 산토끼는 용수철 같이 뛰어 올라 눈판 위로 달려갔다. 온몸을 꼿꼿이 세웠고 그 사지는 우아한 힘을 발휘했으며 곧 숲속 안전한 곳으로 달아났다. 그 야생 들짐승은 자연의 활기와 위엄을 그대로 드러냈다. 산토끼의 몸이 날렵한 것은 다 이유가 있었다. 바로 그것이 산토끼의 본성이다(어떤 사람은 산토끼를 가리키는 라틴어 레푸스[Lepus]가 빠른 발을 가리킨다고 생각한다).

산토끼와 메추라기가 없다면 자연은 어떻게 되겠는가? 이 두 동물은 가장 소박하면서도 오래된 원주민 동물이다. 현대와 마찬가지로 고대에도 오래되고 유서 깊은 가문들에게 알려져 있었다. 두 동물은 자연의 색깔이고 실체이며, 잎사귀와 땅과 가장 밀접한 관련을 맺고 있다. 또 둘은 서로 보완하는 동물이다. 한쪽은 날개가 달렸고 다른 한쪽은 다리가 있다. 산토끼나 메추라기가 갑자기 나타났다가 사라지면 야생동물처럼 보이지 않는다. 마치 살랑거리는 잎사귀를 보는 것처럼 자연스러운 존재인 듯한 느낌이다. 어떤 엄청난 변화가 발생하더라도 메추라기와 토끼는 이 땅의 진정한 원주민

노간주나무 아래의 메추라기 둥지, 콩코드, 1901년 6월 3일.

메추라기와 토끼는 이 땅의 진정한 원주민답게 앞으로도 확실히 번창할 것이다. 만약 숲이 벌목된다면 그 후에 생겨나는 새싹과 관목들이 두 동물을 은닉한다. 그리하여 그들은 전보다 더 숫자가 많아진다. 산토끼를 챙겨주지 않는 고장은 신통치 못한 곳이 틀림없다.

답게 앞으로도 확실히 번창할 것이다. 만약 숲이 벌목된다면 그 후에 생겨나는 새싹과 관목들이 두 동물을 은닉한다. 그리하여 그들은 전보다 더 숫자가 많아진다. 산토끼를 챙겨주지 않는 고장은 신통치 못한 곳이 틀림없다. 우리 숲에는 두 동물이 넘쳐난다. 모든 습지에는 메추라기와 산토끼가 걷는 모습을 관찰할 수 있다. 몇몇 목동들이 엮어 놓은 나뭇가지 울타리와 말 털[馬毛]로 짠 덫에 둘러싸여 있기는 하지만 말이다.

16

겨울의 월든 호수

어느 조용한 겨울밤을 보낸 후에 나는 어떤 느낌을 받으며 잠에서 깼다. 무슨 질문이 나에게 왔고, 나는 꿈속에서 그 질문에 대답하려고 헛되이 애썼다. 무엇이, 어떻게, 언제, 어디서? 그러나 모든 피조물이 사는 자연이 동트고 있었다.

자연은 평온하고 만족스러운 얼굴로 내 넓은 창문을 들여다보았고 자연의 입술에는 아무 질문도 없었다. 질문이 없으니 답변도 없고, 나는 이제 자연과 대낮을 맞아들이기 위해 깨어났다. 어린 소나무들이 점점이 박힌 땅위에 깊이 쌓인 눈과, 집이 있는 언덕 등성이는 이렇게 말하는 듯했다. 전진하라! 자연은 아무 질문도 하지 않고, 더욱이 우리 인간이 묻는 질문에는 대답하지 않는다. 자연은 오래전에 그렇게 결단했다.

오 왕자여, 우리 눈은 감탄하면서 명상하고, 이 우주의 멋지고 다양한 광경을 영혼에 전달합니다. 밤은 의심의 여지 없이 이 영광스러운 세상의 한 부분을 베일로 가립니다.
그러나 대낮이 찾아와 이 위대한 세상은 우리에게 그 모습을 드러냅니다.

세상은 이 땅에서 저 먼 대기의 평원까지 확대됩니다.[194]

이어서 나는 아침 일과에 들어갔다. 이게 꿈이 아니라면, 나는 먼저 도끼와 들통을 들고 물을 길러 갔다. 날이 차갑고 눈이 내린 밤 다음 아침이었으므로 물을 찾으려면 수맥 탐지 막대기가 필요했다. 해마다 겨울이면 살짝살짝 흔들리는 투명한 호면은 조그만 바람이 불어도 민감하게 반응했고 모든 빛과 그림자를 반영했으며, 그리하여 얼음이 얼면 그 깊이가 1피트[0.3미터] 혹은 1피트 반이 될 정도로 깊게 얼었다. 그 단단한 빙판은 농부의 우마차가 지나갈 정도로 두꺼웠고, 눈이 내리면 빙판 위로 또 그 얼음 두께만큼의 눈이 쌓이는 것이다. 그래서 호수 전체가 아주 평평한 들판처럼 된다.

인근 언덕의 우드척처럼, 호수는 눈꺼풀을 닫고 3개월 혹은 그 이상을 동면에 들어간다. 마치 언덕들로 둘러싸인 초원에 있는 것처럼 나는 눈 덮인 호수의 빙판 위에 섰다. 나는 먼저 1피트 깊이의 눈을 치워 길을 만들고 그다음에 1피트의 얼음을 깨어 발아래에 호심으로 들어가는 창문을 연다. 물을 마시기 위해 무릎을 꿇으면서 나는 물고기들의 고요한 거실을 내려다본다. 불투명 유리창을 통해 들어온 것 같은 부드러운 빛이 어른거리고, 모래 깔린 바닥은 여름 풍경처럼 환한 모습이다. 그곳은 호박빛 황혼의 하늘처럼 파도 없는 평온함이 영구히 지배하고 있으며, 그곳에 사는 침착하고 평온한 입주민들의 기질을 그대로 닮았다. 하늘은 내 머리 위에 있는가 하면, 내 발밑에도 있다.

이른 아침, 만물이 서리로 바삭바삭해져 있을 때, 낚싯대와 간단한 점심을 휴대한 사람들이 호수로 와서 강꼬치고기와 농어를 잡기 위해 눈 덮인 빙판 속으로 가느다란 낚싯줄을 드리운다. 그들은 야생의 남자들이며 본능적으로 마을 사람들과는 다른 유행을 쫓으며 다른 권위를 신임한다. 이런

---

194 『마하바라타』 보유편 『하리반사』에서 인용한 것이다. 제2장 주45를 참고하라.

왕래가 없었더라면 자연으로부터 떨어지게 되었을 여러 마을을 서로 이어 준다. 그들은 두꺼운 외투를 입고 호숫가 메마른 참나무 잎사귀 위에 앉아 점심을 먹는다. 도시 사람들이 인위적인 학문에 능하다면, 이들은 야생 지 식에 아주 밝다. 그들은 책을 펴보는 일이 없으나, 체험으로 많은 것을 알고 있으며 실제 행동한 것을 능숙하게 말하지는 못한다. 그들이 사용하는 방법 들은 아직 마을 사람에게는 잘 알려지지 않았다.

그들은 먼저 다 자란 농어를 미끼로 써서 강꼬치고기를 낚는 방법을 사용한다. 낚시꾼의 들통을 들여다보면 여름 호수를 보는 것처럼 경이로 운 느낌이다. 마치 여름을 집에 가두어둔 듯 혹은 여름이 어디로 물러갔는 지 아는 듯하다. 그들은 어떻게 한겨울에 이런 물고기를 낚을 수 있었을까? 아, 땅이 얼어 있으므로 썩은 통나무에서 벌레를 얻어다가 그걸로 물고기를 잡는다. 그들은 생물학자의 학문적 연구보다 훨씬 깊숙이 자연에 침투한다. 아니, 정확히 말하자면 낚시꾼 자신이 생물학자의 연구 대상이다. 생물학자 가 자기 칼로 이끼와 나무껍질을 부드럽게 긁으면서 벌레를 찾는다면, 낚시 꾼은 통나무를 도끼로 뼈개서 그 나무속을 열어젖힌다. 그때 이끼와 나무껍 질은 멀리 튕겨져 나간다. 그는 그 나무껍질을 벗겨 그 껍질로 생활비를 번 다. 이런 사람은 낚시할 권리가 있고, 나는 자연이 그의 낚시질로 구체적으 로 드러나는 과정을 보길 좋아한다. 농어가 먼저 작은 벌레를 삼키고, 이어 강꼬치고기가 농어를 삼키며, 마지막으로 낚시꾼이 그 강꼬치고기를 삼킨 다. 이렇게 하여 존재의 사다리에 생긴 틈새가 메워진다.[195]

안개 긴 날에 호수 주위를 산책하면서 나는 때때로 어떤 소박한 낚시 꾼이 사용하는 원시적인 방법에 흥미를 느꼈다. 그는 먼저 빙판 위 비좁은 구멍들에(구멍 간격은 4-5로드이고, 호숫가에서 떨어진 거리도 그 정도다) 오리나무 가 지들을 집어넣었다. 이어 낚싯줄이 끌려 들어가지 않도록 줄 끝을 막대기에

---

195 이 세상에 존재하는 사물들의 위계질서를 사다리꼴에 비유한 르네상스 시기의 비유로, 맨 위가 천사이고 맨 아래가 무생물이다.

묶고, 그 늘어진 줄을 빙판 위 1피트 혹은 그 이상 되는 오리나무 가지 위로 통과시키고는 그 줄에 마른 참나무 잎사귀를 매달았다. 그 잎사귀가 아래로 끌려가면 곧 고기가 미끼를 물었다는 표시였다. 호수 가장자리를 절반쯤 걸어가는 동안, 나는 그 오리나무 가지들이 일정한 간격을 유지하며 안개 속에서 희붐하게 서 있는 걸 보았다.

아, 월든의 강꼬치고기! 빙판 위에 엎드려 내려다보거나 아니면 낚시꾼이 파놓은 낚시용 구멍을 통해 내려다보면, 언제나 그 물고기의 진귀한 아름다움에 놀란다. 그것은 환상적인 물고기였고 마을뿐만 아니라 월든 숲속에서도 낯선 존재다. 그 물고기는 콩코드 생활의 관점에서 말하자면 저먼 아라비아만큼이나 이국적이다. 그 고기에는 아주 현혹적이고 초월적인 아름다움이 있어, 마을 거리에서 높이 칭송받는 파랗게 질린 대구 따위와는 아예 비교 대상이 되지 않는다. 강꼬치고기는 소나무처럼 녹색도 아니고, 바위처럼 회색도 아니며, 하늘처럼 청색도 아니다. 그 고기는 내가 보기에 야생화나 진귀한 보석처럼 아주 오묘한 색깔이다. 뭐라고 할까, 마치 진주처럼 월든 호숫물이 동물로 변신한 것 같으며, 그리하여 그 물의 핵심이면서 결정(結晶)을 구현하는 고기와 같다. 고기는 물론 온몸이 월든 자체이며, 동물의 왕국 속에서 자그마한 월든이고, 월든시스[196] 같은 존재다.

이 고기가 여기에서 잡히다니 놀라운 일이다. 이 깊고 넓은 호수에, 월든 로(路)를 오가는 덜거덕거리는 우마차, 이륜마차, 종소리를 울리는 썰매들의 시끄러운 소음으로부터 떨어져 있는 저 호수 바닥에 이 황금빛과 에메랄드빛으로 반짝이는 고기가 헤엄치는 것이다. 나는 어떤 시장에서도 이와 비슷한 물고기를 본 적이 없다. 만약 이 고기가 시장에 나간다면 모든 사람이 신기하게 여기며 뒤돌아볼 것이다. 그러나 이 물고기가 시장에 나간다

---

196 월든에 대한 언어유희에 해당한다. 월든 호수의 강꼬치고기를 가리키는 라틴어 종명 (Esox waldeniensis)에 대한 언급인가 하면, 중세 프랑스의 독특한 개신교 집단인 월덴시스 (Waldenses)에 빗댄 것이기도 하다. 부패한 가톨릭교회를 반대한 순결한 교회를 상징한다.

면 몇 번 경련으로 몸부림치다가 자신의 물빛 영혼을 내려놓고 흔쾌히 죽음을 맞이할 것이다. 인간이 임종의 때가 오면 자기 몸을 하늘의 엷은 공기로 바꾸어놓는 것처럼.[197]

나는 오랫동안 사라졌던 월든 호수 바닥을 되찾고 싶었다. 그래서 1846년 초에 컴퍼스, 쇠사슬, 측량줄을 가지고 얼음이 풀리기 전에 호수를 면밀하게 측량했다.[198] 이 호수의 바닥(혹은 없다고 생각되는 바닥)에 대해서는 많은 얘기가 전해지는데, 물론 그 자체로는 근거 없는 얘기다. 사람들이 호수 바닥을 측량해볼 생각은 하지 않고 오랫동안 이 호수에는 바닥이 없다고 믿어왔다니 참 놀랍다. 나는 이 인근에서 한 번 산책을 나가 그런 바닥없다는 호수를 둘이나 만났다.

많은 사람이 월든 호수는 지구의 반대편까지 통한다고 믿어왔다. 어떤 사람은 빙판 위에 엎드려 그 불투명한 얼음을 통해 오랫동안 밑을 내려다보았을 것이고, 어쩌면 눈에 물기가 배어, 이러다가 가슴 한가운데 감기가 들면 어쩌나 하는 두려움에 그런 성급한 결론을 내렸을지도 모른다. 그리하여 "건초를 가득 실은 마차가 들어갈 만한" 거대한 구멍들을 호수 바닥에서 보았다고 말했을 것이다(그런 마차를 몰고 갈 사람이 과연 있을지 의문이지만). 그래서 그 구멍이야말로 스틱스[199]의 원천이며, 지하 명계(冥界)로 들어가는 입구라고 말들 했을 것이다. 남들은 56파운드[25킬로그램] 추와 마차 가득히 1인치 두께 밧줄을 싣고서 마을에서 이 호수로 내려와 수심을 쟀으나 바닥을 발견하지 못했다. 56파운드 추가 이미 바닥을 쳤는데도, 그들은 계속 밧

197 사람이 죽으면 인간 영혼이 몸에서 빠져나가는 것을 비유적으로 표현한 것이다.

198 소로는 1845년경에 이미 전문 측량사였으며 죽기 직전인 1862년에는 콩코드의 공식 측량사로 임명되었다.

199 그리스 신화에서, 죽은 사람이 간다는 지하 명계를 일곱 번 휘감아 도는 지하의 강을 말한다.

줄을 풀면서 기적을 바라는 무한한 상상력의 깊이를 헛되이 재려 했다.

하지만 나는 독자들에게 월든이 다소 이례적이기는 하지만 그래도 합리적인 수심에 단단한 바닥을 가지고 있음을 확실히 말할 수 있다. 나는 대구잡이 줄과 1파운드 반[0.7킬로그램] 무게의 돌로 호수 바닥을 쉽게 측정했다. 추 역할을 하는 돌이 바닥에 닿은 후 그 부근의 물이 그 돌을 흔들어놓기 전에 밧줄을 세게 잡아당김으로써, 그 돌이 바닥에서 떠오르기 시작한 시간을 정확히 쟀다. 그리하여 알아낸 바, 가장 수심이 깊은 곳은 정확히 102피트[31미터]였다. 여기에 수심이 5피트[1.5미터] 정도 오르는 경우까지 고려하면 총 107피트[32미터]가 된다. 이러한 수심은 면적이 그리 넓지 않은 호수치고는 상당한 깊이다. 그러므로 쓸데없는 상상력을 발휘하여 이 깊이에서 1인치라도 더 가감하지 않도록 하자. 모든 호수의 깊이가 얕다면 어떻게 될까? 그것이 인간 마음에 영향을 미치지 않을까? 나는 월든 호수가 하나의 상징으로서 깊고 맑은 수심을 가진 것을 감사하게 여긴다. 하지만 인간이 무한을 믿는 한, 어떤 호수는 여전히 바닥이 없다고 생각할 것이다.

어떤 공장 소유주는 내가 발견한 수심 얘기를 듣더니 그건 사실이 아니라고 생각했다. 그가 아는 댐의 상식에 비추어볼 때, 그처럼 깊은 각도에서는 모래가 있을 수 없다는 것이었다. 사람들은 면적에 비례해 깊이가 나온다고 생각하는데, 실은 가장 깊은 호수들도 알고 보면 그리 깊지 않다. 그 호수에서 물을 다 퍼내더라도 아주 인상적인 계곡은 나오지 않을 수도 있다. 호수의 깊은 곳은 두 언덕 사이의 계곡 같은 모양이 아니다. 면적에 비해 깊은 수심을 가진 월든 호수도 그 중심을 통과하는 수직 단면은 얕은 접시보다 더 깊게 보이지 않을 수 있다. 준설을 한다면 대부분 호수는 우리가 자주 보는 초원보다 그리 깊지 않다. 자연 풍경과 관련하여 멋지면서 정확한 견해를 많이 내놓은 윌리엄 길핀은 스코틀랜드의 로크 파인 호수 초입에 서서 그 호수를 관찰한 결과를 이렇게 서술했다.

"이 호수는 깊이 60-70패덤[108-126미터], 폭 4마일[6.4킬로미터], 길이 50마일[80킬로미터]의 염수호이며 온 사방이 산들로 둘러싸여 있다. 만약 홍

월든 호수 북쪽 호안을 따라 난 오솔길, 1899년 11월 7일.

나는 월든 호숫가 하나의 상징으로서 깊고 맑은 수심을 가진 것을 감사하게 여긴다. 하지만 인간이 무한을 믿는 한, 어떤 호수는 여전히 바닥이 없다고 생각할 것이다.

적기의 파괴 직후나 혹은 그 호수를 만들어낸 자연의 지각 변동 직후, 그러니까 물이 채워지기 전의 지형을 관찰했더라면 이 호수는 아주 끔찍한 지각 균열처럼 보였을 것이다!

융기한 산들이 높이 솟아오르듯이,
텅 빈 바다은 넓고 깊숙하게 가라앉는구나.
저 광대한 물의 바닥이여."

자, 그러면 로크 파인 호수의 가장 짧은 직경을 사용해 그 비율대로 월든 호수와 비교해보자. 이미 말한 것처럼 월든 호수의 수직 단면은 얕은 접시처럼 보이는데, 파인 호수의 수직 단면은 월든에 비해 4분의 1정도 수심밖에는 되지 않는다. 그러니 길핀이 말하는, 물을 다 퍼냈을 때의 아주 끔찍한 지각 균열이라는 것은 엄청난 과장이 아닐 수 없다. 옥수수밭이 펼쳐진 많은 평범한 계곡을 가리켜 물이 빠져버린 "끔찍한 지각 균열"이라고 한 것인데, 이런 사실을 순진한 현지 주민들에게 알려주려면 지질학자의 통찰과 예지가 필요한 것이다.

탐구적인 안목을 가진 사람이라면 종종 지평선의 낮은 언덕들이 원시시대에는 호수 가장자리에 해당한다는 것을 알아보리라. 그 후 들판이 지각 변동으로 솟아올랐다 하더라도 그 지역이 과거에 호반이었다는 사실에는 변함이 없다. 큰길에서 작업하는 사람이라면 잘 알듯, 비가 온 후에는 땅에 생긴 물웅덩이로 움푹 파인 곳을 발견할 수 있다. 다시 말해, 상상력을 조금 가미한다면, 자연보다 더 깊이 들어가거나 더 높이 날아오를 수 있다. 따라서 대양의 깊이도 그 면적에 비해서는 대단히 미미함을 알 것이다.

나는 얼음을 뚫고 깊이를 재면서, 얼지 않는 항구를 측량하는 것보다는 훨씬 더 정확하게 호수 바닥의 형태를 결정할 수 있었다. 나는 그 바닥이 전반적으로 아주 일정함을 발견하고서 놀랐다. 가장 깊은 곳에서는, 여러 에이커에 달하는 면적이 태양, 바람, 쟁기에 노출된 들판보다도 오히려 더 평

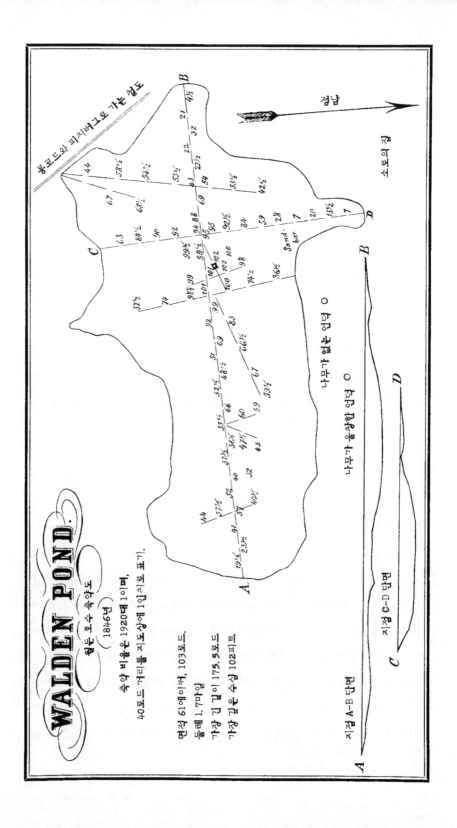

WALDEN POND.

월든 호수 측약도

1846년

축약 비율은 1920대에 1이며,

40로드 거리를 지도상에 1인치로 표기.

면적 61에이커, 103로드.
둘레 1.7마일
가장 긴 길이 175.5로드
가장 깊은 수심 102피트

콩코드와 피츠버그로 가는 철도

정남

소로이 집

B

A

C

D

Sand-bar.

나무가 없는 언덕 ○

나무가 울창한 언덕 ○

지점 A-B 단면

A ─────── B

지점 C-D 단면

C ─────── D

평하다. 어느 경우에, 가령 임의로 선택한 어떤 선(線)에서 그 깊이는 30로 드[150미터]에 이르는 동안 1피트[0.3미터] 이상의 변화도 보이지 않았다. 그리고 호수의 중앙 근처에서는 어느 방향으로나 백 피트[30미터] 단위로 볼 때 3-4인치[7.5-10센티미터] 이상의 변화를 계산해낼 수 없었다.

어떤 사람은 월든처럼 잔잔하고 모래 많은 호수에는 깊고 위험한 구멍이 많다고들 한다. 그러나 사실은 그렇지 않다. 호숫물의 작용으로 온갖 깊게 파인 바닥 부분이 모두 메워져 상당히 평탄하다. 호수 바닥은 호수 가장자리와 그 인근 산들의 모양과 완벽할 정도로 일치한다. 따라서 멀리 떨어진 곳 깊이도 호수 건너편을 측량함으로써 알아낼 수 있고, 그 곳이 나아가는 방향도 반대쪽 호안을 살펴보면 예측할 수 있다. 갑(岬)은 모래섬이 되고, 평야는 여울이 되며, 계곡과 협곡은 깊은 물과 수로가 되는 것이다.

나는 10로드[50미터]를 1인치[2.5센티미터]로 축소하여 호수 지도를 작성하고 깊이를 측정한 1백 곳 이상을 모두 기록하고서 이런 놀라운 상호 일치를 발견했다. 가장 깊은 곳을 표시하는 숫자가 지도 중앙에 있는 것을 목격하고서, 줄자를 지도 위에 가로 세로로 대보았다. 놀랍게도 가장 긴 가로선이 가장 깊은 지점에서 가장 넓은 세로선과 교차했다. 중앙 부분이 거의 평평한 점, 호수 윤곽이 일정하지 않고 울퉁불퉁한 점, 작은 만(灣)들을 측정함으로써 가장 긴 거리와 너비도 알아냈다. 그리하여 나는 이런 혼잣말을 했다. '이런 힌트가 호수나 물웅덩이의 최고 수심뿐 아니라, 대양의 최고 수심을 알아내는 데도 도움이 되지 않을까? 이 힌트가 계곡의 반대라고 생각되는 산 높이에도 적용되지 않을까?' 우리가 잘 알다시피 산의 최고점이 가장 비좁은 곳은 아니다.

다섯 개의 작은 만 중에 나는 세 군데의 깊이를 쟀는데, 만 입구 건너편에 사주[모래섬]가 있고, 그 안의 물은 다른 곳보다 더 깊었다. 그 결과 사주는 육지 내부에서 수평뿐만 아니라 수직으로도 물을 확장하면서 내만(內灣)이나 독립된 호수를 형성했다. 두 갑의 방향은 곧 사주가 나아가는 방향이 되었다. 또한, 바닷가에 있는 모든 항구는 그 입구에 사주가 있다. 갑의 입구가 길이보다 너비가 더 크면, 사주 바깥 수심은 안쪽보다 더 깊었다. 따라서 작은 만의 길이와 너비 그리고 인근 호안의 특성을 알고 있다면, 모든 경우에 적용되는 공식을 충분히 도출할 수 있다.

나는 이러한 경험을 바탕으로, 호수 표면 윤곽과 호안 특성 등을 관찰함으로써 가장 깊은 수심을 어느 정도 실제와 가깝게 알아낼 수 있는지 파악하기 위해, 화이트 호수의 도면을 작성했다. 이 호수 면적은 약 41에이커이고 월든과 마찬가지로 섬도 없고 가시적인 유입구나 배출구도 없다. 그런데 가장 넓은 세로선은 가장 너비가 좁은 가로선 위에 떨어지는데, 그곳은 두 개의 마주 보이는 곳이 서로 접근하고, 두 개의 마주 보이는 만이 쑥 들어가 있다. 그래서 가로선에서는 약간 떨어진 지점이지만, 여전히 가장 긴 세로선이 지나가는 곳에 가장 깊은 곳이라고 표시했다. 그런데 가장 깊은 부분은 이 표시에서 1백 피트 이내 지점이었다. 그 부분은 내가 예측했던 방향 쪽에 있었는데 1피트 정도 더 깊어서 총 60피트[18미터]였다. 물론, 호수를 관통하는 물의 흐름이 있거나, 호수 안에 섬이 있거나 하면 호심 측정 문제는 훨씬 더 복잡해질 것이다.

우리가 자연의 법칙을 모두 안다면, 오로지 한 가지 사실 혹은 실제 현상에 관한 묘사만으로도 그 시점에서 모든 상세한 결과를 추론할 수 있을 것이다. 그런데 우리는 지금 몇 가지 법칙만 알고 있으며, 그래서 정확한 결과를 도출하지 못한다. 자연 내의 혼란이나 불규칙성 때문이 아니라, 그런 계산을 하는 시점에서 우리가 본질적인 요소들을 모르기 때문에 그런 결과가 벌어진다. 사물의 법칙과 조화에 관한 개념은 대개 우리가 발견한 구체적 현상 몇 개에 한정된다. 그렇지만 외견상 갈등을 일으키는 것처럼 보이지만 실제로는 일치하는 훨씬 많은 법칙—하지만 우리가 발견하지 못한—에서 나오는 조화는 아주 경이롭다. 우리 관점으로 본 구체적 법칙들은 산 윤곽을 쳐다보는 여행자 관점과 비슷하다. 여행자가 걸음을 옮겨 놓을 때마다 산의 옆모습은 무한히 다르게 드러난다. 설사 산을 잘게 쪼개거나 그 속으로 뚫고 들어간다고 해도 산의 전체 모습은 파악되지 않는다. 그러나 절

대적인 관점에서 보면 산의 모습은 하나의 형태뿐이다.[200]

내가 호수를 관찰하며 얻은 것은 인간 윤리에도 그대로 적용되는 진실이다. 바로 평균의 법칙이다. 두 개의 지름에 관한 법칙은 태양계 내의 태양과 인간의 마음으로 우리를 인도하며, 한 인간의 일상 행동과 생활 리듬이라는 총체성에 길이와 넓이의 두 가지 선을 긋게 해준다. 이 두 선이 교차하는 곳이 그 성품의 높이 혹은 깊이다. 그의 마음을 호수라고 보고, 그 호안선 경향과 인근 풍경이나 산세를 알기만 한다면 우리는 그 마음의 깊이와 감추어진 바닥을 짐작할 수 있다.

가령, 그가 아킬레우스의 해안가[201] 같은 험준한 산세에 둘러싸여 있어 산봉우리가 가슴에 그늘을 드리우고 또 가슴에 반영된다면, 내부에는 그에 상응하는 깊이가 있음을 짐작할 수 있다. 그러나 주변에 낮고 부드러운 해안가가 있다면 그런 형세로 미루어 그 가슴의 깊이가 얕다는 것을 알 수 있다. 우리 신체에서, 우뚝하게 튀어나온 이마는 낙차 큰 커브를 그리며 생각의 깊이를 드러낸다. 우리의 작은 만(혹은 특수한 성격)의 입구에는 사주가 가로놓여 있다. 그 작은 만은 우리가 한동안 기항하는 항구가 되며 그 항구에 들어서면 우리는 억류되거나 아니면 부분적으로 땅에 갇힌다. 이러한 작은 만 혹은 특정 기울기는 대개 변덕스럽지는 않으나 그것의 형태, 크기, 방향 등은 오래전 땅이 솟아오를 때 축 역할을 했던 해안의 곶들로 결정된다.

이 사주가 폭풍, 조류, 물의 흐름 등으로 서서히 높아지면 물은 그에 비례하여 가라앉는다. 그리하여 사주가 표면, 즉 해안의 최초 경사면에 도착하면(혹은 어떤 생각이 항구에 기항하면), 그것은 대양으로부터 분리된 개별 호수

---

200 "하나에서 여럿이 나온다"라는 신플라톤주의 사상을 비유적으로 설명한 것이다. 신플라톤주의는 "하느님은 이해 가능한 동그라미이다. 그분의 중심은 어디에나 있지만 그 둘레는 어디에도 없다"라고 주장한다. 이 하느님을 가리켜 일자(一者, 하나)라고 하는데, 모든 사물이 이 일자에서 유출되었다는 것이다. 역자 해제 중 "초월주의 사상"을 참고하라.

201 아킬레우스는 그리스 신화 속의 인물로 그의 고향 테살리는 산세가 험준한 지역이었다.

소로가 즐겨 찾은 작은 만, 월든 호수, 1908년 5월 19일.

우리의 작은 만 입구에는 사주가 가로놓여 있다. 그 작은 만은 우리가 한동안 기항하는 항구가 되며 그 항구에 들어서면 우리는 억류되거나 아니면 부분적으로 땅에 갇힌다.

가 된다. 이 호수 안에서 생각은 자신의 생존 조건을 확보하며, 때에 따라서는 짠물이 민물로 바뀌고, 더 나아가 달콤한 바다, 죽은 바다 혹은 습지 등으로 바뀐다. 각 개인이 세상에 등장하는 것은, 이런 사주가 어딘가에서 표면으로 돌출한 현상이라고 볼 수 있지 않겠는가? 그러나 우리는 아주 신통치 못한 항해자이다. 우리 생각은 대부분 항구 없는 해안을 향해 단속적으로 나아가거나 물러서거나 한다. 우리 생각은 시정(詩情)이라는 작은 만의 후미진 부분들만 상대하거나,[202] 누구나 들어갈 수 있는 항구를 향하여 항해하거나, 과학이라는 건조한 부두에 입항한다. 그곳에서 우리 생각은 이 세상에 맞추어 조정되어버리고, 자연 해류가 그 생각을 개성 있게 만드는 일은 벌어지지 않는다. 물, 눈, 증발 이외에는 월든 호수의 유입구나 배출구가 될 만한 것이 없다. 그러나 온도계와 측량줄을 사용하면 그런 유입이나 배출 장소를 발견할지도 모른다. 호수에 유입구가 있다면 여름에는 가장 서늘할 것이고, 겨울에는 가장 따뜻할 것이다.

1846-47년 겨울에 얼음 채취자들이 이곳에서 채빙 작업을 했을 때, 어느 날 호수 가장자리로 수송된 얼음 덩어리는 나머지 얼음들과 나란히 놓기에는 두께가 얇아 거부되었다. 이렇게 하여 얼음을 베어내는 일꾼들은 일부 지역 얼음이 다른 지역에 비해 2-3인치[5-7.5센티미터]가 얇다는 것을 발견했고, 이를 계기로 호수 안에는 유입구가 있다고 생각했다. 그들은 또 소위 "물 빠지는 구멍"을 통해 호숫물이 흘러나가 인근 언덕 밑을 지나가 근처의 초원으로 솟구친다고 보았다. 그러면서 얼음 인부들은 나를 빙판의 구멍 쪽으로 내밀면서 한번 살펴보라고 권했다. 그것은 물 아래 10피트[3미터] 지점에 있는 자그마한 구멍이었다. 하지만 나는 그런 작은 구멍으로는 턱도 없고 그것보다 훨씬 큰 구멍이 있어야만 호숫물이 바깥으로 흘러나갈 수 있다고 생각했다. 그런 거대한 구멍은 발견되지 않았다. 어떤 사람은 이

---

202 시정을 잘 모른다는 뜻이다.

런 제안을 했다. 만약 초원으로 물이 흘러가는 그런 "물 빠지는 구멍"의 존재 여부를 알아내고자 한다면, 그 구멍 입구에 색깔 있는 가루나 톱밥을 넣어두고, 이어 초원에서 솟구치는 샘물에 여과기를 설치하여 흐르는 물을 타고 내려온 그런 가루나 톱밥을 발견한다면 충분히 증명되지 않을까.

내가 측량에 나섰을 때, 16인치[0.4미터] 두께의 얼음은 약간만 바람이 불어와도 물처럼 동요했다. 잘 알려진 대로 수준 측정기는 얼음 위에서는 사용할 수 없다. 호숫가에서 1로드 떨어진 지점에서 겉보기에 얼음은 호숫가에 단단히 붙어 있어 보였으나 그 동요 폭은 4분의 3인치[1.8센티미터]였다. 이것은 수준 측정기를 땅 위에 설치하고 얼음 위에 설치한 눈금 막대에 일치시킴으로써 얻어진 수치다. 호수 한가운데에서 얼음이 동요하는 폭은 이보다는 더 클 것이다.

만약 수준 측정기가 아주 세밀한 것도 파악한다면 지구 표면의 동요도 발견할 수 있지 않을까? 수준 측정기의 두 다리를 호안에 설치하고 나머지 한 다리를 얼음 위에 내려놓고, 가늠자를 얼음 쪽으로 맞춘 후 측량해보니, 얼음이 아래위로 동요하는 아주 미세한 차이가 호수 건너편 나무에서는 몇 피트 차이를 만들어냈다. 호수 깊이를 재기 위해 얼음에 구멍 몇 개를 뚫었을 때, 그처럼 빙판을 깊숙이 덮고 있는 눈과 빙판 사이 공간에 3-4인치의 물이 고여 있었다. 눈이 밑으로 처져 그런 물을 만들어낸 것이었다. 아무튼, 그 고인 물은 곧 뚫어놓은 구멍들 속으로 빠져나갔고 이틀 동안 흘러 호수 중심부의 흐름에 합류했다. 그 녹은 물이 호수의 얼어붙은 표면을 건조하게 만드는 데 크게 기여했다고 말하기는 좀 그렇지만, 아무튼 상당히 기여했다.

이것은 배의 물을 빼내기 위해 배 바닥에 구멍 뚫는 것과 비슷했다. 이런 구멍들이 얼어붙고 그다음에 비가 오고, 새로운 결빙이 그 위에 신선하고 부드러운 얼음을 만들어내면, 그 속에는 아름다운 검은 무늬가 생기는데 그 모양은 거미집과 비슷하며, 보기에 따라서는 장미 무늬라고 할 수도 있다. 그 무늬는 온 사방에서 중심을 향해 흐르는 물 채널로 생겨난 것이다. 때때로 얼음에 얕은 물웅덩이가 생길 때, 내 그림자가 두 개나 생기는 것도 보았다. 한 그림자는 다른 그림자의 머리 부분에 겹쳐졌는데, 그 위치를 정확히 말하면 하나는 얼음 위에 생겼고, 나머지 하나는 나무들 혹은 언덕 등성이에 생겼다.

　아직 추운 1월, 쌓인 눈과 빙판이 서로 단단하게 달라붙어 두꺼워졌을 때, 어떤 빈틈없는 회사의 사장은 여름 음료수를 차갑게 식혀줄 얼음을 채취하려고 마을에서 내려왔다. 추운 1월에 7월 더위를 예상하다니 인상적인 일이기는 하나 병적일 정도로 계산적이라고 말할 수 있으리라. 여러 물품 공급이 여의치 않은 때 사장은 두꺼운 외투에 장갑을 끼고 있었다! 하지만 그 사장은 저승에서 여름 음료수를 식혀줄 보물을 이승에서는 미리 준비하지 않을 것이다. 그는 단단하게 얼어붙은 호수 빙판을 톱질하여 베어내고, 물고기 집의 지붕을 떼어내며, 물고기들에게서 얼음과 공기를 빼앗아간다. 그는 호수의 아늑한 고향에서 베어낸 얼음을 쇠사슬이나 단단한 줄을 써서 통나무 묶음처럼 묶은 다음, 따뜻한 겨울 날씨를 선택하여 겨울 지하저장실로 수송한다. 얼음들은 그곳에서 여름까지 잠자며 기다린다. 호수에서 채취한 얼음이 마을로 수송될 때, 멀리서 바라보면 단단하게 굳은 푸른색처럼 보인다. 호수에서 얼음 채취하는 일꾼들은 농담과 장난을 잘하는 유쾌한 족속이다. 내가 작업 현장에 나가면 그들은 나를 불러서 베어낸 얼음 밑에 서게 하고서 함께 구덩이 톱질[203]을 해보자고 청했다.

　1846-47년 사이의 겨울에, 하이퍼보리언[204] 후손 인부 1백 명이 어느 날 아침 우리 호수로 내려왔다. 그들은 보기 흉한 농기구, 썰매, 쟁기, 수레,

---

203　통나무 켜는 방식으로 통나무 아래에 구덩이를 파고, 나무를 구덩이 위에 고정한 뒤 한 사람은 나무 밑에서 다른 한 사람은 나무 위에서 톱을 수직으로 움직여서 나무를 켜는 방식.

204　하이퍼보리언은 "~너머"를 뜻하는 '하이퍼'와 "북풍"을 의미하는 '보레아스'가 합쳐진 말로 그리스 신화에서 북극에 사는 사람을 의미한다.

잔디 깎는 칼, 삽, 톱, 갈퀴 등의 장비를 여러 대의 차에 나누어 실었고, 끝이 두 갈래가 진 뾰족한 창 같은 것으로 각자 무장하고 있었다. 그런 창은 『뉴잉글랜드 농부』나 『농경업자』 같은 잡지에는 소개된 바 없었다. 나는 그들이 겨울 호밀 씨앗을 뿌리러 온 것인지 아니면 최근에 아이슬란드에서 도입된 새 곡식 씨앗을 뿌리러 온 것인지 확실하게 알지 못했다. 그러나 거름을 가지고 오지 않았으므로, 땅이 너무 깊고 또 오랫동안 묵혀 두었다고 생각하여, 내가 이미 한 것처럼 땅의 표피를 걷어내려는 게 아닐까 하고 생각했다. 그들의 사업 배후에는 부농이 있는데, 그 부농은 이미 50만 달러에 달하는 거액의 재산을 두 배로 늘리고 싶어 한다는 것이었다.[205] 이처럼 자기가 가진 1달러에 1달러를 더 보태고 싶어 이 한겨울에 월든 호수의 단벌 외투인 매끈한 빙판을 벗겨내기로 했다는 것이다.

그들은 곧바로 작업에 착수했다. 갈아엎고 써레질하고 굴리고 고랑을 만들며 마치 호수를 모범 농장으로 만들기로 작정한 사람들 같았다. 그들이 이랑에 어떤 씨앗을 뿌릴지 예의 주시했더니, 내 옆에 있던 인부들이 갑자기 갈고리를 찍어 모래바닥, 아니 좀 더 구체적으로 말하면 물속까지 내려가더니 아주 급격한 방식으로 처녀 토양을 위로 들어 올렸다. 그들은 거기에 있는 모든 단단한 땅을 들어내어 썰매로 운송해 가고 있었다. 처음에 나는 그들이 습지의 이탄을 캐내는 작업을 한다고 생각했다. 그런 식으로 그들은 기차에서 내려 괴상한 비명을 지르며 매일 출퇴근했다. 그들은 북극 어떤 지점에서 내려온 자들 같았고, 내 생각에 북극에서 날아오는 눈새[雪鳥]처럼 보였다.

---

205 1840년대 뉴잉글랜드 지방의 얼음 사업을 독점했던 프레더릭 튜더와 그의 전 동업자 너새니얼 자비스 와이어스는 얼음 전쟁을 했다. 튜더는 모자라는 얼음을 와이어스에게 사느니 차라리 월든 호수에서 얼음을 캐겠다며 많은 인부를 보내 상당량을 채취했다. 튜더는 확장된 피치버그 철도 노선을 이용하여 얼음을 보스턴 부두까지 직접 수송했다. 그러나 그는 그 후에 더 값싸게 얼음을 얻을 수 있는 장소들을 발견하여 월든 호수에서 채취한 얼음을 호반에서 녹도록 그냥 내버려두었다.

그러나 인디언 여인에게서 그 이름을 따왔다는 월든 호수는 때때로 복수를 했다. 작업조를 뒤에서 따라가던 한 인부가 땅의 균열 속으로 빠져 지옥 입구까지 내려갔던 것이다. 그 일이 있기 전에는 아주 용감했던 인부는 갑자기 9분의 1 같은 사람[앞에 나온 재봉사 비유]이 되었고, 온몸에서 동물적 열기가 거의 빠져나갈 정도가 되었다. 그는 내 집으로 피난 오는 것을 기꺼이 받아들였으며, 따뜻한 난로는 정말 좋은 것이라는 사실도 인정했다. 얼어붙은 땅은 때때로 쟁기 끝의 강철 조각을 삼켜버렸고, 아니면 쟁기가 이랑 깊숙이 박히는 바람에 그것을 아주 힘들게 꺼내야 했다.

그 사건을 있는 그대로 말하자면, 뉴잉글랜드인 감독자 휘하에 있는 1백 명의 아일랜드 노동자가 얼음 채취를 위해 매일 케임브리지에서 월든 호수까지 출퇴근한 것이다. 그들은 설명이 필요 없을 정도로 잘 알려진 방법으로 얼음 덩어리들을 적절한 크기로 분할했다. 그런 다음, 이 얼음들을 썰매에 실어 호반으로 옮기고 이어 신속하게 얼음 저장소로 운반했다. 그다음에는 쇠갈고리로 얼음을 찍어 말의 힘으로 움직이는 도르래로 들어 올려 밀가루 통처럼 보관대 위에 올려놓았다. 얼음 덩어리들은 그곳에서 나란히 층층이 쌓아 올려졌다. 그 모양은 마치 구름까지 올라가기로 설계된 오벨리스크의 단단한 기단처럼 보였다. 작업 속도가 빠른 날이면 그들은 1천 톤의 얼음을 캐낼 수 있는데, 그것은 1에이커의 면적에서 나오는 수량이라고 내게 말했다.

빙판 위에는 깊은 수레 자국 혹은 바퀴 구멍이 패였는데 마치 단단한 땅 위에 생긴 구멍들 같았다. 썰매가 같은 길 위로 계속 왕복해서 발생한 결과였다. 얼음을 수송하는 말들은 물통처럼 속이 비어 있는 얼음덩어리 속에서 귀리를 먹었다. 인부들은 얼음 덩어리들을 한쪽 면이 35피트[1미터] 높이에, 한 변 길이가 6-7로드[30-35미터]가 되도록 노천에 쌓아 올렸고, 공기의 틈입을 막기 위해 바깥층 얼음 사이에 건초를 끼워 넣었다. 그리 차갑지 않은 바람이 얼음 탑 사이에 빈 공간을 발견하여 그 안으로 스며든다면 내부에 커다란 공간을 만들 테고, 그러면 여기저기서 얼음 탑을 떠받치는 힘이 약화하여 탑 전체가 붕괴할 위험이 있었기 때문이다. 처음에 얼음 탑은 거대한 청색 요새 혹은 북유럽의 신 오딘의 발할라 궁처럼 보였다. 그러나 인부들이 빈 틈새 사이에 건초들을 집어넣기 시작하자 얼음 탑은 서리와 고드름으로 덮이게 되었다. 그리하여 얼음 탑은 하늘 빛 대리석으로 지어진, 이끼 끼고 고색창연한 유적처럼 보였다. 그것은 우리가 달력에서 보았던 노인으로 분장한 '겨울'의 처소였다. 그 처소를 살펴보니 노인은 우리와 함께 여름을 보낼 계획인 것 같았다.

그들은 얼음 탑의 얼음 중 25퍼센트 정도는 최종 목적지에 도달하지 못하고, 2-3퍼센트는 수송 차량에서 녹아버릴 것으로 계산했다. 아무튼, 얼음 탑의 상당 부분이 당초 의도한 목적지와는 다른 곳에서 폐기 처분된다. 그 얼음이 평소보다 공기를 많이 함유하고 있어 품질이 기대에 미치지 못하거나, 아니면 다른 이유로 시장까지 가지 못했기 때문이다. 1846-47년 사이의 겨울에 만들어진 이 얼음 탑은 무게가 1만 톤으로 추정되었고 건초와 판자로 덮였다. 그리고 이 탑은 1847년 7월에 지붕을 떼어내고 그중 일부를 수송해 갔으나, 나머지는 태양에 그대로 노출된 채 거기 그대로 서 있었다. 그것은 그해 여름과 겨울을 견뎌냈고 1848년 9월이 되어서야 다 녹았다. 이렇게 하여 호수는 빼앗긴 물의 상당 부분을 되찾았다.

호숫물과 마찬가지로 월든의 얼음도 가까이에서 보면 초록색이나 멀리서 보면 아름다운 청색이다. 그 얼음은 하천의 하얀 얼음이나 4분의 1마일 떨어진 곳에 있는 몇몇 호수의 단순한 초록색 얼음과 확연히 구분된다. 때때로 월든의 얼음 덩어리가 채취 인부의 썰매에서 떨어져 마을 거리에서 녹을 때까지 일주일 정도 머무르는데, 그 얼음의 에메랄드빛은 행인들에게 자꾸 쳐다보게 하는 즐거움을 안겼다.

나는 종종 이런 사실을 목격했다. 액체 상태로 있을 때는 초록빛이던 월든 호숫물은 일단 얼면 똑같은 지점에서 관찰해도 푸른빛으로 변했다. 이 호수의 얕은 부분은 겨울에 들어서도 원래 빛깔인 초록색이지만, 그다음 날 호수가 얼면 푸른색으로 변했다. 물과 얼음의 청색은 그 안에 내포된 빛과 공기 때문에 그럴 것인데, 가장 투명한 얼음이 가장 푸른빛을 띠었다.

얼음은 흥미로운 명상의 대상이다. 사람들은 내게 이런 말을 했다. 프레시 호수의 얼음 저장소에는 보관한 지 5년 된 얼음도 있는데 상태가 여전히 좋다. 왜 한 양동이 속에 들어 있는 물은 그대로 있으면 곧 썩는데 얼음 상태를 유지하면 여전히 신선한가? 이것은 감성과 지성의 차이라고 널리 알려져 있다.

이렇게 하여 열엿새 동안 나는 창문을 통해 백 명의 인부가 바쁜 농부처럼 열심히 일하는 광경을 지켜보았다. 그들은 마차와 말과 온갖 농기구를 동원하여 일했다. 그 광경은 우리가 달력의 첫 페이지에서 보는 것과 똑같은 풍경이었다. 나는 창문 밖을 자주 내다보았는데, 그때마다 종다리와 수확하는 사람 비유와 씨 뿌리는 사람 비유가 생각났다.[206] 이제 그들은 모두 가버렸고 앞으로 한 달이 지나면 나는 이 창문에서 월든 호수의 순수한 초록색 물빛을 볼 수 있을 것이다. 호숫물은 구름과 나무를 반영하면서, 고독 속에서 자신의 호흡을 공중으로 올려보낼 것이고, 사람이 거기 빙판 한가운데에 서 있었던 흔적은 사라지고 없을 것이다. 어쩌면 나는 외로운 되강오리가 물속으로 자맥질하고 그다음에 자기 깃털을 가다듬으며 웃음을 터뜨리는 소리를 들을 수 있으리라. 혹은 물 위를 떠도는 작은 잎사귀 같은 배를 타고 호수에서 외롭게 낚시하면서 호수 표면에 어리는 자기 그림자를 지켜보는 사람을 볼 수 있으리라. 얼마 전만 해도 백 명의 인부가 빙판 위에서 안전하게 작업했던 그곳에서 말이다.

이렇게 하여 찰스턴과 뉴올리언스, 마드라스, 봄베이, 캘커타[207]의 더위

---

206 종다리는 라퐁텐의 우화, 「종다리와 그녀의 새끼와 들판 주인」에 나오는 종다리를 가리킨다. 엄마 새는 주인이 사람을 써서 밀밭을 수확하는 한, 너희는 안전하다고 새끼 새들에게 말한다. 씨 뿌리는 사람 비유는 마태복음 13장 3절에 나오는 것으로 뿌려진 씨앗 중 일부만 좋은 땅에 떨어진다는 이야기이다. 두 비유는 주인이 손수 하지 않고 사람을 시켜서 하면 그 일이 메마른 땅에 떨어진 씨앗 같이 된다는 의미를 담고 있다.

207 뉴잉글랜드의 얼음은 실제로 인도의 여러 도시에 수출되었다.

로 고생하는 주민들이 이 호수의 물을 마시게 된다. 아침에 나는 『바가바드 기타』의 장엄하고 우주적인 철학 속에서 내 지성을 목욕시킨다. 이 책이 저술된 때로부터 무수한 신들의 세월이 지나갔는데, 이 경전과 비교해볼 때 우리 현대 세계와 현대 문학은 아주 사소하고 시시해 보인다. 이 책의 숭고한 정신은 우리 생각으로부터 아득히 멀리 떨어진 곳에 있어 그 철학은 존재의 전생에서 흘러나온 것이 아닌가 하는 생각마저 든다. 나는 이 책을 내려놓고 물을 마시기 위해 호수로 간다.

그리고 보라! 거기서 나는 브라만교의 하인, 브라마, 비슈누, 인드라 사제를 만난다. 그는 여전히 갠지스 강가의 사원에 앉아 베다 경전을 읽거나, 그의 메마른 빵과 물병을 옆에 두고서 나무뿌리에서 거주한다. 나는 주인을 위해 물을 뜨러 온 그의 하인을 만난다. 그리하여 우리의 물통은 이 작은 호수에서 함께 부딪친다. 순수한 월든 호수의 물이 갠지스강의 성스러운 물과 합쳐진다. 순조로운 바람을 만나, 그 물은 아틀란티스와 헤스페리데스라는 상상 속의 섬들을 지나 한노[208]의 대항해 코스를 따라가며 테르나테섬과 티도레섬 옆을 떠가다가 페르시아만 입구로 흘러든다. 그리고 인도양의 열대성 바람을 맞으며, 알렉산드로스 대왕도 오로지 그 이름만 들어서 알고 있었다는 항구들에 도착한다.[209]

---

208 Hanno. 기원전 5세기의 저명한 카르타고의 항해가. 그는 카르타고에서 헤라클레스의 기둥을 지나 아프리카까지 항해하고 그것을 기록으로 남겼는데, 푸닉어로 집필된 그 책은 나중에 『대항해』(Periplus)라는 제목으로 그리스어로 번역되었다.

209 소로가 월든 호수의 물을 뜨면서 저 멀리 인도 갠지스 강가의 브라만교 사제도 역시 물을 뜨고 있다고 상상하는 장면이다. 월든의 물이 수증기가 되어 바람에 실려 대서양을 넘어 인도양으로 가서 인도의 여러 해안 항구들에 도착한다는 의미인데, 뉴잉글랜드와 인도의 먼 거리도 생각은 훌쩍 뛰어넘을 수 있음을 암시한다.

17

봄

얼음 채취 인부들이 호수 빙판 중 상당 부분을 절개해놓았기 때문에 월든은 평소보다 더 빨리 해빙이 될 것으로 기대했다. 호숫물은 추운 날씨에도 바람에 따라 움직이면서 주위 얼음을 녹이기 때문이다. 그러나 그해에 월든 호수에서는 그런 일이 없었다. 호수는 곧 옛 외투를 대체해 새롭고 두꺼운 얼음 외투를 해 입었다. 이 호수는 근처 다른 호수들처럼 빨리 해빙되는 법이 없다. 그들보다 수심이 더 깊기도 하거니와 호수 내부에 물 흐름이 없어 얼음을 녹이거나 밀어내는 일이 없기 때문이다.

나는 호수 빙판이 겨울에 깨지는 것을 보지 못했다. 여러 호수에 엄청난 시련을 안겼던 1852-53년 사이 겨울에도 월든의 빙판은 깨어지지 않았다. 월든 호수는 보통 4월 1일에 해빙되는데, 이는 플린츠 호수나 페어헤이븐보다 일주일 혹은 열흘 정도 지난 시점이다. 월든 호수는 북쪽 면과, 지난겨울 제일 먼저 얼기 시작한 얕은 부분부터 먼저 녹는다. 이 호수는 기온의 일시적 변화에서 영향을 가장 덜 받기에, 인근 호수나 하천들보다 더 분명하게 계절 진행을 보여준다. 3월 중에 며칠 계속된 혹한은 인근 여러 호수의 해빙을 상당 기간 연장했고, 그동안 월든의 수온은 꾸준하게 올라갔다. 1847년 3월 6일에 월든 한가운데에 넣어본 온도계는 빙점인 화씨 32도 [섭씨 0도]를 가리켰다. 호안 가까운 곳은 33도였다. 같은 날 플린츠 호수의 한가운데 온도는 32.5도였다. 호안에서 십여 로드 떨어진 얕은 물에서, 1피트 두께의 얼음 아래 물 온도는 36도[섭씨 2도]였다. 플린츠 호수의 깊은 곳과 얕은 곳의 온도 차이가 3.5도인 점과 그 호수의 상당 부분이 비교적 얕은 곳이라는 사실은 플린츠 호수가 왜 월든보다 훨씬 빨리 해빙되는지 그 이유를 말해준다.

이 무렵 가장 얕은 곳의 얼음은 호수 한가운데 있는 얼음보다 몇 인치 정도 얇다. 또 여름에 호수 가장자리를 산책해본 사람은 물이 호수 가장자리 가까이 올수록 점점 따뜻해진다는 사실을 알았을 것이다. 3-4피트 깊이밖에 안 되는 기슭 가까운 곳에서는 좀 더 안쪽으로 들어간 곳보다 물이 훨씬 따뜻하며, 호수 깊은 곳에서는 수면이 바닥보다 훨씬 더 따뜻하다. 봄이 되면 태양은 공기와 따뜻해진 지표면에 영향력을 행사할 뿐만 아니라, 햇빛의 열기는 1피트 이상 두께의 얼음도 관통한다. 물속으로 들어간 햇빛은 얕은 물의 경우 바닥에서도 반사되어 물과 얼음 밑 부분을 녹인다. 동시에 윗부분에서는 좀 더 직접적으로 빙판을 녹여 얼음을 울퉁불퉁하게 만들고, 또 얼음 속에 든 기포가 위아래로 확장하여 완전 벌집 모양을 이루다가 봄철 단 한 차례 강우에도 갑자기 사라져버린다.

나무와 마찬가지로 얼음에도 결이 있다. 얼음 덩어리가 녹거나 '벌집'이 되면, 다시 말해 벌집의 외양을 갖추면, 그 얼음 위치가 어디에 있건 관계없이, 공기 세포들은 수면과 직각을 이룬다. 돌이나 통나무가 수면 가까이 떠오르는 곳의 빙판은 훨씬 얇아서 이 반사열로 빈번하게 녹아버린다. 케임브리지의 하버드 대학에서 나무로 만든 얕은 인공 연못에 물을 얼리는 실험을 했다는 얘기를 들은 적이 있다. 이 실험에서는 차가운 공기가 물밑으로 순환하여 연못물의 양쪽에 접근할 수 있었지만, 바닥에서 올라온 태양열은 이런 공기의 순환을 상쇄하고도 남았다. 한겨울에 따뜻한 비가 월든의 눈 덮인 빙판을 녹여 중앙에 거무튀튀한 혹은 투명한 얼음을 남겨놓으면,

호수 가장자리 가까운 데 있는 너비 1로드 이상의 투명한 얼음은 비록 두껍다 하더라도 이 반사열 때문에 잘 부서지는 상태가 된다. 또한, 이미 말했듯이 얼음 안에 있는 기포 자체는 태양열을 받아들이는 렌즈 같은 작용을 하여 바로 아래의 얼음을 녹인다.

그해에 이러한 현상들이 호수 내부에서 날마다 소규모로 발생했다. 일반적으로, 매일 아침 호수의 얕은 곳은 깊은 곳보다 더 빨리 가열되었으나 결국 그리 따뜻해지진 않았다. 그리고 매일 저녁, 호수는 아침이 올 때까지 급속히 차가워졌다. 하루는 한 해의 요약이다. 밤은 겨울이고, 아침과 저녁은 봄과 가을이며, 정오는 여름이다.

얼음이 깨지면서 소리를 내는 것은 기온의 변화를 나타낸다. 차가운 밤이 지나가고 상쾌한 아침이 찾아온 1850년 2월 24일, 나는 그날 하루를 보내려고 플린츠 호수를 찾았다. 그런데 내가 도끼 앞부분으로 얼음을 내리치자, 놀랍게도 그 소리가 징처럼 울리면서 주위 여러 로드에 이르기까지 퍼져 나갔다. 마치 내가 팽팽한 북 머리를 두드려 친 것 같았다. 호수는 해가 뜨고 약 한 시간 후에 큰 소리를 내기 시작했다. 햇빛이 언덕 너머로 비스듬히 비쳐 와 그 영향을 받았던 것이다. 호수는 마치 잠에서 깬 사람이 기지개를 켜고 하품하는 것 같았고, 점차 더 소란스러워지더니 그 상태가 서너 시간 유지되었다. 호수는 정오에 잠시 낮잠을 잤고 그 후 밤이 될 때까지 한 번 더 소리를 냈으며, 밤이 되자 햇빛의 영향력은 사라졌다. 날씨만 알맞으면 호수는 아주 정기적으로 저녁의 축포를 터뜨렸다. 그러나 대낮에는 쩍쩍 갈라지는 소리가 공기 중에 가득했고, 호수 위 공기는 덜 신축적이었기 때문에 호수는 그 아름다운 울림을 잃어버렸다. 그러므로 호수의 빙판을 도끼로 내려친다고 해도 물고기와 사향쥐들은 그리 놀라지 않았을 것이다.

낚시꾼들은 "호수의 천둥소리"가 물고기를 놀라게 해 미끼를 물지 않는다고 말한다. 호수는 매일 저녁 천둥을 울리는 것은 아니었고, 언제 그 소리가 날 것인지 미리 예상할 수는 없었다. 나는 기온 변화를 깨닫지 못하지만, 호수는 그 변화를 알고 있었다. 그처럼 크고 차갑고 두터운 피부[빙판]를 가진 호수가 그리도 민감할 줄이야 누가 상상이나 했겠는가? 그러나 호수는 그 나름의 법칙을 갖고 있었고, 그리하여 천둥 쳐야 할 때는 천둥을 침으로써 거기에 순종했다. 봄이 되면 싹들이 돋아나는 것과 같은 이치였다. 대지는 갑자기 살아났고 연하고 작은 싹들로 뒤덮였다. 아무리 넓은 호수일지라도 날씨 변화만큼은 시험관 속의 수은 방울처럼 민감했다.

숲속 생활의 한 가지 매력은 봄이 오는 것을 바라볼 여유와 기회가 있다는 것이다. 호수의 빙판은 마침내 벌집 모양이 되기 시작했고 나는 빙판을 걸어가며 그 벌집 안으로 발꿈치를 들이밀 수 있었다. 안개와 비와 따뜻한 햇볕이 점진적으로 눈을 녹였다. 날은 눈에 띄게 길어졌다. 더 이상 장작을 마련하지 않고도 겨울을 날 수 있었다. 난로에 큰 불을 피워야 할 일이 없었기 때문이었다. 나는 봄이 오는 처음 표시에 주의를 기울이면서, 호수에 도착하는 새들의 노랫소리나 줄무늬 다람쥐의 지저귀는 소리를 들으려고 귀를 기울였다. 다람쥐 먹을거리가 지금쯤 다 떨어졌을 테니까. 혹은 겨울 숙소에서 밖으로 뛰쳐나온 우드척은 없나 살폈다.

3월 13일, 지빠귀새, 노래참새, 티티새의 노랫소리를 들은 후에도 얼음은 여전히 1피트 두께였다. 날씨가 점점 따뜻해졌지만 얼음은 하천에서처럼 물의 작용으로 눈에 띄게 마모된다거나, 갈라져 떠내려가지는 않았다. 호숫가 주위 반 로드[2.5미터] 반경으로는 얼음이 완전히 녹았지만, 호수 한가운데는 빙판이 벌집 모양을 이루어 물을 머금고 있었다. 그 얼음은 두께가 6인치인데도 그 속으로 발을 쑥 집어넣을 수 있었다. 그러나 그다음 날 저녁, 따뜻한 비가 내리고 안개가 끼더니, 빙판은 완전히 사라졌다. 어느 해 나는 월든 호수의 얼음이 완전히 사라지기 닷새 전에 그 호수 한가운데를 걸어서 건넌 적이 있었다. 1845년에 월든은 4월 1일에 완전 해빙이 되었다. 1846년은 3월 25일, 1847년은 4월 8일, 1851년은 3월 28일, 1852년 4월 18일, 1853년은 3월 23일, 1854년은 4월 7일경이었다.

사계절 구분이 뚜렷한 고장에 사는 사람들에게, 하천 및 호수의 해빙과 날씨 변화에 관련된 모든 사건은 아주 흥미롭게 다가온다. 따뜻한 날씨가 계속되면 하천 변에 사는 사람들은 밤중에 강 빙판이 커다란 대포 소리를 내며 갈라지는 소리를 듣고 깜짝 놀란다. 그것은 얼음 덩어리를 감고 있던 족쇄들이 이 끝에서 저 끝까지 모두 풀려나가는 소리다. 그리고 며칠 사이로 얼음이 급속하게 사라지는 것을 볼 수가 있다. 그리하여 악어는 땅을 뒤흔드는 소리와 함께 진흙 속에서 기어 나온다.

자연을 면밀하게 관찰해왔기에 그 작동 방식을 아주 잘 아는 노인이 있다. 그는 소년 시절에 자연이라는 배를 조선소의 선거(船渠) 위에 올려놓고 자연의 용골이 똑바로 서도록 도와준 사람 같았다. 그는 어릴 때부터 자연에 관한 지식을 축적하며 성장했고, 설사 앞으로 무드셀라[210] 나이까지 살더라도 자연에 대한 지식을 지금보다 더 많이 축적할 것 같진 않았다. 그런 노인이 내게 자연 얘기를 해주었는데, 이런 그도 자연의 은밀한 움직임에 경이로움을 표하는 걸 보고 깜짝 놀랐다. 나는 그 노인과 자연 사이에는 아무 비밀도 없다고 생각했기 때문이다.

어느 봄날, 노인은 엽총과 작은 배를 갖추고 야생 오리들을 잡아볼 생각으로 사냥에 나섰다. 초원에는 아직 얼음이 남아 있었으나 강에서는 얼음이 완전히 사라진 즈음이었다. 그는 자신이 사는 서드베리를 보트 타고 떠나 아무 방해도 받지 않고 페어헤이븐 호수까지 내려왔다. 그러나 예기치 않게 그 호수에는 얇은 빙판이 거의 호수 전체에 깔려 있었다. 따뜻한 날씨였는데도 그처럼 얼음이 많이 남아 있는 것을 보고 노인은 다소 놀랐다. 노인은 오리들을 발견하지 못했으므로, 작은 배를 북쪽 혹은 호도(湖島) 뒷면에 감추어 놓았다. 이어 자신은 남쪽의 숲속에 몸을 감추고서 오리 떼가 도착하길 기다렸다.

얼음은 호수 가장자리로부터 3-4로드가량 녹아 잔잔하고 따뜻한 호수

---

210 969세까지 살았다고 하는 성경 속의 인물(창세기 5장 27절).

월든 호수의 남쪽 호안, 1920년 3월 31일.

사계절 구분이 뚜렷한 고장에 사는 사람들에게, 하천 및 호수의 해빙과 날씨 변화에 관련된 모든 사건은 아주 흥미롭게 다가온다. 따뜻한 날씨가 계속되면 하천 변에 사는 사람들은 밤중에 강 빙판이 커다란 대포 소리를 내며 갈라지는 소리를 듣고 깜짝 놀란다. 그것은 얼음 덩어리를 감고 있던 족쇄들이 이 끝에서 저 끝까지 모두 풀려나가는 소리다. 그리고 며칠 사이로 얼음이 급속하게 사라지는 것을 볼 수가 있다. 그리하여 악어는 땅을 뒤흔드는 소리와 함께 진흙 속에서 기어 나온다.

표면을 이루었고, 그 바닥은 오리들이 좋아하는 진흙이어서 곧 오리 떼가 나타날 거로 노인은 생각했다. 그가 거기서 약 반 시간쯤 기다렸을 때, 아주 멀리 떨어진 곳에서 뭔가 날아오는 것 같은 나지막한 소리가 들려왔다. 그가 전에 들어본 적이 없던 장엄하고 인상적인 소리였다. 그 소리는 점점 높아지고 커졌는데 마치 인상적인 대단원을 향해 나아가는 듯했다. 시무룩하면서도 고함치는 듯한 소리는 엄청나게 많은 새 떼가 그 호수에 정착하러 올 때 우짖는 소리처럼 들렸다. 노인은 엽총을 잡으며 흥분한 상태로 급히 일어섰다. 하지만 호도의 숲속에 숨어 기다리는 동안에, 그는 거대한 얼음 덩어리가 호반 쪽으로 표류해오는 것을 보고 깜짝 놀랐다. 그가 들었던 장엄하고 인상적인 소리는 거대한 얼음 덩어리가 호숫가에 부딪히면서 내는 소리였던 것이다. 처음에는 부드럽게 깨물어 먹으면서 부서지는 소리였으나, 나중에는 호도의 가장자리를 따라 그 몸집을 상당한 높이까지 일으키면서 얼음 잔해를 뿌려대는 것이었다. 이윽고 그 소리는 잠잠해졌다.

마침내 햇볕은 직각으로 내리쬐었고 따뜻한 바람은 안개와 비를 몰고 와서 빙판 위에 쌓인 눈을 녹였다. 안개를 몰아낸 해는 향기 나는 적색과 백색이 교차하는 대지의 풍경에 미소를 지었다. 여행자는 그 풍경 속에서 이 작은 섬[커다란 얼음 덩어리]에서 저 작은 섬으로 조심스럽게 건너뛰며 길을 찾아가면서, 무수한 개울과 개천이 내는 음악 소리에 격려를 받았다. 개울 혈관에는 그들이 운반하는 겨울의 피가 가득 들어차 있었다.

해빙되는 모래와 진흙의 이상야릇한 형태를 구경하는 것만큼 큰 기쁨을 주는 것은 없다. 그것은 철로 부설 과정에서 만들어진 움푹 파인 절개지의 양쪽 둑을 타고 흘러내린다. 그 철둑은 내가 마을로 들어갈 때 타고 가는 길이기도 하다.[211] 철도가 부설된 이래, 철로 양쪽에 훤히 노출된 철둑의 숫자가 크게 증가하기는 했지만, 그처럼 대규모로 모래가 흘러내리는 현상은

211 월든 오두막에서 어머니와 여동생이 사는 콩코드 집으로 가는 직선거리는 피치버그 철도 둑길을 타고 가는 것인데 거리는 1.5마일 정도였다.

월든 호수 근처의 절개지를 달리는 피치버그행 기차, 1920년 10월 21일.

해빙되는 모래와 진흙의 이상야릇한 형태를 구경하는 것만큼 큰 기쁨을 주는 것은 없다. 그것은 철로 부설 과정에서 만들어진 움푹 파인 절개지의 양쪽 둑을 타고 흘러내린다. … 이 잎사귀 모양의 모래 더미는 용광로 찌꺼기처럼 철둑을 따라 흘러내리면서, '자연'이 그 내부에서 "최대 속도"로 가동되고 있음을 보여준다. 대지의 지층은 책 페이지처럼 층층이 쌓인 것도 아니고, 지질학자와 고고학자들이 연구하는 죽어버린 역사의 파편도 아니다. 그것은 꽃과 열매보다 앞에서 나오는, 나무의 잎사귀들 같은 살아 있는 시(詩)이다. 그것은 화석이 된 지구가 아니라 살아 있는 지구다. 지구 중심부의 거대한 생명력에 비교하면 모든 동물과 식물은 그저 기생하는 생명에 지나지 않는다. 지구의 용트림은 우리의 겉껍질을 깨부수어 죽음에서 소생하게 한다.

그리 흔한 일이 아니었다. 철둑은 다양한 색깔을 자랑하는 여러 종류의 미세한 모래로 구성되어 있고, 거기에 약간의 진흙이 혼합되어 있다.

봄이 되어 서리가 처음 내리고, 심지어 겨울이 해동되는 날에도, 모래는 용암처럼 철둑 등성이를 타고 흘러내리기 시작한다. 때로는 쌓인 눈을 뚫고 나오는가 하면 전에 모래가 보이지 않았던 눈밭 위로 흘러내린다. 무수한 소규모 모래 흐름이 서로 겹치고 교차하면서 일종의 혼합물을 만들어내는데, 그 혼합물 절반은 흐름의 법칙을 따르고 절반은 식물의 법칙을 따른다. 흘러내리는 모래는 수분이 많은 잎사귀와 덩굴 형태를 취하는데, 깊이가 1피트 이상 되는 펄프 같은 가지 더미를 형성한다. 철둑 위에 서서 내려다보면 이끼 비슷한 톱날 모양으로, 마치 갈라지고 비늘 달린 엽상체(葉狀體)처럼 보인다. 혹은 산호, 표범의 앞발, 새의 두 발, 두뇌, 허파, 내장 그리고 온갖 종류의 배설물을 연상하게 한다. 그것은 정녕 괴상하게 생긴 식물이다. 우리는 이 식물의 형태와 색상을 모방한, 건축물에 들어간 청동 장식을 볼 수 있는데, 그 장식은 아칸서스,[212] 치코리, 담쟁이덩굴, 덩굴 풀보다 더 오래된 전형적인[213] 건축용 잎사귀다. 어쩌면 모래로 만들어진 이 식물 장식은 미래의 지질학자들에게 하나의 수수께끼로 등장하게 될지 모른다.

철도를 부설하면서 땅을 움푹 파 들어가 만들어진 절개지는 종유석이 햇볕에 드러난 동굴 같은 인상을 풍긴다. 모래의 여러 색깔은 아주 풍부하면서도 보기 좋았는데 갈색, 회색, 황색, 적색 등 색깔도 다양했다. 위에서 흘러 내려오는 모래 덩어리가 철둑 바닥에 이르면, 그것은 더 편편한 여러 가닥으로 퍼지고, 각각의 모래 흐름은 당초 반원형 형태를 잃어버리고 더 평평하고 넓은 형태로 바뀌는데, 바닥에 도달하면 더욱 축축해져 잘 흐르

---

212 acanthus. 코린트 형식의 건축물 기둥머리에 주로 새겨지는 잎사귀. 그 외에 히코리와 덩굴도 고대 건축물에 자주 새겨졌다.

213 전형(典型)은 대표적 형식이라는 뜻이나, 구약성경이 신약성경의 예표(豫表)라는 해석처럼, 나중에 이루어질 것의 예표라는 의미로도 사용된다.

다가 마침내 평평한 모래가 된다. 그래도 철둑 윗부분에 있을 때 다양하고 아름다운 빛깔을 그대로 유지하고, 바닥에 퍼진 모래는 여전히 그 안에 원래 식물 같은 형태를 희미하게 간직한다. 마침내 그 모래가 철둑 옆 시냇물 속으로 들어가면서 강 하구에 형성된 것 같은 낮은 모래 둑을 형성한다. 그리고 아까 모래 흐름이 보여주었던 식물 형태는 시냇물 바닥의 물결무늬로 바뀌어 사라진다.

어느 봄날, 높이가 20-40피트[6-12미터]에 달하는 철둑의 한쪽 면(혹은 양쪽 면), 거의 4분의 1마일에 이르는 부분에서, 이런 신기한 잎사귀 형태를 보여주는 모래 흐름이 발생한다. 이 모래 잎사귀가 특이한 것은 그게 갑자기, 마치 뛰어 오르는 듯이 생겨난다는 것이다. 모래 흐름이 전혀 없는—태양은 한쪽 둑에 먼저 작용하기 때문이다— 이쪽 철둑에 서서 저쪽 철둑의 화려한 잎사귀 꼴 모래 흐름을 쳐다보고 있노라면 지금 내가 예술가의 작업 현장에 입회하고 있다는 특별한 감정을 갖게 된다. 이 세상과 나를 만들어낸 바로 그 예술가 말이다. 그분이 지금 저쪽 철둑에 내려와 엄청난 정력을 발휘하면서 이 신선한 무늬를 여기저기 뿌려대고 있었다.

그 순간 나는 지구의 내장 가까이에 서 있는 느낌을 받았다. 이 모래 흐름은 동물적 육체의 내장에 해당하는 잎사귀 형태의 덩어리이기 때문이다. 그리하여 저 모래 안에서 식물 잎사귀를 예견할 수 있는 것이다. 대지가 내면적으로 잎사귀 같은 상상력으로 산통(産痛)을 앓기 때문에 그것이 외부에 잎사귀 형태로 표출된다는 것은 전혀 놀라운 일이 아니다. 원자(原子)들은 이미 이 법칙을 알고, 또 그 법칙의 지배를 받는다. 저기 철둑에서 흘러내리는 잎사귀는 저것[식물 잎사귀]의 원형이다.

땅이 되었든 동물의 육체가 되었든 내적으로 그것은 축축하고 두툼한 엽(葉, lobe)이다. 이 단어는 특히 간엽, 폐엽, 지방엽(脂肪葉) 등에도 적용된다. 그리스어로 레이보(leibo), 라틴어 라보르(labor), 랍수스(lapsus) 등은 모두 밑으로 흘러내리거나 시간의 경과(lapsing)를 뜻하고, 여기에서 그리스어 로보스(lobos), 라틴어 글로부스(globus), 엽(lobe), 구(globe)가 나왔는데, 또한 겹치다(lap), 퍼덕이다(flap) 등의 많은 단어가 파생됐다.

외적으로, 그것은 마르고 얇은 잎(leaf)이다. f와 v는 [leaf와 leaves에서 보 듯] b가 압축되고 마른 모양이다. 엽(lobe)의 어근은 lb인데, 부드러운 유성 음(단엽 혹은 대문자 B로 써서 복엽) b를 그 뒤에 있는 유음 l이 앞으로 밀어낸다. globe[지구]에서 어근 glb의 목구멍소리인 g는 그 의미에 목구멍의 성량을 더한다.

그런데 새들의 깃털과 날개는 더 건조하고 얇은 잎사귀들이다. 이렇게 하여 우리는 땅속의 걸걸한 덩어리가 하늘하늘 파닥거리는 나비로 이동해 가는 것을 볼 수 있다. 대지 자체가 지속해서 자신을 초월하고 변화하여, 대 지의 궤도 내에서 날개 달린 것으로 변모해가는 것이다. 얼음조차 섬세한 수정과 같은 잎사귀로 시작된다. 가령, 수중 식물의 잎사귀가 거울 같은 물 표면에 찍어놓은 무늬가 결빙과 함께 얼음 잎사귀가 되어버린 것이다. 나무 전체가 하나의 잎사귀이며, 강은 더 큰 잎사귀다. 그 잎사귀의 연한 부분은 강과 강 사이의 육지이며, 마을과 도시는 엽근(葉根)에 붙어 있는 벌레의 알 이다.

해가 지면 모래는 흐름을 중단한다. 그러나 아침이 되면 모래 흐름은 계속 가지를 쳐서 무수한 다른 가지들이 된다. 우리는 여기서 혈관이 어떻 게 형성되는지 엿볼 수 있다. 그것을 자세히 들여다보면 해빙하는 모래 덩 어리로부터 물방울 같은 끝을 가진 부드러운 모래 흐름이 나온다. 그 흐름 은 천천히 눈먼 사람처럼 더듬거리며 밑으로 흘러내린다. 그러다가 마침내 해가 높이 떠서 열기와 습기가 더해지면, 모래 흐름의 가장 유동적인 부분 은 비활성 물질 법칙에 따라, 모래 덩어리로부터 분리되어 나와, 그 안에서 구불구불 이어지는 동맥 채널을 형성한다. 그 동맥 안에서는 가느다란 은빛 흐름이 걸쭉한 잎사귀 혹은 가지 잎맥을 순간적으로 만들어나가다가 곧 모 래에 삼켜진다. 모래 흐름이 아래로 흐르면서 자신을 신속하면서도 완벽하 게 조직해 나가는 방식은 정말 경이롭다. 모래 덩어리는 가장 좋은 재료를 사용하여 흘러내리는 수로의 날카로운 윤곽을 형성한다. 바로 이것이 강이

월든 호수 근처의 철로 둑이 해빙기를 맞아 녹아내리며 생긴 모래 잎사귀 형태, 1900년 3월 17일.

우리는 자신을 구성하는 금속을 녹여 우리가 원하는 가장 아름다운 형태로 다시 주조할 수 있다. 하지만 그 주조된 형태는 이 녹아 흐르는 대지가 만들어내는 형태처럼 나를 흥분하게 하지는 못할 것이다. … 흘러내리는 모래는 수분이 많은 잎사귀와 덩굴 형태를 취하는데, 깊이가 1피트 이상 되는 펄프 같은 가지 더미를 형성한다. 철둑 위에 서서 내려다보면 이끼 비슷한 톱날 모양으로, 마치 갈라지고 비늘 달린 엽상체(葉狀體)처럼 보인다. 혹은 산호, 표범의 앞발, 새의 두 발, 두뇌, 허파, 내장 그리고 온갖 종류의 배설물을 연상하게 한다. 그것은 정녕 괴상하게 생긴 식물이다.

생겨나는 원래 모습이다. 이렇게 하여 강물에 침전된 석영질 물질 속에는 아마 골격 조직이 들어 있었을 것이고, 좀 더 섬세한 토양과 유기물질 속에는 육질 섬유 혹은 세포 조직이 있었을 것이다.

그렇다면 인간 또한 해빙하는 흙덩어리에 불과하다고 보아야 하지 않겠는가? 인간의 손가락은 얼어붙은 한 방울의 흙이다. 손가락과 발가락은 해빙하는 신체 덩어리에서 가장 끝부분까지 흘러나갔다. 좀 더 부드러운 하늘 아래에서라면, 인간 몸이 어떤 형태로 확대되고 또 흘러나갈지 누가 알겠는가? 손은 잎과 엽맥을 가진 종려나무 잎사귀가 아니겠는가? 귀는 다소 황당하게 들릴지 모르지만, 머리 옆에 있는 늘어진 이끼라고 할 수 있을 것이다. 입술은 동굴 같은 입 양쪽에서 흘러내린 것이다(라틴어로는 '라비움'[labium]인데 흐르다는 뜻의 '라보르'[labor](?)에서 왔다). 코는 동결된 흙방울 혹은 종유석이다. 턱은 좀 더 큰 방울인데 얼굴에서 흘러내린 것이다. 양 뺨은 이마에서 얼굴 계곡으로 흘러내리면서 광대뼈로 저지되어 넓게 퍼진 것이다.

식물의 둥근 잎사귀 역시 두껍게 흐르는 크고 작은 물방울이다. 잎사귀의 둥근 돌출부는 잎 손가락이다. 많은 돌출부를 지닌 만큼 그것은 여러 방향으로 흐른다. 더 많은 열기와 다른 온화한 영향력에 노출된다면 그 잎사귀는 더욱 멀리까지 흘러간다.

이렇게 하여 이 산등성이는 자연이 모든 방면에서 작동하는 원칙을 잘 보여준다. 이 지구의 창조자는 단 하나의 잎사귀로 천지창조 특허권을 따냈다. 어떤 샹폴리옹[214]이 나타나 우리를 위해 이 상형문자[잎사귀]를 풀이해줄 것인가? 우리는 과연 그러한 뜻풀이에 힘입어 인생의 새로운 한 페이지[잎사귀]를 넘길 수 있을 것인가?[215] 모래 덩어리가 아래로 흘러내리는 현상은 포도원의 풍성하고 비옥한 생산보다 나를 더 흥분시킨다. 물론, 모래 더미

---

214 장 프랑수아 샹폴리옹(1790-1832)은 이집트에서 발견된 로제타 스톤에 새겨진 상형문자와 그리스어 번역본에서 이집트 상형문자를 해독해 냈다.

215 영어의 leaf에는 페이지와 잎사귀, 두 가지 뜻이 있다.

는 배설물의 특징을 갖고 있으며, 마치 지구 안쪽을 겉으로 뒤집어놓은 것 같이 무진장한 간, 폐, 내장 더미를 제공한다. 모래 흐름은 '자연'이 내장을 가졌음을 보여주는 증거가 아니고 무엇이겠는가? 그 내장이야말로 우리 인간의 모태(母胎)인 것이다.

모래 흐름은 땅속에서 흘러나오는 서리다. 그것은 '봄'이다. 신화가 본격 시가(詩歌)를 앞서가는 것처럼, 모래 흐름은 녹색의 꽃피는 봄보다 앞에서 온다. 나는 겨울의 나쁜 증기와 소화불량을 치료해주는 세정제로 이보다 더 좋은 것을 모른다. 그것은 지구가 아직도 기저귀 옷을 입고 있으며 그 어린애 같은 손가락을 온 사방으로 내뻗는다는 것을 납득하게 한다. 신선한 고수머리가 반질반질한 이마에서 생겨난다. 거기에는 무기물이라고는 전혀 없다.

이 잎사귀 모양의 모래 더미는 용광로 찌꺼기처럼 철둑을 따라 흘러내리면서, 자연이 그 내부에서 최대 속도로 가동되고 있음을 보여준다. 대지의 지층은 책 페이지처럼 층층이 쌓인 것도 아니고, 지질학자와 고고학자들이 연구하는 죽어버린 역사의 파편도 아니다. 그것은 꽃과 열매보다 앞에서 나오는, 나무의 잎사귀들 같은 살아 있는 시(詩)이다. 그것은 화석이 된 지구가 아니라 살아 있는 지구다. 지구 중심부의 거대한 생명력에 비교하면 모든 동물과 식물은 그저 기생하는 생명에 지나지 않는다. 지구의 용트림은 우리의 겉껍질을 깨부수어 죽음에서 소생하게 한다. 우리는 자신을 구성하는 금속을 녹여 우리가 원하는 가장 아름다운 형태로 다시 주조할 수 있다. 하지만 그 주조된 형태는 이 녹아 흐르는 대지가 만들어내는 형태처럼 나를 흥분하게 하지는 못할 것이다. 그 주조된 형태뿐만 아니라 그 위에 세워진 제도들은 도공의 손에 들려진 진흙처럼 얼마든지 주물러서 바꿀 수 있다.[216]

---

216 본문에서 '겉껍질'은 잠들어 있어서 아직 깨어나지 못하는 사람을 상징한다. 자연의 생명력에 힘입어 그 껍질을 깨부수어야(잠에서 깨어나야) 비로소 참다운 생명을 얻을 수 있다(소생할 수 있다). 금속은 굳어진 인간의 사상 및 제도를 상징하고, 금속을 새로운 형태로

얼마 지나지 않아 이 철둑뿐만 아니라 모든 언덕, 들판, 분지에서도 서리가 땅속으로부터 기어 나왔는데, 동면하던 네발 동물이 봄이 되어 그 소굴에서 기어 나와 음악 있는 바다를 찾아가고, 구름 속의 다른 기후를 찾아가는 것과 비슷했다. 부드럽게 설득하는 해빙은 망치 든 천둥의 신 토르보다 훨씬 더 강력하다. 해빙은 녹이지만 토르는 부수어 산산조각낼 뿐이다.

땅에 쌓인 눈 더미가 부분적으로 녹아버리고 따뜻한 날이 며칠 계속되어 땅 표면을 좀 더 건조하게 했다. 그런 때 새해의 부드러운 첫 번째 징후와 겨울을 견딘 식물의 장엄한 아름다움을 서로 비교해보는 것은 즐거운 일이다. 떡쑥, 메역취, 잎이 가늘고 작은 꽃이 피는 잡초, 우아한 자태를 자랑하는 야생초 등은 심지어 여름철보다 봄철에 더 눈에 띄고 또 흥미롭게 보인다. 황새풀, 큰고랭이, 현삼과 물레나물, 조팝나무와 기타 단단한 가지를 지닌 식물은 이곳을 일찍 찾아온 새들을 접대하는 무진장의 곡창이다. 또한 이 풀들은 과부가 된 자연이 입는 품위 있는 상복(喪服)인 듯하다.

나는 특별히 윗부분이 아치처럼 굽고 다발처럼 뭉친 사초에 마음이 끌린다. 이 풀은 우리가 겨울을 기억할 때 여름을 생각하게 만들며 예술가들이 모방하길 좋아할 만한 모습을 지녔다. 이 풀이 인간 마음속에 이미 들어 있는 전형(典型)과 맺는 관계는 천문학이 인간과 맺는 관계와 같다.[217] 그것

주조한다는 것은 그런 사상과 제도를 초월하고 환골탈태하여 새 사람이 되라는 것이다. 주조된 형태와 그 위에 세워진 제도들은, 새롭게 태어난 인간과 그 인간이 수립한 제도를 가리킨다. 도공은 창조주를 뜻한다. 제14장 주179를 참고하라. 또한 역자 해제 중 "월든의 주제"도 참고하라.

217 고대인들은 인간의 인격이 신체 안에 들어 있다고 보았고 신체는 또한 영혼의 집이라고 보았다. 물질과 정신이 결합해 사람이 생기는데, 각 개인은 다음 네 가지 체액의 결합체다. 담즙질은 대체로 뜨거운 체액이고, 다혈질은 대체로 축축한 체액, 점액질은 차가움, 흑담즙질은 건조함의 체액이다. 신체적 조건의 자연 상태는 늘 유동적인 것으로 이해했으며, 특정 순간의 신체 균형은 천체(天體: 별)의 움직임에 영향을 받는 것으로 인식했다. 여기서 천문학이 인간과 맺는 관계와 같다고 함은 천체 못지않게 식물도 인간 유형에 영향을 준다는 뜻으로 사용한 것으로 보인다.

하얗게 내린 서리, 허버드 다리, 콩코드, 1899년 11월 8일.

얼마 지나지 않아 이 철둑뿐만 아니라 모든 언덕, 들판, 분지에서도 서리가 땅속으로부터 기어 나왔는데, 동면하던 네발 동물이 봄이 되어 그 소굴에서 기어 나와 음악 있는 바다를 찾아가고, 구름 속의 다른 기후를 찾아가는 것과 비슷했다. 부드럽게 설득하는 해빙은 망치 든 천둥의 신 토르보다 훨씬 더 강력하다. 해빙은 녹이지만 토르는 부수어 산산조각낼 뿐이다.

은 그리스나 이집트의 양식보다 훨씬 오래된 양식이다. 겨울의 많은 현상은 표현하기 어려운 부드러움과 깨어지기 쉬운 섬세함을 연상하게 한다. 우리는 겨울을 무례하고 소란스러운 폭군으로 묘사하는 말을 많이 듣는다. 그러나 겨울은 애인과 같은 부드러움으로 여름의 풍성한 머릿단[218]을 꾸민다.

봄이 가까이 오면서 붉은 다람쥐가 집으로 들어왔다. 어떤 때는 한꺼번에 두 마리가 들어오기도 했다. 놈들은 책상에 앉아 글을 읽고 쓰는 내 발밑까지 왔다. 그놈들은 처음 들어보는 이상한 쿡쿡 소리와 짝짝 소리를 냈고 요란스러운 급회전과 목구멍 꿀꺽이는 소리를 냈다. 내가 발을 한번 쿵 내리치면 더욱 요란한 소리를 냈다. 놈들은 광란의 놀이를 하는 중에 모든 공포와 존경심을 내던진 듯했고, 어디 한번 멈추게 할 수 있으면 해보라고 도전해왔다. 말리지 못할걸, 쿡쿡, 짝짝. 그놈들은 내 주장을 아예 모른 척하거나 그런 주장 따위는 인정하지 않겠다는 듯이, 비난의 노랫가락을 계속 읊어댔다. 그렇지만 참으로 매력적인 노래였다.

봄의 첫 참새! 이제 한 해가 전보다 더 씩씩한 희망으로 시작되고 있었다. 절반쯤 비어 있는 축축한 들판을 통해 들려오는 지빠귀새, 노래참새, 티티새의 희미한 은빛 울음소리는 겨울의 마지막 눈송이가 땅에 떨어지며 내는 소리 같았다. 이런 때 역사, 연대기, 전통, 기록으로 남겨진 계시가 무슨 소용인가? 개울은 봄에 바치는 찬송과 환희의 노래를 부른다. 초원 위를 낮게 나는 늪매는 벌써 동면에서 깨어난 진흙 속 벌레를 찾고 있다. 눈이 녹아 밑으로 꺼지는 소리가 온 계곡에서 들리고 여러 호수의 얼음은 신속히 녹아내린다. 들풀은 산둥성이에서 봄불처럼 타오른다. "그리고 풀들은 일어선다, 이른 비의 부름을 받아서." 마치 지구가 돌아오는 태양을 맞이하기 위해 내면의 열기를 밖으로 내뿜는 것 같다. 그 불길의 색깔은 노랑이 아니라 초록이다.

---

218 녹음이 무성한 상태를 비유적으로 표현한 것이다.

영원한 청춘의 상징인 풀잎은 기다란 푸른 리본처럼 여름을 향해 쑥쑥 솟아오른다. 그 과정에서 서리에 막히기도 하지만 곧 다시 밀고 나와 땅 밑 생생한 생명과 함께 지난해 겨울 땅 밑으로 잠복했던 풀끝을 높이 치켜든다. 그것은 땅에서 시냇물이 흘러나오는 것처럼 꾸준히 성장한다. 풀은 시냇물과 거의 동일하다. 6월 들어 풀이 쑥쑥 자라나는 시절, 시냇물은 가물어지는데 이때 풀잎들이 시냇물을 대신해 수로가 된다. 해마다 가축 떼는 이 항구적인 초록의 흐름에 목을 축이고, 풀 베는 사람들은 그 수로에서 나오는 풀로 때맞추어 겨울 준비를 한다. 마찬가지로 인간의 생명도 그 뿌리까지 죽었다가 다시 영원으로 향하는 초록 풀잎을 위로 씩씩하게 내뻗는 것이다.

월든 호수는 재빨리 녹기 시작했다. 호수 북면과 서면을 따라 2로드[10미터] 넓이의 운하가 생겼고 동면에서는 더 넓은 것이 생겼다. 넓은 들판 같은 빙판이 쩍쩍 소리를 내면서 본체에서 떨어져 나갔다. 나는 노래참새가 호숫가의 숲속에서 부르는 노랫소리를 들었다. 짝, 짝, 짝. 촉, 촉, 촉. 칩, 칩, 칩. 그 또한 얼음을 깨뜨리는 데 도움을 주려 애썼다. 호숫가 커브에 맞추어 자기 몸체를 바꾼, 얼음 가장자리의 커다란 커브는 얼마나 매력적이고 또 호숫가보다 더 일정한 모습을 갖추었는가! 최근에 잠시 계속된 추위 때문에 얼음은 비상할 정도로 단단했고, 왕궁의 대리석 바닥 같은 물 빛깔과 물결치는 무늬를 보였다. 그러나 바람은 얼음의 반투명한 표면을 넘어서서 헛되이 동쪽으로 불다가 그 너머의 일렁이는 호수 표면에 도착했다. 햇빛에 반짝이는 호수 표면의 파문을 쳐다보는 것은 즐겁고 신나는 일이다. 환희와 젊음으로 가득 찬 호수의 맨 얼굴은 그 속을 헤엄치는 물고기, 가장자리에서 반짝거리는 모래의 즐거움을 대변하는 듯하다. 호수 표면은 물고기 비늘처럼 은빛으로 반짝거리는데 마치 호수 전체가 살아 움직이는 물고기 같다. 이것이 겨울과 봄의 극명한 대조다. 월든은 죽었다가 다시 살아났다. 그리고 내가 이미 말했듯, 이 봄에 호수는 더욱 꾸준하게 얼음을 깨뜨리고 있다.

폭풍우와 겨울에서 평온하고 화창한 날씨로 움직이는 이 변화, 어둡고 느릿느릿한 시간에서 밝고 활발한 시간으로 이동하는 변화 등은 모든 사물이 일제히 증언하는 기록할 만한 중대 사건이다. 그것은 순간적으로 벌어진 일처럼 보인다. 갑자기 빛이 유입되어 집 안을 가득 채운다. 저녁이 가까이 다가왔지만 겨울 구름이 여전히 집 위에 걸려 있고, 처마에서는 진눈깨비가 섞인 빗방울이 떨어졌다. 나는 창문 밖을 내다보았다. 그리고 보라! 어제만 해도 차가운 회색 얼음이 있었던 곳에 이제 투명한 호수 표면이 드러났다. 평온하고 희망에 가득 찬 모습으로서, 마치 여름 저녁처럼 그 가슴에 여름의 저녁 하늘을 반영하고 있었다. 호수 상공에서는 아무것도 보이지 않았으나 호수는 저 먼 곳의 지평선과 소통하는 듯 보였다.

나는 저 멀리 떨어진 곳에서 울려오는 울새 소리를 들었다. 그것은 내 생각에 수천 년 만에 처음 듣는 소리였고, 그 가락은 앞으로 수천 년이 흘러도 잊히지 않을 그런 노래, 저 먼 곳에서 울려오는 예의 그 아름답고 강력한 노래였다. 오, 뉴잉글랜드 여름날이 끝나고 들려오는 저녁 울새 노래! 아, 저 새가 앉아 있는 나뭇가지를 찾아낼 수 있다면 좋으련만! 저 새 그리고 저 가지. 이 새는 적어도 철 따라 이동하는 지빠귀는 아니었다. 그리고 오랫동안 고개 숙이고 있던, 내 집 주위의 송진 소나무와 키 작은 참나무들도 갑자기 본 면목을 되찾았고, 전보다 더 밝고, 꼿꼿하고, 생기 넘치는 나무들처럼 보였다. 봄비로 청소되어 원기를 되찾은 듯했다. 나는 이제 더 이상 비가 오지 않으리라는 것을 알았다.

나뭇가지를 보거나 집 장작더미를 보면 겨울이 지나갔는지 아닌지를 알 수 있었다. 집 주위가 점점 더 어두워지면서 숲 위를 낮게 날아가는 거위들의 울음소리를 듣고 깜짝 놀랐다. 그들은 남쪽 호수들에서 늦게 날아온 여행자들 같았고, 마침내 마음 놓고 불평과 위로를 서로 주고받는 듯했다. 나는 문 앞에 서서 그들이 빠르게 날개 치는 소리를 들을 수 있었다. 그들은 집 쪽으로 날아오다가 갑자기 집 불빛을 보더니 숨죽인 소리를 내면서 선회하여 호수에 내려앉았다. 이렇게 하여 나는 집 안으로 들어와 문을 닫고서 숲에서 맞은 첫 번째 봄날을 보냈다.

아침에는 문 앞에 서서 거위들이 안개 속에서 호수 한가운데를 유유히 헤엄쳐 가는 것을 지켜보았다. 거리는 50로드[250미터] 정도 떨어졌는데도, 너무나 큰 무리인 데다 소란스러웠다. 월든 호수가 갑자기 그들의 오락을 위한 인공 호수가 된 듯했다. 그러나 내가 호숫가로 걸어가 우뚝 서자 지휘자의 신호에 따라 크게 날개 치는 소리를 내며 일어섰다. 그들은 대오를 갖추자 내 머리 위에서 한 번 선회했는데 총 스물아홉 마리[219]였다. 그들은 월든보다 더 진흙이 많은 호수에서 아침 식사를 할 수 있으리라 생각하며, 일정한 간격으로 울리는 지휘자의 주기적인 울음소리에 맞추어 곧바로 캐나다로 날아갔다. '살찐' 오리 떼도 동시에 일어나 그들의 사촌을 따라 북쪽으로 가는 노선을 타고 비행에 나섰다.

한 주일 동안 나는 안개 짙은 아침에 어떤 고독한 거위가 호수 상공을 빙빙 돌면서 헤매는 울음소리를 들었다. 그는 짝을 찾으면서 숲이 지탱할 수 없을 정도로 커다란 생명의 아우성으로 숲을 가득 채웠다. 4월에 비둘기들이 소규모 떼를 이루어 급히 날아가는 게 보였다. 그리고 곧 흰털발제비가 내 개간지 위에서 쩍쩍거리는 소리를 들었다. 저 제비들이 마을에 아무리 많이 날아들었어도 이 숲으로 날 찾아올 녀석이 있겠나 생각했지만 그래도 그들은 잊지 않고 숲을 찾아왔다. 저 제비들은 백인이 이곳에 나타나기 전부터 속이 빈 나무들에서 살아온 아주 오래된 족속이라는 생각이 들었다. 거의 모든 지방에서 거북이와 개구리는 봄철의 도래를 알리는 선구자들이다. 새들은 빛나는 깃털을 반짝이고 노래 부르면서 창공을 날아오르고, 식물들은 싹이 트고 꽃이 피며 바람은 불어온다. 이들이 이렇게 하는 것은 지구 양극의 가벼운 흔들림을 바로잡아 자연의 균형을 유지하기 위해서다.

모든 계절이 인간에게는 차례차례 최고의 계절로 보이듯이, 봄의 귀환

219 소로의 나이를 가리킨다. 뒤 문장에 나오는 "더 진흙이 많은 호수"는 소로가 곧 돌아갈 문명사회를 상징한다. 이 문장에서도 작품 속의 '나'가 허구임을 알 수 있는데 이에 대해서는 역자 해제 중 "작품 배경"을 참고하라.

은 카오스로부터 코스모스의 창조이고 황금시대의 실현이다.

> 동풍은 아우로라[에오스: 새벽의 여신]와 나바테아[아라비아]로,
>
> 페르시아 그리고 아침 햇살 아래에 있는 산맥으로 물러났다.

* * *

> 그리하여 인간이 생겼다. 어쩌면 인간은 더 좋은 세상의 근원인 창조주가
> 신성한 씨앗으로 만든 존재인지 모른다. 어쩌면 새로 생겨난 대지가 하늘
> 에서 떨어질 때 인척인 하늘의 씨앗들을 간직하고 있었는지 모른다.[220]

단 한 차례 내린 부드러운 비가 풀을 훨씬 더 푸르게 만든다. 마찬가지
로 더 좋은 생각이 우리 머릿속에 들어오면 전망은 그만큼 밝아진다. 우리
가 항상 현재에 살면서, 풀이 자기에게 내린 약간의 이슬방울로 인한 영향
도 인정하듯 우리에게 벌어지는 모든 사건을 잘 활용할 수 있다면 축복받
은 존재가 될 것이다. 또한, 과거의 기회를 허송한 데 대해 속죄하지 않아도
되는 축복받은 사람이 될 것이다(우리는 이것을 의무의 실천이라고 부른다). 계절은
이미 봄인데 우리는 겨울 속을 배회하고 있다. 상쾌한 봄날 아침에 모든 사
람의 죄악은 용서된다. 이런 날은 악덕과 휴전하는 날이다. 이런 태양이 밝
게 빛나면 가장 사악한 죄인도 마을로 돌아올 수 있다. 자신이 순진함을 회
복함으로써 이웃의 순진함도 알아볼 수 있다.

우리는 어제 어떤 이웃을 도둑, 술꾼, 쾌락주의자 등으로 판단하며 그
를 연민하거나 경멸하고 또 세상을 한심하다고 생각했을 수도 있다. 그러나
이 봄의 첫날 아침, 태양은 밝고 따뜻하게 빛나면서 세상을 재창조한다. 우
리는 어떤 한적한 일터에서 경멸했던 이웃을 만난다. 피곤하고 방탕한 혈관
에 조용한 즐거움이 순환함을 느낀다. 또 봄의 영향을 받아 새로운 날을 축

---

220 오비디우스, 『변신 이야기』 제1권, 61-62, 78-81.

붉은 다리 옆에 피어난 하얀 단풍나무 꽃봉오리, 콩코드, 1918년 5월 26일.

모든 계절이 인간에게는 차례차례 최고의 계절로 보이듯이, 봄의 귀환은 카오스로부터 코스모스의 창조이고 황금시대의 실현이다.

복하고, 어린아이 같은 순진함을 발휘하는 것을 본다. 이렇게 그의 잘못은 모두 잊힌다. 그에게서 선의의 분위기가 뿜어져 나오고, 일말의 거룩함이 자기를 드러내려고 꿈틀거리는 것도 느낀다. 맹목적이고 비효율적일 수도 있으나 그러한 꿈틀거림은 새로 태어난 본능처럼 강력하다. 그리하여 잠깐 이나마 남쪽 산등성이는 천박한 농담에 메아리를 보내오지 않는다.

우리는 순진무구한 아름다운 새싹이 옹이진 껍질을 비집고 올라와 한 해의 새로운 삶을 시작하려는 것을 본다. 가장 어린 식물처럼 부드러우면서도 신선하게. 심지어 평소 나쁘게 보았던 이웃조차도 그의 주님이 내려주는 즐거움에 동참한다. 왜 간수는 감옥 문을 열어놓지 않는가. 왜 판사는 사건을 기각하지 않는가? 왜 목사는 신도들을 돌려보내지 않는가! 그건 그들이 하느님의 암시에 순종하지 않거나 그분이 무상으로 모든 사람에게 내려주신 사면을 받아들이지 않기 때문이다.

"매일 새벽의 신선한 기운을 마심으로 선량함으로 돌아가면, 미덕을 좋아하고 악덕을 싫어하게 된다. 사람은 이렇게 하여 원초적 인간의 본성에 조금씩 다가선다. 벌목된 나무에서 새싹이 돋아나듯. 마찬가지로 사람이 낮 동안 저지르는 악덕은 새롭게 돋아난 미덕의 씨앗이 발전하는 것을 막을 뿐만 아니라 그 씨앗을 파괴하기까지 한다.

미덕의 씨앗이 커지는 것을 이처럼 여러 번 잡아 가둔다면 밤 지난 상쾌한 기분이 그 씨앗을 보존하지 못한다. 그러면 인간 본성은 짐승과 다를 바가 없게 된다. 그 사람이 짐승 같은 것을 보며 그에게 합리적인 내적 능력이 없다고 생각한다. 하지만 이것이 어찌 사람의 진짜 자연스러운 감정이겠는가?"[221]

"첫 번째 태어난 시대는 황금시대이다. 이 시대에는 공식적으로 보안관이 없었지만, 법 없이도 자발적으로 신의와 권리를 숭상했다. 징벌이나 공

─────────
221 『맹자』, 고자장구(告子章句) 상 제8.

포도 없었고 고정된 청동판에 위협적인 법조문을 새겨 넣지도 않았다. 탄원자가 재판관의 얼굴을 두려워하는 일도 없었고, 보안관을 두지 않아도 모든 것이 안전했다. 산꼭대기에서 소나무를 베어 넘실거리는 바닷가로 끌고 와 낯선 세상으로 보내는 일도 없었다. 인간은 자기가 태어난 해안가 외에는 알지 못했다. …… 봄날은 영원히 계속되었고 따뜻한 미풍을 가져오는 온유한 제피루스[서풍]는 씨 뿌리지 않아도 저절로 피어난 꽃들을 위로했다."[222]

4월 29일, 나는 나인-에이커-코너 다리와 가까운 강둑에서 낚시하고 있었다. 흔들리는 풀과 버드나무 뿌리 위에 서 있었는데 그곳은 사향쥐가 잠복한 곳이었다. 그때 어떤 독특한 덜거덕거리는 소리가 들려왔다. 아이들이 손가락으로 돌리는 막대기에서 나는 소리와 비슷했다. 고개를 쳐들어 하늘을 보았는데, 거기에는 아주 날렵하고 우아한, 밤매 비슷한 매가 날고 있었다. 그 매는 파도 모양으로 어느 순간 솟아오르는가 하면 1-2로드 아래로 갑자기 추락하는 동작을 반복했다. 매의 날개 아래쪽이 잘 보였는데, 햇빛 속에 반짝이는 공단 리본이나 조개껍질 속의 진주 빛깔처럼 보이기도 했다.
그 광경을 쳐다보면서 매 부리는 기술에는 고상함과 시정(詩情)이 어우러져 있다고 생각했다. 내가 보기에 매를 쇠황조롱이라고 불러도 될 것 같았다. 하지만 이름이 무슨 상관이랴. 그것은 내가 목격한 것 중에 가장 가볍고 미묘한 비행이었다. 그것은 나비처럼 퍼덕거리지도 않고 큰 매처럼 솟구쳐 오르지도 않았다. 하지만 공중 벌판을 아주 자신만만하고 늠름하게 날아가고 있었다. 저 괴상하고 만족스러운 웃음소리를 내면서 거듭거듭 솟구쳐 오르다가 다시 자유롭고 아름답게 낙하하다가 솔개처럼 몸을 거듭하여 뒤집었다. 그러면서 그 까마득한 추락으로부터 일거에 회복하여 다시 올라갔는데 마치 굳건한 대지에는 발을 내려놓지 않겠다는 심사 같았다.

---

222 오비디우스, 『변신 이야기』 제 1권, 89-96, 107-108.

매는 온 우주에 친구라고는 없는 듯했다. 하늘에서 혼자 노닐면서, 저처럼 비상하는 아침 대기 외에 다른 것은 필요 없다는 자세였다. 하지만 그것은 외롭지 않았고 오히려 발밑 모든 땅을 외롭게 만들었다. 저것을 부화시킨 모친, 그 친척 혹은 하늘 아버지는 어디에 있는가? 공중 거주자인 저 매는 과거 어느 때 바위 틈새에서 부화된 알을 통해서만 땅과 관련을 맺는 듯했다. 아니면 새의 원래 둥지는 구름 한쪽 구석에 있으면서, 무지개에서 떨어져 나온 조각들과 석양의 하늘로 만들었고, 땅에서 가져온 부드러운 여름 안개로 그 내부를 두른 것일까? 저 매는 현재 험준한 구름 사이 어디엔가 둥지를 짓고 살고 있으리라.

이것 외에, 나는 금빛, 은빛, 구릿빛으로 밝게 빛나는 진귀한 물고기 떼를 보았다. 보석들을 한 줄로 꿰어놓은 것처럼 보였다. 아! 이른 봄날에 얼마나 많은 나날을 자주 이 초원을 찾았던지! 풀덤불에서 풀덤불을 뛰어넘고, 이 버드나무 뿌리에서 저 버드나무 뿌리로 뛰어넘으면서 초원을 많이도 돌아다녔다. 그때 야생의 강가 계곡과 숲은 순수하고 밝은 빛에 미역을 감고 있었는데, 만약 누가 말했듯이 망자들이 그들 무덤 속에서 잠자고 있다면 그 빛은 그들도 깨워 일으킬 것 같았다. 이보다 더 강력한 영원의 증거는 없어 보였다. 모든 사물이 이런 빛 속에서 살아야 마땅했다. 오 죽음이여, 너의 독침이 어디에 있느냐? 오, 무덤이여, 너의 승리가 어디에 있느냐?[223]

마을을 둘러싼 미개척 숲과 초원이 없었더라면 마을 생활은 정체되었을 것이다. 우리에게는 야생이라는 강장제가 필요하다. 때때로 알락해오라기와 뜸부기가 숨어 있는 습지를 걸어 건너면서 도요새의 울음소리를 들어야 한다. 아주 야성적이고 외로운 닭이 둥지를 틀고, 밍크가 땅에 바싹 배를 대고 포복하는 사초밭 냄새를 맡아야 한다. 우리는 진지하게 모든 사물을 탐구하고 배워야 한다. 동시에 모든 사물이 신비하고 탐험 불가능한 상태로

---

223 신약성경, 고린도전서 15장 55절.

목초지를 가로질러 남쪽을 바라보는 코난텀 연못, 콩코드, 1900년 7월 17일

아! 이른 봄날에 얼마나 많은 나날을 자주 이 초원을 찾았던지! 풀덤불에서 풀덤불을 뛰어넘고, 이 버드나무 뿌리에서 저 버드나무 뿌리로 뛰어넘으면서 초원을 많이도 돌아다녔다. 그때 야생의 강가 계곡과 숲은 순수하고 밝은 빛에 미역을 감고 있었는데, 만약 누가 말했듯이 망자들이 그들 무덤 속에서 잠자고 있다면 그 빛은 그들도 깨워 일으킬 것 같았다. 이보다 더 강력한 영원의 증거는 없어 보였다.

남아 있고, 땅과 바다가 무한히 야생 상태로 남아 있기를 빌어야 한다. 이런 것은 원래 측정할 수 없는 것이므로 우리가 측량할 수도 측정할 수도 없지만, 그래도 우리는 도전을 멈추지 말아야 한다.

아무리 자연을 많이 알아도 충분하다는 느낌이 들지 않는다. 우리는 이 무진장한 활력, 거대하고 타이탄 같은 특징, 난파된 물건이 표류해온 해안가, 살아 있는 나무와 죽어가는 나무가 있는 황무지, 천둥 구름, 3주 동안 계속 퍼부어 담수의 흐름을 만들어내는 큰비 등의 광경을 보고 원기를 회복해야 한다.

우리는 자기 한계를 돌파해야 하고, 결코 가본 적 없는 곳에서 자유롭게 풀을 뜯는 어떤 생물을 보아야 한다. 독수리가 혐오감과 불쾌감을 주는 썩은 고기를 먹고서 건강과 활력을 얻는 것을 보며 우리는 환호한다. 숲속 내 집으로 돌아오는 길 위에 움푹 파인 땅이 있는데 거기에 말이 죽어 있었다. 밤중에 집으로 돌아올 때는 그 악취 때문에 길을 벗어나 빙 둘러 와야 했다. 하지만 그것은 오히려 자연의 강력한 식욕과 범접할 수 없는 강건함을 확신하게 했다. 그러므로 나는 그런 역겨운 광경에 대해 충분한 보상을 받았다 하겠다.

자연은 생명으로 충만해 있어 많은 것을 희생시킬 여유가 있고 또 생명체가 서로 잡아먹는 것을 허용한다. 나는 자연의 그런 모습을 보는 걸 좋아한다. 부드러운 생명 조직들은 순순히 위축되어 펄프처럼 존재도 없이 사라진다. 왜가리는 올챙이를 잡아먹고 거북이와 두꺼비는 도로상에서 차에 치인다. 그리고 때때로 하늘에서 비와 살의 피가 내린다![224] 각종 사고가 언제 발생할지 모르는 상황에서, 우리는 그 사고 원인 해명이 상당히 어렵다는 것을 인정해야 한다. 현명한 사람은 그런 사고를 목격하면 거기에 대해 아무도 책임이 없다고 인식한다. 그리하여 독은 결국, 독성 아닌 것이 되고,

---

224 구약성경 출애굽기 17장에 나오는 피와 개구리의 재앙을 떠올리게 하는 표현.

데이비스 언덕 쪽을 바라보는 타벨 만(灣), 1918년 4월 1일.

우리에게는 야생이라는 강장제가 필요하다. 때때로 알락해오라기와 뜸부기가 숨어 있는 습지를 걸어 건너면서 도요새의 울음소리를 들어야 한다. 아주 야성적이고 외로운 닭이 둥지를 틀고, 밍크가 땅에 바싹 배를 대고 포복하는 사초밭 냄새를 맡아야 한다.

인간이 당하는 어떤 피해도 결국, 치명적이지 않은 것이 된다. 고통에 대한 동정심은 유지되기 어려운 감정이며, 지나치게 성급한 판단이다. 동정심에의 호소는 너무나 다양하여 천편일률적으로 규정할 수 없는 까닭이다.

5월 초, 참나무, 옻나무, 단풍나무, 기타 나무들이 호수 주위 소나무 숲 사이에 갓 새싹을 틔우면서, 마치 햇볕처럼 풍경에 빛을 던져주었다. 특히 구름 낀 날에 그런 빛을 내는 효과가 더 컸는데, 마치 태양이 안개를 뚫고 들어와 언덕 사면 여기저기에서 희미하게 빛을 내려주는 것 같았다. 나는 호수에 나타난 되강오리를 보았고, 5월 첫째 주에 쏙독새, 지빠귀, 개똥지빠귀, 딱새, 되새, 기타 새들이 우는 소리를 들었다. 나는 이런 새들보다 훨씬 전에 숲지빠귀가 우는 소리를 들었었다. 피비새는 또다시 나와 집 문과 창문을 들여다보면서 내 집이 들어가기에 충분히 동굴 같은 장소인지 살폈다. 피비는 집 안을 둘러보는 동안에, 꽉 쥔 발톱과 푸득거리는 날개로 공중에 떠 있었는데 마치 공기로 부양되는 것처럼 보였다.

송진 소나무의 유황 같은 꽃가루가 곧 호수와 호숫가 돌들과 고사목을 뒤덮었다. 그 화분(花粉)을 쓸어 모으면 금세 한 통이 될 것 같았다. 이것이 우리가 익히 들었던 유황 소낙비이다. 심지어 칼리다사의 『샤쿤탈라』[225]에서도 이런 얘기가 나온다. "냇물은 연꽃의 황금 화분으로 노랗게 염색되었다." 그리하여 계절은 전진하여 여름으로 나아갔고 사람들은 점점 더 키가 자라는 풀밭으로 걸어 들어갔다.

이렇게 하여 내가 숲속에서 보낸 첫 번째 해가 마무리되었다. 두 번째 해는 첫 번째 것과 유사했다. 마침내 1847년 9월 6일, 나는 월든을 떠났다.

---

225 칼리다사는 5세기의 인도 작가이고, 『샤쿤탈라』는 그가 쓴 드라마 대본이다.

18

맺음말

의사는 환자에게 공기와 환경을 바꾸어보라고 현명하게 조언한다. 여기 말고 환경을 바꾸어볼 만한 다른 세상이 있다는 건 얼마나 다행스러운 일인가. 칠엽수는 뉴잉글랜드에서 자라지 않고 흉내지빠귀 소리 또한 별로 들리지 않는다. 기러기는 우리보다 더 세계주의자이다. 그는 아침은 캐나다에서 먹고, 점심은 오하이오에서 먹으며, 밤에는 남부의 큰 강 하구에서 깃털을 가다듬는다. 심지어 들소도 어느 정도까지는 계절과 보조를 맞추어 행동하면서, 콜로라도강 초원에서 풀을 뜯다가 옐로스톤 강변에서 더 푸르고 맛좋은 풀이 유혹하면 그곳으로 옮겨 간다.

그러나 농장의 나무 울타리가 헐리고 돌담이 쌓이면 우리는 자기 생활에 경계선이 그어졌고, 운명은 결정되었다고 생각한다. 만약 누가 읍 서기로 임명받았다면, 이번 여름에는 결코 티에라 델 푸에고[226]에 가지 못하지만, 지옥 불이 펄펄 끓는 땅에는 갈지도 모른다. 이 세상은 우리가 생각하는

---

226 남아메리카 남단의 섬.

것보다 훨씬 넓다.

그러나 우리는 호기심 많은 승객처럼 선미 난간 뒤를 자주 돌아다보아야 하며, 우리 항해를 쓸데없는 짓으로 만들지 말아야 한다. 지구 반대편은 우리와 서신 교환을 하는 사람의 고향일 뿐이다. 우리 항해는 지구를 한 바퀴 돌아 제자리로 돌아오는 대항해이고 의사들의 항해 권유는 피부병에 대한 처방일 뿐이다. 우리는 기린을 뒤쫓기 위해 황급히 남아프리카로 내려간다. 그러나 그것은 우리가 진정으로 추구하는 들짐승이 될 수 없다. 묻노니, 인간은 얼마나 오랫동안 기린 사냥을 할 수 있다고 보는가? 도요새나 멧도요 사냥 또한 진귀한 스포츠다. 그러나 자기 자신이야말로 더욱 고상한 사냥감이 아닌가?

> 시선을 내면으로 돌려보라
> 그러면 마음속에서 천 개의 지방을 발견하리라
> 아직 답사되지 않은 그곳들을 여행하라
> 그리고 자기라는 우주의 전문가가 되라.[227]

아프리카 그리고 서부는 해도(海圖) 위에 무슨 색깔로 칠해져 있는가? 우리 내면은 그 지도 위에서 흰색이 아닌가? 실제로 발견된다면 해안처럼 검은색으로 칠해져 있을 수도 있다. 우리가 발견하려는 것은 나일강, 니제르강, 미시시피강 원천인가, 아니면 이 대륙 주위를 도는 북서항로인가? 이런 것이 인간의 가장 큰 관심사인가? 탐험 중에 실종된 탐험가 존 프랭클린은 아내가 그토록 간절히 찾으려는 유일한 사람인가? 존 프랭클린을 찾으러 나선 그리넬 씨는 자신이 어디 있는지 아는가? 자신만의 하천과 대양을 탐험하는 멍고 파크, 루이스와 클라크, 프로비셔 같은 탐험가가 되라.

---

227 윌리엄 해빙턴(1605-54)의 시.

자신이 탐사했던 것보다 높은 지대를 탐험하라. 필요하다면 당신 체력을 보충해줄 고기 통조림을 한 배 가득 준비하라. 하나의 표시로 빈 깡통을 하늘 높이 쌓아라. 그런데 통조림 고기는 오로지 당신 살[肉]을 보존하려고 만들어진 게 아닌가? 그래서는 안 된다. 당신 내부에 있는 새로운 대륙을 찾아나서는 콜럼버스가 되라. 무역이 아니라 사상의 새로운 교역로를 열어라. 모든 사람은 광대무변한 지역의 영주다. 그 영토에 비하면 차르의 지상 제국은 사소한 땅 혹은 작은 얼음 언덕에 지나지 않는다. 자기 존경심이 없는 사람이라도 애국자가 될 수 있고, 더 작은 것을 위해 더 큰 것을 희생시킬 수도 있다. 그들은 자기 무덤이 될 땅을 사랑하지만, 그들의 진흙[육체]에 영감을 주는 영혼에는 동정심이 없다. 애국심은 그들 머릿속에 든 변덕스러운 생각이다. 그처럼 떠들썩하게 홍보하고 많은 비용을 들여 실시한 남극탐험대는 어떤 의미인가? 그것은 정신세계에 엄청난 대륙과 대양이 있다는 사실을 간접적으로 시인한 것이다. 모든 사람은 정신세계의 지협이고 작은 만인데 정작 그 자신은 그런 지형을 발견하지 못했다. 5백 명의 어른과 소년의 도움을 받고 정부가 지원한 배를 타고서 추위와 폭풍우와 식인종 사이를 몇천 마일이고 항해하는 것은 실제로는 어려운 일이 아니다. 하지만 개인의 내부 바다, 저 존재 내부에 있는 대서양이나 태평양 탐험은 그보다 훨씬 어렵다.

　　탐험가들은 먼 곳까지 가서 이국적인
　　오스트레일리아인들을 면밀하게 조사하네
　　그들은 도로에 대해 많이 알게 되고
　　나는 하느님에 대해 더 많이 알게 되네.

생각해보라. 아프리카 잔지바르 섬의 고양이 숫자를 세려고 전 세계를 돌아다녀야 할 필요는 없다. 그러나 이런 일도 해야 한다면 열심히 할 필요가 있다. 그러면 우리는 마침내 지구 내부로 들어가는 "심스의 구멍"을 발견할지도 모른다.[228] 영국과 프랑스, 스페인과 포르투갈, 황금해안과 노예해안, 이 모든 것은 개인 내면의 바다와 연결된다. 그렇지만 어떤 배도 그런 나라들로부터 육지가 보이지 않는 미지의 바다로 출항하려 하지는 않는다. 그 바다가 틀림없이 인도로 가는 직항로인데도 말이다.

누군가가 모든 나라의 언어를 배우고, 그 관습에 적용하고, 모든 지방에 익숙해지고 또 스핑크스의 수수께끼를 풀어 그녀를 바위에 머리 박고 죽게 만들고 싶다면, 먼저 저 오래된 철학자의 교훈, 즉 "너 자신을 알라"를 실천해야 한다. 그렇게 하자면 밝은 눈과 굳센 용기가 필요하다. 사회에서 패하고 탈주한 자들만이 전쟁에 가고, 비겁자들만이 세속에서 도망쳐 입대한다. 지금 당장 가장 먼 서쪽 길로 떠나라.[229] 그 길은 미시시피강이나 태평양에서 끝나지 않고 노쇠한 중국이나 일본으로 향하지도 않고, 인간 마음의 영역과 접점을 이루며 직선으로 나아간다. 여름이나 겨울이나, 낮이나 밤이나, 해 질 녘이나 달이 질 녘이나 그리고 마침내 지구가 사라져버릴 때까지.

미라보[230]는 자발적으로 노상강도가 되기로 했다고 한다. "사회의 가장 신성한 법을 위반하면서 공식적으로 저항하려면 어느 정도의 결단력이 필요한지 알아보기 위해서"였다. 미라보는 이렇게 말한다. "전투 대열 속에서 싸우는 병사는 노상강도의 절반 정도 용기만 있으면 충분하다. 명예와 종교는 깊이 생각해 내린 단호한 결심을 전혀 가로막지 못한다." 세속 방식대로라면 이것은 남자다운 일이다. 그러나 그것은 절망적인 일 혹은 게으른 짓이다. 그보다 훨씬 건전한 사람도 "사회의 가장 신성한 법"이라고 생각하는 것에 공식적으로 저항하고 싶을 때가 있다. 그렇지만 그에게는 그보다 더

---

228 미국인 존 심스(1780-1829)는 1818년, 지구 내부가 비어 있어서 양극의 구멍을 통해 들어 갈 수 있고 또 거기에서 살 수 있다는 이론을 발표했다.

229 소로가 『월든』을 집필하던 때(1840년대)는 서부 캘리포니아에서 금광이 발견되면서 서부로 대이동이 벌어지던 시기였다. 소로는 이런 세속적인 분주함과 정신적 모험을 대비하고 있다.

230 프랑스의 혁명가 미라보 백작(1749-91).

신성한 법률이 있고 그래서 어떤 일탈적인 행위를 직접 하지 않고서도 자기 결심을 검증할 수 있다. 그가 사회에 대해 이런 순종적인 태도를 취하는 것은 자신을 위해서가 아니라, 자기 존재의 법에 계속 따르고 싶어서다. 그의 태도는 공정한 정부에 저항하는 태도는 결코 아니다. 공정한 정부가 실제로 있다면 말이다.

나는 숲에 들어간 것과 똑같이 훌륭한 이유로 숲을 떠났다.[231] 내가 보기에 나는 앞으로 여러 번의 삶을 살아야 했는데, 그 숲속 삶을 위해 더 많은 시간을 내놓을 수 없었기 때문이다. 우리는 놀랍게도, 아주 손쉽게 또는 무감각하게 어떤 특정 길로 빠져들어 그 고정된 길로만 간다. 내가 숲속에 산 지 일주일도 되지 않아 내 발은 집에서 호반으로 이르는 길을 만들어냈다. 그 길을 밟고 다녔던 때로부터 5-6년이 지났지만, 그 길은 여전히 뚜렷하게 남아 있다. 남들 또한 그 길을 이용하는 바람에 지금까지 계속된 것이 아닌가 한다. 지구의 표면은 부드러워서 사람들의 발자국을 잘 담아낸다. 마음이 여행하는 길 또한 그러하다. 세상의 큰길은 얼마나 사람이 자주 다니고, 그래서 얼마나 먼지가 많은가. 전통과 관습이 그 길 위에 남긴 자국은 얼마나 깊은가! 나는 편안한 선실 여행을 하고 싶지 않다. 그보다는 세상의 돛대 앞으로, 갑판 위로 올라가고 싶다. 거기서 산간 지대의 달빛을 더 잘 볼 수 있기 때문이다. 나는 이제 갑판 아래 선실로 내려가고 싶지 않다.

나는 실험을 통해 이것을 알았다. 만약 우리 자신이 꿈꾸는 방향으로 자신 있게 전진하면서 상상해온 생활을 실천하려고 한다면, 우리는 보통 때

---

231 소로가 월든을 떠난 직접적인 이유는 에머슨이 이 무렵 유럽 강연 여행을 떠나므로 그동안 콩코드 에머슨의 집에서 가족을 돌보는 집사 역할을 해달라고 부탁했기 때문이다. 그러나 소로는 일기에서 이 상황을 좀 애매하게 설명하고 있다. "내가 무엇 때문에 월든을 떠났는지는 잘 모르겠다고 말해야 할 것 같다. 내가 숲에 들어간 것이나 숲을 떠난 것을 딱 떨어지게 설명하기가 어렵다. 성실하게 말하자면 나는 숲에 가야만 했기 때문에 갔고, 마찬가지 이유로 떠나야만 했기에 떠났다." 이것은 『월든』의 '나'가 허구적인 것임을 보여주는 또 다른 사례다. 역자 해제 중 "소로의 일기"를 참고하라.

엔 예상하지 못했던 성공을 거둘 수 있다. 우리는 많은 것을 뒤에 버리고 보이지 않는 경계선을 넘어가게 될 것이다. 새롭고, 보편적이고, 좀 더 자유로운 법이 주위와 내부에 설정되기 시작한다. 아니면 예전의 법이 좀 더 확대되어 한층 자유로운 의미에서 우리에게 유리한 쪽으로 해석되고, 우리는 존재의 더 높은 질서에 순응하며 살게 될 것이다. 생활을 단순화하는 비율에 따라 우주의 법도 덜 복잡하게 보일 것이다. 고독은 더 이상 고독이 아니고 가난은 더 이상 가난이 아니며, 허약함은 더 이상 허약함이 아닌 게 된다. 만약 당신이 하늘에 성채를 짓는다면[232] 당신의 일은 절대 사라지지 않는다. 성채는 마땅히 하늘에 있어야 한다. 이제 그 성채의 기초를 놓도록 하라.

영국과 미국에서는 사람들이 알아들을 만한 말을 해야 한다고 요구하는데, 이것은 아주 우스꽝스러운 요구이다. 그런 식으로 말하는 것이 중요하고 또 사람들이 이해하지 못하면 그 말은 불충분하다고 보는 것이다. 인간이든 갓버섯이든 그런 식으로 성장하지는 않는다. 마치 자연이 인간 언어라는 하나의 이해 방식만 지지하고 새나 네발 동물, 날아가는 것이나 기어가는 것 등의 의사소통 방식은 지지하지 않는다고 보는 태도와 같다. 황소도 알아들을 수 있을 정도의, 왼쪽으로 가라는 '이랴' 혹은 오른쪽으로 가라는 '워' 수준의 단어만 훌륭한 영어라고 보는 태도이다. 오로지 남들을 따라 하는 어리석음만 가장 안전하다는 태도이다.

나는 내 표현이 충분히 파격적이지 않을까 봐 걱정이다. 일상적 경험의 비좁은 한계를 훌쩍 벗어나 멀리까지 방황하길 원하며, 그리하여 내가 확신하는 진리에 가까이 다가서길 바란다. 경계선에서 아주 멀리 벗어나기! 이것은 당신이 방황할 수 있는 앞마당 크기를 어느 정도로 설정하느냐에 달려 있다. 또 다른 위도의 새로운 목초지를 찾아 이동하는 들소는, 젖 짜는 시간에 양동이를 걷어차고 앞마당 울타리를 넘어 새끼를 뒤쫓아가는 암소

---

232 초월주의 사상을 가리킨다.

콩코드 격전지 근처의 측백나무, 1902년 5월 18일.

나는 숲에 들어간 것과 똑같이 훌륭한 이유로 숲을 떠났다. 내가 보기에 나는 앞으로 여러 번의 삶을 살아야 했는데, 그 숲속 삶을 위해 더 많은 시간을 내놓을 수 없었기 때문이다. 우리는 놀랍게도, 아주 손쉽게 또는 무감각하게 어떤 특정 길로 빠져들어 그 고정된 길로만 간다.

에 비해 아주 멀리 벗어나는 것이 아니다.

　나는 아무 경계선 없는 어떤 곳에서 발언하고 싶다. 잠에서 깨어난 사람이 이제 막 잠을 깨려는 순간에 있는 사람들에게 말하듯 이야기하고 싶다. 진정한 표현의 기초를 놓는 일은 너무나 중요하여 아무리 과장해도 지나치지 않는다고 확신하기 때문이다. 진정한 음악의 가락을 들은 사람이라면 자기 발언이 아주 멀리 벗어나는 것을 걱정이나 하겠는가? 미래 가능성을 고려한다면, 우리는 다소 느슨하면서도 융통성 있게 살아야 하며 우리가 내보이는 모습의 윤곽은 다소 흐릿하고 막연한 것이 되어야 한다. 반면, 우리의 그림자는 태양을 향해 다가서려는 무의식적인 분투 노력의 흔적을 드러내야 한다. 우리 어휘는 휘발적인 진리를 담고 있으므로 그 말을 사용해 종이 위에 적어놓은 진술의 부적절함을 곧장 폭로한다. 말의 진리는 곧장 번역되고, 그 문자를 사용한 기념비[서면 기록]만 남는다.[233] 우리 믿음과 경건함을 표현하는 말은 확정적인 것이 아니다. 그렇지만 그 말은 우월한 자연에 바치는 유향처럼 의미심장하고 향기롭다.

　왜 우리의 가장 둔한 지각 수준까지 내려가서 그것을 상식이라고 찬양하는가? 상식은 잠자는 사람의 지각이요, 코 골기는 그 지각의 표현이다. 때때로 우리는 한 배 반 지식을 가진 사람을 절반의 지식을 가진 사람과 동급으로 취급하는데, 우리가 그 지식 중 겨우 3분의 1만 이해하기 때문이다. 심지어 어떤 사람은 우연히 아침 일찍 일어나 하늘이 붉게 동터오는 현상에 대해서도 시비를 건다. 내가 듣기로 카비르[234]의 시는 다음 네 가지의 다른 의미가 있다고 한다. "환상, 정신, 지성, 베다의 비밀스러운 교리." 그러나 이 나라에서는 어떤 사람의 글이 한 가지 이상의 해석을 허용하면 곧바로

233　'번역'(飜譯)에는 "이곳에서 저곳으로 옮겨가다, 하늘로 올라가다, 다른 언어로 옮기다" 등의 뜻이 있는데 여기서는 말의 진리가 말하는 순간 원래 뜻으로부터 다소 벗어난다는 의미다.

234　신에 대한 주관적 체험을 강조한 16세기 인도의 시인.

불평의 대상이 된다. 지금 영국은 아일랜드의 감자 썩는 병을 고치기 위해 애쓰는데, 그보다 훨씬 넓게 퍼져 있고 더 위험한 두뇌 썩는 병은 왜 고치려 하지 않는가?

내 글이 의미가 잘 안 통하는 글이라고 생각하지는 않는다. 그러나 이 문제와 관련하여 내가 쓴 글이 월든의 얼음이 받은 것 같은 비난을 받는다면 오히려 자랑스럽게 생각하겠다. 남부 고객들은 월든 얼음의 순수함을 증명하는 푸른색이 마치 진흙 색깔이나 되는 듯 여기면서 케임브리지 얼음을 더 좋아한다. 그 얼음은 하얀색이긴 하지만 잡초 맛이 난다. 이처럼 일반인들이 좋아하는 순수함은 대지를 둘러싼 안개 같은 것일 뿐, 그 안개 너머에 있는 푸른 하늘이 아니다.

어떤 사람은 우리 미국인, 더 나아가 현대인들이 고대인이나 심지어 엘리자베스 여왕 시대[16세기]에 비해 지적으로 소인에 불과하다고 귀 아프게 떠들어댄다. 하지만 그런 불평이 무슨 소용인가? 살아 있는 개가 죽은 사자보다 낫다. 어떤 사람이 소인족 소속인데 자신보다 더 큰 소인족에 소속되지 못했다고 해서 목매달아 죽어야 할까? 그보다는 자기 일을 열심히 하면서 본래 천성을 지켜나가도록 노력하는 것이 더 낫다.

왜 우리는 이처럼 성공하려고 절망적일 정도로 서두르고 또 그로 인해 절망적인 일들을 저지르는가? 만약 어떤 사람이 동료들과 보조를 맞추지 않는다면, 그것은 그가 다른 북소리를 듣고 있기 때문이다. 그 사람에게 자신이 듣는 음악 소리에 따라 걷게 하라. 그 소리가 아무리 신중하고 또 멀리서 울려오더라도. 그가 사과나무나 참나무처럼 빨리 숙성하는 문제는 그리 중요한 게 아니다. 자신의 봄철을 억지로 여름으로 바꾸어놓아야 할까? 우리 천성에 부합하는 외부 조건이 아직 마련되지 않았다면, 우리가 그 대신에 다른 현실을 들이댄다면 그게 무슨 소용인가? 우리는 헛된 현실을 따라가다가 난파해서는 안 된다. 우리가 힘들게 푸른 색깔의 유리 하늘을 건설하기로 작정했다고 해보자. 유리 하늘 건설이 끝났을 때, 그 너머 아스라한 곳에서 진정한 푸른 하늘을 보게 되어, 그 유리 하늘은 진짜가 아니라는 걸

깨닫게 될 텐데 그래도 우리는 유리 하늘을 건설하겠다고 할 것인가?

고대 인도의 쿠루 시에 완벽함을 추구하겠다고 마음먹은 예술가가 살고 있었다. 어느 날 그는 지팡이를 하나 만들 생각을 했다. 불완전한 작품을 만드는 데에는 시간이 중요한 요소이나, 완전한 작품에는 시간이 문제되지 않는다고 생각했으므로, 그는 다음과 같이 혼잣말을 중얼거렸다. '그 지팡이는 모든 면에서 완벽해야 해. 그리고 나는 평생 그것 이외에 다른 일은 하지 않을 거야.'

그는 곧 목재를 얻기 위해 숲으로 갔고, 지팡이를 만드는 데 적당하지 않은 나무는 절대 안 된다고 생각했다. 그가 이 나무도 거부하고 저 나무도 물리치는 동안 친구들은 서서히 그를 떠나갔다. 그들은 생업을 하던 중에 늙었고 그리하여 죽었다. 하지만 그는 단 한순간도 더 나이 들지 않았다. 그의 일관된 목적과 단호한 결단, 숭고하고 경건한 마음 등이 그가 모르는 사이에 그에게 영원한 젊음을 부여했다. 그가 시간과 아무 타협을 하지 않았기에 시간도 그를 방해하지 않고 옆으로 물러서서 한숨만 내쉬었다. 시간은 예술가를 위압하지 못했기 때문이다.

예술가가 모든 면에서 적합한 나무를 발견하기도 전에 쿠루 시는 하얀 폐허가 되었고, 그는 폐허의 돌무더기 위에 앉아 나무 껍질을 벗겨냈다. 그가 나무에 적당한 형체를 부여하기도 전에 카다하르 족 왕조는 망했고, 예술가는 그 막대기의 뾰족한 끝으로 종족의 마지막 남은 자의 이름을 모래 위에 적은 후, 지팡이 작업을 재개했다. 그가 지팡이 표면을 가다듬으면서 빛을 낼 무렵, 칼파는 더 이상 북극성이 아니었다. 그가 지팡이에 쇠끝을 붙이고, 귀중한 보석으로 머리 부분을 장식하는 동안 브라마 신(神)마저 잠에서 깨어나 다시 잠드는 과정을 여러 번 반복했다. 그런데 왜 지금 내가 이런 얘기를 하는 것일까?

아무튼, 예술가가 지팡이에 마지막 손질을 가하자, 예술가의 눈앞에 갑자기 브라마의 모든 창조물 중에 가장 아름다운 물건이 드러나서 그를 놀라게 했다. 그는 지팡이를 만드는 과정에서 새로운 체계를 완성한 것이었다. 그것은 충만하면서도 아름다운 비율을 갖춘 세계였다. 그 세계 안에서 과거 도시들과 왕조들은 사라졌지만, 더 아름답고 영광스러운 도시와 왕조가 대신 자리 잡았다. 이제 그의 발아래 쌓여 있는 신선한 대팻밥 무더기로 미루어 이런 사실을 알 수 있었다. 그 예술가와 작품 관점에서 볼 때, 과거에 흘러간 시간은 환상에 지나지 않았고, 브라마의 머릿속에서 반짝거리는 단 하나의 영감이 인간의 두뇌 속으로 떨어져서 두뇌 회로의 부싯돌에 불을 붙이는 데 필요한 시간 이상은 지나가지 않은 것이었다. 그 목재는 순수했고 그의 예술도 순수한 것이었다. 그러니 어떻게 그 결과가 경이로운 것이 되지 않을 수 있겠는가?

우리가 사물에 어떤 모습을 부여하려 할 때, 결국 우리를 지탱해주는 건 진실뿐이다. 이것만이 오래 간다. 대부분 우리는 있어야 할 곳에 있지 않고 엉뚱한 위치에 있다. 우리 본성이 허약하여, 어떤 상황을 상상하고 그 속에 자신을 욱여넣는다. 이렇게 하여 우리는 두 상황[235]에 놓이는데 거기에서 빠져나오기는 두 배로 어렵다. 우리는 건강한 순간에는 객관적인 사실, 즉 실재하는 상황만 본다. 그러나 말해야 하는 것만 말하고, 예의상 말해야 한다고 생각하는 것은 말하지 말라. 어떤 진실이 되었든 예의상 겉꾸밈보다는 나은 것이다. 땜장이 톰 하이드[236]는 교수대 위에 올라섰을 때 마지막으로 할 말이 있느냐는 요청을 받았다. 그는 이런 말을 했다. "재봉사들에게 말해주십시오. 첫 번째 꿰매기를 하기 전에 바늘의 실을 묶는 것을 잊지 말라고." 그의 동료 사형수가 어떤 기도를 했는지는 전해지지 않는다.

자기 삶이 아무리 비천하더라도 씩씩하게 맞아들이고 또 살아나가라. 피하거나 욕하지 말라. 그 삶은 당신만큼 그리 나쁜 게 아니다. 당신이 가장 부유할 때 삶은 가장 가난하게 보인다. 험담하는 사람은 심지어 천국에서

---

235 실재하는 상황과 엉뚱하게 상상하는 상황을 말한다. 제2장 주57을 참고하라.

236 땜장이 톰(Tom Hyde, the tinker)은 1850년대에 정부를 상대로 반란을 일으킨 자를 지칭하는 미국식 용어다.

도 험담 거리를 찾아낸다. 가난할망정 당신의 삶을 사랑하라. 사람은 심지어 구빈원에서도 유쾌하고, 흥분되고, 영광스러운 시간을 보낼 수 있다. 석양의 지는 해는 부자의 저택 못지않게 구빈원 창문에서도 밝게 빛난다. 봄이 되면 눈은 구빈원 문 앞에서 먼저 녹는다. 평온한 마음의 소유자는 그곳에서도 왕궁에 사는 것 못지않게 만족하면서 유쾌한 생각을 할 수 있다. 내가 보기에, 마을의 가난한 사람들은 누구보다도 독립적인 삶을 살아가고 있다. 어쩌면 그들은 마음이 넓어서 주어지는 것을 선선히 받아들이는지도 모른다. 대부분의 사람은 마을의 지원을 창피하게 여겨 그런 지원을 받지 않는다고 여긴다. 종종 부정한 방법으로 자기 생활비를 벌어들이는 일을 마다하지 않는데, 이는 구빈원에 살면서 마을의 지원을 받는 것보다 더 불명예스러운 것이다.

현인들이 행동한 대로, 가난을 마당의 화초처럼 가꾸어라. 옷이든 친구든 새것을 얻으려고 너무 애쓰지 마라. 옛것에 시선을 돌리고 그것으로 돌아가라. 사물은 바뀌지 않고 우리만 바뀌는 것이다. 옷을 팔지언정 사상은 간직하라. 사귐이 부족하지 않도록 하느님이 보살펴주실 것이다. 온종일 거미처럼 다락방 한구석에 갇혀 있더라도, 생각만 온전히 간직할 수 있다면 그 좁은 공간이 온 세상처럼 넓게 보이리라. 철학자가 말했다. "3군의 장수를 빼앗아 군대를 궤멸시킬 수 있으나, 가장 비루하고 낮은 사람일지라도 그의 뜻은 빼앗지 못한다."[237] 빨리 발전하려고 너무 애쓰지 마라. 너무 많은 영향력이 당신을 간섭하도록 두지 마라. 그것은 모두 힘 낭비다.

어둠과 비슷한 겸손이 오히려 천상의 빛을 드러낸다. 가난함과 비천함의 그림자가 주위에 모여들어도, "보라! 우리 시야는 밝아지면서 천지만물을 넓게 바라본다."[238] 우리는 종종 이런 말을 듣는다. 설사 우리에게 크로이소스의 부가 주어지더라도 우리 목표는 전과 같고, 우리 수단은 본질적으

---

237 『논어』, 자한 편 제 26. "三軍, 可奪帥也. 匹夫, 不可奪志也."
238 영국 시인, 조지프 화이트(1775-1841)의 시.

로 같을 것이다.[239] 더욱이 가난 때문에 행동 범위가 제약된다면, 가령 책이나 신문을 사볼 수 없다면 당신은 가장 중요하고 핵심적인 체험을 하는 것이다. 이로써 가장 많은 당분과 전분을 내는 재료만 접하게 될 것이다. 본질에 가까울수록 삶은 감미롭다. 이렇게 하면 당신은 사소한 것에 신경 쓰지 않게 된다. 좀 더 높은 차원에서 관대함을 발휘한다면 좀 더 낮은 차원에서는 아무것도 잃지 않는다. 과도하게 넘쳐나는 부는 잉여품만 사들일 뿐이다. 영혼의 필수품을 사는 데는 돈이 들지 않는다.

내 집의 한쪽 벽은 납 성분인데, 그 납 벽에는 종을 만드는 합금이 다소 혼합되어 있다. 종종 한낮 쉬는 시간에 내 귀에는 외부의 혼란스러운 종소리가 들려온다. 그것은 나와 동시대를 사는 사람들이 내는 소음이다. 이웃들은 어떤 유명한 신사숙녀를 만났다느니, 점심 식사 테이블에서 어떤 저명인사를 만났다느니 하는 얘기를 들려준다. 하지만 나는 『데일리 타임스』 기사에 관심 없는 것처럼 그런 얘기에도 흥미가 없다. 그들의 화제와 대화는 주로 의복과 풍습에 관한 것이다. 하지만 아무리 옷을 잘 입혀 놓아도 거위는 여전히 거위일 뿐이다.

이웃들은 내게 캘리포니아와 텍사스, 영국과 서인도제도, 조지아와 매사추세츠의 지체 높은 사람에 관해 얘기한다. 모두 덧없고 지나가는 현상일 뿐이다. 나는 그들 앞마당에서 마멜루크의 장교[240]처럼 뛰어내릴 준비가 되어 있다. 나는 자신의 본래 자세로 돌아와 기쁘다. 어떤 으리으리한 곳에서 화려한 경관을 자랑하는 행렬에 끼어 걷는 게 아니라, 가능하다면 우주의 '건설자'와 함께 걷고 싶다. 이 불안하고, 신경질적이고, 소란스럽고, 사소한 19세기에서 사는 것이 아니라 그 세기가 흘러가는 동안 서 있거나 앉아 생각에 잠기고 싶다.

---

239 크로이소스는 기원전 6세기 리디아의 왕으로 엄청난 부자로 유명하다.

240 마멜루크는 이집트의 군대 계급인데 1811년 학살되었다. 이때 마멜루크의 한 장교가 벽 위에서 아래쪽 말 등 위로 뛰어내려 목숨을 건졌다.

사람들은 무엇을 기념하는가? 그들은 모두 이런저런 준비 위원회에 들어가 매시간 누군가의 연설을 기다린다. 하느님도 그날의 사회자에 불과하며 웹스터[241]는 하느님을 대신해서 나선 웅변가이다. 나는 가장 강력하고 정당하게 나를 끌어당기는 것의 무게를 달고, 무겟값을 내고 또 그런 쪽으로 마음이 기울어진다. 저울대에 매달려 내 무게를 줄이려고 하지 않는다. 어떤 상황을 상상하지 않고, 있는 그대로 상황을 받아들인다. 어떤 권력도 나를 제지하지 못하는, 저 유일한 길로 여행하고 싶다. 먼저 단단한 기반을 쌓기도 전에 하늘 높이 아치를 올리는 일은 나에게 만족을 주지 못한다. 엷은 얼음 위에서 하는 놀이는 더 이상 하지 말자. 어디서나 단단한 바닥은 있는 법이다.

이런 글을 읽었다. 어떤 여행자가 소년에게 그의 앞에 있는 습지 바닥은 단단하냐고 물었다. 소년은 그렇다고 대답했다. 그러나 곧 여행자가 탄 말이 습지에 가라앉기 시작해 말의 배에 두른 띠까지 내려갔다. 여행자가 소년에게 말했다. "습지에 바닥이 있다고 했잖아?" 그러자 소년이 대답했다. "있어요. 하지만 아직 절반도 내려가지 않았어요."

사교 모임이라는 습지와 모래벌도 마찬가지인데 이것을 알고 있다면 이미 노련한 사람이다. 진귀한 상호 일치 속에서 생각하고, 말하고, 실천한 것만이 선하다. 나는 윗가지와 토벽에 어리석게 못이나 박아 넣는 사람이 되고 싶지는 않다. 이런 행위는 나를 밤새 잠 못 들게 한다. 내게 망치를 달라. 그리고 벽면에 수평을 맞추기 위해 끼워 넣은 판자 조각의 틈새를 손으로 만져보게 해달라. 도장공사용 접합제에 의존하지 말라. 못을 정확하게 정곡에 박아 넣고 그것을 단단하게 고정하라. 그러면 한밤중에 자다 일어나서도 만족스럽게 당신의 일을 다시 생각하게 될 것이다. 뮤즈의 이름을 부

---

241 대니얼 웹스터(1782-1852). 매사추세츠 출신의 상원의원이면서 웅변가이다. 도망 노예를
    원주인에게 돌려주어야 한다고 강제한 1850년의 도망 노예법을 웹스터가 지지하자 소로
    는 그가 반노예제도의 대의를 배신했다고 생각했다.

브라운 숲, 콩코드, 1901년 6월 14일.

어디서나 단단한 바닥은 있는 법이다. 이런 글을 읽었다. 어떤 여행자가 소년에게 그의 앞에 있는 습지 바닥은 단단하냐고 물었다. 소년은 그렇다고 대답했다. 그러나 곧 여행자가 탄 말이 습지에 가라앉기 시작해 말의 배에 두른 띠까지 내려갔다. 여행자가 소년에게 말했다. "습지에 바닥이 있다고 했잖아?" 그러자 소년이 대답했다. "있어요. 하지만 아직 절반도 내려가지 않았어요." 사교 모임이라는 습지와 모래벌도 마찬가지인데 이것을 알고 있다면 이미 노련한 사람이다.

르더라도 전혀 부끄럽지 않을 당신의 일. 오로지 그런 경우에만 하느님은 당신을 도울 것이다. 당신이 박아 넣은 못 하나하나가 우주라는 기계의 중요한 대갈못이 되어야 하고, 그런 식으로 당신은 일을 계속해야 한다.

사랑도 돈도 명예도 다 싫고 나에게 진리를 다오. 맛있는 요리와 술이 넘치고 아첨하는 손님들이 앉아 있으나, 성실과 진실은 찾아볼 수 없는 식탁에 앉아본 적이 있다. 나는 그 냉랭한 식탁에서 배를 곯으며 일어섰다. 그 식탁의 환대는 얼음처럼 차가웠다. 음식들을 얼리려고 일부러 얼음을 대령할 필요도 없었다. 그들은 내게 와인의 생산연도와 빈티지 와인의 명성을 말해주었다. 하지만 나는 더 오래되고 새롭고 순수한 와인, 그들이 얻을 수도 없고 돈 주고 살 수도 없는 더 영광스러운 빈티지 와인을 생각했다. 그 접대 스타일, 저택과 넓은 마당 그리고 연회는 내게 아무것도 아니었다. 나는 왕을 방문했으나 그는 나를 대기실에서 기다리게 했고 환대가 무엇인지 전혀 모르는 사람처럼 행동했다. 내 이웃 중에는 속이 빈 나무에서 사는 사람이 있다. 그러나 매너는 진정 왕자답다. 차라리 그를 방문했더라면 더 나았을걸 하는 생각이 들었다.

우리는 언제까지나 현관에 앉아 한심하고 곰팡내 나는 미덕만 실천하고 있을 것인가? 조금만 일해보면 그게 얼마나 부적절한 것인지 알 텐데 말이다. 그것은 오랜 고통 속에서 하루를 시작하면서, 사람 사서 자기 감자밭을 김매게 하는 것과 비슷하다. 그리고 오후에는 미리 생각해둔 선함의 외양을 꾸민 채 기독교 신자다운 부드러움과 자비심을 실천하러 나가는 꼴이다! 중국의 자만심과 인류의 정체(停滯)된 자기만족적 태도를 생각해보라. 이 세대는 스스로 빛나는 가문의 후예라고 여기는 경향이 있다. 보스턴과 런던에서, 파리와 로마에서, 그 오래된 가계를 생각하면서 현 세대는 예술, 과학, 문학에서의 발전을 만족스럽게 이야기하는 것이다.

더 나아가 철학협회 의사록이 있고, 소위 위인들을 공식적으로 찬양하는 연설도 있다. 자기 미덕을 명상하는 선량한 아담의 모습이다. "그래요, 우리는 위대한 일을 했고 신성한 노래를 불렀지요. 그건 영원히 죽지 않을 겁니다." 우리가 그것을 기억하는 한도 내에서만 그렇다. 아시리아의 학술 단체와 위대한 사람들, 그들은 지금 어디에 있는가? 도대체 우리가 무슨 활기찬 철학자이며 실험가란 말인가! 나의 독자 중에 전인(全人)의 삶을 산 사람은 아직 없다.

지금은 인류 생애 중에 봄철의 몇 달에 지나지 않을지도 모른다. 설사 우리가 7년이나 지속하는 마음속 가려움 증세가 있더라도, 우리는 아직 콩코드에서 17년간 땅속에 묻혀 있던 매미가 공중으로 나온 것을 보지 못했다. 우리는 지표면의 비듬 정도만 알고 있을 뿐이다. 대부분 사람이 지표면 6피트[1.8미터] 이하로 땅을 파본 적이 없고 그 정도 높이로 공중에 뛰어오른 적도 없다. 우리는 자기 현주소를 모른다. 게다가 우리는 생애의 거의 절반을 잠든 채 지내왔다. 그러면서도 자신을 현명하다고 생각하고, 세상에 질서를 세웠다고 믿는다.

정말로, 우리는 심오한 사상가이며, 야심 찬 영혼이다! 나는 숲속에 서서 바닥 솔잎들 사이를 기어가는 벌레를 내려다보았다. 그 벌레는 나에게서 몸을 감추려고 애쓰고 있었다. 나는 이런 질문을 자신에게 던졌다. 왜 저 벌레는 사소한 자기 생각을 소중히 여기면서 나에게서 머리를 감추는 것인가? 내가 벌레의 은인이 될 수도 있고 종족에게 좋은 정보를 줄 수도 있는데 말이다. 그러다가 문득 인간 벌레에 지나지 않는 내 위에 서서 나를 내려다보는 더 위대한 은인과 지성[242]에 생각이 미쳤다.

세상에는 끊임없이 새것이 유입되지만, 우리는 정말로 믿기지 않는 아둔한 말도 용납한다. 이에 대해서는 가장 문명화된 국가들에서 목사들이 해대는 황당한 설교가 충분한 증거가 될 것이다.[243] 즐거움과 슬픔이라는 어휘가 있으나, 그것은 콧소리로 흥얼거리는 찬송가 구절에 불과하며, 우리는

---

242 은인(Benefactor)과 지성(Intelligence)은 플로티노스와 에머슨이 언급한 일자와 지성에 대응한다. 역자 해제 중 "초월주의 사상"을 참고하라.

243 노예제의 유지에 찬성하는 목사들의 설교를 암시한다.

그저 평범하고 비천한 것만 믿는다. 우리는 매일 바꿔 입을 수 있는 건 옷뿐이라고 생각한다. 대영제국이 아주 크고 존경할 만한 나라이고, 미국은 일류 국가라고 말을 한다. 그러나 모든 사람이 일단 단단히 마음을 먹기만 하면 거대한 조수가 밀려왔다가 빠지면서 그 물결이 대영제국을 나무 조각처럼 내팽개칠 수도 있다는 사실을 믿지 않는다. 어떤 종류의 17년 된 매미가 땅속에서 다시 나올지 누가 알겠는가? 내가 사는 세상에 있는 정부는, 영국 정부처럼 만찬 후에 와인 한 잔을 마시며 나눈 대화로 수립된 그런 체제가 아니다.

우리의 생명은 강물과 같다. 올해 강물은 사람들이 알고 있는 것보다 더 높이 솟아올라 메마른 고원 지대를 범람할 수도 있다. 이것만으로도 올해는 다사다난한 해가 될 것이다. 그것이 우리의 사향쥐를 모두 익사시킬 테니까. 우리가 사는 땅은 언제나 메마른 땅은 아니다. 나는 저 멀리 내륙 안쪽에 있는 둑들을 본다. 과학이 그 둑의 민물 흐름을 기록하기 전, 둑들은 아주 오래전부터 그 발과 무릎을 씻어주었다.

누구나 뉴잉글랜드 일대에서 널리 퍼진 이야기를 알고 있다. 그것은 사과나무로 만든 오래된 탁자에 숨어 있던 벌레 알이 밖으로 나와, 단단하고 아름다운 날개 달린 곤충으로 변신했다는 얘기다. 그 벌레 알은 처음에는 코네티컷주에서, 나중에는 매사추세츠주 어떤 농가 부엌에서 60년 동안이나 놓인 식탁 판자에 들어 있었다. 그 알이 들어 있던 판자 안쪽에 있던 나이테를 헤아려본 결과, 60년 전보다 훨씬 여러 해 전에 살았던 나무에 까놓은 알에서 나온 벌레였다. 그 애벌레가 판자를 긁는 소리가 여러 주 동안 들렸는데, 아마도 커피 끓이는 주전자의 열기로 부화한 듯하다.

이런 얘기를 들으면 누가 부활과 불멸에 대한 믿음을 더 강하게 갖지 않겠는가? 아름답고 날개 달린 생명이 문명사회의 가장 사소한 선물용 가구에서 예기치 않게 불쑥 튀어나와 마침내 그 완벽한 여름 생명을 즐기게 될 줄 누가 알았겠는가? 아마도 그 알은 처음에는 살아 있는 초록색 나무의 백목질 속에 숨어 있다가, 나중에는 메마르고 건조한 사회생활 속으로 옮겨

나쇼투 언덕에서 아래로 흘러내리는 범람하는 강, 콩코드, 1901년 6월 4일.

우리의 생명은 강물과 같다. 올해 강물은 사람들이 알고 있는 것보다 더 높이 솟아올라 메마른 고원 지대를 범람할 수도 있다. 이것만으로도 올해는 다사다난한 해가 될 것이다. 그것이 우리의 사향쥐를 모두 익사시킬 테니까.

나쇼투 언덕에서 바라본 안개 낀 풍경, 콩코드, 1900년 8월 23일.

우리가 깨어나는 날이야말로 비로소 새벽이 동트는 날이다. 앞으로 동터야 할 많은 날이 있다. 태양은 아침에 떠오르는 별일 뿐이다.

져, 나무 가구의 여러 동심원 나이테 아래에 파묻혔을 것이다. 그러다가 나무는 사회의 세련되게 다듬어진 무덤 모양의 가구로 바뀌었을 것이다. 그 가구가 놓인 집 가장은 식구들이 단란한 식탁에 모여 앉는 때 이미 여러 해 나무를 긁어온 애벌레 소리를 듣고 다소 놀랐으리라.

나는 존과 조너선[244]이 모든 것을 이해하리라고 보지 않는다. 하지만 이것이 단순한 시간 경과로는 동트게 할 수 없는 새벽의 특징이다. 우리 두 눈을 어둡게 하는 빛은 우리에게 어둠이다. 우리가 깨어나는 날이야말로 비로소 새벽이 동트는 날이다. 앞으로 동터야 할 많은 날이 있다. 태양은 아침에 떠오르는 별일 뿐이다.

---

244 영국과 미국의 남성에게 가장 흔한 이름 중 하나다.

시민 불복종

Civil Disobedience

"가장 적게 통치하는 정부가 가장 좋은 정부다." 나는 이 좌우명을 진심으로 믿는다. 나는 이 좌우명이 좀 더 신속하고 체계적으로 실천되는 모습을 보고 싶다. 그것을 잘 실천하면 결국 "아예 통치하지 않는 정부가 가장 좋은 정부"라는 말이 되는데, 나는 이 또한 신봉한다. 사람들이 이런 정부를 맞이할 준비가 되어 있어야만 결국에는 이런 정부를 갖는다. 정부는 기껏해야 시민 편의에 봉사하기 위한 조직일 뿐이다. 그러나 대부분 정부는(때때로 모든 정부는) 이런 편의에 그다지 봉사하지 않는다.

상비군에 대해 제기된 반대 의견들은 다양하고 또 신중한 것이므로 받아들일 만한데, 그와 똑같은 반대 의견들을 기존 정부에 대해서도 제기할 수 있다. 상비군은 상비 정부의 오른팔일 뿐이다. 국민이 자기 의견을 실천하기 위해 선택한 운영 방식 중 하나인 정부 자체도 상비군 못지않게 남용되고 왜곡되기 쉬우며, 국민은 그 정부를 통해 제대로 된 행동을 하기가 어렵다.

현재 벌어지는 멕시코 전쟁을 보라. 그것은 정부를 자기 도구로 이용하는 비교적 소수의 개인이 만들어낸 작품이다. 만약 국민이 처음부터 개입할

수 있었다면 그런 전쟁에 동의하지 않았을 것이다.[1]

　미국 정부는 비교적 최근에 생긴 것으로 하나의 전통일 뿐이다. 정부는 후손에게 자신을 온전하게 전하려고 하나, 실은 매 순간 그 정직성을 일부 잃어버리고 있다. 정부에선 살아 있는 사람의 활력과 힘을 단 한 명의 것이라도 찾을 수 없다. 단 한 사람이라도 정부를 마음대로 좌지우지할 수 있기 때문이다. 정부는 국민에게 일종의 목총(木銃) 같은 존재다. 그럼에도 정부는 다음과 같은 이유로 필요하다. 사람들은 자신이 지닌 정부 개념을 충족시키기 위해 이런저런 복잡한 기계가 필요하고 또 그것이 작동하면서 내는 소음을 들어야 비로소 만족하기 때문이다. 이렇게 하여 정부들은 자기 유리한 쪽으로 시민을 적절히 강요할 수 있고 심지어 시민이 알아서 스스로 강제를 가하도록 유도한다. 정말로 놀라운 기술인데, 우리는 이런 사실을 인정해야 한다.

　그러나 이 정부는 스스로 어떤 사업을 촉진하는 일은 절대 하지 않고 단지 그 사업에서 재빨리 몸을 빼내는 일에만 능하다. 정부는 국가를 자유로운 상태로 유지하지 않는다. 정부는 서부(西部) 문제를 해결하지도 않는다. 정부는 교육하지도 않는다.[2] 미국 국민에게 내재한 좋은 성품이 지금까지 미국에서 이루어진 일을 모두 해낸 것이다. 국민 성품이 자유롭게 발휘

1　미국과 멕시코는 1846년에서 1848년 사이에 영토 문제로 전쟁을 벌였다. 미국이 멕시코 땅인 텍사스를 합병한 것이 전쟁의 주요 원인이었다. 전쟁은 미국의 승리로 끝났는데 멕시코는 1,500만 달러의 배상금을 받는 대신에 텍사스뿐만 아니라 캘리포니아와 뉴멕시코까지 내주게 되어 영토의 5분의 2를 상실했다. 소로는 1848년 1월 16일에 「시민 불복종」을 한 강연에서 낭독한 바 있다. 당시는 전쟁이 끝나기 일주일 전이었다. 멕시코 전쟁의 주요 이슈에는 노예주 확장 문제도 들어 있었다.

2　소로 당시에는 신규 노예주와 자유주 사이의 대립이 첨예한 문제였다. 미국 서부가 새로운 개척 지역으로 떠오르면서 북부의 자유주와 남부의 노예주는 새로 생긴 주를 자기들에게 우호적인 주로 만들려고 했다. 이러한 남북부 대립은 1850년 대타협으로 봉합되었는데, 캘리포니아주를 자유주로 인정, 그 밖의 주들은 주민 의사에 따라 선택하도록 하고, 북부로 도망친 노예에 대한 체포와 단속을 강화한다는 내용이다. 소로는 특히 도망 노예에 대한 비인도적인 처분에 분노했다.

되는 것을 정부가 방해하지 않았더라면 좀 더 많은 일을 해냈을 것이다. 정부는 각 개인이 서로 방해받지 않으려고 만들어낸 편의 조직이기 때문이다. 그리고 자주 언급되듯, 정부가 국민을 간섭하지 않고 그냥 내버려둘 때 정부는 가장 편리한 조직이 된다. 무역과 상업은, 탄력이 아주 좋은 인도 고무로 만든 게 아니라면, 입법가들이 계속 만들어내는 장애물을 결코 뛰어넘지 못할 것이다. 이 입법가들의 의도를 일부 고려하지 않고, 순전히 그들의 행동이 일으킨 효과만을 가지고 판단한다면 철로에 장애물을 설치한 악의적인 사람들과 동급으로 처리해 처벌해야 마땅하다.

그러나 한 사람의 시민으로서, 또 정부 무용론을 펼치는 사람들과는 다르게 현실적으로 말하자면, 나는 즉시 정부를 없애야 한다고 요구하는 게 아니다. 다만 지금 당장 더 좋은 정부가 되어야 한다고 요구할 뿐이다. 모든 사람에게 어떤 정부가 존경받을 만한 정부인지 솔직하게 말하게 하라. 이렇게 하는 것은 존경스러운 정부를 수립하는 첫걸음이 될 것이다.

권력이 국민 손에 있을진대 그들 중 과반수가, 그것도 지속해서, 통치하도록 허용하는 실제적인 이유는 그들이 정의롭다거나 소수에게 가장 공정할 것처럼 보여서가 아니라, 그들이 물리적으로 가장 힘이 센 자이기 때문이다. 그러나 우리가 아는 한, 모든 경우에 과반수 원칙이 적용되는 정부는 정의에 바탕을 둔 정부가 될 수 없다. 과반수가 사실상 옳고 그름을 결정하는 것이 아니라 인간 양심이 그런 결정을 내리는 정부는 있을 수 없는가? 과반수는 편의성 법칙이 적용되는 그런 문제에 한정하여 결정 내리게 할 수는 없는가? 시민은 순간이나 또 아주 세세한 문제에 대해서도 자기 양심을 입법가에게 맡겨야만 하는가? 그렇다면 왜 모든 사람이 양심을 갖고 있는가?

나는 우리가 먼저 사람이 되어야지, 먼저 국민이 되어서는 안 된다고 생각한다. 정의보다 법률을 더 존중하는 태도는 바람직하지 못하다. 내가 인정할 수 있는 유일한 의무는 언제 어디서라도 내가 옳다고 생각하는 것을 실천하는 것이다. 결사체에는 양심이 없다는 말은 타당한 발언이다. 그러나 양심 있는 사람들이 구성한 결사체는 양심을 가진 결사체가 된다. 법은 인간을 손톱만큼도 더 정의롭게 만들지 못한다. 오히려 사람들이 법을 존중해야 한다는 것 때문에, 선의를 가진 사람들도 날마다 불의의 대행자가 되고 있다.

법률을 지나치게 존중하는 태도에서 나오는 일반적이고 자연스러운 결과는 이런 것이다. 당신은 일렬종대로 늘어선 군인들을 본다. 대령, 대위, 하사, 사병, 소년 탄약병 등이 질서정연하게 언덕과 계곡을 통과해 전장으로 간다. 그들의 자발적 의사, 상식과 양심을 모두 거스르고 그렇게 행군에 나서는데, 그것이 아주 힘든 행군 길을 만들어내며 병사들의 가슴은 헐떡거린다. 그들은 자신이 저주받은 일에 관여하고 있음을 틀림없이 안다. 그들은 모두 평화로운 마음을 지녔다.

그렇다면 대체 그들은 무엇인가? 사람이기나 한 것인가? 그보다는 어떤 권력을 가진 비양심적인 존재에게 일방적으로 봉사하는, 움직이는 자그마한 성채와 탄창 같은 자가 아닌가? 해군 공작창을 방문해 해병을 한번 살펴보라. 미국 정부가 검은 마술을 부리면 만들어낼 수 있는 사람이다. 인간의 모습을 연상하게 하는 그림자일 뿐이며, 살아 있기는 하지만 이미 장송곡 반주에 맞춰 무기 아래 매장된 사람이다. 그러나,

우리가 그 시체를 보루로 황급히 옮기는 동안
북소리도 장송곡도 들려오지 않는구나
우리 영웅이 묻혀 있는 무덤 위에는
단 한 명의 병사도 이별의 예포를 쏘지 않는구나.[3]

대부분 사람은 한 인간이 아니라 신체를 가진 기계로서 국가에 봉사하

---

3 찰스 울프(1791-1823)의 시.

는 셈이다. 그들은 상비군, 민병대, 간수, 경찰, 평화 유지군 등으로 나뉜다. 도덕적 판단이 자유롭게 내려지는 경우는 거의 없다. 그들은 나무, 흙, 돌과 같은 수준으로 전락한다. 어쩌면 그런 목적에 잘 봉사하는 나무 인간을 만들어낼 정도인지도 모른다. 이런 사람은 밀짚으로 만든 허수아비나 흙덩어리 이상의 존경을 받을 수 없다. 그들에게는 말이나 개 정도의 가치를 기대할 뿐이다.

하지만 이런 자들조차도 일반적으로 좋은 시민으로 존경받는다. 의회 의원, 정치가, 법률가, 장관, 공직자 등은 주로 그들의 잔머리로 국가에 봉사한다. 이런 사람들은 도덕적 구분을 하는 일이 거의 없으므로, 그럴 의도가 아니었다고 해도 결국에는 악마를 신으로 섬기는 꼴이 되기 쉽다. 그러나 아주 소수의 사람—영웅, 애국자, 순교자, 진정한 개혁가 그리고 사람다운 사람—은 그들의 양심으로 국가에 봉사하고, 그런 만큼 필연적으로 정부에 저항하게 된다. 하지만 정부는 이런 사람들을 적으로 간주한다. 현명한 사람은 사람답게 행할 정도로만 자기 쓸모를 주장하고, "진흙"이나 "바람 막는 구멍 마개"[4]가 되는 것에 동의하지 않으며, 그런 일을 쓰레기 더미에 내던진다.

> 나는 너무 신분이 높아 물건 취급을 당하거나
> 남의 부림을 받는 조수 역할을 할 수 없습니다.
> 혹은 이 세상 어느 주권 국가에 봉사하는
> 유익한 심부름꾼 혹은 도구가 될 수 없습니다.[5]

동료 인간을 위해 자신을 완전히 내어주는 사람은 소수의 양심적인 사람이 볼 때 오히려 쓸모없거나 이기적인 인간이다. 반면, 부분적으로만 자

---

4   셰익스피어의 『햄릿』 3막 2장.

5   셰익스피어의 『존 왕』 5막 2장.

신을 내어주는 사람은 남을 이롭게 하는 은인이면서 박애주의자다.

오늘날 미국 정부에 대해 어떻게 행동하는 것이 사람다운 행위일까? 나는 이렇게 대답한다. 그가 정부와 관계를 맺는다면 불명예에 떨어지는 것을 막을 수 없다. 나는 노예제를 지지하는 정부를 한순간도 나의 정부라고 인정할 생각이 없다.

모든 사람이 혁명의 권리를 인정한다. 다시 말해, 정부에 대한 충성을 거부하거나 정부 자체에 저항할 수 있는 권리를 인정하는 것이다. 특히 정부의 독재나 비효율성이 너무나 극심하여 참을 수 없는 경우에는 당연히 저항해야 한다. 그러나 거의 모든 사람이 오늘날 미국 정부는 거기에 해당하지 않는다고 말한다. 그들 생각에 1775년 혁명[6]만 타당한 저항이라는 것이다. 항구에 들어온 외국 제품에 관세를 매긴다고 해서 그것이 나쁜 정부라고 어떤 사람이 말한다면, 나는 그 일에 큰 소동을 부리지 않을 것이다. 나는 그런 외국 제품 없이도 얼마든지 살아갈 수 있기 때문이다.

모든 기계는 나름의 마찰이 있는데, 이 정부는 그런 마찰을 상쇄하고도 남을 만큼 좋은 일을 한다. 그러니 그런 정부에 대해 소동을 일으킨다면 큰 악이 된다. 그러나 그 마찰이 기계 자체를 잠식해버려 억압과 강도 행위를 방조할 정도라면 그런 기계는 더는 유지하지 말고 내버리는 것이 좋다. 다르게 말해, 자유의 피신처가 되겠다고 맹세한 나라에서 국민 6분의 1이 노예이고, 온 나라가 외국 군대에 부당하게 침략당해 정복되어 군사법의 지배를 받는다면, 정직한 사람들이 봉기하여 혁명을 일으키는 시점은 빠르면 빠를수록 좋다. 그런 의무를 더욱 긴급한 것으로 만드는 것은 우리가 침략당한 나라는 아니지만, 침략해온 군대는 우리 군대라는 사실이다.

많은 사람이 도덕적 문제의 권위자라고 인정하는 페일리는 "시민 정부에 대한 복종 의무"를 다룬 장(章)에서 모든 민간의 의무를 편의성 문제로

---

6   미국 혁명의 도화선이 되었던 렉싱턴과 콩코드의 전투는 1775년 4월 19일에 벌어졌다.

귀결시켰다. 그는 이런 말도 했다. "사회 전체의 이익이 그것을 요구하고, 다시 말해, 기존 정부에 저항하거나 기존 정부를 바꾸는 것이 커다란 공적 불편을 초래한다면, 기존 정부에 복종하면서 더 이상 저항하지 않는 것이 하느님 뜻이라고 봐야 한다. … 이런 원칙을 인정한다면, 모든 저항 사례가 정당한지 아닌지 여부는, 한쪽에서는 위험과 고통의 수량 그리고 다른 한쪽에서는 그런 위험과 고통을 시정하는 데 들어가는 비용을 상호계산하는 문제로 축소된다."[7]

이에 대해 모든 사람이 스스로 판단을 내려야 한다고 페일리는 말한다. 그러나 페일리는 편의성 법칙이 적용되지 않는 사례를 고려하지 않은 듯하다. 가령, 사람뿐만 아니라 개인이, 어떤 비용이 들어가더라도 반드시 정의를 실천해야 하는 경우는 예외인 것이다. 만약 물에 빠져 죽어가는 사람에게서 그가 매달려 있던 널빤지를 내가 부당하게 빼앗았다면, 자신이 익사하더라도 널빤지를 그에게 돌려주어야 한다. 페일리의 관점대로라면 이것은 편의성에 부합하지 않는다. 하지만 그 상황에서 널빤지를 빼앗아 자기 목숨을 건진 자는 목숨을 잃게 될 것이다.[8] 마찬가지로, 노예 소유주는 심지어 사람으로서 자기 존재를 요구할지라도 노예 소유를 중지해야 할 것이고, 멕시코 전쟁을 그만두어야 할 것이다.

대부분 국가는 실제 행동에서 페일리의 말에 동의한다. 그러나 현재 위기에서 매사추세츠주 정부가 정의로운 일을 한다고 생각하는 사람이 과연 있을까?

매춘부 같은 국가, 은빛 옷을 걸친 창부,

---

7   윌리엄 페일리(1743-1805). 영국의 철학자이며 『도덕과 정치철학의 원리』(The Principles of Moral and Political Philosophy, 1795)의 저자.

8   누가복음 9장 24절. "누구든지 제 목숨을 구하려고 하는 사람은 잃을 것이요, 누구든지 나를 위하여 제 목숨을 잃는 사람은 목숨을 구할 것이다."

화려한 옷자락은 걷어 올렸으나, 영혼은 진흙 속에 끌리고 있구나.[9]

사실을 말하자면, 매사추세츠주 반(反)개혁 세력은 남부에 있는 10만 명의 정치가가 아니라, 여기 북부에 있는 10만 명의 상인과 농부들이다. 이들은 인도주의보다는 상업과 농업에 더 관심이 많고, 어떤 비용이 들더라도 노예와 멕시코에 정의를 실천할 준비가 되어 있지 않다. 나는 멀리 떨어진 적들과 싸우는 것이 아니라, 그 멀리 떨어진 적들과 협조하거나 그들이 시키는 대로 하는 이곳 근처 사람들과 싸운다. 고향 땅에 이런 사람들이 없다면, 멀리 떨어져 있는 적들은 우리에게 아무 피해도 입히지 못했을 것이다.

우리는 툭하면 대부분 사람이 준비되어 있지 않다고 말한다. 그러나 실제로는 소수가 다수보다 물질적으로 더 잘났거나 윤택하지 못해 사회 발전이 더딘 것이다. 많은 사람이 당신 못지않게 선량한 게 중요한 것이 아니라, 어딘가에 절대적 선량함을 갖춘 사람들이 있는 게 더 중요하다. 적은 누룩이 온 반죽을 부풀리기 때문이다.[10] 노예제와 멕시코 전쟁에 반대하는 사람은 수천 명이나 된다. 하지만 이들은 이 둘을 종식하려는 행동을 실제로 하지 않는다. 자신을 워싱턴과 프랭클린의 후예라고 자부하는 사람들이 호주머니에 두 손을 찔러 넣고 앉아서는 어떻게 대응해야 할지 모르겠다면서 아무 행동도 취하지 않는다. 이들은 심지어 자유의 문제를 자유 무역의 문제 뒤로 미루면서, 점심 식사 후에 멕시코에서 온 보고서와 함께 가격 시세를 살피다가 그 두 문제를 앞두고서 아마도 꾸벅꾸벅 졸 것이다.

오늘날 정직한 사람과 애국자의 시세는 얼마인가? 그들은 망설이고, 후회하고, 때로는 청원을 넣는다. 그러나 정작 중요하면서도 효과를 미칠 만한 일은 하지 않는다. 그들은 선의를 가지고 기다리면서 남이 그 악을 척결해 그들이 더 이상 후회하는 일 따위는 없기를 바란다. 기껏해야 그들은

---

9   시릴 터너(1575?-1626)의 시.

10   고린도전서 5장 6절.

값싼 투표를 하거나 옆을 스쳐 지나가는 정의를 창백한 얼굴로 쳐다보거나 신의 축복을 기원할 뿐이다. 미덕을 갖춘 이가 한 사람이라면 그 미덕을 후원하겠다는 사람은 구백구십구 명이다. 그러나 어떤 물건[미덕]을 잠시 맡은 사람들보다는 그 물건의 실제 소유주와 거래하는 게 훨씬 쉽다.

투표는 서양 장기나 주사위 놀이처럼 일종의 게임이다. 투표에는 약간의 도덕적 색채가 있어 도덕적 주제로 옳고 그름을 따지며 놀이를 벌인다. 게임이니까 당연히 내기가 따른다. 하지만 투표자의 인격을 판돈으로 걸지는 않는다. 나는 내가 옳다고 생각하는 바에 따라 투표를 한다. 그러나 정의가 반드시 승리해야 한다면서 적극 개입하자는 것은 아니다. 나는 정의를 다수결에 맡기려는 용의가 있다. 따라서 투표 의무는 편의성의 의무를 뛰어넘지 않는다. 심지어 정의를 위해 투표하는 것처럼 보여도 실은 정의를 위해서는 아무것도 하지 않는 게 된다. 그것은 단지 정의가 승리하면 좋겠다는 의사를 미약하게 표시한 것에 불과하다.

현명한 사람은 정의를 우연 소관으로 돌리지 않으며, 과반수 힘으로 승리하길 바라지도 않는다. 대부분 사람의 행위에는 미덕이 별로 없다. 마침내 과반수가 노예제 폐지에 찬성표를 던진다면, 그건 그들이 노예제에 무관심해졌거나, 그들의 투표로 폐지할 수 있는 노예제가 거의 남아 있지 않기 때문일 것이다. 그때는 그런 투표자 자신이 노예 같은 사람이 될 것이다. 자기 자유를 투표로 강력하게 주장하는 사람, 이런 사람의 투표만이 노예제 폐지를 촉진할 수 있다.

대통령 후보를 선출하기 위해 볼티모어 혹은 다른 도시에서 전당대회가 열린다는 얘기를 들었다. 그 회의는 주로 편집인들로 구성되는데, 그들은 직업상 정치가나 다름없다. 그 전당대회에서 어떤 결정을 내리든 그것이 독립적이고, 지적이고, 존경받는 사람에게 무슨 영향을 준단 말인가? 우리는 그 사람에게서 지혜와 정직성이라는 이점을 취할 수 있지 않을까? 우리는 독립적인 표에 기댈 수 있지 않을까? 전당대회에 참가하지 않는 많은 사람이 있지 않은가? 하지만 그렇지 않다. 소위 존경받는다는 사람이 즉시 자기 지위에서 물러나 국가에 절망하는 모습을 보인다. 실제로는 조국이 그에게 절망할 이유가 더 많은데도 말이다. 그는 즉각 전당대회에서 선출된 후보 중 한 사람을 유일한 후보라고 생각하고, 그렇게 자신이 유일한 후보(실은 민중 선동가)의 어떤 목적에도 기여할 수 있음을 증명한다. 그의 한 표는, 매수되었을지도 모르는 무원칙 외국인 혹은 앞잡이 원주민의 한 표만큼 가치가 없다. 아, 사람다운 사람이 있었으면! 내 이웃이 말하는 것처럼, 상대방이 마음대로 주무를 수 없는 굳센 줏대를 가진 사람이 있었으면!

우리의 통계 수치에도 잘못이 있다. 의원을 뽑는 유권자가 너무 넓게 퍼져 있다. 이 나라에서는 천 제곱마일당 몇 명이 살까? 한 사람이 될까 말까다. 미국은 이민자를 끌어당기지 못할 정도로 매력 없는 나라인가? 미국인은 오드 펠로[11]로 위축되었다. 사람들과 잘 어울리는 군거성은 기이하게 발달했으나, 지성과 쾌활한 자립정신은 눈에 띌 정도로 결핍되어 있다. 세상에 태어날 때 미국인의 첫 번째 주된 관심사는 구빈원이 잘 보수되어 있는지 살피는 것이다. 합법적으로 성인복(成人服)을 입기도 전에 혹시 있을지도 모르는 과부와 고아들을 지원하기 위해 돈을 모금하는 것이다. 간단히 말해 그는 상호보험회사의 도움으로 살아나가겠다고 생각하는 사람이고, 보험회사는 그에게 사후 장례식을 잘 치러주겠다고 이미 약속했다.

물론 어떤 악을 제거하는 것, 더 나아가 아주 엄청난 거악 제거는 인간의 의무사항이 아니다. 다른 바쁜 일이 있을 수 있다. 그러나 적어도 악과는 거래하지 않는 것이 의무다. 악에 대해 더 이상 길게 생각하지 않으며, 그 악에 도움을 주어서는 안 된다. 다른 목표나 생각에 전념하려면, 먼저는 남의 어깨에 올라타서 그렇게 살지 않도록 주의해야 한다. 내가 먼저 그 등에서 내려야 하고, 그래야 상대방도 자기 생각을 해나갈 것이다.

그러나 지금은 엄청난 모순이 허용되고 있다. 나는 읍내의 어떤 사람이

---

11 오드 펠로(Odd Fellow)는 18세기 영국에서 창립된 비밀 공제조합을 가리키지만, 여기서는 '괴상한 인간'이라는 뜻으로 썼다.

이렇게 말하는 것을 들었다. "누군가가 내게 명령을 내려 노예를 진압하거나 멕시코로 행군할 수 있었으면 좋겠어. 그러면 내가 갈지 말지 어디 한번 보라고." 그러나 이렇게 말한 사람들은 직접적으로는 충성심 때문에, 간접적으로는 돈의 위력 때문에 대리인 행세를 했다. 전쟁을 결정한 부당한 정부를 마지못해 지원하는 자들은 부당한 전쟁에 참가하길 거부한 병사를 칭송한다. 그 거부 병사는 자신을 칭송하는 자들의 행위와 권위를 무시하거나 아예 없다고 치부한다. 이걸 보고 있으면 마치 국가가 얼마간 참회하는 것처럼 보이고, 국가는 죄지은 자신에게 매질할 사람을 고용할 정도는 하겠지만, 정작 국가의 죄악을 잠시라도 중단할 생각은 없다.

이렇게 하여 치안 질서와 시민 정부라는 미명 아래, 우리는 자신의 비천한 상태에 굴복하고 또 지원할 것을 강요당한다. 첫 번째로 죄악을 저지른 후에 국가는 무관심해진다. 이어 국가는 부도덕한 상태에서 무도덕한 상태로 전락하고, 우리 생활에서는 그런 무도덕이 영 불필요한 것은 아닌 게 되었다.

아주 광범위한 오류를 지탱하려면 아주 공평무사한 미덕이 필요하다. 가령, 애국심이라는 미덕은 사소한 비난을 받기 쉬운데, 고상한 사람들이 이런 비난을 받기가 가장 쉽다. 정부의 성격과 조치를 비난하면서도 그 정부에 충성과 지원을 제공하는 사람들은, 의심할 나위 없이 정부의 가장 꼼꼼한 지원자이며, 또 가장 빈번하게 개혁에 심각한 걸림돌이 되는 자들이다. 어떤 사람은 주 정부에게, 연방을 탈퇴하라[12] 혹은 대통령의 징발 요구를 거부하라고 청원을 넣는다. 그들은 왜 주 정부와 자기 연방을 자발적으로 해체하지 못하는가? 또 주 정부 금고에 할당금을 납부하는 일을 왜 거부하지 못하는가? 그들이 주 정부와 맺는 관계는 주 정부가 연방정부와 맺는 관계와 같지 않은가? 그들이 주 정부에 저항하지 못하는 것과 동일한 이유

---

12   윌리엄 로이드 개리슨 같은 과격한 노예제 폐지론자들은 "노예를 소유한 자들과는 연방을 이룰 수 없다"라고 주장했다.

로, 주 정부도 연방에 저항하지 못하는 게 아닌가?

어떻게 사람이 머릿속에 어떤 생각을 품고서 그냥 즐기기만 한단 말인가? 자기 권리가 침해당한다고 생각한다면 과연 그것을 즐길 수 있을까? 만약 당신이 이웃에게 1달러를 사기당했다면, '아이쿠 사기당했구나' 하고 생각하거나 중얼거리고만 있진 않을 것이다. 그 1달러를 돌려달라고 청원을 넣는 것으로 끝나지는 않을 것이다. 전액을 회수하기 위해 즉각 행동에 나설 것이고, 그다음에 다시는 사기당하지 않도록 조심할 것이다. 원칙 있는 행동, 정의에 대한 감각과 실천 등이 사물과 그 관계에 변화를 가져온다. 정의는 본질적으로 혁명적이고, 있는 그대로의 사물과 그 관계로만 구성되지 않는다. 정의는 국가와 교회를 나눌 뿐 아니라 가족들도 나눈다. 심지어 나눌 수 없을 듯한 개인도 가능한데, 그 악마적인 것과 신성한 것을 나누는 것이다.

정의롭지 못한 법률이 분명 존재한다. 우리는 그 법률에 따르면서 그저 만족해야 할까, 아니면 그 법들을 고치려고 노력하면서 성공할 때까지 복종해야 할까, 아니면 지금 즉시 그 법률을 위반해야 할까? 사람들은 일반적으로 현 정부 아래서는 대다수 사람을 설득하여 그 법을 바꿀 때까지 기다리는 것이 마땅하다고 생각한다. 더 나아가, 만약 지금 즉시 저항한다면 결과로 나올 개선책은 지금의 악보다 더 나빠지리라고 생각한다.

그러나 개선책이 지금의 악보다 더 나빠지는 것은 정부 잘못이다. 정부가 그것을 더 나쁘게 만드는 것이다. 왜 정부는 좀 더 능숙하게 개혁을 예상하고 또 대비하지 못하는가? 왜 정부는 현명한 소수를 소중하게 여기지 못하는가? 왜 정부는 아프지도 않은데 소리치면서 반발하는가? 왜 정부는 시민들에게 정부 잘못을 지적하라고 종용하지 않고, 또 그런 잘못을 시정해 더 잘하려고 하지 않는가? 왜 정부는 언제나 그리스도를 십자가에 못 박고, 코페르니쿠스와 루터를 파문하고, 워싱턴과 프랭클린을 반역자라고 비난하는가?

정부는 자기 권위를 의도적이고 실천적으로 부정하는 행위를 아예 생각도 하지 않는다고 혹자는 여길 것이다. 그렇지 않다면 왜 정부는 확정적이고, 적절하고, 죄질에 합당한 벌금을 자기 자신에게 부과하지 않는가? 만약 재산 없는 어떤 사람이 정부에 9실링을 납부하기를 딱 한 번 거부했다면, 그는 내가 아는 법에 따르면 무기한 감옥에 들어가고, 형기는 그를 투옥시킨 자들의 판단으로 결정된다. 그러나 그가 국가로부터 9실링의 90배가 되는 돈을 훔쳤다면 그는 곧 훈방된다.

만약 불의가 정부라는 기계에 필요한 마찰의 일부라면, 좋다, 그냥 놔두라. 그 마찰이 부드럽게 닳으면 정부라는 기계 또한 닳아빠질 것이니까. 만약 불의에게 자신만 사용하는 용수철, 도르래, 밧줄, 기중기 등이 있다면, 개선책이 현재의 악보다 더 나빠지는 건 아닐까 여길 만하다. 그러나 그 불의가 남에게 불의를 저지르게 하는 것이라면, 차라리 그 법을 위반하라. 당신의 삶이 그 기계를 멈추게 하는 반대 마찰이 되게 하라. 이럴 때 내가 할 일은, 스스로 비난하는 그 잘못을 자신이 저지르지 않는 것이다.

국가가 악을 구제하려고 내놓는 방법과 관련하여, 그런 방법이 있는지 나는 알지 못한다. 그런 방법은 시간이 너무 오래 걸리고 그동안 개인의 한평생은 끝나버린다. 나에겐 돌봐야 할 다른 일이 있다. 내가 세상에 태어난 것은 세상을 더 살기 좋은 곳으로 만들기 위해서라기보다, 좋든 나쁘든 그 세상 안에서 살아가기 위한 것이다. 인간은 모든 것을 다 해볼 수 없고 몇 가지만 할 수 있다. 그러나 모든 걸 할 수 없다고 해서, 잘못된 것을 해야 하는 것은 아니다. 내가 주지사나 주 의회에 청원을 제출하는 게 내 일이 아닌 것은, 주지사나 주 의회가 내게 청원하지 않는 이유나 마찬가지다. 그들이 내 청원을 들어주지 않는다면 그럼 나는 무엇을 해야 하나? 이런 경우 국가[주 정부]는 아무런 해결 방법도 제공하지 못한다. 국가의 헌법 자체가 악인 까닭이다. 이것이 가혹하고 고집스럽고 비타협적으로 들릴지 모른다. 그러나 오히려 이것으로 헌법을 높이 평가하고 존중하는 정신을 아주 자상하고 사려 깊게 발휘할 수 있다. 사람의 몸을 경련하게 만드는 탄생 및 죽음과 마찬가지로, 모든 변화는 더 좋은 쪽을 지향한다.

자신을 노예제 폐지론자라고 생각하는 사람은 인신이나 재산, 두 측면에서 매사추세츠주 정부를 지원하는 행위를 즉각 중단해야 하고, 그들이 다수[13]를 이룰 때까지 기다려서는 안 된다고 나는 주저함 없이 말한다. 지금 즉시 정의가 자신의 행동을 통해 승리하게 해야 한다. 그들은 다른 것을 기다리지 말고 하느님만 그들 편에 있다고 생각하면 충분하다. 더욱이 이웃보다 높은 정의감을 지녔다면 그는 이미 다수를 확보한 셈이다.

나는 이 미국 정부 혹은 대리자인 주 정부를 1년에 한 번―그 이상은 없다― 세금 징수의 형식으로 직접 얼굴을 맞대고 만난다. 나 같은 사람이 정부를 만나는 방식은 그게 유일하다. 정부는 그때 뚜렷한 목소리로 자신을 인정하라고 말했다. 정부를 인정하라. 현재 상황에서, 정부에 대한 당신의 불만과 증오를 표현하는 가장 간단하고 효과적이고 필수불가결한 대응 방식은, 그 정부를 인정하길 거부하는 것이다.

세금 징수관은 나의 시민 이웃으로서 내가 상대해야 할 사람이다. 결국, 내가 싸워야 할 대상은 양피지[문서]가 아니라 사람이어야 하니까. 또한 그는 자발적으로 정부 대리인이 되기로 선택했다. 그는 자신이 정부 공무원이자 한 인간으로서 자기가 어떤 사람이며, 어떤 일을 해야 하는지 파악하기 위해 잘 생각해야 할 문제가 있다. 그는 존경하는 이웃인 나를 선량한 이웃으로 대할 것인가, 아니면 미치광이 혹은 평화 교란자로 볼 것인가? 이웃 간의 사이좋은 관계에 장애가 되는 이 징수 행위를 집행하면서 거칠고 성급하게 생각하거나 말하지 않고서도 충분히 성공할 수 있을 것인가?

나는 이런 점을 잘 알고 있다. 만일 내가 아는 천 명이, 백 명이 혹은 열 명이[14]―정직한 열 명― 아니 단 한 명의 정직한 사람이 이 매사추세츠주에서 노예 소유를 포기하고 정부에 협력하길 거부하고, 카운티 감옥에 갇힌

---

13 원어는 a majority of one인데, 한 사람이라도 도덕적으로 우월하면 정신적 다수를 차지할 수 있다는 뜻이다.
14 창세기 18장 32절을 참고하라.

다면, 그것은 미국 내 노예제도 폐지를 앞당길 것이다. 그런 운동의 첫 시작이 미약하게 보이는 것은 전혀 중요하지 않다. 제대로 된 한 번의 실천이었다면 영원한 실천도 가능하다.

그러나 우리는 노예제 폐지에 행동으로 나서기보다는 말만 하는 것을 더 좋아한다. 그게 우리 임무라고 입으로만 떠드는 것이다. 많은 신문사가 개혁을 추종하지만, 행동하는 사람 한 명을 찾지는 못하고 있다. 나의 존경하는 이웃이며, 매사추세츠주 정부 대사인 사람[15]이 주 정부 내에서 인권 문제 해결을 위해 전념하다가 주 정부의 미움을 사서 캐롤라이나 감옥 대신에 매사추세츠 정부 감옥에 들어간다 해도, 주 의회는 그 문제의 논의를 가능한 한 미루려 들 것이다. 하지만 주 의회는 다음 겨울까지 멀찍이 미루어둘 수는 없다. 그러나 현재 매사추세츠주 정부는 노예제의 죄악을 캐롤라이나주에 뒤집어씌우려고 하면서, 그 주의 푸대접 행위만을 시빗거리로 삼아 다투고 있다.

사람을 아무나 부당하게 투옥하는 정부 아래에서, 정의로운 사람이 가 있어야 할 진정한 곳은 역시 감옥이다. 매사추세츠주 정부가 좀 더 자유롭고 씩씩한 기상을 가진 시민들에게 마련해줄 수 있는 적절한 장소 또한 감옥이다. 그들은 주 정부 법으로 그런 곳에 시민들을 추방 내지 가두었다. 하지만 그런 자유롭고 씩씩한 기상을 가진 시민들은 그들의 원칙에 입각해 그런 곳에 갈 각오가 되어 있다. 도망 노예, 가석방된 멕시코 죄수, 자기 부족의 고충을 호소하러 온 인디언, 이런 사람들은 감옥을 찾아가야만 자유롭고 씩씩한 기상을 지닌 시민들을 볼 수 있을 것이다.

주 정부가 자신에게 동조하지 않고 반항하는 사람들을 가두는 감옥은 사람들에게서 떨어져 있을 뿐만 아니라 좀 더 자유롭고 명예로운 터전이

---

15   새뮤얼 호어(1778-1856). 콩코드 출신의 주 의회 의원으로 사우스 캐롤라이나 찰스턴에 파견되어 그 주가 매사추세츠주 출신 흑인 선언자들을 학대한 데 항의했다. 호어는 사우스 캐롤라이나 주 의회 명령으로 찰스턴에서 추방되었다.

된다. 그곳이야말로 노예주에 사는 자유인이 명예롭게 머물 수 있는 유일한 집이다. 일단 감옥에 집어넣으면 그들 영향력이 상실되고 목소리가 더 이상 정부를 괴롭히지 못하며, 감옥 담장 안에서는 더 이상 정부의 적이 되지 못한다고 생각하는 사람이 있다. 하지만 이들은 진리가 오류보다 훨씬 강하다는 것을 모르는 사람들이며, 약간의 불의를 몸소 체험한 것이 얼마나 강력하고 효과적으로 불의와 맞서 싸울 수단이 되는 줄 모르는 사람들이다.

온 정성을 다해 투표하라. 단지 한 장의 투표용지가 아니라 당신의 모든 영향력을 그 안에 집어넣어라. 소수는 그저 과반에 순응하기만 하면 무력해진다. 그때는 이미 소수도 되지 못한다. 하지만 온몸의 힘을 다해 제동을 걸고 나서면 그때는 못 말리는 큰 힘이 된다. 모든 정의로운 사람을 감옥에 가두는 것과 전쟁과 노예제를 포기하는 것, 이렇게 둘 중 하나를 선택해야 한다면 주 정부는 무엇을 선택할지 망설이게 될 것이다. 천 명의 시민이 올해에 세금을 납부하지 않는다 해도 폭력적이거나 유혈적인 조치는 되지 못한다. 세금을 납부해 주 정부가 난폭한 행위를 저지르게 하고 무고한 피를 흘리게 하는 것에 비한다면 훨씬 덜 폭력적이고 유혈적이다. 그러나 이런 혁명이 가능하다면, 이것이야말로 평화로운 혁명이 되는 것이다.

만약 세금 징수관이나 다른 정부 관리가 이와 관련해 "그렇다면 나는 어떻게 하면 좋겠습니까?" 하고 내게 묻는다면(실제로 물어온 사람도 있었다), 나는 이렇게 답하겠다. "만약 당신이 진정으로 뭔가 하고 싶다면, 당신 자리에서 물러나십시오." 시민이 충성을 거부하고 관리가 사직해버리면 혁명은 완수된다. 그러나 피를 흘려야 하는 사태도 예상해야 할 것이다. 양심이 상처를 받으면 일종의 피가 흘러내리지 않는가? 이 상처를 통해 사람의 진정한 본성과 불멸의 성품이 흘러나오며, 그 사람은 피를 흘리다가 영원한 죽음에 도달한다. 나는 지금 이런 피가 흐르고 있음을 본다.

나는 범법자의 재산을 몰수하는 방식보다 그를 투옥하는 문제를 먼저 생각해보았다(결국 두 가지 방식은 같은 제재 조치지만). 자신의 순수한 권리를 주장함으로써 부패한 국가에 위협이 되는 인물은 일반적으로 재산 축적에 별로 많은 시간을 보내지 않는 까닭이다. 국가는 이런 사람들에게 별로 해주는 일이 없으므로, 소액의 세금이라도 그들에게는 엄청난 금액으로 보인다. 특히 그들이 특수한 신체 노동을 해서 돈을 벌고 있다면 더욱 그렇다. 아예 돈을 사용하지 않으면서 살아가는 사람이 있다면, 국가는 그에게 세금 내라고 요구하기를 주저할 것이다.

그러나 부유한 사람―차별적 비교를 하려는 것은 아니다―은 언제나 자신을 부자로 만들어준 제도에 매수되어 있다. 절대적인 관점에서 말하자면, 돈이 많을수록 미덕은 더 줄어든다. 돈이라는 물건이 어떤 사람과 물건 사이에 끼어들어, 그에게 물건들을 가져다주기 때문이다. 돈 없는 사람이라면 반드시 대답해야 하는 질문도, 돈이 있으면 그런 질문을 잠재워버릴 수 있다. 반면, 돈이 제기하는 유일하며 새로운 질문은 난해하지만 피상적이기도 한데, 그 돈을 어떻게 쓸 것인가 하는 것이다. 이렇게 하여 부자의 도덕적 바탕은 발밑에서 사라져버린다. 소위 '재산'이 늘어나는 데 비례해 진지한 삶을 살아갈 기회는 더욱 줄어든다. 어떤 사람이 부자일 때 자기 교양을 높이기 위해 할 수 있는 최선은, 그가 가난했을 때 하고 싶었던 것을 적극 실천하려고 애쓰는 것이다.

그리스도는 헤롯왕의 일당에게 그들의 생활 형편에 따라 답변했다. "세금으로 내는 돈을 나에게 보여라." 한 사람이 주머니에서 한 페니[데나리온]를 꺼내 보였다. 만약 너희가 카이사르의 얼굴이 새겨진 돈, 그가 유통하고 가치 있게 만든 돈을 사용하고 있다면, 다시 말해 네가 국가에 봉사하는 사람이라면, 기꺼이 카이사르 정부의 혜택을 누려라. 그런 다음 그가 세금을 요구하면 그의 것 일부를 그에게 돌려주라고 말씀한다. "그러면 카이사르의 것은 카이사르에게 돌리고 하느님의 것은 하느님께 돌려라."[16] 하지만 이런 답변에도 그들은 뭐가 뭔지, 전보다 더 잘 알지는 못했다. 알고 싶지 않았기

---

16   공동 번역. 마태복음 22장 21절.

때문이다.

　나는 이웃 중 가장 자유로운 사람들과 대화하면서 이런 사실을 알게 되었다. 그들이 문제의 심각성과 중요성에 대해 무슨 말을 하든 또 공공의 안녕을 어떻게 보든, 결국 핵심을 추려 말하자면, 그들은 기존 정부의 보호 없이도 지낼 수 있다고 생각하지 않으며, 그 정부에 불복종할 때 당할 수도 있는 재산과 가족에 대한 피해를 두려워했다.

　내 입장을 말하자면, 나는 국가의 보호가 필요하다고 생각하지 않는다. 그러나 만약 국가가 세금 고지서를 내밀었는데 납부를 거부한다면, 국가는 곧 내 재산을 압수하거나 경매에 넘길 것이고, 나와 내 자녀들을 끝없이 괴롭힐 것이다. 이것은 곤란한 상황이다. 이것은 사람이 정직하게 사는 것을 불가능하게 하고, 안락하게 사는 것을 어렵게 한다. 국가에 다 빼앗길 것이므로 재산을 모은다는 것은 무의미해진다. 당신은 어디론가 가서 땅을 임차하거나 불법 거주해야 한다. 소량의 곡식을 경작해서는 수확하는 대로 곧 먹어치워야 한다. 당신의 능력 범위 내에서 살아야 하고, 언제나 소매를 걷어붙이고 새 출발을 해야 하며, 가능한 한 일을 많이 벌이지 말아야 한다.

　사람은 심지어 터키에서도 부자가 될 수 있다. 모든 면에서 터키 정부의 훌륭한 국민이 될 각오를 한다면 말이다. 공자는 말했다. "국가가 이성적 원칙으로 다스려진다면, 가난과 비참함은 수치의 대상이다. 그러나 이성적 원칙에 따라 다스려지지 않는다면 그때는 부와 명예가 수치의 대상이다."[17] 맞는 말이다. 그런데 저 먼 남부 항구, 그곳에서 내 자유가 위태롭게 되었을 때 매사추세츠주 정부의 보호를 바랄 수 있겠는가? 고향에서 평화로운 방식으로 오로지 내 땅 늘리는 일에만 매진할 수 있는가? 만약 정부가 이렇게 해주지 않는다면, 나는 매사추세츠주 정부에 대한 충성을 거부하고, 또 내 재산과 목숨에 대한 주 정부의 권리를 무시할 수 있다. 그런 때, 정부에 복

17　『논어』 태백편 제 13. 邦有道, 貧且賤焉, 恥也. 邦無道, 富且貴焉, 恥也.

종하는 것보다 불복종해 처벌받는 것이 모든 면에서 내게 피해를 덜 준다. 내가 만일 정부에 복종한다면 나 자신의 가치가 떨어진 느낌이 들 것이다.

몇 해 전에 정부가 교회를 대신해 날 만나러 와서, 어떤 목사에게 일정액을 지불하라고 명했다. 아버지는 그 목사의 설교에 참석했지만 나는 그것을 들어본 적이 없었다. 정부는 이렇게 말했다. "돈을 내지 않으면 감옥에 갇힐 것이오." 나는 지불을 거부했다. 그러나 불행하게도 지불하는 게 좋겠다고 생각하는 사람도 있었다. 나는 왜 목사가 교사를 지원하지 않고, 오히려 교사가[18] 목사를 지원하는 세금을 내야 하는지 알지 못했다. 나는 국가에서 임명한 교사가 아니라 학생들의 자발적인 납부금으로 생활비를 벌어들이는 교사였다. 교회 못지않게 교육시설도 세금 고지서를 발부할 자격이 있는데 왜 그렇게 하지 못하는지 의아해했다.

아무튼, 시의원의 권고에 따라 나는 다음과 같은 진술서를 제출하는 데 동의했다. "이 진술서로 다음과 같은 사실을 두루 알아주시기 바랍니다. 나 헨리 소로는 내가 가입하지 않은 결사체에 구성원으로 인식되는 것을 원하지 않습니다." 나는 이 진술서를 읍 서기에게 주었고 서기는 그것을 보관했다. 이렇게 하여 국가는 내가 그 교회의 구성원으로 간주되는 것을 원하지 않는다는 것을 알고서 그때 이후 교회세(敎會稅)를 내라고 요구하지 않았다. 하지만 정부는 당시 그들의 원래 의도를 철회하지는 않겠다고 말했다. 만약 당시 내가 가입하지 않은 모든 단체의 이름을 알고 있었다면 그 진술서에 단체명을 일일이 적어넣었을 것이다. 하지만 어디서 그런 단체들 명단을 구할 수 있는지 나는 몰랐다.

나는 6년 동안 주민세를 납부하지 않았다. 이 때문에 하룻밤 동안 구치소에 갇혀 있었다.[19] 2-3피트 두께의 단단한 감방 돌벽, 1피트 두께의 나무

---

18 이 당시 소로는 형 존과 함께 학원을 운영했다.

19 1846년 6월 23일 혹은 24일 일이다. 소로는 『월든』 제8장 끝부분에서 이 에피소드를 언급했다.

와 쇠로 된 문, 빛을 부분적으로 차단하는 쇠창살 등에 둘러싸여 생각하노라니, 내가 단지 살과 피와 뼈를 가진 고깃덩어리인 양 나를 가둔 제도의 어리석음에 놀라지 않을 수 없었다. 정부는 나를 이렇게 처분하는 것이 가장 잘하는 짓이라고 결론 내린 게 틀림없었다. 나의 노력을 다른 방식으로 이용할 생각은 정부에게 조금도 없었다. 나와 마을 사람 사이에 이런 담벼락이 있지만, 마을 사람들은 나만큼 자유로워지려면 뛰어넘거나 아니면 돌파해야 할 더 까다로운 담장이 있다는 사실을 모르는 듯했다.

나는 한순간도 갑갑함을 느끼지 않았으며 감방 벽은 공연히 돌과 모르타르만 엄청 낭비했다는 생각이 들었다. 고향의 모든 주민 중에 오로지 나만 제대로 된 세금을 지불했다는 느낌도 들었다. 그들은 나를 다루는 방법을 모르는 게 분명했고, 본 바 없이 자란 사람처럼 행동했다. 모든 위협과 칭찬에는 실수가 깃들기 마련이다. 그들은 나의 주된 소원이 한시바삐 감방에서 풀려나는 것이라고 생각한 듯했다.

그들이 내 생각에 단단히 자물쇠를 잠그려고 열심히 노력하는 것을 보며 실소하지 않을 수 없었다. 내 생각은 아무 장애나 방해도 받지 않고 그 사람들을 따라 감옥 밖으로 나갔으며, 실은 내 생각이야말로 가장 위험한 것이었다. 그들은 나에게 도달할 길이 없자, 내 신체를 처벌하기로 했다. 그들이 하는 짓은 애들 같았다. 앙심을 품은 어떤 사람에게 손을 댈 수 없으면 그의 개를 대신 학대하는 애들 말이다. 나는 정부가 모자란 자임을 알았다. 정부는 은제 숟가락을 가진 과부처럼 겁이 많고, 적과 아군을 구분하지 못했다. 그나마 갖고 있던 존경심은 완전히 사라졌고 나는 정부를 가련하게 여기게 되었다.

나를 투옥시켜 국가는 어떤 개인의 지적이고 정신적인 면을 상대하는 게 아니라 오로지 그 신체, 즉 그의 감각만 상대하기로 마음먹은 것이다. 국가는 우월한 정신이나 정직함으로 무장한 것이 아니라, 우월한 물리적 힘으로만 무장하고 있다. 나는 남의 강요를 받기 위해 태어난 사람이 아니다. 나는 내가 스스로 정한 방식으로 숨 쉬며 살고 싶다. 누가 더 강한지 어디 두고 보자. 다수에게는 무슨 힘이 있는가? 나보다 더 높은 법[20]에 순종하는 사람들만이 나를 강요할 수 있다. 그런 사람들만이 나에게 그들처럼 되라고 강요할 수 있다. 사람다운 사람이 다수 군중에게 이런저런 방식으로 살 것을 강요당하는 경우는 들어본 바가 없다. 그런 식으로 강요당한다면 그게 무슨 삶이겠는가?

"네 돈을 내놓거나 아니면 목숨을 내놓아라." 이렇게 말하는 정부를 만날 때, 내가 왜 황급히 돈을 내놓아야 하는가? 정부가 곤란한 상황에 빠져 어떻게 해야 하는지 난감할 수도 있다. 하지만 나는 정부를 도와줄 수 없다. 정부는 스스로 도와야 한다. 정부는 내가 하는 것처럼 자립해야 한다. 정부를 불쌍하게 여겨 함께 울어주는 일은 아무 가치도 없다. 나는 사회라는 기계가 원활하게 돌아가게 하는 데 아무런 책임이 없다. 나는 기계 기사의 아들이 아니다. 도토리와 밤이 나란히 땅에 떨어지더라도 상대에게 양보하려고 그저 죽은 듯 가만히 있진 않는다. 둘 다 자신의 법칙을 따라, 각자 할 수 있는 만큼 싹을 틔우고 성장하고 번성하다가, 때가 되면 어느 한쪽이 상대에게 그늘을 드리우고 파괴한다. 식물은 제 본성대로 살 수 없다면 죽는다. 인간도 마찬가지다.

감옥에서 보낸 밤은 기이하고 흥미로운 체험이었다. 셔츠 바람의 죄수들은 내가 감옥에 들어서자 문턱 앞에서 저녁 공기를 숨 쉬며 잡담을 하고 있었다. 그러자 간수가 말했다. "자, 여러분, 이제 자물쇠를 잠글 시간입니다." 그러자 그들은 흩어졌고 그들이 각자 빈방을 찾아 들어가는 발걸음 소리가 들렸다. 간수는 내 감방 동료를 "훌륭한 친구이고 영리한 남자"라고 소개했다. 감방 문이 잠기자, 동료는 내게 모자 걸 데를 알려주었고, 감방에서 지내는 요령을 말해주었다.

20　『월든』 제11장에서 더 높은 법에 관해 자세히 다루고 있다.

감방은 한 달에 한 번 하얀 회반죽을 바르는데, 내가 들어간 감방은 그중 가장 하얀색이었고 아주 간단한 설비가 놓여 있었으며, 아마도 감옥에서 가장 깨끗한 감방인 듯했다. 동료는 당연히 내가 어디 출신이고 무슨 일로 들어오게 되었는지 알고 싶어 했다. 그의 질문에 대답한 후에 나는 그를 정직한 남자라고 간주하면서 그가 어떻게 여기 들어오게 되었는지 물었다. 세상을 살아나가려면 그렇게 해야 하듯, 일단 그를 정직한 사람이라고 생각하기로 했다.

"나보고 헛간을 불태웠다고 고소했는데, 난 그런 일이 없어요." 그가 말했다. 내가 추측한 근사치로는, 아마도 그는 술 취한 채 헛간에서 잠자려 했는데 거기서 파이프 담배를 피웠을 것이고, 그걸로 헛간에 불이 났을 것이다. 그는 똑똑한 사람이라는 평판이 있었고, 재판이 개시되기를 기다리며 구치소에서만 3개월을 대기 중이었다. 그것보다 더 기다릴 수도 있다는 태도였다. 하지만 그는 감옥 생활에 아주 적응해 만족하는 상태였다. 공짜로 숙식을 제공받을 뿐만 아니라 좋은 대접을 받는다고 생각했다.

그는 한쪽 창문을 차지하고 나는 다른 쪽을 차지했다. 나는 그 순간 그곳에 오래 머문다면 하루의 주된 일과는 창문 밖을 내다보는 것이겠다고 생각했다. 나는 곧 감방 안에 비치된 소책자들을 다 읽었고, 예전 탈주자들이 어디로 도망을 쳤으며, 어느 창살을 톱으로 잘랐는지 살펴보았다. 또 이 감방에 들어왔던 사람들의 다양한 내력도 들었다. 나는 심지어 이런 곳에서도 담장 밖 너머로는 유통되지 않는 역사와 화제가 있다는 것을 발견했다. 어쩌면 이곳은 마을에서 시(詩)가 제작되는 유일한 곳일지도 몰랐다. 그 시들은 나중에 회람 형식으로 기록되지만 출판되지는 않는다. 나는 감옥에서 탈주하다 잡혀 끌려온 어떤 젊은이들이 써놓은 시들의 기다란 목록을 보았다. 그들은 이런 시를 노래하면서 잡혀온 데 대한 복수를 했다.

나는 동료 죄수를 다시는 보지 못할 것 같아서 그를 재촉하며 가능한 한 많은 이야기를 얻어들었다. 이윽고 그는 내게 침대를 가리키며 램프를 불어서 끄라고 했다.

그곳에 하룻밤 누운 일은, 내가 몸소 가보리라고 전혀 기대하지 않았던 저 먼 고장으로의 여행이었다. 마을의 큰 시계 종이 울리는 소리도 들었고 소란스러운 저녁 소리도 들었지만, 그때까지 그런 소리를 전혀 들어본 적이 없다는 느낌이었다. 쇠창살 안쪽 창문을 열어놓고 잤던 것이다. 나는 중세(中世) 관점에서 고향 마을을 둘러보는 것 같았다. 그러자 콩코드 읍은 라인강으로 변했고, 내 눈앞에서는 기사들과 성채들이 환상처럼 지나갔다. 내가 들은 거리에서 들려온 소리는 중세 도시 주민들의 소리였다.

나는 본의 아니게 인근 마을 여관 주방에서 벌어지는 행동과 발언을 목격하고 엿들었다. 그건 내게 아주 새롭고 진귀한 체험이었다. 나는 고향 마을을 면밀하게 관찰할 수 있었다. 나는 그 마을 안에 깊숙이 들어가 있었다. 전에는 그 마을의 제도를 잘 살펴보지 못했다. 감옥은 마을이 갖추고 있는 특별한 제도 중 하나였다. 콩코드는 카운티 소재읍인 것이다.[21] 나는 마을 주민들이 무슨 일을 하는지 이해하기 시작했다.

아침에, 우리의 식사가 문 구멍을 통해 안으로 들어왔다. 구멍 크기에 맞게 만들어진 장방형의 네모난 주석 식판이었는데 한 파인트의 초콜릿, 갈색 빵 그리고 쇠숟가락이 들어 있었다. 나는 초보자여서 남은 빵을 반납하려 했다. 그러나 동료가 재빨리 낚아채면서 점심이나 저녁에 대비해 남겨 놓아야 한다고 말했다. 곧 그는 인근 들판에서 건초 작업을 나가게 되어 있었다. 그는 그 작업을 날마다 하러 나갔고 정오가 되어야 돌아올 예정이었다. 그는 내게 다시 보지 못할 것 같다면서 작별 인사를 했다.

내가 감옥 밖으로 나섰을 때—누군가가 나를 대신해 주민세를 납부했다[22]— 나는 마을 광장에 커다란 변화가 발생했다는 것을 금방 지각하지는 못했다. 젊은 시절 어디론가 떠나갔다가 나중에 비틀거리는 반백 머

---

21   콩코드는 미들섹스 카운티의 청(廳) 소재지다.

22   대납한 사람은 고모인 마리아 소로였다.

리로 돌아온 사람[23]이 목격했다는 그런 커다란 변화 말이다. 하지만 내가 볼 때, 단지 시간의 경과가 이루어낼 수 있는 것보다 더 큰 변화가 그 현장—마을, 주 정부, 국가—을 휩쓸고 지나간 것 같았다.

나는 이제 내가 사는 국가를 좀 더 뚜렷하게 볼 수 있었다. 내가 함께 사는 이웃들을 어느 정도까지 좋은 이웃 혹은 좋은 친구로 신임할 수 있겠는지 깨달았다. 그들의 우정은 여름 한 철뿐이다. 그들은 정의를 실천하겠다고 진지하게 제안하지 않는다. 편견과 미신으로 가득한 그들은 나와는 뚜렷이 다른 별종, 가령 중국인이나 말레이인 같은 사람들이다. 그들은 인도주의를 위해 희생한다고 입으로만 말할 뿐, 아무 모험도 하지 않으려 하고, 심지어 재산에 피해를 볼 생각이 조금도 없다. 결국, 그들은 도둑이 자기에게 한 만큼 도둑을 대하겠다는, 그 이상의 고상함은 없는 사람들이다. 그러나 겉으로 드러나는 규칙 준수, 몇 번의 기도, 올바르지만 별 쓸모 없는 길을 때때로 걸어가는 것 등으로 자기 영혼을 구제할 수 있기를 바란다. 이것은 나의 이웃을 너무 가혹하게 판단하는 것인지도 모른다. 그들 중 많은 사람이 마을 안에 감옥이라는 제도가 있다는 것을 알지도 못할 테니까.

전에는 마을에 이런 관습이 있었다. 예를 들어, 불쌍한 채무자가 감옥에서 나오면, 그의 친지가 손가락 사이로 출소자를 쳐다보며 "기분이 어떻습니까?"라고 말함으로써 그의 출소를 축하했다. 엑스자로 겹쳐진 손가락은 감옥 창문의 쇠창살을 상징했다. 이웃들은 그런 식으로 나를 축하해주진 않았다. 그들은 먼저 나를 쳐다보더니 이어 자기들끼리 쳐다보았다. 마치 내가 먼 여행에서 돌아온 것 같은 표정들이었다. 나는 수선을 부탁해놓은 구두 수선공 집으로 가던 길에 체포되어 투옥되었다. 그래서 그다음 날 아침 감옥에서 나오자마자, 하려다 만 일을 끝마치러 갔다. 그리고 수

---

23 워싱턴 어빙의 『스케치북』에 나오는 립 반 윙클을 암시한다.

선된 구두를 신었으므로, 월귤나무 열매를 따러 가는 사람들 팀에 합류했다. 그들은 나의 안내를 받으며 어서 빨리 산으로 가길 재촉했다.[24] 말이 이미 준비되어 있었으므로 우리는 반 시간 후에 가장 높은 언덕 중턱에 있는 월귤나무 열매 들판에 도착했다. 그곳은 마을에서 2마일 떨어진 곳이고 국가는 그 어디에서도 보이지 않는 곳이었다.

　　이것이 "나의 감옥"[25]의 전말이다.

　　나는 도로세 납부는 거부한 적이 없다. 저항하는 시민 못지않게 훌륭한 이웃이 되고 싶었기 때문이다. 학교 지원 문제와 관련하여, 나는 현재 동료 국민을 교육하는 일에도 나름대로 역할을 하고 있다. 세금 고지서 중 어떤 특별한 항목이 마음에 들지 않아 납부를 거부하는 것은 아니다. 단지 국가에 대한 충성을 거부하고, 거기서 떨어져 초연하게 있고 싶은 것이다. 설사 내가 할 수 있었다고 해도, 내가 낸 달러가 사람과 소총을 사서 인명을 살상하는 데 쓰이는 게 아니라면(달러는 무고하니까), 그 용처를 추적하고 싶지는 않다. 그러나 나는 내 충성의 효과가 어떻게 발휘되는지는 추적하고 싶다. 사실 나는 나름의 방식으로 국가에 전쟁을 선포한 것이다. 하지만 이런 경우에 늘 그러하듯, 국가의 쓸모와 장점을 가능한 한 활용할 생각이다.

　　만약 남들이 내게 청구된 세금을, 국가에 동조하는 뜻으로 대신 내준다면, 그들이 납세 의무를 이행하여 초래된 해악을 반복하는 것이다. 아니, 그들은 국가가 요구하는 것보다 훨씬 더 심각하게 불의를 조장하는 것이다. 만약 세금이 부과된 개인에 대한 잘못된 관심 때문에, 즉 그의 재산을 보호하거나 감옥에 가는 것을 막기 위해 대신 내준 것이라면, 그들이 현명하게 판단하지 못한 것이다. 그들은 자신의 개인적 감정을 개입시켜 공공선을 방

24　『월든』의 제8장 끝부분에도 월귤나무 열매를 따는 얘기가 나온다.

25　이탈리아 시인이며 애국자인 실비오 펠리코(1789-1854)의 옥중 회고록 제목인 『나의 감옥』(Le Mie Prigioni)을 그대로 가져다 썼다.

해한 셈이다.

이것이 현재 나의 입장이다. 그러나 사람은 이런 경우에 아주 신중하게 살펴야 한다. 그의 행동이 고집 때문에 편향되어 있지 않은지, 여론을 지나치게 신경 쓰고 있진 않은지 면밀히 살펴야 한다. 그는 자기 일을 때맞추어 잘하고 있는 것인지도 반성해야 한다.

나는 때때로 이런 생각을 한다. '아니, 저 사람들은 선의로 저러는 거야. 모르고 있을 뿐이야. 안다면 지금보다 더 잘할 거야. 왜 이웃들이 별로 하고 싶어 하지 않는 일을 네게 하도록 하는 거야?' 그렇지만 또 이런 생각도 든다. '그것은 그들이 지금 하는 대로 행동할 이유가 되지 못해. 또 종류가 다른 훨씬 더 큰 고통을 당하도록 그들을 내버려둘 이유가 되지 못하고.' 나는 때때로 이런 혼잣말을 중얼거린다. '수백만 명이 아무 분노, 악의, 개인적 감정 없이 네게 몇 실링을 내라고 한다고 해보자. 그런데 그들의 기질이 그렇게 생겨 먹어서 현재 요구를 철회하거나 바꿀 가능성은 전혀 없고, 너 역시 다른 수백만 명에게 호소할 가능성이 없다. 이렇다면 왜 자신을 이 압도적인 물리적 힘에 노출하는 거지? 추위, 배고픔, 바람과 파도 등에 대해서는 이처럼 고집스럽게 저항하지 않잖아? 이와 유사한 다른 수천 가지 필요사항에도 그대로 승복한다. 너도 불 속에 네 머리를 집어넣지는 않아.'

그러나 나는 이것을 순전한 야수적 힘이라고 보지 않고, 일부 인간의 힘이 들어가 있다고 본다. 순전히 수백만 명의 야수적이고 생기 없는 힘을 상대하는 것이 아니라 그만한 숫자의 인간과 관련을 맺는 것이다. 그래서 나는 호소가 가능하다고 생각하는데, 먼저 그 수백만이 자신을 만든 창조주에게 곧바로 호소할 수 있고, 이어 그 수백만이 자기 자신에게 호소할 수 있다. 반면, 내가 불 속에 의도적으로 머리를 집어넣는다면 불을 상대로 혹은 그 불의 제작자에게 호소할 수 없고 오로지 나 자신의 잘못일 뿐이다. 만약 나 자신을 상대로 이렇게 설득할 수 있다고 해보자. '나는 있는 그대로의 그들 상태에 만족하고 따라서 그에 합당하게 그들을 대할 권리가 있으나, 그들에게 내 요구와 예상대로 지금 현재 상태에서 다른 상태로 그들이 바뀌어야 마땅하다고 요구할 권리는 없다.' 만약 이렇게 설득할 수 있다면 나는 훌륭한 무슬림 혹은 운명주의자처럼 있는 그대로의 현상에 만족하려고 애쓰면서 이것이 하느님의 뜻이라고 말해야 하리라. 이처럼 정부에 저항하는 것과 이런 순전히 물리적인 힘 혹은 자연적인 힘에 저항하는 것 사이에는 분명한 차이가 있으므로 나는 정부에 저항함으로써 어느 정도 효과를 거둘 수 있다. 그러나 오르페우스처럼[26] 바위, 나무, 짐승 등 자연 본성을 바꾸어 놓는 것은 기대할 수가 없다.

　　나는 어떤 사람이나 국가와 싸우고 싶은 마음이 없다. 나는 사소한 것으로 다투고 싶지도 않고, 미세하게 구분하려는 것도 아니며, 나 자신이 이웃보다 더 잘난 사람이라고 내세우려는 것도 아니다. 그보다는 이 나라의 법률에 순응해야 하는 이유, 하다못해 변명거리라도 찾아내고 싶은 것이다. 사실 나는 그 법을 따를 만반의 준비가 되어 있다. 그 점에 대해서는 실제로 그렇다고 생각할 만한 충분한 이유가 있다. 해마다 세금 징수관이 나를 찾아오면, 나는 연방정부와 주 정부 법률과 입장을 검토하고 싶어진다. 법률에 순응해야 하는 변명거리를 찾고 싶어 말이다.

　　　우리는 부모처럼 국가를 사랑해야 한다.
　　　만약 어느 때 우리가 국가에 명예를 돌리지 않고
　　　애정과 근면한 노력을 기울이지 않는다면,
　　　우리는 나쁜 결과가 생길 것을 두려워하면서
　　　영혼에 양심과 종교의 문제를 가르쳐야 하고
　　　통치와 혜택의 욕망에 대해서는 언급하지 말아야 한다.[27]

26　오르페우스는 뮤즈인 칼리오페의 아들로, 그가 리라를 타면서 부르는 노래는 자연계의 사물에 마법적인 힘을 발휘했다.

27　조지 필의 『알카자르 전투』(1594)에서 인용.

국가가 내 손에서 이런 종류의 일을 모두 빼앗아버릴 수 있다고도 생각한다. 그러면 나는 동료 시민에 비해 더 나은 애국자가 될 수는 없을 것이다. 비교적 낮은 관점에서 보자면, 미국 헌법은 그 오류에도 불구하고 상당히 좋은 법률이다. 법률과 법정은 아주 훌륭하다. 심지어 오늘의 주 정부와 미국 정부도 여러 면에서 아주 존경받을 만하고 감사의 대상이 될 만하다. 실제로 많은 사람이 주 정부와 연방 정부를 그런 식으로 칭찬했다. 그러나 좀 더 높은 관점에서 보자면 두 정부는 내가 지금까지 묘사해온 것 그대로이다. 그러니까 훨씬 높은 혹은 최고로 높은 관점에서 보자면 두 정부에 대해 사람들은 어떻게 말할까? 두 정부가 우러러볼 만하고 깊이 생각할 만하다고 생각할까?

그러나 정부는 내 깊은 관심사가 아니므로 나는 정부에 대해 가능한 한 생각하지 않으려 한다. 나는 이 세상에서 그리 많은 시간을 정부의 그늘 아래 살지 않는다. 만약 어떤 사람이 생각하지 않고, 공상하지 않고, 상상력이 아예 없어서, 존재하지 않는 것이 그에게 존재하는 것처럼 보이는 일이 거의 없다면, 우둔한 통치자나 개혁가가 그를 치명적으로 방해하는 일은 없을 것이다.

나는 대부분 사람이 나와는 다르게 생각한다는 것을 알고 있다. 그러나 이와 유사한 문제를 평생 전문적으로 연구하는 사람들은 나를 별로 만족시키지 못한다. 제도 내에서 안주하는 정치가와 입법가는 이 문제를 노골적으로 꺼내드는 법이 없다. 그들은 사회를 변화시키겠다고 하지만 오히려 그 사회가 없으면 안식처가 없는 자들이다. 그들에게는 어느 정도 경험과 분별력이 있고, 교묘하면서도 유익한 제도를 창안했고, 그 제도에 대해 우리는 그들에게 감사한다.

그러나 그들의 판단력과 유익함은 별로 넓지 않은 범위 내에서만 존재한다. 그들은 세상이 정책과 편의성에 의해서만 통치되지는 않는다는 사실을 곧잘 잊어버린다. 웹스터는 정부에 저항하는 법이 없고 그래서 정부에 대해 권위 있게 말하지 못한다. 기존 정부를 본질적으로 개혁해야 한다고 생각하지 않는 입법가에게는 그의 연설이 어느 정도 지혜를 제공한다. 그러나 사상가들, 영원한 법을 제정하려는 사람들이 볼 때, 웹스터[28]는 이 주제에 관해 단 한 번도 신경 쓰지 않은 사람이다. 나는 이 문제에 대해 침착하고 평온하게 생각해본 사람들이 곧 웹스터 사상의 범위와 영향력의 한계를 드러내리라 생각한다. 그러나 소위 개혁가들의 값싼 주장이나 정치가들의 더욱 값싼 지혜와 웅변에 비교한다면, 웹스터의 연설은 그나마 합리적이고 가치 있고 우리는 그 점에 대해 하늘에 감사한다.

남들과 비교해볼 때, 웹스터는 언제나 강하고, 독창적이고, 무엇보다도 실용적이다. 그러나 그의 특성은 지혜가 아니라 신중함일 뿐이다. 법률가의 진실은 진실이 아니라 일관성일 뿐이고, 좀 더 구체적으로 말하면 일관된 편의성일 뿐이다. 진리는 언제나 자신과 조화를 이루며, 잘못된 일에 개입하는 정의를 지지하지 않는다. 웹스터는 지금껏 그렇게 불린 대로 헌법의 옹호자라고 할 만하다. 그는 방어적인 타격 이외에 공격적인 타격은 별로 하지 않았다. 그는 지도자가 아니라 추종자이다. 1787년 사람들이 그의 지도자들이다.[29] 그는 이렇게 말한다.

"나는 여러 주가 합쳐 연방을 이룬 과정을 뒤흔들려고 하지 않았고, 노력해보자는 제안도 하지 않았다. 나는 그런 노력을 용납하지 않았고, 용납할 생각도 없다." 그러면서 미국 헌법이 노예제도를 승인한 것을 염두에 두고서 이런 말도 했다. "그것은 원 계약 중 일부였으므로 그대로 두어야 한다."

그의 특별한 명민함과 능력에도 불구하고, 그는 노예제도라는 객관적 사실을 여러 정치적 관계들로부터 떼어내지 못했고, 그 문제를 지성에 입각한 절대적 관점에서 바라보지도 못했다. 오늘날 미국에서 노예제도와 관련

---

28 대니얼 웹스터(1782-1852). 매사추세츠주 출신 상원의원. 『월든』의 제18장 주241을 참고하라.

29 제헌회의는 1787년 필라델피아에서 개최되었다.

하여 사람다운 사람이라면 마땅히 해야 할 일을 언급하는 것이 아니라, 자신이 개인 자격으로 절대적 관점에서 말한다면서 다음과 같은 한심한 얘기를 하고 있으니, 그런 말에서 무슨 새롭고 독특한 사회적 의무와 기준을 추출할 수 있겠는가?

"노예주들에서 그 제도를 규제하는 방식은 그들이 깊이 생각해 처리할 문제다. 주민들에 대한 책임의식, 적합성, 인도주의, 정의 등의 일반 법률, 하느님의 법 등을 함께 고려해 처리해야 할 문제다. 노예주들이 아닌 다른 곳에서 인도주의적 감정이나 다른 대의를 표방하고 결성된 여러 단체는 노예제와는 아무 관련이 없다. 그 단체들은 지금껏 나의 격려를 받지 못했고 앞으로도 그럴 것이다."*

가장 순수한 진리의 원천을 아는 사람들, 그 원천의 최고 높은 지점까지 거슬러 올라간 사람들은 결국, 성경과 미국 헌법을 만날 것이고 거기서 존경심과 겸손의 마음으로 그 원천에서 나오는 물을 마실 것이다. 그러나 그 수원의 물이 이 호수 혹은 저 물웅덩이로 조금씩 조금씩 흘러드는 것을 보는 사람들은 다시 한번 허리띠를 졸라매고 그 수원을 향해 순례를 떠나야 할 것이다.

미국에서는 아직 입법의 귀재가 등장하지 않았다. 그런 귀재는 세상 역사에서도 보기 드물다. 연설가, 정치가, 웅변가는 수천 명이나 있다. 그러나 오늘날 가장 까다로운 문제를 해결할 능력 있는 연설가는 아직 그의 입을 열지 않았다. 우리는 웅변을 웅변 자체로 좋아할 뿐, 그 웅변이 발설하는 진리나 그것이 영감을 주는 영웅심 등에는 관심이 없다. 우리 입법가들은 지금껏 자유 무역, 자유, 화합, 정직 등이 국가에 부여하는 비교 우위적 가치에 대해 배운 바가 없다. 그들은 과세와 재정, 상업과 제조업과 농업 등 비교적 중요도가 떨어지는 문제들에 대해서도 재능이나 능력이 없다.

---

* 웹스터 연설문 인용은 당초 연설 원고에는 없었고, 후에 추가되었다. — 저자주

만약 우리를 지도할 사람으로 연방의회 의원들의 장황한 언변에만 의존하고, 국민의 노련한 경험과 효과적인 견제 등을 활용하지 못한다면, 미국은 국가들 사이에서 그 지위를 오래 유지하지 못할 것이다. 내게 이렇게 말할 권리가 없을지도 모르지만, 지난 1800년 동안 신약성경이 존재해왔지만, 그 신약성경이 비추는 빛을 입법 문제에 활용할 정도로 지혜와 실천력을 갖춘 입법가는 어디 있는가?

정부의 권위는 여전히 불순하다. 심지어 내가 기꺼이 복종할 의사가 있는 정부라 할지라도 그러하다. 사실 나보다 더 잘 알고 또 더 잘할 수 있는 사람들에게 나는 유쾌한 마음으로 복종할 것이며, 설사 지식이나 능력이 나만 못한 사람들이라 할지라도 승복할 것이다. 그러나 아주 엄정할 정도로 정의롭게 하려면, 정부는 피통치자의 승인과 승낙을 얻어야 한다. 정부는 내가 승인한 것 이외에는 내 인신과 재산에 대해 절대적 권리를 가질 수 없다. 절대 군주제에서 입헌 군주제로의 이동, 입헌 군주제에서 민주주의로의 이동은 진정으로 개인을 존중하는 쪽으로의 진전이다. 심지어 중국의 철학자도 개인을 제국의 밑바탕으로 볼 정도로 현명했다.[30]

우리가 아는 민주주의는 정부 발전 형태에서 가장 나중의 것일까? 인간의 권리를 인정하고 조직하는 쪽으로 한 걸음 더 나아갈 수는 없는가? 정부가 개인을 한층 더 높고 독립적인 힘으로 인정하고, 그 힘으로부터 정부의 권력과 권위가 나오며, 또 개인을 그런 위상에 걸맞게 대우해야만 비로소 진정으로 자유롭고 개명(開明)된 국가라 할 것이다.

나는 이런 국가의 모습을 상상하면서 스스로 기뻐한다. 그 국가는 모든 국민을 공정하게 대하고, 이웃 사람처럼 다정하게 대한다. 설사 몇몇 개인이 국가로부터 떨어져 나가 초연하게 살고, 국가 일에 개입하지 않고, 국가에 수용당하지 않으려 하면서도 이웃과 시민의 의무를 다한다면, 국가는 그런

---

30   공자, 『논어』 선진 편 제24. 有民人焉, 有社稷焉.

개인이 국가의 안녕에 결코 방해가 되지 않는다고 생각할 것이다. 이런 종류의 열매를 맺고 그 열매가 무르익는 순간 땅에 떨어지게 하면서, 한층 완전하고 영광스러운 국가가 되는 방법을 여전히 준비하는 국가! 나는 이런 국가를 열심히 상상하지만, 아직 그런 국가는 어디에서도 만나지 못했다.

해제

『월든』, 조용한 절망을 깨뜨리는 도끼

이종인

1845년 봄, 소로는 스승 에머슨의 만류에도 친지에게서 도끼 한 자루를 빌려 월든 호수 옆 숲속으로 들어갔다. 그가 자리 잡은 땅은 에머슨의 소유지였으나 스승이 일시 사용을 허가했기에 작은 집을 지을 수 있었다. 거기서 소로는 손수 잣나무를 벌목해 호반에서 30미터 떨어진 곳에 집을 짓고 1845년 7월 4일부터 1847년 9월 6일까지 2년 2개월을 혼자 살았다.

그 생활을 기록한 원고가 그 후 여섯 차례의 수정을 거쳐 1854년에 티크너 앤 필즈 출판사에서 처음 출간되었다. 『월든』은 꾸준히 독자들의 사랑을 받았기에 영어판은 200쇄 이상을 돌파했다. 2차 세계대전 종전 이후 40년 동안에는 말레이어에서 헝가리어에 이르기까지 전 세계에서 50개 이상의 언어로 번역되었다. 『월든』의 조용하면서도 끈덕진 독립정신은 레프 톨스토이, 마하트마 간디, 마틴 루터 킹 등 많은 정치적, 도덕적 개혁가에게 영감을 주었다. 또한, 윌리엄 모리스를 위시하여 영국의 많은 노동 운동가도 이 책의 생명 사상을 높이 평가하여 성경처럼 받들었다. 미국 국립공원 운동의 창시자인 존 뮤어를 필두로 많은 자연 보호론자와 환경주의자들은 『월든』이 그들 생각의 출발점이었다고 고백했다.

『월든』은 문학가들에게도 못지않은 영향을 미쳤다. 아일랜드의 시인 윌리엄 버틀러 예이츠는 런던의 플리트 거리를 걸어 내려가다가 작은 가게의 전시장에 비치된 조그마한 샘물 소리를 듣고서 어릴 적부터 애독해왔던 『월든』 호수를 떠올렸고, 러시아의 대문호 톨스토이는 1901년, 미국에 보내는 간단한 메시지에서 1850년대에 나온『월든』은 미국인이 가장 귀 기울여야 할 목소리인데 그렇게 하지 않아 안타깝다고 했다. 프랑스 소설가 마르셀 프루스트는 1904년에 한 귀족 부인에게 이런 편지를 써 보냈다. "저 멋진『월든』을 읽으세요. … 이 책은 우리의 은밀하고 친숙한 체험, 그 밑바닥에서 나온 것이어서 마치 자기 모습을 읽는 것 같은 느낌을 줍니다." 월트 휘트먼은『월든』을 가리켜 "이 책을 만지는 사람은 인간을 만지는 것"이라고 했고, 언론인 E. B. 화이트는 "미국의 대학 졸업반에게 소로의 책을 한 권씩 안겨주면 좋겠다"라고 말했는가 하면, 시인 로버트 프로스트는 "『월든』은 나의 애송시"라고 극찬했다. 로버트 루이스 스티븐슨은 1880년에 "소로처럼 좋은 사람이 되고 싶다"라는 말을 했다.

미국 내에서『월든』은 미국 문학의 특성을 규정하는 여러 프로젝트에서 정전(正典)으로 인정받고 있다. 최근에 미국 교수들을 상대로 설문 조사한 결과, 학생들에게 반드시 가르쳐야 할 가장 중요한 19세기 텍스트로『월든』을 꼽았으며, 심지어 너새니얼 호손의『주홍글씨』나 허먼 멜빌의『모비딕』보다 더 먼저 가르쳐야 한다는 의견을 제시했다. 또한, 자연 회귀를 동경하는 보통의 미국 독자들 사이에서도 인기 높은 클래식으로 폭넓은 사랑을 받고 있다.

1. 저자의 생애

헨리 데이비드 소로는 콩코드에서 태어나 아주 어린 시절 첼름스퍼드에서, 대학 4년 동안에는 인근 케임브리지에서, 1843년 후반부에 뉴욕 스태

튼섬에서 보낸 몇 달을 제외하고는 평생을 콩코드에서 살았다. 어릴 적부터 자연 사랑이 남달랐으며, 종일 콩코드 일대의 호수, 시내, 숲, 목장 등을 돌아다녀도 지겨워하지 않았다. 특히 동식물에 대해 비상한 관심이 있어, 어떤 꽃이 어느 때 피는지, 어떤 벌레가 어느 나무 밑에서 서식하는지 훤히 꿰뚫고 있었다.

그의 부모는 소로의 재능을 알아보고 대학 입학을 위한 예비학교인 콩코드 아카데미에 보냈고 그곳에서 소로는 교사들의 인정을 받아 대학 진학을 준비했다. 하버드 대학에서는 여러 교수의 감화를 받았으나 특히 시인 존스 베리(Jones Very)가 고전 그리스어와 17세기 영국 형이상학파 시인에 대한 평생 사랑을 심어주었다. 또한, 수사학 교수 에드워드 티렐 채닝(Edward Tyrell Channing)은 단어의 어원을 강조하는 교육을 했고 학생들에게 말을 쓰기 전에 먼저 어원을 따져보길 권했다. 이러한 스승들의 훈도로 소로는 청년 시절부터 말의 의미와 어원 그리고 말장난(pun)에 깊은 관심을 보였다. 실제로 『월든』 16장에서 소로는 철둑에서 흘러내리는 잎사귀 모양의 모래 흐름을 바라보며 세상이 잎사귀에서 시작되었다는 아이디어를 내놓으면서 그런 주장을 여러 단어의 어원 및 음소 풀이로 뒷받침한다.

그러나 소로는 정규 학과목보다는 학교 도서관에서 혼자 공부하길 더 좋아했다. 소로는 이 무렵 이미 시인이 되고 싶은 마음을 굳혔으며 훗날 자기 삶을 이렇게 회고했다.

나의 생애로 한 편의 시를 쓰고 싶었으나
난 그 시를 살아내지도 말하지도 못했다.

하버드 대학을 졸업한 후 버지니아주 알렉산드리아에 사는 동창생 친구가 그곳으로 내려와 아이들을 가르치지 않겠느냐고 제의했지만, 거절하고 콩코드로 돌아왔다. 고향에 내려온 후에 대학 졸업장이 뒤늦게 나왔고, 당시로는 큰 금액인 10달러를 내고 찾아가라는 통보를 받자, 하버드 대학 발전기금으로는 기꺼이 10달러를 낼 수 있지만, 졸업장을 찾는 명목으로는 내지 못하겠다는 답장을 보내고 졸업장을 받지 않았다. 소로가 직업도 없이 집 안에서 빈둥대며 놀고 있자 그 꼴이 보기 싫은 모친은 어디 해외에라도 나가 돈벌이를 하라고 다그쳤다. 이에 소로가 눈물을 글썽거리며 쩔쩔매자 누나 헬렌이 위로했다. "걱정 마. 해외에 가지 않고 같이 살아도 돼!"

콩코드에서 잠시 교사 노릇을 했으나, 1839년 형 존과 함께 콩코드 강과 메리맥 강을 여행하는 과정에서 소로는 자신이 교사직에는 적성이 맞지 않고 자연을 연구하는 시인이 되어야 함을 확신하게 된다. 이 무렵, 소로가 『월든』에서 조용한 절망의 삶을 살아간다고 비난한 콩코드 이웃들은 대학을 졸업한 사람이 왜 아무 직업도 없느냐며 의아한 시선으로 소로를 쳐다보았다. 오늘날도 그렇지만 당시 하버드 대학은 아무나 갈 수 있는 대학이 아니었으므로 일반인으로서는 이런 인식이 자연스러운 것이었으나, 소로에게는 자기 정체성을 모르는 사람들의 모욕적인 태도로 느껴졌다.

1837년 소로는 초월주의 철학자 에머슨을 만나면서 문학 활동에서 큰 전기를 맞는다. 에머슨은 소로를 두 번이나 그의 집에 집사로 취직시켜 현실적으로 큰 도움을 준 사람이었다. 첫 번째 집사 노릇은 1841년 4월부터 1843년 5월까지였고, 두 번째는 월든에서의 숲속 생활을 끝낸 직후인 1847년 9월부터 1849년 봄까지였다. 두 사람은 스승과 제자의 관계를 유지하면서 19세기 미국 문학의 주요 사건인 초월주의 운동을 이끌어나갔다. 에머슨을 만난 이후 시인이 되겠다는 소로의 희망은 더욱 가능성 있는 꿈으로 무르익어 갔다. 1837년 후반, 에머슨은 소로에게 일기 쓰기를 권했는데, 이때부터 시작된 일기 쓰기는 사망 아홉 달 전까지 계속되어, 영단어 2백만 자(한글 2백자 원고지 기준 3만 장 분량)의 방대한 원고로 모였는데 소로 사후에 총 14권으로 출간되었다.

1840년 7월에 발간된 초월주의자의 동인지 『다이얼』은 소로가 작품을 발표하는 창구가 되었다. 소로가 이 잡지에 발표한 글 「매사추세츠의 자연사」는 앞으로 뛰어난 자연 관찰가가 나오리라는 예감을 안겨주었다. 이 동인지는 안타깝게도 1844년 4월호를 마지막으로 폐간되었다. 소로는 이 잡지에 힌두교와 불교와 유교 등 동양사상을 소개했다. 특히 『논어』, 『맹자』, 『대학』, 『중용』 사서를 프랑스어 번역본에서 영어로 중역해 게재했다. 이런 연유로 『월든』에서는 중요한 부분마다 유교 경전에서 가져온 문장이 인용되어 작가의 메시지를 확인하고 강화한다.

1840년 소로는 자신이 운영하는 학교에 다니는 남동생 에드먼드 슈웰을 만나기 위해 콩코드를 방문한 아름다운 여성 엘렌 슈웰에게 끌려 청혼했다. 그녀는 처음에는 청혼을 받아들이는 듯했으나 곧 소로의 진보적 성향을 못마땅하게 여긴 부모의 권유로 거절했다. 소로는 그 후 평생을 독신으로 보냈으며 육체적 열정의 극복이 더 높은 법을 깨닫는 데 도움이 된다고 생각했다.

1842년 2월, 평생 동지로 여긴 형 존이 파상풍으로 죽자 큰 충격을 받았다. 소로는 이 해에 에머슨의 형인 윌리엄 에머슨의 뉴욕 집에 가정교사로 들어가 뉴욕 문단으로 진출하려 했으나 성공하지 못했다. 도시 생활과 문단 진출 실패에 환멸을 느낀 그는 그해 말에 콩코드로 돌아왔다. 이어 아버지를 도와 가업인 연필 공장 일에 참여했다. 그러나 여전히 인생에 불만이던 소로는 하버드 동창생 찰스 스턴스 휠러와 플린츠 호수에서 캠핑했던 시절을 떠올렸다. 휠러는 플린츠 호숫가에 오두막을 짓고 거기서 아무것도 안 하고 빈둥거리며 책만 읽으면서 1836년에서 1842년까지 때때로 거기서 지냈다. 소로는 1837년에 이 오두막에 머문 적이 있었는데 휠러의 생활을 한 번 따라 하고 싶은 마음이 있었다. 이렇게 하여 그는 콩코드에서 남쪽으로 2마일 떨어진 빙하호 월든 호수 옆에 오두막을 짓고 혼자 살며 숲속 생활에 들어갔다.

그는 1845년 7월부터 1847년 9월까지 2년 2개월 동안 월든 호수 옆에 살면서 형 존과 함께 여행했던 기록 『일주일』을 집필하고, 『월든』의 초고를 쓰고, 매일 일기를 썼으며, 호수 주변의 동식물을 관찰하면서 살았다. 그리고 많은 시간을 명상하면서 보냈다. 월든 생활을 하던 중 1846년 6월 23일

(혹은 24일)에 수선을 부탁한 구두를 찾기 위해 콩코드로 갔다가 주민세를 내지 않았다는 이유로 소로는 경찰관 겸 세금 징수관에게 체포되어 감옥에서 하룻밤을 보냈다. 이때 면회를 간 스승 에머슨이 "왜 그 안에 있느냐?"라고 묻자, 소로는 "스승님은 왜 거기 밖에 계십니까?"라고 답한 일화는 아주 유명하다. 그러나 고모 마리아 소로가 그 세금을 대납함으로써 소로는 다음 날 풀려나 수선된 구두를 찾아 호숫가 오두막으로 돌아왔다.

그 후 소로는 정부가 잘못하고 있는 일을 깊이 생각하게 되었다. 멕시코 전쟁은 분명 침략 전쟁이었으나 곧 미국의 승리로 끝났다. 그런데 소로가 콩코드에서 직접 목격한, 남부에서 도망쳐온 흑인 노예 문제는 소로의 양심상 결코 용납할 수 없었다. 자연 안에 있는 모든 사물이 동포라고 생각하는 소로에게, 인간이 같은 인간을 노예로 부리고 또 물건 취급하면서, 사람다운 태도를 보이라고 하는 일은 세상 어디에서도 찾아볼 수 없는 코미디라고 생각했다. 소로는 남부에서 도망친 흑인을 집에 숨겨주기도 했고, 노예들이 북쪽 캐나다로 도망치는 일을 돕기도 했다. 특히 소로는 매사추세츠주 출신 상원의원 대니얼 웹스터에게 큰 기대를 걸었으나 그가 도망 노예를 남부 원주인에게 돌려주어야 한다는 1850년 도망 노예법을 지지하자 소로는 웹스터가 반노예제도의 대의를 배신했다고 생각했다. 이 배신감은 「시민 불복종」 끝부분에 잘 드러나 있다. 그 후 소로는 노예제도 폐지를 위해서는 좀 더 적극적이고 과감한 저항 운동이 필요하다고 생각했고, 이러한 사상의 단초가 되는 논문이 바로 「시민 불복종」이다. 이 글은 톨스토이, 간디, 마틴 루터 킹 등 후대의 비폭력운동 지도자들에게 깊은 영향을 주었다.

소로가 생전에 출판한 처녀작, 『일주일』은 출판사 네 곳에 원고를 보냈으나 모두 거절당했고, 마침내 인세로 인쇄비를 충당하는 자비출판 조건으로 먼로 출판사에서 1천 부가 발간되었다. 그러나 독서계의 반응은 차가워서 한 해가 다 가도록 294권(이 중 75권이 기증본이었다)이 팔렸을 뿐이었다. 소로는 팔리지 않은 책 706부를 출판사의 요청으로 가져다가 집에 쌓아두었다. 1853년 10월 27일 일기에는 "나에게는 900권에 달하는 장서가 있는데 그중 700권 이상이 내가 쓴 책이다"라고 적었다. 이러한 판매 부진으로 곧바로 출판 예정이었던 『월든』은 무기한 연기되었다.

1847년 여름, 에머슨은 혼자 유럽 여행을 떠나면서 소로에게 자기 집에 들어와 아내 리디언 에머슨과 아이들과 함께 머물면서 집 관리를 좀 해달라고 요청했다. 그리하여 월든 호수의 숲속 생활을 청산한 소로는 다시 문명 생활로 돌아왔다. 이때부터 초월주의에 대한 관심은 줄었고 대신 생계를 위해 측량 작업을 하게 되었다. 그러는 한편 자연에서 동식물 표본을 얻는 일에도 몰두했다. 그는 시간만 나면 지인이나 시인 엘러리 채닝과 함께 산과 숲으로 답사 여행을 떠났다. 소로는 초월주의에 대한 관심이 옅어지면서 점점 더 행동주의 쪽으로 기울어져 노예제 폐지를 적극 주장하고 나섰다. 그리하여 도망 노예들을 캐나다 쪽으로 탈출시켜주는 "지하 철도" 운동에도 적극 가담했다.

1854년 8월 9일, 『월든: 숲속 생활』(Walden: Life in the woods)이 보스턴의 티크너 앤 필즈 출판사에서 초판 2천 부가 발간되었다. 판매 성적은 『일주일』보다는 나쁘지 않아 그해 말까지 거의 다 소진되었다. 그러나 두 번째 판본부터 소로는 출판사에 부제 "숲속 생활"을 빼달라고 요청했다. 이렇게 하여 오늘날 우리가 알고 있는 『월든』으로 제목이 확정되었다. 이런 요청을 한 것은 이 부제가 달린 책이 여러 권 나와 있었기 때문이기도 하지만, 『월든』이 월든 호수에 캠핑 가서 생활했던 내용을 기록한 일종의 캠핑 안내서가 아니라, 초월을 지향하는 구도자의 모습을 아름답게 구현한 예술 작품이라는 것을 분명히 밝히기 위해서였다.

월든 생활 이후 문명사회로 되돌아온 소로는 노예폐지론자 존 브라운에게서 아버지와 같은 성품을 발견했다. 브라운과 비교하면 에머슨은 유약한 지식인처럼 보였다. 이 때문에 생애 후반의 소로 일기에서는 에머슨에 대해 반발하는 긴장 심리 같은 것이 등장한다. 불같은 늙은 행동가인 브라운은 소로가 『월든』에서 말한 "더 높은 법"의 실천자였다. 그 법이란 「시민 불복종」에서 소로가 말했듯, "내가 인정할 수 있는 유일한 의무는 언제 어디서라도 내가 옳다고 생각하는 것을 실천하는 것이다. … 그러나 그 불의가 남에게 불의를 저지르게 하는 것이라면, 차라리 그 법을 위반하라"라는 문장에서 엿볼 수 있다. 그러나 이 무렵 소로는 이미 건강이 악화되고 있었다. 존 브라운이 연방정부의 무기고인 하퍼스 페리를 무장 습격한 사건이 실패로 돌아가고 그 일로 교수형을 당하자 소로는 깊은 정신적 충격을 받았다. 하지만 소로는 "존 브라운 대위를 위한 옹호"(1859), "존 브라운의 마지막 나날들"(1859), "존 브라운의 죽음 후에"(1861)라는 세 번의 강연에서 존 브라운이 자유와 평등의 원칙을 옹호하기 위해 실천적 행동에 나선 진정한 자유의 수호자였다고 칭송했다.

이처럼 소로에게 생애 후반의 정신적 스승이었던 존 브라운의 저항과 죽음은 소로의 병사(病死)를 촉진한 사유 중 하나로 추측되고 있다. 소로는 1862년 5월 6일, 45세의 나이로 폐병으로 사망했다. 그 사흘 후인 5월 9일, 콩코드 제1교구 교회에서 거행된 장례식에서 에머슨은 소로를 추도하는 연설을 했는데 그 글의 마지막 부분은 이러하다.

우리나라에서는 '영원한 생명'이라고 부르는 여름 식물과 같은 종의 식물이 스위스 티롤 산맥의 깊은 산중, 접근하기 어려운 벼랑 끝에서 자랍니다. 그곳은 너무나 험준하여 날렵한 영양도 올라가기 두려워하는 곳입니다. 그러나 사냥꾼은 그 꽃의 아름다움과 여인에 대한 사랑에 이끌려 그 험준한 곳도 마다하지 않습니다. 스위스의 아름다운 처녀들은 그 식물의 꽃을 너무도 좋아하여 갖고 싶어 하기 때문입니다. 그래서 사냥꾼은 그 벼랑으로 올라가는데 때때로 산기슭에는 그 꽃을 손에 든 채 까마득한 벼랑에서 추락사한 사냥꾼의 시체가 발견됩니다. 스위스 사람들은 그 꽃을 에델바이스라고 부르는데 곧 고상한 순수함이라는 뜻입니다. … 소로의 영혼은 고상하고 순수한 사람들을 위한 것입니다. 그는 그 짧은 생애 동안 세상의 모든 가능성을 탐구했습니다. 지식이 있고, 미덕이 있고, 아름다움이 있는 곳이라면 어디든지 그가 있을 것입니다.

에델바이스를 깨달음의 꽃으로 보고, 헨리 데이비드 소로를 그 꽃을 얻고자 벼랑을 오르는 사냥꾼으로 그렸으며, 때 이른 제자의 죽음을 사냥꾼이 손에 꽃을 든 채 추락사한 것에 비유한 에머슨의 추도사는 소로의 생애를 잘 요약한 명문장이다. 우리는 실제로『월든』과「시민 불복종」행간에서 에델바이스를 얻기 위해 모험과 죽음을 마다하지 않는 용맹한 사냥꾼의 모습을 본다. 공자는『논어』이인(里仁)편 제8에서 "아침에 도를 깨우치면 저녁에 죽어도 좋다"라고 했는데, 소로의 한평생이 바로 그것이었다.

2. 작품 배경

『월든』을 읽어나가는 데 있어 철도 부설, 초월주의 사상, 일기와 작품의 관계, 작품의 수정 등 여러 배경 사항을 미리 알아두면 도움이 된다.

1) 철도 부설

소로 당시 콩코드의 인구는 과거에 비해 더 이상 늘지 않았다. 1845-1855년 사이에 인구 정체가 시작되어, 전체 인구는 2,200명을 약간 넘는 수준이었고 1860년 이후에 아주 조금씩 올라가는 정도였다. 미국을 자동차로 돌아다녀 본 여행자는 잘 알겠지만 시읍 초입에 서 있는 안내판에는 그 시읍 인구가 몇 명인지 명기하여 경제적 건강의 지표로 삼고 있다. 소로는 고향 마을의 인구 정체를 우려했다.『월든』제14장에서 "왜 보석보다 더 아름다운 이 작은 마을은 실패하고 있고 콩코드는 답보하고 있는가?"라고 적었는데, 이 문장의 초고본은 "왜 이 작은 마을은 실패하고 있고 콩코드는 크게 발전하고 있는가?"였다.『월든』을 수정하는 8년 동안 콩코드의 인구가 답보하고 있음을 보여주는 문장이다.『월든』이 인쇄를 거듭하는 과정에서 소로는 그 도시의 인구수를 과거와는 다르게 침체 혹은 정체로 본 것이다. 왜 이렇게 되었을까?

19세기 중반에 이르자 콩코드는 유력한 제조업 중심지가 될 가능성이 점점 희박해졌다. 이처럼 도시가 낙후하게 된 배경으로는 다양한 설명이 가능하다. 제조업자들의 엉성한 경영 관리, 1837년의 재정적 위기 그리고 그 후 미국 북동부에 들이닥친 10년간의 경기 침체 등이 그것이다. 하지만 뭐니 뭐니 해도 결정적인 이유는 철도 부설 때문이었다.

1844년 6월 17일, 철도는 보스턴의 찰스 강 맞은편에 있는 찰스타운을 시발점으로 하여 콩코드에 도착했다. 그다음 해인 1845년 3월 5일에 철도는 피치버그(Fitchburg)까지 확장 부설되었다. 피치버그는 콩코드에서 서쪽으로 30마일 정도 떨어진 곳인데 제조업 도시였다. 철도가 부설되기 전에 콩코드에서 보스턴으로 가려면 마차 삯이 75센트가 들었고 시간은 네 시간이 걸렸다. 이것도 급행 마차의 속도였고 화물 마차는 그보다 시간이 더 걸렸다. 그러나 이제 철도가 부설되면서 같은 거리를 50센트만 내면 한 시간에 갈 수 있게 되었다. 미숙련 노동자의 하루 일당이 1달러였던 시대이니만큼 50센트는 결코 헐한 비용은 아니었다. 그렇지만 여행자, 상인, 쇼핑객에게는 갑자기 엄청난 시간 단축 혜택이 주어진 것이었고, 이것은 인근 마을의 문화회관을 돌아다니며 강연하는 사람도 예외는 아니었다.

철도가 콩코드에 미칠 수 있는 영향은 이미 예상된 것이었다. 마차 통행은 눈에 띄게 줄었고, 술집, 대장간, 마구 가게, 일반 잡화점 등의 매출은 격감했다. 이어 불황 여파는 마을의 일반 가게에까지 미쳤다. 쇼핑객들은 보스턴에 가서 더 값싸고, 다양하고, 세련된 물품을 사러 다녔다. 그래서 보스턴 상가인 스테이트 거리 얘기는 『월든』에도 두 번이나 언급되어 있다. 그 결과 콩코드 사람들은 가정 내 일용품 수준이 도시 수준을 점점 따라가게 되었다. 철도가 부설되기 전만 해도 콩코드에는 예전 전원적 풍습이 많이 남아 있었다. 거리에 보도는 건설되지 않았고, 집 안에 카펫을 깔거나 그림 거는 일은 드물었으며 가구는 수수했다.

어떤 면에서 철도는 콩코드 문화생활을 촉진했다. 과연 철도가 없었더라면 초월주의자들의 모임이 활발하게 콩코드 에머슨 집에서 열릴 수 있었을까 하는 의문이 든다. 보스턴과 케임브리지 지식인들이 에머슨 집에서 열리는 지적 토론 모임인 헷지 클럽에 오고 또 콩코드 문화회관에서 수월하게 강연할 수 있었던 것도 철도 덕분이었다.

하지만 재정적인 측면에서 보면 득보다 실이 더 많았다. 철도는 농부, 제조업자, 상인 등에게 새로운 시장 기회를 제공했지만, 시장이 넓어진 것은 곧 더 세분화된 제품 특화를 의미했다. 피치버그나 로웰 등 공장이 많이 들어서 있는 도시에서는 제조 시설을 더 늘려 제품을 제공하면 되므로 확장된 시장 수요를 맞출 수 있었다. 그러나 콩코드에 물품을 납품했던 농촌 지역은 영농 방식이나 목축 방식을 바꾸어 좀 더 집중적인 산업 형태로 운영 방식을 전환하지 않으면 이런 상황에 제대로 부응할 수 없었다. 현지 특화 제품들만 힘을 얻기 시작하자, 다른 기업은 힘을 잃거나 도산했다. 콩코드와 그 일원의 범위를 넘어서는 대도시에서 책정된 가격은 콩코드 현지의 독자적인 가격 결정권을 심각하게 훼손했다. 그리하여 철도가 부설되면서 콩코드 고유의 중심지 혹은 도시적 생활 방식은 서서히 사라졌다. 『월든』은 이런 생활 배경을 많이 반영하고 있다. 가령 집 안의 가구와 디자인을 세련되게 하고 영농 방식을 바꾸어 모범 농장으로 바꾸는 등의 문제가 거론된다. 그리하여 이런 마을 쇠퇴의 주원인인 철도가 여러 방식으로 묘사되어 있다.

제1장에서 이미 철도에 대한 불만이 표시되어 있고, 제4장에서는 철도 소리가 상세히 묘사되며, 소로가 콩코드 마을을 다녀올 때는 직선 도로인 철도 둑을 따라 걸어갔는데 "나는 철둑이라는 연결고리로 사회와 연결되어 있다"라는 말도 한다. 제8장에 이르면 현대문명의 집행자인 국가(구체적으로 매사추세츠주 정부)가 소로의 숲속 생활에 직접 개입한다. 호반 생활 중이던 1846년 6월 23일에 소로가 콩코드 감옥에 구금된 사건이다(이 사건 전말은 「시민 불복종」에 상세히 묘사되어 있다). 그리고 제18장에 봄의 분류(奔流)를 쳐다보며 소로가 깨달음을 얻는 현장도 철로 옆 철둑 길 위의 모래 더미에서다. 어디를 가든 철도는 그림자처럼 소로를 따라온다. 그러나 "열차들은 걸음을 멈추

고 호수를 쳐다보는 법이 없다"(제9장)라고 하여 기차와 호수의 대립 관계를 분명하게 드러낸다. 또 소로는 "사람 고막을 찢어놓을 듯한 저 악마 같은 철마의 울음소리는 마을 전체에 울려 퍼진다. 철마는 그 발바닥으로 보일링 샘물을 흙탕물로 만들었고, 월든 호안의 울창한 숲을 깎아 먹었다. 철마는 용병 그리스인이, 그 뱃속에 천 명의 사람을 숨겨 성안으로 들여놓은 트로이 목마다"(제9장)라고 말하여 철마에 대한 반감을 노골적으로 드러낸다.

이처럼 현대문명을 대변하는 철도와 호반 생활 사이의 긴장은 작품 전편에 배경음으로 설정되어 있다. 작품 중에 이카로스와 오르페우스의 신화가 소개되는데, 이카로스의 아버지 다이달로스는 아들이 잘 따라오는지 뒤돌아보고, 오르페우스 또한 아내 유리디케가 잘 따라오는지 뒤돌아본다. 소로는 기차를 뒤돌아보지는 않지만 그 소리와 존재가 등 뒤에서 늘 어른거리는 것을 느낀다. 이러한 현대문명과 자연생활의 갈등이 어떻게 해소되는지 살펴보는 것은 이 작품을 읽어나가는 중요한 관찰 포인트가 된다.

2) 초월주의 사상

초월주의는 1836년부터 1860년 사이에 뉴잉글랜드 콩코드를 중심으로 전개되었던 일종의 철학적, 문학적 운동을 말한다. 주요 사상가는 에머슨이고, 소로는 그 사상을 『월든』이라는 책에서 구현한 대표 주자이다. 초월이라는 용어는 칸트의 『실천 이성 비판』(1788)에서 나온 것이다. 칸트는 이 책에서 "나는 대상들 그 자체가 아니라, 그 대상을 인식하는 우리의 인식 방법에 관련된 모든 지식을 '초월적'이라고 부르며, 이것은 아프리오리(a priori, 경험 이전의 것)와 동일한 개념이다"라고 말했다. 초월주의 사상은 18세기 합리주의, 존 로크의 회의주의, 뉴잉글랜드 칼뱅주의와 같은 억압적인 종교 교리 등에 대한 반발로 생겨난 사상으로 낭만주의, 이상주의, 신비주의, 개인주의 등을 종합한 사상이다. 이처럼 절충적 성격을 갖고 있으므로 그 사상적 근거도 다양하다. 하느님의 신성한 빛을 강조한 조너선 에드워즈, 교조적인 칼뱅주의에 반기를 든 유니테리언주의 사도 윌리엄 채닝,

19세기에 유행했던 인본주의 사상 등이 이 운동에 영향을 주었다.

초월주의를 이해하려면 먼저 칼뱅주의와 유니테리언주의를 알아야 하는데 간략히 설명하면 이러하다. 칼뱅주의는 1620년 플리머스호를 타고 신세계로 건너온 필그림 파더스가 믿었던 사상으로 일명 퓨리터니즘이라고 한다. 이 신학 사상은 신과의 만남이 신자 개인의 노력보다는 철저히 외부적인 것, 즉 하느님의 은총에 달려 있다고 보는 사상이다. 그래서 교회와 전통을 특히 강조한다. 그러나 18세기 로크의 철학이 등장하면서 경험을 중시하고 관념을 의심하는 회의주의 사상이 힘을 얻었다. 이런 흐름에 따라 칼뱅주의에 반발하는 유니테리언주의가 생겨났는데 이성적이고 상식적인 종교와 합리적 사고를 지향했다. 유니테리언주의 대표 사상가 윌리엄 채닝은 "인간이 내면에 하느님을 얼마나 영접하는가에 따라, 하느님의 존재가 실제적인 것이 될 수 있다"라고 하여 내부의 신이라는 개념을 중시했다. 에머슨은 이 개념을 더욱 확대해 신은 우리 내부에 이미 깃들어 있는데 단지 우리가 그것을 잊고 있을 뿐이며, 그 신성의 회복이 급선무라고 주장했다.

에머슨의 초월주의 사상은 피히테, 셸링, 헤르더 같은 독일 철학자들에게서 신비주의 경향과 실천적 행동을 강조하는 사상을 전수받았다. 또한, 독일 초월주의를 받아들인 영국인 문인들, 가령 워즈워스, 콜리지, 칼라일에게도 영향을 받았다. 이에 더해 여러 사상을 절충한 뉴잉글랜드 초월주의자들은 플라톤과 플로티노스뿐만 아니라 힌두교, 불교, 유교 등의 사상도 널리 받아들였다. 이 때문에 『월든』에는 힌두교 경전 『바가바드기타』와 유교 경전 『논어』, 『맹자』, 『대학』, 『중용』이 중요한 대목마다 인용되어 있다.

초월주의는 이처럼 다양한 개념들을 적극 수용했으나 그 개략적인 윤곽만 말하자면 일원론(monism)이라 할 수 있다. 일원론은 세상과 하느님이 하나이며 하느님이 세상 안에 깃들어 있는 만큼 인간 내부에도 신성이 깃들어 있다고 보는 사상이다. 이처럼 신성이 세상 안에 함께 있으므로 사람을 포함한 모든 사물은 그 안에 신적 존재의 법과 의미를 갖추고 있다. 그리하여 각 개인 영혼은 세계 영혼에서 떨어져 나온 것으로, 세계 영혼의 본질을 그 안에 잠재적으로 가지고 있다. 여기서 '잠재적'이라고 한 것은 개인이 자기 노력으로 그 영혼을 깨달을 수도 있고 그렇지 못할 수도 있다는 뜻이다. 일부 사람들은 황홀한 신비적 상태에 들어감으로써 또는 자연을 통하여 대영혼(Over-Soul)의 진선미를 접촉함으로써 신성과의 합일을 체험한다.

이런 체험을 가리켜 일자(一者: 하느님)로의 상승(上昇)이라고 한다. 인간은 오로지 이성 작용을 통해 이 일자를 알 수 있다. 인간이 그의 경험으로부터 인간적인 모든 것을 서서히 제거해 나가면 마침내 인간적 속성은 모두 사라지고 신성만 남게 된다. 이 일자의 자기 지식(self-knowledge)으로부터 최초 이성(로고스 혹은 말씀)이 유출(流出)되는데, 이 로고스(Logos)는 모든 존재의 추상적 아이디어들을 그 속에 가지고 있다. 다시 이 로고스로부터 두 번째 이성이 유출되는데 그것이 세계 영혼(World Soul)이다. 모든 존재의 개별적 이성은 이 세계 영혼으로부터 유출된다. 그 영혼이 많을수록 천사가 되고 적을수록 무생물이 되는데, 이러한 위계질서를 가리켜 '존재의 사다리'라고 한다. 자기 내부에 일자의 빛을 많이 가지고 있을수록 인간은 일자를 향하여 상승하려는 열망을 갖는다.

대영혼은 에머슨이 동명 수필에서 말한 것으로 플라톤과 플로티노스가 말한 세계 영혼과 동일한 개념이다. 세계 영혼은 플라톤이 『티마이오스』와 『법률』에서 설명한 '우주 영혼'에서 나온 개념인데 간략히 풀면 이러하다. 플라톤은 자신의 명상과 이집트 사제들의 전통적 지식을 종합하면서 신성(神性)의 신비한 성질을 탐구했다. 그는 어떻게 본질적으로 단일한 존재인 신성이 세상을 구성하는 뚜렷하게 다른 다양한 관념을 허용할 수 있는지 궁금했다. 또 실체 없는 신성이 어떻게 거칠고 제멋대로인 물질세계의 모델이 되었는지 이해되지 않았다. 플라톤의 핵심 질문은, 어떻게 해서 비(非)물질인 신이 물질을 허용할 수 있느냐는 것이었다. 플라톤은 신성을 제1원인, 로고스(이성), 우주 영혼, 이렇게 셋으로 나눔으로써 이 문제를 해결했다. 신이라는 형이상학적 개념이 3개의 신으로 세분된 것이다. 이것을 다시 플로티노스가 "일자―누스(지성)―세계 영혼"으로 발전시켰다.

신이 3개의 위격으로 나누어진다는 사상은 서양철학에만 있는 게 아니라 동양철학에서도 찾아볼 수 있다. 가령 성리학은 태극에서 음양이 나왔다고 말하고, 다시 이 음양의 조화로 오행(화수목금토)이 생겼고 천지 만물은 이 음양오행의 작용으로 생겼다고 설명한다. 노장사상의 대표 경전『도덕경』중 제42장은 "도는 하나를 낳고, 하나는 둘을 낳고, 둘은 셋을 낳고, 셋은 만물을 낳으니, 만물은 음기를 포함하고 양기를 지녀서 흔연히 하나로 풀려 화합한다"라고 말한다. 이러한 성리학이나 노장사상의 우주 생성론은 플라톤이나 플로티노스의 우주 생성론과 별반 다르지 않다. 단, 이것은 형이상학 개념이므로 형이하(물질) 관점으로 파악하려고 하면 이해가 되지도 않을 뿐만 아니라 알 수도 없다.

개인 영혼이 세계 영혼으로 회귀하려고 하므로 인간 마음과 자연 세계는 서로 소통한다. 이것이 바로 조응(correspondence) 이론인데, 환언하면 물질적 법과 정신적 법이 서로 소통하다는 것이다. 이 조응 이론은 초월주의자들이 자연을 바라보는 관점에서 잘 드러난다. 그들은 주기적이고 순환적인 자연의 리듬 속에서 도덕적이면서도 윤리적이고, 명상적이면서도 철학적인 내용을 이끌어냈다. 이런 자연 곧 도덕이라는 생각은 괴테가 주창한 낭만주의의 기본 성격인데 이것이 영국으로 건너가 콜리지와 워즈워스의 낭만주의 사상에 큰 영향을 주었고, 다시 에머슨은 이들 영국 시인을 통해 미국에 초월적 낭만주의를 수입했다.

소로는 자신이 초월주의 사상을 신봉하는 작가이고, 작가의 임무는 문학적 경험에 철학과 윤리를 제공하는 일이라고 믿었다.『월든』은 이런 믿음이 자연 사물들을 접촉하는 과정에서 드러나는 작품이며, 특히 제4장에서 동물들의 울음소리, 제7장 매의 비상, 제12장 되강오리의 웃음 등을 통해 자연 소리가 곧 소로 내면의 소리로 번역되는 과정을 보여준다.『월든』은 자연 관점에서 관찰한 인간의 가치 있는 삶이고, 그 지향 대상은 곧 사회이며, 주제는 자연 속 생활 이야기라기보다 자연이란 관점에서 파악한 사회 이야기이다.

3) 소로의 일기

소로는 스승 에머슨의 권유를 받아들여 1837년 하버드 대학 졸업 직후
인 스무 살 때부터 일기를 쓰기 시작해 1861년 8월, 죽기 아홉 달 전까지 계
속 썼다. 이 일기는『월든』의 밑 자료로 중요한 역할을 했다. 실제로 일기의
어떤 부분을 그대로 가져와『월든』원고로 집어넣기도 했다. 그러나 여러
사정으로『월든』출간이 연기되자 소로는 이 작품과 일기의 관계를 돌아보
기 시작했다.

일기와『월든』의 관계는 '미메시스'라는 말로 정리될 수 있다. 창작은
사실의 객관적 기록이 아니라 미메시스(모방)다. 미메시스는 플라톤의『국
가』제10권에 나오는 말로, 플라톤이 시인을 경멸하면서 쓴 말이다. 이데아
가 있고, 그 이데아를 구현한 대상이 있고, 다시 그 대상을 노래한 작품이
있는데, 구체적으로 아름다움이라는 추상개념이 있고, 아름다운 여인이 있
고, 아름다운 여자 초상화가 있는 격이다. 가령 아름다운 초상화 속 실물을
찾아가서 직접 만나보면 그 실물은 초상화와 똑같지 않다. 이것은 미메시스
과정에서 예술가가 자신의 감정을 표현할 뿐 아니라 대상을 자신과 동일시
하여 거기 동화하므로 그렇다. 다시 말해, 화가가 그린 여자는 실물 바로 그
사람이 아니라 화가의 해석이 들어간 여자라는 것이다. 즉, 숲속 생활의 일
기를 있는 그대로 묘사해서는 그 생활의 재창조가 되지 않는 것이다.

따라서 하나의 독립된 문학작품을 창작하기 위해 소로는 일기 속 실물
과는 다른 허구적 '나'를 내세웠다. 그 부분을 인용하면 이러하다. "대부분
책에서 1인칭 '나'는 생략되지만, 이 책에서는 그렇게 하지 않기로 했다. 이
책은 '나'를 전면에 내세우고 있는데, 그런 자기중심주의를 지향한다는 면
에서 다른 책과 크게 다르다. 우리는 책 속 화자가 언제나 1인칭이라는 사
실을 보통은 기억하지 않는다. 내가 나 못지않게 남에 대해서도 잘 알고 있
다면, 내 얘기를 이렇게 많이 하지는 않았을 것이다. 아쉽게도 나는 경험이
많지 않기에 '나'라는 주제에 국한되어 있다"(제1장에서).

여기서 소로가 말하는 '나'는 독자를 설득하려고 소로가 만들어낸 '나'

이다. 이렇게 말하면, 독자는 당장 그럼 그 '나'가 소로가 아니라면 도대체 누구냐고 질문할 것이다. 여기서 '허구적'이라는 말을 설명할 필요가 생기는데, 이 말은 위에 나온 미메시스(모방)로 대체하면 한결 이해가 빠르다. 『월든』속 '나'는 소로이긴 하지만, 저자 소로가 자신의 해석을 집어넣은 "예술적 소로"인 것이다. 실제로 이런 사정을 소로 자신도 1851년 11월 9일자 일기에서 이렇게 적는다. "나도 사실 외의 것을 적고 싶은 마음이 간절하다. 사실은 내 그림에서 액자에 불과해야만 한다. 사실은 내가 쓰고 있는 신화의 소재여야만 한다."

만약 『월든』 판본 1이 온갖 우여곡절을 겪지 않고 『일주일』이 나온 직후에 그대로 출판되었더라면 그것은 『일주일』과 별반 다를 것이 없는, 에피소드를 나열하고 약간의 철학적 명상과 논평을 집어넣은 평범한 작품으로 끝났을 것이다. 이것은 현재 남아 있는 『월든』 판본 1을 검토하면 금방 알 수 있다. 그러나 『일주일』이 나온 후 5년 동안 소로의 명상이 깊어지고 예리해진 만큼 그 성숙한 통찰력을 가진 '나'가 『월든』 안에 구현되어 있는 것이다. 좀 더 구체적으로, 호반 생활을 2년 했을 때의 '나'와 『월든』에 구현되어 있는 '나'는 이름만 같을 뿐, 똑같은 사람이 아니다. 이렇게 하여 작품 속 '나'는 허구적(혹은 예술적) '나'가 되는 것이고, 『월든』은 자서전이 아니라 문학작품이 되는 것이다.

4) 6차에 걸친 수정

『월든』은 이렇게 시작된다. "이 글을, 좀 더 자세히 말하면 그 상당 부분을 썼을 때 나는 이웃으로부터 1마일 떨어진 숲속에 혼자 살고 있었다." 여기서 말하는 상당 부분은 정확히 말하면 지금 독자들이 손에 들고 있는 책의 절반 분량에 해당하는 850매(2백 자 원고지)였다. 소로는 당초 이 850매 원고를 그대로 펴내려다가 위에서 이미 말한 사정으로 출간이 연기되었다. 그리하여 1849년부터 1854년까지 5년 동안에 『월든』을 6회에 걸쳐 전면적으로 수정하게 되었고 작품의 분량은 1700매로 갑절이나 늘어난다. 참고로 판본이 완성된 시기를 밝히면 다음과 같다.

판본 1(초고) — 1847년. 월든 호수에서 생활할 때 집필한 원고.

판본 2(제1차 수정본) — 1849년.

판본 3(제2차 수정본) — 1849년.

판본 4(제3차 수정본) — 1852년. 이때 원고의 많은 부분에 수정을 가함. 특히 제14장은 처음으로 이 판본에 들어감. 이 판본 중 일부가 『유니온 매거진』에 게재됨.

판본 5(제4차 수정본) — 1852년 말에서 1853년.

판본 6(제5차 수정본) — 1853년에서 1854년.

판본 7(제6차 최종 수정본) — 1854년 8월 9일(수요일)에 발간됨.

그렇다면 늘어난 부분은 어디이고 그 의미는 무엇인가?

먼저 소로는 『일주일』을 거듭 읽으면서 그 작품의 모자이크적인 성격으로 전체 구조가 허물어졌음을 알았다. 그리하여 1852년 1월 22일의 일기에 이렇게 적었다. "내가 쓴 글이 나를 고무시키고 마침내 부분들이 전체가 될 수 있도록 숲속 경험들을 선택하여 기록해두기로 마음먹었다."

또한, 소로는 1852년 4월 18일 일기에서 이렇게 적고 있다. "이 봄에 처음으로 나는 한 해가 하나의 사이클임을 깨달았다." 즉, 기존의 책은 이 사이클이 완성되지 않은 월든의 평면적인 숲속 생활이었다면, 6차 수정을 거친 『월든』은 겨울과 봄을 거치면서 "죽음을 거쳐 다시 살아남"이라는 깨달음이 완성되는 과정이 구체화되어 담겼다. 그는 먼저 제12장 "이웃의 동물들"과 제13장 "집 안 난방"을 크게 보강했다. 또한, 이때 제14장 "전에 살았던 사람들과 겨울 방문객"을 비로소 완성했다. 그리고 제15장 "겨울 동물들"과 제16장 "겨울의 월든 호수"도 크게 보강했다. 이렇게 해서 판본 5에서는 아주 많은 부분이 크게 수정되었다. 이런 대규모 수정이 벌어지자, 판본 4에서 했던 것처럼 새로운 자료를 해당 부분에 적절히 끼워 넣는 방식으로는 수정본을 완결 지을 수 없게 되었다. 그 결과 제9장 "호수들", 제11장 "더 높은 법", 제12장 "이웃의 동물들", 제13장 "집 안 난방", 제14장 "전에 살았던 사람들과 겨울 방문객", 제16장 "겨울의 월든 호수"는 기존 원고를 완전히 새로 쓰다시피 했다.

소로가 이런 식으로 원고를 수정하면서 월든에서 순환되는 사계절이라는 주제를 강조하게 된 것은 책의 논리적 구조를 정립하기 위한 것도 있지만 그보다는 소로 자신이 인생의 사계절에 관심이 많았기 때문이었다. 그는 1857년 가을에 쓴 일기에서 이런 말을 하고 있다. "이 사계절이라는 정기적 현상은 결국 내 인생의 여러 단계에서 벌어지는 현상들이다. 사계절과 거기에 부수되는 모든 변화는 똑같이 내 안에 들어 있다." 소로는 이 일기에서 이런 결론을 내린다. "자연과 인간은 서로 완벽하게 조응하고 그리하여 인간은 그 안에서 편안함을 느낄 수 있다." 6차에 걸친 수정은 결국 이 두 가지 주제, 즉 "자연의 사계절은 내 인생의 사계절이고, 자연과 인간은 완벽하게 조응한다"를 구체화한 과정이다.

이 과정은 "여행자―스포츠맨―사냥꾼"의 단계로 설명되어 있다.

여행자는 제7장 "콩밭"에서 묘사하듯 소로가 힘들게 일하는 콩밭을 그냥 지나쳐가면서 무심하게 논평만 하는 사람들이다. "이런 곳을 그저 여행만 하면서 지나는 사람은 자연 사물을 간접적으로, 그것도 불완전하게 깨우치기에 신통치 못한 권위자로 남을 뿐이다"(제11장). 또 제12장은 이렇게 말한다. "여행자는 이런 맑은 우물을 자주 들여다볼 생각조차 하지 못한다. 무지하고 무모한 스포츠맨은 이런 때 어미 새를 엽총으로 쏘아버리고 … 오로지 사냥꾼만이 마을 근처에 사는 그들의 존재를 짐작할 뿐이다."

소로는 네 살 때 월든 호수를 여행자 신분으로 그냥 주마간산 격으로 지나쳤다. 그리고 그 후 대학 시절에 하버드 동창 휠러 등과 콩코드 인근 호수에 캠핑을 다녔다. 그가 1845년에 혼자서 월든 숲에 들어갔을 때는 여행자가 아니라 스포츠맨, 즉 장기 캠핑에 들어간 사람이었다. 숲속에 있을 때 썼다는 『월든』 초고본과 1차 수정본은 결국 이 스포츠맨의 기록에 지나지 않았다. 그러다가 그의 사색과 명상이 깊어지면서 완성본 『월든』은 사냥꾼의 단계로 접어들었다. 이 사냥꾼은 세 동물의 상징에 연결시켜 보면 그 의미가 더욱 깊어진다(아래 작품 해설 중 "세 동물의 상징" 참조).

이 사냥꾼이 기다리는 것은 무엇일까? 그것은 제14장 끝부분에서 언급된 "결코 오지 않는 방문자" 즉 신성(神性)과의 만남을 가리킨다. 구약성경에서 아브라함 앞에 세 명의 손님으로 나타난 유대교의 하느님, 그리스 신화에서 숙소를 찾는 손님으로 변장하여 온 마을을 돌아다니다가 겨우 필레몬과 바우키스 부부 집에서 환대를 받은 제우스와 헤르메스 전령신, 힌두교에서 아르주나 앞에 전차 기사의 모습으로 나타난 크리슈나 등 신성이 인간 모습을 하고서 인간 세계를 방문한다는 전설은 인간에게 주어진 아주 오래된 화두였다.

『월든』에는 여행자, 스포츠맨, 사냥꾼이라는 단어가 자주 등장하는데 독자는 이 단어들이 나오는 부분을 범상하게 흘려보내지 말고 유심히 읽어주기 바란다.

3. 작품 해설

에머슨은 소로의 글을 읽고 있으면 "긴장과 비참함"을 느끼게 된다고 말했다. 그 긴장은 구상과 추상, 사물과 관념, 보이는 것과 보이지 않는 것, 현실과 초월이 서로 병치되어 있는 데서 유래하는 긴장이고, 비참함은 독자가 짐작한 구상과 추상의 상호 관계가 텍스트에서 확인되지 않거나 서로 맞아 들어가지 않을 때 오는 것이다. 가령, 사냥꾼을 그냥 숲속에서 여우를 쫓아다니는 사냥꾼으로 읽었는데 한참 읽어나가다 보니 신성을 추구하는 사냥꾼으로 밝혀진다든지, 벌레를 그냥 미생물로 읽었는데 실은 사사로운 욕망을 가리킨다든지, 콩밭 매기를 그저 하나의 행위로 읽었는데 그것이 심오한 우화와 연결된다든지 하는 것을 제대로 읽지 못했을 때 그런 비참함이 생긴다. 따라서 소로의 문장은 아주 면밀한 주의를 기울여 읽어야 한다.

1) 소로의 문장

소로의 문장은 시적이다. 단어의 일반적인 의미보다는 시적 의미를 동원하여 읽어야 할 때가 많다. 가령, 11장에서 나오는 "the sediment of fishing would sink to the bottom"이라는 문장에서 sediment는 침전물이라는 뜻이지만 그 뒤 문맥을 살펴보면 낚시질에서 나온 침전물을 가리키는 것이 아니라, 낚시질하러 온 불순한 동기를 가리키는 단어임을 알 수 있다. 또 14장에 나오는 문장, "He too, however, occupies an equally narrow house at present" 속의 house는 통상 '집'이지만 여기서는 다른 뜻이 있다. 직역하면 "그러나 그 역시 지금은 좁은 집을 차지하고 있다"이지만 전후 관계를 살펴보면, 이것은 땅속에 있는 좁은 집을 가리키며, 그가 고인이 되었다는 뜻이다. 이처럼 평범한 단어가 다른 뜻으로 사용되고 있으므로 소로의 문장은 읽기가 어렵다.

또한, 소로의 문장은 갑자기 점프하는 것처럼 보인다. "나는 편안한 선실 여행을 하고 싶지 않다. 그보다는 세상의 돛대 앞으로, 갑판 위로 올라가고 싶다. 거기서 산간 지대의 달빛을 더 잘 볼 수 있기 때문이다"(18장). 배 얘기를 하다가 갑자기 산속 달빛 얘기를 한다. 제9장에서 사실들이 우화와 연결된다고 하는데, 이 우화의 설명은 제7장에 나오는 "비유를 만드는 사람"과 연결되고 다시 12장에 나오는 "왜 우리가 바라보는 대상은 정확하게 하나의 세상을 만들어내는가?"와 연결된다. 제11장에는 "우리 신체를 사로잡는 벌레들"이라는 표현이 나오는데, 건강할 때 사람 신체 속에 있는 벌레는 기생충밖에 없으므로 이것을 기생충으로 오해하기 쉽다. 그러나 이것은 제7장 끝부분에 나오는 '미덕의 씨앗을 잡아먹는 벌레'("그것이 위에서 말한 미덕의 씨앗이었다면, 그 씨앗들은 벌레가 먹었거나 활기를 잃었고 그래서 싹이 올라오지 않았다.") 즉 인간의 사사로운 욕망을 의미한다. 따라서 앞에서 나오는 얘기들을 주도면밀하게 기억하고 있어야 뒤에 나오는 문장을 이해할 수 있다. 이 연결 관계를 알지 못하면 소로의 문장은 제멋대로 점프하는 것처럼 보인다.

그리고 소로의 문장에는 역설법과 모순어법이 많다. "진정으로 가난한 사람만이 진정으로 부자이다"(제1장). "자연의 언어는 많이 발표되었으나 막 인쇄된 것은 그리 많지 않다"(제4장). "노 저어 호수 중앙에 이르면 … 여름 오전 내내 눈뜨고 꿈꾸며 보냈다"(제9장).

소로의 문장에는 구상과 추상이 뒤섞인다. 제12장에서 묘사된 '되강오리─호수─저자'가 함께 있는 장면을 보라. 이 문장의 표면적 뜻은 되강오리와 저자가 대결하는 장면이지만, 속뜻은 인간 마음속에서 흘러가는 생각을 되강오리의 활강과 잠수에 비유하면서 저자가 자기 생각을 조용하게 살펴보는 것이다. "남부 고객들은 월든 얼음의 순수함을 증명하는 푸른색이 마치 진흙 색깔이나 되는 듯 여기면서 케임브리지 얼음을 더 좋아한다. 그 얼음은 하얀색이긴 하지만 잡초 맛이 난다"(제18장). 여기서도 얼음 얘기를 하지만, 실은 하버드 대학 지식인의 문장보다는 소로 자신의 문장이 더 순수하다는 속뜻을 말하고 있다.

소로의 문장에는 비유가 많고 또 거기서 한 걸음 더 나아가 상징을 많이 구사한다. 가장 대표적인 월든 호수의 상징을 살펴보자. 월든 호수는 인간의 마음, 더 나아가 온전하게 된 영혼의 상징이다. 제5장에서는 "자신들의 심성이 만들어낸 월든 호수"라는 표현이 나오고, 제6장에서는 "그들은 어둡고 진흙처럼 보일지 모르지만, 월든 호수처럼 밑바닥이 없는 심오함을 갖춘 사람들이다"라고 하여 사람 마음의 깊은 속을 호수에 비유하고 있다. 또 "호수의 가장 깊은 호심은 내 생각 속 가장 높은 곳에 있네"(제9장)라고 노래한다. 뿐만 아니라 "호숫물은 아주 투명하다"(제9장)라고 하여 호수(영혼)의 순수함을 강조한다. 또 "하늘 호수"라고 하여 그 신성한 본성을 가리킨다. 또 다음과 같은 문장은 호수가 영감의 상징이며, 개인 영혼 속으로 대영혼이 흘러들어오고 있음을 암시한다. "물의 들판은 공중에 존재하는 영기(靈氣)를 드러낸다. 호수는 지속해서 공중으로부터 새로운 생명과 움직임을 받아들인다. 그것은 본성상 땅과 하늘 사이를 중개하는 자다"(제9장). 마지막으로 호수는 대지의 눈이다. 그리하여 "호수 속을 들여다보는 사람은 곧 자기 심성(心性)의 깊이를 측정한다"(제9장). 호수(즉, 마음)가 하늘과 땅 사이를 중개한다는 것은 월든 호수라는 신화의 핵심 사항이다.

소로는 『월든』 전편에서 그리스 신화, 북유럽 신화, 인디언 신화, 성경 말씀을 인용한다. 특히 그리스 신화를 많이 인용했다. 에델 시볼드의 조사에 의하면 소로가 분명히 읽었고 그 내용을 작품에 인용했다고 증명할 수 있는 서양 신화 관련 고전만도 55권이나 되며 그가 읽었다고 증명할 수는 없으나 읽었다고 추측할 만한 것 17권까지 합치면 무려 72권이나 된다고 했다. 소로가 이렇게 신화에 관심이 많았던 것은 『월든』을 자신의 '개인 신화'로 만들고 싶은 의사가 있었기 때문이다. 그리고 이 개인 신화를 강화하기 위해 이카로스와 오르페우스 신화가 동원되었다.

2) 세 동물의 상징

소로는 제1장에서 "나는 오래전에 사냥개, 적갈색 말, 멧비둘기를 잃었는데 지금도 그것을 뒤쫓고 있다"라고 말했다. 이 세 동물은 『월든』이 발표될 당시부터 사람들의 관심을 사로잡았다. 도대체 이것이 무엇의 상징이냐는 것이다. 이와 관련하여 직접 소로에게 물어본 독자가 있었다. 미스 엘렌 왓슨은 「소로가 플리머스를 방문하다」라는 글에서 그 에피소드를 소개한다. 『월든』이 출간되고 나서 1-2년 지났을 무렵, 소로는 플리머스로 내려가 미스 왓슨의 삼촌 에드 왓슨을 만났다. 에드는 소로에게 대놓고 세 동물이 무엇을 상징하는지 말해달라고 했다. 이에 소로는 "글쎄요, 우리는 모두 저마다 잃어버린 게 있지 않겠습니까?"라고 대답했다. 그러자 에드 왓슨은 못마땅하다는 듯이 "거 참, 무슨 그런 대답이 있습니까?"라고 투덜거렸다.

그때 이후 여러 학자가 나름대로 세 동물을 해석해왔으나 합의된 통설은 없다. 이렇게 된 것은 학자들이 세 상징을 1 대 1로 해석하려 했기 때문이다. 가령 T. M. 레이서는 세 동물이 "온유한" 소년 에드먼드 슈웰, 소로의 죽은 형 존 그리고 소로가 청혼에 실패한 에드먼드의 누나 엘렌 슈웰을 상징한다고 보았고, 프랭크 데이빗슨은 "인간을 자연과 접촉하게 해주는 야성, 지적 자극, 영혼의 정화(淨化)"라고 보았다. 그런데 소로는 이 세 동물이 언급된 바로 앞 문장에서 이런 의미심장한 말을 하고 있다.

"당신은 이런 약간 애매한 표현을 양해해주리라 믿는다. 내가 하는 일에는 남보다 비밀이 많기 때문이다. 내가 일부러 비밀을 지키려고 해서가 아니라 그 일의 성격상 비밀은 불가피하다. 그렇지만 내가 아는 것은 모두 기꺼이 말할 생각이다. 내 대문에 '출입금지' 팻말을 걸지는 않겠다"(제1장).

여기서 '내가 하는 일'은 곧 글쓰기이고 거기에는 비밀이 많지만 알고 있는 대로 모두 말하겠다는 것이다. 이것은 작품 속에 세 동물의 상징이 무엇인지 다 말해놓았으니 독자가 직접 찾아보라는 주문이다. 따라서 『월든』 읽기는 세 동물의 상징을 찾아내는 것이 중요한 포인트가 된다. 소로 자신이 말했듯이, 그 상징은 독자가 찾아내면 있는 것이고, 찾아내지 못하면 없는 것이기 때문이다. 위에 예를 든 두 학자처럼 세 동물을 1대 1로 해석하려 들면, 그것은 텍스트의 뒷받침이 없는 주관적인 것이 되기 쉽다. 따라서 1대 1 해석보다는 텍스트 전체로 시선을 돌려 총체적 해석을 해야 한다.

먼저 사냥개에 대해서는, 제4장에도 나오고 또 제15장에서 자세히 설명했듯 여우 사냥에 나선 사냥개를 뜻한다. 직설법 차원에서는 여우인데, 비유법 차원에서는 용맹한 사냥꾼이 노리는 더 높은 법(제11장)이 된다. 그 법이 무엇인지는 다음번 상징인 적갈색 말과 연결해보자.

제12장에서 소로는 날개 달린 고양이 얘기를 하면서 시인의 말도 날개가 달려야 마땅하다고 말한다. 그래서 시인의 적갈색 말은 곧 날개 달린 말, 더 나아가 천마 페가수스를 상징한다. 천마 페가수스는 페르세우스가 고르곤을 죽였을 때 "고르곤의 피가 뿌려진 대지"에서 태어났는데, 그 피가 뿌려진 대지가 바로 적갈색이므로 적갈색 말은 곧 페가수스인 것이다. 페가수스는 뮤즈 여신의 시중을 들었는데, 이것은 천마라는 상징을 이해하는 중요한 단서가 된다. 시인은 시를 쓸 때 뮤즈를 먼저 떠올리면서 영감을 내려달라고 호소하기 때문이다. 소로는 제18장에서 이렇게 말한다. "뮤즈의 이름을

부르더라도 전혀 부끄럽지 않을 당신의 일."

따라서 시인이 페가수스를 타고 하늘 높이 날아간다는 것은 뮤즈의 영감을 얻어 아름다운 노래를 부르고 싶다는 뜻이다. 이것을 짐작하게 해주는 여러 언급이 있다. 가령 제3장에서는 이렇게 말한다. "우리는 마침내 하늘로 올라가는 사다리를 설치할 수 있을 것이다." 제11장에서는 더 높은 법을 추구하는 자, 다시 말해 천상의 사냥꾼이라는 개념이 나오는데, 그 사냥꾼이 노리는 것은 더 높은 법(태양)을 향해 날아가려는 소망이다. 이것은 이카로스 신화로 설명된다. 뒤돌아보며 근심하는 아버지 다이달로스의 만류에도 이카로스는 태양 가까이 날아가다가 인공 날개가 녹아 바다에 풍덩 빠졌고, 그 바다를 가리켜 이카로스의 바다라고 한다. 소로는 월든 호수를 이카로스의 바다와 같은 것으로 보고 있다.

"풍경의 가장 아름다운 부분에 사람 이름을 갖다 붙이려면 오로지 가장 고상하고 가치 있는 사람이어야 한다. 우리의 호수들이 적어도 이카로스의 바다 같은 진정한 이름을 얻도록 하라. 그 바닷가에서는 여전히 용감한 시도로 풍덩 하는 소리가 들린다"(제9장).

이렇게 두 동물을 해석한 다음에, 마지막으로 멧비둘기를 추가하면 상징의 온전한 그림이 완성된다. 멧비둘기는 작품 중에 딱 두 번 언급된다(제7장과 제12장). 멧비둘기는 산에서 노래부르는 새면서 동시에 천상의 노래를 부르는 새다. 이 새는 작품 중에 나오는 매, 제비, 되강오리, 올빼미 등과 같은 클래스의 새로 보아야 한다. 『월든』 전편을 통해 '나'는 날짐승 소리에 아주 예민하게 반응한다. 위의 초월주의 사상을 설명한 부분에서 "시인은 사물을 자신의 생각에 일치시킨다"라고 했는데, 소로는 새와 짐승의 울음소리에 영혼의 소리라는 의미를 부여하고 있다.

이 멧비둘기 상징은 아래 "소로와 동양사상"에 나오는 연비어약(鳶飛魚躍) 중의 솔개와 같은 것이다. 제7장에서는 이런 문장이 나온다. "때때로 나는 하늘 높은 곳에서 선회하는 한 쌍의 솔개가 서로 번갈아가며 상승하고 하강하면서 혹은 서로 가까워지고 멀어지는 광경을 보면서 그 솔개들이 하늘에 구현된 내 생각이 아닐까 싶기도 했다." 제17장 끝부분에 나오는 매와 물고기 묘사도 연비어약을 연상시킨다. 또 제18장 맺음말 중 사과나무 테이블에서 나와 하늘로 날아 올라간 나비와도 연결된다. 이렇게 볼 때, 멧비둘기는 바위, 나무, 짐승 등 자연의 본성도 바꾸어놓을 정도로 아름다운 노래의 상징이다.

이 노래는 오르페우스 신화로 설명된다. "나는 … 좀 더 하늘 높은 곳에 있는 사물에 집중함으로써 달아날 수 있었다. 오르페우스는 '자신의 리라를 켜면서 신들을 찬양하는 노래를 소리 높여 불러, 세이렌의 유혹하는 소리를 제압해 위험으로부터 달아났'라고 하지 않는가"(제8장). 또한 「시민 불복종」에서도 소로는 오르페우스를 언급했다. 오르페우스는 뮤즈 칼리오페의 아들인데 뱀(시간의 상징)에 물려 죽은 아내 유리디케를 되찾아오기 위해 명부(冥府)로 내려가 자신의 아름다운 노래로 신들을 감동시켜 아내를 지상으로 데려가도 좋다는 허락을 받았으나, 귀환 도중에 절대로 뒤를 돌아보면 안 된다는 신들의 당부에도 아내가 잘 따라오는지 걱정되어 뒤돌아보다가 아내를 다시 명부에 빼앗긴 인물이다.

이러한 천마―이카로스―오르페우스의 연결 관계로 미루어 볼 때, 사냥개, 적갈색 말, 멧비둘기는 결국 땅과 하늘, 자연과 영혼의 화합을 추구하는 구도자의 모습을 상징한다. 이러한 화합에 대해서는 제9장에서 "그것[호수]은 본성상 땅과 하늘 사이를 중개하는 자다"라는 말이 나오고, "우리가 어디로 고개 돌리든, 땅과 하늘이 서로 만나는 듯했다"(제14장)라는 표현도 있다. 또 이어서 "거기서 우리는 함께 작업했고, 신화를 수정했으며, 여기저기에서 하나의 우화를 완성했고, 단단한 땅이라는 기반이 없는 공중에 성채를 지었다"(제14장)라고 하여 신화의 창작을 언급한다. 이러한 해석을 뒷받침해주는 소로의 일기도 있다.

"내가 말하는 사실들은 일반 상식으로는 거짓으로 보여야 한다. 나는 그런 식으로 사실을 말할 것이기 때문에 내가 말하는 사실은 분명 의미가 있을 것이고 개인 신화나 집단 신화가 될 것이다"(1851년 11월 9일 일기).

소로는 제1장에서 세 상징을 잃어버려 찾는 중이라고 했으나, 제18장에 이르러 자연과 생명의 이치에 깊은 깨달음을 얻음으로써 그 상징을 다시 회복했다. 또한, 개―말―새의 형상은 달려가는(추구하는) 속도가 점점 빨라지는 점진적 상승을 보여준다. 이것은 위에서 말한 여행자―스포츠맨―사냥꾼의 발전적 단계와 서로 호응하고, 더 나아가 일자(一者: 하느님)를 향하여 나아가는 영혼의 상승을 구체화한 것이다(위의 "초월주의 사상" 참조).

3) 소로와 동양사상

소로가 『월든』에서 주로 언급하는 동양 사상은 힌두교와 유교이다.

힌두교는 기원전 1500년경에 생겨나 지금까지도 살아남은 아주 오래된 인도 종교이다. 힌두교는 최고 존재를 상정하는데 이 최고신은 브라마(창조자), 비슈누(보존자), 시바(파괴자)의 세 위격을 가진다. 이 신은 법률이 지켜지지 않고 무법상태가 계속되면 언제라도 인간사에 개입한다. 이러한 개입은 『바가바드기타』의 크리슈나에게서 읽을 수 있다. 힌두교 경전을 총칭해 베다라고 하는데, 소로는 『월든』에서 『마하바라타』, 『라마야나』, 『바가바드기타』 등을 언급한다.

힌두교에서 신에게 이르는 세 가지 길은 카르마(올바른 행동), 주나나(명상과 지식) 그리고 바크티(예배와 헌신)이다. 힌두교의 사상적 배경은 기원전 800년경에 성립된 『우파니샤드』인데, 모든 사물과 사람 내부에 내재하는 최고신 즉 브라만은 개인 자아 즉 아트만과 일치해야 하고, 이 일치를 추구하는 것이 힌두교의 최고 목표다. 이것을 우파니샤드에서는 "타트 트밤 아시"(tat tvam asi: 나는 저것이다)라고 가르친다. 『월든』에서는 소로가 동물이나 자연(특히 호수)을 자기 자신과 동일시하는 "타트 트밤 아시" 장면이 여러 번 나온다.

『바가바드기타』는 "주님의 노래"로 번역되는데, 『월든』 제1장에서 이렇게 칭송했다. "『바가바드기타』는 동양의 저 모든 유적보다 훨씬 더 경탄할 만한 업적이다." 이것은 종교적 내용을 담은 대화 형식의 시로서 대장편서

사시인 『마하바라타』 제6권으로 후대에 삽입되었다. 이 시의 제작 연대는 기원전 6세기경으로 추정된다. 왕위를 두고 두 사촌 형제 가문의 골육상쟁이 막 벌어지려던 찰나, 한쪽 군대의 사령관 아르주나와 사령관 전차의 운전사로 화신한 최고신 크리슈나 사이의 대화로 구성되어 있다.

전사 아르주나는 사촌 형제를 죽여야 하는 전투 현장 앞에서 갑자기 낙담하여 싸우지 못할 것 같은 느낌이 들면서 전차에 주저앉는다. 비폭력을 추구하는 자신이 폭력에 앞장서야 하는 상황을 감당하기 어려웠던 것이다. 이러한 딜레마 앞에서 크리슈나는 전투 행동에 나설 것을 권유하면서 내면의 달관을 가르친다. 아르주나는 자신이 처한 전사라는 상황 때문에 그에 합당한 행동을 하도록 강요받았다. 이러한 딜레마에 대한 해결은 결과에 아무 집착도 하지 않으면서 행동에 나서는 것이다. 전장에 나섰으니 싸워야 하는 것은 전사의 의무다. 그렇지만 크리슈나는 이것을 약간 수정하여 그 싸움의 결과가 어떻든 그 결과를 하느님(즉, 크리슈나)에게 봉헌 예물로 바치라는 것이다. 다시 말해, 있는 그대로 신의 세상에 적응하라고 말한다. 진정한 행위자는 하느님뿐이며 인간은 그의 도구이니, 결과에 집착하지 말고 주어진 상황에 최선을 다하는 것이 하느님을 기쁘게 하는 길이라는 것이다.

『바가바드기타』의 주제는 지식이든, 헌신이든, 의무 이행이든 하느님을 열심히 경배하고 사랑하면 구원에 이르게 된다는 것이다. 집착하지 않는 마음으로 하느님에게 온전히 자기 행동(카르마)을 희생 예물로 바치면 인간은 신의 은총을 얻고 그 은총을 통해 지극한 평화를 얻는다. 이렇게 행동하는 것은 어떤 상황에서든지 가능하다. 그런 온전한 봉헌을 바치는 자에게 크리슈나는 이렇게 말한다. "나에게 온전한 봉헌을 바치는 자가 누구이든, 그는 내 안에 있고, 나 또한 그 안에 있다"(제9장 29절). 그럴 경우, 모든 것은 (외부적으로) 그대로이지만, (내부적으로) 모든 것은 바뀐다고 크리슈나는 말한다. 소로는 제9장에서 "모든 변화는 내 안에서 일어났을 뿐이다"라고 말하고, 제18장에서 "사물은 바뀌지 않고 우리만 바뀌는 것이다"라고 말했는데, 이것은 크리슈나의 말을 그대로 가져온 것이다. 이렇게 하여 아르주나는 힘을 얻어 화살을 다시 집어 들고 싸움에 나서려 하고 이제 막 전투가 시작되려는 순간 『바가바드기타』는 끝난다.

　소로는 찰스 윌킨스(Charles Wilkins, 1750-1836)가 번역한 『마하바라타: 바가바드기타 혹은 크리슈나와 아르주나의 대화』를 읽고서, 세속적인 일을 중단하고 명상하는 삶의 중요성을 깨달았다. 또한, 『일주일』에서 이렇게 말했다. "동양철학은 현대인이 열망하는 수준보다 훨씬 높은 고결한 주제에 쉽게 접근한다. 따라서 동양철학이 어떤 주제에 관해 주장하는 말이 쓸데없는 소리처럼 들리는 것은 조금도 놀라운 일이 아니다. 그러나 동양철학만이 행동과 명상의 가치를 알아보고 그 둘에 대해 합당한 가치를 부여한다. 더 정확히 말하면 명상의 중요성을 크게 강조한다. 서양 철학자들은 명상의 중요성을 제대로 인식하지 못했다."

　위에서 소로가 숲속 생활을 하면서도 문명 생활의 그림자를 등 뒤에서 느낀다고 했는데, 소로의 이런 딜레마는 곧 『바가바드기타』의 아르주나가 느낀 딜레마와 유사한 것이다. 우리는 『월든』 제17장과 제18장에서 내면의 달관을 통해 그 딜레마가 해소되는 과정을 목격한다.

　유교의 사서(四書)는 『월든』 전체에 고루 인용되어 있다. 소로는 다음 프랑스어 번역본을 보면서 자신이 해당 구절들을 직접 영어로 번역했다. 장-피에르-귀욤-포티에(Jean-Pierre-Guillome Pauthier), 『공자와 맹자 혹은 중국의 도덕-정치 철학을 논한 네 가지 책』(*Confucius et Mencius ou les quatre livres de philosophie moral et politique de la Chine*, Paris, 1841). 소로는 『월든』에서 사서의 구절을 인용하기 전에도 초월주의자 잡지 『다이얼』에서 사서를 부분적으로 영역해 게재하기도 했다.

　사서가 인용된 곳은 제2장, 제5장, 제8장, 제11장과 제18장이다. 그리고 「시민 불복종」에도 공자의 『논어』를 두 군데 인용했다. 그러나 작품 해석과 관련하여 가장 중요한 부분은 『월든』 제5장 중간 부분에 인용된 『중용』 세 문장이다. 뒤의 제12장에서도 이 세 문장을 다시 생각해본다는 구절이 나온다. 이런 정황을 미루어볼 때, 소로가 『중용』의 핵심 사상인 연비어약(鳶飛魚躍)으로부터 큰 영향을 받았을 것으로 보인다. 실제로 소로는 1852년 4월 18일 일기에서 이렇게 말한다.

"우화에서처럼 새들이 날고 물고기들이 헤엄칠 때, 나는 마음이 흡족하고 편안하다. 도덕은 아득히 멀리 있는 게 아니기 때문이다. 기러기들의 이동이 유의미하게 보이고 거기에서 어떤 교훈을 읽어낼 때, 또 그날 일어난 사건들이 신화적 성격을 띠고 아주 사소한 사건마저도 상징적 의미를 전달할 때 내 마음은 편안해진다. … 이렇게 볼 때 모든 사건은 위대한 스승이 전해주는 우화다."

연비어약은 직역하면 "솔개는 하늘에서 날고 고기는 연못에서 뛰어오른다"라는 것이다. 이것은 삼라만상의 소이연(所以然: 그렇게 되게 만드는 원인)과 소당연(所當然: 마땅히 그렇게 되어야 하는 현상)을 말하는 것으로 곧 천지의 조화를 뜻한다. 그 조화를 줄여 도심(道心)이라고 하고, 그 이치에 인심(人心)을 일치시켜야 비로소 마음이 편안해지고 세상 모든 사물과 사건을 제대로 이해해 격물치지(格物致知: 실제 사물의 이치를 연구하여 지식을 완전하게 함)의 길로 나아가게 된다. 도심과 인심의 일치에는 부단한 노력이 필요하다. 연기가 불을 은폐하고 먼지가 거울을 흐리게 하듯, 인간의 욕망이 도심을 가리기 때문이다. 그래서 『서경(書經)』 대우모(大禹謨) 편에는 이런 말이 나온다. "인심은 위태롭고, 도심은 희미하니 마땅히 정밀하게 관찰하고 전념하여 참다운 중용의 길을 취하도록 하라." 이것은 순임금이 우임금에게 왕위를 물려줄 때 한 말로, 욕심이 도덕을 위태롭게 하므로 이를 억제하여 도심을 현양하는 데 전심전력해야 한다는 뜻이다. 그렇게 하려면 밝은 눈으로 사물의 이치를 꿰뚫어보는 중용의 자세가 가장 중요하다.

철학자 박종홍은 중용 사상을 사성으로 풀이했다. 사성은 곧 성(性), 성(誠), 성(成), 성(聖)인데, 인간이 착한 본성[性]을 수양하는 일에 성실하게[誠] 힘쓰면, 천리와 인욕(人欲: 인간 욕망)이 합일되는 성품을 이루고[成] 결국에는 성인[聖]이 된다는 것이다. 중용의 가르침은 연비어약을 통한 격물치지이고, 사성은 곧 불가의 견성성불(見性成佛)과 같은 뜻이다. 불가 수도자들이 무자(無字) 공안(公案)을 가지고 수행에 정진했다면, 조선 시대의 우리 선조들은 이 연비어약의 뜻을 깨우치기 위해 생각하고 또 생각했다.

이 연비어약 중 연, 즉 솔개가 소로가 말한 잃어버린 세 가지 동물 중 하나인 멧비둘기에 해당한다. 그리고 제16장에서 아름답게 묘사된 강꼬치고기가 연비어약 중 물고기에 해당한다. 또한, 제17장 끝부분에서 소개되는 매와 물고기도 연비어약을 구체화한 것이다. "하늘은 내 머리 위에 있는가 하면, 내 발밑에도 있다"(제16장)라는 말은 도덕 세계에서는 땅과 하늘이 서로 통한다는 뜻이다. 그리하여 천마가 중개하는 사냥개(땅)와 멧비둘기(하늘)가 서로 연결되며 이렇게 하여 소로의 개인 신화가 완성된다.

4) 월든의 자연사상

에머슨은 소로에게 깊은 영향을 준 사상가이고 그의 자연사상이 『월든』에 잘 구현되어 있으므로 그것을 간략히 알아볼 필요가 있다. 에머슨의 사상은 다음 네 가지로 대별된다.

첫째, 에머슨은 오성(悟性: understanding)과 이성(理性: reason)을 구분했다. 이 오성은 『월든』 제1장에 언급되어 있다. 대략적으로 말하면 오성은 물질 세계를 이해하는 능력이고, 이성은 정신세계를 이해하는 능력이다. 에머슨은 인간이 오성에만 의존하면 결국 물질주의자가 되고 인간의 의식(意識)을 인정하지 않게 된다고 보았다. 여기서 인간 의식이란 곧 영혼을 감지하는 기능을 말한다. 반면, 이성에만 의존하면 눈앞에 분명한 객관적 사물로 존재하는 자연을 무시하는 결과를 맞는다. 따라서 인간은 오성과 이성을 함께 갖추고 있어야 비로소 초월의 세계를 내다볼 수 있다.

둘째, 에머슨은 유출(流出: flow)을 믿었다. 이것은 위의 "초월주의 사상"에서 언급한 대영혼과 관련되는데, 플로티노스의 일자-누스-세계영혼 중 맨 마지막 것에 대응한다. 세상 만물은 일자의 유출로 생겨난 것인데, 그 유출은 주로 빛의 형태를 띤다. 이 빛이 많을수록 천사가 되고 적을수록 무생물이 된다. 이 빛에 노출된 상태에 따라 존재의 사다리(위계질서)가 생겨난다. 소로는 실제로 제16장에서 "존재의 사다리"라는 말을 썼고, 제2장에서 "지성은 베어내는 자이다. 그것은 사물을 베어내고 분간하면서 사물의 비밀 속으로 들어간다"라고 말하고, 제18장에서는 "은인과 지성"이라는 말을 쓰는데 은인은 일자, 지성은 누스를 가리킨다.

셋째, 에머슨은 신이 인간 내부에 깃들어 있다고 생각했다. 이것은 위에서 설명한 칼뱅주의—유니테리언주의—초월주의에서 이미 설명했다.

넷째, 인간이 설사 물질에 집중하다가 정신적으로 타락했더라도 내부의 빛으로 얼마든지 회복 가능하다. 이 회복 과정이 곧 『월든』을 관통하는 주제다.

이러한 네 사상은 에머슨의 에세이 『자연』에 잘 드러나 있다. 에머슨은 먼저 우주는 자연과 영혼으로 구성되어 있고 자연은 "내가 아닌 모든 것"을 가리킨다고 설명한다. 이어 자연은 인간에게 오성과 이성을 동시에 훈련시키는 좋은 학습장이며 새로운 삶을 가르치는 훈련장이라고 말한다. 인간은 자연과 친밀한 관계이며 자연은 인간이 느끼는 질문에 모두 대답할 수 있다. 그래서 자연을 시적(詩的)인 마음으로 관찰할 필요가 있는데 그런 심적 상태를 가리켜 에머슨은 "투명한 눈알"(transparent eyeball)이라고 비유적으로 말했다. 그런 눈으로 자연을 살필 때, 인간은 초월의 길을 깨닫게 된다는 것이다.

자연을 인식하는 방법은 세 단계이다. 첫째, 자연의 아름다운 물리적 형태에서 즐거움을 느끼고, 둘째, 자연에 깃든 더 높은 법, 즉 영혼의 요소가 자연의 아름다움에 기여함을 깨달으며, 마지막으로 그 아름다움을 이성이 작용하는 대상으로 파악함으로써, 자연의 아름다움과 이성의 아름다움을 일치시켜 자연 형태가 곧 더 높은 법임을 깨닫는 것이다. 『월든』 제11장에서는 그 법이 잘 설명되어 있다.

또한, 우리가 사용하는 언어도 자연의 상징으로서 기능을 발휘한다. 언어에 앞서 자연이 있었고, 자연에 앞서 영혼이 있었다. 자연과 언어의 관계에 대해 에머슨은 다음 세 가지 사실을 주장한다. 첫째, 언어는 자연적 사건들의 기호(記號)다. 둘째, 구체적인 자연 사건들은 구체적인 영혼 사건들을 상징한다. 셋째, 자연은 영혼의 상징이다.

가령, 자연 중의 사물인 흘러가는 강물을 보면서 모든 사물의 유동(流動)을 생각하지 않는 사람이 있겠는가? 자연이 영혼의 상징이라는 말은 자연 중의 모든 사물이 인간 마음이 만들어낸 메타포(비유)라는 뜻이다. 일부 독자는 이 메타포라는 말에 거부감을 느낄지 모른다. 어떻게 내 눈에 보이는 저 개, 말, 새가 실재하는 동물이 아니고 인간 마음이 만들어낸 비유에 불과하다는 말인가? 이와 관련해서는 위에서 언급한 "세 동물의 상징"을 참고하기 바란다. 세 동물의 '실재'만을 바라보는 것은 오성의 관점이며, 그 오성에 이성이 더해져 세 동물이 더 높은 법을 추구하는 구도라고 생각할 때 '실재'보다 '생각'이 더 중요하다는 뜻에서, "모든 사물은 인간 마음이 만들어낸 메타포"라는 말이 성립된다. 『월든』 7장에서 사실이 우화에 연결된다고 한 것, 12장에서 우리가 바라보는 대상이 하나의 세상을 만들어낸다고 한 것 등은 바로 이 메타포가 작동하기에 가능한 것이다.

자연은 우리 오성을 새롭게 하고 동시에 이성의 예감을 확인해준다. 만약 인간이 오성만으로 자연을 살핀다면 자연 중의 사물, 가령 산과 들, 호수와 강, 동물과 식물 등 객관적 존재만 믿고, 인간 영혼의 실재는 믿지 않게될 것이다. 반면, 인간이 이성만으로 자연을 살핀다면 앞의 경우와는 정반대가 될 것이다. 오성만 중시하는 인간은 자기 생각을 사물에 순응시킨다. 그러나 오성 이외에도 이성을 중시하는 시인은 사물을 그의 생각에 순응시킨다. 인간 이성은 자연이 현상일 뿐 실재가 아님을 가르치고, 영혼은 환상이 아니라 실재임을 가르친다. 이러한 대영혼의 작용으로 우리는 내부에 깃들인 신성에 눈뜨게 된다.

이상이 에머슨의 에세이 『자연』을 요약한 것인데, 소로 또한 스승의 영향을 받아, 자연을 인간 영혼으로 하여금 신성으로 나아가게 하는 영역 혹은 그런 영역의 상징이라고 보았다. 에머슨과 소로의 차이점이 있다면, 스승 에머슨은 추상적이고 관념적으로 자연을 설명하는 데 비하여, 소로는 구체적이고 실천적으로 자연 중의 소리, 동식물, 새들, 산과 들, 호수 등을 제시하며 자연과 개인이 상호 작용하는 과정을 설명했다는 것이다. 바로 이것이 『월든』의 세계이기도 하다.

소로는 1851년 일기에서 이런 말을 하고 있다. "나의 중요한 일은 언제나 주의를 기울이며 자연 속에서 하느님을 발견하는 것이다. 그분이 숨어 있는 장소들을 발견하는 것이다." 이 말에는 『월든』 전편을 통해 발견되는 명상과 통찰의 핵심이 녹아 있다. 이것은 자연이 구체적이면서 동시에 신비적인 존재라는 선언이며, 그 때문에 우리는 자연을 존중해야 할 뿐만 아니라 보호해야 한다. 자연을 보호한다는 것은 곧 인간 내부의 신성을 보존해야 한다는 뜻이다. 자연을 보살피고, 아끼고, 육성하는 것은 곧 인간성을 드높이는 것일 뿐만 아니라 내부의 신성에 봉헌하는 것이 된다. 위에서 언급한 『바가바드기타』 식으로 말하자면, 우리의 이러한 카르마(행동)를 통해 신성에 봉헌하고, 그리하여 내가 신성 안에 그리고 신성이 내 안에 있게 되는 것이다.

5) 네 화두의 상호 보완

『월든』에는 아주 아름다운 비유 네 가지가 나오는데 그것이 불가(佛家)의 화두와 유사하여 여기에 네 화두라고 이름 붙였다. 그중 두 화두는 여름과 가을 그리고 겨울을 거쳐 봄에 이르는 사계절을 거치며 숙성된 스케일이 큰 것이고, 다른 두 화두는 스케일은 적으나 앞의 두 화두에 탄력을 받아 그 뜻을 되풀이하는 역할을 한다.

큰 화두는 첫째, 대설(大雪)의 화두이고, 둘째, 해빙(解氷)의 화두인데 먼저 전자를 알아보자. 큰 눈은 제4장, 제13장, 제14장 등에 나오는데 이 대설과 대한(大寒)의 예비 작용이 있었기 때문에 제18장에서 봄의 분류를 보면서 자연의 이치를 깨닫게 된다. 소로는 제4장 끝부분에서 이렇게 말한다. "대설이 들이닥치면 앞마당 문까지만 길이 없는 게 아니라, 문도 앞마당도 문명세계로 나가는 길도 모두 사라진다."

모든 길이 사라진다는 것은 다음과 같은 문장과 호응한다. "그것은 햇빛이 스며들지 않는 습지와 미명(未明)의 숲속에 아주 잘 어울리는 소리다. 그것은 인간이 아직 자기 것으로 인식하지 못하는 광대무변한 미개발의 자연을 암시한다"(제4장). 여기서 미명(未明)은 불가의 무명(無明)과 같은 것이 아닐까 생각한다. 문명 세계로 나가는 길이 모두 사라졌다는 것은 지금까지의 모든 지식이 끊긴 상태로 광대무변한 자연 앞에 홀로 내던져진 상태를 말한다. 이것은 불가에서 말하는 불립문자(不立文字)와 언어도단(言語道斷)의 경지이기도 하다.

이런 깊은 어둠에 싸여야만 비로소 빛으로 나아가게 된다. "옥수수가 밤중에 키가 크는 것"(제4장)은 그 어둠 때문이다. 제16장에서는 이 어둠이 얼음에 비유된다. "왜 한 양동이 속에 들어 있는 물은 그대로 있으면 곧 썩는데 얼음 상태를 유지하면 여전히 신선한가?" 여기서 우리는 대설―대한―깨달음이 곧 한 패키지임을 짐작하게 된다. 이것은 다음과 같은 불가의 화두를 연상하게 한다.

『전등록』(傳燈錄) 제14권에 덕산(德山) 선사와 용담(龍潭) 선사 얘기가 나온다.『법화경』을 줄줄 외운다는 덕산은 한 수 가르쳐주려고 용담을 찾아갔다. 덕산이 용담을 만나고 그의 방에서 나오려고 하는데 용담이 방안의 등불을 확 꺼버렸다. 그 순간에 덕산은 깨달음을 얻었다. 용담의 가르침은 "네가 그동안 알고 있던 것은 아무것도 아니며 그것을 다 내버려야만 비로소 진정한 깨달음으로 나아갈 수 있다"라는 것이었다. 노자의『도덕경』제1장에서 "어둠이 가장 짙을 때 정신적 깨달음의 길이 열린다"(玄之又玄, 衆妙之門)는 말과 똑같다. 대설의 화두는 자신이 그동안 해온 것을 모두 잊고 새롭게 시작하려는 소로의 결단을 잘 보여준다. 가을 한기와 겨울 대설을 이겨내야 비로소 봄의 분류를 기다릴 수 있는 것이다.

두 번째, 해빙의 화두는 소로가 철로 둑길에서 녹아 흐르는 모래 더미를 보고 자연의 이치와 생명의 소생을 느끼는 에피소드인데, 다음과 같은 화두를 연상시킨다.

『전등록』제9권에서, 영운(靈雲) 선사는 어느 해 봄 위산에서 복숭아꽃이 핀 것을 보고 도를 깨달아 다음과 같은 시를 읊었다. "30년 동안 검(劍)을 찾아 떠돌던 나그네/몇 차례나 잎이 지고 가지가 돋았던가?/어느 해 봄 복사꽃을 한 차례 본 뒤로는/오늘까지 다시는 내 깨달음을 의심하지 않았네." 인생의 번뇌를 끊는 칼, 절망을 이겨내는 칼을 30년 동안 찾아왔던 영운 선사는 복사꽃 피는 광경에서 깨달음을 얻었다는 것인데, 이 깨달음은 소로가 철로 둑길에서 모래더미의 흘러내림에서 죽음에서 생명으로의 비상(飛翔)을 깨닫게 된 과정과 너무나 유사하다.

두 개의 소 화두 중 첫 번째 것은 바닥의 화두이다. 어떤 말 탄 여행자가 소년에게 저 앞 습지가 단단한 바닥을 갖고 있느냐고 물었는데, 소년은 있다고 했다. 그러나 여행자의 말이 습지에 가라앉기 시작하여 네 발이 다 빠져 말의 가슴이 습지에 닿을 지경인데도 바닥이 나오지 않자 여행자가 소년에게 바닥이 없는데, 왜 있다고 했느냐고 물었다. 소년은 분명 있는데 여행자가 아직 절반도 내려가지 않았을 뿐이라고 대답했다(제18장). 우리는 말 탄 여행자가 여행자—스포츠맨—사냥꾼의 첫 단계에 있는 사람이라는 것을 알 수 있다. 소로는 제16장에서 이렇게 말했다.

"내가 호수를 관찰하며 얻은 것은 인간 윤리에도 그대로 적용되는 진실이다. 바로 평균의 법칙이다. 두 개의 지름에 관한 법칙은 태양계 내의 태양과 인간의 마음으로 우리를 인도하며, 한 인간의 일상 행동과 생활 리듬이라는 총체성에 길이와 넓이의 두 가지 선을 긋게 해준다. 이 두 선이 교차하는 곳이 그 성품의 높이 혹은 깊이다. 그의 마음을 호수라고 보고, 그 호안선 경향과 인근 풍경이나 산세를 알기만 한다면 우리는 그 마음의 깊이와 감추어진 바닥을 짐작할 수 있다."

이 말 탄 여행자는 아직 무명에 도달하지 못한 사람이다. 충분히 얼지 않으면 해빙이 되지 않는 것처럼, 아직 충분히 내려가지(어두워지지) 못했기 때문에 바닥에 도달하지 못한 것이다.

두 번째 소 화두는 지팡이 화두이다. 고대 인도의 쿠루 시에 완벽함을 추구하겠다고 마음먹은 예술가가 살고 있었는데, 그가 완벽한 지팡이를 만드는 동안 왕조는 여러 번 바뀌었고 살던 도시는 폐허가 되었으나, 결국 완벽한 지팡이를 만들어냈다. 지팡이가 완성되자, 눈앞에는 가장 아름다운 창조물이 전개되었고 그 지팡이를 만드는 과정에서 새로운 체계를 완성했다. 예술가와 그의 작품 관점에서 볼 때 과거에 흘러간 시간은 환상에 지나지 않았고, 하느님의 머릿속에서 반짝거리는 하나의 영감이 인간 두뇌 속으로 떨어져서 그 부싯돌에 불을 붙이는 데 필요한 시간 이상은 지나가지 않았다(제18장).

지팡이는 예술적 완성을 상징하는데 이때 완성은 영원의 형상을 지닌다. "우리가 실제로 개선하는 시간 혹은 개선할 수 있는 시간은 과거도 현재도 미래도 아니다"(제3장). 영원은 개인과 자연이 하나 되는 순간을 추상적으로 말한 것인데, 이러한 순간이 되면 육신의 인간은 사라지고 인간 몸 전체가 에머슨이 『자연』에서 말한 "투명한 눈동자"가 되고, 우주정신의 흐름 속 한 분자가 되며 인간적 지식은 하등의 의미가 없는 무시간(無時間)의 순간이 된다. 그래서 소로는 이렇게 말했다. "우리는 한 시간 내에 세상 모든 시대를 살 수 있다. 아니, 모든 시대의 모든 세상을 살 수도 있다. 역사, 시가, 신화!"(제1장).

6) 『월든』의 주제

『월든』의 가장 강력한 메시지는 사람들이 개인적 자유를 획득해야 한다고 주장한 것이다. 그러기 위해 자연을 잘 관찰해야 하고, 생활을 간소화하며, 자신의 독특함을 높이 평가해야 한다. 또한, 『월든』은 제1 리얼리티(물질세계)와 제2 리얼리티(정신세계)로 대표되는 두 세계를 종합할 수 있어야 한다고 말한다. 우리의 일상적 체험이 벌어지는 자연 세계와 그 세계를 뛰어넘는 정신세계를 조화시켜야 한다는 것이다. 이 주제를 좀 더 구체적으로 말하면 하느님을 시장(市場) 한가운데로 모시고 와야 한다는 것이다. 그렇게 해서 1+2=3이듯이 두 세계의 가장 좋은 부분이 서로 결합하여 제3 리얼리티(초월세계)로 나아가야 한다.

이것은 위의 해설 중 "철도 부설"과 "소로와 동양사상"에서 말한 문명과 자연의 갈등이 해소되는 방식과 직접적인 관련이 있다. 문명의 압박이 심하지만, 오히려 그럴수록 그 문명 안으로 들어가 개인이 할 일을 하는 것이 곧 개인의 의무라는 것이다. 이것은 전사 아르주나가 자신의 카르마(행동)에 따라 당면한 딜레마를 해결한 방식과 유사하다. 소로의 경우, 그것은 자아실현과 미국 사회에 대한 비순응으로 나타났다. 미국 젊은이들뿐만 아니라 전 세계의 젊은 독자들이 소로에게 그토록 열광하는 것은 바로 이 자아실현과 비순응의 강조였다. 젊은이들은 다음과 같은 소로의 문장을 읽고 그것을 더욱 충실한 삶을 살라는 요청으로 받아들였다. "만약 어떤 사람이 동료들과 보조를 맞추지 않는다면, 그것은 그가 다른 북소리를 듣고 있기 때문이다. 그 사람에게 자신이 듣는 음악 소리에 따라 걷게 하라. 그 소리가 아무리 신중하고 또 멀리서 울려오더라도"(제18장).

소로의 또 다른 주제는 『월든』 초판을 냈을 때 썼던 머리말에 잘 드러나 있다. "나는 낙담을 칭송하는 글은 쓰지 않을 생각이다. 이른 아침, 자기 횃대 위에 서서 요란하게 떠들어대는 수탉처럼 내가 하고 싶은 말을 자랑스럽게 펼쳐놓을 것이다. 아직 잠들어 있는 내 이웃을 깨우기 위해서라도." 여기서 말하는 '낙담'이나 '잠들어 있는 내 이웃'은 곧 그들이 느끼는 조용한 절망을 가리킨다. 소로 자신이 그런 삶을 깨뜨리는 방법을 알아내기 위해 월든 숲속으로 들어갔으므로, 『월든』의 주제는 잠에서 깨어난 자가 이제 막 잠에서 깨어나려고 하는 자에게 해주는 이야기이다.

소로는 제2장에서 이렇게 말한다. "우리는 다시 깨어나야 하고, 그 깨어남의 상태를 지속하는 법을 배워야 한다. 기계적인 방법으로 깨어나는 것이 아니라 새벽을 무한히 기대함으로써 깨어나야 한다. 새벽은 우리가 아주 곤하게 잠들어 있는 순간에도 우리를 버리지 않는다. 인간이 의식적인 노력으로 자기 삶을 앙양시키는 확실한 능력을 가졌다는 사실처럼 격려가 되는 것은 없다." 그리고 제18장 맺음말에서 이렇게 말한다. "나는 아무 경계선

없는 어떤 곳에서 발언하고 싶다. 잠에서 깨어난 사람이 이제 막 잠을 깨려는 순간에 있는 사람들에게 말하듯 이야기하고 싶다." 그리고 『월든』의 맨 마지막은 다음 문장으로 끝난다. "우리가 깨어나는 날이야말로 비로소 새벽이 동트는 날이다. 앞으로 동터야 할 많은 날이 있다. 태양은 아침에 떠오르는 별일 뿐이다."

『월든』이 가상하는 독자들의 세계는 잠들어 있는 세계요 절망적인 세계이며 또 무미건조한 세계이다. 독자들은 자신이 자유롭다고 생각하나 실은 비천한 노예 생활이요 굴욕 생활이며 죽어 있는 삶을 살아간다. 반면, 일반적으로 가치 없다고 여기는 삶 속에 진정한 가치가 있고 또 그것을 실천하려면 삶을 단순화해야 한다. 『월든』은 무미건조한 삶에서 재생을 약속하는 자립자존의 소박한 경제적인 삶으로의 이동을 강력히 권유한다. 이러한 경제적 자립자존을 통해 호메로스의 주인공 같은 영웅적 생활로 나아가야 한다는 것이다. 『월든』의 모든 역설과 은유, 그 밖의 언어 놀이는 기계적인 삶을 불식시키고 자립자존의 경제적 소박함을 유지하여 신성에로 합치되도록 유도하려는 것이다. 소로는 이렇게 말한다.

"나는 실험을 통해 이것을 알았다. 만약 우리 자신이 꿈꾸는 방향으로 자신 있게 전진하면서 상상해온 생활을 실천하려고 한다면, 우리는 보통 때엔 예상하지 못했던 성공을 거둘 수 있다. … 만약 당신이 하늘에 성채를 짓는다면 당신의 일은 절대 사라지지 않는다. 성채는 마땅히 하늘에 있어야 한다. 이제 그 성채의 기초를 놓도록 하라"(제18장).

이 실험은 위에서 말한 여행자―스포츠맨―사냥꾼의 세 단계로 발전해 나가는데, 초월주의자의 행동이 다음 세 단계를 거치며 발전해 나가는 방식과 조응한다.

첫째, 그는 과거의 지혜로부터 가치 있는 모든 것을 배운다.

둘째, 그는 자연과 조화로운 관계를 유지하며 그런 관계를 통해 윤리적인 진실을 발견하고 신성과 소통한다. 이 두 단계를 거치면서 초월주의자는 자기 능력을 최대한 발전시키고 자신의 삶에 높은 교양을 부여하여 삶 자체를 물질적인 것이 아니라 정신적인 것으로 변모시킨다.

셋째, 제11장에 나온 용맹한 사냥꾼의 단계로, 초월주의자는 지금까지의 생활방식이 잘못되었음을 스스로 깨우치고 자아실현을 성취한다. 그러나 그런 개인적 성취에 만족하지 않고, 자신을 새롭게 한 후에는 사회 전체를 새롭게 하려고 사회로 귀환한다. 독서와 숲속 생활로 자신의 수양을 완료했으니, 이제 잠들어 있는 사람을 깨우기 위해 문명 생활로 되돌아가야 하는 것이다. 그리하여 제17장의 마지막 문장, "마침내 1847년 9월 6일, 나는 월든을 떠났다"에서, '마침내'라는 부사는 깊은 언외(言外)의 메시지를 전한다.

7) 소로에 대한 비판과 옹호

독자에는 일반적으로 두 종류가 있는데 하나는 몰입 독자이고 다른 하나는 구경꾼 독자이다. 전자는 작품의 환경과 메시지에 푹 빠져 그것을 있는 그대로 받아들이면서 감동하는 독자이고, 후자는 작품의 환경과 메시지를 자신의 생활환경 및 인생철학과 비교하면서 차이가 있으면 현실과 맞지 않는다고 비판하는 독자다. 그러나 위대한 작품은 독자의 비판과 관련하여 있는 것을 없다고 하지 않고, 티끌도 태산처럼 소중히 여긴다. 『월든』은 발표 이래 165년이 지나는 동안 그런 구경꾼 독자의 비판을 다수 받아왔으나 결국에는 모두 이겨냈다. 다음은 그런 비판 중 대표적인 것 다섯 가지만 뽑아본 것이다.

첫 번째 비판은 벤저민 프랭클린의 『자서전』과는 너무나 다른 얘기가 아니냐는 것이다. 프랭클린은 보스턴에서 양초 제조공 아들로 태어났으나 혼자 외국어, 철학, 과학을 독학했고 근면 성실한 노력으로 출세한 입지전적인 인물이다. 미국 독립 전쟁이 임박하자 조국을 사랑하고 개인의 자유를 숭상하는 평소 신념에 따라 프랭클린은 철저한 애국파로 일관했다. 1785년에는 펜실베이니아주 행정부 수장이 되었고 동료들로부터 "가장 현명한 미국인"이라는 칭송을 받았다. 그의 마지막 업적은 1787년 연방 제헌 회의에 펜실베이니아 대표로 참석해 미국 헌법을 탄생시킨 것이었다.

이러한 프랭클린의 『자서전』은 한미한 가문에서 태어난 사람도 열심히 노력하면 한 나라의 최고 지도자로 출세할 수 있다는 아메리칸 드림을 다룬다. 또 프랭클린의 처세술과 대화법 그리고 미덕의 기술을 바탕으로 인생을 살아간다면 누구나 다 성공할 수 있다는 희망찬 메시지를 담고 있다. 우리가 흥미를 느끼는 이야기는 개인이 빈자에서 부자로, 무명에서 유명으로 도약하는 스토리다. 개인의 그런 도약은 행운과 용기로 이루어지는데 대체로 보아 그중에서 용기가 훨씬 더 중요하다. 이 책은 그런 성공 메시지를 전한다. 그 때문에 출판 이래 미국 청소년들의 필독서가 되었고 미국인의 기본적 성격 형성에 결정적 역할을 했다.

이런 비판에 대해 먼저 프랭클린의 『자서전』과 문학작품 『월든』을 일대일로 비교하는 것은 무리라고 본다. 설사 백보 양보하여 자서전적 내용만 가지고 따진다고 해도, 책은 저마다 호소하는 바가 다르다. 가령 유교의 『대학』은 수신제가 치국평천하를 주장했고, 노자의 『도덕경』은 그와는 정반대인 무위자연을 주장했으나 노자도 동양 지식인들 사이에서 『대학』 못지않게 사랑을 받았다. 인간의 발은 땅에 붙어 있어 현실과 밀착하며 살아가야 하지만, 그의 눈은 신체 부분 중에 가장 높은 데 있어 늘 하늘을 바라보며 구름을 타고 둥둥 떠가고 싶어 하는데 『월든』은 바로 그런 소망에 호소하는 책인 것이다.

두 번째로 나오는 비판은 소로의 생활 태도가 이기적이라는 것이다. 만약 이 세상 사람이 모두 소로처럼 숲속에 들어가 오두막을 짓고 혼자 살아간다면 세상은 어떻게 유지되겠느냐는 것이다. 결혼해서 아이 낳고 세상 먼지 뒤집어쓰며 사는 사람은 소로만 못한 사람이냐는 것이다. 가령, 『월든』 제10장에서 소로가 존 필드에게 숲속 생활을 일방적으로 설교하는 것은 가장을 우습게 보는 것이며, 소로가 그 가장의 본마음을 어떻게 그리 잘 알아서 그런 비난을 하느냐고 항의하는 것이다.

이에 대해 『월든』은 영원히 숲속에서 살자고 얘기하는 책이 아님을 말하고 싶다. 이 책을 면밀하게 읽어보면 소로는 언젠가 문명사회로 돌아갈 생각을 하고 있다. 자연에서 힐링이 된 후 다시 문명 생활로 돌아가고 또 그 생활에서 일시 체류하다가 힘이 떨어지면 자연으로 돌아와 다시 활력을 얻으려 했던 것이다. 깨달음을 얻은 수도자가 세속사회에 나가서 그 깨달음을 실천하지 않는다면 아무 의미도 없듯, 소로 자신도 작품 중에 세속사회와의 화해를 말하고 있다. 가령 제17장에서 이렇게 말한다. "상쾌한 봄날 아침에 모든 사람의 죄악은 용서된다. 이런 날은 악덕과 휴전하는 날이다."

세 번째로 나오는 비판은 숲속 생활이 그렇게 좋으면 아예 거기 눌러 살지 왜 문명 생활로 돌아왔느냐는 것이다. 소로는 1852년 1월 22일자 일기에서 "내가 숲속에서 좀 더 오래 살았더라면 나는 거기에 영원히 살았을지도 모른다"라고 말했고, 『월든』의 제18장 맺음말에서는 "나는 숲에 들어간 것과 똑같이 훌륭한 이유로 숲을 떠났다"라고 말하면서, "그 숲속 삶을 위해 더 많은 시간을 내놓을 수 없었기 때문"이라고 한 것은 이제 숲속의 깨달음을 바탕으로 문명사회로 돌아가 일정하게 수행해야 할 역할이 있음을 말한 것이다.

네 번째 비판은 다소 사소한 것인데 숲속 생활이 형식적인 것에 지나지 않았다는 지적이다. 작품 중에 보면 소로가 마을, 즉 콩코드로 자주 놀러 간 것으로 서술되어 있는데, 실제로 호반 생활 중에 콩코드의 에머슨 가족을 자주 찾아가 저녁 식사를 함께했고 또 콩코드에 살던 어머니와 누이들이 소로의 빨래를 대신 해주었다는 것이다. 그러면서 이것이 어떻게 완전한 숲속 생활이냐고 시비하는 것이다.

이 비판의 가장 눈먼 점은 문학작품과 현실 생활을 같은 것으로 착각한다는 점이다. 생활인이라면 누구나 아침에 일어나 세수하고 양치한다. 그러나 이런 행동은 문학작품에서 거의 다루지 않는다. 문학작품은 고도의 선택과 집중인데, 그런 행동은 작품의 의미에 별로 기여하지 않기 때문이다. 빨래 얘기를 꺼내면서 비난하는 것은 문학작품을 세수와 양치 수준으로 깎아내리려는 것에 지나지 않는다.

다섯 번째 비판은 1865년 10월, 당시 미국 문단의 저명한 평론가였던 제임스 러셀 로웰이 소로를 깎아내리기 위해 『노스 애틀랜틱 먼슬리』에 기고한 글에서 나온다. 로웰의 이런 비난은 그전에 『메인 숲』 중 일부를 로웰이 편집한 것에 대해 소로가 경멸하는 태도를 보인 것에 대한 복수였다. 로웰은 그 글에서 소로가 에머슨의 아류이고, 심술궂은 견인주의자이며, 병적인 자의식에 사로잡혀 세상에서 열심히 살아가는 사람들을 경멸하고 있으며, 유머라고는 전혀 없는 심술궂은 사람이라고 비난했다. 로웰은 당시 미국 문단의 중진이었으므로 이 말은 그 후 60년 동안 미국 문학을 가르치는 강의실에서 계속 되풀이되었다.

그러나 21세기에 들어와 미국 문학 전공자를 제외하고 로웰의 글을 읽는 사람은 거의 없으며 그에 동의하는 사람은 더더욱 없다. 소로가 에머슨을 능가하는 작가라는 평판은 미국 내에서 이미 확립되었고, 심술궂은 견인주의자라는 얘기는 전원생활과 도시 생활 사이에서 긴장하는 구도자(求道者)의 고뇌를 감안하지 않은 것이며, 유머가 없다는 얘기는 월든의 주제가 심각하여 일면 설득력 있게 들리지만, 월든의 여러 장 가령 제4장, 제12장 등에 나오는 사물과 생물(특히 기차와 되강오리)의 묘사를 면밀히 읽어보면 사물을 바라보는 소로의 시각이 무척 유머러스하다는 것을 알 수 있다.

아무튼, 로웰의 이 평론 때문에 소로의 사회 사상가 측면이 무시되면서 그의 친구들은 소로의 자연사상을 더 강조하게 되었다. 『월든』 속에서 숲속 오두막을 찾아온 것으로 기술되어 있는 시인 엘러리 채닝은 최초로 소로 전기를 펴냈고(1873), 소로의 여동생 소피아에게서 소로의 일기를 건네받은 소로의 제자 H. 블레이크는 이 일기를 네 권의 책으로 편집해 펴냈다. 1890년대에 들어와 영국의 비평가들도 소로에게 관심을 갖게 되어 H. 솔트는 소로의 전기를 저술했다. 이렇게 하여 소로의 사회사상은 많은 페이비언주의자들과 영국 노동당 당원들에게 알려지게 되었다.

1906년 마하트마 간디는 아프리카 유배 시절에 「시민 불복종」을 읽고 이 글을 자신이 벌이는 인도 독립 운동의 정신적 기초로 삼았다. 1906년에 총 14권으로 된 일기가 뉴욕의 호튼 미플린 사에서 출판되면서 독자들은 소로의 문학을 좀 더 심층적으로 이해할 수 있게 되었다. 1930년대에 이르러 "단순화하라!"라는 구호가 미국인의 삶에서 필수 원칙이 되었을 때, 소로는 미국의 중요한 목소리로 등장한다. 그 후 20세기의 나머지 70년 동안 소로에 대한 학문적 연구가 계속 진행되어 그가 에머슨의 아류가 아닌, 에머슨을 능가하는 명상적이며 실천적인 작가라는 평가가 내려졌다. 마틴 루서 킹 같은 민권 운동가는 소로가 주창한 시민 불복종 사상을 미국 남부뿐만 아니라 북부에서도 실천에 옮기기 시작했다.

1960년대와 70년대에 들어와 미국 내 반문화 운동이 널리 확산하고 환경보전에 관한 관심이 높아지면서 소로의 명성은 미국의 위대한 예언자로서 더욱 높아졌다. 1980년대 이후 소로의 『월든』과 일기와 「시민 불복종」과 환경 관련 논문을 읽은 독자들은 소로에게 깊은 감명을 받고 존 뮤어, 알도 레오폴드 같은 환경운동가들의 지도를 받아들이기 시작했다.

위대한 산문가, 자연애호가, 뉴잉글랜드 신비주의자, 강력한 사회 사상가 등 소로의 다양한 면모에 대한 총체적인 연구는 계속 진행 중이다. 그는 미국 문학이 배출한 가장 난해하고 도전적인 작가로 자리매김되었다. 소로의 『월든』과 「시민 불복종」을 면밀하게 읽은 독자라면 혹시 자신이 지금 조용한 절망의 삶을 살아가고 있는 것은 아닌지 되돌아보면서, 현재의 사회와 문화는 타당한 것인가를 반문하게 될 것이다.

헨리 데이비드 소로 연보

1817년

7월 12일, 미국 매사추세츠주 콩코드에서 아버지 존 소로와 활동적이면서 수다스러운 어머니 신시아 소로 부부의 2남 2녀 중 세 번째로 태어났다. 아버지는 프랑스계 미국인이었고 어머니는 스코틀랜드계였다. 위로 누나 헬렌과 형 존 그리고 아래로 여동생 소피아가 있었다. 아버지는 농부이면서 동시에 가게를 운영했다.

1818년(1세)

가족이 콩코드에서 북쪽으로 10마일 떨어진 첼름스퍼드로 이사함. 아버지는 식료품 가게를 차림.

1821년(4세)

아버지가 식료품 가게를 접음. 아버지는 가족을 데리고 보스턴으로 이사했고 그곳에서 교사로 일함.

1823-7년(6-10세)

아버지는 가족을 데리고 다시 콩코드로 돌아와, 그곳에서 처남이 시작한 작은 연필 공장을 인수함. 이 처남(소로의 외삼촌)이 『월든』 제14장에서 조는 버릇이 있는 외삼촌으로 소개된 찰스 던바(1780-1856)임. 던바는 1821년 뉴햄프셔 브리스틀에서 흑연광을 발견했고 그 후 매제 존 소로와 함께 연필 사업을 시작함. 당시 소로는 '데임 스쿨'(dame school)에 들어갔는데, 당시 읍에서 운영하던 초등학교임.

1828년(11세)

소로와 그의 형 존은 대학 입학을 위한 중등학교인 콩코드 아카데미에 입학.

1833년(16세)

소로는 하버드 대학에 입학했고 친척들이 각자 돈을 내서 학자금을 마련함. 소로는 여러 과목과 4개의 현대 언어를 수강 신청하여 필요한 학점 이상을 수강함.

1834년(17세)

초월주의 대표 사상가이며 앞으로 소로의 스승이 되고, 또 소로에게 두 번이나 자기 집 관리인으로 들어와 일하게 해줄 랄프 왈도 에머슨이 콩코드로 이사해 옴.

1835-6년(18-19세)

학비를 벌기 위해 또 건강이 좋지 못해 간헐적으로 하버드 대학을 휴학함. 1836년 여름, 찰스 스턴스 휠러와 함께 6주 동안 플린츠 호수에서 보냄. 아버지와 함께 뉴욕으로 가서 연필을 판매함.

1837년(20세)

하버드 대학을 졸업하고 예전에 졸업한 초등학교의 교사로 부임했으나 여섯 명의 학동을 매질하라는 지시를 받고 사직함. 콩코드의 랄프 왈도 에머슨의 집에서 열리는 뉴잉글랜드 초월주의자 비공식 토론 모임에 참가함. 에머슨의 권유를 받고 일기를 쓰기 시작했는데 이 일기는 죽기 9개월 전까지 계속됨. 연필심에 들어가는 흑연을 개량하는 작업을 함. 이름을 데이비드 헨리에서 헨리 데이비드로 바꿈.

1838년(21세)

교사 자리를 찾아 처음으로 메인주를 방문함. 형 존과 함께 콩코드에서 사설 중등학교를 시작함. 이 해 후반에 기존에 있던 콩코드 아카데미의 비어 있는 시설과 이름을 그대로 인수함. 콩코드 리시엄(문화회관)에서 처음으로 강연하고 리시엄의 총무 겸 재무를 담당.

1839년(22세)

형 존이 콩코드 아카데미에 동료 교사로 합류함. 형 존과 소로는 캠핑 배 "머스케타퀴드"를 타고 2주 동안 콩코드 강과 메리맥 강을 여행함. 형제는 운영하던 학교에 다니던 학생의 누나인 엘렌 슈월을 좋아하게 됨.

1840년(23세)

초월주의자들의 동인지 『다이얼』(Dial)이 창간되었고, 이 잡지가 발간되던 4년 동안 소로는 총 30편이 넘는 에세이, 시, 번역문을 게재함. 나중에 저명한 여류 소설가로 성장하는 루이자 메이 올컷이 콩코드 아카데미에 입학함. 이 해에 시인 엘러리 채닝을 만나 평생 친구가 됨. 소로와 형 존이 엘렌 슈월에게 각각 청혼했으나 둘 다 거절당함.

1841년(24세)

존의 건강이 좋지 않아 콩코드 아카데미를 문 닫게 됨. 소로는 콩코드에 있는 에머슨의 집에 정원사 겸 집사로 들어감. 에머슨 서재에 있던 많은 책을 읽었고 이때 중국 철학과 인도 철학을 탐구하기 시작. 서양 고전과 영문학에 대한 지식을 크게 확충함. 소로의 에세이 「우정」이 『다이얼』에 게재됨.

1842년(25세)

형 존이 면도칼에 베어 감염된 후 파상풍으로 사망함. 소로는 이에 큰 충격을 받았고 심신에 마비 증세가 옴. 콩코드로 이사 온 소설가 너새니얼 호손을 알게 됨. 호손은 『다이얼』지에 실린 소로의 에세이 「매사추세츠의 자연사」를 높이 평가함. 형 존과 함께 숲속 여행을 할 때 사용했던 캠핑 배 "머스케타퀴드"를 호손에게 7달러에 판매함.

1843년(26세)

콩코드에서 〈월터 롤리 경에 대하여〉라는 제목으로 강연함. 4월 『다이얼』지 객원 편집자가 됨. 4월, 에머슨의 집을 나와 뉴욕 근처 스태튼섬에 있는 에머슨 형 윌리엄의 집에 가정교사로 들어감. 뉴욕의 저명한 편집자 호레이스 그릴리를 만남. 『다이얼』지에 그리스 고전에서 번역한 번역물을 게재함. 12월 콩코드로 돌아와 아버지 집으로 들어감.

1844년(27세)

에세이 「윤리적인 경전들」과 「붓다의 가르침」, 노예제도 철폐를 주장하는 출판사 사장 너새니얼 로저스를 옹호하는 글 등을 『다이얼』에 발표함.
연필 제작 기술을 연구하여 개선함.
엘러리 채닝과 함께 버크셔와 캣츠킬 산을 걸어 여행함. 소로 가족이 콩코드 남서부 지역에 새 집을 짓는 것을 도움. 친구와 콩코드 강에서 낚시하고 잡은 물고기를 굽다가 산불을 내 300에이커의 숲을 태움. 이 일은 『월든』에서도 간략히 언급되어 있음.

1845년(28세)

3월, 월든 호수에 오두막을 짓기 시작해 독립 기념일인 7월 4일에 이 집에 들어감. 형 존과 함께 배를 타고 여행했던 기록인 『콩코드 강과 메리맥 강에서 보낸 일주일』 집필을 시작함.

1846년(29세)

『월든』을 집필하기 시작함. 콩코드에서 토머스 칼라일에 대해 강연함. 매사추세츠주 정부가 노예제도를 묵인하는 데 대한 항의로 주 정부의 주민세 납부를 거부하다가 체포되어 콩코드 감옥에서 구류되었으나 고모 마리아 소로가 주민세를 대납함으로써 하룻밤만 지내고 풀려남. 이 사건은 『월든』과 「시민 불복종」 두 군데에 언급되어 있음. 이 해 늦여름에 사촌과 함께 메인주로 여행해 크타든 산을 등반함.

1847년(30세)

『월든』의 초고 일부를 콩코드 리시엄에 나가 낭독함. 유력한 필라델피아 월간지 『그레이엄스 매거진』에 「토머스 칼라일과 그의 저서들」을 발표함. 『콩코드 강과 메리맥 강에서 보낸 일주일』 집필을 완료하고 9월 6일 월든 호수의 오두막집을 떠남.
유럽 여행을 떠난 에머슨의 집으로 이사해 집 안 관리를 도움.

1848년(31세)

콩코드 리시엄에 나가, 주민세를 내지 않아 하룻밤 구류를 산 경험을 바탕으로 개인과 국가에 대해 강연함.

1849년(32세)

소로 가족의 집으로 돌아옴. 보스턴의 먼로 앤 컴퍼니 출판사가 『콩코드 강과 메리맥 강에서 보낸 일주일』을 출간함. 소로는 인세를 책 출판 비용에 보태는 데 동의함. 이 책은 초판 1천 부를 찍었으나 3백 부 미만이 팔렸음. 이 책에 뒤이어 『월든』도 발간하려 했으나 출판사의 기피로 출판이 미루어짐. 이후 『월든』은 6차례 원고가 수정됨.
누나 헬렌이 폐결핵으로 사망. 연필 사업의 영업 이득이 늘어나자 가족은 콩코드 중심부에 가까운 집을 사서 이사함. 하룻밤 구류를 산 경험을 바탕으로 강연한 개인과 국가에 대해 에세이가 「시민 정부에 대한 저항」으로 출간됨(후에 「시민 불복종」으로 제목 바뀜).

시인 엘러리 채닝과 함께 케이프 코드를 처음 여행함.

1850년(33세)

아메리카 인디언들의 공예품을 수집하기 시작함. 아메리카 인디언과 자연사에 관한 책을 광범위하게 읽음. 케이프 코드로 두 번째 여행. 초월주의자 그룹 회원 마거릿 풀러의 시체와 원고를 찾기 위해 뉴욕 파이어 섬으로 여행함. 풀러는 유럽에서 남편과 아이와 함께 돌아오다가 배가 난파되어 해상에서 조난 사함.

소로는 도망 노예법 통과에 분노함. 이 법은 자유주들이 도망쳐온 노예들을 남부 주인에게 돌려주어야 한다고 강제하는 법임. 엘러리 채닝과 함께 몬트리얼과 일대를 여행함.

1851년(34세)

도망 노예를 집 안에 숨겨주고 그다음에는 북부 캐나다로 갈 수 있도록 도와주는 "지하 철도" 운동에 적극 가담함.

1852년(35세)

『월든』의 네 번째 수정 원고 중 일부가 『유니온 매거진』에 게재됨. 그러나 이 잡지가 그 후 도산하는 바람에 소로는 원고료를 받지 못함.

1853년(36세)

1850년 여행을 바탕으로 쓴 「캐나다의 양키」가 뉴욕에서 새로 창간된 잡지 『퍼트넘스 먼슬리 매거진』에 월별로 연재되기 시작함. 그러나 3회 연재한 후 소로는 잡지사의 편집인과 편집상 문제로 불화하여 게재를 취소함. 메인주로 두 번째 여행을 떠남.

1854년(37세)

도망 노예가 보스턴에서 체포된 사건을 목격하고 소로는 「매사추세츠의 노예
제도」라는 글을 써서 노예제 폐지 운동가이며 편집자인 윌리엄 로이드 개리
슨이 조직한 집회에 나가 낭독함. 이어 이 글을 호레이스 그릴리가 편집인으
로 있는 뉴욕 『트리뷴』지에 게재함.

티크너 앤 필즈 출판사가 『월든』 초판 2천 부를 발간함. 평론가들의 평가는
호평과 악평이 엇갈림. 이해 말까지 1,700부가 팔림. 영국인 여행가 겸 저자인
토머스 참리가 콩코드로 와서 소로를 방문함.

1855년(38세)

『퍼트넘스 먼슬리 매거진』에 「케이프 코드」가 3회 연재됨. 케이프 코드로 엘
러리 채닝과 함께 3차 여행함. 영국인 토머스 참리가 자신을 환대해준 것에
대한 답례로 동양의 철학, 종교, 역사를 담은 옥스퍼드 대학 발간의 44권짜리
총서를 소로에게 보냄.

1856년(39세)

뉴저지로 대규모 측량 작업을 나감. 돌아오는 길에 뉴욕에서 브론슨 올컷을
만남. 이어 월트 휘트먼을 만남. 월트먼은 소로에게 1856년에 나온 시집 『풀
잎』을 증정함.

1857년(40세)

노예제 폐지 운동가인 존 브라운을 에머슨의 집에서 만남. 한 콩코드 친구와
아메리카 인디언 안내자와 함께 메인 숲을 답사함.

1858년(41세)

나중에 『메인 숲』(1864)으로 발간되는 원고 중 「치산쿡」 부분이 『애틀랜틱 먼
슬리』에 게재됨. 이 원고를 게재할 때 잡지의 편집인 제임스 러셀 로웰이 글

의 과격한 부분을 편집하려고 하자 소로가 노골적으로 러셀을 경멸함. 로웰은 이 일로 감정의 앙금이 남아, 소로 사후인 1865년에 「소로」라는 글을 발표하면서 소로가 성격이 불안정하고, 지적 우월감에 사로잡혀 있으며, 유머 감각이 전혀 없는 작가라고 악평함. 영국인 토머스 참리가 콩코드를 다시 방문함. 콩코드 친구 에드워드 호어와 함께 뉴햄프셔주의 화이트 산맥을 방문하여 최고봉 워싱턴 산을 등반.

1859년(42세)

아버지 존 소로 사망. 소로는 어머니와 막내 여동생 소피아를 재정적으로 책임져야 하는 입장이 됨. 존 브라운이 콩코드에서 연설함. 존 브라운이 노예제 항의 운동의 일환으로 연방 무기고인 하퍼스 페리를 무장 습격했다가 체포되어 교수형에 처해짐. 하퍼스 페리 사건 이후에 소로는 콩코드, 우스터, 보스턴 등지에서 「존 브라운을 옹호함」이라는 글을 낭독함. 당시는 브라운의 무장 저항에 대한 비난 여론이 높아가던 때였으나 소로는 개의치 않음. 엘러리 채닝과 함께 뉴햄프셔주 남부의 머내드녹 산을 등반함.

1860년(43세)

노예제 폐지론자인 제임스 레드패스가 편집한 『하퍼스 페리의 메라이』에 「존 브라운을 옹호함」이 수록됨. 엘러리 채닝과 함께 머내드녹 산을 다시 등반함. 「존 브라운의 마지막 나날들」이 개리슨이 편집하는 보스턴 노예제 폐지 주간지 『리버레이터』에 발표됨. 생물학 분야에서 소로의 가장 의미 깊은 연구인 「숲 나무들의 계승」이 『미들섹스 농업 협회 보고록』에 발표됨.
추운 겨울에 숲에 들어가 나무들을 관찰하다가 기관지염에 걸렸고 이후 폐병으로 악화하기 시작함.

1861년(44세)

매사추세츠 교육자의 아들 호레이스 맨 주니어와 함께 요양차 미네소타로 여행함. 거기서 수(Sioux) 족 출신 아메리카 인디언을 만나고서 연방정부의 인디언 대우에 대해 우려를 표시함. 건강이 회복되지 않은 채 콩코드로 돌아와 『메인 숲』과 『콩코드 강과 메리맥 강에서 보낸 일주일』의 사후 출판을 위해 원고를 수정함.

9월 말, 마지막으로 월든 호수를 방문함.

1862년(45세)

5월 6일 폐결핵으로 사망. 소로는 이 세상을 떠날 때도 특유의 유머를 잊지 않았음. 임종 직전의 소로를 찾아온 한 친구가 하느님과 화해했느냐고 묻자, 소로는 "우리가 언제 서로 싸운 적이 있었는지 기억이 나지 않네"라고 대답함. 무덤은 콩코드의 슬리피 할로 공동묘지에 조성되었으며 그 옆에는 너새니얼 호손과 에머슨이 나란히 잠들어 있음.

옮긴이 이종인

1954년 서울에서 태어나 고려대학교 영어영문학과를 졸업하고 한국 브리태니커 편집국장과 성균관대학교 전문 번역가 양성 과정 겸임 교수를 역임했다. 지금까지 250여 권의 책을 옮겼으며, 최근에는 인문 및 경제 분야의 고전을 깊이 있게 연구하며 번역에 힘쓰고 있다. 옮긴 책으로는 『진보와 빈곤』, 『리비우스 로마사 세트(전4권)』, 『월든·시민 불복종』, 『자기 신뢰』, 『유한계급론』, 『공리주의』, 『걸리버여행기』, 『로마제국 쇠망사』, 『고대 로마사』, 『숨결이 바람 될 때』, 『변신 이야기』, 『작가는 왜 쓰는가』, 『호모 루덴스』, 『폰더 씨의 위대한 하루』 등이 있다. 집필한 책으로는 번역 입문 강의서 『번역은 글쓰기다』, 고전 읽기의 참맛을 소개하는 『살면서 마주한 고전』 등이 있다.

사진 허버트 웬델 글리슨

1855년 매사추세츠주에서 태어나 1883년에 회중교회 목사가 되어 미네소타주에 정착했다. 1899년 목회를 그만두고, 37년 동안 사진, 강연, 저술, 자연과 야생 황무지 연구 등에 전념했다. 그의 사진은 『내셔널지오그래픽』과 여러 단행본에 소개될 정도로 탁월한 실력을 인정받았다.

현대지성 클래식 41

월든·시민 불복종

1판 1쇄 발행 2021년 12월 6일
1판 4쇄 발행 2024년 3월 20일

지은이 헨리 데이비드 소로
사진 허버트 웬델 글리슨
옮긴이 이종인
발행인 박명곤 **CEO** 박지성 **CFO** 김영은
기획편집1팀 채대광, 김준원, 이승미, 이상지
기획편집2팀 박일귀, 이은빈, 강민형, 이지은
디자인팀 구경표, 구혜민, 임지선
마케팅팀 임우열, 김은지, 이호, 최고은

펴낸곳 (주)현대지성
출판등록 제406-2014-000124호
전화 070-7791-2136 **팩스** 0303-3444-2136
주소 서울시 강서구 마곡중앙6로 40, 장흥빌딩 10층
홈페이지 www.hdjisung.com **이메일** support@hdjisung.com
제작처 영신사

ⓒ 현대지성 2021

"Curious and Creative people make Inspiring Contents"
현대지성은 여러분의 의견 하나하나를 소중히 받고 있습니다.
원고 투고, 오탈자 제보, 제휴 제안은 support@hdjisung.com으로 보내 주세요.

현대지성 홈페이지

"인류의 지혜에서 내일의 길을 찾다"
현대지성 클래식